Iris Krumbiegel
Der Freiheit so nah

Das Buch

Berlin 1933: Die Studenten Lorenz und Bertram und die Schwesternschülerin Frida sind seit ihrer Kindheit beste Freunde. Während Lorenz in Naturwissenschaften hochbegabt ist, schafft Bertram es nur knapp an die Universität. Als zwischen Lorenz und Frida zarte Gefühle aufkommen, verheimlichen sie es vor dem eifersüchtigen Bertram.

Doch auch die Machtergreifung der Nazis stellt ihre Freundschaft auf die Probe: Lorenz und Frida sind Juden. Bald schlagen die drei unterschiedliche Pfade ein. Zwischen den Freunden kommt es zum erbitterten Streit, der in einem Verrat endet. Und Lorenz muss eine Entscheidung treffen: Ausgerechnet er soll helfen, eine neuartige Waffe für die Nationalsozialisten zu entwickeln – und seine eigene Freiheit gegen Fridas Sicherheit tauschen.

Die Autorin

Iris Krumbiegel, geboren 1971 in Thüringen, arbeitet als hauptberufliche Autorin. Sie hat zahlreiche historische Romane veröffentlicht, die überwiegend in der Zeit des Holocaust spielen. Auf dramatische, emotionale und außerordentlich fesselnde Weise lässt sie die dunkelsten Kapitel deutscher Vergangenheit in Romanform aufleben.

Die Autorin versteht es meisterhaft, mit unter die Haut gehenden Romanen Zeitgeschichte lebendig werden zu lassen und Emotionen bei den Lesern zu wecken. Sie liebt es, die Leser auf Zeitreisen in verschiedene Epochen mitzunehmen und sie mit einem geschichtsträchtigen Hintergrund in deren Bann zu ziehen.

2022 wurde sie für ihren historischen Roman »Nebel der Freiheit« mit dem Kindle Story Award ausgezeichnet.

IRIS KRUMBIEGEL

DER FREIHEIT SO NAH

ROMAN

Deutsche Erstveröffentlichung bei
Tinte & Feder, Amazon Media EU S.à r.l.
38, avenue John F. Kennedy, L-1855 Luxembourg
Januar 2024
Copyright © der deutschsprachigen Ausgabe 2024
By Iris Krumbiegel
All rights reserved.

Umschlaggestaltung: bürosüd⁰ München, www.buerosued.de
Umschlagmotiv: © Kiselev Andrey Valerevich © Keith Tarrier © Serg64
© canadastock / Shutterstock; © Rekha Arcangel/ Arc Angel
1. Lektorat: Ute Köhler
2. Lektorat: Rainer Schöttle
Korrektorat: Manuela Tiller / DRSVS
Gedruckt durch:
Amazon Distribution GmbH, Amazonstraße 1, 04347 Leipzig /
Canon Deutschland Business Services GmbH, Ferdinand-Jühlke-Straße 7,
99095 Erfurt /
CPI books GmbH, Birkstraße 10, 25917 Leck

ISBN: 978-2-49671-485-2
e-ISBN: 978-2-49671-484-5

www.tinte-feder.de

Geschichte ist etwas, das vielleicht im Grunde erst geschrieben werden kann, wenn alles so lange vorbei ist, dass niemand mehr lebt, der ein aktuelles Interesse daran hat, wie es gewesen sein sollte.

Carl Friedrich von Weizsäcker

KAPITEL 1

Perleberg, 1927

»Hör zu, Frida, du bist die Herzogin Sophie von Österreich, Lorenz ist der Attentäter und ich bin ein Soldat des Kaisers«, bestimmte Bertram und stemmte die Hände in die Hüfte.

Lorenz kannte es nicht anders. Sein Freund sah sich wie immer als Anführer der Gruppe. Und das nicht nur, weil er mit seinen dreizehn Jahren recht kräftig und mit allen Wassern gewaschen war. Er besaß auch schnelle Fäuste, die recht häufig zum Einsatz kamen. Über dem rechten Auge hatte der blonde Lockenschopf eine verblasste Narbe, die sich über die Stirn bis zum Haaransatz hinzog, das Resultat einer Schlägerei auf dem Schulhof.

»Wenn du meinst, dann spiele ich eben die Herzogin«, stimmte die Elfjährige im geblümten Leinenkleid mit einem zaghaften Lächeln zu und nickte. Es war typisch für Frida. Sie widersprach Bertram nur selten und ergab sich auch dieses Mal ihrem Schicksal.

»Hock dich auf den Karren, er ist die kaiserliche Kutsche«, forderte Bertram sie auf. »Sobald du aussteigst, sticht Lorenz dich nieder. Dann komme ich angeritten und erschieße ihn. Dafür musst du mich küssen.«

»Küssen?« Frida riss die Augen auf, zog den Kopf ein und errötete. »Igitt. Das ist ekelhaft. Außerdem hat Sophie das Attentat gar nicht überlebt und wurde erschossen …«

»Ich bestimme die Spielregeln«, fiel Bertram ihr ins Wort und grinste. »Stell dich nicht so an! Du kannst nach dem Kuss immer noch sterben. Wir machen es so, wie ich es gesagt habe. Lorenz ist der Serbe und verübt den Anschlag und ich eile dir zu Hilfe.«

»Sei du doch der Attentäter und stich sie nieder! Ich kann genauso gut den deutschen Soldaten spielen, den Frida küsst«, versuchte Lorenz einen Protest, obwohl er rein äußerlich das Gegenteil von Bertram war. Statt sich zu prügeln, verbrachte er die meiste Zeit über den Fachbüchern, die Bertram ihm heimlich aus dem Arbeitszimmer seines Vaters besorgte, der wissenschaftlicher Leiter des Siemenswerks in Berlin war.

Es hatte sich schon frühzeitig herausgestellt, dass Lorenz ein außergewöhnliches Talent für Naturwissenschaften besaß. Vermutlich hatte er es von seinem Vater geerbt, der einer der ersten Studenten jüdischer Abstammung gewesen war, die an der Universität in Berlin hatten Medizin studieren und promovieren dürfen. Inzwischen führte er in Perleberg eine gut gehende Arztpraxis mit langjährigen Patienten, die seine Arbeit überaus schätzten.

Lorenz' Leidenschaft galt hingegen zum Leidwesen seines Vaters der Physik, von der er regelrecht besessen war. Ständig trug er ein kleines, abgegriffenes Notizheft bei sich, in das er irgendwelche Berechnungen schrieb und Skizzen zeichnete, aus denen keiner seiner Freunde richtig schlau wurde. Anders als der nur mittelmäßig begabte Bertram gehörte er zu den besten Schülern der Klasse. Obwohl er seinem Freund kräftemäßig hoffnungslos unterlegen war, ärgerte es ihn, dass Bertram andauernd den Ton angab und Befehle erteilte.

»Das geht nicht, du bist Jude«, widersprach der jetzt auch barsch und zuckte unbeeindruckt mit den Schultern, nachdem er Frida einen flüchtigen Blick zugeworfen hatte, die dem Streit stumm lauschte. »Du kannst kein deutscher Soldat sein. Außerdem bin ich viel stärker als du. Also werde ich Frida retten.«

»Plustere dich bloß nicht so auf, nur weil du ein Jahr älter bist und Muskeln hast«, entgegnete Lorenz. Die wiederholte Botschaft, als Jude minderwertig zu sein, machte ihn wütend und verletzte ihn. »Woher kommt denn das blaue Auge, wenn du so stark bist?«

»Geht dich nichts an«, presste Bertram hervor und schien unter den Blicken von Lorenz und Frida zu schrumpfen, obwohl er sie um eine Kopflänge überragte. Eine verräterische Röte breitete sich auf seinen Wangen aus, ehe er den Kopf senkte. Jeder von ihnen wusste, dass er es zu Hause nicht leicht hatte und ständig auf der Hut vor seinem cholerischen Vater sein musste.

Ludger Friedrichs, Ingenieur und Leiter der Zentralstelle für wissenschaftliche und technische Forschungsaufgaben der Siemenswerke und seit Kurzem NSDAP-Mitglied, gab sich nach außen hin als anständiger, fürsorglicher Familienmensch – zumindest hatte Lorenz ihn so erlebt. Doch sobald er an den Wochenenden nach Hause kam, seinen maßgefertigten Anzug und die Krawatte abgelegt und die Wohnungstür hinter sich geschlossen hatte, zeigte sich wohl nur allzu häufig sein jähzorniger Charakter. Bei den kleinsten Vergehen seines Sohnes verteilte er freizügig Schläge, nicht selten mit dem Gürtel. Bertram sprach nur wenig über die Prügel, die seine Mutter und er bezogen. Doch Lorenz und Frida wussten auch so, was bei ihm zu Hause los war.

»Tut mir leid, ich habe es nicht so gemeint«, lenkte Lorenz daher ein, als er den gequälten Ausdruck im Gesicht des Freundes bemerkte. »Es ist nicht richtig, wie dein Vater mit euch umgeht. Aber du hast ja uns, wir sind Freunde und Freundschaft ist dicker als Blut.«

Bertram antwortete nicht. Stattdessen tat er, als kümmerte es ihn nicht, was Lorenz über seinen Vater sagte, und drehte ihm den Rücken zu. Eine unangenehme Stille trat ein.

»Wollen wir nun Krieg spielen oder nicht?«, mischte sich Frida in das Gespräch ein und verzog das Gesicht, während sie mit der Fußspitze Kreise in den staubigen Boden zog. Sie schien die plötzliche Feindseligkeit zwischen Lorenz und seinem Freund zu spüren, denn für gewöhnlich stritten sie selten und waren unzertrennlich. Nur wenn es um sie ging, krachte es hin und wieder zwischen ihnen. »Was ist denn jetzt, Bertram? Bist du etwa beleidigt?«

»Blödsinn.« Er schüttelte so heftig den Kopf, dass seine blonden Locken wippten. Für einen Moment verdunkelten sich seine Augen, ehe sie wieder aufleuchteten, als Frida ihn versöhnlich anlächelte.

»Also los, Jungs, spielen wir weiter«, forderte sie und drehte sich zu Lorenz um. »Vergiss nicht zu fliehen und sieh zu, dass der Angeber dich nicht kriegt«, fügte sie mit einem verschwörerischen Augenzwinkern hinzu und kletterte auf den kaputten Karren.

Lorenz nickte und warf einen Blick über die Schulter zu dem heruntergekommenen Haus hinter ihnen, das vor ein paar Jahren einem Brand zum Opfer gefallen und schwer beschädigt worden war. Dabei war der Besitzer, der alte Schlotmann, ums Leben gekommen. Seitdem stand es leer.

»Jetzt mach schon!«, kommandierte Bertram unterdessen. Die linke Hand in der Hosentasche vergraben, die andere am Lenker, schlenderte er davon und verbarg sich mit seinem Fahrrad, das als Pferd herhalten musste, hinter einem Holunderstrauch.

Inzwischen näherte sich Lorenz mit einem Stecken in der Hand seiner Freundin und stieß sie sanft gegen ihre Brust. Als sich Frida mit einem spitzen Aufschrei theatralisch zu Boden sinken ließ, schoss er blitzschnell davon, sprang mit einem Satz über die Bruchsteinmauer in den verwilderten Garten und rannte zum Haus. Vergeblich rüttelte er an der verwitterten Eingangstür, die sich verkantet hatte und nicht öffnen ließ. Seine Arme schwollen vor Anstrengung an, als er sich entschlossen dagegenstemmte und in den düsteren Korridor stolperte, nachdem sie unvermittelt mit Schwung aufgesprungen war. Während er noch damit kämpfte, sein Gleichgewicht zurückzuerlangen, krachte das Türblatt gegen die Wand, prallte ab und fiel zurück ins Schloss. Es war ein lautes Geräusch und die Stille danach irgendwie unheimlich.

Lorenz beugte seinen Oberkörper nach vorn, stützte die Hände auf die Knie und schnappte nach Luft. Jetzt war nur noch sein beschleunigter Atem zu hören. Mit herabhängenden Schultern stand er im Flur des Hauses und warf einen prüfenden Blick zur Treppe, die nach oben führte. Das Holz sah verkohlt aus, an den Wänden waren Brandspuren zu erkennen. Auch das Geländer wirkte nicht sonderlich stabil. Wenn er Pech hatte, würde die Treppe unter seinen Füßen zusammenkrachen. Besser, er versuchte gar nicht erst, zu den oberen Räumen unterm Dach zu flüchten, um sich dort zu verstecken.

Unschlüssig blieb er stehen und schaute sich im unteren Geschoss nach einem geeigneten Versteck um. Als er hörte, wie sich Bertram mit lautem Kampfgeschrei dem Haus näherte, floh er rasch in eines der hinteren Zimmer, wo er feststellte, dass von dort aus eine schwere Falltür in den Keller führte.

Nur mit Mühe gelang es ihm, sie anzuheben. Schimmelgeruch und feuchte Kälte des alten Mauerwerks schlugen ihm aus dem

Dunkel entgegen. Mit klopfendem Herzen stieg Lorenz die steinernen Stufen hinab, die allem Anschein nach schon lange kein Mensch mehr betreten hatte. Einen Fuß vor den anderen setzend gelangte er zu einem Raum, in dem eine Unmenge an Regalen stand, die wohl einst Schlotmanns Vorräte beherbergt hatten und nun von Spinnweben überzogen waren. Zu seiner Verblüffung war der Keller jedoch, verglichen mit dem Rest des Hauses, nicht nur vom Feuer verschont geblieben, sondern auch in einem recht guten Zustand.

Dennoch warf Lorenz einen unentschlossenen Blick zur Treppe zurück, während er sich fragte, ob er nicht besser umkehren sollte. Der Keller wirkte ziemlich gruselig. Die ohnehin winzigen vergitterten Fenster waren durch wildes Gestrüpp von außen zugewachsen, sodass kaum Licht hineindrang und er aufpassen musste, nicht gegen irgendwelches Gerümpel zu stoßen. Erst allmählich gewöhnten sich seine Augen an das Dämmerlicht. Er entdeckte einen riesigen alten Wandschrank, in dem er sich sicher gut vor Bertram verstecken konnte. Doch noch zögerte er. Er mochte keine engen Räume und eingesperrt sein schon gar nicht. Zudem wusste er nicht, was ihn dadrinnen alles erwartete. In dem Schrank konnten Spinnen, vielleicht sogar Ratten auf ihn lauern.

Erst als er einen Augenblick später die Stimmen von Frida und Bertram hörte, öffnete Lorenz die mit breitköpfigen verrosteten Nägeln beschlagene Tür, kletterte ins Innere und zog sie rasch hinter sich zu. Halb so schlimm, sprach er sich Mut zu, als er sogar darin hocken konnte. Obwohl es im Innenraum des Schrankes stickig und stockdunkel war, grinste er zufrieden in sich hinein, während er sich auf den staubigen Boden kauerte. Der alte Schrank war ein gutes Versteck. Hier würde ihn Bertram gewiss nicht finden.

»Im Keller ist niemand«, hörte er tatsächlich kurz darauf die durch die Schranktüren gedämpfte Stimme seines Freundes.

»Der Feigling ist garantiert nach Hause gerannt, weil er Angst hatte zu verlieren. Außerdem habe ich keine Lust mehr zu suchen.«

Noch bevor Lorenz reagieren und sich aus dem Versteck befreien konnte, krachte die Falltür ins Schloss. Dann setzte plötzlich wieder Stille ein. Er ahnte, dass ihr Spiel damit beendet war, kletterte aus dem Schrank, eilte zur Treppe und stieg die Stufen nach oben. Mit einem ungutem Gefühl im Bauch versuchte er, die Tür anzuheben, doch sie war zu schwer. Viel schwerer, als er sie vom Öffnen in Erinnerung hatte. Außerdem fanden seine Füße auf dem feuchten Steinboden keinen richtigen Halt und drohten abzurutschen. Verzweifelt atmete Lorenz tief ein, um sich zu beruhigen, und stemmte nun mit all seiner Kraft die Schultern darunter. Aber auch jetzt gab die Tür keinen Millimeter nach, sämtliche Bemühungen waren vergeblich. Lorenz brauchte einen Moment, bis ihm klar wurde, was das bedeutete: Er saß in der Falle.

Angstschweiß trat ihm auf die Stirn, und je mehr er versuchte, sich gegen die Furcht zu wehren, desto heftiger wurde sie. Die Vorstellung, für Stunden, vielleicht sogar die ganze Nacht im Keller des verlassenen Hauses ausharren zu müssen, jagte ihm einen kalten Schauer über den Rücken. Zugleich überfiel ihn blanke Panik. Wenn es ihm nicht gelang, sich zu befreien, würde er vermutlich so lange eingesperrt bleiben, bis Bertram ihn befreite. Aber wer sagte, dass sein Freund überhaupt zurückkehrte? Er wusste ja nicht einmal, dass er sich hier unten versteckte.

»Hilfe!«, rief Lorenz aus Leibeskräften, als er sich seiner ausweglosen Lage bewusst wurde. »Holt mich hier raus! Bertram? Frida? Wo seid ihr? Hilfe! Ich bin hier unten.«

Er schrie, bis er nur noch ein heiseres Krächzen zustande brachte. Dann unternahm er mit letzter Kraft einen weiteren verzweifelten Versuch, die Tür zu öffnen, während ihm Tränen übers Gesicht liefen. Als sie seinen Anstrengungen auch dieses Mal widerstand, gab er auf und begann mit klopfendem Herzen jeden Winkel des Kellers abzusuchen, bis er erkannte, dass es außer der Treppe keinen anderen Weg nach draußen gab. Die Fenster waren durch Eisenstäbe vergittert und außerdem viel zu hoch, um sie erreichen zu können.

Mit unermüdlicher Geduld machte sich Lorenz daran, das Gerümpel im Keller übereinanderzustapeln, um es wenigstens zu versuchen. Keuchend trug er ein altes Fass, lose Bretter und kaputte Stühle auf einen Haufen zusammen. Dann kletterte er vorsichtig auf das wacklige Konstrukt und versuchte, das Fenster zu erreichen. Doch sosehr er sich auch anstrengte, es gelang ihm nicht. Die feuchte Wand bot keinerlei Halt, um sich daran abzustützen. Ängstlich tastend fand er schließlich einen Haken in der Mauer und zog sich daran empor. Jetzt konnte er das Gitter mit der rechten Hand erreichen. Aber schon das erste Rütteln daran zeigte ihm, dass seine Mühe vergebens wäre. Die rostigen Eisenstäbe würden selbst größerer Gewalt standhalten. Verzweifelt klammerte er sich an das Gitter und schrie, so laut er konnte, um Hilfe. Doch nur ein Hund schien seine Rufe zu hören. Er antwortete mit einem Bellen und selbst das klang, als käme es aus weiter Ferne. Irgendwann hörte Lorenz nicht einmal mehr das. Es war totenstill.

Mit Tränen in den Augen starrte er durch die Gitterstäbe vor den Fenstern in den Garten hinaus und fühlte, wie seine Kraft nachließ. Ein letztes Mal stieß er einen Hilferuf aus, dann krachte das aufgehäufte Gerümpel unter ihm zusammen, sodass er die rostigen Gitterstäbe loslassen musste. Ohne Halt zu finden, stürzte Lorenz zu Boden und stieß sich dabei den Kopf an etwas Hartem. Er schrie laut auf und rieb sich stöhnend die Stelle am Hinterkopf, wo ihn ein hölzernes Stuhlbein getroffen hatte. Sie schmerzte höllisch, blutete aber nicht, wie er erleichtert feststellte. Auch sonst schien er unverletzt zu sein.

Lediglich die Haut auf seinen nackten Knien war abgeschürft und brannte wie Feuer. Erschöpft und mit schweißnasser Stirn sank er zu Boden.

Stunden vergingen, der Abend brach an. Im Keller war es inzwischen stockfinster. Lorenz' Magen krampfte sich vor Hunger zusammen. Doch noch quälender war der Durst. Mittlerweile fühlte sich seine Zunge pelzig und ausgedörrt an.

Um sich abzulenken, durchsuchte er mit den Fingern tastend die Regale. Irgendwann stieß er auf einen länglichen, metallischen Gegenstand und erkannte, dass es sich um eine Taschenlampe handelte. Mit zittrigen Fingern untersuchte er die Oberfläche und fand den Schalter. Er drückte ihn und atmete erleichtert auf, als ein Lichtkegel sein Gefängnis erhellte. Lorenz ließ den Strahl über Wände und Boden gleiten, bis er auf einer Kiste verharrte, die er bisher übersehen hatte. In dem verrosteten Schloss steckte kein Schlüssel.

Trotz der widrigen Umstände, in denen er sich befand, weckte die Kiste, die garantiert ein Geheimnis barg, seine Neugier. Als Lorenz sich auf dem Regal umsah, entdeckte er einige Werkzeuge, unter anderem einen großen Schraubenzieher, der bestimmt als Brechstange taugte. Er nahm ihn zur Hand, bevor er sich den Deckel der Kiste noch einmal genauer anschaute. Dass darauf ein verblichener, aber eben noch sichtbarer Totenkopf prangte, stachelte seine Neugier weiter an. Entschlossen schob er die Klingenspitze des Schraubenziehers zwischen Deckel und Kiste und hielt den Atem an, als es leise knirschte und das Holz nachgab, sodass er einen Blick ins Innere werfen konnte.

Lorenz sog tief die Luft ein und riss die Augen auf. Eierhandgranaten, Schachteln mit Patronen und sogar Schwarzpulver befanden sich in der Kiste, alles bunt durcheinander. Vorsichtig nahm er die einzelnen Gegenstände heraus und machte sich nebenbei genaue Notizen in sein Heft. Er war so vertieft in seine Inventur, dass er irgendwann vergaß, dass er allein in einem feuchtkalten Keller hockte. Umso heftiger erschrak er, als das Licht der Taschenlampe mit einem Mal unruhig flackerte und schließlich ganz erlosch. Nun herrschte erneut totale Finsternis um ihn herum.

Mit dem Rücken an die feuchte Wand gelehnt, die Knie fest an die Brust gezogen, starrte Lorenz zu den vergitterten Fenstern hoch, hinter denen langsam der Mond aufstieg. Die Stunden verrannen in lähmender Eintönigkeit. Längst war ihm das Gefühl für die Zeit abhandengekommen. Er wusste nicht, wie lange er sich schon im Keller befand. Obwohl ihn Müdigkeit übermannte, konnte er sich nicht erlauben, die Augen zu schließen oder gar zu schlafen.

Inzwischen hatten andere Bewohner des dunklen Lochs, in dem er gefangen war, ihn entdeckt. Fiepende Schatten umlagerten ihn und schienen in ihm eine willkommene Nahrungsquelle zu sehen. Ratten, groß wie Katzen, die er um sich schlagend und tretend abzuwehren versuchte. Irgendwann wischte er sich nur noch schniefend mit dem Ärmel den Rotz von der Nase und kämpfte gegen die Tränen an, während er sich einzureden versuchte, dass er zu Hause in seinem Bett lag und nicht an diesem unheimlichen Ort war, wo ihn die Angst fast erstickte.

* * *

Am darauffolgenden Morgen betrat Lorenz als Erster die Wittenberger Straße, in der er mit seinen Eltern Eva und Adolf Löwenthal ein großes, geräumiges Haus mit angeschlossener Arztpraxis bewohnte. Obwohl er kaum geschlafen hatte, stand er frisch gewaschen, sauber gekleidet und gekämmt an der Ecke beim Süßwarenladen und wartete auf seine Freunde, um mit ihnen zur Schule zu gehen.

Kurz darauf folgte Bertram. Mit geschwollener Wange, aufgeplatzter Unterlippe und einem schiefen Grinsen im Gesicht ging er wortlos an ihm vorbei. Vor dem bis zum Rand gefüllten Glas mit bunten Zuckersteinen blieb er stehen und ließ sich von dem Ladenbesitzer eine kleine Papiertüte füllen. Zurück auf der Straße reichte er sie Lorenz.

»Willst du?«, fragte er.

»Nein, heute nicht.«

»Was ist los?«, erkundigte sich der Freund, bevor er sich einen klebrigen Bonbon in den Mund schob und die Tüte an Frida weiterreichte, die sich in diesem Moment zu ihnen gesellte.

»Ich habe die halbe Nacht im Keller von Schlotmanns Haus verbracht«, presste Lorenz hervor. »Zusammen mit Ratten und Spinnen, falls du es genau wissen willst. Wenn meine Eltern mich nicht gefunden hätten, säße ich jetzt immer noch da unten. Jemand hat die schwere Falltür zugeschlagen und den Riegel vorgeschoben.«

»Das war Bertram«, platzte es aufgeregt aus Frida heraus. »Er hat an dem Riegel gedreht.«

»Ist das wahr? Du warst das?« Lorenz starrte ihn mit weit aufgerissenen Augen ungläubig an.

»Ja, es stimmt«, gab sein Freund zerknirscht zu und hob in einer hilflosen Geste die Arme. Dann strich er sich beinahe trotzig das Haar aus der Stirn. »Woher sollte ich denn wissen, dass du dich im Keller versteckst?«

Lorenz sah ihn schweigend an. Er glaubte ihm nicht. Die Erklärung war nur widerstrebend über die Lippen seines Freundes gekommen. Zu auffällig war auch sein nervöses Herumhampeln. Immer wieder verlagerte er das Gewicht seines Körpers von einem Fuß auf den anderen. Sein Mund war halb geöffnet, als suchte er nach Worten.

»Es muss furchtbar gewesen sein, so ganz allein in dem dunklen Loch«, brachte er schließlich hervor. »Du hast dir bestimmt vor Angst in die Hosen gemacht.«

»Hab ich nicht«, log Lorenz verlegen, als er spürte, wie ihm bei der Erinnerung an die Ratten schon wieder die Tränen kamen. Um sie zurückzuhalten, kaute er auf seiner Unterlippe, bis sie schmerzte. Es dauerte eine Weile, ehe er in enttäuschtem Ton hervorstieß: »Warum seid ihr einfach verschwunden?«

»Mein Vater ist plötzlich aufgetaucht und hat mir die Hölle heißgemacht.«

Bertram senkte ein paar Sekunden zu spät den Kopf. Die verräterische Röte in seinem Gesicht weckte Lorenz' Misstrauen. Seine Müdigkeit verflog, als er den Freund prüfend musterte. War es möglich, dass er nicht versehentlich, sondern mit voller Absicht im Keller eingesperrt gewesen war? Er wollte gerade ansetzen, um nachzuhaken, als eine Gruppe Halbstarker auf der anderen Straßenseite auftauchte. Die Jungen waren älter als sie und auf dem Weg zur Volksschule. Als sie Lorenz, Bertram und Frida bemerkten, bückten sie sich, hoben Steine auf und warfen sie gezielt nach ihm. Dabei stimmten sie wie beinahe jeden Tag ihr Schmählied an und grölten.

»Der Bauer pflügt, der Jude lügt. Der Maurer baut, der Jude klaut.«

Lorenz zuckte erschrocken zusammen. Schützend hob er die Hände vors Gesicht, blieb aber trotzdem wie angewurzelt stehen. Dabei versuchte er zu verbergen, dass die Furcht, von den Halbstarken verprügelt zu werden, ihm die Kehle zuschnürte.

»Haut ab, ihr Dummköpfe, bevor ich euch Beine mache«, schrie Bertram unterdessen wütend und wich ein paar Schritte zurück. Als er sicher war, dass ihn kein Steinwurf treffen konnte, schob er das Kinn vor und ballte drohend die Fäuste in ihre

Richtung. »Oder wollt ihr euch mit mir anlegen, ihr Feiglinge? Dann kriegt ihr, was ihr verdient.«

Wieherndes Gelächter folgte, woraufhin er seinen Tornister abnahm und entschlossen die Ärmel seines Hemdes aufrollte. Lorenz wusste, dass sein Freund die Bande genauso wenig mochte wie er und am liebsten jeden Einzelnen von ihnen verdroschen hätte.

»Dreckskerle«, knurrte Bertram und spuckte auf die Straße, während die Jungen, die in der Überzahl waren, sich davon nicht einschüchtern ließen und weiterhin ihre Schmährufe grölten. Das Gebrüll wurde zunehmend lauter. Einer versuchte, den anderen an Hohn und Häme zu übertreffen, indem sie Lorenz Spottnamen zuriefen.

»Lass sie! Sich zu prügeln, macht es nicht besser. Vielleicht solltest du deinen Vater bitten, keinen Hass mehr gegen uns zu schüren. Er hetzt das ganze Viertel auf.« Lorenz zog den Kopf ein und tat, als kümmerten ihn die Beschimpfungen nicht weiter, die ihn im Chor verfolgten. Stattdessen vergrub er die Hände in den Taschen und schlenderte träge davon. Die Freunde liefen ihm schweigend nach.

Erst auf dem Schulhof hielt Bertram ihn zurück. »Es tut mir wirklich leid«, versicherte er und legte so viel Inbrunst in die Worte, dass es fast unmöglich war, ihm nicht zu glauben. »Ich wollte dich nicht in dem dunklen Keller einsperren. Ich schwör es.«

»Schon in Ordnung.« Lorenz winkte ab. »Ich hätte mich in Schlotmanns Garten verstecken und nicht in den Schrank kriechen sollen, wo mich niemand finden konnte. Ich bin jedenfalls froh, wieder draußen zu sein. Von Abenteuern habe ich erst mal genug. Was wollte dein Vater denn von dir?«

»Er hat die Mathematikarbeit gefunden, die ich vor ihm versteckt hatte.«

»Du hast eine Tracht Prügel kassiert, stimmt's?«

»Das kannst du laut sagen.« Bertram verstummte. Wie automatisch strichen seine Finger über die angeschwollene Wange, bevor er die Augen niederschlug.

Auch Lorenz hielt einen Moment inne, als er bemerkte, wie sein Freund beschämt den Kopf senkte, als würde er sich am liebsten irgendwo verkriechen. »Bei der nächsten Klausur schreibst du einfach wieder von mir ab«, schlug er nach einer Weile vor. »Dann kann nichts schiefgehen.«

»Was soll das bringen? Ich werde die Aufnahme an das Akademische Gymnasium nie schaffen und pfeife auf die Schule. Warum muss ich unbedingt die Wirkungskreise der Natur verstehen, wenn ich viel lieber Sport machen würde?« Bertram schüttelte resigniert den Kopf, während Lorenz sah, dass ihm die bloße Vorstellung, sich der Abschlussprüfung stellen zu müssen, Angstschweiß auf die Stirn trieb. »Mein Vater wird mich umbringen, wenn ich nicht fürs Gymnasium zugelassen werde. Lieber würde ich weglaufen und auf der Straße verhungern, als noch einen Tag länger mit ihm unter einem Dach zu leben. Ich hasse ihn.«

»Aber du willst später doch auch studieren.«

»Vor allem will ich von daheim weg.«

»Das wirst du«, beruhigte ihn Lorenz. »Doch dafür musst du den Lehrstoff beherrschen und ein gutes Abschlusszeugnis vorweisen können. Mathematik und Physik sind kein Hexenwerk und du bist nicht auf den Kopf gefallen. Ich werde es dir beibringen. Am Ende wirst du ein besserer Schüler als ich sein.«

»Wenn du das sagst. Ehrlich gesagt bezweifle ich das.«

»Es geht nicht von heute auf morgen, aber wenn du fleißig übst, wirst du es auch schaffen«, versprach Lorenz und machte eine Pause, bevor er abrupt das Thema wechselte. »In Schlotmanns Keller gibt es übrigens nicht nur Ratten, sondern auch verborgene Schätze.«

»Wovon redest du? Was für Schätze sollen das sein?«

»Komm mit!« Lorenz nahm seinen Freund am Arm und zog ihn hinter die alte Linde auf dem Schulhof. Dort schaute er sich verstohlen um, um sicherzugehen, dass sie niemand beobachtete, bevor er sein Notizbuch aus dem Tornister zog und den Blick auf eine exakte Aufstellung des Inhalts der Kiste freigab. Er hatte jeden einzelnen Gegenstand fein säuberlich notiert.

»Du hast Sprengstoff gefunden?«, staunte Bertram und hielt einen Moment überrascht inne.

»Schlotmann hat ihn in einer alten Kiste aufbewahrt. Außerdem stand im Schrank eine Flasche Lampenpetroleum. Kein Wunder, dass sein Haus halb abgefackelt ist. Wer weiß, was der Alte dort noch gebunkert hatte.«

»Umso besser, dass es den Keller nicht erwischt hat.« Bertram kratzte sich nachdenklich die Stirn und überlegte kurz. »Wir könnten eine Menge Spaß haben.«

»Warte!« Lorenz hob abwehrend die Hand. »Du willst doch nicht etwa ...«

»Doch!«

»Was hast du vor?«

»Wir werden ein feines Feuerwerk bei der alten Scheune am Stadtrand organisieren.« Bertrams Stirn legte sich in Falten und verriet, dass er grübelte. »Kannst du daraus eine Bombe bauen?«

»Soll das ein Witz sein?«

»Keineswegs. Kannst du es jetzt oder nicht?«

»Ja ... ich glaube, ja«, stammelte Lorenz. Allein bei dem Gedanken fühlte er sich unwohl. Verunsichert stand er da und wusste nicht, wohin mit seinen Händen, bis er sie schließlich in den Hosentaschen vergrub.

»Du glaubst?« Bertram verzog spöttisch das Gesicht. »Und du willst Physiker werden?«

»Es wäre möglich«, gab Lorenz zu und schüttelte zugleich den Kopf. »Aber ich befürchte, dass dir dann die nächste Tracht

Prügel droht. Lass uns das Feuerwerk lieber vergessen. Wenn dein Vater davon Wind bekommt …«

»Das wird er, versprochen, du Feigling«, fiel ihm der Ältere ins Wort und grinste.

Sie bekamen nicht mit, dass der Schulrat mit zusammengekniffenen Augenbrauen auf sie zutrat. Ein kahlköpfiger Mann mittleren Alters mit hängenden Wangen und spitzer Nase, der stets seinen Rohrstock oder ein langes Lineal in der Hand hielt, wenn er in den Unterricht kam und durch die Bankreihen ging. Es gab fünf Schläge für nicht gemachte Hausaufgaben, drei für Unpünktlichkeit, zwei für Tintenflecke im Heft. Die Reihe war lang und einen Grund, die Schüler zu züchtigen, fand er immer.

Als Lorenz und Bertram den Schulrat bemerkten, war es zu spät. Mit grimmiger Miene zog er sie beide als vermeintliche Übeltäter grob und ohne auf ihr Geschrei zu achten an jeweils einem ihrer Ohren in den Klassenraum, wo er sie dem Lehrer übergab, der sie mit grimmiger Miene in Empfang nahm. Sie mussten die Hosen bis zu den Knien fallen lassen und sich über die Bank bücken, während er seinen berüchtigten Rohrstock schwang.

Bertram, dem es offenbar nicht viel ausmachte, da er an die harten Schläge seines Vaters gewöhnt war, ließ die Strafe stumm über sich ergehen. Lorenz hingegen konnte nicht verhindern, dass ihm Schmerzensschreie über die Lippen kamen, sobald der Rohrstock auf seinem Hintern landete. Er biss die Zähne zusammen, während die Klassenkameraden das Spektakel amüsiert verfolgten und laut lachten, als sie die Hosen wieder nach oben zogen und sich in ihre Bank setzten.

Mit seinen Gedanken noch immer bei dem Fund im Keller, bekam Lorenz kaum mit, wie am Mittag die Klingel durch die hohen Flure schrillte und die Pause einläutete. Während die Mädchen und Jungen aufstanden und mit ihren Stullen aus dem Klassenraum eilten, blieb er still in seiner Bank sitzen.

Vorsichtig schaute er sich um. Dann kramte er in seiner Tasche und zog sein Heft heraus. Die Seiten waren über und über mit Zeichnungen und Zahlen bedeckt. Geduldig spitzte Lorenz seinen Bleistift an, bevor er zu rechnen begann. Völlig vertieft erschrak er, als der Lehrer mit stechendem Blick auf ihn zukam und blitzschnell nach dem Heft griff, das vor ihm auf dem Tisch lag.

»Was hast du da? Was soll dieses Gekritzel?«, erkundigte er sich mit zusammengezogenen Augenbrauen.

»Das ist kein Gekritzel, sondern ein Entwurf.«

»Ich sehe nur ein Rohr.«

»Das wird eine Bombe«, erklärte Lorenz. »Falls es noch einmal Krieg gibt, werde ich der Erfinder sein.«

»Eine Bombe? Bist du von allen guten Geistern verlassen, Junge?«, schnaubte Goldmann und zeigte auf sein steifes Bein. »Schau her! Das hier hat eine Handgranate angerichtet, du dummer Junge. Wir brauchen keinen weiteren Krieg, es laufen genug Witwen und Invaliden durch die Straßen.«

Lorenz nickte verlegen und wagte kaum aufzusehen. Dann packte er seine Sachen zusammen und verließ den Klassenraum mit eingezogenem Kopf. Im Flur wartete Bertram auf ihn.

»Wir treffen uns heute Abend bei Schlotmanns Haus«, zischte er ihm mit gedämpfter Stimme zu, als er den Lehrer bemerkte, der ihm einen strengen Blick zuwarf.

»Abgemacht.« Lorenz verzog das Gesicht. Sein Gesäß brannte noch immer wie Feuer. »Sobald es dunkel wird. Ich sage Frida Bescheid.«

* * *

Als die Sonne unterging und sich die Abendschatten allmählich verdichteten, schlichen sie zu dritt mit eingezogenem Kopf zu Schlotmanns verlassenem Haus. Lautlos bewegten sie sich vorwärts, kletterten mühelos über die Mauer und gelangten zur Eingangstür. Sie trugen Taschenlampen bei sich, deren dünne Lichtstriche durch die Räume wanderten und sie schließlich zu der schweren Falltür führten. Unschlüssig, was nun zu tun wäre, standen sie eine Weile schweigend da. Schließlich legte Bertram seinen Rucksack ab, besann sich nicht lange und packte den eisernen Ring, um die Tür zu öffnen.

»Seid ihr bereit?«, erkundigte er sich und richtete den Strahl seiner Lampe auf die steinernen Stufen. Als keine Antwort kam, drehte er sich zu ihm und Frida und bemerkte, wie Lorenz unruhig von einem Fuß auf den anderen trat. »Was ist? Hast du etwa Schiss bekommen?«, fragte er ihn und runzelte die Stirn.

Lorenz reagierte nicht. Er wollte den Kopf schütteln und lächeln, aber seine angespannten Gesichtsmuskeln gehorchten ihm nicht. Selbst seine Hände waren unruhig. Mal steckte er sie in die Hosentaschen, dann zog er sie wieder raus. Er hatte Angst wie in der Nacht zuvor. Seine Kehle war wie zugeschnürt, sodass sich eine verlegene Stille breitmachte, die nur durch ihren Atem und das hastige Getrappel der Ratten im Keller durchbrochen wurde.

»Hört ihr das?« Frida legte einen Finger auf die Lippen. Die Zöpfe, die ihr Gesicht umrahmten, bebten leicht, während sie ängstlich die Augen aufriss. »Ratten sind widerlich und sie quieken so furchtbar.«

»Na und?« Herausfordernd blickte Bertram von einem zum anderen. Dann rollte er die Augen zur Decke, bevor er erneut sprach. »Die Viecher haben wahrscheinlich genauso Angst vor euch wie ihr vor ihnen. Sie werden euch schon nicht fressen.«

»Mag sein«, gab Lorenz leise zu. Inzwischen bereute er längst, sich auf das Abenteuer eingelassen zu haben, welches an Gefährlichkeit bei Weitem alles übertraf, was Bertram bisher an Streichen ausgeheckt hatte. Er wich zur Seite, um Zeit zu gewinnen. Bei der Erinnerung an den dunklen, feuchtkalten

Keller graute es ihm. Unmerklich schüttelte er den Kopf und fragte sich, woher er den Mut nehmen sollte, noch einmal in das Rattenloch hinabzusteigen. Er war nicht mutig, überhaupt nicht. Im Gegenteil, seine Unterlippe zitterte, als er versuchte, die aufsteigenden Tränen zurückzuhalten. »Wollen wir nicht lieber verschwinden und das Ganze abblasen? Ich habe kein gutes Gefühl bei der Sache«, schlug er mit belegter Stimme vor.

»Unsinn!« Bertram presste die Lippen aufeinander und warf ihm einen vorwurfsvollen Blick zu. »Dann gehe ich eben allein, bevor ihr euch noch in die Hosen macht.«

Mit einem überlegenen Grinsen betrat er die Treppe, stieg in den Keller hinab und entschwand den Blicken von Lorenz und Frida, während sie still oben am Einstieg standen. Für eine Weile waren nur seine Schritte zu hören. Doch schon Minuten später kehrte er schnaufend mit der Kiste zurück und stellte sie vor ihren Füßen ab. Er öffnete sie vorsichtig, griff hinein und schob das Stroh darin zur Seite. Mit beiden Händen hob er zwei Stangen Sprengstoff heraus.

»Die dürften ausreichen«, stellte er zufrieden fest. »Wir könnten aber auch noch ein paar Eierhandgranaten mitnehmen, dann kracht es so richtig.«

»Bist du verrückt geworden?« Sofort war Lorenz bei ihm. »Willst du uns alle gleich mit in die Luft sprengen? Die Granaten bleiben hier!«

»Von mir aus.« Bertram, der damit beschäftigt war, den Sprengstoff im Rucksack zu verstauen, zuckte unbeeindruckt mit den Schultern. »Worauf wartet ihr noch?«, fragte er ungeduldig, als Lorenz und Frida sich nicht von der Stelle rührten. »Lasst uns zur Scheune fahren. Oder wollt ihr etwa kneifen? Es passiert schon nichts.«

»Das sagst du jedes Mal und meistens bekommen wir danach Ärger«, entgegnete Lorenz. Bertram musste verrückt geworden sein. Er holte tief Luft und ließ sich Zeit, ehe er so ruhig wie möglich fortfuhr. »Wenn etwas schiefgeht, kommen wir in Teufels Küche. Lasst uns die Kiste lieber in den Keller zurückbringen.«

»Du warst schon immer ein Feigling.« Sein Freund schnaubte verächtlich. »Ich hätte es wissen müssen.« Sein Blick fiel auf Frida, die stumm beobachtete, wie er den Rucksack schulterte. Die Vorstellung, dass sie die Scheune am Stadtrand in die Luft sprengen würden, machte ihr offensichtlich Angst. »Was ist mit dir?«, fragte er.

»Ist es nicht zu gefährlich?«

»Ach was, du musst nur Schmiere stehen.« Bertram winkte ab. »Du lässt mich doch nicht im Stich, oder? Komm schon, Frida.«

»Na gut, ich bin dabei«, versprach sie mit einem Schulterzucken und lächelte zaghaft. »Aber ich rühre den Sprengstoff nicht an.«

»Ich wusste, dass du kein Angsthase bist.« Lachend umfasste Bertram ihr hübsches Gesicht mit beiden Händen und küsste sie auf den Mund. Sie stutzte einen Moment, bevor sie ihn wütend von sich stieß. Dann hob Frida die Hand und versetzte ihm eine schallende Ohrfeige.

»Tu das nie wieder!«, fauchte sie und funkelte Bertram an. »Hast du verstanden?«

»Was?« Betroffen blickte Bertram Frida an, weil sie ihre Wut so entschieden geäußert hatte.

»Mich küssen, du Idiot!«

»Was regst du dich so auf?« Bertram musterte sie mit einem undurchsichtigen Blick. Von seinem Lachen war nun nichts mehr zu erkennen. »Los, gehen wir«, befahl er mit gleichmütig klingender Stimme und stapfte zur Tür.

Draußen angekommen, hielt Lorenz ihn zurück. »Warum hast du das getan?«, fragte er verärgert und packte ihn am Arm. »Du hast Frida Angst eingejagt. Ist dir das überhaupt klar?«

»Was geht es dich an?«, kam es gereizt zurück. Doch gleich darauf grinste Bertram wieder auf seine unbekümmerte Art und verwandelte sich in den Jungen zurück, den Lorenz kannte. Der zynische Ausdruck in seinem Gesicht verschwand. Stattdessen lächelte er ihm zu und befreite sich aus dem Griff. »Ich wollte sie nur küssen«, verteidigte er sich mit rauer Stimme. Dann musterte er Lorenz mit zusammengekniffenen Augen. »Bist du etwa eifersüchtig?«

»Darum geht es doch gar nicht«, antwortete Lorenz und blickte stur auf den Boden.

»Donnerwetter, ich habe also recht. Du bist eifersüchtig«, beharrte sein Freund und tippte ihn mit dem Finger auf die Brust. Dabei runzelte er das Gesicht und machte eine Grimasse. »Sonst würdest du nicht so reagieren.«

»Halt die Klappe! Du begreifst überhaupt nichts.« Lorenz schüttelte den Kopf. Es widerstrebte ihm, sich für seine Gefühle zu rechtfertigen. Wie sollte er erklären, was er selbst nicht verstand? Er wandte sich ab und ging zur Tür, wobei er versuchte, seinen Abgang nicht wie eine Flucht aussehen zu lassen.

»Ich werde es nicht wieder tun, in Ordnung?«

»Ehrlich?« Lorenz drehte sich zu Bertram rum. »Du sagst das nicht nur so dahin?«

»Ich schwöre.« Sein Freund nickte kaum merklich, ehe er feierlich die Hand aufs Herz legte und ein freudloses Lächeln zeigte. »Und jetzt komm, sonst verpasst du was.«

Lorenz zögerte noch einen Moment. Doch ein kurzer Blick in die auffordernde Miene seines Freundes verriet ihm, dass er keinen Rückzieher machen konnte, wenn er nicht wieder als Feigling dastehen wollte. Außerdem wollte er die beiden das Abenteuer nicht allein erleben lassen. Also verdrängte er das ungute Gefühl in seiner Brust, welches Bertram mit dem unerwarteten Kuss in ihm ausgelöst hatte, und schwang sich über die Mauer. Mit wenigen energischen Schritten holte er die Freunde ein.

Schweigend verließen sie Schlotmanns Grundstück und machten sich mit den Fahrrädern auf den Weg zur Scheune am Stadtrand, in deren Einfahrt ein verwittertes Holzschild stand, das darauf hinwies, dass niemand das Grundstück betreten durfte. Bei dem Anblick wurde es Lorenz mulmig zumute.

»Willst du den Plan wirklich durchziehen?«, fragte er Bertram.

Sein Freund beantwortete die Frage, indem er vom Rad stieg und es im Gras ablegte. Frida tat es ihm wortlos nach und folgte ihm. Lorenz blieb nichts anderes übrig, als es ihnen gleichzutun, wenn er nicht allein zurückbleiben wollte.

Geräuschlos näherten sie sich der Scheune. Die Taschenlampen hielten sie ausgeschaltet, da sich ihre Augen mittlerweile an die Dunkelheit gewöhnt hatten. Im sanften Licht des zunehmenden Mondes schlichen sie zum Tor, das mit einem Vorhängeschloss gesichert war. Abwartend blieben sie stehen und lauschten, ob von irgendwoher Gefahr drohte.

»Die Luft ist rein. Es kann losgehen.« Bertram grinste sie mit einem komplizenhaften Lächeln an, während er eine Zange aus dem Rucksack zutage förderte und ohne große Anstrengung das Schloss des Tores knackte. »Du bleibst hier und stehst Schmiere«, forderte er anschließend von Frida. »Du musst nur aufpassen, dass niemand kommt. Sobald du etwas Ungewöhnliches hörst oder jemand auftaucht, warnst du uns, verstanden? Den Rest besorgen wir.«

»Na gut«, willigte sie zögerlich ein. »Aber beeilt euch!«

»Du brauchst keine Angst zu haben.« Bertram nahm ihre Hand in seine und hielt ihre Finger fest umschlossen. Dabei blickte er ihr in die Augen. »Vertrau mir.«

»Das tue ich.« Frida senkte den Blick und entzog ihm die Hand. »Jetzt macht schon, bewegt euch«, sagte sie ungeduldig.

»Ich muss zu Hause sein, bevor mein Vater bemerkt, dass ich mich rausgeschlichen habe.«

Geduckt huschte Lorenz seinem Freund hinterher in die dunkle Scheune. Bertram knipste die Taschenlampe an und tauchte den Innenraum in flackerndes Licht, bis der Lichtkegel auf etwas Großem hängen blieb, das mit einer Plane bedeckt war. Mit einem Ruck zog er sie herunter und gab den Blick auf ein Automobil frei, dessen Lack wie frisch poliert glänzte.

»Sieh mal einer an. Wenn das mal kein nagelneuer Mercedes Benz W 03 ist«, stellte er spöttisch fest und stieß einen Pfiff aus. »Er muss ein kleines Vermögen gekostet haben.«

»Weißt du, wem der Wagen gehört?«, fragte Lorenz beunruhigt.

»Wem wohl?« Bertram zuckte gleichmütig mit den Schultern und holte ein Messer aus der Hosentasche, während ein boshaftes Lächeln über seine Züge glitt. Noch bevor Lorenz ihn zurückhalten konnte, steuerte er auf das Auto zu und stach in die Vorderreifen. Ein lautes Zischen zerriss die Stille, als die Luft entwich. Unbeirrt von dem Geräusch rammte Bertram das Messer in beide Hinterreifen, ehe er mit einem triumphierenden Grinsen zu seinem Freund zurückkehrte.

»Sag nicht, dass das Auto deinem Vater gehört.« Lorenz spürte, wie ihm alles Blut aus dem Gesicht wich, und stand wie versteinert da. Lediglich seine Hände führten ein Eigenleben. Er knetete sie nervös, während er den Blick nicht von Bertram wenden konnte.

»Gut erkannt.« Bertrams Grinsen wurde breiter. »Mein alter Herr hat die Scheune von einem Bauern gepachtet, um sein kostbares Stück unterzustellen, wenn er am Wochenende nach Hause kommt. Was glaubst du, warum ich die Bombe ausgerechnet hier testen will?«

»Er wird dich dafür windelweich prügeln. Hast du denn gar keine Angst?«

»Nicht, wenn ich mir vorstelle, was er für Augen machen wird, wenn er seine Karre abholen will. Außerdem bin ich an Schläge gewöhnt.« Bertram zeigte auf seine geschwollene Wange. »Mein Vater interessiert mich einen Scheißdreck.« Zügig öffnete er den Rucksack und zog die Dynamitstangen heraus. »Du weißt, was du zu tun hast«, sagte er mit gedämpfter Stimme und öffnete eine Hand, auf deren Fläche zwei Sprengkapseln lagen. »Mach die Bombe fertig!«

»Bertram, warte!« Lorenz schluckte und spürte, wie seine Handflächen feucht wurden. Sein Mund hingegen fühlte sich mit einem Mal trocken an, während seine Angst wuchs und die Anspannung der letzten Stunden zurückkehrte. In Gedanken sah er die Scheune in die Luft fliegen und die Feuerwehr anrücken. Er sah sich wegrennen und direkt in die Arme der Polizei laufen. Er würde von der Schule fliegen und all seine Zukunftspläne würden sich in Rauch auflösen. »Ich habe es mir anders überlegt. Lass uns die Fahrräder schnappen und nach Hause fahren«, presste er hervor und zeigte auf den Sprengstoff. »Das Zeug ist gefährlich.«

»Nicht, wenn man schnell ist. Hör endlich auf, dir in die Hosen zu machen«, höhnte Bertram und blickte ihn eigentümlich an.

Lorenz schien es fast, als ob er insgeheim seine Angst genoss.

»Ich weiß gar nicht, was du hast. Du hast doch alles exakt berechnet, es kann nichts schiefgehen. Wir lassen den Mercedes hochgehen, dann verschwinden wir. Kein Mensch wird je erfahren, dass wir überhaupt in der Nähe der Scheune waren. Es gibt keinen Grund, sich Sorgen zu machen. Ich habe einen Plan.«

»Wenn du das sagst, mache ich mir erst recht welche.«

»Tu es einfach!« Bertram baute sich vor ihm auf und sah streng auf ihn hinab. »Sind wir Freunde oder nicht?«

»Klar sind wir Freunde«, sagte Lorenz mehr zu sich selbst als zu Bertram, während ihm das Herz bis zum Hals schlug. Er konnte kaum schlucken, so dick war der Kloß in seiner Kehle. »Aber ...«

»Kein Aber!«, schnitt Bertram ihm das Wort ab. »Wenn du mein Freund bist, hilfst du mir jetzt, es zu Ende zu bringen. Du weißt, was mir blüht, wenn mein Vater die zerstochenen Reifen entdeckt.«

Lorenz nickte wortlos. Seine Hände krampften sich um das Rohr, dessen Spitze er mit einer Blechhaube versah, um den Luftwiderstand zu verringern. Dann bestückte er das Innere des Rohrs mit einer Mischung aus dem gefundenen Schwarzpulver und dem Sprengstoff. Als er es an den Freund übergab, zitterten seine Finger. Während Bertram die Bombe begutachtete, drehte sich Lorenz zu Frida um, die mit hängenden Schultern vorm Tor stand und zu ihnen herüberstarrte.

»Warum dauert es denn so lange?«, rief sie beunruhigt. Ihre Augen wirkten angsterfüllt, sodass sich auch Lorenz' ungutes Gefühl noch vertiefte. Angespannt lief er ein paar Schritte auf Frida zu, ohne die leiseste Ahnung zu haben, was hinter seinem Rücken vorging. Als er ein leises Lachen hörte und sich zu Bertram umdrehte, richtete sein Freund die Sprengladung mit der Schrägseite zum Scheunendach aus, ehe er die Zündschnur in Petroleum tränkte.

»Erledigt«, stellte er fest und zündete das Ende der Schnur an.

»Dann nichts wie raus hier!«, befahl Lorenz und rannte aus der Scheune zu Frida hin, die am ganzen Körper zitterte. »Legt euch flach auf den Boden. Die Explosionsgeschwindigkeit beträgt etwa vierhundert Meter pro Sekunde. Das Rohr wird gleich bersten und dann gibt es einen gewaltigen Knall. Haltet euch die Ohren zu!«

»Habt ihr nicht gesagt, es gibt nur einen kleinen Rums?«, fragte Frida erschrocken.

»Das wird es«, beruhigte Lorenz sie und beugte sich zu Bertram. »Ich habe nur eine Stange Dynamit ins Rohr gepackt. Dabei ist es doch geblieben, nicht wahr?«

»Was sonst?« Sein Freund grinste. Gemeinsam starrten sie zur Scheune, hielten den Atem an und warteten auf den großen Knall. Aber es geschah nichts. Es gab keine Explosion.

»Warum funktioniert es nicht, Lorenz?«, rief Bertram enttäuscht. »Es müsste doch längst knallen.«

»Woher soll ich das wissen? Die Zündung hat versagt. Vielleicht ist die Lunte erloschen.«

»Verdammt«, fluchte sein Freund und sprang auf. »Ich schaue nach.«

»Warte!« Lorenz packte ihn am Arm und riss ihn zurück. »Lass uns lieber verschwinden.«

»Nicht, solange ich nicht weiß, ob es noch kracht.«

»Bist du wahnsinnig?«, herrschte er Bertram an. Seine Stimme wollte ihm kaum gehorchen und brach ganz ab, als es in der nächsten Sekunde einen beängstigend lauten Knall gab, als würden sämtliche Geschütze der Welt gleichzeitig losgehen. Er wurde von einer Druckwelle begleitet, die den Boden in der Umgebung beben ließ.

»Die Scheune geht hoch«, brüllte Bertram. »In Deckung, Leute!«

Mit lautem Getöse barst die Scheune, einzelne Bretter, Stroh und Metallteile flogen durch die Luft und gingen brennend zu Boden. Eine gewaltige Flammenzunge schoss in die Höhe.

»Heilige Madonna«, rief Bertram mit weit aufgerissenen Augen und lachte, bis ihm Tränen übers Gesicht liefen. »Es hat tatsächlich funktioniert. Ich hätte nicht mit dieser Explosionskraft gerechnet.«

»Du bist eben ein beschissener Physiker«, herrschte Lorenz ihn wütend an. »Das war nicht nur eine Stange. Du hättest uns umbringen können, du Trottel.« Er fühlte sich wie gelähmt, sein Herz schlug bis zum Hals. Um sich Mut zu machen, schrie er so laut er konnte. »Wir müssen hier weg! Lasst uns auf der Stelle verschwinden!«

Bertram und er sprangen auf und rannten zum Wald. Als Lorenz sich prüfend umschaute, sah er, wie Frida mit einer Hand ihr Kleid gerafft hielt und ihnen wie eine Besessene nachlief. Er tat es ihr nach und beschleunigte das Tempo. Seine Lungen brannten, während die Beine immer schwerer wurden. Ohne nach rechts und links zu blicken, kämpfte er sich vorwärts. Gestrüpp und Äste schlugen in sein Gesicht und zerkratzten ihm die Beine. Doch Lorenz biss die Zähne zusammen und blieb erst stehen, als sie in die engen Gassen der Stadt einbogen. Atemlos lehnte er sich an eine Hauswand und drehte sich suchend um.

»Wo ist Frida?«, fragte er.

»Wahrscheinlich ist sie nach Hause gerannt«, mutmaßte Bertram.

»Das glaube ich nicht. Warum sollte sie das tun? Wenn es so wäre, hätte sie sich von uns verabschiedet. Sie würde nicht einfach verschwinden.«

»Sie ist ein Mädchen«, erwiderte der Freund, als würde allein diese Feststellung genügen, Fridas Verschwinden zu begründen.

»Warum sagst du so etwas?«, fuhr Lorenz ihn an. »Sie würde niemals einfach abhauen. Es muss etwas passiert sein. Verdammt, das ist alles deine Schuld.«

»Was machen wir jetzt?« Bertram zuckte sichtlich verlegen mit den Schultern.

»Was wohl? Wir müssen sie finden!« Suchend spähte Lorenz zu den dunklen Hauseingängen auf der gegenüberliegenden Straßenseite, konnte aber nichts entdecken. Als er ein unterdrücktes Stöhnen hörte, wandte er sich um und bemerkte, wie Bertram starr zur Seite blickte. Erst dann sah er Frida, die auf ihn zutaumelte und halb ohnmächtig in seine Arme fiel. Sie hielt die linke Hand vor sich und weinte lautlos. An der Stelle des Mittelfingers klaffte ein blutiges Loch.

»Lorenz«, keuchte sie. »Hilf mir!«

»Ich bin bei dir«, antwortete er mit zusammengebissenen Zähnen und versuchte gleichzeitig, seine eigenen Tränen zurückzudrängen, um sie nicht noch mehr zu beunruhigen. Mit versteinerter Mimik schaute er sich die Wunde an. »Tut es sehr weh?«

»Höllisch«, kam es leise zurück.

»Hier!« Er zog ein Taschentuch heraus und wickelte es um ihre verletzte Hand. Dann strich er ihr mit einer zärtlichen Geste das Haar aus der schweißbedeckten Stirn. Als er Fridas Wimmern hörte, hielt er inne und sprach leiser zu Bertram. »Wir müssen sie ins Krankenhaus bringen. Es hat sie ziemlich erwischt. Ihr Finger ist ab! Begreifst du jetzt, was du angerichtet hast?«

»Das … das ha… habe ich nicht gewollt«, stammelte sein Freund und sank in die Knie. Fassungslosigkeit stand ihm ins Gesicht geschrieben. »Ich wollte dich nicht verletzen, Frida. Niemals. Ehrlich, das wollte ich nicht.«

»Reiß dich zusammen!«, forderte Lorenz streng. »Hilf mir lieber!«

Bertram reagierte nicht. Stattdessen starrte er wie gebannt auf die verstümmelte Hand und atmete schwer. Lorenz hingegen fehlte die Zeit, ihn aus seinem lethargischen Zustand zu reißen. Er musste sich jetzt um Frida kümmern.

»Stütz dich auf mich«, bat er und schlang ihren rechten Arm um seine Schultern, bevor er sie langsam mit sich zog. Frida sprach kein Wort und stolperte stumm an seiner Seite durch die Straßen, bis er es nicht länger aushielt und kurz stoppte. »Es wird alles gut werden, versprochen«, tröstete er sie mit rauer Stimme und lächelte ihr aufmunternd zu.

Frida nickte stumm und schaute ihn zweifelnd an. Im Lichtschein der Straßenlaternen konnte Lorenz sehen, wie blass ihre Wangen und Lippen waren, als wäre kein einziger Tropfen Blut mehr darin. Tränen rannen ihr übers Gesicht, hinunter bis ans Kinn. Er konnte den Anblick kaum ertragen und ahnte, dass sie ihm nicht glaubte.

* * *

»Da lang«, keuchte Lorenz und stützte Frida weiterhin, die immer blasser wurde. Die Menge an Blut entsetzte ihn. Er hatte noch nie zuvor eine solch schwere Verletzung gesehen. Abgesehen von Bertrams Platzwunde an der Stirn, von der die Narbe herrührte, hatten sie bei ihren bisherigen gemeinsamen Abenteuern lediglich ein paar Schrammen und aufgeschürfte Knie davongetragen. Umso größer war seine Sorge um Frida. »Wir haben es gleich geschafft«, versprach er. »Im Krankenhaus wird man dir helfen. Drück das Tuch fest auf die Wunde!«

Gefolgt von Bertram führte er sie die Treppe zum Eingang hinauf, als sein Freund ihn plötzlich aufhielt und sich ihnen in den Weg stellte.

»Wartet! Wir können da nicht rein«, sprudelte es aus ihm heraus. »Schaut uns doch an, wir sehen aus wie Brandstifter. Spätestens wenn herauskommt, dass die Scheune absichtlich gesprengt wurde, werden sich der Arzt und die Krankenschwestern an uns erinnern. Dann sperren sie uns für immer ein.«

»Daran hättest du denken sollen, bevor du Blödmann die zweite Stange Dynamit dazugepackt hast. Für Reue ist es zu spät«, herrschte Lorenz ihn an und ächzte unter Fridas Gewicht, die sich kaum noch auf den Beinen halten konnte. »Sie braucht einen Arzt.«

»Wir bringen sie zu deinem Vater«, schlug Bertram vor. »Er wird Frida helfen.«

»Unmöglich.« Lorenz schüttelte den Kopf. »Siehst du denn nicht, dass sie sich kaum noch auf den Beinen halten kann? Frida ist zu schwach, um zu laufen, und zu schwer, um getragen zu werden. Der Weg zu mir nach Hause wäre viel zu weit.«

»Dann leg sie hier auf den Stufen ab. Jemand wird sie bestimmt gleich finden und zum Arzt bringen«, antwortete Bertram entschlossen, der offenbar nur noch von der Angst beherrscht wurde, welche Konsequenzen ihm drohen könnten.

»Und was, wenn nicht? Willst du sie etwa im Stich lassen?«, rief Lorenz fassungslos, als er die Absicht hinter Bertrams Worten erkannte. »Obwohl du die Schuld an allem trägst?«

»Blödsinn, wir haben Frida hergebracht«, widersprach Bertram und drehte sich nach allen Richtungen um. »Ich will bloß nicht ins Krankenhaus. Dann könnte ich mich auch gleich der Polizei stellen. Kapierst du das nicht? Wir haben keine Wahl.«

»Nein, ich verstehe es nicht, und man hat immer eine Wahl. Selbst wenn die Polizei …«

»Keine Sorge«, unterbrach ihn Bertram. »Bis jetzt ist niemand hinter uns her. Lass uns schnell verschwinden.«

»Keine Sorge?«, fuhr Lorenz ihn heftig an. All seine aufgestaute Anspannung machte sich in einem bitteren Lachen Luft. Er atmete tief durch, um sich zu beruhigen, und warf einen mitleidigen Blick auf Frida. Sie öffnete den Mund, als wollte sie etwas sagen. Doch sie schwieg, während Lorenz sich wütend an Bertram wandte. »Sie hat gerade einen Finger verloren, weil du Idiot die Menge an Sprengstoff verdoppelt hast. Und dir fällt nichts Besseres ein, als sie auf der Treppe abzulegen? Das kannst du nicht machen.«

»Ich kann und ich werde«, kam es leise zurück. »Du hast keine Ahnung, was passiert, wenn die Polizei bei mir zu Hause auftaucht.«

»Dann geh! Verschwinde!«

»Aber ich ...«

»Hau ab, habe ich gesagt!« Lorenz hob die freie Hand, um ihn zum Schweigen zu bringen, ohne den Blick von ihm abzuwenden. Aus glanzlosen Augen sah er den Freund an. Dann drehte er sich mit Frida im Arm um.

»Wartet!« Bertram wandte sich in einem letzten Versuch an Frida. Mit Tränen in den Augen sah er sie an. Lorenz fiel auf, welches Unbehagen es ihm bereitete. In einer hilflosen Geste hob Bertram die Arme und ließ sie wieder fallen. »Es tut mir leid.«

Frida antwortete nicht. Mit rot verheulten Augen blickte sie durch ihn hindurch und schien seine Entschuldigung nicht einmal wahrgenommen zu haben. Es dauerte eine Weile, bis sie Worte fand.

»Ich werde dir nie wieder vertrauen, Bertram«, sagte sie kaum hörbar und beinahe feierlich. Dann drehte sie in einer abwehrenden Bewegung ihren Kopf weg, während ihr Freund verzweifelt in sich zusammensackte.

Lorenz, der Bertram noch nie zuvor so erschüttert gesehen hatte, verspürte trotz seiner Wut in diesem Moment Mitleid mit ihm. Für den Bruchteil einer Sekunde wog er ab, zu ihm zu gehen, um ihn zu trösten. Doch schon im nächsten Moment schüttelte er den Gedanken ab. Frida brauchte seine Hilfe, ihre Wunde musste versorgt werden.

* * *

Ohne Bertram weiter zu beachten, öffnete Lorenz die Tür, half Frida über die Schwelle und schlug sie dem Freund vor der Nase zu. Sie hatten das Krankenhaus kaum betreten, als ihnen eine Pflegerin entgegeneilte. Nachdem die Frau in weißer Schwesterntracht einen Blick auf Fridas Hand geworfen hatte, ließ sie den bestürzten Lorenz stehen und rief nach einem Arzt. Dann brachte sie seine Freundin in den Behandlungsraum.

Für eine Weile blieb Lorenz stumm vor sich hin starrend vor der geschlossenen Tür stehen. Dann ließ er sich erschöpft auf einen der harten Stühle fallen und begann, über das Erlebte nachzudenken. Ein Unterfangen, welches er schon bald bereute. Denn in den darauffolgenden, schier endlos erscheinenden Minuten, in denen er nichts tun konnte, erkannte er das volle Ausmaß ihres Abenteuers. Die Scheune war bis auf die Grundmauern zerstört, Fridas Finger war abgerissen und Friedrichs' neues Automobil in die Luft geflogen. Sie würden nun die Konsequenzen tragen müssen. Dabei hatte es nur ein harmloser Streich werden sollen.

Als Lorenz endlich Schritte im Flur hörte, sprang er auf. Ein Arzt kam auf ihn zu und tätschelte ihm die Schulter, während er ihm versicherte, dass es Frida gut gehe und sie umsorgt würde. Nachdem Lorenz ihm Name und Adresse der Freundin genannt hatte, schickte er ihn weg.

»Geh nach Hause, Junge. Deine Freundin bleibt über Nacht hier«, sagte er.

Nach einem kurzen Zögern wandte Lorenz sich ab. Wie benommen verließ er das Krankenhaus und schlurfte erschöpft ins Freie. Auf der Treppe hielt er einen Moment inne und blickte in den sternenklaren Himmel, ehe er sich, beide Hände tief in den Hosentaschen vergraben, auf den Heimweg machte und hoffte, dass die Bewegung ihm half, die schrecklichen Bilder des Abends aus seinem Kopf zu bekommen.

Es war fast Mitternacht, die Straßen lagen menschenleer vor ihm, als er plötzliche Rufe und stampfende Schritte hörte, die auf das Kopfsteinpflaster hämmerten und von den Wänden der Häuser widerhallten. Lorenz achtete nicht darauf. Auch nicht auf die Leute, die ihm entgegenkamen, bis ein Mann ihn grob anrempelte und fluchend weiterrannte. Da erst hörte er die Sirene der Feuerwehr und begriff, dass die Männer und Löschwagen auf dem Weg zur Scheune waren. Zügig und mit nagenden Gewissensbissen lief er weiter und kam wenig später zu Hause an. Völlig erschöpft öffnete er die Tür, hinter der seine Eltern ihn bereits aufgeregt erwarteten.

»Wo warst du?«, rief ihm seine Mutter entgegen. »Wir haben uns solche Sorgen gemacht. Seit wann schleichst du dich im Dunkeln aus dem Haus?«

»Frida ist verletzt«, brachte Lorenz tonlos über die Lippen und spürte sogleich, wie schuldig er sich fühlte, indem er es laut aussprach. »Sie hat einen Finger verloren. Ich habe sie zum Krankenhaus gebracht, wo ihre Wunde versorgt wird.«

»Wovon redest du?« Der Arzt warf seinem Sohn einen irritierten und zugleich strengen Blick zu. Sichtbar erregt packte er ihn an den Schultern und zwang ihn so, ihm ins Gesicht zu schauen. »Raus mit der Sprache!«

»Fridas Hand wurde von einem Metallteil getroffen, das durch die Luft flog.«

Sein Vater schwieg erschrocken, während seine Mutter einen spitzen Schrei ausstieß und zu ihrem Mann schaute, der Lorenz genauso ungläubig ansah und sprachlos den Kopf schüttelte. Es dauerte eine Weile, bis er seine Fassung zurückerlangte.

»Metallteile fliegen nicht einfach durch die Luft! Mach den Mund auf, Lorenz! Ich will wissen, was ihr wieder angestellt habt. Da steckt doch gewiss Bertram dahinter, habe ich recht?«

»Die Scheune am Stadtrand ist explodiert«, gab Lorenz zögernd zu. »Wir haben sie und das neue Auto von Bertrams Vater gesprengt.«

Eine Weile blieb es still. Mit abwesendem Blick schaute sein Vater ihn an, während Lorenz angespannt auf dessen Reaktion wartete. Als er endlich sprach, klang seine Stimme rau.

»Ihr habt die Scheune in die Luft gesprengt und euch am Besitz von Bertrams Vater vergriffen?« Er schloss kurz die Augen und drückte die Nasenwurzel mit dem Daumen und zwei Fingern zusammen, bevor er weitersprach. »Das ist Brandstiftung. Dafür werdet ihr euch verantworten müssen. Ganz abgesehen davon, dass Frida verletzt ist und ihr Leben lang darunter leiden wird. Was habt ihr euch nur dabei gedacht?«

»Ich ...« Lorenz schluckte, sein Hals war trocken. Er zögerte und betrachtete verlegen seine vom Schwarzpulver verschmierten Hände. »Wir wollten nur ...«

Ein lautes Hämmern an der Tür unterbrach seine stotternde Erklärung. Von draußen waren aufgeregte Stimmen zu hören, bevor es erneut klopfte, dieses Mal energischer.

»Ich kann mir schon denken, wer das ist.« Sein Vater stöhnte auf und fuhr sich nervös durch seinen Bart, ehe er öffnete. Über seinen Kopf hinweg sah Lorenz, wie der kräftige Mann mit ausladenden Schultern und breiter Brust in den Hausflur stürmte. Er trug einen spärlichen Schnurrbart mit altmodischen Koteletten und hatte sich einzelne Haarsträhnen quer über den Kopf gekämmt, um die lichten Stellen zu verbergen. Bertram folgte ihm. Der Junge hielt den Kopf gesenkt. Dennoch blieben Lorenz die Spuren der Prügel nicht verborgen.

»Wir müssen reden«, kam Friedrichs ohne Umschweife zur Sache und baute sich vor seinem Vater auf. Seine Stimme war tief wie ein Donnergrollen und ebenso bedrohlich. »Es geht um das, was heute Nacht geschehen ist. Dein Junge hat die Scheune mitsamt meinem nagelneuen Wagen in die Luft gejagt. Ich erwarte von euch, dass ihr den Schaden begleicht und er sich stellt.«

»Das … das ist nicht … wahr. Es war … war nicht mein Plan«, stammelte Lorenz entsetzt, als Bertrams Vater ihn am Kragen packte, dass ihm angst und bange wurde. Er hob den Kopf und schaute verzweifelt zu seinem Freund hin, der bisher kein einziges Wort über die Lippen gebracht hatte. Dessen Blick erschreckte ihn zutiefst. Seine Augen waren so leer.

»Wessen sonst?«, herrschte Friedrichs ihn unterdessen an und verzog hämisch das Gesicht. »Willst du etwa behaupten, dass ich lüge, du elendiger Bengel? Wir wissen beide, dass Bertram zu dämlich ist, eine Bombe zu bauen. Natürlich warst du es.«

»Lass sofort meinen Sohn in Ruhe, Ludger!«, mischte sich sein Vater in drohendem Ton ein und stellte sich zwischen sie. »Für deine Anschuldigungen gibt es keinerlei Beweise.«

»Und ob es die gibt.« Friedrichs streifte ihn mit einem verächtlichen Grinsen. »Frag ihn doch, woher das Dynamit kam.«

»Ist das wahr?« Sein Vater wandte sich Lorenz mit versteinerter Miene zu. »Mach den Mund auf und versuch gar nicht erst, dich rauszureden«, drängte er ihn.

»Ich habe den Sprengstoff in Schlotmanns Keller gefunden«, gestand er mit brennenden Augen und schüttelte kaum merklich den Kopf, während er nach den richtigen Worten suchte. »Aber ich wollte die Scheune nicht in die Luft sprengen. Das musst du mir glauben.«

»Schon gut, mein Junge«, sagte sein Vater und trat mit beschwichtigender Handbewegung auf Friedrichs zu. »Ich denke, es ist besser, ihr geht jetzt. Wenn sich die Gemüter beruhigt haben, können wir darüber reden.«

»Beruhigt?« Bertrams Vater schüttelte den Kopf und stürzte sich plötzlich wütend auf Lorenz. Er erschrak und hielt schützend die Hände vors Gesicht, als Friedrichs drohend seine Faust hob. Doch bevor er zuschlagen konnte, stieß ihn Bertram zur Seite und stellte sich vor Lorenz.

»Hör auf!«, schrie er und riss den Arm seines Vaters zurück. »Lass ihn verdammt noch mal in Ruhe!«

»Geh mir aus dem Weg, oder du bereust es.«

»Und wenn schon.« Obwohl Bertram zitterte, wich er keinen Zentimeter zurück. Als Lorenz ihn ansah, bemerkte er Tränen in seinen Augen. Der gewohnt spöttische Ausdruck darin war verschwunden. Mit einem Mal schien Bertram genauso schwach wie er zu sein. Ein Junge, der aus Übermut einen schweren Fehler begangen hatte, der genauso Angst verspürte wie er und sich trotzdem zwischen ihn und den Mann stellte, der ihn grün und blau prügeln würde, sobald sie in ihrem eigenen Zuhause waren.

»Ich bin schuld«, gestand er erhobenen Hauptes, den Blick starr vor sich gerichtet. »Ich habe die Bombe gelegt und dein Auto in die Luft gejagt. Lorenz und Frida hatten keine Ahnung, dass es in der Scheune steht.«

»Du lügst«, knurrte Bertrams Vater außer sich vor Wut. Dessen grobe Gesichtszüge verrieten für einen Moment Erstaunen, bevor sie sich verdüsterten. Er war größer als Bertram und stärker. Sein Leben lang hatte er ihn mit dem Gürtel, den bloßen Händen und geballten Fäusten gezüchtigt. Auch jetzt holte er aus und schlug seinem Sohn mit voller Wucht ins Gesicht. »Das erfindest du doch nur, um den Juden zu schützen«, schrie er.

»Ich sage die Wahrheit.« Bertram hielt inne und sog scharf den Atem ein. Dann hob er den Kopf. »Ich war es, weil ich dich hasse.«

Sekundenlang stand Friedrichs wie erstarrt und rang sichtlich um Fassung. Dabei strafte der verstörte Ausdruck seiner Züge die erzwungene Gelassenheit Lügen. In einer plötzlichen Bewegung schleuderte er seinen Sohn grob von sich weg, sodass Bertram hart zu Boden fiel.

»Ab jetzt hältst du besser den Mund, du Schwachkopf, und gehst mir aus dem Weg«, zischte sein Vater ihm zu. »Du weißt nicht, was du da sagst. Mit diesem Geständnis könntest du dir deine gesamte Zukunft ruinieren.«

»Das interessiert mich nicht«, blieb Bertram standhaft. Er rappelte sich auf und starrte ihn herausfordernd an.

»Sollte es aber, du Dummkopf.« Friedrichs warf ihm einen geringschätzigen Blick zu. »Schließlich bist du trotz allem mein Sohn und kein dahergelaufener Jude. Also sei endlich still!«

»Dafür ist es zu spät. Er hat es zugegeben«, mischte sich Lorenz' Vater ein, der bei den abfälligen Worten zusammengezuckt war. »Du kannst nicht zurücknehmen, was er längst gestanden hat. Was willst du noch, Ludger? Weshalb bist du so erpicht darauf, Lorenz die Schuld in die Schuhe zu schieben?«

»Weshalb?«, erwiderte Friedrichs, dessen hagere, scharf markierten Gesichtszüge mit den aufgeworfenen Lippen einen abstoßenden Eindruck machten. »Weil mein Sohn ein anständiger Junge ist, der weiß, was ihm blüht, wenn er sich an meinem Eigentum vergreift. Es war dein Rotzbengel, basta.«

»Es gibt keine Beweise.«

»Beweise?«, fragte Friedrichs achselzuckend. Ein boshafter Triumph leuchtete in seinen Augen auf. »Durchsuch seine Taschen. Ich bin sicher, du findest darin die Konstruktionspläne der Bombe. Außerdem würde es Bertram nicht wagen.«

»Aber Lorenz schon? Weil wir Juden sind?«

»Ganz recht. Dein Sohn mag eine Menge Ahnung von Physik und Chemie haben, das muss man ihm neidlos zugestehen. Aber schlechtes Blut bleibt schlechtes Blut.« Ohne ein weiteres Wort schnappte Friedrichs Bertram am Nacken und schob ihn zur Tür. »Ihr hört von mir«, murmelte er vor sich hin, bevor die Tür ins Schloss krachte.

Kapitel 2

September 1927

Bertram spürte, wie sich kleine Schweißperlen von seiner Stirn lösten. Langsam wanderten sie über die erhitzten Wangen nach unten zum Kinn und tropften schließlich auf das Blatt Papier, das vor ihm auf der Bank lag. Es war auch heute bis auf wenige Zahlenreihen unbeschrieben, obwohl längst die Ergebnisse der Aufgaben darauf hätten stehen müssen.

Sich seines Scheiterns bewusst, schreckte er zusammen, als sich der Lehrer seiner Bank näherte und sich von hinten über seine Schulter beugte. Er hielt die Hefte der letzten Klausur in den Händen.

»Es hat wieder einmal nur für ein Ungenügend gereicht, Friedrichs. Dir mangelt es einfach an Analytik und Logik«, stellte er spöttisch fest. »Sieht so aus, als hätte dein Vater dich zu Unrecht vor einer Strafe bewahrt. Wenn ich mir deine Arbeit so anschaue, kann ich mir schon denken, wer die Scheune in die Luft gejagt hat.«

»Ich … wir wollten …« Als Bertram spürte, wie sein Gesicht zu glühen begann, brach er ab und versank in verlegenes Schweigen, um sich vor der Klasse nicht noch lächerlicher zu machen als ohnehin schon. Es hatte sich längst herumgesprochen, dass nicht Lorenz, sondern er die Verantwortung für die Explosion in der Scheune trug, auch wenn sein Vater etwas anderes behauptete. Nach Ausreden zu suchen, machte es nur noch schlimmer.

»Geistreich wie eh und je.« Goldmann zog die Augenbrauen nach oben, während die Schüler ringsum zu kichern begannen. »Das Akademische Gymnasium wird wohl von dir verschont bleiben. Ehrlich gesagt bin ich heilfroh, dass du dich nicht unter den angesehenen Physikern und Mathematikern des Landes einreihen wirst. Uns allen stünde eine Katastrophe bevor.«

Bertram blieb trotz der Demütigung stumm. Es war kein Geheimnis, dass zwischen ihm und dem jüdischen Lehrer neuerdings eine tiefe Abneigung bestand. Goldmann hatte es dem Vater des Jungen nicht verziehen, dass er nach dem Vorfall mit der Scheune alle Schuld von seinem Sohn geschoben und Lorenz dafür verantwortlich gemacht hatte, denn Friedrichs' Ansicht nach konnte es nur ein Jude gewesen sein, der das Eigentum anderer mutwillig zerstörte. Die Leute hatten dem angesehenen Ingenieur und wissenschaftlichen Leiter der Siemenswerke natürlich geglaubt. Alle bis auf Goldmann, der sich in diesem Moment Lorenz zuwandte.

»Es scheint jedoch tatsächlich noch junge Menschen zu geben, die mit der Mathematik etwas anfangen können«, stellte der Lehrer anerkennend fest. »Wenn du so weitermachst, wirst du es sehr weit bringen, Lorenz. Richte deinem Vater aus, dass ich ihn in den nächsten Tagen sprechen möchte. Ich glaube, es ist nicht zu früh, dass du speziellen Einzelunterricht als Vorbereitung für das Gymnasium erhältst. Mit deinem klaren analytischen Verstand bist du viel weiter, als es deinem Alter entspricht.«

Während Lorenz stumm nickte, hielt Bertram die Luft an und spürte, wie in diesem Moment Neid in ihm nach oben kroch, von dem er bis heute nicht einmal geahnt hatte, dass er in ihm steckte. Möglicherweise weil er bis zur Vergabe der Hefte noch fest daran geglaubt hatte, dass es dieses Mal gereicht haben könnte. Schließlich hatte er in den vergangenen Tagen Stunden damit verbracht, die Gleichungen und Formeln zu lernen, während die anderen Kinder mit ihren Rädern zu dem nahe gelegenen See gefahren waren und die Sonne genossen hatten. Trotzdem war all die Mühe umsonst gewesen.

»Lass ihn reden. Du wirst die Prüfung trotzdem bestehen«, raunte ihm Lorenz zu, der ihn zu trösten und aus seinen düsteren Gedanken zu reißen versuchte. Bertram nickte stumm und wenig überzeugt. Er wusste es besser. Wenn er auch äußerst selten die Meinung seines Vaters teilte, in dem Punkt waren sie sich einig. Er war ein Versager.

»Alles in Ordnung?«, unterbrach nun auch Frida das Schweigen, die in der Bank hinter ihm hockte. Bertram brachte kein Wort heraus. Unterdessen war der Lehrer mit dem Austeilen der Hefte fertig geworden und trat zurück vor die Klasse.

»Ihr habt noch zwei Wochen bis zur Abschlussprüfung«, teilte er seinen Schülern mit, nachdem er sich über sein Pult gebeugt hatte und nun mit den Unterlagen wedelte. »Setzt euch auf den Hosenboden. Ich werde bei keinem von euch ein Auge zudrücken. Auf die höhere Schule darf nur, wer es verdient hat.« Ein spöttisches Lächeln zuckte um seinen Mund, als er den Blick auf Bertram richtete. »Das gilt auch für dich, Friedrichs. Sag das deinem Vater!«

Bertram senkte beschämt den Kopf und war heilfroh, dass der Unterricht in weniger als zwei Minuten beendet sein würde. Dann konnte er diesen stickigen Raum endlich verlassen. Vor ihm lag ein schulfreier Sonntag, den er zu nutzen gedachte.

»Ich komme gleich nach«, rief er Lorenz zu, der mit Frida wartend an der Tür stand. Er schaffte es sogar, den Freunden zuzulächeln, bevor er Goldmann zu dessen Büro nacheilte und ihn um ein kurzes Gespräch bat.

»Was gibt es?«, erkundigte sich der Lehrer kühl. »Ich höre?«

»Lassen Sie mich mit Lorenz an dem speziellen Unterricht teilnehmen«, bat Bertram mit einem leisen Beben in der Stimme und fuhr sich über die Stirn. »Ich könnte viel dabei lernen.«

Goldmann, der gerade damit beschäftigt war, die Prüfungsunterlagen in seinem Schreibtisch zu verstauen, unterbrach diese Arbeit und schaute überrascht auf.

»Du hast da etwas missverstanden, Junge. Ich bin es, der Lorenz unterrichten wird, und ich glaube kaum, dass dein Vater bereit ist, auch nur eine müde Mark an einen Juden zu zahlen. Er hat seine Meinung dazu recht deutlich gemacht. Und jetzt geh!«, forderte er Bertram auf, während er den Sekretär sorgfältig abschloss und den Schlüssel in einem Kästchen verschwinden ließ, das er zwischen den Büchern im Regal ablegte.

Bertram hatte jede seiner Bewegungen genau verfolgt, nickte ihm beipflichtend zu und unternahm keinen weiteren Versuch, Goldmann vom Gegenteil zu überzeugen. Er hatte erreicht, was er wollte, und verließ den Raum. Auf dem Schulhof warteten Lorenz und Frida auf der Bank unter der alten Linde auf ihn.

»Und? Weißt du schon, wie du es deinem Vater beibringst?«, erkundigte sich Frida und warf ihm einen mitleidigen Blick zu.

Bertram schüttelte betrübt den Kopf und starrte auf ihre Hand. Frida trug immer noch einen Verband, schlecht gewickelt und schmutzig. Er ging zu ihr hin und nahm ihr den Tornister ab. Seitdem sie den Finger verloren hatte, trug er ihn jeden Tag zu ihr nach Hause, obwohl es für ihn einen Umweg bedeutete. Frida lebte in der Stadtmitte, in einer dieser winzigen Arbeiterwohnungen, die sie sich mit ihren Eltern und dem jüngeren Bruder teilte. Er hingegen wohnte am anderen Ende der Kleinstadt, wo man fast ausschließlich die Häuser wohlhabender Leute fand.

»Ich lasse mir etwas einfallen.« Bertram zuckte mit den Schultern und blieb an ihrer Seite, als sie ihren Weg fortsetzte. Frida beschleunigte ihren Schritt und steuerte direkt auf das unansehnliche Haus zu, in dem sie wohnte.

»Was hast du vor?«, erkundigte sie sich.

Bertram zögerte und schaute nach allen Richtungen, um sich davon zu überzeugen, dass ihnen niemand zuhörte. Dann antwortete er mit etwas gedämpfter Stimme und stockend, als ob er sich jedes Wort überlege, ehe er es aussprach.

»Ich werde die Prüfungsunterlagen aus dem Sekretariat stehlen.«

»Was? Bist du verrückt geworden?«, fragte sie erschrocken.

»Mir bleibt keine Wahl. Ich muss es tun.« Bertram war näher getreten, sein Blick hing fest an Frida, die ihn für einen Moment mit einem Ausdruck der Überraschung und des Entsetzens betrachtete. Als er ihre Hand nehmen wollte, wich sie zurück und hob abwehrend den Arm. Sie sprach kein Wort, aber eine an Abscheu grenzende Entrüstung lag so klar in ihren funkelnden Augen, dass er sie betroffen anstarrte.

»Viel Glück«, sprudelte es aus ihr heraus, während sie den Kopf schüttelte. Dann verschwand sie im Treppenhaus und ließ ihn zurück.

Bertram wartete, bis die Tür ins Schloss fiel. Dann machte er sich nachdenklich auf den Heimweg.

* * *

Seine Mutter saß am Fenster an der Nähmaschine und arbeitete, als er in die Küche kam. Bertram schaute in die Töpfe auf dem Herd und tat so, als würde er etwas essen. Schließlich gab er es auf, steckte die Hände in die Hosentaschen und schlenderte um den Tisch herum. Vor der Nähmaschine blieb er stehen und sah ihr zu.

Dabei stellte er wehmütig fest, wie grau ihr Haar an den Schläfen geworden war. Außerdem konnte er aus der Nähe die Fältchen in ihren Augenwinkeln und um den Mund erkennen. Dabei war seine Mutter früher eine schöne Frau gewesen. Er wusste es, weil er in einem Karton auf dem Dachboden Fotos von ihr gefunden hatte. Sie stammten aus der Zeit, bevor sie seinen Vater geheiratet hatte. Damals hatte sie auf jeder Aufnahme gelächelt. Inzwischen hatte ihr Mund einen bitteren Zug angenommen.

»Was nähst du da?«, erkundigte er sich.

»Eine neue Hose für deine Abschlussprüfung. Gefällt sie dir?« Irma Friedrichs blickte mit weichen Zügen lächelnd zu ihm auf. »Komisch, du interessierst dich doch sonst nicht für meine Näharbeiten. Hast du etwas angestellt?«

»Wie kommst du darauf?«, druckste Bertram, der sich ertappt fühlte, ein wenig herum, bevor er kleinlaut mit der Sprache herausrückte. »Ich habe heute in Mathematik ein Ungenügend bekommen.«

»Schon wieder?« Seine Mutter sog scharf den Atem ein und blickte betrübt auf den Stoff. »Das ist bestimmt nicht das, was dein Vater erwartet, wenn er heute nach Hause kommt. Gott weiß, dass ich alles dafür tun würde, dich vor ihm zu beschützen.«

Bertram spürte, wie sich ihm die Kehle zuschnürte. Er wusste, wie sehr sie sich nach einem Leben in Frieden und Harmonie sehnte und wie unerträglich die lauten Zornesausbrüche seines Vaters für sie waren. Bedrückt bemerkte er, wie ihre Finger zitterten, als sie die Hose mit einem Ruck unter die Nadel schob, die daraufhin abbrach. Angespannt ließ sie die Hände in den Schoß sinken und blickte ihn bekümmert an. In ihren Augen spiegelte sich ihre ganze Sorge.

Wie um die Worte seiner Mutter zu bestätigen, polterte es in diesem Augenblick lautstark im Flur. Schlurfende Schritte näherten sich der Küche und ließen sie verstummen. Während seine Mutter mit einem Ausdruck ängstlicher Erwartung zur Tür blickte, heftete Bertram die Augen starr auf den Boden. Er hatte aus der Vergangenheit gelernt, wie er sich in einer solchen Situation verhalten musste.

Unterdessen riss sein Vater schwungvoll die Tür auf. Sein wutentbranntes Gesicht verriet sofort, dass er die letzten Sätze des Gesprächs zwischen Mutter und ihm belauscht hatte und sie allen Grund hatten zu erschrecken. Mit anklagender Miene schaute er auf Bertram hinab, während sich eine Zornesfalte zwischen seine Augenbrauen grub.

»Ein Ungenügend? Habe ich das richtig gehört?« Friedrichs musterte Bertram streng. Seine Lippen pressten sich zu einem harten Strich zusammen. Ein untrügliches Zeichen, dass er auf Streit aus war.

»Ich verstehe die Naturwissenschaften einfach nicht«, hauchte Bertram schwach, wobei sich sein Körper unwillkürlich versteifte. »Herr Goldmann sagt, ich tauge nicht fürs Gymnasium. Ich glaube, es ist seine ehrliche Einschätzung.«

»Ein Jude und ehrlich? Das wäre ein Weltwunder.« Sein Vater schnaubte verächtlich, während er seine Jacke auszog und über die Stuhllehne warf. Sein Gesichtsausdruck war schroff und abstoßend.

Bertram suchte vergebens nach einem Funken Mitgefühl. »Er sagt die Wahrheit«, wagte er dennoch zu widersprechen. »Wenn Lorenz mich nicht abschreiben ließe, würde ich …«

»Halt den Mund!«, fuhr ihm sein Vater über den Mund und starrte ihn einen Augenblick lang an. Dann verzerrte sich sein Gesicht in jäher Wut. »Ich höre mir nicht länger mit an, dass ein Jude klüger sein soll als mein eigener Sohn. Du willst nicht, das ist das Problem. Aber keine Sorge, ich werde dir deinen Trotz schon austreiben und dich züchtigen, wie du noch nie gezüchtigt worden bist.« Er packte ihn an den Schultern und schüttelte ihn grimmig hin und her, während seine Mutter einen angstvollen Schrei ausstieß. Daraufhin drehte sich sein Vater zu ihr herum und verpasste ihr eine schallende Ohrfeige, ehe er sich erneut Bertram widmete.

»Du bist ein jämmerlicher Versager!« Friedrichs schürzte verächtlich die Lippen und richtete den Blick starr auf ihn. Langsam zog er seinen Gürtel Schlaufe für Schlaufe aus dem Hosenbund und schaute gleichgültig darüber hinweg, dass sich Bertrams Brustkorb vor Anspannung stoßweise hob und senkte.

»Schlag zu!«, sagte Bertram plötzlich kalt. Er wusste, dass er jetzt eigentlich den Kopf heben und ihm ins Gesicht sehen müsste, wenn er Stärke zeigen wollte. Aber er wusste auch, dass sein Vater dann seine Tränen sehen würde. Seine Stimme zitterte, als er fortfuhr. »Du weißt, dass ich deine Schläge ertragen kann, und wenn du mich totschlägst, umso besser. Auch das ist ein Weg zur Freiheit.«

Für einen Moment herrschte Totenstille. Sein Vater, der die Hand mit dem Gürtel bereits erhoben hatte, hielt überrascht inne. Ein hässliches Lachen ließ seine Züge noch kälter erscheinen.

»Du wagst es, mir so gegenüberzutreten?«, fragte er gefährlich leise. Grob ergriff er Bertram an den Haaren und zog ihn zu dem kleinen dunklen Raum hinter der Küche, in den er ihn schon im Alter von drei Jahren stundenlang eingesperrt hatte. Inzwischen stand dort ein Schemel, über den sich Bertram beugen und die Schläge ertragen musste.

»Halt, Ludger!«, rief seine Mutter und versuchte, ihn zu besänftigen, indem sie sich ihnen in den Weg stellte und ihre Hände an die Brust ihres Mannes drückte. »Lass ihn los! Er wird von jetzt an alles lernen, was du willst.«

»Zurück!«, schrie Friedrichs mit schäumenden Lippen und begann unerbittlich, auf Bertram einzudreschen. Der Lederriemen traf hart auf seinen Hintern, die Oberschenkel und den Rücken und raubte ihm die Luft. Als sich der Metalldorn der Gürtelschnalle in sein Fleisch bohrte, riss es ihn fast von den Beinen. Doch Bertram biss die Zähne zusammen, während ihm Tränen über die Wangen liefen. Wie durch einen Nebel hörte er das Jammern seiner Mutter, die ihren Mann verzweifelt anflehte, von ihm abzulassen, und hoffte nur, dass es schnell vorbeigehen würde.

Als sich sein Vater endlich abreagiert hatte, lag Bertram wie ein Haufen Elend auf dem Boden. Unfähig, sich zu rühren, sah er durch seine Mutter hindurch, die mit bleichem Gesicht neben ihm in die Hocke ging. Sie streckte ihren Arm aus und berührte in einer hilflosen Geste seine Wange. Dann drückte sie ihn schluchzend an sich. Doch Bertram wollte nicht getröstet werden und schob sie von sich.

»Es geht mir gut. Mach dir keine Sorgen«, beteuerte er. Mit zusammengebissenen Zähnen rappelte er sich auf und ging hinauf in sein Zimmer. Dort legte er sich auf das Bett und lehnte den mit Striemen übersäten Rücken an das kalte Metallgestell. Allmählich beruhigte er sich. Seine Tränen versiegten, während sich Scham und Wut in ihm breitmachten und er einen Plan schmiedete.

* * *

Hinter Bertram lag eine lange qualvolle Nacht, in der er vor Schmerzen kaum ein Auge zugetan hatte. Stattdessen hatte er, von kurzen wirren Träumen heimgesucht, wach gelegen, an die Decke gestarrt und sich seine ungewisse düstere Zukunft vorgestellt. Unablässig waren trübe Gedanken auf ihn eingestürmt, die ihn völlig mutlos zurückgelassen hatten. Zugleich war ihm klar geworden, dass er an diesem Tag mit seiner Kindheit abschließen musste. Sie lag nun mit all ihren Hoffnungen, Träumen und Illusionen hinter ihm. Stattdessen baute sich vor ihm ein Leben mit den mitleidlosen, strengen Anforderungen auf, die sein Vater an ihn stellte.

In der Stille der Nacht hatte Bertram gespürt, wie diese Vorstellung für ihn unerträglich geworden war. Wenn es ihm nicht gelänge, die anstehende Abschlussprüfung mit einem halbwegs ordentlichen Ergebnis zu krönen, würde er gezwungen sein, auch die nächsten Jahre in der Nähe seines verhassten Vaters zu verbringen. Dann würde er den Prügeln, die seit der Scheunenexplosion an Härte kaum zu übertreffen waren, weiterhin ausgeliefert sein. Allein bei dem Gedanken hatte sich ihm der Magen umgedreht, sodass an Schlaf kaum zu denken gewesen war.

Erschöpft wühlte sich Bertram im Morgengrauen aus dem Bett und erhob sich. Auf seinen nackten Unterarmen breitete sich augenblicklich eine Gänsehaut aus, als er sich ans Fenster stellte und hinaus auf die menschenleere Straße schaute, ohne einen Blick für die ersten Strahlen der aufgehenden Sonne zu haben, die sich zaghaft hinter dem Kirchturm zeigten und ihn in ein warmes Licht tauchten. Noch einmal ging er gedanklich seinen Plan durch. Dabei presste er angespannt die Hände an die Schläfen, um sich besser konzentrieren zu können, während er sämtliche Risiken abzuwägen versuchte.

Was er vorhatte, war gefährlich. Es konnte das Ende seiner schulischen Laufbahn bedeuten, wenn es herauskäme. Aber sosehr Bertram auch grübelte, es gab keinen anderen Ausweg. Er musste die Prüfungsunterlagen aus dem Sekretariat stehlen. Nur wenn er die Aufgaben im Vorfeld besaß, um sich darauf vorzubereiten, schaffte er es vielleicht noch, sich aus seiner gegenwärtig misslichen Lage zu befreien und dem kalten Elternhaus endlich den Rücken zu kehren, in dem er sich nie heimisch gefühlt hatte.

Bertram seufzte tief, während er sich eine rosigere Zukunft ausmalte. Wenn sein waghalsiger Plan aufging, würde er

Perleberg gemeinsam mit seinen Freunden schon in vier Wochen hinter sich lassen können und zusammen mit Lorenz ein angesehenes Akademisches Gymnasium in Berlin besuchen, während sich Frida in einer reinen Mädchenschule auf ihre zukünftige Ausbildung zur Krankenschwester vorbereitete.

Er konnte kaum in Worte fassen, wie sehr er sich darauf freute. Er mochte Frida mehr noch als Lorenz und wollte sich nicht von ihr trennen müssen. Jedes Mal, wenn sie ihn anschaute, berührte oder ihn anlächelte, schlug sein Herz schneller, sodass es beinahe aus seiner Brust sprang. Vielleicht hatte er sich sogar ein bisschen in sie verliebt. Und obwohl er nicht wusste, ob sie ähnlich empfand, stand sein Entschluss fest. Er musste die Unterlagen stehlen, es war das Risiko wert.

Nachdem er sich angekleidet hatte, ging er nach unten und nahm stumm am Frühstückstisch Platz, an dem sein Vater bereits saß und die Morgenzeitung las. Während dessen Gesicht hinter dem Blatt verborgen blieb, kaute Bertram auf seinem Brot herum und malte sich aus, wie es sich wohl anfühlen würde, sich nie wieder beim Zuschlagen der Wohnungstür verkriechen zu müssen. Nie mehr unter den bedrohlichen, herablassenden Blicken seines Vaters ängstlich zusammenzuzucken und den Gürtel zu spüren bekommen. Stattdessen würde er endlich frei sein.

»Darf ich gehen?«, fragte er leise und schob geräuschlos den Stuhl zurück. »Ich bin mit Lorenz verabredet. Wir wollen für die Prüfungen lernen.«

Eine Weile blieb es still. Nachdenklich setzte sein Vater die Tasse an die Lippen und schlürfte mit sichtbarem Behagen den duftenden Kaffee. Bertram wartete geduldig. Inzwischen war er es gewohnt, dass er ihm erst Aufmerksamkeit schenkte, wenn er es für angebracht hielt. Sein Vater hatte die Zeitung etwas gesenkt, sodass seine Augen sichtbar wurden, die verrieten, dass er ihm aufmerksam zugehört hatte. Er zögerte kurz, ehe er seine Zustimmung mit einem Kopfnicken erkennen ließ.

Wortlos erhob sich Bertram und verließ eilig das Haus. Den Kopf tief zwischen den Schultern eingezogen, lief er mit großen Schritten im fahlen Licht der Morgendämmerung durch die Straßen, die ihn zum Schulhaus führten. Dort angekommen blieb er stehen und starrte zunehmend nervöser auf das alte Gebäude. Die Fenster zum Schulhof hin waren dunkel, wie er erhofft hatte. Dennoch blickte er sich zögernd um und atmete auf. Es war niemand zu sehen, und um diese frühe Uhrzeit an einem Sonntag war wohl auch nicht damit zu rechnen, dass einer der Lehrer zufällig vorbeikam. Das bedeutete, dass er seinen Plan in die Tat umsetzen konnte. Entschlossen straffte er seinen Körper.

Doch ausgerechnet in dem Moment, in dem er einen Weg suchte, in das Schulhaus zu gelangen, schreckte ihn plötzlich ein Geräusch ganz in seiner Nähe auf und ließ ihn zusammenzucken. Bertram hörte leise Schritte, die sich von der hinteren Seite des Gebäudes näherten, und spürte, wie sein Puls in die Höhe schoss. Ohne Zeit zu verlieren, verbarg er sich hinter der Linde und zog den Kopf ein. Als er einen Blick wagte, erkannte er Lorenz und Frida, die sich suchend umschauten. Erleichtert stieß er den Atem aus und trat aus seinem Versteck hervor.

»Was habt ihr hier verloren?«, erkundigte er sich überrascht. »Ihr seid doch nicht zufällig aufgetaucht.«

»Wir haben dich gesucht.«

»Wieso?«

»Jetzt tu nicht so überrascht. Du hast Frida von deinem Plan erzählt.« Lorenz zuckte mit den Schultern und grinste ihn mit einem verschwörerischen Lächeln an. »Wenn du die Unterlagen wirklich stehlen willst, bleibt dir nur der Sonntag. Es war nicht schwer zu erraten, wann dieser Plan am ehesten aufgehen würde.«

»Ihr seid gekommen, um mich davon abzuhalten, habe ich recht?«

»Nein, das haben wir nicht vor«, mischte sich Frida ein. Ihr Blick fiel auf Bertrams Hals und blieb an den roten Striemen hängen, die von seinem Rücken aufwärts bis zum Haaransatz verliefen. Bertram bemerkte, wie sie schluckte. Ihre Stimme klang heiser, als sie sprach. »Wir sind hier, weil wir dir helfen wollen.«

Bertram nickte beklommen. Ein dicker Kloß in seinem Hals hinderte ihn daran, auch nur ein Wort herauszubringen.

Als Lorenz erkannte, wie er mit sich und den Tränen kämpfte, übernahm er das Wort. »Los!«, flüsterte er ihnen zu. »Ziehen wir es durch! Wir dürfen keine Zeit verlieren. Lasst uns die Leiter aus dem Schulgarten holen.«

Gemeinsam schleppten sie die Leiter über den Hof und lehnten sie so geräuschlos wie möglich an das alte Mauerwerk. Sie reichte genau bis unter das Fenster des Sekretariats, in dem die begehrten Prüfungsbögen im Schreibtisch lagen. Während Lorenz sich daranmachte, die erste Sprosse zu erklimmen, zog Bertram den Freund zurück und schüttelte den Kopf.

»Ich gehe«, sagte er mit Nachdruck. »Ihr bleibt hier unten. Wenn jemand kommt, rennt ihr sofort weg. Ich möchte nicht, dass ihr meinetwegen Ärger bekommt. Die Aktion könnte vor allem dich, Lorenz, die Aufnahme ins Gymnasium kosten und deine vielversprechende Laufbahn zerstören.«

»Also gut, wie du meinst.« Lorenz stieg ab. »Dann los. Wir warten hier auf dich.«

»Ich mache so schnell ich kann«, versprach Bertram und kletterte nach einem letzten wachsamen Blick zur Straße flink die Leiter hinauf. Am Fenster angekommen, überlegte er kurz, ob er es wagen durfte, eine Scheibe einzuschlagen. Doch zuvor rüttelte er vorsichtshalber an dem verwitterten Rahmen und stellte fest, dass eine Hälfte des Fensters nur angelehnt war.

Mit einem triumphierenden Blick schaute er zu den Freunden hinab, ehe er lautlos in den Raum schlüpfte.

Es dauerte einen Augenblick, bis er sich in dem dämmrigen Licht im Sekretariat zurechtfand. Vorsichtig tastete er sich durch das Halbdunkel und blieb direkt vor dem Sekretär stehen. Während ihn plötzlich leichte Gewissensbisse plagten, ließ er seine Hand nachdenklich über das Regal aus rauem Holz fahren, um das kleine Kästchen zu finden, in dem sich der Schlüssel verbarg. Er konnte nur hoffen, dass Goldmann nicht misstrauisch geworden war und sich im Nachhinein ein anderes Versteck dafür gesucht hatte.

Suchend griffen seine Finger zwischen die Bücher und zogen blitzschnell das Kästchen hervor. Bertram nahm den Schlüssel heraus und steckte ihn in das beschlagene Schloss. Als er die Unterlagen endlich in den Händen hielt, prüfte er kurz, ob es sich tatsächlich um die Prüfungsaufgaben handelte. Dann steckte er sie in den Hosenbund unter seinem Hemd und verließ das Sekretariat auf demselben Weg, den er gekommen war. Dabei hatte er es so eilig, dass er die Leiter mehr herunterrutschte als kletterte.

»Hast du sie?«, fragte Frida und schaute ihn erwartungsvoll an.

»Ja.« Bertram strahlte über das ganze Gesicht. »Aber ich muss sie spätestens heute Abend zurückbringen, damit Goldmann nichts bemerkt. Lasst uns verschwinden!«

Nachdem sie gemeinsam die Leiter zurück in den Garten gebracht hatten, rannten sie so schnell sie konnten davon und entfernten sich immer weiter von der Schule. Erst im verwilderten Garten von Schlotmanns leer stehendem Haus stoppten sie und ließen sich nach Atem ringend und lachend ins Gras fallen, das nach Sommer roch. Es dauerte eine Weile, bis sie sich beruhigt hatten und Stille eintrat. Nur das Zwitschern der Vögel war jetzt noch zu hören, während sie sich schweigend und im

Einvernehmen an den Händen hielten. Nach einigen Minuten räusperte sich Bertram.

»Warum habt ihr mir geholfen?«, fragte er und starrte in den Himmel. »Ihr hättet das Risiko nicht eingehen müssen.«

»Natürlich mussten wir das«, kam es ohne ein Zögern von Lorenz. »Was hätten wir sonst tun sollen? Freunde passen aufeinander auf.«

»Beste Freunde«, stimmte Frida zu und drückte Bertrams Hand fester. »Deshalb können wir dich auch nicht in Perleberg zurücklassen. Wir gehen gemeinsam nach Berlin.«

»Danke«, presste er gerührt hervor und blinzelte eine Träne weg. Gleich darauf machte sich ein Lächeln in seinem Gesicht breit. »Ich kann es nicht fassen. Wir gehen vielleicht tatsächlich gemeinsam nach Berlin.«

Kapitel 3

Berlin, Januar 1933

Am vorletzten Januartag herrschte nach den milden Wintern der Vorjahre scharfes Frostwetter. Ein eisiger Wind wehte durch die Hauptstadt des Deutschen Reichs, als Lorenz mit Bertram die Universität verließ. Seit über fünf Jahren lebten sie nun schon in Berlin und studierten inzwischen.

Lorenz war froh darüber, dass es auch Bertram an die Universität geschafft hatte und Frida, die an der Kreuzung auf sie wartete, ihre Ausbildung zur Krankenschwester in Berlin machte. Dabei war es für den Freund auf dem Akademischen Gymnasium recht knapp geworden. Lorenz hatte Tag und Nacht mit ihm den Lehrstoff gepaukt. Es hatte sie unzählige Übungsstunden, Nerven und Schweiß gekostet, bis der Knoten endlich geplatzt war und Bertram ausreichend gute Ergebnisse hatte vorweisen können, um das Studium beginnen zu können. Seitdem verbrachten sie jede freie Minute zusammen.

»Es ist nicht zu fassen, was für ein Spektakel die Leute für diesen Wichtigtuer Adolf Hitler veranstalten«, brummte Bertram und stapfte ihnen voraus. Die sonst so verschmutzten Straßen Berlins waren von einer weißen Schneeschicht bedeckt.

Dennoch wimmelte es von Menschen, die sich in Mantel und Schal dick eingepackt und von der Kälte unbeirrt auf dem Wilhelmplatz eingefunden hatten.

»Nicht so laut. Die Nazis sind gefährlich«, mahnte Lorenz und schaute sich beunruhigt um. Die Polizei hatte, mit Knüppeln bewaffnet, die gesamte Wilhelmstraße abgesperrt, sodass der Weg von der Universität nach Hause blockiert war und ihnen nichts anderes übrig blieb, als sich von der wogenden Menge treiben zu lassen. Lorenz hatte längst den Überblick verloren. Besorgt griff er nach Fridas Hand, um sie im Gedränge nicht aus den Augen zu verlieren. Er spürte, wie ihn leichte Panik erfasste. Noch nie zuvor hatte er so viele Menschen auf einem Fleck gesehen, es gab kaum ein Durchkommen. Auch wenn sich nicht jeder des Ausmaßes dieses historischen Augenblicks bewusst war, wollte ihn doch keiner verpassen. Dicht an dicht drängten sie nach vorn, um einen Blick auf das Hotel Kaiserhof zu erhaschen, vor dessen Eingang Adolf Hitler nach der Machtübergabe in der Reichskanzlei triumphal empfangen und gefeiert werden sollte. Es war fast unmöglich, einander nicht zu berühren, den Atem des anderen zu spüren und sich dem euphorischen Jubel zu verschließen.

»Extrablatt«, rief ein sommersprossiger Zeitungsjunge, den Lorenz auf höchstens zwölf Jahre schätzte. Trotz der erstickenden Enge verschaffte er sich flink einen Weg durch die Leute und wedelte im Weiterlaufen mit der Sonderausgabe der *Wochenschau* in der Hand durch die Luft. »Extrablatt! Adolf Hitler neu ernannter Reichskanzler!«

»Damit steht es fest«, raunte Bertram ihnen zu. »Hindenburg hat dem Drängen seiner Berater doch noch nachgegeben und Adolf Hitler zum neuen Reichskanzler ernannt. Wie es aussieht, hat die NSDAP ihr Ziel erreicht.«

»Ich mag ihn nicht«, mischte sich Frida ein und zog fröstelnd den Kopf zwischen die Schultern. »Dieser Mann hat so einen durchdringenden Blick und dazu auch noch diesen komischen rechteckigen Schnurrbart, der ihn so unattraktiv macht. Ich kann nicht verstehen, warum so viele Mädchen von ihm schwärmen. Irgendwie ist er mir unheimlich.«

»Völlig zu Recht«, pflichtete ihr Lorenz bei und schüttelte unmerklich den Kopf. Als er die misstrauischen und verärgerten Blicke einiger Umstehender bemerkte, sprach er leiser. »Sie haben den Wolf zum Schafhirten gemacht. Damit steht uns eine Politik bevor, die täglich ihre Grundsätze wechselt und nur der eigenen Selbstsucht dient. Und je mehr Hitler gegen die Juden wettert, desto größer wird der Dank des Volkes sein«, flüsterte er Frida und Bertram mit einem Hauch Verbitterung in der Stimme zu.

»Du solltest nicht zu schwarz in die Zukunft sehen«, entgegnete Bertram und schob die Hände in die Hosentaschen. »Damit räumst du diesem Hitler einen zu hohen Stellenwert ein. Ich kann mir nicht vorstellen, dass die Leute für die Einführung einer Diktatur stimmen werden.«

»Ich bin Realist und du solltest die Lage im Land nüchtern betrachten und endlich aufwachen«, erwiderte Lorenz und runzelte die Stirn. »Die Zeiten haben sich geändert. Es wäre ein Trugschluss zu glauben, dass die Nazis nicht gefährlich sind. Ihre Partei gewinnt zunehmend mehr Einfluss auf die Presse, den Rundfunk, die Justiz, und nicht einmal die Literatur bleibt davon verschont. Die Verfassung wird schon jetzt mit Füßen getreten.«

Betretenes Schweigen machte sich unter ihnen breit. Es endete erst, als Bewegung in die ausharrende Menschenmenge kam. Lorenz konnte zunächst keinen Grund dafür sehen. Doch dann erkannte er den Anlass.

»Der Führer ist angekommen«, rief ein alter Mann mit weißem Bart neben ihm und wischte sich Freudentränen von den runzligen Wangen. »Reichsminister Göring und Goebbels sind auch dabei.«

Kaum sprach sich Hitlers Ankunft am Eingang des Hotels herum, nahm das Gedränge ein nahezu bedrohliches Ausmaß an. Plötzlich wollte jeder der Anwesenden einen Blick auf den neuen Reichskanzler werfen. Mit seinem Gefolge im Schlepptau trat er vor die Menschen, hob beide Arme und wartete. Schlagartig kehrte Ruhe ein. Erwartungsvoll richteten sich die Augen auf Adolf Hitler, der zu einer flammenden Ansprache ansetzte, in der er von einer glänzenden Zukunft des Deutschen Reichs sprach, während die Menge vor ihm an seinen Lippen hing und seinen Worten lauschte, die ihre Herzen im Sturm eroberten.

Ein Taumel der Begeisterung schwebte über die Köpfe der Menschen hinweg und brach sich in euphorischen Rufen nach dem Führer und lautem Freudengeschrei, als er endete. Egal ob Student, Fabrikarbeiter, Familienvater oder Kind, sie alle glaubten anscheinend seinen Verheißungen. Pressefotografen drängten sich rücksichtslos nach vorn zum Kaiserhof. Blitzlichter flammten auf, aufgeregte Reporter drehten eifrig für die *Wochenschau*. Derweil rollte die enthusiastische Menschenmenge wie eine riesige Welle über den Platz und schien nicht mehr aufzuhalten zu sein, sodass es der dichten Polizeikette entlang der Wilhelmstraße kaum gelang, die Leute zu beruhigen, die dem Aufmarsch der SA- und SS-Männer und Hunderten Soldaten mit Stahlhelmen entgegenblickten. In einer jubelnden Erhebung, begleitet von Militärkapellen und dem einsetzenden Gesang des Volkes, marschierten sie einem Siegeseinzug gleich am Hotel vorüber.

Lorenz hatte genug gesehen und konnte kaum noch frei atmen, weshalb er sich zurückzog und sich aus der Menschenmasse löste. Hastig zwängte er sich bis zur nächsten

Kreuzung durch. Dabei hielt er Fridas Hand fest umschlossen und zog sie mit Beharrlichkeit durch die Menge.

»Ich habe genug von dem Spektakel«, teilte er den Freunden mit, nachdem sie sich vom Platz entfernt hatten. »Ich gehe nach Hause.«

»Ich komme mit und du auch«, entschied Bertram und nickte der mittlerweile siebzehnjährigen Frida mit einem auffordernden Blick zu. »Wahrscheinlich wird es noch Stunden dauern, bis du zum Schwesterninternat durchkommst.«

Nachdem Frida zugestimmt hatte, machten sie sich gemeinsam zu Fuß auf den Weg. Sämtliche Straßen im Umkreis einer Viertelmeile waren von Menschen verstopft und der Verkehr war gänzlich zum Erliegen gekommen. Autos, Straßenbahnen und Pferdewagen sorgten inmitten der Menschenmenge für ein unüberschaubares Chaos. Und immer noch strömten Schaulustige zum Wilhelmplatz, um sich das besondere Ereignis nicht entgehen zu lassen.

Die halb erfrorenen Hände in den Manteltaschen vergraben, bogen sie gemeinsam auf eine Nebenstraße ab und erreichten ein ruhigeres Viertel. Zwischen dreistöckigen Häusern mit verzierten Fenstern ragten die roten Türme der Nikolaikirche empor. Schweigend liefen sie durch die mit Kopfsteinpflaster gedeckten Gassen und kamen an kleinen Gemüseläden, Antiquariaten und Kneipen mit schmutzigen Schaufenstern und ausgebleichten Markisen vorbei. Hin und wieder trat einer der jüdischen Besitzer mit ängstlicher Miene heraus und drehte das Schild an der Tür, bevor er das Geschäft verriegelte.

Lorenz erkannte recht schnell den Grund dafür. Schon eine Straße weiter trieben sich halbwüchsige Burschen mit Pinseln und Farbeimern herum. Unter Lachen und Geschrei schmierten sie weiße Judensterne an die Glasscheiben und Türen. »Was tut ihr da?«, rief er aufgebracht und ging mit gerunzelter Stirn auf sie zu. Es gelang ihm, einen der Jungen am Arm zu packen, bevor er entwischen konnte. »Warum beschmiert ihr die Schaufenster?«

»Warum nicht?« Der Junge, der höchstens acht Jahre alt sein konnte und ihm nicht einmal bis zur Schulter reichte, schaute ihm frech in die Augen. Über die mit Sommersprossen übersäten Wangen glitt ein spöttisches Lächeln. »Die Läden gehören nur den Juden.«

»Nur?«, wiederholte Lorenz schockiert über die gleichgültige Erklärung und hielt ihn fest im Griff. Doch dann wurde seine Aufmerksamkeit auf heranfahrende Lastkraftwagen gelenkt. Der Junge erkannte seine Chance, riss sich mit einem Ruck los und rannte blitzschnell davon.

Derweil kamen die Fahrzeuge am Ende der Straße mit quietschenden Reifen zum Stehen. Auf den offenen Ladeflächen hockten Rücken an Rücken mehrere Gefangene in zwei Reihen zusammengekauert auf den Holzbänken, wo sie der unbarmherzigen Kälte und dem eisigen Wind ausgesetzt waren. Die Männer trugen über ihren Anzügen Mäntel mit Abzeichen am Revers, ein paar wenige die Uniform mit den roten Armbinden der Kommunisten. Sie wurden von zwei bewaffneten Uniformierten bewacht, während andere in die anliegenden Häuser stürmten und wenig später mit weiteren Gefangenen zurückkehrten.

»Der neue Reichskanzler verliert offenbar keine Zeit und lässt bereits beim Amtsantritt seine politischen Gegner abtransportieren«, stellte Lorenz fest und beschleunigte seinen Schritt, bis er und die Freunde sein Zimmer im Jungeninternat erreichten, in dem Lorenz und Bertram seit Studienbeginn Seite an Seite mit den anderen Kommilitonen wohnten.

Der Raum war kein Palast und im Vergleich zu seinem früheren Zimmer im Elternhaus klein, spärlich möbliert, aber trocken, warm und sauber. Es gab ein niedriges Bett, einen Schreibtisch, zwei einfache Stühle und einen schmalen Schrank.

An den Wänden hingen neben dem Bücherregal unzählige Zeitungsausschnitte. Sie zeigten neben Max Planck und Otto Hahn auch Henri Becquerel, der Ende des vergangenen Jahrhunderts in Paris die durchdringende Strahlung nachgewiesen hatte, die von Uranerzen ausging.

Drei Jahre später hatte Marie Curie die Wissenschaft mit der Entdeckung der radioaktiven Elemente Radium und Polonium überrascht und damit die alte These von der Unveränderlichkeit der Atome widerlegt. Ihr Bildnis hing ebenfalls über dem einfachen Metallbett. Lorenz sammelte jeden Schnipsel über sie, den er in Zeitungen und Zeitschriften finden konnte. Er war mehr denn je fasziniert von der Experimentalphysik und sog die Lehren der Wissenschaftler förmlich auf, fest entschlossen, es ihnen eines Tages gleichzutun.

»Wie sieht's aus? Hast du schon deinen Anzug geglättet für die Veranstaltung morgen in der Aula?«, erkundigte sich Bertram und ließ sich auf die Bettkante fallen, dass das Gestell knarzte.

»Das ist nicht nötig«, antwortete Lorenz knapp. Seine Stimme klang rau. Dankbar nahm er das Glas Wasser entgegen, das Frida ihm reichte, und trank es hastig.

»Sag bloß, der Rektor hat dich nicht zu der Soiree geladen?« Bertram riss erstaunt die Augen auf. »Dabei war ich mir sicher, dass sie dich auswählen würden. Immerhin bist du der Beste des Jahrgangs.«

»Professor Riedmann scheint anderer Meinung zu sein«, erwiderte Lorenz betrübt. »Ich verstehe es selbst nicht. Allerdings vermute ich, dass es an meiner Herkunft liegen könnte. Schließlich haben wir gerade mit eigenen Augen gesehen, dass wir Juden ab jetzt wohl Menschen zweiter Klasse sind.« Lorenz senkte den Kopf. Er konnte seine Enttäuschung darüber nicht verbergen, dass seine hervorragenden Leistungen einfach ignoriert wurden. Bis gestern noch hatte er geglaubt, dass der

Professor, der sich selbst als Naturwissenschaftler sah, seine einzigartige Begabung erkannt hatte. Ein Trugschluss, wie sich jetzt herausstellte. An seiner Stelle nahm Fritz Wagner, ein nur mittelmäßiger Kommilitone, an der Veranstaltung teil.

»Du musst ihn nach dem Grund fragen«, schlug Bertram vor. »Vielleicht gibt er ja zu, dass es daran liegt. Dann weißt du wenigstens, woran du bist.«

»Was soll das bringen? Es würde nicht das Geringste ändern.« Lorenz schüttelte den Kopf. Er hatte selbst schon darüber nachgedacht, den Professor zur Rede zu stellen. Aber er befürchtete, dass Riedmann eine Nachfrage als unberechtigte Neugier ansehen könnte. Was sich wiederum auf die anstehende Entscheidung, ob er am wissenschaftlichen Institut aufgenommen würde, auswirken konnte. Auf gar keinen Fall wollte er dem Professor den geringsten Grund zur Unzufriedenheit geben.

»Mag sein, dass du recht hast.« Bertram verzog bedauernd sein Gesicht. »Kein Wunder, dass die Wissenschaft die meisten ihrer physikalischen Entdeckungen den Franzosen zu verdanken hat, wenn die Deutschen das Potenzial in den eigenen Reihen ignorieren«, schlussfolgerte er kopfschüttelnd. »Besonders viel Menschenkenntnis scheint Professor Riedmann nun wirklich nicht zu besitzen.«

»Du solltest diese Meinung fortan besser für dich behalten.« Lorenz schüttelte betrübt den Kopf. »Man weiß nie, wie gefährlich solche Aussagen in Zukunft sein könnten.«

»Das heißt, du gibst einfach auf? Ohne zu kämpfen?«, mischte sich nun auch Frida ein, die dem Gespräch bisher stumm gelauscht hatte. »Willst du nicht noch einmal mit Riedmann reden? Er muss doch erkennen, dass er dich nicht einfach von der Veranstaltung ausschließen kann. Schließlich solltest du und kein anderer den Vortrag über Marie Curie halten.«

»Es ist zwecklos«, wehrte Lorenz ab, obgleich auf dem Bügel bereits sein bester und einziger Anzug hing, den ihm seine Eltern für diesen besonderen Anlass hatten nähen lassen. Vor allem sein Vater war mächtig stolz auf ihn gewesen, als er erfahren hatte, dass Lorenz vor einem ausgewählten Gremium ein Referat halten sollte.

»Wahrscheinlich liegt es daran, dass Fritz' Vater ein begeisterter Anhänger der Partei ist. Seine mittelmäßigen Leistungen können jedenfalls nicht der Grund gewesen sein, dass Riedmann ihn vorzieht.« Bertram ließ nicht locker, die Ursache für Lorenz' Absage zu ergründen. »Wären deine Eltern Nazis wie er, würde niemand ...«

»Hör auf, ich will nicht länger darüber reden.« Lorenz warf dem Freund einen missbilligenden Blick zu. Bertram schien ihn jedoch nicht einmal zu bemerken. Im Gegenteil, er steigerte sich immer mehr in die Sache hinein.

»Du musst dich dagegen wehren. Lass nicht zu, dass sie mit dir nach Belieben umspringen«, drängte er. »Fordere wenigstens eine glaubwürdige Erklärung von Riedmann. Wenn du möchtest, begleitete ich dich zu ihm.«

»Und was passiert, wenn er meine Meinung dazu gar nicht hören möchte? Wenn er mich ganz von der Universität ausschließt und in Zukunft nur noch Studenten christlichen Glaubens studieren dürfen? Was dann, Bertram? Willst du dann immer noch, dass ich mich wehre?«

»So weit wird es schon nicht kommen.« Sein Freund zuckte unbeeindruckt mit den Achseln, gab aber schließlich nach. »Also gut, dann geht die Einladung eben an Fritz. Beim nächsten Mal kann Professor Riedmann dich aber unmöglich übergehen. Lassen wir das Thema vorerst auf sich beruhen.«

»Es ist wohl das Beste.« Lorenz nickte versöhnlich. »Außerdem muss ich noch meine Aufgaben in Mathematik und Psychologie für morgen erledigen.«

»Du sagst es.« Sein Freund erhob sich stöhnend und schickte eine Reihe von Flüchen hinterher. Dann seufzte er resigniert. »Vor mir liegt ein langer Abend und ich befürchte, ich werde trotzdem nichts zustande bringen.«

»Dann streng dich an. Ich weiß, dass du es kannst«, ermutigte ihn Lorenz und setzte sich an den wackligen Schreibtisch am Fenster, während Frida und Bertram sein Zimmer nach einer kurzen Verabschiedung verließen.

* * *

Kaum hatte sich die Tür hinter den Freunden geschlossen, trat das Gespräch mit Bertram in den Hintergrund. Jetzt gab es für Lorenz nur noch die Mathematik. Der Rektor hatte dem Kommilitonen den Vorrang gelassen, was die abendliche Veranstaltung betraf, auf der er eigentlich den Vortrag hätte halten sollen, für den er sich tagelang vorbereitet hatte. Doch er sah nicht ein, sich davon entmutigen zu lassen, und schlug in unersättlichem Wissensdrang die Bücher auf. Er wollte lernen, und zwar nicht um der Anerkennung der Professoren willen, wie es die meisten Studenten taten, sondern aus reiner Liebe zu den Zahlen, Gleichungen und Elementen.

Beinahe zärtlich strichen seine Finger über den dickleibigen Buchrücken seiner neuesten Errungenschaft. Obwohl er von seinem Vater einen ausreichend hohen Geldbetrag für das Studium erhielt, verbrachte Lorenz wahre Wunder von Sparsamkeit, die es ihm gelegentlich ermöglichten, in einem Antiquariat alte Werke zu günstigen Preisen zu erstehen. Dann fiel er über diese Schätze her und verschlang die naturwissenschaftlichen Texte mit wahrem Heißhunger. Nichtsdestoweniger hatte er häufig genug am Ende das Gefühl, dass seine Bildung noch immer lückenhaft und unvollständig war.

Nacht für Nacht erhellte die Lampe sein einsames Zimmer, während er bestimmte Sätze und Erklärungen stundenlang grübelnd anstarrte, ohne sie zu begreifen, weil ihm die eigentlichen Elementarkenntnisse noch fehlten.

Umso glücklicher stimmte ihn die Aussicht, ergänzend zum Studium in der Universität am wissenschaftlichen Institut aufgenommen zu werden, sobald Professor Riedmann seine Zustimmung gegeben hatte. Wenn es ihm gelang, auch nur in die Nähe von Lise Meitner oder gar Otto Hahn zu gelangen, um trotz deren hoher Ansprüche von ihnen zu lernen, würde ihm das angeeignete Wissen eines Tages vielleicht die Kraft verleihen, den Kopf trotz seines jüdischen Glaubens in den Himmel der Wissenschaft zu recken. Deshalb gab es, seitdem der Termin für eine Vorsprache feststand, nur ein Ziel für ihn. Er musste es ans Institut schaffen, um der anerkannten Naturwissenschaftlerin zu assistieren, die er verehrte und die von der Physik ebenso besessen zu sein schien wie er.

Lorenz seufzte, nahm sich sein Heft vor und rechnete die Zahlenreihe zum dritten Mal durch. Aber auch dieses Mal fiel ihm die Konzentration schwer. Missmutig legte er den Stift zur Seite und gab sich erneut der verlockenden Vorstellung hin, Lise Meitner assistieren zu dürfen. In ihrem Hörsaal saßen nicht nur auserwählte Studenten, sondern auch ein großes Publikum aus den gesellschaftlich angesehenen Kreisen der Stadt fand sich ein, sobald sie öffentliche Vorträge hielt und ihre geistreichen Abhandlungen überall besprochen und gepriesen wurden.

Es reizte ihn ungemein, nicht nur wissenschaftliche Kenntnisse von der anerkannten Physikerin vermittelt zu bekommen, sondern auch von deren Art, mit dieser schier unerschrockenen Energie zu kämpfen, profitieren zu dürfen. Immerhin hatte Lise Meitner sich weder von ihrem Vater noch von den gesellschaftlichen Zwängen von ihrem Studium abhalten lassen, obwohl eine beachtliche Anzahl Akademiker die Vorurteile aufrechterhielten, die sich gegen eine solche Ausbildung von Frauen und Mädchen richteten. Sie hatte sich trotz aller kritischen Stimmen unbeirrt ihren Platz erkämpft, und das würde er, trotz einiger Rückschläge, auch tun.

Lorenz riss sich aus seinen Gedanken und konzentrierte sich auf die Aufgaben. Es kostete ihn keine sonderliche Mühe, sie zu lösen, sodass er noch Zeit fand, sich seine philosophische Abhandlung vorzunehmen, die vom erwachenden Gewissen und dem seelischen Ringen der heldenhaften Germanenart und der Erlösung des deutschen Volkstums handelte. Allein beim Lesen der Aufgabenstellung spürte er eine innere Abneigung, erst recht nach den Erlebnissen des Tages. Doch ihm blieb keine Wahl, er musste sich dem Text stellen, da er neben den Fächern Mathematik und Physik auch Philosophie belegte, wie es erforderlich war. Lorenz war regelrecht erleichtert, als Bertram eine Stunde später lautstark in sein Zimmer stürmte und ihn ablenkte.

»Tauschen wir?«, erkundigte sich der Freund und hielt augenzwinkernd sein Heft in die Luft. »Mathematik gegen Philosophie, es könnte für beide Seiten ein gutes Geschäft sein.«

»Dann lass mal sehen.« Lorenz nahm ihm mit einem Lächeln den Schriftsatz aus der Hand. Schon nach wenigen gelesenen Sätzen musste er Bertram neidlos zugestehen, dass er ihm in diesem Fach deutlich voraus war. Aufmerksam überflog er den Text und runzelte die Stirn. Bereits nach dem ersten Absatz gefror sein Lachen.

»Die notwendige Aufgabe, den Religionen auf den tiefsten Grund zu gehen, obliegt in seiner Gesamtheit dem deutschen Volk, welches unabdingbar Lehren aus dem Nationalkampf seines Landes und dem Judentum ziehen muss. Erst dann zeigen sich in unbeirrbarer Klarheit die Sünden und Unterlassungen der jüdischen Rasse«, las er laut vor, während er entgeistert die Augen aufriss und sich seine Kiefernmuskeln anspannten. »Bist du verrückt geworden?«, fuhr er seinen Freund an und schleuderte das Heft angewidert zu Boden. »Wie kannst du nur so etwas schreiben?«

»Es ist nun mal die Aufgabe, die uns gestellt wurde«, rechtfertigte sich Bertram und fuhr sich durch sein blondes Haar. Dann hob er seine Arbeit auf. »Laut deutscher Wissenschaftler gehören die Juden zu einer minderwertigen Rasse. Inzwischen schließen sich anerkannte Ärzte und Politiker dieser These an. Ich habe lediglich das geschrieben, was verlangt wird. Du weißt, wie sehr ich auf eine gute Zensur angewiesen bin.«

»Dann schreib von mir aus weiter solche Hetzreden«, erwiderte Lorenz wütend. Er sprang auf und trat ans Fenster. »Es gibt keinen Tausch. Ich werde dein Geschmiere garantiert nicht als Grundlage für meine Abhandlung verwenden.«

»Denkst du etwa, ich habe es aus Überzeugung getan?« Bertram schien ernsthaft betroffen zu sein, als er zu Lorenz ging und ihn an den Schultern zu sich drehte, sodass er seinem Blick nicht länger ausweichen konnte. »Ich bin dein Freund, Lorenz. Deine Religion ist mir scheißegal. Ich dachte, du wüsstest das.«

»Mag sein«, lenkte Lorenz ein. Seine Wut verrauchte, während er einen Augenblick lang den Kopf in beide Hände vergrub. Als er sie wieder sinken ließ, lächelte er zaghaft. »Es war alles ein bisschen viel heute. Du hast ja recht. Professor Niemeyer erwartet das, was du geschrieben hast. Trotzdem kann ich nicht behaupten, dass mir das Gelesene gefällt.«

»Das verstehe ich, glaub mir. Ich sehe bloß keinen Sinn darin, ihn unnötig zu reizen.« Bertram zögerte. Seinem Gesicht war deutlich anzusehen, wie ihm ein Stein vom Herzen fiel, dass ihre Freundschaft durch diese unsägliche Abhandlung keine Risse bekam. »Gibst du mir nun die Matheaufgaben?«

»Klar.« Lorenz reichte ihm sein Heft. »Schließlich kann ich nicht zulassen, dass mein bester Freund von der Uni fliegt. Wenn du die Prüfungen nicht halbwegs erfolgreich absolvierst, habe ich hier in Berlin außer Frida niemanden mehr. Es tut mir leid, dass ich eben so aufbrausend war.«

»Beste Freunde für immer, so lautet unser Schwur! Erinnerst du dich?« Bertram legte den Arm um seine Schultern. »Komm!«, sagte er und wechselte abrupt das Thema. »Lass uns etwas trinken gehen. Ein wenig Ablenkung wird uns guttun, und immerhin haben wir uns durch unseren Tausch viel Zeit erspart.«

»Ich weiß nicht«, wich Lorenz aus. Er warf einen sehnsüchtigen Blick auf seine Bücher und machte den hoffnungsvollen Versuch, sich wieder an seine Arbeit zu setzen. Aber sein Freund schüttelte spöttisch den Kopf.

»Keine Widerrede! Du lernst Tag und Nacht, das kann nicht gesund sein. Mach schon, nimm deinen Mantel! Ein Glas Bier wird dich auf andere Gedanken bringen.«

»Bier?«, fragte Lorenz erschrocken. Im Internat war das Trinken von Alkohol strengstens verboten und er wusste, dass er von den meisten Lehrern und Professoren gerade aufgrund seines manierlichen Betragens und seines moralischen Lebenswandels geschätzt wurde. Diesen Eindruck ausgerechnet jetzt aufs Spiel zu setzen, erschien ihm zu riskant, sodass er ablehnend den Kopf schüttelte.

»Ich fasse es nicht. Du bist immer noch ein jämmerlicher Feigling«, stellte Bertram spöttisch fest und rollte theatralisch mit den Augen. »Keine Sorge, wir werden uns später unbemerkt in unsere Zimmer schleichen und niemand bekommt mit, dass wir überhaupt unterwegs waren. Vertrau mir, ich habe einen Plan.«

»Bitte keinen Plan!« Lorenz hob abwehrend beide Hände, konnte sich ein Grinsen jedoch nicht länger verkneifen. »Wir wissen beide, wie er ausgehen wird. Am Ende säubern wir für den Rest des Semesters den Schulhof.«

»Es gibt Schlimmeres. Wenigstens sehe ich davon ab, die ehrwürdige Universität in die Luft zu sprengen. Bist du jetzt dabei oder nicht?«

»Also gut, du gibst ja doch keine Ruhe. Ein Glas Bier, hast du verstanden? Kein einziges mehr.«

»Ich schwöre.« Bertram lachte, während er die Tür öffnete und hinaus in den Flur schaute. »Die Luft scheint rein zu sein«, stellte er zufrieden fest. »Komm schon, beeil dich! Sehen wir zu, dass wir unbeobachtet hier rauskommen.«

* * *

Als Lorenz am darauffolgenden Tag den Hörsaal betrat, bemerkte er sofort, dass an der Wand hinter dem Stehpult des Professors ein neues Porträt hing. Nun blickte nicht mehr Paul von Hindenburg, sondern Adolf Hitler auf die Studenten herab. Es änderte jedoch nichts daran, dass Niemeyer mit gewohnt strenger Mimik auftauchte und seine braune Ledertasche am Pult abstellte, ehe er sich aufrichtete und seine Brille zurechtrückte. Der Tag in der Universität begann wie alle anderen zuvor.

»Guten Morgen, Herr Professor Niemeyer«, schallte es wie üblich von den Rängen. Dann blieb es eine Weile still, während der Professor, ein schmächtiger Mann mit gelblich verfärbten Augen, seinen Blick über die Studenten schweifen ließ. Bei Lorenz verharrte er, was diesen unmerklich den Körper anspannen ließ. Er wusste, dass Niemeyer eine tiefe Abneigung gegen ihn und das Judentum hegte, die sich allmählich zum Hass steigerte.

Vor einer Woche hatte Niemeyer bei einem seiner Vorträge sogar von jüdischer Verderbtheit gesprochen. Doch bis heute hatte er Lorenz seine ablehnende Haltung bis auf wenige Ausnahmen nie direkt spüren lassen. Dem Ausdruck seiner

Augen nach schien sich das nun geändert zu haben. Niemeyers Gesichtszüge zeigten ein abschätziges Grinsen, als er den Blick von Lorenz löste.

»Heil Hitler«, rief er den Studenten streng zu. »Von heute an werden Sie diesen Gruß erwidern und dabei Ihre rechten Arme nach vorn strecken, sobald ich oder ein anderes Mitglied des Lehrkörpers den Hörsaal betritt.« Er machte eine gewichtige Pause. Derweil wurde sein Lächeln breiter, ehe er hinzufügte: »Alle, bis auf die jüdischen Studenten, verstanden?«

»Heil Hitler, Herr Professor«, ertönte es zustimmend im Chor.

Rechts und links neben Lorenz knallten die Kommilitonen die Hacken zusammen und hoben den Arm. Nur er und drei weitere junge Männer standen mit gesenktem Kopf beschämt zwischen ihnen und fühlten sich völlig fehl am Platz. Als Lorenz die abfälligen Blicke der anderen bemerkte, begannen seine Knie zu zittern. Die Ankündigung Niemeyers, die unweigerlich eine Ausgrenzung nach sich ziehen würde, schockierte ihn. Für ihn klang es fast wie eine Erlösung, als der Professor sie endlich aufforderte, Platz zu nehmen, und die Vorlesung über den Existentialismus begann. Während sich die Kommilitonen eifrig Notizen machten, saß Lorenz unbeweglich auf seinem Platz, die Hände auf dem Schoß ruhend.

Zum ersten Mal fiel es ihm schwer, den Ausführungen zu folgen, geschweige denn deren Inhalt zu erfassen. Stattdessen schweiften seine Gedanken zum naturwissenschaftlichen Institut ab, an dem er noch am selben Tag an einem Kolloquium über analytische Mechanik teilnehmen durfte. Im Anschluss daran bekam er die einmalige Gelegenheit, für ein Praktikum vorzusprechen. Vorausgesetzt, der Rektor hatte seine Zustimmung gegeben und das ihm versprochene Empfehlungsschreiben verfasst, wonach es im Moment nicht aussah.

»Was ist los? Ich hoffe, du hast dich von Niemeyers Theater nicht einschüchtern lassen. Oder hast du Schiss, dass sie dich beim Institut wegschicken?«, fragte Bertram, der seine gedrückte Stimmung bemerkte, nach der letzten Unterrichtsstunde.

»Klar habe ich Bammel. Nach Niemeyers Auftritt heute kann ich mir nicht vorstellen, dass Professor Riedmann sein Einverständnis gegeben hat«, prophezeite Lorenz leise. »Dabei habe ich so hart dafür gekämpft.«

»Sieh nicht gleich schwarz. Deine Befürchtungen stehen dir nur im Weg. Riedmann muss nicht notwendigerweise einverstanden sein oder die Wahl des Instituts befürworten, die nun einmal auf dich gefallen ist«, versuchte Bertram ihn aufzumuntern. »Aber er muss deine Leistungen anerkennen. Du hast dir dieses Praktikum verdient, alles andere wäre nicht fair.«

»Glaubst du wirklich, das interessiert noch jemanden?« Lorenz schüttelte verbittert den Kopf, als er erkannte, dass Niemeyers Ankündigungen keinen Eindruck auf Bertram gemacht hatten. »Was soll noch passieren, damit du aufwachst? Das hier ist erst der Anfang, verstehst du das nicht?« Er erhob sich und schob den Stuhl so heftig zurück, dass er beinahe umfiel. Ohne ein weiteres Wort eilte Lorenz davon. Doch Bertram, der sich so schnell nicht abwimmeln ließ, folgte ihm und hielt ihn am Arm zurück.

»Wo willst du hin?«, erkundigte er sich besorgt. »Du kannst doch jetzt nicht aufgeben, was du dir in all den Jahren erarbeitet hast. Erinnere dich nur daran, wie sehr du um diese Einladung kämpfen musstest.«

»Es geht nicht mehr darum, was ich will.« Lorenz zuckte resigniert mit den Schultern. »Lass mich, Bertram! Ich möchte jetzt allein sein.«

Lorenz ließ seinen Freund stehen und verließ das Gebäude. In seinem Studentenzimmer zog er den guten Anzug und ein frisches Hemd an. Als er fertig war, ging er hinaus und lief über eine Stunde ziellos durch die Straßen, ohne auf den Verkehr zu achten. Mehrmals hupten Autos neben ihm, doch Lorenz bekam von alledem nichts mit. Wie in Trance lief er mit gesenktem Kopf unbeirrt weiter, bis er endlich das Institut in Dahlem erreichte.

Einen Augenblick zögerte er vor dem Eingang, als fürchtete er sich vor dem, was ihn dahinter erwarten würde. Angespannt starrte er auf das Tor und die grauen Mauern des Instituts und hatte nicht den blassesten Schimmer, wie er Lise Meitner von sich überzeugen sollte. Er kannte sie nicht und musste damit rechnen, dass sie ihn abwies. Trotzdem wollte er es wenigstens versuchen. Wenn es ihm nicht gelang, konnte er noch immer über einen anderen Weg nachdenken.

Lorenz atmete tief durch, straffte seine Schultern, sprang dann die Stufen der breiten Treppe hinauf und betrat entschlossen das alte Gebäude. Eine zierliche Dame Ende der Fünfziger nahm ihn in Empfang und musterte ihn streng. Obwohl Lorenz tadellos gekleidet war, fühlte er sich bei ihrer scharfen Betrachtung sofort wieder unwohl und trat zunehmend nervös von einem Fuß auf den anderen.

»Ihr Name?«, erkundigte sie sich und nahm ein Klemmbrett mit Liste zur Hand.

»Lorenz Löwenthal. Ich habe eine Einladung erhalten.«

»Löwenthal«, wiederholte sie und stieß ein eigentümliches Hüsteln aus, mit dem sie ihr Missbehagen auszudrücken schien. »Dann werde ich mal fragen gehen, ob Frau Meitners Assistent Sie für das Kolloquium zulässt.«

Die Sekretärin stapfte erhobenen Hauptes davon. Lorenz wartete unterdessen, richtete seine Krawatte und lockerte den Knoten, der sich ungewohnt an seinem Hals anfühlte. Die Krawatte engte ihn ein, er hatte das Gefühl, nicht genügend Luft zu bekommen. Doch unter keinen Umständen der Welt hätte er auf sie verzichtet, nachdem er im Vorfeld in Erfahrung gebracht hatte, dass die Mitarbeiter des Instituts stets gut gekleidet waren. Ungeduldig schaute er zur Uhr und atmete auf, als die Sekretärin Minuten später zu ihm zurückkehrte und ihm zunickte.

»Man erwartet Sie im Hörsaal. Er befindet sich im zweiten Stockwerk.«

Ihre Stimme klang kalt. Dennoch reichte sie ihm höflich die Hand, zog sie jedoch im letzten Moment zurück, als hätte sie Angst, ihre Finger zu beschmutzen. Lorenz entging nicht der Widerwillen in ihrem Blick. Ohne ein weiteres Wort zu verlieren, drehte er sich um und floh förmlich zur Treppe, die ihn nach oben führte. Auf dem Weg zum Hörsaal unterdrückte er mühsam seine Enttäuschung über den kühlen Empfang und sprach sich Mut zu. Er durfte an dem Kolloquium teilnehmen, allein das zählte. Angespannt und gleichermaßen stolz nahm er wenig später zwischen nur einem Dutzend Zuhörern Platz.

Inzwischen konnte er seine Aufregung kaum noch verbergen. Er freute sich so sehr über den anstehenden fachlichen Gedankenaustausch ohne eine feste Form, die er von der Universität gewohnt war, dass seine Hände zu schwitzen begannen. Verlegen rieb er sie an den Hosenbeinen ab, als plötzlich ein leises Raunen durch die Ränge ging und Lise Meitner in einem grauen Schürzenkleid den Hörsaal betrat.

Sie war nicht sonderlich groß, schlank und eher von zierlicher Statur. Ihr dunkles Haar war im Nacken zusammengesteckt. Mit warmen, doch zugleich hellwachen Augen musterte sie die Anwesenden einen nach dem anderen direkt anblickend. Aus ihrer gesamten Erscheinung sprachen Begeisterung und Energie.

»Guten Tag, meine Herren, ich bin erfreut, dass Sie hergefunden haben«, begrüßte sie die auserwählten Studenten, ehe sie mit einem leicht zynischen Lächeln hinzufügte: »Allerdings bedauere ich es sehr, dass keine Damen unter Ihnen sind.

Offenbar gelten dieselben Vorurteile, aufgrund derer bereits mir in meinem Studium Steine in den Weg gelegt wurden, noch immer. Weibliche Studenten werden wohl leider auch in Zukunft eine Seltenheit bleiben.«

Im Hörsaal war es still geworden. So still, dass man eine Stecknadel hätte auf den Boden fallen hören. Bereits wenige Worte hatten ausgereicht, um das kämpferische Wesen der Forscherin zu erkennen. Die Wissenschaftlerin besaß eine volle warme Stimme, sprach schnell und vermittelte von der ersten Sekunde an den Eindruck, über alle gesellschaftlichen Widrigkeiten erhaben zu sein. Aber all das konnte nicht darüber hinwegtäuschen, dass sie die Schranken nur allzu gern einreißen würde, die sich auch heute noch vor den Frauen aufbauten.

»Also gut«, fuhr sie lächelnd fort. »Ich vermute, Sie sind nicht hier, um mit mir über Fragen der Geschlechterrolle zu diskutieren, sondern mehr über die analytische Mechanik zu erfahren. Fangen wir an.«

In der darauffolgenden Stunde hörte Lorenz aufmerksam den Ausführungen dieser für ihn einzigartigen Frau zu und vergaß alles um sich herum. Was sie sagte, war das Interessanteste und Anregendste, das er jemals gehört hatte. Umso mehr erschrak er, als mit einem Mal die Diskussionsrunde einsetzte und Frau Meitner ihn direkt ansprach.

»Herr Löwenthal, nicht wahr?«, erkundigte sie sich, während ihr Blick bis ins Tiefste seiner Seele vorzudringen schien. »Sie wirken etwas nervös.«

Nervös traf es nicht einmal ansatzweise. Lorenz hatte das Gefühl, sich vor Aufregung gleich übergeben zu müssen. Seine Hände waren schweißnass, sodass er sie zwischen seine Knie schob. Dann nickte er verlegen.

»Ich kann Sie beruhigen. Außer einer geballten Ladung Wissen haben Sie nichts zu befürchten.« Die Physikerin hielt ihre Augen weiterhin prüfend auf ihn gerichtet. »Lieben Sie die Naturwissenschaften?«

»Ich liebe vor allem die Physik, Frau Meitner«, brachte Lorenz angespannt und zugleich von ihrem Interesse geschmeichelt hervor.

»Würden Sie auch behaupten, sie zu verstehen?«

»Ich glaube schon, aber …« Er war viel zu aufgeregt, um klar denken zu können.

»Der Glaube allein genügt nicht. Ich halte ihn in einer Kirche für angebrachter«, unterbrach sie ihn in leicht spöttischem Ton, nickte ihm kaum merklich zu und kehrte zu ihrem Pult zurück. »Die Wissenschaft muss man verstehen, sie aufsaugen und bis ins winzigste Detail erforschen. Sie stellt nicht nur einen äußerst wertvollen Faktor in der Entwicklung des Menschentums dar, sondern erzieht uns auch zum permanenten Streben nach Wahrheit und zur Objektivität. Die Wissenschaft lehrt uns, Tatsachen anzuerkennen, sich zu wundern und bewundern zu können. Wenn Sie das begriffen haben, meine Herren, dann sind Sie eines Tages vielleicht dazu bereit, Großes zu bewirken.«

»Handelt es sich nicht um eine Hypothese, es gäbe noch weitere physikalische Phänomene zu entdecken?«, meldete sich ein junger Mann zögerlich zu Wort. »Immerhin behaupten einige Persönlichkeiten, dass die Naturwissenschaften bis zum Ende erforscht seien.«

»Das ist eine wirklich interessante Frage.« Lise Meitner nickte besonnen und antwortete nicht gleich. Stattdessen schien sie sich ihre Worte gut zu überlegen, ehe sie mit Überzeugung den Kopf hob. »Es gibt zwei Möglichkeiten: Hypothesen sind zu beweisen oder zu widerlegen. Aber nur dieses geistig vorhandene Werkzeug wird es Ihnen ermöglichen, die Resultate Ihrer geistigen Arbeit mit der Wirklichkeit vergleichen zu können. Erst dieser Vergleich gibt dem experimentellen Naturforscher die erforderliche Sicherheit. Stimmt das Resultat nicht mit der Realität überein, so ist die Spekulation schlichtweg falsch, wenn sie auch noch so geistreich sein mag. Deshalb gebe ich Ihnen heute etwas mit auf den Weg: Sehen Sie niemals eine Härte darin, zu viel Zeit und Aufwand für Ihre geistige Arbeit betrieben zu haben. Schätzen Sie sich stattdessen glücklich, einen solchen Prüfstein zu besitzen. Auch wenn er Ihnen vermutlich manche Enttäuschung bereiten wird.« Sie atmete tief durch und lächelte sanft. »Ich danke Ihnen für Ihre Aufmerksamkeit. Guten Tag, meine Herren.«

Lise Meitner beugte sich über ihre Unterlagen. Während die anderen jungen Studenten den Hörsaal lautstark diskutierend verließen, machte sich Lorenz zögerlich auf den Weg nach vorn und trat auf das Pult zu, hinter dem die Wissenschaftlerin mit gesenktem Kopf stand. Sein Herz schlug ihm bis zum Hals, als er bis auf zwei Meter näher kam und sich umständlich räusperte.

»Herr Löwenthal?« Sie schaute neugierig auf. »Sind noch Fragen offengeblieben?«

»Es handelt sich vielmehr um ein Anliegen«, antwortete Lorenz und schaute sie mit flammendem Blick an. »Ich bitte Sie, mir ein Praktikum an Ihrer Seite zu gewähren. Ich werde Sie nicht enttäuschen und alles dafür tun, dass Sie mit meiner Arbeit zufrieden sind. Ich würde sogar …«

»Genug!« Die Wissenschaftlerin hob abwehrend ihre Hand. »Kürze und Klarheit sind für mich Bedingung eines jeden Gesprächs. Ich habe Professor Riedmanns Einschätzung gelesen«, klärte sie ihn in nüchternem Ton auf.

»Heißt das, er hat meine Leistungen doch noch anerkannt und befürwortet meinen Antrag?«, erkundigte sich Lorenz aufgeregt. Er brauchte sie nur anzusehen, um zu erkennen, dass kein überflüssiges Wort über ihre Lippen kommen würde.

Ein kurzes Stillschweigen trat ein. Die Physikerin schaute eine Weile durch ihn hindurch, ehe sie seinen Traum mit nur wenigen Worten zerstörte.

»Sie irren sich leider, junger Mann. Riedmann hat mir sogar eindringlich davon abgeraten, Ihnen mein Wissen während eines Praktikums näherzubringen. Und das, obwohl er Ihre besonderen Leistungen und Ihren Wissensdurst mir gegenüber noch vor ein paar Wochen lobend erwähnte. Offenbar hat er seine Meinung über Sie inzwischen geändert.«

Lorenz nickte resigniert und fühlte sich wie vor den Kopf gestoßen. Mit hängenden Armen wandte er sich enttäuscht ab, um den Hörsaal zu verlassen. Doch kaum war er ein paar Schritte gegangen, hörte er die Wissenschaftlerin seinen Namen rufen.

»Geben Sie immer so schnell auf, Herr Löwenthal?«, erkundigte sie sich mit einem Hauch Spott in der Stimme. »Falls das so ist, rate ich Ihnen dringend, Ihr Studium an den Nagel zu hängen. Denn dann fehlt Ihnen der notwendige Biss für die Forschung.« Sie lächelte trotz der harten Worte. »Andererseits wissen wir beide, weshalb Professor Riedmann Ihnen den Weg zum Institut versperrt. Sollten Sie also in der Lage sein, sich durch die Anfeindungen gewisser Leute nicht in Ihrer Arbeit beeinflussen zu lassen, denen auch ich als Jüdin ausgesetzt bin, könnte tatsächlich ein hervorragender Wissenschaftler aus Ihnen werden. Doch dazu müssen in erster Linie Sie selbst an sich glauben.«

»Das werde ich.« Lorenz nickte heftig. »Ich weiß, dass ich es kann.«

»Großartig.« Lise Meitner, deren Persönlichkeit ihn zunehmend in den Bann zog, reichte ihm die Hand. »Dann sind wir uns ja einig. Wir sehen uns nächsten Montag um acht Uhr in meinem Büro. Seien Sie pünktlich!«

»Wie kann ... kann ich Ihre Worte ... deuten?«, stammelte Lorenz mit wachsendem Erstaunen und merkte, wie ihm das Blut aus dem Gesicht wich. Seine Unterlippe zitterte. »Heißt das ...«

»Ganz recht, es heißt, dass Sie ab März ein Praktikum über die experimentelle Physik bei mir belegen werden. Sie werden acht Semester lang neben Ihrem eigentlichen Studium an der Universität alles über Mechanik, Hydrodynamik, Magnetismus und Elektrizität lernen und dabei zugleich eine ausgezeichnete praktische Ausbildung erfahren.«

Lorenz nickte stumm, als er begriff, was ihre Aussage für ihn bedeutete. Bei Lise Meitner zu lernen war das, wonach er sich während der letzten Jahre unaufhörlich gesehnt und worum er bei Professor Riedmann gebettelt hatte. Nun sollte es plötzlich in Erfüllung gehen und alles, was er in diesem gewaltigen Augenblick zu tun vermochte, war, linkisch vor dieser charismatischen Wissenschaftlerin zu stehen und nach Worten zu ringen.

»Ich weiß nicht, was ich sagen soll«, brachte er schließlich mühsam über die Lippen.

»Es reicht, wenn Sie verstehen, welche Möglichkeit sich Ihnen bietet. Für die Wissenschaft bricht ein goldenes Zeitalter an, das in Berlin ein Zentrum findet. In keiner anderen Stadt der Welt gibt es so viele Nobelpreisträger. Einstein, mein geschätzter Kollege Max Planck, Nernst, nehmen Sie sich ein Beispiel an diesen Herren.«

»Das ... das tue ich gewiss«, stammelte Lorenz. Er konnte sein Glück kaum in Worte fassen. »Welche Erwartungen stellen Sie an mich?«

»Vorerst nicht viele«, antwortete sie mit ernster Stimme. »Ich erwarte von Ihnen nicht mehr, als dass Sie fest an Ihre Ideale glauben und Ehrfurcht vor den Wundern der Naturgesetzlichkeit mitbringen. Sollte ich allerdings herausfinden, dass Sie ungeeignet sind und ich meine Zeit mit Ihnen verschwende, werde ich mein Angebot, ohne zu zögern, zurückziehen.«

»Ich verstehe«, würgte Lorenz kaum hörbar hervor. Mittlerweile war er sicherlich weiß wie die Wand hinter ihm. Seine Augenlider begannen unbeholfen zu zucken, bevor er erneut ansetzte. »Ich danke Ihnen sehr.«

»Enttäuschen Sie mich nicht, Herr Löwenthal!«, erwiderte die Wissenschaftlerin und verließ den Hörsaal mit energischen Schritten durch einen Nebenausgang.

Lorenz blieb zurück, konnte es noch immer nicht fassen, aber schwor sich in diesem Moment, jegliches Hindernis auf seinem Weg zu überspringen und Lise Meitner stolz zu machen. Wie benommen stieg er die Treppe nach unten. Es war reiner Zufall, dass er eine ihm vertraute Stimme hörte und sich zu den beiden Herren umschaute, die vor der Tür am Ende des Flurs standen und in ein Gespräch vertieft waren. Obwohl sie ihm den Rücken zudrehten, kam ihm einer der beiden erschreckend bekannt vor. Der Mann hatte den Hut abgenommen und hielt ihn in der Hand. Sein Haar war quer über den Kopf gekämmt, um die lichten Stellen zu verbergen.

Fassungslos starrte Lorenz ihn an und rührte sich nicht von der Stelle. Sein Herz schlug ihm bis zum Hals. Bei dem Besucher handelte es sich ohne Zweifel um Bertrams Vater. Es war Ludger Friedrichs, und Lorenz hatte keine Ahnung, weshalb ausgerechnet er an diesem für ihn denkwürdigen Tag im Institut aufgetaucht war.

KAPITEL 4

Februar 1933

Kaum hatte Frida an diesem Tag das Krankenzimmer ihres letzten Patienten verlassen und den langen Flur der Station betreten, spürte sie, dass zwischen Schwester Martha und dem Chefarzt Streit in der Luft lag. Professor Meisel, der in weißem Kittel vor seiner Angestellten stand, hatte die Augen wütend zusammengekniffen und warf der Oberschwester feindselige Blicke zu, während sie sich davon offenbar nicht einschüchtern ließ und weiterhin unbeirrt auf ihn einredete. Die Spannung zwischen den beiden war beinahe greifbar und die verärgerte Miene des Arztes ließ erahnen, dass er seine Laune wie gewohnt an der nächstbesten Schwesternschülerin auslassen würde, sobald sie ihm über den Weg lief. Es wäre zumindest nichts Neues, Professor Meisel fand immer etwas zu kritisieren. Deshalb war es auch vernünftiger, aus seiner Schusslinie zu verschwinden. Rasch machte Frida kehrt und ergriff die Flucht, bevor sie bemerkt wurde.

Erschöpft band sie sich die Schürze ab, nahm die Haube vom Haar und machte einen Schritt auf das Schwesternzimmer zu. Noch immer drangen vereinzelt Wortfetzen des Streits zu ihr herüber. Als ihr eigener Name fiel, horchte sie auf und wich rasch hinter den Wäschewagen zurück, der mit frischen Handtüchern beladen im Flur stand und ihr Schutz vor den Blicken des Chefarztes bot. Mit angehaltenem Atem lauschte sie der überlaut geführten Unterhaltung.

»Ich verstehe Sie einfach nicht, Professor Meisel. Frida ist die tüchtigste Schwesternschülerin von allen«, hörte sie die Oberschwester mit Nachdruck sagen, die wie immer aussprach, was sie dachte, und auch vor dem gefürchteten Chefarzt nicht kuschte. »Sie hat eine besondere Begabung für die Medizin und lernt schnell. Ich muss Ihnen nicht erklären, dass mich ihr Ehrgeiz und diese Zielstrebigkeit zutiefst beeindrucken. Dazu ist Frida auch noch bescheiden und anständig. Sie sollten sich wenigstens ein eigenes Bild von ihren *Fähigkeiten machen, bevor* Sie ihr diesen Weg verbauen.«

»Ich verbaue gar nichts und Sie kennen meine Meinung zu diesem Thema, Schwester Martha«, erwiderte der Arzt kühl. »Es bleibt dabei, dass es in meinem Krankenhaus in Zukunft keine jüdischen Ärzte mehr geben wird, Ärztinnen schon gar nicht.«

»Frida ist Halbjüdin, ihre Mutter ist Katholikin.«

»Sei es drum«, wehrte Meisel mit einer ungeduldigen Handbewegung ab. »*Ärztinnen* sind in der deutschen Approbationsordnung nicht vorgesehen.«

»Sie wissen, dass das nicht mehr den Tatsachen entspricht. Inzwischen gibt es genügend Frauen, die studieren und promovieren.«

»Nicht an meinem Krankenhaus. Ich vertrete die Meinung des Freiburger Prorektors Alban Stolz. Das weibliche Geschlecht ist nicht nur dem Körper nach, sondern auch geistig schwächer als das männliche Geschlecht im Allgemeinen. Daher ist es nicht nur eine seltene Ausnahme, sondern gewissermaßen eine Unnatur, wenn ein Weib in Kunst oder Wissenschaft etwas

Bedeutendes leistet. Akzeptieren Sie das gefälligst und stehlen Sie mir nicht länger meine wertvolle Zeit.«

Frida wusste *längst*, dass es bei dieser hitzigen Diskussion immer noch um sie ging. Sie schluckte hart. Es rührte sie, dass die Oberschwester sich für sie einsetzte. Zugleich wurde ihr aber auch klar, dass sie von Professor Meisel keinerlei Unterstützung zu erwarten hatte. Im Gegenteil, mit wenigen Worten hatte er sie auf den Boden der Tatsachen zurückgeholt. Ihr sehnsüchtiger Traum vom Medizinstudium, der selbst ihr anfangs unerfüllbar erschienen war, platzte, noch bevor er begonnen hatte.

Die Realität fühlte sich grausam an. Es fiel Frida unglaublich schwer, die Fassung zu bewahren, und doch blieb ihr nur, die Gedanken an ein Studium aus ihrem Kopf zu verbannen, die ihr seit Wochen die Ruhe raubten und sie oftmals zwangen, bis an die Grenzen ihrer Kräfte zu gehen. Neben Schule und Arbeit in der Klinik lernte sie fleißig, um gut vorbereitet zu sein. Häufig bis zur völligen Erschöpfung, sodass sie nach dem Dienst in der Klinik halbtot vor Müdigkeit in ihr Bett fiel. Dennoch galt ihr gesamtes Engagement dem Bestreben, Ärztin zu werden – in der Hoffnung, dass Professor Meisel aufgeschlossen und nicht so engstirnig auf ihre Pläne reagieren würde wie die Lehrer an ihrer Schule.

Aufsteigende Tränen schnürten Frida den Hals zu, als sie das Schwesternzimmer betrat, um ihren Tagesbericht zu schreiben. Plötzlich fühlte sie sich unwohl zwischen den Ärzten und erfahrenen Krankenschwestern, die am Tisch hinter ihr saßen und plaudernd Tee tranken, während sie mit ihrer Enttäuschung kämpfte. Nicht nur, dass ihr das Studium verwehrt wurde, noch mehr verletzten sie Professor Meisels geringschätzige Äußerungen. Die Abscheu in seinen Worten war nicht zu überhören gewesen, sodass sie sich in diesem Moment fragte, ob die übrigen Angestellten des Krankenhauses ähnlich dachten. Umso erleichterter war Frida, als sie ihre Pause beendeten und einer nach dem anderen den Raum verließ. Sie blieb allein zurück und starrte betrübt auf die vor ihr liegenden Krankenakten. Erst als die Oberschwester mit einer Reihe von Flüchen auf den Lippen eintrat, blickte sie auf.

»Du hast den Streit mitbekommen«, stellte sie fest, als sie Fridas traurigen Gesichtsausdruck bemerkte. Augenblicklich wurden ihre Züge weicher. »Es tut mir leid, Mädchen. Gott weiß, dass ich wirklich alles versucht habe, ihn zu überzeugen.«

»Das ist sehr freundlich von Ihnen, Schwester Martha«, erwiderte sie kaum hörbar. »Ich hoffe, Sie haben den Chefarzt nicht meinetwegen gegen sich aufgebracht.«

»Selbst wenn, du hast ihn gehört. Er will in Zukunft keine Juden mehr in seinem Krankenhaus beschäftigen. Als würde die Religion einen Unterschied machen, wenn es um die Befähigung geht, ein guter Arzt zu sein. Zählen denn Hingabe und ehrliche Zuwendung zu unseren Patienten gar nichts mehr?«, redete sie sich zunehmend in Rage. »Ich sage dir eines, an dem Tag, an dem er Doktor Herschel entlässt, kündige ich.«

»Das wage ich stark zu bezweifeln«, versuchte Frida sie zu beruhigen. Sie wusste von dem engen Verhältnis zwischen der Oberschwester und dem jüdischen Chirurgen. »Er gehört zu den erfahrensten Ärzten der Klinik. Ihn zu entlassen, *wäre unverantwortlich. Vermutlich lag es nur an mir, dass der Professor damit gedroht hat. Er mag mich nicht.*«

»Bilde dir bloß nichts drauf ein. Der Chefarzt mag niemanden außer sich selbst«, stellte Martha pragmatisch fest. Sie machte einen Schritt auf Frida zu und schaute sie mit einem Anflug von Stolz in den Augen an. »Zumindest konnte ich ihn zu einem Gespräch überreden. Der Professor wird sich anhören, was du zu sagen hast. Jetzt liegt es an dir, Frida. Überzeuge ihn davon, wie ernst es dir mit dem Studium ist.«

»Aber er hat doch …«

»Kein Aber!« Oberschwester Martha schüttelte verdrossen den Kopf und musterte sie streng. Ihr Ton wurde energischer. »Du wirst nicht einfach aufgeben, hörst du? Oder sollen wir jetzt nur noch unter Ärzten mit Hakenkreuzarmbinden arbeiten? So weit kommt es noch. Du bist ein kluges Mädchen. Mach dem Chefarzt klar, dass du das Zeug hast, das Studium besser abzuschließen als seine männlichen Schützlinge, die schon beim ersten Tropfen Blut davonrennen. Hast du das verstanden?«

»Ich werde es versuchen, versprochen.« Frida konnte sich ein zaghaftes Lächeln nicht länger verkneifen. »Wie es aussieht, bleibt mir gar nichts anderes übrig. Sie können sehr hartnäckig sein, wenn Sie sich etwas in den Kopf gesetzt haben.«

»Wäre ich sonst Oberschwester?« Martha hob stolz den Kopf. »Und jetzt geh nach Hause. Für heute ist es genug, es ist schon spät. Triff dich mit deinen Freundinnen und hab ein bisschen Spaß. Du bist zu jung, um deine Zeit ausschließlich mit Kranken zu verbringen.«

Frida fügte sich und nahm wortlos ihren Mantel vom Haken. Schwester Martha brauchte nicht zu erfahren, dass sie in Berlin ebenso wenige Freundinnen hatte wie in den Kindheitsjahren. Weder beteiligte sie sich an den Tanzabenden noch an den Ausflügen und Wanderungen, bei denen die Schwesternschülerinnen Arm in Arm singend, schwatzend und lachend in die nähere Umgebung auszogen, wobei sie oftmals von einer Schar junger Männer begleitet wurden. Stattdessen hockte sie über ihren Büchern oder half im Krankenhaus aus, sobald Not am Mann war. Noch immer waren Lorenz und Bertram ihre einzigen Vertrauten.

»Und denk dran, Mädchen! Morgen zeigst du unserem überheblichen Chefarzt, wie sehr er mit seinen veralteten Ansichten auf dem Holzweg ist«, rief Martha ihr nach, als sie zur Tür ging. Die ältere Frau schickte einen Stoßseufzer hinterher und machte eine unwillige Bewegung mit der Hand. »Du kennst die Vorurteile. Für die Ärzte sind wir Frauen nur bessere Dienstboten.«

»Ich befürchte, auch wir werden das so schnell nicht ändern«, erwiderte Frida resigniert und verließ die Krankenstation. In Gedanken über ihre Zukunft versunken ging sie nach draußen und schloss die Tür der medizinischen Fakultät hinter sich.

Den Blick gesenkt nahm sie die nächste Straßenbahn, die sie zum Mädcheninternat nach Berlin-Tiergarten brachte. Dort angekommen tauschte sie ihre Schwesternuniform in Straßenkleidung und machte sich wenig später zu Fuß auf den Weg zu der kleinen Studentenkneipe, in der Lorenz, Bertram und sie sich regelmäßig verabredeten, um Neuigkeiten auszutauschen.

Dabei fiel ihr einmal mehr auf, wie sehr sich das Stadtbild der Hauptstadt in den vergangenen Wochen verändert hatte. Viele Passanten trugen nun das Abzeichen der NSDAP an den Krägen ihrer Mäntel und auch die braunen Uniformen nahmen zu. Ebenso die Gewalt der Nazis, deren Exzesse von der kommunistischen, aber auch von der sozialdemokratischen Partei nur deshalb noch in Grenzen gehalten werden konnten, weil die NSDAP keine Mehrheit im Reichstag bekommen hatte. Nichtsdestoweniger spitzte sich die aufgeheizte Lage mehr und mehr zu, sodass Frida sich vor allem an den dunklen Wintertagen nur noch ungern allein durch die Stadt wagte. Zum Glück war es jedoch nicht weit bis zur Kneipe.

* * *

Bertram und Lorenz saßen bereits an einem der rechteckigen Tische, als sie eintrat und für Sekunden den Atem anhielt. Die Luft im Lokal war voller Tabakrauch.

»Muss das sein? Du weißt, wie ungesund das Rauchen ist.« Nachdem Frida sich gleich an der Theke einen Pfefferminztee bestellt hatte, blickte sie Bertram missbilligend an, ehe sie sich an den schmuddeligen Tisch setzte. Auf der rot karierten Tischdecke lagen Asche und die Krümel von Essensresten.

»Hört, hört, die Frau Doktor spricht«, entgegnete er spöttisch, ohne die Zigarette aus dem Mundwinkel zu nehmen, und zog die Augenbrauen nach oben. »Gibt es noch mehr Ratschläge zur Gesundheit oder war es das?«

»Ich bin keine *Ärztin*, und ja, ich hätte noch einige für dich auf Lager«, entgegnete sie und hörte selbst, wie sich Trauer in ihre Stimme schlich. Doch gleich darauf fiel ihr ein, wie sehr Bertram es hasste, belehrt zu werden, und lenkte versöhnlich ein. »Vergiss es, du bist alt genug und hörst ja doch nicht auf mich. Tu, was du willst.«

»Das werde ich.« Bertram nickte friedfertig und zeigte sich besänftigt. Mit einem forschenden Blick beugte er sich zu ihr, sodass ihm seine blonden Locken in die Stirn fielen. Er strich sie zur Seite, bevor er fragte: »Habe ich da gerade Bedauern herausgehört? Was ist los?«

»Nichts«, wich Frida aus. Sie schämte sich, mit der Sprache herauszurücken. Wieder einmal erinnerte sie sich daran, dass sie nur das Kind einer einfachen Arbeiterfamilie war. Das genügte, um ihre inneren Zweifel zu verstärken. Vielleicht war ihr Traum, Ärztin zu werden, doch etwas zu hochgestochen gewesen und jegliches Bemühen, ihn wahr werden zu lassen, von Anfang an zum Scheitern verurteilt. Betrübt rieb sie mit dem rechten Zeigefinger über die vernarbte Lücke an der linken Hand. Das tat sie immer dann, wenn sie sich unsicher fühlte, und ihre Freunde kannten das.

»Du weißt, dass du uns nichts vormachen kannst«, stellte Lorenz sie in sanftem Ton zur Rede. »Irgendetwas bedrückt dich doch. Was ist passiert?«

»Also gut, ihr gebt ja doch keine Ruhe. Wie ihr wisst, war es immer mein Traum, *Ärztin* zu werden, und ist es noch. Es füllt mich nicht mehr aus, nur Pflegerin zu sein«, platzte es mit trotzig erhobenem Kinn aus Frida heraus, als müsste sie nicht nur den Freunden, sondern vor allem sich selbst beweisen, dass sie das Recht besaß, nach Höherem zu streben. Sie bemühte sich zu lächeln. Doch ihr war bewusst, dass sie ohne jeden Grund rot geworden war.

»Darüber haben wir doch bereits gesprochen. Sobald du deine Ausbildung zur Krankenschwester beendet hast, spricht nichts gegen ein Medizinstudium.« Lorenz streckte seinen Arm aus und berührte ihre Hand. »Du würdest eine hervorragende Ärztin abgeben, da bin ich mir sicher.«

»Meine Lehrer und Professor Meisel sehen das offenbar anders. Ihrer Meinung nach taugen wir Schwesternschülerinnen besser zum Bettenmachen als zur Behandlung der Patienten. Leider besitzen Frauen immer noch keinerlei Rechte, was die höhere Bildung betrifft. Dazu bin ich auch noch Halbjüdin.«

»Aber das ändert doch nichts an deinem Können und deiner Hingabe zur Medizin.« Lorenz schüttelte den Kopf. »Wäre ich dein Lehrer, würde ich eigens für dich ein Krankenhaus bauen lassen.«

»Denkst du das wirklich oder sagst du das nur, um mich aufzumuntern?«, fragte Frida zaghaft und hob erwartungsvoll den Blick.

»Ich weiß es.« Lorenz schenkte ihr ein charmantes Lächeln.

Frida hingegen schaute zu Bertram, der sie stumm beobachtete. Irgendetwas hatte seine Haltung ihr gegenüber in den letzten Monaten verändert. Nicht zum ersten Mal bemerkte sie diesen seltsamen Blick, der sie zu durchleuchten schien. Es lag ein Hauch von Verlangen darin und eine Spur Eifersucht. Bertram schaute verärgert drein, vermutlich, weil Lorenz ihre Hand hielt.

»Was sagst du dazu?«, fragte sie verlegen und spürte, wie sie erneut errötete.

»Nicht viel, außer vielleicht, dass ich in dieser Runde offenbar der einzige Versager bin, der keine große Karriere anstrebt«, erwiderte er schroff. »Ehrlich gesagt wäre mir schon geholfen, wenn ich es durch die nächsten Klausuren schaffe.«

»Du bist kein Versager«, widersprach Frida kopfschüttelnd. Doch es hörte sich selbst in ihren Ohren wenig überzeugend an. Sie hob bedauernd die Schultern und fuhr mit fester Stimme fort: »Dein Vater hat dir das nur so lange eingeredet, bis du es irgendwann geglaubt hast. Früher oder später wird auch bei dir der Knoten platzen.«

»Nur könnte es dann zu spät sein.« Bertrams Miene verdüsterte sich. Er sehnte sich nach Anerkennung. Das war offensichtlich. Nachdenklich klopfte er seine Zigarette am Rand des Aschenbechers ab, ehe er den Kopf hob, in die Runde schaute und seufzte. »Wo wir gerade davon sprechen: Meine Eltern wollen, dass ich am Wochenende zum Sonntagsessen nach Hause komme. Es gibt Schweinebraten. Ich befürchte leider, er wird mir im Hals stecken bleiben.«

»Warte erst einmal ab, bevor du gleich wieder zu schwarzsiehst«, riet ihm Lorenz. »Vielleicht möchte sich dein Vater auch mit dir versöhnen und bereut seine Fehler. Glaubst du nicht, dass er seinen Sohn vermissen könnte? Du warst kein einziges Mal zu Besuch in Perleberg, seitdem wir in Berlin wohnen, nicht einmal in den Semesterferien oder an den Feiertagen.«

»Mein alter Herr arbeitet hier in Berlin, falls du es vergessen haben solltest«, stieß Bertram aus und verzog verächtlich sein Gesicht. »Wenn er mich sehen wollte, könnte er es jederzeit tun. Ich war anfangs ein paarmal bei ihm in den Siemenswerken. Seine Sekretärin hat mich vor seinem Büro abgewiesen, er wollte mich nicht treffen. Nein, da steckt etwas anderes dahinter, und mein Gefühl sagt mir, dass es nichts Gutes ist. Ich kenne den Dreckskerl. Er macht nichts ohne Grund.«

»Selbst wenn.« Lorenz, der von dem Zerwürfnis wusste, zuckte mit den Schultern. »Er kann dir nichts anhaben. Deine Leistungen sind gut. Vielleicht nicht hervorragend, aber solide.«

»Richtig, deshalb wirst du jetzt auch Lise Meitners Schützling und nicht ich«, platzte es aus Bertram heraus, ehe er leicht den Kopf schüttelte. »Versteh mich nicht falsch, ich bin nicht neidisch darauf. Aber ich kenne jemanden, der garantiert nicht ertragen kann, dass du und nicht ich für das Praktikum infrage kamst.«

Sie schwiegen, jeder in seine eigenen Gedanken versunken. Frida sah zum Fenster. Passanten liefen im Laufschritt vor der Kneipe vorbei, als gäbe es einen besonderen Anlass für die Eile. Lärm drang zu ihnen herein. Der eine oder andere entsetzte Aufschrei war zu hören.

»Irgendetwas ist da im Gange«, vermutete sie und zeigte in Richtung des Fensters. »Habt ihr eine Ahnung, was da los sein könnte?«

Die Antwort erhielt sie bereits Sekunden später, als sich die Tür des Lokals schwungvoll öffnete. Eine junge Frau erschien auf der Schwelle und schnappte atemlos nach Luft.

»Der Himmel ist ganz rot«, presste sie heraus und ließ ihren Blick über die Anwesenden gleiten, ehe sie in ungläubigem Ton hinzufügte: »Es brennt!«

Stille trat ein. Für einen Augenblick waren alle wie erstarrt. Dann brach ein wildes Stimmengewirr los. In Windeseile leerte sich die Kneipe. Die Gäste zahlten und hetzten nach draußen. An der Tür prallten sie gegeneinander und stießen sich die Köpfe an. Daraufhin gab es Gekreische, laute Flüche folgten.

»Lasst uns nachschauen, was das zu bedeuten hat«, schlug Frida vor, als die meisten gegangen waren. Noch während sie sprach, schlüpfte sie in ihren Mantel. Bertram und Lorenz taten es ihr gleich. Hastig legten sie dem Wirt ein paar Münzen auf den Tresen und verließen das Lokal. Draußen angekommen stieg ihnen augenblicklich Brandgeruch in die Nase. Beunruhigt folgten sie der aufgebrachten Menschenmenge, die auf den vereisten Straßen in Richtung Tiergarten strömte und erst auf dem Königsplatz zwischen dem Reichstagsgebäude und der Oper zum Stehen kam. Dort hatte sich bereits eine noch größere Menschenmenge angesammelt, sodass es Frida und ihre Freunde einige Anstrengung kostete, sich bis ganz nach vorn durchzudrängeln, wo sie endlich freie Sicht hatten.

»Oh mein Gott, seht ihr dasselbe wie ich?« Lorenz stand völlig fassungslos zwischen Frida und Bertram und hatte sichtbar Mühe zu begreifen, was sich vor ihren Augen abspielte. »Der Reichstag brennt.«

Frida schnappte nach Luft, erhaschte einen kurzen Blick auf Lorenz und sah den raschen Wechsel unterschiedlichster Empfindungen in seinem blassen Gesicht: Entsetzen, Verwirrung, Erstaunen. Gefühle, die sie teilte, als sie nach den Händen ihrer Freunde griff.

»Ja, der alte Kasten brennt. Das ist nicht zu übersehen«, antwortete Bertram unterdessen pragmatisch. »Wenn ihr mich fragt, ist er nicht mehr zu retten.«

»Das ganze Gebäude«, bestätigte Frida und starrte stumm vor Entsetzen auf das rot flackernde Licht hinter den neoklassizistischen Fenstern des Reichstags. Ihr Herz hämmerte laut in der Brust, als sie versuchte, die auf sie einstürmenden Eindrücke zu verarbeiten. Es war aussichtslos, wie sie feststellte. Benommen blickte sie auf die Leiterwagen der Feuerwehr und deren Löschfahrzeuge. Eifrig rollten die Männer dicke Schläuche aus und lösten den Metallstutzen vom Hydranten. Dann stürmten sie unter den Augen der Menschenmenge, die aus sicherer Entfernung zuschaute, auf das brennende Gebäude zu, während aus der Kuppel des Reichstags meterhohe Flammen schlugen und dichter Qualm zum dunklen Himmel emporstieg.

Stimmengewirr ertönte in ihrer unmittelbaren Nähe. Gaffer sprachen wilde Verdächtigungen aus, doch keiner wusste zu sagen, wie das Feuer entstanden war. Stattdessen wurden immer neue vage Vermutungen geäußert. Das Wort Brandstiftung machte die Runde.

»Ich versuche, die Ursache für das Feuer herauszufinden«, schlug Bertram vor. Er ließ sie stehen und drängelte sich mit verbissener Miene durch die Reihen der Neugierigen, die er zur Seite schubste, wenn sie ihm den Weg versperrten. Direkt vor den Schaulustigen hatten einige Polizeibeamte einen abschirmenden Halbkreis gebildet. Mit Schlagstöcken ausgerüstet drängten sie die Gaffer energisch zurück. Als Bertram den Kreis durchbrach, packte ihn ein rothaariger Polizist am Arm und zog ihn zurück.

»Stehen bleiben! Sie können hier nicht durch«, fuhr er ihn schroff an und steigerte sich in eine Erregung hinein, die ihm das Blut ins Gesicht trieb. »Wenn Sie nicht ...« Der Wachmann verstummte schlagartig, als plötzlich ein lautes Hupen seine Stimme übertönte, und machte eine Kehrtwendung. Seine Aufmerksamkeit richtete sich auf zwei dunkle Limousinen, die durch die Absperrungen jagten, sodass Bertram unbemerkt an dem Polizisten vorbeischlüpfen und sich davonstehlen konnte. In ein paar Metern Entfernung blieb er außer Atem stehen und betrachtete die Szenerie vor dem Reichstag.

Die beiden Fahrzeuge hielten vor dem brennenden Gebäude. Das Licht ihrer Scheinwerfer spiegelte sich auf dem schneebedeckten Asphalt und tauchte die nähere Umgebung in ein gespenstisches Licht, während die wartenden Menschen hinter der Polizeikette neugierig die Hälse reckten. Die plötzlich einsetzenden *Heil*-Rufe galten den Herren, die in diesem Moment aus den Fonds der Limousinen stiegen. Sofort eilte ihnen ein Geschwader Polizisten entgegen und empfing sie, die Hacken gegeneinanderknallend.

»Das ist Adolf Hitler«, raunte Lorenz Frida zu, als ein schnurrbärtiger Mann in schwarzem Mantel und Hut aus dem Fond des Wagens stieg. Ihm folgten in einigem Abstand zwei Leibwächter, Joseph Goebbels, Hermann Göring und mehrere SS-Männer. »Er ist außer sich vor Wut. Sieh nur, wie er tobt.«

»Kannst du hören, was er sagt?«, fragte sie.

»Nein, aber Bertram vielleicht.« Lorenz hatte kaum ausgesprochen, als sich Hitler mit seinem Gefolge den Schaulustigen näherte. Seine Miene wirkte verkniffen und strahlte dennoch zugleich eine merkwürdige Zufriedenheit aus. Trotz des Mantels konnte man erkennen, wie sein Brustkorb bebte. Es schien fast so, als zitterte er.

»Schauen Sie genau hin!«, rief er den Menschen mit ebenso abgebrühtem wie kaltem Blick zu, die wiederum ihn fasziniert anstarrten. »Das hier ist das abscheuliche Werk der Kommunisten. Die Polizei konnte einen der Täter verhaften. Diese Brandstiftung war von langer Hand geplant.« Es folgte eine bedeutsame Pause, in der der Reichskanzler mit Blick zum Himmel beide Hände beschwörend in die Luft hob. Das Ganze wirkte gestellt, als hätte er seinen Auftritt im Vorfeld geprobt. Theatralisch wandte er sich an den Polizeipräsidenten. »Jetzt werden wir Nägel mit Köpfen machen. Setzen Sie Ihre Leute in Alarmbereitschaft und sorgen Sie dafür, dass jeder kommunistische Anführer auf der Stelle erschossen wird! Verlieren Sie keine Zeit!«, brüllte er hysterisch, bevor er sich wegdrehte und zu seinem Wagen stapfte. Wenig später fuhren die Limousinen wieder davon.

»Lasst uns abhauen«, schlug Bertram in besorgtem Ton vor, nachdem er zu ihnen zurückgekehrt war. »Ich vermute, dass es nicht sehr lange dauert, bis es in den Straßen ungemütlich wird.«

»Wovon redest du?«, erkundigte sich Frida.

»Ich konnte hören, wie Göring den Befehl gab, sämtliche Funktionäre festzunehmen oder zu erschießen. Der Reichskanzler schiebt den Kommunisten die Schuld in die Schuhe, obgleich der Polizeipräsident von einem Einzeltäter sprach.«

»Du denkst, Hitler nutzt den Brand als Vorwand, um seine politischen Gegner auszuschalten?«

»Darauf kannst du wetten.« Bertram zuckte mit den Schultern und zog nachdenklich die Stirn in Falten. »Er hat nur auf einen Anlass gewartet, den Notstand auszurufen. Und das Volk wird hinter ihm stehen, weil es glaubt, dass Hitler es vor einer bolschewistischen Revolution retten will. Kommt! Wir verschwinden, bevor es brenzlig wird.«

* * *

Obgleich das Ereignis vom Vortag Frida einen ziemlichen Schock versetzt hatte und es in der Klinik seit dem Morgen kein anderes Thema gab, verbannte sie die Neuigkeiten um den Brand des Reichstagsgebäudes aus ihrem Kopf. Stattdessen sah sie aufgeregt dem Gespräch mit Professor Meisel entgegen, dem er, wie Frida leider allzu gut wusste, nur widerstrebend zugestimmt hatte.

Nichtsdestoweniger hatte sie Schwester Martha das Versprechen gegeben, alle Möglichkeiten auszuschöpfen, wenn sie auch noch so gering erschienen. Der Chefarzt galt als Koryphäe der Kardiologie und genoss sowohl im Krankenhaus wie auch in der Berliner Gesellschaft hohes Ansehen. Wenn es überhaupt jemandem gelingen konnte, die Studiengenehmigung für sie durchzudrücken, dann ihm. Doch je näher die Zeiger der Uhr dem Termin rückten, umso verunsicherter fühlte sich Frida, sodass sie inzwischen sogar darüber nachdachte, einen Rückzieher zu machen.

Zögernd nahm sie die Schürze ab und wusch sich die Hände. Dann schaute sie in den Spiegel und betrachtete ihr Gesicht. Die gerade Nase, ihre dunklen Augen mit den langen Wimpern und ihr widerspenstiges Haar, das sie zu einem straffen Zopf gebunden hatte. Sie war ungewöhnlich blass und sah angespannt aus, was sie in Anbetracht ihrer inneren Aufruhr nicht verwunderte.

»Es wird nicht gekniffen, du schaffst das«, munterte die Oberschwester Frida auf, als sie mit hängenden Schultern vorm Spiegel stand. »Lass dich bloß nicht von ihm einschüchtern, unser Halbgott in Weiß kocht auch nur mit Wasser. Vergiss das nicht. Und jetzt geh, du solltest ihn nicht unnötig warten lassen.«

Frida nickte und brachte keinen Ton heraus. Auf dem Weg zum Büro des Chefarztes ging sie gedanklich noch einmal das bevorstehende Gespräch durch, wie sie es in den vergangenen Stunden unzählige Male getan hatte. Immerhin hing viel davon ab und könnte ihre Zukunft entscheidend verändern. Vorausgesetzt, es geschah ein Wunder und sie schaffte es, Meisel doch noch davon zu überzeugen, ihr das Medizinstudium zu bewilligen. Auf keinen Fall durfte sie ihre Angst zeigen, die sie vor dem Ergebnis dieser Unterhaltung hatte. Unwillkürlich straffte Frida ihren Körper und sprach sich Mut zu, auch wenn ihr mulmig war und sie ihre Nervosität kaum noch verbergen konnte.

Nach einem zaghaften Anklopfen betrat sie Meisels Vorzimmer. Die Sekretärin nickte ihr knapp zu, erhob sich und verschwand wortlos. Frida blieb voller Unruhe zurück und kämpfte mit ihrer Anspannung, während sie sich ausgiebig Gedanken darüber machte, welchen Ausgang dieses für sie wichtige Gespräch wohl nehmen würde. Sie kam zu keinem Ergebnis und zuckte zusammen, als die Sekretärin zurückkehrte und ihr die Tür offen hielt. Mit einem Kopfnicken gab sie ihr zu verstehen, dass sie eintreten durfte.

Frida holte noch einmal tief Luft, ehe sie den Schritt in das Reich des Chefarztes wagte, welches sie zum ersten Mal von innen sah. Es war ein nüchterner, weiß getünchter Raum, der sein Licht durch ein einziges Bogenfenster erhielt. Direkt davor stand der etwas altmodische Schreibtisch des Professors, der mit Akten und Schriftstücken überladen war. Seitlich davon befand sich in der rechten Fensterecke ein einfaches Bücherregal.

Der Chefarzt stand davor und schien trotz des anstehenden Gesprächs ein bestimmtes Werk zu suchen. Auf das Geräusch der sich schließenden Tür hin wandte er Frida den Kopf zu und erwiderte ihren Gruß mit einem kühlen Nicken, bevor er ein Buch herauszog und es aufschlug. Es war nicht zu übersehen, dass er den Eindruck vermitteln wollte, wie unwichtig ihm die Unterhaltung mit ihr war. Während er eine Passage zu lesen schien, blieb Frida Zeit, sich zu sammeln und ihn unauffällig zu mustern.

Professor Meisel war um die fünfzig und von kräftiger Statur. Die Gerüchte im Krankenhaus besagten, dass er täglich Sport trieb und sogar die Mittagspause für seine Leibesübungen nutzte. Nicht umsonst zeichneten sich unter seinem Kittel die Muskeln starker Oberarme ab, was die Autorität, die er ausstrahlte, nur umso mehr verstärkte. Dabei reichten schon seine durchdringenden kühlen Augen und die markanten Gesichtszüge völlig aus, um ihm Respekt entgegenzubringen. Frida konnte sich nicht erinnern, den Professor jemals lächeln gesehen zu haben. Auch in diesem Moment, in dem er das Buch weglegte und zu ihr schaute, war er von einer freundlichen Begrüßung weit entfernt, sodass ihr das Herz in die Hose rutschte und sie nervös von einem Bein aufs andere trat.

»Setzen Sie sich!«, forderte er knapp und ließ sich in seinen Sessel fallen. Dann strich er das dichte, stark ergraute Haar aus der hohen Stirn und räusperte sich. »Was verschafft mir die Ehre?«

Frida nahm Platz und rieb nervös die feuchten Hände an ihrer Schwesternuniform ab. Sie öffnete den Mund und setzte zu einer Erklärung an. Doch all die leidenschaftlichen Worte, die sie sich zurechtgelegt hatte, wollten nicht über ihre Lippen kommen. Entsetzt bemerkte sie, dass sie keinen einzigen Satz herausbrachte und ihn nur stumm ansah, was er mit einem verärgerten Schnauben quittierte.

»Sie verschwenden meine Zeit.«

Die harsche Bemerkung weckte ihren Widerstand, den ihre Angst bisher hatte verstummen lassen. Frida nahm allen Mut zusammen, was gar nicht so einfach war unter seinem abschätzigen Blick, der sie erröten ließ. Am liebsten wäre sie im Boden versunken. »Ich bin Schwesternschülerin«, begann sie endlich, während sich ihre Hände krampfhaft um die Stuhllehnen klammerten und ihr der Atem stoßweise aus dem Mund kam.

»Das ist mir bekannt.«

Professor Meisel öffnete eine Akte, die vor ihm auf dem Tisch lag, und brachte sie damit völlig aus dem Konzept. Der Gedanke, der Arzt könnte Erkundigungen über sie eingezogen haben, war ihr bisher nicht gekommen. Nun keimte ein Hauch Hoffnung in ihr auf. Ihre Vorgesetzten waren bisher immer mit ihrer Arbeit zufrieden gewesen und sparten nicht mit Lob. Tatsächlich bestätigte der Arzt ihren Eindruck.

»Ihre Leistungen sind durchaus zufriedenstellend. Zumindest behauptet das Oberschwester Martha.« Meisel hielt inne und warf einen ungeduldigen Blick auf die goldene Uhr an seinem Handgelenk. Dann musterte er sie. »Meiner Meinung nach haben Sie zwei Möglichkeiten. Sie können Ihre Ausbildung als Krankenschwester beenden oder aber weiterhin auf diesem Unsinn beharren, Ärztin werden zu wollen. Es ist Ihre Entscheidung.«

»Aber es ist kein Unsinn. Ich möchte Medizin studieren! Unbedingt«, wagte Frida ihm zu widersprechen. Die Richtung, die das Gespräch nahm, gefiel ihr ganz und gar nicht. Genauso wenig wie das zornige Funkeln seiner Augen, das ihrer Hartnäckigkeit galt. Sie atmete tief ein und bemühte sich, die Angst aus ihrer Stimme fernzuhalten, bevor sie weitersprach. »Ich weiß sehr gut, wie vorurteilsvoll Sie über das Studieren von Frauen denken, aber ich hoffe, dass es mir gelingen wird, Sie von der Haltlosigkeit dieser Ansichten zu überzeugen. Bitte, Professor Meisel, es ist wirklich mein Herzenswunsch, eine gute Ärztin zu werden.«

»Ihre Ausbildung zur Krankenschwester reicht Ihnen also nicht mehr?«, fragte er spöttisch und zog das Gespräch ins Lächerliche. »Sie streben nach Höherem. Eine profane Pflegerin zu sein und dem Vaterland zu dienen, füllt Sie nicht aus?«

»Doch, das tut es«, beeilte sich Frida zu antworten. Meisel hatte den Nagel auf den Kopf getroffen, es genügte ihr längst nicht mehr, nur niedere medizinische Aufgaben zu übernehmen. Der Unwille in seinem Gesicht hielt sie jedoch davon ab, ihre Meinung offen zu äußern. Sie traute sich nicht und wollte auf keinen Fall riskieren, ihn gegen sich aufzubringen. Meisel bestimmte in der Klinik gleichermaßen über Inventar und Angestellte. Seiner Entscheidung unterlag es, wer befördert oder entlassen wurde, und er nutzte diese Machtposition gnadenlos aus. Ihm zu widersprechen wäre das Dümmste, was sie in ihrer derzeitigen Lage tun könnte. »Ich liebe meine Arbeit«, brachte sie eingeschüchtert hervor.

»Wenn das so ist, führen Sie sie fort. Es spricht nichts dagegen, noch nicht. Aber ich werde weder die Rolle Ihres Mentors einnehmen noch meine Einwilligung zu einem Studium der Medizin geben. Die Universitätsstatuten sprechen sich ganz klar gegen die Immatrikulation von Frauen aus. Ich hoffe, ich habe mich klar genug ausgedrückt.«

»Dabei könnte ich die erste Frau in diesem Krankenhaus sein, der Sie das Medizinstudium ermöglichen und damit eine Schranke niederreißen, von der man auch in Zukunft noch sprechen wird. Ihr Name würde immer damit in Verbindung stehen und …«

»Vielleicht werde ich tatsächlich zulassen, dass eine junge Frau meiner Klinik den Beruf der Ärztin ergreifen darf«, unterbrach Meisel sie mit einem Lächeln, sodass Frida annahm, dass ihre eindringliche Ansprache Wirkung zeigte, und neue Hoffnung schöpfte. »Aber zweifelsfrei wird sie keine Jüdin sein«, teilte er ihr in eisigem Ton mit.

»Natürlich nicht.« Frida schaute bestürzt auf die verschränkten Hände in ihrem Schoß und senkte schweigend den Blick auf ihre verstümmelte Hand, während Tränen in ihren Augen brannten. Derweil schaute Professor Meisel erneut auf die Uhr.

»Du liebe Güte, wegen dieser unseligen Unterredung verpasse ich noch meine nächste Operation.« Der Arzt erhob sich und sah triumphierend auf sie hinab.

Frida fühlte sich wie vor den Kopf geschlagen. Sie bemerkte das Funkeln in seinen Augen, welches ihr zeigte, wie sehr es ihn befriedigte, sie abzuweisen.

»Ich würde behaupten, damit sind wir einer Klärung dieser Angelegenheit doch deutlich näher gekommen«, zog er sein Resümee. »Sollte es weitere Fragen zu Ihrer Ausbildung geben, wenden Sie sich bitte an die Oberschwester. Meine Zeit ist sehr kostbar.«

Selbstgefällig lächelnd ging der Arzt zur Tür und öffnete sie. Das Zeichen für Frida, dass das Gespräch für ihn beendet war. Ungeduldig nickte er ihr zu und gab ihr das Gefühl, dass er sie nicht schnell genug loswerden konnte.

Frida nickte resigniert, obwohl sie den Tränen nahe war. Mühsam riss sie sich zusammen und bedankte sich, wie er es von einer Schwesternschülerin erwartete. Dann verließ sie enttäuscht das Büro. Erst im Flur wischte sie sich die Augen mit dem Ärmel ab und kehrte auf die Station zurück, wo sie sich den Rest des Tages wie gewohnt um ihre Patienten kümmerte und ihre Probleme eine Zeit lang vergaß. Doch diese holten sie pünktlich zum Feierabend wieder ein, als Oberschwester Martha auftauchte.

»Mein Gefühl hat mich also nicht getrogen«, schimpfte sie verärgert. Um ihre schmalen Lippen legte sich ein bitterer Zug. »Er hat abgelehnt, habe ich recht?«

»Es war zu erwarten.«

»Nicht, wenn es um Leistungen ginge. Das wissen wir beide. Ich begreife einfach nicht, wie ein Mann mit einer ansonsten offenen Weltanschauung sich diesen Vorurteilen hingeben kann. Er ist Arzt, Frida. Was meint er damit, wenn er von der Reinheit des Blutes spricht? Glaubt er wirklich, dass arisches Blut besser sei als jüdisches? Gerade er muss doch wissen, dass die Beschaffenheit die gleiche ist. Mein Gott, dieser Mann ist der selbstgefälligste, überheblichste und herrischste Kerl, den ich kenne. Am liebsten würde ich jetzt zu ihm gehen und ihm ins Gesicht schleudern, was ich von ihm halte.«

»Lassen Sie es gut sein, Schwester Martha. Es würde alles nur schlimmer machen.« Frida hängte sich ihre Tasche über die Schulter. Wortlos verabschiedete sie sich und verließ die Klinik. Tränen verschleierten ihren Blick, als sie den Eingangsbereich durchquerte. Deprimiert verließ sie das Krankenhaus und ging zur Haltestelle. Sie bemerkte Bertram, der etwa zehn Schritte entfernt auf dem Bürgersteig stand und auf sie gewartet hatte, erst, als er auf sie zugeeilt kam.

»Was ist passiert?«, fragte er besorgt. »Du weinst ja.«

»Meisel verweigert mir die Einwilligung zum Studium«, erklärte Frida ohne Umschweife und wischte sich die Tränen weg. »Es ist so ungerecht und nur, weil ich Halbjüdin bin.«

»Bist du dir sicher, dass es daran liegt?«

Frida nickte. Meisel hatte seine Ansichten klar und deutlich zum Ausdruck gebracht. Aber auch unabhängig von ihrer Religion hielt er sie wohl für ungeeignet, weil sie eine Frau war. Sie hatte von Anfang an ein schlechtes Gefühl gehabt, dem Drängen der Oberschwester nachzugeben und ihn um Unterstützung zu bitten. Nun musste sie am eigenen Leib erfahren, wohin ihr Übereifer sie gebracht hatte. Sie war am Boden zerstört. Dabei hatte sie so sehr gehofft, er würde ihren Traum, Ärztin zu werden, verstehen, von dem im Moment nur ein kläglicher Scherbenhaufen übrig war.

»Er wird seine Entscheidung eines Tages ganz sicher bereuen. Aus dir wäre eine wunderbare Ärztin geworden«, versuchte Bertram sie auf rührende Art zu trösten. Behutsam nahm er ihre Hand und umschloss sanft ihre Finger. Dabei sah er ihr geradewegs in die Augen.

»Du hättest seinen Blick sehen sollen«, flüsterte sie erstickt und starrte ins Leere, während ein Haufen Kinder lärmend über die Straße rannte, die einander lachend mit Schneebällen bewarfen. Frida fror plötzlich. Die eisige Kälte drang durch ihre Kleidung bis auf die Knochen, sodass sie zu zittern begann. Schweigend stand sie da, die Augen voller tiefer Traurigkeit niedergeschlagen.

»Professor Meisel hasst mich«, erklärte sie schließlich. »Außerdem hält er mich vermutlich für furchtbar dumm. Wie konnte ich nur auf die Idee kommen, ausgerechnet zu ihm zu gehen? Dabei hat man mich vor ihm gewarnt. Jetzt weiß ich, warum.«

Stumm standen sie sich gegenüber. Bertram betrachtete ihr gequältes Gesicht voller Mitgefühl und Frida erkannte, wie schwer es ihm fiel, die richtigen Worte zu finden. Als sich erneut Tränen in ihre Augen drängten, unternahm er einen hilflosen Versuch, sie zu trösten, und legte seine Hand auf ihren Arm.

Irritiert bemerkte Frida wieder diesen eigentümlichen Glanz in seinen Augen, den sie in der Vergangenheit häufiger darin wahrgenommen hatte, wenn Bertram sie anschaute. In seinem Blick lag etwas Rätselhaftes, das sie verwirrte, und eine tiefe Verbundenheit, die sie noch bei keinem anderen Menschen wahrgenommen hatte, bis ihr plötzlich klar wurde, dass das, was sie sah, ein Liebesbekenntnis war.

Von der Versuchung des Augenblicks übermannt, hob Frida ihren Kopf und drückte einen Kuss auf seine Lippen. Doch kaum zog Bertram sie besitzergreifend an sich, bereute sie es. Die Ernüchterung traf sie wie ein Schwall kalten Wassers. In ihrer Enttäuschung über das Gespräch mit Meisel hatte sie sich zu etwas hinreißen lassen, was sie in nur noch größere Schwierigkeiten brachte. Sie mochte Bertram, aber ihre Gefühle waren rein freundschaftlich. Er hingegen machte keinerlei Anstalten, sie loszulassen. Erst als sich eine alte Dame neben ihnen laut räusperte und ihnen missbilligende Blicke zuwarf, löste er sich von ihr. Frida nutzte den Moment, um sich zu sammeln. Unsanft landete sie auf dem Boden der Tatsache, dass sich ihr freundschaftliches Verhältnis soeben drastisch verändert hatte.

»Oh mein Gott, es tut mir leid. Ich ... ich weiß nicht, was ... in mich gefahren ist. Ich wollte nicht, dass das passiert«, stammelte sie, nachdem sie ihn sanft von sich geschoben hatte und errötend den Kopf senkte.

»Aber wir ...« Bertram verstummte, um danach umso heftiger zu beteuern: »Du weißt, dass ich mehr für dich empfinde.«

»Nein, das weiß ich nicht.« Frida schüttelte erschrocken den Kopf. Seine wenigen Worte reichten aus, um sie aus der Fassung zu bringen. »Du hast nie ein Wort gesagt. Wir sind Freunde, Bertram, nicht mehr. Der Kuss war ein Fehler.«

»Ein Fehler?«, wiederholte er und zuckte zusammen.

Frida bemerkte, wie Bertram nach Worten suchte. Sie ließ ihm keine Zeit und warf einen Blick zur Uhr. »Ich muss gehen«, keuchte sie und drehte sich weg, um ihre Tränen zu verbergen. Aus den Augenwinkeln nahm sie wahr, dass er verwirrt stehen blieb. Es war nicht zu übersehen, wie er mit sich und seinen Gefühlen kämpfte. Die Enttäuschung in seinem Gesicht weckte Traurigkeit und Schuldgefühle in ihr. Sie hatte nicht gewollt, dass er sich wegen des Kusses schlecht fühlte. Es würde nur nie wieder vorkommen.

»Frida, warte«, bat er plötzlich und streckte die Hand nach ihr aus.

Doch sie schüttelte sanft den Kopf. Im selben Moment hielt ein Bus. Frida stieg ein, ging zu einem der hinteren Plätze und schlug weinend die Hände vors Gesicht.

KAPITEL 5

Perleberg, Februar 1933

Am darauffolgenden Wochenende machte Bertram sich mit gemischten Gefühlen auf den Weg in seine Heimatstadt, wo er nicht wusste, was ihn erwarten würde. Vor allem nicht, nachdem er erfahren hatte, dass sein Vater unerwartet im wissenschaftlichen Institut aufgetaucht war, in dem Lorenz die Assistenzstelle übernehmen sollte. Seitdem fragte sich nicht nur sein Freund, was das zu bedeuten hatte. Dennoch hatte er die Sache Lorenz gegenüber als harmlos hingestellt und damit begründet, dass sein Vater wissenschaftlicher Leiter der Siemenswerke war und es möglicherweise dadurch eine Verbindung gab. Er selbst befürchtete, dass mehr dahintersteckte.

Nachdenklich stieg Bertram am Bahnhof in Perleberg aus dem Zug und hielt kurz inne, als er einen unangenehmen Druck auf der Brust verspürte, der sich anfühlte, als könnte ihn allein dieser Ort, an dem er seine Kindheit verbracht hatte, in den schutzlosen kleinen Jungen von früher verwandeln. Fast so, als würde er unter einem Bann stehen, der sich auch dann nicht abschütteln ließ, wenn man der Stadt und den damit verbundenen Erinnerungen den Rücken gekehrt hatte.

Es war eine bedrückende Empfindung, sodass er für einen Moment sogar darüber nachdachte, die Einladung seines Vaters sausen zu lassen und sich in den nächstbesten Zug zu setzen, der ihn nach Berlin zurückbrachte. Lediglich der Gedanke an seine Mutter hielt ihn davon ab, auf dem Absatz kehrtzumachen, wie es ihm sein Instinkt riet. Aus ihren seltenen Briefen, die sie ihm heimlich und ohne das Wissen seines Vaters schrieb, konnte er herauslesen, wie sehr sie ihn vermisste.

»Bertram Friedrichs? Bist du es wirklich?« Eine Frau mittleren Alters in Mantel und Hut blieb vor der Bahnstation stehen und riss ihn aus den düsteren Gedanken. Zugleich musterte sie ihn neugierig. »Dass du dich wieder einmal blicken lässt. Besuchst du deine Eltern?«

»So ist es, Frau Krüger. Inzwischen ist viel Zeit vergangen.«

»Was wohl in erster Linie an dir lag, wie ich hörte. Nun ja, du wirst schon deine Gründe dafür haben, dich so selten zu Hause blicken zu lassen. Deine Mutter wird sich jedenfalls sehr über deinen Besuch freuen, andere dafür vermutlich umso weniger. Also tu uns allen einen Gefallen und spreng bloß keine Scheunen und Autos in die Luft, hörst du?«

»Das lässt sich bestimmt einrichten.« Bertram erwiderte das herzliche Lächeln der Nachbarin, die ihm scherzhaft mit dem Zeigefinger drohte, und setzte seinen Weg fort. Trotz der eisigen Kälte war es ein sonniger, klarer Tag. Inzwischen hatte es aufgehört zu schneien und auch der scharfe Wind ließ langsam nach, während er sich dem Stadtzentrum näherte, das er nach nur wenigen Minuten Fußmarsch erreichte. Sofort fiel ihm auf, wie ungewohnt hektisch es zuging. Ein Dutzend Braunhemden marschierte über den Rathausplatz und grölte laut Parolen. Pfiffe drangen an seine Ohren, befehlende Stimmen mischten sich dazwischen. Ein unaufhörliches Kommen und Gehen der Leute vermehrte die Unruhe.

Der Aufruhr beunruhigte Bertram. Er blieb stehen und beobachtete, wie sich vor einigen Geschäften Menschentrauben gebildet hatten. Die umstehenden Gaffer reckten die Hälse nach etwas, was er auf die Entfernung und über die zahlreichen Köpfe hinweg nicht erkennen konnte. Neugierig geworden, überquerte er die Straße und drängte sich durch die Menge hindurch, bis er vor der jüdischen Traditionsbäckerei, in der er als Junge die eine oder andere warme Semmel gekauft hatte, aufgehalten wurde. Vier Männer in brauner Uniform bewachten den Eingang und schüchterten jeden Kunden ein, der hineinwollte. Ihre überhebliche Arroganz weckte augenblicklich Bertrams Widerstand. Unbeirrt drängte er sich an ihnen vorbei in den Laden und ließ suchend seinen Blick schweifen. Doch es war weder etwas von dem Besitzer Isaak Birnbaum noch von dessen Ehefrau Judith zu sehen, die normalerweise hinter der Verkaufstheke stand.

»Ist jemand hier?«, rief er und überschaute mit einem Blick die mutwillige Zerstörung der Bäckerei. Die Regale waren umgestoßen worden, sodass frisch gebackene Brotlaibe zwischen den Scherben der zertrümmerten Vitrine und zerstampften Kuchenstücken lagen. Zögernd durchquerte Bertram den Verkaufsraum und klopfte an die Tür im hinteren Teil des Ladens. Als niemand reagierte, drückte er die Klinke nach unten und öffnete.

»Bitte nicht schlagen!«, empfing ihn die ängstliche Stimme der Bäckersfrau, die mit ihrem Mann und zwei Angestellten auf dem Boden in der Ecke kauerte. Allesamt zitterten sie am ganzen Körper. Beim Anblick Bertrams brach der Bäckereibesitzer in Tränen aus. Unaufhaltsam rannen sie über dessen schlaffe Wangen und tropften in den Kragen des Hemdes.

Bertram schnürte es die Kehle zu. Noch nie zuvor hatte er einen erwachsenen Mann so weinen sehen. Es verschlug ihm die Sprache. Nur mühsam gelang es ihm, Worte zu finden, die dem Verzweifelten die Angst nehmen sollten. »Ich bin es, Isaak.« Bertram nahm die Hand des Mannes. »Erinnerst du dich nicht an mich? Oder an die Zimtschnecke, die du mir jeden Montag vor der Schule zugesteckt hast? Von mir habt ihr nichts zu befürchten.«

»Bertram? Bertram Friedrichs?« Der Bäcker erhob sich zaghaft und wischte sich mit dem Ärmel die Tränen ab. Er wollte gerade etwas hinzufügen, als Lärm zu ihnen hereindrang. Mit Schwung flog die Tür auf und krachte gegen die Wand. In Sekundenschnelle wich Birnbaum zurück und hielt sich schützend die Hände über den Kopf.

»Raus, aber ein bisschen flott! Du hast hier nichts verloren«, schrie ein kräftiger Kerl Bertram unterdessen an. Er packte ihn am Arm und zerrte ihn trotz seines Widerstands nach vorn zum Eingang. Noch immer standen Schaulustige auf der Straße und beobachteten das Spektakel. Einige von ihnen hielten nun Brote im Arm und schlugen sich den Bauch voll. Andere klatschten, als Bertrams Angreifer ihn gewaltsam zur Tür schob und auf ein Schild zeigte.

»Kannst du lesen, Friedrichs?«, brüllte er ihn an, während seine Kameraden hämisch lachten. »Mach, dass du wegkommst! Sonst gibt es Ärger.«

Bertram antwortete nicht. Stattdessen fragte er sich, woher der Kerl wusste, wer er war. Ihm kam das Gesicht des anderen gänzlich unbekannt vor. Viel Zeit, um ihn genauer zu betrachten, blieb ihm jedoch nicht. Sein Gegenüber lachte spöttisch auf und stieß mit seinem Finger auf das Schild.

»Deutsche kaufen nicht bei Juden! Hast du das verstanden? Oder soll ich es wiederholen? Du warst schon früher der Dümmste von allen.«

»Halt dein dreckiges Maul!« Bertram spuckte ihm vor die Füße. Er ahnte, dass sein Gegenüber auf eine Schlägerei mit ihm aus war, und wusste, dass er bei der Überzahl der Gegner nur als Verlierer vom Platz gehen konnte. Die Vermutung, dass es sich um die Schulhofschläger von damals handelte, denen sich nun eine Gelegenheit bot, sich dafür zu rächen, dass Bertram sie verprügelt hatte, nachdem sie Lorenz verhöhnt hatten, lag nahe.

Wütend wandte er sich ab und ging, die geballten Fäuste in den Hosentaschen vergraben, davon. Schon nach wenigen Metern bemerkte er, dass nicht nur die Bäckerei von den Übergriffen betroffen war, und beschleunigte seine Schritte. Kaum war er um die nächste Ecke gebogen, erkannte er, dass in sämtlichen Straßen der Kleinstadt Unruhe herrschte. Anstelle der Uniformierten handelte es sich nun um einen wilden Haufen Halbwüchsiger, die faules Gemüse und Backsteine gegen die Fenster von Geschäften und Wohnhäusern warfen, sodass die Glasscheiben in Tausende Scherben zersplitterten.

»Soll ich dich mitnehmen?« Ein grüner Zweisitzer bremste plötzlich scharf neben ihm und hielt an. Adolf Löwenthal kurbelte die Scheibe herunter und steckte seinen Kopf heraus. »Steig ein, Junge! Ich fahre dich nach Hause, bevor du zwischen die Fronten gerätst.«

»Das Angebot lehne ich nicht ab. Hier scheint ja die Hölle los zu sein.«

»Die Hölle beschreibt es sehr gut.« Lorenz' Vater beugte sich über den Beifahrersitz und öffnete die Tür. Bertram stieg in den Wagen und reichte dem Arzt die Hand, in dessen Haus er vor Jahren oftmals die einzige Geborgenheit in seiner sonst so düsteren Kindheit erfahren hatte.

»Sie müssen für mich keinen Umweg machen und können mich gern an der Kreuzung absetzen«, schlug er vor. »Es ist schön, Sie zu sehen, Doktor Löwenthal.«

»Die Freude ist ganz meinerseits, wenn ich mir auch andere Umstände für unser Wiedersehen gewünscht hätte. Die Nazis haben die Stadt längst unter Kontrolle und nicht erst seit heute«, verriet er, bevor er losfuhr, während Bertram ihn verstohlen musterte. Der Arzt war ungefähr im Alter seines Vaters, sah jedoch viel älter aus, als er ihn in Erinnerung hatte. Um die fest verschlossenen Lippen lag ein herber Zug, der früher nicht da gewesen war. Seine Finger zitterten, bevor sie sich um das Lenkrad krampften.

»Was bedrückt Sie?«, fragte Bertram nach einer Weile, während er ihn weiterhin forschend betrachtete. In den Augen von Lorenz' Vater lag so viel Offenheit, Herzensgüte und Vertrauen, dass es ihm die Kehle zuschnürte, ihn so traurig zu sehen.

»Ich werde meine Approbation verlieren. Die Patienten bleiben auch aus. Niemand traut sich mehr, meine Praxis zu betreten. Deshalb tragen meine Frau und ich uns mit dem Gedanken, Deutschland für immer zu verlassen. Es könnte also gut sein, dass wir uns heute zum letzten Mal begegnet sind.«

»Sie wollen weg aus Perleberg und die Praxis aufgeben?«, fragte Bertram bestürzt. »Weiß Lorenz von Ihren Plänen?«

»Die endgültige Entscheidung haben wir in der Hoffnung, dass sich die Situation wieder beruhigen könnte, bisher vor uns hergeschoben.« Der Arzt schüttelte resigniert den Kopf. »Es war ein Trugschluss. In letzter Zeit werden wir sogar auf offener Straße angefeindet. Es wird Zeit, der Wahrheit ins Auge zu blicken, auch wenn sie wehtut. In Deutschland haben wir keine Zukunft mehr, Bertram. Sobald Lorenz nach Hause kommt, reden wir mit ihm. Wir wären froh, wenn er uns ins Ausland begleiten würde. Aber diese Entscheidung überlassen wir ihm.«

Betretenes Schweigen setzte ein, während Bertram nach Worten suchte, die es offensichtlich nicht gab. Unterdessen fuhr der Arzt rechts an den Bürgersteig heran und stoppte den Wagen. Sichtbar aufgewühlt reichte er ihm die Hand.

»Mach's gut, mein Junge. Ich bin wirklich froh, dass mein Sohn dich zum Freund hat.« Er kämpfte mit den Tränen und zuckte hilflos mit den Schultern. »Ich würde dich ja gern bis vor euer Haus fahren. Aber ich denke, es ist besser, wenn dein Vater uns nicht zusammen sieht.«

»Ich habe keine Angst vor ihm. Es ist mir gleichgültig, was er ...«

»Das sollte es aber nicht«, unterbrach ihn Adolf Löwenthal und versteifte sich unwillkürlich. »Deinen Vater *muss* man fürchten. Vergiss nicht, welchen Einfluss er hat. Du tätest gut daran, ihn nicht zu unterschätzen. Und jetzt geh nach Hause zu deiner Mutter. Sie wartet auf dich. Für uns kannst du nichts tun.«

Bertram nickte beklommen und stieg aus. Die Tür schlug zu und der Wagen fuhr davon. In düsteren Gedanken gefangen lief er weiter. Erst an der Ecke zur Hopfenstraße blieb er stehen, als ihm eine Frau entgegenkam, die sich mit einem Korb Wäsche im Arm auf sein Elternhaus zubewegte. Ihr schmales verlebtes Gesicht war zu Boden gerichtet, sodass sie ihn nicht bemerkte. Bertram hingegen erkannte sie sofort an ihrem grauen Hut, den sie besaß, seit er denken konnte. Doch obwohl er sich sicher war, dass es sich um seine Mutter handelte, blieb er reglos stehen, nachdem er bemerkte, wie sie ihr rechtes Bein nachzog. Augenblicklich geriet sein Blut in Wallung. Er wusste sofort, woher diese Einschränkung rührte. Während er angespannt wartete, bis sie näher kam, versuchte er, seine Wut unter Kontrolle zu bringen.

»Bertram, mein Junge, du bist gekommen. Ich habe nicht mehr damit gerechnet.« Kaum hatte seine Mutter ihn gesehen, lächelte sie, machte hingegen keinerlei Anstalten, ihn zu umarmen. Stattdessen senkte sie den Kopf, nachdem sie seinen Blick bemerkt hatte, der auf ihrem Bein lag.

»Nur deinetwegen, Mutter«, presste Bertram hervor und nahm ihr den Wäschekorb ab. Er hatte Mühe, sich sein Entsetzen über ihr verändertes Aussehen nicht anmerken zu lassen. Am schlimmsten waren ihre Augen, unter denen er tiefe

Schatten bemerkte. Ihr ehemals dunkles Haar war nun vollständig ergraut. Von den Mundwinkeln aus gruben sich tiefe Falten bis zu ihrem Kinn. Sie wirkte verhärmt, als wäre sie das Leben leid, und vermutlich stimmte das sogar. Ihr Anblick ergriff Bertram so sehr, dass ihm die Stimme versagte und er sein Gesicht abwenden musste.

»Lass uns ins Haus gehen«, schlug seine Mutter vor und zog den Schlüssel aus der Tasche. Drinnen angekommen, hielt Bertram es nicht länger aus, so zu tun, als würde er ihr Humpeln nicht bemerken.

»Du hinkst. Was ist passiert?«, fragte er und setzte den Korb ab.

Augenblicklich zuckte sie zusammen. Ihre Finger zitterten mit einem Mal so heftig, dass ihr der Schlüsselbund aus der Hand fiel. Doch genauso schnell, wie sie erschrocken war, gewann sie ihre Fassung zurück. Bertram wusste, dass es das Ergebnis jahrelanger Übung war.

»Ich bin gestolpert und die Treppe hinabgefallen«, antwortete sie betont gleichmütig und hob die Schlüssel auf. Doch der leise vibrierende Klang ihrer Stimme und der bittende Blick ihrer Augen ließen ihn frösteln. »Du weißt doch, dass ich manchmal etwas tollpatschig bin. Das Knie ist noch etwas steif, aber das wird schon wieder.«

»Gestolpert?« Er fasste sie bei den Schultern. »Hör auf, mich anzulügen! Mir kannst du nichts vormachen, Mutter. Er war es, habe ich recht? Hat er dich die Treppe hinabgestoßen?«

»Es war keine Absicht, Junge.« Sie befreite sich aus seinem Griff und betrat die Küche. Dort setzte sie den Teekessel auf den Herd. »Dein Vater hat sich manchmal einfach nicht unter Kontrolle. Er meint es nicht so. Du kennst ihn doch.«

»Ja, ich kenne ihn.« Wütend schüttelte Bertram den Kopf und verzog angewidert das Gesicht. »Dieses Schwein hört nie auf. Warum verlässt du ihn nicht endlich?«

»Weil es nicht so schlimm ist, wie du befürchtest. Dein Vater ist die ganze Woche über in Berlin, oft sogar an den Wochenenden, sodass ich ihn kaum zu Gesicht bekomme. Mach dir keine Sorgen um mich!«

»Das tue ich aber, Mutter. Denn offenbar reicht die wenige Zeit, die er bei dir verbringt, aus, um dich zu quälen. Trenn dich von ihm, du hast ein besseres Leben verdient. Wir könnten uns eine gemeinsame Wohnung suchen.«

»Ich soll ihn verlassen?«, fragte seine Mutter ungläubig. »Wie stellst du dir das vor, mein Junge? Wovon sollen wir leben und dein Studium finanzieren? Ganz abgesehen davon, dass dein Vater seine Zustimmung niemals gäbe. Ich kann ihn nicht verlassen, Bertram. Eine Ehe ist ein Schwur vor Gott und den hält man in guten wie in schlechten Zeiten.«

»Nur dass bei euch die schlechten überwiegen. Hilf mir gern auf die Sprünge, ich kann mich an keine guten Zeiten erinnern.«

»Jetzt hör schon auf und mach es mir nicht so schwer. Wir sind eine Familie, dein Vater liebt uns. Er kann es bloß nicht immer zeigen«, sagte sie leise und wenig überzeugend. »Du musst dir um mich keine Sorgen machen, ich …«

Bestürzt bemerkte Bertram, wie sie mitten im Satz abbrach und einen ängstlichen Blick zur Tür warf, als schwere Schritte im Flur zu hören waren. Aus ihrem Gesicht wich sämtliche Farbe. Erschrocken fuhr sie herum und warf Bertram einen flehenden Blick zu.

»Bitte, sprich ihn bloß nicht darauf an. Es würde alles nur schlimmer machen.«

»Wie du willst«, gab Bertram widerstrebend nach, denn er sah ein, dass sie in Bezug auf seinen Vater nie auf einen Nenner kommen würden. Stumm fluchte er in sich hinein, ehe er mit erzwungener Ruhe weitersprach. »Ich hätte damals ihn und nicht die Scheune in die Luft jagen sollen«, rutschte es ihm heraus. »Der Dreckskerl hätte es mehr als verdient.«

* * *

»Dann stimmt es also, was die alte Krüger sagt, der verlorene Sohn ist endlich heimgekehrt.« Mit einem Grinsen im Gesicht blieb Ludger Friedrichs, der wie immer adrett in Anzug und gestärktem Hemd gekleidet war, im Türrahmen stehen. »Es geschehen tatsächlich noch Zeichen und Wunder.«

»Ich bin nicht deinetwegen hier«, entgegnete Bertram feindselig. »Der einzige Grund, warum ich nach Hause komme, ist Mutter.«

»Willst du nicht wenigstens aufstehen und mir die Hand reichen, wie es sich gehört?«, fragte sein Vater mit erzwungener Ruhe. Nur die zornige Falte, die sich in seine Stirn grub, verriet seinen aufkeimenden Ärger.

»Ich hätte mir gewünscht, du hättest mir dieses Angebot früher gemacht.« Bertram zuckte unbeeindruckt mit den Schultern. »Damals hattest du bedauerlicherweise alle Hände voll damit zu tun, den Gürtel zu halten, mit dem du mich grün und blau geprügelt hast.«

»Falls du nur gekommen bist, um alte Kamellen aufzuwärmen, kannst du gleich wieder gehen.« Das Lachen im Gesicht seines Vaters gefror. Blitzschnell war er bei Bertram, fasste ihn am Arm und zog ihn gefährlich nahe zu sich hoch. »Vergiss nicht, dass ich es war, der dir nach dem Scheunenbrand den Arsch gerettet hat, indem ich dem Juden die Schuld in die Schuhe geschoben habe. Glaubst du wirklich, du hättest es mit deinen miserablen Leistungen sonst an die Universität geschafft? Der Ruf als Brandstifter wäre dir vorausgeeilt und keiner deiner Lehrer hätte noch ein Auge zugedrückt.«

»Niemand hat dich darum gebeten. Außerdem wusste auch so jeder, dass ich und nicht Lorenz die Scheune gesprengt habe.«

»Nur dass dein Freund es allein durch Wissen und Fähigkeiten geschafft hat, seinen Weg zu gehen. Du hingegen wärest kläglich gescheitert.«

»Ich hoffe, du erwartest keine Dankbarkeit von mir.« Mit einem Ruck versuchte Bertram, sich zu befreien. »Falls du es immer noch nicht kapiert hast, ich weiß, wozu du fähig bist. Glaubst du, ich habe keine Augen im Kopf?«

»Pass auf, was du behauptest.« Sein Vater packte noch fester zu, sodass Bertram für einen Moment befürchtete, er würde ihn in das kleine Zimmer hinter der Küche zerren. Für Sekunden fühlte er sich wie gelähmt, die alte Angst kroch in ihm hoch. Wie erstarrt wich er einen Schritt zurück.

»Lass ihn in Ruhe, Ludger!« Völlig unerwartet trat seine Mutter zwischen sie.

Ihr Gesicht hatte jegliche Farbe verloren. Bertram sah, dass ihre Unterlippe vor Angst zitterte, und doch geschah es zum ersten Mal, dass sie sich ihrem Mann mutig entgegenstellte. Fassungslos schaute Bertram sie an und spürte sekundenlang einen unbändigen Stolz auf sie. Als seine Mutter den Blick bemerkte, lächelte sie ihn liebevoll an. Doch die spürbare innige Verbundenheit währte nicht lange. Sein Vater stieß sie grob zur Seite.

»Misch dich nicht ein, du Dreckstück«, brüllte er sie an. Ein Schimpfwort, das Bertram vor Augen führte, wie sehr sich die Situation zu Hause inzwischen verschlechtert hatte. Es schien, als steckte seine Mutter nun all die Prügel und Demütigungen ein, die er früher abgefangen hatte. Sie war jetzt das Opfer mit allen daraus resultierenden Konsequenzen. Dabei hatte er gehofft, dass der blinde Jähzorn seines Vaters verfliegen würde, wenn sein missratener Sohn, wie er ihn bezeichnete, endlich aus dem Haus war. Vielleicht hatte er aber auch nur daran glauben wollen. Jetzt, in dieser Sekunde, gestand er sich ein, dass es nur Wunschdenken gewesen war. Mit dieser Erkenntnis loderte auch der alte Hass in ihm auf.

»Fass sie nie wieder an, du Schwein! Oder du wirst es bereuen. Ich meine es ernst«, warnte er seinen Vater mit zitternder Stimme. Er ging auf ihn los, packte ihn am Hemdkragen und zog ihn so dicht an sich heran, dass sich ihre Nasenspitzen beinahe berührten. Dabei spürte er, wie wilde Wut in seinem Inneren tobte, die er nicht länger in Schach zu halten vermochte. Ohne dass er recht wusste, was er vorhatte, ließ er den Stoff los und hob seine geballten Fäuste, sodass sein Vater sich gezwungen sah, einen Schritt zurückzuweichen und abwehrend die Hände zu heben.

»Was hast du da gerade gesagt?« Überraschung blitzte in seinen Augen auf. Wie ein Fisch auf dem Trockenen schnappte er kurz nach Luft, während er Bertram mit hartem Blick maß. Die Adern an seinem Hals schwollen an. Mit bebenden Nasenflügeln und deutlich sichtbarem Jähzorn im Gesicht trat er näher an ihn heran. »Du willst mir …«

»Du hast mich schon verstanden!«, fuhr Bertram ihm mit eisigem Blick über den Mund. In seinem Gesicht spiegelte sich die ganze Kraft seiner ungezügelten Wut wider. Sie steigerte sich noch mehr, als er aus den Augenwinkeln bemerkte, wie seine Mutter nervös von einem Fuß auf den anderen trat. Sein Herz quoll über, als er die Tränen in ihren Augen sah. Ruhig und beinahe sachlich fuhr er mit gesenkter Stimme fort. »Wenn du ihr auch nur noch ein Haar krümmst, bringe ich dich um. Das schwöre ich bei Gott.«

Schweigen breitete sich aus, nur unterbrochen vom leisen Wimmern seiner Mutter. Sein Vater, dessen Hand bereits auf der Schnalle seines Gürtels lag, hielt erstaunt inne. Stumm und unnachgiebig blickten sie sich in die Augen. Die Anspannung zwischen ihnen war förmlich mit Händen zu greifen. Aber es war längst kein ungleicher Kampf mehr wie früher. Bertram war sich seiner Stärke inzwischen bewusst, er würde nicht mehr vor Angst oder Demütigung fliehen. Sie wussten es beide.

»Ich verstehe gar nicht, was mit dir los ist. Es gibt keinen Grund zu streiten«, sagte sein Vater mit einem Mal in unerwartet versöhnlichem Tonfall und wischte sich die Schweißperlen von der Stirn. Er wich zurück und hob lächelnd beide Hände. »Glaubst du ernsthaft, ich wollte deine Mutter schlagen? Verstehst du keinen Spaß mehr?«

»Verschon uns damit«, zischte Bertram ihm zu. »Es könnte Leute geben, die deine armseligen Scherze für wenig geschmackvoll halten. Spar sie dir für deine Nazifreunde auf.«

»Komm schon, sei nicht albern.« In den Augen seines Vaters blitzte es tückisch auf. Dennoch behielt er seine vorgetäuschte Heiterkeit bei. »Wir freuen uns doch, dass du uns endlich mal besuchst, nicht wahr, Irma?« Er legte den Arm um die Schultern seiner Mutter und grinste sie an. Bertram sah, wie sie zaghaft nickte und erleichtert schien, dass der Streit vorbei war. Unterdessen zwinkerte sein Vater ihm zu, als wäre nichts geschehen, und fuhr in ungewohnt väterlichem Ton fort: »Irma wird uns jetzt den versprochenen Schweinebraten zubereiten, während du mir berichtest, wie es mit dem Studium läuft.«

Mach deinen verdammten Braten doch selbst, dachte Bertram, sprach es aber nicht aus, als er sah, wie seine Mutter unmerklich den Kopf schüttelte. Still drückte sie seinen Arm, bevor sie damit begann, Kartoffeln für die Klöße zu schälen.

Bertram schaute ihr betrübt dabei zu, während sich seine Kehle zuschnürte. Die Ehe seiner Eltern war eine einzige Katastrophe und die Kluft zwischen ihnen wurde mit jedem weiteren Tag nur größer. Dennoch ertrug seine Mutter dieses Leben, ohne zu klagen. Nur eine sanfte Wehmut, die sich in ihren Zügen spiegelte, verriet ihren Kummer.

Es war nicht lange her, dass er dieses unterwürfige Verhalten als feige eingestuft hatte. In diesem Moment jedoch bewunderte Bertram sie zum ersten Mal für diese Stärke und begann zu ahnen, dass seine Mutter es in erster Linie für ihn getan hatte.

* * *

Zum Mittagessen stellte seine Mutter zwei Gläser und Bier auf den Küchentisch, wischte sich die Hände an der Schürze ab und schaute Bertram erwartungsvoll an, als der dampfende Schweinebraten mit herrlich knuspriger Kruste und Klößen vor ihm stand. Dazu hatte sie Rotkohl zubereitet, dessen würziger Duft in der Luft hing.

»Lang ordentlich zu«, forderte sie ihn auf und legte die Arme übereinander, während Bertram sie liebevoll anschaute. Seit seiner Ankunft überhäufte sie ihn mit Aufmerksamkeiten und tat so, als würde sie nicht bemerken, dass er sich in ihrem Haus dennoch fremd fühlte.

Nachdem er eine Portion gegessen hatte, forderte sie ihn auf, einen Nachschlag zu nehmen. »Danke, Mutter, aber ich bin wirklich satt«, lehnte er kopfschüttelnd ab. »Wenn ich das alles esse, kann ich mich für den Rest des Tages nicht mehr bewegen.«

»Das trifft sich gut.« Sein Vater schob den Stuhl zurück und erhob sich. »Dann können wir jetzt in die Stube wechseln und über dein Studium reden. Wie du weißt, zahle ich viel Geld dafür, ohne bisher entsprechende Ergebnisse gesehen zu haben. Also? Wie ist der Stand der Dinge?«

»Ganz gut«, wich Bertram aus, denn er brauchte einen Moment, seine Gedanken zu ordnen. Auf der Suche nach einer unverfänglichen Antwort tupfte er sich mit der Serviette die Lippen ab, um Zeit zu schinden. Nur widerstrebend folgte er seinem Vater ins Wohnzimmer und blieb mit dem Rücken zum

Fenster stehen. »Ich warte noch auf die Ergebnisse der letzten Prüfungen, bin mir aber ziemlich sicher, nicht durchgefallen zu sein.«

»Ist das dein Anspruch? Nicht durchzufallen?«, kam es erbost zurück.

»Was erwartest du?« Bertram wandte ihm sein Gesicht voll zu. »Hast du vergessen, dass ich nie der Sohn war, den du dir gewünscht hast? Wenn Lorenz mir nicht Nachhilfe gäbe, wäre ich längst exmatrikuliert.«

»Verschon mich mit deinen Ausflüchten.« Sein Vater schüttelte verärgert den Kopf, behielt seine erzwungene Ruhe aber noch immer bei. »Ich habe erfahren, dass Löwenthal es an das naturwissenschaftliche Institut geschafft hat und dort Lise Meitner assistieren wird. Er hätte diese Stelle nie bekommen dürfen. Ich hatte gehofft, dass mein Sohn und kein dahergelaufener Jude diesen Platz einnehmen würde.«

»Hoffnungen sind dazu da, um enttäuscht zu werden, Vater. Meine waren in dieser Sache so begrenzt wie das Vertrauen in dein Verständnis. Die Professoren haben entschieden, Lorenz ist der Klügere von uns beiden und er ist mein Freund. Was hätte ich tun sollen?«

»Das, was ich dir schon vor Jahren begreiflich machen wollte«, rief sein Vater aufbrausend. »Du musst dich endlich von den Juden fernhalten, bevor dich diese Freundschaft in ein schlechtes Licht rückt. Ich will dich doch nur vor den Unannehmlichkeiten bewahren, die dir in seiner Gesellschaft gewiss wären. Du musst diese Verbindung lösen.«

»Das kann ich nicht. Ich habe Lorenz und Frida ein Versprechen gegeben. Wir haben uns Freundschaft geschworen und die wird auch weiterhin bestehen, ob dir das gefällt oder nicht.«

»Verdammt, wie kann man nur so stur sein und obendrein auch noch dumm?«, fuhr ihn sein Vater zornig an. »Du willst es einfach nicht kapieren, oder? Ein Versprechen gegenüber einem Juden ist wertlos.«

»Aber ich ...«

»Es gibt kein Aber. Du bist ihnen nichts schuldig, weder Löwenthal noch dem Mädchen«, unterbrach ihn sein Vater mit einem Unterton von Geringschätzigkeit und verzog den Mund. »Halte dich endlich von ihnen fern!«

»Ich wusste, dass du es nicht verstehen würdest. Es geht nicht um Schuld.« Bertram schüttelte den Kopf. Wie erwartet hatte sich sein Vater kein Stück verändert. Immer nur hatte er dieses fast gefrorene Lächeln, ein kühles Schulterzucken, glatte Worte und nichtssagende Phrasen für ihn übriggehabt, die in ihm jedes versöhnliche Wort auf der Zunge lähmten, auch heute. »Im Gegensatz zu dir bedeutet mir wahre Freundschaft etwas«, teilte er ihm mit. »Ich werde sie nicht beenden und es ist mir gleichgültig, wie du dazu stehst.«

»Und ob du das tun wirst!«, schrie sein Vater ihn an. »Ich dulde keinen Widerspruch, am wenigsten von dir. Du wirst tun, was ich sage. Gehorchst du nicht, habe ich Mittel genug, dich in den Dreck zurückzustoßen, aus dem ich dich herausgezogen habe.«

»Offenbar vergisst du, dass ich nicht mehr der kleine Junge bin, dem du deinen Willen mit dem Gürtel aufdrängen kannst. Ich treffe meine Entscheidungen selbst, Vater.«

»Du törichter Narr. Das alles nur wegen dieses Mädchens, habe ich recht? Du magst sie. Gib es ruhig zu. Ich habe es schon damals in deinen Augen gesehen.«

»Du hast recht. Ich habe mich in Frida verliebt. Deshalb werde ich mich auch niemals gegen sie stellen. Was du davon hältst, ist mir gleichgültig.«

»Geh nicht zu weit, Bertram! Du könntest es irgendwann bereuen.« Eine Pause entstand, in der es im Gesicht seines Vaters arbeitete, bevor er um einiges sanfter fortfuhr: »Früher oder später wirst du erkennen, dass dein Weg der falsche ist. Was Löwenthal betrifft, vermutlich schon bald. Seine Zukunft sieht alles andere als vielversprechend aus. Der neue Reichskanzler fährt eine harte Linie gegen die bisherigen Bestimmungen. Inzwischen wurden die Universitäten dazu angehalten, jüdische Studenten und Professoren aus den Hörsälen zu verbannen. Aber viele Lehrkräfte halten sich einfach nicht daran. Es wird Zeit, etwas dagegen zu unternehmen.«

»Wovon redest du?«, fragte Bertram verunsichert.

»Das kann ich dir verraten.« Sein Vater grinste triumphierend. »Ich weiß aus sicherer Quelle, dass schon bald ein neues Gesetz in Kraft treten wird, welches die Grundlage bietet, Menschen mit jüdischem Familienhintergrund aus staatlichen Stellen zu vertreiben. Es wird vor dem Institut keinen Halt machen, wenn auch dieser Max Planck eine Audienz beim Führer erbeten hat. Er wird mit seiner Forderung gegen die Entlassungen scheitern, da bin ich mir sicher.«

»Damit würde man die Grundrechte der jüdischen Bevölkerung beschneiden«, stellte Bertram mehr für sich selbst fest, während er sich fragte, ob Lorenz schon von diesem neuen Gesetz erfahren hatte.

»Zumindest reicht dein Verstand, das zu erkennen.« Sein Vater zuckte unbeeindruckt mit den Schultern. »Es könnte deine Chance sein. Du musst sie nur nutzen. Deshalb mache ich dir einen Vorschlag zur Güte.«

Bertram antwortete nicht, sondern kniff die Lippen zusammen, während sich ihm düstere Gedanken aufdrängten. Doch ihm war bewusst, dass er jetzt einen klaren Kopf brauchte. Er kannte seinen Vater zu gut. Dass er plötzlich nachgiebiger wurde, war nur ein Zeichen dafür, dass er etwas gegen Lorenz im Schilde führte. Es war wie immer und für ihn längst durchschaubar. Die gespielte Zurückhaltung begleitete lediglich den ersten Bauernzug auf dem Schachbrett. Angespannt wartete Bertram auf den nächsten.

»Ich könnte dafür sorgen, dass du anstatt Lorenz am Institut arbeitest«, verkündete sein Vater mit einem selbstgefälligen Grinsen. »Ich kenne genug einflussreiche Leute, die mir in dieser Angelegenheit ihre Unterstützung angeboten haben. Meine Abteilung pflegt seit längerer Zeit enge Beziehungen zum Institut. Es könnte sogar passieren, dass ich dort zukünftig eine wissenschaftliche Tätigkeit bekleiden werde und zumindest vorübergehend ganz nach Berlin ziehe. Also, was sagst du? Gehst du auf mein großzügiges Angebot ein?«

Bertram blieb ihm die Antwort vorerst schuldig. Stattdessen starrte er eine Weile ins Leere und dachte darüber nach, wie er Lorenz beibringen sollte, dass sein Vater gerade im Begriff war, dessen Karriere zu ruinieren.

»Du willst also, dass ich Lorenz die Assistenzstelle wegnehme?«, fragte er schließlich mühsam beherrscht. »Obwohl er seit Ewigkeiten mein bester Freund ist?«

»Ich sitze bestimmt nicht hier, um mit dir über den Juden zu verhandeln«, winkte sein Vater ab. »Entweder du nimmst mein Angebot an oder ich streiche dir die finanziellen Mittel. Ich habe dir diese finanzielle Unterstützung bewilligt, mit der du bequem auskommen konntest, obwohl du kaum einen Finger rührst und dich weigerst, auf meine Forderungen einzugehen. Auf keinen Fall werde ich dabei zuschauen, wie unsere Familie deinetwegen ins Visier der Nationalsozialisten gerät.«

»Du übertreibst wie immer maßlos. Bisher hat niemand Anstoß an meiner Freundschaft zu Lorenz genommen.«

»Ich bleibe dabei. Solltest du diese Verbindung nicht lösen, werde ich dir die Gelder streichen und dich deinem Schicksal überlassen, dessen Fortgang ich dir sicher nicht ausmalen muss. In Berlin wimmelt es von Arbeitslosen. Du würdest dein Studium aufgeben müssen.«

»Es sei denn, ich lege Lorenz die Schlinge um den Hals.«

»Wenn du es nicht tust, macht es ein anderer. Selbst dir dürfte unschwer entgangen sein, dass die Juden weder in Berlin noch in Deutschland eine Zukunft haben.« Sein Vater stieß ein spöttisches Lachen aus. Unerwartet kam er auf Bertram zu und legte ihm kumpelhaft den Arm um die Schultern. »Dein Freund ist nicht arisch und keiner von uns. Jetzt und hier geht es um deine Zukunft, Junge. Je eher du das begreifst, umso besser ist es. Also, ich höre. Wie wirst du dich entscheiden?«

»Vielleicht hast du recht.« Mit einer knappen Geste streifte er den Arm ab, während die lauernden Blicke seines Vaters auf ihm ruhten. Ihm war bewusst, dass er nicht allein um seine Zukunft besorgt war. Seinem Vater ging es um den Ruf der Familie und um die eigene Karriere. »Wenn diese Leute, von denen du sprachst, dafür sorgen können, dass ich trotz meiner mittelmäßigen Leistungen am Institut arbeiten darf, bitte«, fuhr er leise fort. »Ich habe nichts dagegen einzuwenden.«

»Das nenne ich eine kluge Entscheidung, du scheinst endlich vernünftig zu werden.« Sein Vater reichte ihm die Hand, während ein triumphierendes Glänzen in seine Augen trat. »Dann hätten wir das ja erledigt. Ich kümmere mich darum. Gleich morgen telefoniere ich mit dem zuständigen Leiter und …«

»Warte!«, brachte Bertram ihn zum Schweigen, um nicht noch mehr über den perfiden Plan zu erfahren, den sein Vater hinter seinem Rücken gegen Lorenz ausgeheckt hatte. Die mühsam zurückgehaltene Verachtung in seinem Inneren gab ihm die Kraft, sich ihm zu widersetzen. »Es gibt eine Bedingung.«

»Welche Bedingung? Sprich es aus!«, forderte sein Vater misstrauisch, dem es offenbar nicht gelang, den undurchdringlichen Gesichtsausdruck, den Bertram aufgesetzt hatte, zu deuten. Dieser bemerkte die Verunsicherung im Blick seines Vaters, aber die überraschte ihn nicht. Schließlich war es in der

Vergangenheit so gut wie nie vorgekommen, dass er es war, der Forderungen stellte. Vielmehr war es sein Vater gewohnt, ihn einzuschüchtern, Bertram bei jeder sich bietenden Gelegenheit zu erniedrigen und kleinzuhalten. Umso nervöser wurde er, als er nun dessen Widerstand spürte.

»Ich werde ans Institut gehen und mich ernsthaft bemühen, deine hohen Erwartungen zu erfüllen«, versprach Bertram mit ruhiger Stimme. »Allerdings nur, wenn du dafür sorgst, dass Lorenz ebenfalls bleibt. Er ist ein hervorragender Naturwissenschaftler, auch wenn er Jude ist. Ich werde nicht zulassen, dass du ihm seine Karriere zerstörst. Entweder lernen wir dort beide oder keiner von uns.«

»Niemals, vergiss es. Kein Wort werde ich für den dreckigen Juden einlegen. Das kannst du nicht von mir erwarten.«

»Gut. Dann haben wir uns nichts mehr zu sagen. Wir sind fertig miteinander.« Bertram ging zur Tür. Auf halbem Weg schaute er sich noch einmal um und stellte fest, dass sein Vater sich nicht von der Stelle gerührt hatte. Er sah die Wut in dessen Gesicht und fühlte sich gleich besser. »Eines noch: Es war mir bitterernst mit dem, was ich sagte. Schlägst du Mutter noch ein einziges Mal, wird beim nächsten Mal nicht nur dein Auto in die Luft fliegen.«

»Du drohst mir in meinen eigenen vier Wänden? Noch ein Wort und ich jage dich aus dem Haus.«

»Nicht nötig, ich kenne den Weg.« Bertram verließ den Raum. Im Flur verabschiedete er sich von seiner Mutter, die ihn fest umarmte und in Tränen ausbrach. Die Enttäuschung in ihren Augen schmerzte ihn, die Wut seines Vaters war ihm hingegen gleichgültig.

»Es tut mir leid, Mama«, sagte er leise. »Aber ich halte es keine Sekunde länger mit ihm unter einem Dach aus. Ich fahre zurück nach Berlin.«

* * *

»Berlin Hauptbahnhof«, riss der Schaffner Bertram aus seinen düsteren Gedanken. »Endstation. Aussteigen, die Herrschaften!«

Erschöpft verließ er das Abteil. Durch dicke Dampfschwaden hindurch stieg er die wenigen Stufen zum Bahnsteig hinab und hielt kurz inne. Die zahlreichen Fahrgäste um ihn herum strömten dem Ausgang des Gebäudes zu und verschwanden zügig aus seinem Blickfeld. Bertram schien der Einzige zu sein, der es nicht eilig hatte. Der Grund für sein Zögern war Lorenz, auf den er im Studentenwohnheim treffen würde. Er scheute sich vor einem Gespräch mit ihm und wusste doch, dass er es führen musste. Allein schon, um ihn zu warnen.

Mit der Hand umklammerte er die Tasche, während er den Bahnhof verließ. Als er auf die Straße trat, wehte ihm eisig kalter Wind entgegen, der ihm bis unter den Mantel kroch. Fröstelnd stellte Bertram den Kragen nach oben und zog seinen Hut tiefer ins Gesicht. Trotz der frostigen Temperaturen schlug er nicht den Weg zum Wohnheim ein, sondern bog stattdessen in die entgegengesetzte Richtung ab, überquerte den Washingtonplatz und lief ziellos durch die Straßen. Seine Gedanken waren bei den Freunden, auch bei Frida, die ebenfalls von den Auswirkungen des neuen Gesetzes betroffen sein würde, dessen baldige Verabschiedung wohl auch ihren Vorgesetzten bekannt war. Damit ergab auch Professor Meisels Verweigerung zu ihrem Studium einen Sinn.

Völlig durchgefroren erreichte Bertram den Nollendorfplatz in Schöneberg und beobachtete aus sicherer Entfernung, wie sich dem Mozart-Kino ein bedrohlich wirkender Trupp der Sturmabteilung näherte. Mittlerweile fand in ihren Reihen jeder Platz, der dem Führer dienen wollte, sofern er arisch war. Sobald der Film »Im Westen nichts Neues« lief, der von den Nazis als Sudelfilm bezeichnet wurde, marschierten Kolonnen der SA an, deren Ziel die Absetzung des Films war. Die Männer warfen Stinkbomben, um die Besucher einzuschüchtern. Inzwischen wagten sich immer weniger Menschen in die Vorstellung.

Bertram hatte nach dem Streit mit seinem Vater kein Interesse an weiteren Auseinandersetzungen und wollte gerade auf dem Absatz kehrtmachen, als er zwei Besucher bemerkte, die das Kino verließen. Mit zusammengekniffenen Augen hielt er inne und starrte ungläubig auf das Paar.

Lorenz hatte seinen Arm um Fridas Hüfte gelegt, die wiederum ihren Kopf an seine Schulter schmiegte, während sie trotz der Anwesenheit der Sturmabteilung unbeschwert lachten. Die lockere Vertrautheit der beiden und die Selbstverständlichkeit, mit der Frida sich bei Lorenz einhakte, versetzten ihm einen schmerzhaften Stich. Schließlich sah alles danach aus, dass sich mehr zwischen den beiden entwickelte.

Bertram spürte, wie Neid in ihm hochkroch, als er sich daran erinnerte, wie Frida ihn abgewiesen hatte. Lorenz' Nähe ließ sie hingegen zu. Mehr noch, sie schien jede Sekunde zu genießen. Ohne dass er es verhindern konnte, bahnte sich die Eifersucht ihren Weg, nagte an ihm und breitete sich aus wie tödliches Gift. Es dauerte einen Augenblick, bis er seine Fassung wiedererlangte.

Es hatte nichts zu bedeuten, sagte er sich, ließ das Paar jedoch nicht aus den Augen. Lorenz und Frida verbrachten nur ein wenig Zeit miteinander und wahrscheinlich wäre er sogar mit von der Partie gewesen, wenn er nicht seine Eltern besucht hätte. Es gab keinen Grund, misstrauisch zu sein. Frida hatte seine Zuneigung mit der Begründung zurückgewiesen, dass sie Freunde waren. Sie hatte weder ein romantisches Interesse an Lorenz noch an ihm. Schon gar nicht, nachdem sie sich geküsst hatten, wovon Lorenz sicher nichts wusste.

Trotzdem ließ das Bild ihn nicht los, als er mit hängenden Schultern zur nächsten Haltestelle lief und auf das Trittbrett der Bahn aufsprang, die ihn zum Studentenwohnheim bringen würde. Um sich abzulenken, rief Bertram sich das Gespräch mit seinem Vater in Erinnerung, das anders verlaufen war als erhofft.

Auf seinem langen Spaziergang durch die Stadt war Bertram allerlei Möglichkeiten durchgegangen und hatte für einen Moment sogar eine Versöhnung mit ihm in Erwägung gezogen, sie aber beim Anblick der machtvollen Demonstration der Nationalsozialisten vor dem Kino verworfen. Unentschlossen, wie es ohne die finanzielle Unterstützung seines Vaters weitergehen sollte, betrat er eine halbe Stunde später das ungemütlich kalte Zimmer im Wohnheim. Erschöpft warf er sich aufs Bett und schloss die Augen. Als Lorenz wenig später ernst dreinblickend in sein Zimmer platzte, erschrak er.

»Herrgott noch mal, was soll das?«, schrie Bertram auf. »Musst du dich so anschleichen?«

»Tut mir leid, ich habe angeklopft.«

»Komm später wieder«, presste er über die Lippen. »Ich möchte allein sein.«

»Und ich muss mit dir reden. Es ist wichtig. Deshalb trifft es sich gut, dass du früher zurück bist als geplant«, sagte Lorenz, auf dessen Stirn sich Sorgenfalten zeigten.« Ohne ein weiteres Wort reichte er ihm den Brief, den er in den Händen hielt. Bertram übermannte sofort ein ungutes Gefühl. Wortlos ergriff er das Schreiben, überflog den Inhalt und las den letzten Satz laut vor.

»... bin ich zu meinem Bedauern genötigt, meine Zusage zurückzuziehen.« Er ließ den Arm sinken und schaute zu seinem Freund auf, der sichtbar bewegt war. »Was hat das zu bedeuten?«, fragte er.

»Ich habe mich bei einigen Mitarbeitern erkundigt und hinter vorgehaltener Hand erfahren, dass dein Vater dahintersteckt. Wusstest du davon?«

»Was? Nein!« Bertram erhob sich, nahm eine Flasche billigen Wein aus dem Schrank und schenkte sich ein Glas voll. »Bist du sicher, dass es sich nicht um ein Missverständnis handelt?«, fragte er, nachdem er es in einem Zug geleert hatte.

»Danach sieht es leider nicht aus. Als Nächstes werden sie mich wohl exmatrikulieren und der Universität verweisen.« Lorenz machte eine Pause, ehe er in ernstem Ton fortfuhr: »Kannst du mir eine Frage ehrlich beantworten, Bertram?«

»Das klingt ja fast wie ein Verhör.« Bertram lächelte gezwungen, während ihm einzelne Passagen aus dem Gespräch mit seinem Vater durch den Kopf gingen, die er rasch mit dem tröstlichen Bewusstsein verdrängte, alles getan zu haben, was er tun konnte, um Lorenz vor dem Rauswurf zu bewahren. »Ich habe dir nie Anlass geboten, an meiner Ehrlichkeit zu zweifeln. Was ist los?«

»Dein Vater will, dass du die Assistenzstelle übernimmst und die Karriereleiter hinaufsteigst, habe ich recht?«

»Wie kommst du darauf?«, wich Bertram erschrocken aus und begriff in dieser Sekunde, dass er seinen Vater wieder einmal unterschätzt hatte. Der Mistkerl hatte schon vor seinem Angebot damit gerechnet, dass er es ausschlagen würde, und im Vorfeld Tatsachen geschaffen, indem er sein Messer in die Wunde bohrte, die Bertram am meisten verletzen würde. Obwohl er ihn kannte, hätte er nicht geglaubt, dass er so niederträchtig sein würde, seinen Hass mit solchen Mitteln zu befriedigen. Das Lächeln auf seinen Lippen erstarb. Stattdessen grub sich zwischen seinen Augenbrauen eine düstere Falte ein.

»Das Schreiben ist überzeugend genug, oder nicht?« Lorenz, der Bertrams inneren Kampf offenbar für ein Schuldeingeständnis hielt, schüttelte enttäuscht den Kopf. »Fällt es dir so schwer, die Wahrheit zu sagen?«

»Blödsinn, ich muss mich für nichts schämen. Es stimmt, mein Vater will dich durch mich ersetzen. Ich habe es auch erst heute erfahren. Er hat im Vorfeld keine Silbe davon erwähnt.«

»Und? Was hast du dazu gesagt? Hast du daran gedacht, sein Angebot anzunehmen?«

»Natürlich nicht.«

»Warum hast du es mir dann verschwiegen?« Die Hände auf dem Rücken gekreuzt, wanderte Lorenz eine geraume Weile auf und ab. Nur die bebenden Lippen verrieten den Sturm, der in seinem Inneren tobte. »Geht es dir überhaupt noch um unsere Freundschaft oder eher darum, dass ich dir durchs Studium helfe?«

»Was redest du denn da? Ich bin noch nicht lange zurück und sehe dich ja eben erst. Ich verstehe nicht, warum du überhaupt fragst«, stieß Bertram gekränkt hervor, vermied es jedoch, ihm in die Augen zu schauen. »Wir sind seit unserer Kindheit befreundet. Traust du mir das wirklich zu?«

Lorenz blickte eine Weile schweigend vor sich hin. Von Zeit zu Zeit streifte sein Blick Bertram, während er in Gedanken versunken an seinem Wein nippte.

»Ich weiß es nicht«, gab er endlich Antwort. »Inzwischen hat sich viel verändert. Wir sind keine ahnungslosen Kinder mehr, denen es an Bewusstsein fehlt, die tiefe Kluft, die sich zwischen uns auftut, zu erkennen.«

»Hat diese Kluft rein zufällig etwas mit Frida zu tun?«, platzte es aus Bertram heraus. »Ich habe euch heute am Nollendorfplatz gesehen, ihr habt sehr vertraut gewirkt.«

»Natürlich haben wir das, wir sind schließlich Freunde«, erwiderte Lorenz überrascht und senkte den Blick. »Nach den schlechten Nachrichten von Lise Meitner war Frida so nett, mir Gesellschaft zu leisten. Wir waren spazieren.«

»Spazieren?«, wiederholte Bertram schroffer als gewollt und spürte, wie sich sein Magen verkrampfte. Er ballte die Fäuste, während er verzweifelt versuchte, seine Gefühle unter Kontrolle zu bekommen. Doch die Eifersucht blieb. Die Vorstellung, wie Frida sich in Lorenz' Arme geschmiegt hatte, ließ sich einfach nicht verdrängen. Er fühlte sich hintergangen, auch wenn es möglicherweise keinen Grund dafür gab.

»Bist du etwa eifersüchtig, weil du dich zurückgesetzt fühlst?«, fragte Lorenz, dem ein Licht aufzugehen schien.

»Sollte ich?«, gab Bertram hitzig zurück und musterte den Freund, der verblüfft die Augen aufriss. In dessen Gesicht waren weder Schuldgefühle zu erkennen, noch gab es ein Zeichen, dass er ihn belog. »Blödsinn, ich bin nicht eifersüchtig«, lenkte er daraufhin unwillig ein, während er verlegen mit seinen Fingern spielte. »Schließlich vertraue ich dir.«

»Dazu hast du auch allen Grund. Ich habe dich nie belogen. Abgesehen davon habe ich gerade ganz andere Sorgen.« Lorenz zuckte mit den Schultern und ging zur Tür. Dort drehte er sich um und sah noch einmal in Bertrams blasses Gesicht. »Frida mag uns beide. Denk darüber nach, bevor du dich in etwas verrennst.«

KAPITEL 6

Berlin, März 1933

Am darauffolgenden Montag folgte Lorenz seinem Freund noch vor der ersten Vorlesung zum Kaiser-Wilhelm-Institut. Obwohl der erste Märztag angebrochen war und den kommenden Frühling einläutete, fühlte sich der Wind noch immer kalt an, sodass er den Kragen seines Mantels hochschlug. Doch die niedrigen Temperaturen waren nicht der einzige Grund, der Lorenz frösteln ließ.

Hartnäckig hatte Bertram am Wochenende in mehreren Anläufen das Gespräch mit ihm gesucht und auf ihn eingeredet, bis Lorenz ihm schließlich geglaubt hatte. Offenbar hatte er wirklich keine Ahnung von den Plänen seines Vaters gehabt und erst bei seinem Besuch in Perleberg davon erfahren. Es gab keinen Grund, Bertrams Loyalität anzuzweifeln. Im Gegenteil, als Lorenz von dessen überstürzter Abreise von zu Hause erfuhr, schämte er sich für das Misstrauen, das er dem Freund entgegengebracht hatte. Zu seiner Erleichterung trug Bertram es ihm nicht nach und hatte ihm stattdessen vorgeschlagen, Lise Meitner direkt zu fragen, wer hinter seiner Entlassung stand.

Lorenz hatte zunächst nichts davon wissen wollen und fühlte sich auch in diesem Moment äußerst unwohl dabei. Obgleich er Bertram vertraute, blieb er dessen Vorhaben gegenüber skeptisch. Sein Unbehagen verstärkte sich zusehends, als sie aus der S-Bahn stiegen und er am Eingang des Instituts Sicherheitsleute bemerkte.

»Hör zu, ich zweifle nicht an deiner guten Absicht«, beteuerte Lorenz dem Freund gegenüber und blieb zögernd stehen. Verunsichert legte er eine Hand auf Bertrams Arm und blickte ihn eindringlich an. »Wir sollten trotzdem besser zur Uni fahren. Was soll es noch bringen, Frau Meitner zur Rede zu stellen? Sie wird die Entscheidung garantiert nicht rückgängig machen. Wir handeln uns nur weiteren Ärger ein.«

»Unsinn, wir fragen bloß nach, wer dafür verantwortlich ist, dass deine Tutorin ihr Angebot zurückgezogen hat. Ich will mit eigenen Ohren hören, ob mein Vater dahintersteckt.«

»Selbst wenn, was versprichst du dir davon? Es würde nichts ändern. Hast du nicht gesagt, ihr habt euch endgültig entzweit?«

»Eben, deshalb habe ich auch nichts mehr zu verlieren. Jetzt komm schon! Ich weiß, was ich tue. Vertrau mir!«

Lorenz folgte ihm widerstrebend. Wie von ihm befürchtet, wurden sie bereits am Eingang des Instituts von zwei Wachmännern zurückgehalten, die nach einem Ausweis verlangten und ihnen schroff den Zutritt verwehrten, nachdem sie notgedrungen zugeben mussten, keine Mitarbeiter zu sein. Unschlüssig blieben sie eine Weile auf der Straße stehen. Während Lorenz darauf drängte, die Sache abzublasen und zur Universität zu fahren, überlegte Bertram laut, wie sie es anstellen konnten, zu Lise Meitner vorzudringen. Um seine Anspannung in den Griff zu bekommen, zündete er sich eine Zigarette an und ließ den Blick über das weitläufige Gelände gleiten. Ein dunkler glänzender Wagen stach ihm ins Auge.

»Ich wusste es«, zischte er Lorenz zu. »Kommt dir die protzige Karre dort nicht bekannt vor?«

»Gehört der Wagen etwa deinem Vater?«

»Wem sonst? Zu schade, dass wir keinen Sprengstoff dabeihaben.«

»Hör auf, das ist nicht witzig! Wir sollten besser gehen«, mahnte Lorenz, denn er erinnerte sich nur ungern an die Explosion der Scheune. »Wenn sich dein Vater ausgerechnet jetzt im Institut aufhält, werden wir bestimmt nichts ausrichten können. Es war von Anfang an eine wahnwitzige Idee. Ich muss mich damit abfinden, dass sie hier keine Juden beschäftigen wollen.«

»Warte, nicht so schnell!« Bertram hielt ihn am Arm zurück. »Vielleicht ist mein alter Herr ja doch für etwas gut.« Unbeirrt zückte Bertram seinen Studentenausweis. Ehe Lorenz auch nur ahnte, was er vorhatte, steuerte er direkt auf die Wachmänner zu.

»Ich verlange, dass Sie mich sofort zu meinem Vater durchlassen«, schleuderte er ihnen von oben herab entgegen und hielt den Ausweis vor ihre Nasen. »Es handelt sich um Ludger Friedrichs, der Ihnen wohl bekannt sein dürfte. Wir sind mit ihm verabredet, und wenn Sie nicht morgen auf der Straße stehen und mit anderen Arbeitslosen betteln wollen, treten Sie jetzt zur Seite.«

»Verschwindet!« Einer der beiden muskulösen Kerle lachte spöttisch und baute sich vor ihnen auf. Der andere schien kurz nachzudenken und flüsterte seinem Kollegen etwas ins Ohr, woraufhin sie leise, aber heftig diskutierten.

Bertram nutzte ihre Uneinigkeit. »Was ist jetzt?«, fuhr er die Männer an. »Wenn Sie uns nicht zu ihm reinlassen, dann rufen Sie ihn raus zu uns!«

»Na los, lass sie durch! Ich will mir keinen Ärger einhandeln.« Der Ältere der beiden wich zur Seite und öffnete damit eine Lücke.

Bertram verlor keine Zeit und drängte sich an dem Sicherheitsmann vorbei. Lorenz folgte ihm zögerlich. Dabei schlug sein Herz so laut, dass er sich regelrecht zwingen musste, einen Fuß vor den anderen zu setzen. Sein Freund hingegen grinste triumphierend und nahm die erstbeste Treppe. Sie führte zu den unteren Räumen und endete in einem gefliesten Gang, der mit seinen kahlen weißen Wänden und dem sterilen Boden an ein Krankenhaus erinnerte. Es brannte nur ein einziges Licht. Der Flur schien völlig ausgestorben, es war kein Geräusch zu hören.

»Sind das die Laborräume?«, erkundigte er sich.

»Ich denke schon.«

»Dann werden wir Lise Meitner hier bestimmt finden. Komm!« Bertram marschierte voraus. Sie hatten jeweils drei Türen auf jeder Seite vor sich. Ohne zu zögern, versuchte er die erstbeste zu öffnen. Sie war verschlossen und gab auch unter Druck nicht nach.

»Sie ist zu«, stellte er an Lorenz gewandt fest, verstummte aber sofort, als in diesem Moment Schritte im Treppenhaus zu hören waren und sich zwei Männer näherten, wie man an den dunklen Stimmen erkannte. Eine davon gehörte zweifelsfrei Ludger Friedrichs.

»Lass uns verschwinden, schnell!«, flüsterte Lorenz seinem Freund zu, während sich seine Hände in den Saum seiner Jacke krallten. Er wich an die gegenüberliegende Wand zurück und warf einen verunsicherten Blick zu Bertram, der sich nicht vom Fleck rührte. »Mach schon!«, riss er ihn aus der Erstarrung. »Sie haben uns noch nicht bemerkt. Wir müssen uns verstecken.«

»Wo sollen wir hin?«, fragte Bertram fast lautlos.

Lorenz schaute sich hastig um. In der Mitte des schmucklosen Flurs befand sich die Treppe, von wo aus sie die Stimmen vernommen hatten. Doch weiter hinten im Gang schien es Toiletten zu geben. Zumindest deutete ein Hinweisschild darauf hin. Lorenz machte Bertram darauf aufmerksam, indem er mit der Hand den Weg wies.

Gemeinsam schlichen sie schnell, aber geräuschlos zum Ende des Flurs. Dabei blickte sich Lorenz immer wieder um, um sicherzustellen, dass nicht von irgendwoher Sicherheitskräfte auftauchten und sie entdeckten. Er atmete auf, als sie die Tür endlich erreichten. Mit einem eindringlichen Blick schärfte er Bertram ein, wachsam zu sein.

Vorsichtig drückte Lorenz die Klinke hinab. Die Tür gab ein leises, quietschendes Geräusch von sich, war aber unverschlossen, wie er erleichtert feststellte. Er war gerade im Begriff, den Raum zu betreten, als ganz in ihrer Nähe Schritte zu hören waren. Mit einem Kopfnicken gab er dem Freund zu verstehen, ihm rasch zu folgen. Doch es war zu spät. Lorenz zuckte zusammen, als eine wohlbekannte Stimme Bertram beim Namen rief.

»Verdammt!«, presste er leise fluchend hervor, als sämtliche Lichter im Flur aufflammten. »Wir sitzen in der Falle.«

»Herrgott noch mal, hör auf, dir in die Hose zu machen, und überlass das Reden mir!«, forderte Bertram energisch, der sich ziemlich schnell gefangen hatte. Dann straffte er seinen Körper, bevor er sich mit kühler Mimik umdrehte und sich der Situation stellte. »Vater«, sagte er spöttisch. »Das trifft sich gut. Wir müssen reden.«

»Müssen wir das?« Ludger Friedrichs trat langsam auf ihn zu. Mit einer Handbewegung gab er seinem Begleiter das Zeichen, gehen zu dürfen. Der Mann verschwand Richtung Treppe. Unterdessen erreichte Friedrichs das Ende des Gangs. Kühl musterte er erst Lorenz und dann seinen Sohn. »Du sagtest doch, wir wären endgültig fertig miteinander? Ich gehe meinen Weg und du deinen. Waren das nicht deine Worte? Was veranlasst dich dazu, sie plötzlich zurückzunehmen? Willst du wirklich die Rolle des Bittstellers für einen Juden übernehmen?«

Lorenz schluckte. Dieser Mann war eiskalt und berechnend. Angespannt wartete er auf die Reaktion seines Freundes, der keinen Zweifel daran ließ, wie sehr er seinen Vater verabscheute. Bertrams Gesicht sprach Bände, als er sich entschlossen aufrichtete.

»Wenn du es so nennen willst, ja. Ich verlange von dir, dass Lorenz an Lise Meitners Seite arbeiten darf. Er hat sich diese Stelle hart erkämpft.«

»Dessen bin ich mir sicher. Aber du vergisst, dass er Jude ist. Es war nicht meine Entscheidung, das Angebot zurückzuziehen.« Friedrichs wandte sich mit einem herablassenden Lächeln an Lorenz. »Vielleicht versuchst du es in ein paar Jahren noch mal.«

»Lorenz benötigt diese Assistenzstelle für sein Doktorandenstudium, und zwar jetzt und nicht später«, fuhr Bertram ihn an, bevor Lorenz sich dazu äußern konnte. »Das weißt du genauso gut wie wir. Er kann nicht warten, bis die Nazis irgendwann aufhören, Hass gegen die Juden zu schüren.«

»Nun.« Sein Vater schaute ihm nicht in die Augen. »Die Politik ist ein hartes Geschäft. Dagegen bin selbst ich machtlos. Ich kann nichts für ihn tun.«

»Du könntest, aber du willst nichts unternehmen«, spie Bertram ihm entgegen. »Die Wahrheit ist doch, dass du dafür gesorgt hast, dass Lise Meitner ihr Angebot zurückgezogen hat.«

»Die Wahrheit, mein Sohn, fällt leider nicht in meinen Zuständigkeitsbereich.« Friedrichs packte Bertram an den Schultern und hielt ihn fest. »Du hattest die Wahl. Ich habe lediglich verlangt, dass du diese fatale Freundschaft beendest. Du hast dich dagegen entschieden, also leb auch mit den Konsequenzen. Keiner von euch beiden wird in Zukunft auch nur in die Nähe der Laborräume kommen. Damit ist deine Karriere beendet, ehe sie begonnen hat, Bertram. Wenn ich es recht bedenke, wäre aus dir sowieso nie ein guter Physiker geworden.«

»Mag sein, ich bestreite es nicht«, gab Bertram unbeeindruckt zu. »Aber aus Lorenz ganz sicher! Er gehört an Meitners Seite!«

»Selbst wenn es so wäre. Ich wiederhole es noch einmal, er ist nicht arisch.« Friedrichs machte eine wegwerfende Handbewegung. »Falls du glaubst, ich könnte auch nur in Erwägung ziehen, mich für einen Juden einzusetzen, dann musst du den Verstand verloren haben. Das Gespräch ist hiermit beendet und ihr verschwindet jetzt besser, bevor ich die Sicherheitsleute rufe.«

Lorenz hatte dem Streit wortlos zugehört. Eingeschüchtert beobachtete er, wie Bertram seinem Vater hinterherstürzte. Sein Freund konnte offensichtlich seinen Zorn kaum noch im Zaum halten und riss Friedrichs an der Schulter zurück.

»Ist das deine Rache?«, schrie er ihn an. »Ist das alles, was du kannst? Frauen schlagen, Kinder verprügeln und die Zukunft anderer zerstören?« Seine Stimme triefte vor Verachtung. All die angestaute Wut schien Bertram regelrecht zu überschwemmen. »Wenn das so ist, lässt du mir keine Wahl.«

»Was soll das heißen?« Friedrichs drehte sich zu ihm um und zog die Augenbrauen hoch. Sein wütender Blick ruhte durchbohrend auf Bertram, während er in kühlem, berechnendem Geschäftston sprach. »Wovon redest du?«

»Davon, dass ich lange genug aus Angst vor dir und deinen Prügeln geschwiegen habe. Aber damit ist jetzt Schluss. Du hast Mutter und mich jahrelang gedemütigt und misshandelt.«

»Wer sagt das? Du? Kein Mensch wird dir auch nur ein Wort glauben.« Bertrams Vater lachte höhnisch.

Doch Lorenz bemerkte, wie er mit der Hand verunsichert durch sein lichtes Haar fuhr. Das feste, entschiedene Auftreten Bertrams, dessen blitzende Augen und die eiserne Willenskraft, die sich in seinen Gesichtszügen ausdrückte, zeigten deutlich, dass er seiner Drohung Taten folgen lassen würde, wenn sein Vater ihr keine Beachtung schenkte.

»Willst du es etwa leugnen?« Voller Verachtung und mit bebender Brust schaute Bertram seinen Vater an. »Du bist ein solches Dreckschwein!«

»Und du hast nie verstanden, dass ich dich damit nur stärker gemacht habe.« Friedrichs zuckte unbeeindruckt die Achseln. »Wer bricht, sollte das früh tun. Du bist nicht gebrochen, Bertram, und im Gegensatz zu deinem Freund in der Lage zu überleben, wenn es drauf ankommt. Das ist mein Verdienst.«

»Soll ich dir dankbar sein für die Prügel, die unzähligen Stunden in der dunklen Kammer, für den Gürtel auf meinem Rücken?«

»Du hast keinerlei Beweise für deine haltlosen Behauptungen.«

»Da wäre ich mir an deiner Stelle nicht sicher.« Ohne zu zögern, öffnete Bertram seine Jacke und zog sein Hemd nach oben. Rot geränderte, vernarbte Striemen kamen zum Vorschein, die über die Arme und den Oberkörper bis zum Hals verliefen. »Vielleicht schaffe ich es nicht, dich ins Gefängnis zu bringen, wie du es verdient hättest. Aber dein makelloser Ruf, auf den du so viel Wert legst, wäre ein für alle Mal zerstört.«

Stille breitete sich aus. Während Bertram keuchend nach Atem rang, konnte Lorenz den Blick nicht abwenden und bemerkte, dass Friedrichs starr vor Schreck keinen Ton herausbrachte. Seine Augen hefteten sich auf die alten Wunden am Körper seines Sohnes. Es dauerte eine Weile, bis er scharf die Luft einsog. Wortlos drehte er sich zur Treppe um und ließ Lorenz und Bertram zurück. Doch bevor er die erste Stufe nahm, hielt er noch einmal inne und schaute Lorenz an.

»Ihr könnt euch beide nächste Woche bei Lise Meitner melden«, presste er durch die schmalen Lippen. Ohne auch nur eine Emotion zu zeigen, richtete sich sein Blick auf Bertram und fixierte ihn. »Es war das letzte Mal, dass ich etwas für dich getan habe. Jetzt sind wir quitt.«

Friedrichs verschwand. Wenig später verhallten seine Schritte. Lorenz und Bertram atmeten fast gleichzeitig auf.

»Wir haben es geschafft«, stellte Bertram mit stolzgeschwellter Brust fest und schlug ihm siegessicher auf die Schulter. »Zum ersten Mal habe ich meinen Vater mit seinen eigenen Waffen geschlagen.«

»Ich weiß nicht, was ich mehr bewundern soll – deinen Mut, die Kaltschnäuzigkeit oder deinen Optimismus«, erwiderte Lorenz skeptisch. »Hoffen wir, dass er sein Wort hält.«

»Das wird er garantiert. Sein Ruf war ihm schon immer heilig. Er wird nicht zulassen, dass seine lupenreine Fassade in der Öffentlichkeit zu bröckeln beginnt. Allerdings hatte ich mir von dir mehr Unterstützung erwartet. Mensch, Lorenz, du hast wieder den Kopf eingezogen und dich einschüchtern lassen. Du musst endlich lernen, für deine Ziele zu kämpfen, sonst ändert sich nie etwas.«

»Das würde ich gern, aber nicht so. Ich mag die zweifelhaften Methoden nicht, zu denen du greifst. Auch wenn sie letztendlich zum Ziel führen.« Lorenz trat nervös von einem Fuß auf den anderen, ehe er das Kind beim Namen nannte: »Du hast ihn erpresst, Bertram.«

»Blödsinn, ich habe ihn lediglich um einen Gefallen gebeten, für den ich in der Vergangenheit ausreichend bezahlt habe«, erwiderte er vorwurfsvoll und wies auf seine Narben. »Der Preis war hoch, glaub mir.«

»Es tut mir leid. Ich hatte keine Ahnung, dass es so schlimm war.«

»Nun weißt du es. Zumindest waren die alten Narben noch für etwas gut.«

»Trotzdem sollten wir uns nicht zu sicher sein«, gab Lorenz zu bedenken. »Ich traue deinem Vater nicht. Er gibt niemals nach, das weißt du so gut wie ich. Außerdem ist er nur einer von vielen, und leider sieht alles danach aus, dass die Nazis am Ende immer gewinnen.«

* * *

Schon wenige Wochen nach dem Gespräch mit Bertram erkannte Lorenz, wie sehr er mit seiner düsteren Vorhersage der Ereignisse recht behalten sollte. Nachdem es in Berlin und im gesamten Land bereits im April zu Boykottaktionen gegen die jüdische Bevölkerung gekommen war, setzte sich der Terror nun auch bürokratisch durch. Zwei Monate nach der Machtübernahme hatte die von Reichskanzler Adolf Hitler geführte Regierung das Gesetz zur Wiederherstellung des Berufsbeamtentums verabschiedet, womit die Gleichschaltung des öffentlichen Dienstes und damit die Entlassung von Gegnern des NS-Regimes eine gesetzliche Grundlage erhielt.

Der Ausschluss zahlreicher kommunistischer und jüdischer Studenten erfolgte, indem sie in geradezu erniedrigender Weise aus den Hörsälen verbannt wurden. Häufig unter Beschimpfungen und Schlägen, was das harte Gesetz in der Ausführung noch widerwärtiger machte.

Lorenz war bisher davon verschont geblieben und durfte wie durch ein Wunder weiterhin studieren. Doch er wusste, dass er dieses Privileg ausschließlich Bertram zu verdanken hatte, dem es irgendwie gelungen war, seine Exmatrikulation zu verhindern. Er sprach nicht darüber, aber Lorenz ahnte, dass auch in diesem Fall sein Vater die Hände im Spiel gehabt haben musste.

Eilig verließ er an diesem Tag die Universität und beschleunigte seine Schritte, um zügig zum Kaiser-Wilhelm-Institut in Dahlem zu gelangen, wo in den Mittwochskolloquien die neuesten physikalischen Forschungsergebnisse von einem Kreis junger begabter Physiker diskutiert wurden. Wie so häufig hatte er der Vorlesung Professor Niemeyers bis zur letzten Minute gelauscht, sodass er nun spät dran war und es vermutlich nicht rechtzeitig schaffen würde, falls er die nächste Bahn verpasste. Bertram hatte es leichter, da er zwar ebenfalls am Institut assistierte, aber seine Aufgabe eher in der wöchentlichen Dokumentation hatte. Mit großen Schritten eilte er zum Ausgang, hier und da einen Kommilitonen grüßend, und sah, wie die Bahn in diesem Augenblick von der Haltestelle abfuhr.

Lorenz rannte los. In letzter Sekunde sprang er völlig außer Atem auf das Trittbrett, griff nach der Haltestange und klammerte sich daran fest. Dabei stieß er gegen eine ältere Dame und erntete missbilligende Blicke der umstehenden Fahrgäste. Er nahm sie gleichmütig hin. Viel wichtiger, als deren Unmut zu vermeiden, erschien es ihm, seine Tutorin nicht zu enttäuschen, die viel Wert auf Pünktlichkeit legte, wie sie ihm gegenüber schon bei der ersten Begegnung betont hatte.

»Sie sind exakt zwei Minuten zu spät«, begrüßte sie Lorenz streng, als er im Institut eintraf und im Korridor auf Lise Meitner stieß, die längst hätte im Hörsaal stehen müssen. »Ich verzeihe Ihnen ein letztes Mal«, fuhr sie in ihrer unbestechlichen Ehrlichkeit fort. »Ihr eiserner Fleiß im Erwerben neuer Kenntnisse beeindruckt mich. Es freut mich, dass ich mich in dieser Erwartung nicht getäuscht sehe. Umso mehr bedauere ich es, unsere Zusammenarbeit beenden zu müssen.«

»Heißt das, ich verliere die Assistenzstelle nun doch?« Lorenz erschrak und machte sich auf eine schmerzliche Ankündigung gefasst.

»Nein.« Die Physikerin hob beschwichtigend die Hand. »So weit ist es zum Glück noch nicht. Die Welt dreht sich nicht ausschließlich um Sie, Herr Löwenthal. In diesem Fall geht es um meine Person. Mir wurde mit sofortiger Wirkung die Befugnis entzogen, am physikalischen Kolloquium teilzunehmen. Außerdem werde ich in Zukunft keine Doktoranden mehr prüfen dürfen.«

»Wie konnte es dazu kommen?« Lorenz verschlug es fast die Sprache. »Sie stehen Marie Curie in ihrer Arbeit in nichts nach. Es ist unmöglich, dass ein anderer Dozent Ihre Vorlesungen über Atomphysik und Radiumforschung übernimmt.«

»Ich danke Ihnen für diese anerkennenden und zugegeben auch schmeichelnden Worte.« Sie lächelte sanft. »Doch der Beschluss ist nicht rückgängig zu machen. Wir, und damit meine ich Menschen wie Sie und mich, werden uns damit abfinden müssen, dass man uns aufgrund unserer Religion ins Abseits drängt. Gleichgültig, welche wissenschaftlichen Erfolge wir in der Vergangenheit feiern konnten oder in der Zukunft feiern werden. Albert Einstein und James Franck tragen sich bereits mit dem Gedanken, Deutschland zumindest vorläufig zu verlassen. Ihnen werden weitere jüdische Wissenschaftler folgen und …«

Lise Meitner unterbrach sich plötzlich selbst. Lorenz fiel die eigentümliche Veränderung in ihrem Gesicht auf, nachdem sich vor ihnen eine Tür geöffnet hatte und ein Mann in Anzug und Armbinde heraustrat. Er hielt kurz inne und nickte der Physikerin unmerklich zu. Die kühle abweisende Art, in der sie den Gruß erwiderte, war gerade noch ausreichend genug, um nicht als unhöflich zu gelten.

»Kommen Sie, Herr Löwenthal, und begleiten Sie mich in den Hof. Das Kolloquium wird in Zukunft auch ohne Sie stattfinden«, raunte sie Lorenz zu und machte eine Bewegung, die ihn dazu veranlasste, ihren Arm zu ergreifen. Es war nicht zu übersehen, dass sie eine direkte Begegnung mit dem Herrn vermeiden wollte. Mit sanfter Gewalt zog sie Lorenz zur Treppe. Er kam ihrer Aufforderung nach einem Moment der Verblüffung nach und ließ sich von ihr nach draußen führen.

Ein frühlingshaft warmer Wind schlug ihnen entgegen und schien beruhigend auf Lise Meitner zu wirken. Mit festem Schritt drehte sie ihre Runden auf dem Hof, bis plötzlich leichter Nieselregen einsetzte.

»Lassen Sie uns reingehen, bevor wir nass werden. Meine Wohnung ist nur ein paar Schritte entfernt, ich bereite uns einen Tee zu«, schlug Lise Meitner vor und ging voran, bis sie die Direktorenvilla des Instituts erreichten. Als sie bemerkte, wie er unschlüssig stehen blieb, lächelte sie.

»Was ist, Herr Löwenthal? Sie zögern?«

»Darf ich erfahren, weshalb Sie ausgerechnet mich zu sich nach Hause einladen?«, fragte Lorenz mit verschämter Verwirrung und trat in den Korridor. Obgleich er sich geschmeichelt fühlte, ihr so nahe kommen zu dürfen, verspürte er auch ein gewisses Unwohlsein dabei, in ihren Privatbereich vorzudringen.

»Ich werde Ihnen diese Frage später beantworten. Vielleicht verstehen Sie es dann.« Wie selbstverständlich öffnete seine Tutorin die Tür zu ihrer Wohnung und bat ihn herein.

Lorenz wagte nicht, ihr zu widersprechen. Wenn ihn ihr Verhalten auch befremdete, war er nicht in der Position, ihr das zu zeigen. Stattdessen nahm er sich vor, die günstige Gelegenheit zu nutzen, um mehr über sie als Mensch zu erfahren. Sie bot sich ihm bereits beim Betreten der Wohnung. Schlicht und einfach wie ihr Auftreten war auch die Ausstattung der Räume. Das große Piano unterm Fenster schien der einzige luxuriöse Gegenstand in der Wohnung zu sein.

»Mögen Sie Musik, junger Mann? Vielleicht spielen Sie sogar ein Instrument?«, erkundigte sich Lise Meitner und setzte sich wie selbstverständlich an das Klavier. »Ich liebe Beethoven«, verriet sie nach einer kurzen Pause mit verklärtem Gesicht und ließ ihre Finger nach wenigen Tönen auf den Tasten ruhen.

Lorenz hatte den wehmütigen Ausdruck in ihrem Gesicht bemerkt und schüttelte wortlos den Kopf.

»Sie sollten damit beginnen.« Die Physikerin erhob sich und verließ den Raum. Nach einer Weile kehrte sie mit zwei Tassen Tee zurück. Eine davon reichte sie ihm und fuhr nachdenklich fort: »In diesem Raum fanden zahlreiche Musikabende statt. Max saß dann am Klavier und Albert spielte Geige. Das Zuhören war jedes Mal ein wahrer Genuss. Umso bedauerlicher ist es, dass Albert Deutschland verlässt.«

»Was ist mit Ihnen? Werden Sie diesen Weg ebenfalls gehen?«, fragte Lorenz, denn auch seine Zukunft hing von ihrem Entschluss ab. Ihm kam es vor, als ob alles nur ein böser Traum wäre, aus dem er im nächsten Augenblick erwachen müsste. Er atmete auf, als Lise Meitner ihn mit einem Lächeln beruhigte.

»Wahrscheinlich sollte ich es tun. Aber noch hege ich die Hoffnung, dass sich die politischen Verhältnisse in absehbarer Zeit wieder entspannen könnten. Außerdem befinde ich mich in einer günstigeren Ausgangslage als mancher Kollege. Die Rassengesetze treffen auf mich als österreichische Staatsangehörige nicht zu. Dementsprechend bleibt mir meine Stellung am Institut für die Forschung vorerst erhalten, und gegen Vorurteile oder gar Anfeindungen bin ich ausreichend gewappnet. Es ist nicht der erste Kampf, den ich ausfechten muss, Herr Löwenthal.«

»Es war sicher schwer, sich als Frau durchzusetzen.«

»In der Tat, das war es.« Sie nickte beklommen. »Und ich hätte nicht gedacht, dass mein Geschlecht in dieser Männerdomäne eines Tages mein geringstes Problem sein würde. Aber wer sich selbst aufgibt, ist schon verloren. So weit ist es mit mir noch nicht. Solange ich im Labor stehen kann, halte ich die trüben Gedanken von mir fern. Die Arbeitsstunden waren schon immer meine besten.«

»Woher nehmen Sie nur diese unerschütterliche Kraft?«, fragte Lorenz tief beeindruckt.

»Nun, ich liebe das, was ich tue. Ich liebe die Physik und konnte und kann sie mir schwer aus meinem Leben wegdenken. Natürlich besäße ich die Möglichkeit, im Ausland zu arbeiten. Es liegen genügend Angebote vor und möglicherweise bereue ich eines Tages die Entscheidung, sie abgelehnt zu haben. Aber wissen Sie, junger Mann, ich habe die physikalische Abteilung am Institut vom ersten Stein an selbst aufgebaut. Ich trage nicht nur eine Verantwortung der Wissenschaft, sondern auch meinen Mitarbeitern und Studenten gegenüber.«

Stumm und ehrfürchtig hatte Lorenz zugehört. Er fand keine Worte, seine Gefühle wiederzugeben, und hielt es für vermessen, dieser großartigen Persönlichkeit zu beteuern, dass er wie sie fühlte. Dass er wusste, was in ihr vorging, wenn sie von der Liebe zur Physik sprach, die auch er in sich trug. Dennoch verzichtete er auf pathetische Phrasen und beließ es bei der einen Frage, die ihm auf den Lippen brannte.

»Wie wird es nun weitergehen? Ihre Vorlesungen werden nicht nur bei meinem Studium eine Lücke reißen, die nicht zu füllen ist.«

»Keine Sorge, ich war schon immer der Ansicht, dass die experimentelle Physik den Vorrang haben sollte. Deshalb werde ich mich von nun an ausschließlich der Forschung widmen. Glücklicherweise gehöre ich einem kleinen Kreis von Wissenschaftlern an, der im Oktober zur Solvay-Konferenz nach Brüssel eingeladen wurde. James Chadwick, ein ehemaliger Kontrahent, der letztes Jahr den elektrisch neutralen Baustein des Atomkerns gefunden hat, das Neutron, wird auch da sein. Seine Entdeckung regt mich bereits seit einer Weile zu spektakulären Versuchen an. Möglicherweise gelingt es uns, bei diesen Experimenten künstliche Elemente zu erzeugen, die in der Natur nicht vorkommen. Es wäre eine Sensation.«

»Uns?« Lorenz' Herz schlug plötzlich bis zum Hals. So laut, dass er befürchtete, Lise Meitner könnte es hören. »Darf ich fragen, wer bei diesen Experimenten an Ihrer Seite stehen wird?«

»Mein Neffe und ich hoffen natürlich sehr, Otto Hahn trotz seiner vielfältigen Verpflichtungen überzeugen zu können, unsere Zusammenarbeit wieder aufzunehmen. Allerdings ist seine Zeit sehr begrenzt. Deshalb benötige ich neben meinem Neffen einen fähigen Assistenten, dem ich bedingungslos vertrauen kann. Was sich in der momentan vorherrschenden politischen Situation als äußerst schwierig erweisen könnte. Nicht wenige der Kollegen stehen meiner Herkunft plötzlich kritisch gegenüber, und da kommen nun Sie ins Spiel.«

»Ich?« Lorenz schluckte. Schweigend hatte er ihr zugehört und war ihren Worten mit wachsendem Interesse gefolgt. Doch nun starrte er mit weit aufgerissenen Augen auf sein Gegenüber, während die Gedanken in seinem Kopf wild durcheinanderwirbelten. »Ich soll Ihnen assistieren?«, brachte er mühsam über die Lippen. »Ist das wahr?«

»Seien Sie versichert, dass ich in solchen Dingen keine Scherze mache. Sie wollten eben noch eine Antwort auf Ihre Frage, Herr Löwenthal. Das ist sie.« Lise Meitner lächelte, wurde aber sofort wieder ernst. »Unterschätzen Sie diese Arbeit nicht! Man wird uns Steine in den Weg legen, glauben Sie mir. Wir werden alle Waffen einsetzen müssen, die uns zur Verfügung stehen. Deshalb ist es enorm wichtig, dass Sie nicht nur in der Wissenschaft, sondern auch in der Politik das ehrliche Bestreben haben, die objektive Wahrheit zu erkennen. Ganz gleich, ob sie Ihren Wünschen entspricht oder nicht.« Lise Meitner erhob sich und kehrte ans Piano zurück, ohne ihm weitere Aufmerksamkeit zu schenken.

Lorenz glaubte in ihrer Haltung mit einem Mal das Bedürfnis zu erkennen, allein zu sein. Er stand auf und ging zur Tür. »Von welcher Wahrheit sprechen Sie?«, fragte er leise, als er die Klinke in der Hand hielt.

»Davon, dass wir Juden sind, junger Mann«, antwortete die Physikerin mit dem Rücken zu ihm gewandt, ohne sich umzudrehen. Ein bitterer Sarkasmus lag in ihrem Ton. »Wir werden das schon bald zu spüren bekommen. Auf Wiedersehen, Herr Löwenthal.«

KAPITEL 7

Oktober 1933

Lise Meitners düstere Vorhersage bewahrheitete sich bereits ein halbes Jahr später. Lorenz arbeitete inzwischen offiziell als ihr wissenschaftlicher Assistent und unterstützte sie in jeder freien Minute bei Versuchsreihen, die sie zur Erforschung des Atoms durchführte.

Mit einem stolzen Lächeln im Gesicht hängte er an diesem Tag seinen Kittel an den Haken. In den vergangenen Stunden war es ihm gelungen, die Physikerin mit einem eigenen Experiment zu beeindrucken, das sie bedeutend schneller zum erwünschten Ziel gebracht hatte. Obwohl Lise Meitner mit Lobhudeleien sparsam umging, war ihm die stille Anerkennung in ihren Augen nicht entgangen. Er fühlte sich wie ein König, als er das Institut verließ.

Draußen angekommen, warf Lorenz einen nervösen Blick auf die Uhr, bevor er sich auf den Weg zur Universität machte, um einer Vorlesung von Professor Niemeyer beizuwohnen. Er war spät dran und ahnte, dass er sich dafür würde rechtfertigen müssen. Die Zeiten, in denen er sich lautlos in den Hörsaal schleichen konnte, ohne dass der Professor seine Verspätung bemerkte, waren vorbei.

Niemeyer hatte sich inzwischen einige Zöglinge herangezogen, die ihm unterwürfig kleinere Dienste erwiesen. Seit Wochen berichteten sie dem Dozenten sämtliche Unregelmäßigkeiten der verbleibenden jüdischen Studenten. Unverkennbar verfolgte er die Absicht, die jungen Menschen der Universität in zwei Klassen zu teilen. Es gab nun Nichtjuden und Juden, Spione und Ausspionierte, was die beunruhigende Situation zunehmend verschärfte und keineswegs dazu beitrug, dass die Kommilitonen respektvoll miteinander umgingen.

Als Lorenz sich an diesem Vormittag dem Universitätsgebäude näherte, sah er schon aus der Ferne, dass sich außer ihm wohl weitere Studenten verspätet hatten. Doch je dichter er an die Gruppe herankam, umso beunruhigter wurde er. Die Gesichtszüge der ausnahmslos jüdischen Männer wirkten teils verstört, teils wütend. Vereinzelt wurden Beschimpfungen gerufen und laute Flüche ausgestoßen. Mit Sorge bemerkte Lorenz, wie aufgeladen die Atmosphäre vor dem Eingang zur Universität war.

»Was ist passiert?«, erkundigte er sich bei Bertram, der bereits ungeduldig auf ihn wartete.

»Schwer zu sagen.« Sein Freund zuckte mit den Schultern. »Professor Niemeyers Zöglinge haben sämtliche Türeingänge versperrt, um die verbleibenden jüdischen Kommilitonen aus der Universität fernzuhalten und sie am Eintreten zu hindern«, erklärte er. »Wir kommen nicht rein, zumindest nicht du.«

»Dazu haben sie kein Recht.« Lorenz schaute sich um und starrte in durchweg angespannte Gesichter. In der Menge rumorte es. Inzwischen waren die Ausgestoßenen von vielen Schaulustigen umgeben, die das Spektakel teils neugierig, teils amüsiert verfolgten. Als eine Handvoll junger Studenten, der sich auch Lorenz und Bertram anschlossen, energisch Einlass forderte und versuchte, die Tür gewaltsam zu öffnen, kam es zu einer Rangelei. Dennoch gelang es einigen von ihnen, bis in die Halle vorzudringen, wo sie nach dem Rektor verlangten. Doch der Rektor, Professor Riedmann, war entweder nicht anwesend oder nicht willens, sie anzuhören.

»Es hat keinen Zweck, ich verschwinde besser und lerne in meinem Zimmer«, schlug Lorenz Bertram vor und wandte sich ab. Sein Freund hielt ihn jedoch am Arm zurück und schüttelte den Kopf.

»Du bleibst hier und lernst endlich, kein Feigling zu sein«, verlangte er zähneknirschend. »Solange du nicht exmatrikuliert wurdest, gibt es keinen Grund, dich von diesem wilden Haufen einschüchtern zu lassen. Du wirst an der Vorlesung teilnehmen, hast du verstanden?«

»Tut mir leid, mir ist das Interesse daran vergangen«, lehnte Lorenz mit bebender Stimme ab. Vergeblich versuchte er, ihr die gewohnte Festigkeit zu geben. »Geh du, Bertram! Die Sache betrifft dich nicht und noch kommst du ungeschoren davon, wenn du dich auf die andere Seite schlägst. Lass dich von mir nicht abhalten!«

»Aber wir ...« Bertram brach ab, als er einen schmerzhaften Stoß in die Hüfte abbekam, und schnappte hörbar nach Luft, während Lorenz sich umblickte. In der Aula wimmelte es von gewaltbereiten jungen Männern, die rücksichtslos zuschlugen. Mühsam schlug er sich zum Ausgang der Universität durch. Erst als ihm auffiel, dass sein Freund nicht neben ihm war, warf er einen Blick über die Schulter. Dabei bemerkte er, wie Bertram sich vom Boden aufrappelte und sich zu ihm durchkämpfte.

»Warte!«, rief er und prallte beinahe gegen ihn, als Lorenz auf der Schwelle der Eingangstür stehen blieb und entsetzt über die Köpfe der Menge hinwegblickte. Die Lage vor dem Universitätsgebäude hatte sich inzwischen dramatisch zugespitzt.

Mehrere SA-Trupps schlossen die jüdischen Studenten und deren wenige Unterstützer in zwei dichten Reihen ein und versuchten, die Menge zu zerstreuen. Als es ihnen nicht gelang, schlugen sie wahllos auf die Studenten ein.

»Komm, weg hier!«, rief Bertram und zog Lorenz am Arm hinter sich her, während er sich, beide Ellenbogen einsetzend, den Weg bahnte. Doch es gab kaum ein Durchkommen und Widerstand schien unmöglich. Die Studenten versuchten, nach allen Richtungen vor den Schlägern zu fliehen. Nicht wenige stolperten und stürzten auf die Pflastersteine.

»Verschwinde, du Drecksjude!« Jemand stieß Lorenz mit kräftigen Fäusten in den Rücken, sodass er stürzte. Ohne dass er es verhindern konnte, landeten seine für ihn so kostbaren Bücher auf dem feuchten Kopfsteinpflaster und wurden von schweren Stiefeln zerdrückt. Während er sie verzweifelt zu retten versuchte und auf Händen und Knien kroch, traf ihn ein ausgestrecktes Bein in die Seite.

Lorenz schrie auf und versuchte, dem nächsten Tritt auszuweichen. Ein Fuß tauchte über seinem Kopf auf, bereit, ihn ins Gesicht zu treten. Schützend hob er beide Hände und schloss sekundenlang panisch die Augen. Doch es war zu spät. Der Stiefel traf seine Nase, die zu brechen schien. Ihm blieb die Luft weg. Als er die Augen öffnete, sah er, wie Bertram sich mit einem wütenden Aufschrei auf seinen Angreifer stürzte und ihn abdrängte. Es war Fritz, ein Kommilitone, der Lorenz seit jeher als Konkurrenten betrachtete. Drohend hob er die geballten Fäuste.

»Lass ihn in Ruhe, du Dreckskerl«, forderte Bertram gefährlich leise und spannte seine Muskeln an. »Er gehört in diese Universität!«

»Mach dich nicht lächerlich, Friedrichs! Löwenthal ist Jude.«

»Und wenn schon.« Bertram ging so nah an den Angreifer heran, dass sich ihre Nasenspitzen berührten. »Du willst dich prügeln? Dann versuch es bei mir!«

»Ich komme auf das Angebot zurück, wenn wir hier aufgeräumt haben.« Der Student lachte höhnisch und warf einen herausfordernden Blick auf Lorenz, während er immer noch am Boden kauerte und seine blutende Nase hielt. »Und jetzt zu dir. Niemand will euch Ratten noch länger in der Universität sehen. Je eher du das begreifst, umso besser für dich«, sagte er und drehte sich um. Sekunden später schlug er auf den Nächsten ein.

»Warte! Ich helfe dir hoch«, bot Bertram ihm unterdessen an und zog Lorenz auf die Beine. Dann inspizierte er seine Nase und runzelte missmutig die Stirn. »Ich glaube nicht, dass sie gebrochen ist. Aber lass uns trotzdem zum Krankenhaus fahren, damit ein Arzt sich das anschauen kann. Sie sieht nicht gut aus.«

»Nicht nötig«, lehnte Lorenz ab, noch immer wie benommen von der Gewalt, die sich nun zwar täglich auf der Straße abspielte, sich aber plötzlich auch gegen ihn richtete. Betroffen blickte er vor sich hin, die Arme schlaff herabgesunken.

»Keine Widerrede, wir gehen zu Frida, sie kennt sich damit aus«, blieb Bertram hartnäckig und stützte Lorenz mit dem Arm.

Als es ihnen gelang, einen Weg durch die aufgebrachte Menge zu finden, stand plötzlich Professor Riedmann vor ihnen. Mit scharfem Blick sah er Lorenz an und bemerkte das Blut, das in einem dünnen Rinnsal aus dessen Nase floss. Es schien ihn nicht sonderlich zu beeindrucken.

»Was haben Sie vor, meine Herren? Wie ich sehe, schwänzen Sie Niemeyers Vorlesung trotz Anwesenheitspflicht?«, erkundigte er sich in strengem Tonfall, als würde er nichts von dem Aufruhr um sie herum bemerken.

»Gewiss nicht freiwillig«, antwortete Bertram in patzigem Ton. »Sehen Sie nicht, was hier los ist? Lorenz wurde brutal zusammengeschlagen, wie viele andere jüdische Studenten auch, und keine der Lehrkräfte unternimmt etwas dagegen.«

Riedmann schwieg. Für Sekunden blickten er und Lorenz sich in die Augen. Er bemerkte, wie der Professor das Abzeichen am Revers seines Mantels berührte, auf dem ein Hakenkreuz prangte. Der Professor zögerte kurz. In seiner Stimme lag eine Mischung aus Abwehr und ehrlichem Bedauern, als er sprach.

»Schade, jammerschade, Löwenthal, dass Sie Jude sind«, murmelte er mehr zu sich selbst vor sich hin. »Aus Ihnen hätte etwas werden können.« Mit diesen Worten drehte er sich um und stapfte erhobenen Hauptes zum Eingang der Universität.

»Bei allem Respekt, ist das alles? Mehr haben Sie dazu nicht zu sagen?«, rief Bertram ihm nach. Die selbstbewusste Arroganz des Professors schien ihn nur noch wütender zu machen. Für einen Moment sah es danach aus, als wollte er ihm nachstürmen und ihn gewaltsam zur Rede stellen.

»Lass es gut sein.« Lorenz hielt ihn zurück und betastete seine schmerzende Nase. »Es bringt nichts und macht es vermutlich nur noch schlimmer.«

»Du hast recht. Was für ein Idiot.« Bertram ließ sich in Anbetracht dessen, dass ein neuer Trupp Uniformierter anrückte, widerstrebend überzeugen. Aufgebracht folgte er ihm in eine Nebenstraße.

»Siehst du jetzt, womit wir es zu tun haben?«, fragte Lorenz beklommen. »Sie versperren uns endgültig die Tür zur Universität und nehmen den jüdischen Studenten damit die Möglichkeit auf höhere Bildung. Was kommt wohl als Nächstes?«

»Vergiss nicht, dass du das Schulgenie bist. Bisher hielten die Professoren immer große Stücke auf dich und haben dich auch nach Verabschiedung des Gesetzes vom April nicht exmatrikuliert. Für sie bist du ein Wunderknabe, das weißt du. Deshalb sollten wir auch abwarten, bis sich die Lage beruhigt hat«, riet Bertram ihm, schien aber selbst nicht überzeugt von seinen Worten, als er hinzufügte: »Morgen sieht die Welt schon wieder anders aus.«

»Ja, vielleicht.« Lorenz blickte über ihn hinweg und fragte sich, wieso er den Ernst der Lage erst jetzt erkannte. Trotz der Warnung seiner Tutorin hatte er die Konsequenzen falsch eingeschätzt. Nicht jeder der Professoren handelte danach. Bisher waren die Bestimmungen häufig zögerlich durchgesetzt worden, vor allem hatte man herausragende Studenten wie ihn weitgehend in Ruhe gelassen. Nun musste Lorenz erkennen, wie naiv er an die Sache herangegangen war. Kaum hörbar stieß er die für ihn so bittere Wahrheit aus. »Solange es für die Juden in diesem Land noch ein Morgen gibt.«

* * *

Niedergeschlagen machte Lorenz sich auf den Weg zum Krankenhaus, nachdem er Bertram doch noch davon überzeugt hatte, in die Uni zurückzukehren, damit wenigstens einer von ihnen beiden Aufzeichnungen während der Vorlesung machen konnte. In der Klinik angekommen, wartete er über eine Stunde, bis endlich ein Arzt zu ihm kam, der die Verletzung der Nase nach einer flüchtigen Untersuchung für unbedenklich hielt und nach einer Schwester rief, die ihm Watte in den blutenden Nasenflügel stopfte.

»Ist das alles?«, erkundigte sich Lorenz.

»An Nasenbluten stirbt man nicht, junger Mann«, teilte die Krankenschwester ihm mit und rollte mit den Augen. »Ich hoffe, Sie haben keine Operation erwartet. Das dürfte sich derzeit etwas schwierig gestalten. Wir haben weiß Gott alle Hände voll zu tun.«

»Kann ich Frida trotzdem sprechen? Nur kurz?«

»Frida?« Sie musterte ihn, ehe sie mit den Achseln zuckte. »Sie hat die Station vor fünf Minuten verlassen und ich habe nicht den blassesten Schimmer, wohin sie gegangen ist. Falls Sie sie also zufällig treffen, dann richten Sie ihr bitte aus, dass Oberschwester Martha nicht sonderlich erfreut über ihr Verschwinden ist.«

Die Krankenhausangestellte rauschte davon und Lorenz begab sich zum Ausgang. Missmutig schloss er die Tür und fragte sich, was er mit dem Rest des Tages anfangen sollte. Lernen hatte wenig Sinn, solange Bertram nicht mit neuem Lernstoff ins Wohnheim zurückkehrte, und durch die Stadt zu schlendern, erwies sich in letzter Zeit als gefährlich. Seit den Boykotten kam es immer wieder zu Übergriffen, bei denen auch Unbeteiligte zu Opfern wurden. Auch die Vorfälle an der Universität sprachen für sich.

Unschlüssig blieb Lorenz stehen. Zum ersten Mal seit Studienbeginn hatte er Zeit, mit der er nichts anzufangen wusste. Für einen Moment dachte er darüber nach, ans Institut zurückzukehren, um seine Arbeit dort fortzusetzen. Er verwarf den Gedanken jedoch, als er sich daran erinnerte, dass Lise Meitner die Laborräume am Morgen mit ihm gemeinsam verlassen hatte, um sich mit einigen Kollegen in Potsdam zum wissenschaftlichen Austausch zu treffen. Da sie erst am Abend zurückkehren würde, beschloss Lorenz, einen Spaziergang durch den angrenzenden Park zu machen. Doch kaum war er wenige Meter gegangen, hörte er flüsternde Stimmen und hielt, neugierig geworden, inne, als er Frida erkannte. Er sah, wie sie, halb hinter einem Baum verborgen, mit einem etwa zehnjährigen abgehärmten Mädchen sprach. Ohne es beabsichtigt zu haben, wurde er während der nächsten Minuten zum Lauscher.

»Deine Mutter ist also immer noch krank?«, hörte er Frida mitleidig fragen.

»Sie hat furchtbare Schmerzen in der Brust und weint die ganze Zeit über«, antwortete die Kleine mit kläglicher Stimme. »Papa hat den Arzt rufen lassen, aber er kommt nicht.«

»Das tut mir so leid.« Frida drückte das verzweifelte Mädchen für einen Moment an sich. »Ich werde nach dem Dienst bei euch vorbeischauen, versprochen. Sag deiner Mama, dass ich ihr etwas gegen die Schmerzen bringe. Aber zu keinem ein Wort, hörst du? Und jetzt lauf nach Hause. Ich muss zurück ins Krankenhaus.«

Das Mädchen rannte mit wippenden Zöpfen davon. Frida hingegen blieb eine Weile reglos stehen und schaute der Kleinen hinterher. Lorenz sah, wie sie sich verstohlen über die Augen wischte. Sein Blick hing voller Bewunderung auf ihr, als er zu ihr trat und leise ihren Namen aussprach. Dennoch erschrak sie heftig.

»Lorenz, du?«, keuchte sie, nachdem sie sich zu ihm umgedreht hatte. »Meine Güte, hast du mich erschreckt. Ich dachte schon …«

»Dass die Oberschwester dich dabei überrascht, wie du einem Mädchen hilfst, dessen Mutter offenbar keine andere Unterstützung erfährt? Du stiehlst Medikamente aus dem Krankenhaus?«

»Was soll ich sonst tun?«, erwiderte Frida aufgebracht. »Hannah und ihre kranke Mutter sich selbst überlassen, weil man die jüdischen Praxen geschlossen hat und sich gerade sämtliche anderen Ärzte weigern, sie zu behandeln? Dazu kommt, dass ihr Vater kaum noch Geld nach Hause bringt und der Hauswirt ihnen damit droht, sie auf die Straße zu setzen, wenn sie nicht spätestens morgen die Miete zahlen.«

»Ich wollte dir gewiss keinen Vorwurf machen«, versuchte Lorenz sie in sanftem Tonfall zu beschwichtigen und schaute sie zaghaft lächelnd an. Fridas Wangen waren gerötet, sie sah bezaubernd hübsch aus mit ihren blitzenden Augen, mit denen sie in diesem Moment zu ihm aufsah. Als sich ihre Blicke trafen, bemerkte Lorenz verunsichert, dass er den Ausdruck in ihren Augen nicht deuten konnte. Er besaß eine Intensität, die ihm durch und durch ging.

Das Lächeln verschwand von seinem Gesicht, als sein Herz wild zu klopfen begann. Plötzlich überkam ihn eine Welle unterschiedlichster Empfindungen, und der Boden unter seinen Füßen schien zu schwanken. Nervosität und Glücksgefühle wechselten sich rasend schnell ab. Verwirrt spürte Lorenz, wie viel Überwindung es ihn kostete, Frida in diesem Augenblick nicht an sich zu ziehen, ihren Duft einzuatmen und sie zu küssen. Um diesem Drang zu widerstehen, schaute er kurz zu Boden und atmete mehrere Male tief durch, bevor er ihre Hände in seine nahm und leise hinzufügte: »Im Gegenteil, ich bewundere deinen Mut.«

»Ich versuche nur zu helfen«, erwiderte Frida und ließ ihn nicht aus den Augen. Doch sie sprach nicht aus, welche Gedanken ihr durch den Kopf gingen.

Dennoch bemerkte Lorenz die Verwandlung in ihrem Gesicht augenblicklich, das plötzlich viel reifer schien. Aus ihren Augen sprach eine solche Zuneigung, dass seine Emotionen Karussell fuhren. Noch nie zuvor hatte Frida ihn auf diese Weise betrachtet, sondern immer wie einen Freund, dem sie vertrauen und den sie wie einen Bruder behandeln konnte. Bei all ihren Treffen war sie frei und ungezwungen gewesen. Jetzt aber lag in ihrem Blick eine verlegene Zurückhaltung, die neu war.

»Was ist mit deiner Nase passiert?«, fragte sie mit einem Seufzer, der sie rasch über eine erste Verlegenheit hinwegtrug. Besorgt zog Frida ihre Augenbrauen zusammen, als sie behutsam die blutverkrusteten Nasenflügel abtastete. »Tut es sehr weh?«

»Nein, jetzt nicht mehr. In ein paar Tagen wird nichts mehr davon zu sehen sein.« Lorenz schüttelte, mühsam seine

Aufregung verbergend, den Kopf, während Frida über seinen Versuch, sich mannhaft zu geben, lächelte.

»Du solltest dich trotzdem hinlegen. Nimm es nicht auf die leichte Schulter«, mahnte sie, bevor sie ihn forschend betrachtete. »Hast du dich etwa geprügelt? Es passt nicht zu dir.«

»Es kam zu Unruhen in der Universität. Die jüdischen Studenten wurden ausgeschlossen. Dabei gab es Gerangel, bei dem ich zwischen die Fronten geriet.«

»Na wunderbar!«, stieß Frida mit deutlich hörbarer Ironie aus. »Die Nazis schikanieren uns, wo sie nur können, ohne dass es jemand für nötig erachtet, sie aufzuhalten. Sie zerstören die Geschäfte, verprügeln die jüdischen Besitzer und bereichern sich an deren Hab und Gut. Und jetzt sind auch noch die Studenten dran. Ich kann nicht fassen, dass die Bevölkerung stillschweigend dabei zusieht, wie sie uns stückweise sämtliche Rechte nehmen.«

Lorenz hatte ihrem emotionalen Ausbruch stillschweigend zugehört. Bei ihrem Anblick schnürte es ihm vor lauter Beklemmung die Kehle zu. Wie sie ihn blass anstarrte, die Schultern gesunken, wie ihr die Tränen in die Augen schossen. Augenblicklich beschleunigte sich sein Atem. Erneut spürte er diese verwirrenden Empfindungen, die sie in ihm weckte, sodass er seine Zurückhaltung über Bord warf. Wortlos nahm er sie in den Arm und strich zärtlich über ihren Rücken. Er wollte ihr Trost spenden, sie beruhigen, wie er es früher oft getan hatte. Als sie sich jedoch eng an ihn schmiegte und er ihren warmen Körper spürte, konnte er seine Gefühle nicht länger verleugnen. »Alles wird gut«, flüsterte er heiser und strich ihr zärtlich eine Haarsträhne aus der Stirn, bevor er seinen Kopf zu ihrem Gesicht neigte, bis seine Wange ihre Stirn berührte. »Wir haben doch uns, das ist sehr viel.«

»Ich bin so froh, dass du da bist«, beteuerte Frida leise und schaute zu ihm hoch. Eine verräterische Röte machte sich auf ihren Wangen breit und für einen Moment hatte es den Anschein, als ob sie sich von ihm lösen und davonrennen wollte. Doch plötzlich traten Tränen in ihre Augen. »Manchmal habe ich das Gefühl, du bist der einzige Mensch auf der Welt, der mich wirklich kennt und mich versteht. Du ahnst nicht, wie viel mir das bedeutet, Lorenz. Es muss ein schönes Gefühl sein, genau diesen Menschen zu küssen.«

»Ja, das muss es wohl«, erwiderte er lächelnd und zog sie noch näher an sich. Wie von selbst fanden sich ihre Lippen. Lorenz spürte, wie schnell sein Herz schlug, als sie seine Stirn, die Wangen und seinen Mund mit kleinen Küssen bedeckte. Mit einem Mal hatte er den Eindruck, als würde die graue Welt um ihn herum von bunten Farben durchströmt. Er fühlte sich glücklich und lebendig wie noch nie zuvor. Beseelt schob er Frida eine Armlänge von sich und strahlte sie an. Der Knoten ihres Haares hatte sich gelöst, sie atmeten beide in kurzen Stößen. Doch immer wieder fanden sich ihre Lippen.

Aber schon einen Augenblick später erinnerte Lorenz das laute Zuschlagen einer Tür daran, dass sie sich in einem öffentlichen Park befanden und schon eine zufällige Begegnung genügte, um Frida zu kompromittieren.

»Ich werde immer für dich da sein«, raunte er in ihr Haar und löste sich mit einem Rest Selbstbeherrschung von ihr, obwohl er sich im Moment nichts sehnlicher wünschte, als sie im Schutz seiner Arme halten zu können. »Du wirst sehen, alles wird gut. Hab keine Angst.«

»Habe ich nicht. Nicht, solange du bei mir bist.«

»Beste Freunde.« Seine Stimme klang rau, denn es war gelogen oder nur die halbe Wahrheit. Lorenz war sich in jeder Sekunde bewusst, dass das, was zwischen ihnen begann, nichts mehr mit der kindlichen Freundschaft von früher zu tun hatte.

»Ja, beste Freunde«, wiederholte Frida ebenso ergriffen, als plötzlich eine strenge weibliche Stimme vom Eingang des

Krankenhauses her laut ihren Namen rief und sie in die Realität zurückholte.

»Schwester Martha sucht nach mir«, stellte Frida fest, während sie einander verlegen ansahen. Eine hilflose Pause entstand, bis sie hastig hinzufügte: »Ich muss gehen.«

»Verstehe.« Lorenz lächelte unsicher. »Aber eines noch, Frida. Ich denke, es ist besser, wenn Bertram vorerst nicht erfährt, dass wir uns geküsst haben.«

»Du glaubst, er würde sich zurückgesetzt fühlen?«

»Nicht nur, befürchte ich. Er mag dich und ...«

»Keine Sorge, von mir wird er nichts erfahren.« Frida lief davon.

Lorenz hingegen blieb noch eine Weile stehen und schaute träumend in den Park. Trotz der furchtbaren Ereignisse des Tages fühlte er sich frei und glücklich wie lange nicht mehr und wusste, dass er sich bis über beide Ohren verliebt hatte.

Kapitel 8

Mit den Gedanken weit weg lauschte Bertram der philosophischen Vorlesung Niemeyers, ohne auch nur ein einziges Wort zu verstehen. Nachdem Ruhe im Hörsaal eingekehrt war und die Polizeikräfte die Tumulte beendet hatten, gingen Lehrkräfte und Studenten unbeeindruckt zur gewohnten Tagesordnung über, als wäre nichts geschehen. Schon bald würde niemand mehr von dem Rausschmiss der jüdischen Studenten sprechen. Rektor Riedmann hatte mit der Aktion seine Macht in der Universität noch gefestigt. Keiner würde es mehr wagen, für einen der jüdischen Kommilitonen Partei zu ergreifen.

Bertram hingegen überkam ein Gefühl der inneren Leere, als er auf den Platz neben sich starrte, auf dem eigentlich Lorenz hätte sitzen müssen. Erst die Stimme seines Sitznachbarn zur Linken riss ihn aus den düsteren Gedanken.

»Wie sieht's aus, Friedrichs, bist du heute Abend dabei?«, fragte er in seine Richtung, während er über beide Ohren grinste. »Wir treffen uns um sechs Uhr vor dem Wohnheim.«

»Wobei?«, fragte Bertram. Eine böse Vorahnung beschlich ihn, nachdem er beobachtet hatte, wie Fritz mit ein paar anderen Studenten getuschelt hatte.

»Wir wollen zu Ende bringen, was wir angefangen haben«, bestätigte der Kommilitone seine Befürchtungen und spielte offensichtlich auf die Prügeleien an. »Danach gehen wir zum Feiern in den Studentenklub. Es werden auch Mädchen dabei sein, die bereit sind, sich auf mehr einzulassen. Wir könnten eine Menge Spaß haben.«

»Ich habe Besseres zu tun«, lehnte Bertram ab und schüttelte den Kopf. »Die Mädchen interessieren mich nicht.«

»Eine aber schon.« Der Kommilitone zwinkerte ihm verschwörerisch zu und lachte leise. »Ich habe euch vor ein paar Tagen in der Kneipe beobachtet. Du bist fast in Ohnmacht gefallen, als die Kleine dich angelächelt hat.«

»Blödsinn!« Bertram schaute ihn mürrisch an. »Wie kommst du darauf?«

»Nun, es war nicht zu übersehen. Du hast sie mit deinen Blicken regelrecht verschlungen. Weiß sie, dass du bis über beide Ohren in sie verknallt bist und deshalb noch nie eine Freundin hattest?«

»Halt die Klappe und lass mich in Ruhe.« Bertram errötete gegen seinen Willen und erhob sich. Verärgert schnappte er seine Tasche und stopfte die Unterlagen hinein. Er hörte nur noch mit halbem Ohr, wie der Kommilitone ihm einen spöttischen Kommentar nachrief. Ohne darauf zu achten, stürmte er mit großen Schritten aus dem Hörsaal. Erst im Flur blieb er kurz stehen, lehnte sich gegen die Wand und schloss für einen Moment die Augen.

Sofort tauchte Fridas bezauberndes Gesicht auf, sodass er sich eingestand, dass der Student ins Schwarze getroffen hatte. Es stimmte, er war in Frida verliebt, und nicht erst seit dem Kuss, der sich leider nicht wiederholt hatte. Die Wahrheit war, dass er sie liebte, seit er denken konnte. Ihre natürliche Anmut und ihr herzgewinnendes Wesen fesselten ihn zunehmend. Schon damals in Perleberg war sie für ihn das mutigste

Mädchen der Welt gewesen und heute war sie die verlockendste junge Frau, die er kannte. Es verging kaum eine Nacht, in der Bertram nicht von ihr träumte und sich vorstellte, wie er sie küsste und ihre Haut berührte. Er wünschte sich nichts sehnlicher, als sie noch einmal in seinen Armen zu halten und die Wärme ihres Körpers zu spüren. Ihre Brüste zu sehen und …

Verdammt! Bertram riss ruckartig die Augen auf und schaute sich verlegen um, als ihm bewusst wurde, dass seine Hand auf seinem Schoß lag und er eine Erektion bekam. Umso erleichterter atmete er auf, nachdem er feststellte, dass er allein war. Rasch verließ er das Gebäude und schlug den Weg zum Krankenhaus ein. Inzwischen hatte Lorenz seine Nase sicher versorgen lassen, sodass sie ins Studentenwohnheim zurückkehren konnten, um sich dort für das Kolloquium am nächsten Tag vorzubereiten. Die Ablenkung würde ihm helfen, sich daran zu erinnern, dass er die Freundschaften, die ihm am wichtigsten waren, nicht zerstören durfte, nur weil er mehr für Frida empfand. Zumindest so lange nicht, bis sie diese Gefühle eines Tages erwiderte.

Die frische Luft tat ihm gut, als er die Bahn verließ und die letzten Schritte durch den Park zu Fuß ging. Nicht nur die verwirrenden Gedanken lösten sich in Luft auf, auch in seinem Schoß war es nun wieder ruhiger geworden. Zumindest für einen kurzen Moment. Das Pulsieren in seinem Unterleib kehrte schlagartig zurück, als er Frida keine zweihundert Meter entfernt entdeckte. Bei ihrem Anblick hellte sich seine Stimmung augenblicklich auf. Obwohl sie nur ihre schlichte Schwesternuniform und eine Haube im Haar trug, sah sie darin so umwerfend aus, dass es ihm schier den Atem verschlug.

Mit einem Lächeln ging er auf sie zu und wollte sich gerade bemerkbar machen, als er erkannte, dass sie nicht allein war. Ein Mann war bei ihr, von dem Bertram lediglich einen Teil des Rückens sah, da er durch die Bäume verdeckt wurde. Die beiden wechselten ein paar Worte, bevor Frida sich in dessen Arme schmiegte.

Ohne zu wissen weshalb, verbarg sich Bertram hinter einem Baum und ließ die beiden nicht aus den Augen. Obgleich er kein Wort von dem, was sie sagten, verstand, machte sich ein ungutes Gefühl in ihm breit, welches sich in rasende Wut verwandelte, als er beobachtete, wie sie sich innig küssten und sich danach voneinander verabschiedeten. Dann drehte sich der junge Mann um, den Bertram nur zu gut kannte.

Fassungslos starrte er ihn an.

Es war Lorenz.

Mit einem Keuchen sank Bertram auf den Boden und lehnte sich mit dem Rücken an die raue Rinde des Baums, während er zu begreifen versuchte, was sich direkt vor seinen Augen abgespielt hatte. Verzweifelt fragte er sich, wie lange das mit den beiden schon hinter seinem Rücken ging. Ein paar Tage, Wochen, vielleicht sogar Monate? Ohnmächtig gegen den aufkeimenden Zorn spürte er, wie sich der Stachel der Eifersucht immer tiefer in sein Fleisch bohrte.

Beste Freunde, schoss ihm ihr Schwur in den Kopf, während er sich einzureden versuchte, dass der Kuss völlig harmlos gewesen sein könnte. Vielleicht hatte Frida Lorenz nur trösten wollen. Vielleicht war es ihre Art, ihm zu zeigen, dass sie ihn mochte, als Freund. Doch sofort wurde ihm klar, dass er sich etwas vormachte und sich auf diese Art nur selbst belog, um den Schmerz der Enttäuschung nicht ertragen zu müssen. Die bittere Wahrheit sah anders aus. Lorenz und Frida hatten sich geküsst, weil sie ineinander verliebt waren. Jeder Blick von ihr, jede Geste hatte ihre Empfindungen ausgedrückt.

Wütend schlug Bertram seine Faust gegen den Baum. Die Haut auf den Knöcheln platzte auf und blutete. Er bemerkte es kaum. Stattdessen fragte er sich, warum ausgerechnet Lorenz stets bekam, was er wollte, während er um alles kämpfen musste. Er hatte ihm sogar dazu verholfen, am Institut bleiben zu dürfen. Zum Dank nahm er ihm Frida weg.

Zum ersten Mal kamen ihm nun Zweifel, ob er das Richtige getan hatte. Ungewollt erinnerte er sich an die Worte seines Vaters. Er hatte ihm voller Überzeugung erklärt, dass Lorenz keiner von ihnen war und auch Frida ihn nur ausnutzen würde. Obwohl sich alles in seinem Inneren dagegen sträubte, musste Bertram sich in dieser Sekunde eingestehen, dass sein Vater am Ende vielleicht doch recht behielt.

Verwirrt rappelte er sich auf. Ihm schwirrte der Kopf, als er sein Versteck verließ und auf den Weg zurückkehrte. Inzwischen war Lorenz gegangen, ohne ihn bemerkt zu haben, und Frida dabei, ins Krankenhaus zu gehen. Bertram schaute ihr mit zusammengekniffenen Augen nach. In diesem Moment drehte sie sich langsam um, als könnte sie die eindringlichen Blicke spüren.

Er sah das Erschrecken in ihren Augen, als sie ihn erkannte und verunsichert anstarrte. In ihrem Gesicht wechselten die unterschiedlichsten Empfindungen im Sekundentakt. Er las Scham, Reue und Verwirrung in den blassen Zügen, ehe sie ein paar Schritte auf ihn zumachte und auf eine Reaktion von ihm wartete. Als er schwieg, zuckte Frida hilflos mit den Schultern und öffnete leicht den Mund. Er ahnte, was jetzt folgen würde. Gleich würde sie den Versuch machen, ihm eine glaubwürdige Erklärung zu liefern, die ihn überzeugen sollte, dass der Kuss harmlos gewesen sei. Bertram sah, wie sie verzweifelt nach passenden Worten rang, die nichts mit der Wahrheit zu tun haben würden, die in ihren Augen brannte.

»Bist du in ihn verliebt?«, kürzte er das Ganze ab.

Frida zögerte einen Moment. In ihre Augen traten Tränen.

»Liebst du ihn, Frida?«, wiederholte er mit schneidender Kälte.

»Ja«, sagte sie kleinlaut und nickte. »Ich liebe ihn.«

»Wenigstens weiß ich jetzt Bescheid. Tut Lorenz es auch?« Bertram bemühte sich angestrengt um Fassung und schaffte es sogar, ein Lächeln zu erzwingen, obgleich eine Welt in ihm zusammenbrach. Damit war alles klar. Seine Befürchtungen bestätigten sich. Frida hatte Lorenz nicht einfach nur geküsst. Sie liebte ihn. Das war viel schlimmer. Ihre angebliche Freundschaft war eine einzige Lüge. Benommen fragte er sich, wie er sich so hatte täuschen lassen können. »Hast du ihm von unserem Kuss erzählt?«

»Warum sollte ich?« Frida schüttelte den Kopf. »Es ist ewig her und du weißt, dass er keine Bedeutung besaß. Ich wünschte, er wäre nie passiert.«

»Keine Bedeutung.« Bertram schluckte und starrte sie an. Er hätte in diesem Moment so gern über ihre Wange gestrichen oder ihr Haar, das im Wind flatterte, hinters Ohr gestreift. Zugleich wusste er, dass sie seine Nähe nicht zulassen würde. Um dem Drang zu widerstehen, steckte er die Hände in die Manteltaschen und schwieg.

»Hör zu, Bertram«, bat Frida. »Du weißt, wie sehr ich dich mag, ich wollte dich nie verletzen. Aber ich kann nichts für meine Gefühle und ...«

»Schon gut, du brauchst nichts zu beschönigen«, fiel er ihr ins Wort. »Ich habe auch so verstanden. Sind wir wenigstens noch Freunde?« Den Blick unverwandt auf sie gerichtet, riss Bertram sich mit einem kläglichen Rest Selbstbeherrschung zusammen. Frida sollte nicht merken, wie sehr ihr Geständnis ihn aus der Bahn geworfen hatte. Nur so konnte er seinen Stolz wahren. Zumindest den Teil, der davon noch übrig war.

»Wie kannst ... kannst du daran zweifeln?«, stammelte sie, brach ab und starrte ihn stumm an. Für einen Augenblick verdüsterte sich ihr Gesicht. Sie sah verwirrt aus. »Nichts auf der Welt wird das Band zwischen uns jemals zerstören können.«

»Ich wollte nur sicher sein.« Bertram nahm die rechte Hand aus der Tasche und strich ihr nun doch noch über die tränennasse Wange. Dann drehte er sich um und ging den Weg zurück, den er gekommen war, als seine Welt noch in Ordnung schien.

* * *

In blinder Wut auf Lorenz, der ihm das Einzige genommen hatte, was er liebte, hetzte Bertram aus dem Park und achtete nicht darauf, wohin er lief. Mit gesenktem Kopf stapfte er durch die Straßen und kämpfte gegen den Schmerz an, der ihn innerlich fast zerriss. Ohne auf den Weg zu achten, stolperte er über eine Bordsteinkante und stürzte beinahe auf das Pflaster. Er konnte sich gerade noch an einem Laternenpfahl festhalten, um nicht das Gleichgewicht zu verlieren.

Als ihm sein Vorgehen bewusst wurde, lachte er zynisch auf. Hatte er das nicht längst? Das Gleichgewicht verloren? Sein Leben geriet mit Fridas Liebesbekenntnis für Lorenz völlig aus den Fugen. Er hatte alles verloren und ein Sturz auf die Straße würde nicht einmal halb so schlimm sein wie sein emotionaler Fall.

Für einen Moment rang Bertram nach Luft, überwältigt von der Eifersucht, die sich in seinem Inneren ausbreitete. Unbändige Wut darüber, dass er sich all seiner Hoffnung betrogen sah, durchströmte seinen Körper und drohte ihn zu ersticken. Sie richtete sich gegen die Welt, die Menschen um ihn herum, vor allem aber gegen Lorenz und Frida, und war so überwältigend, dass er laut aufschrie. Die erschrockenen Blicke der Passanten nahm er kaum wahr. Er bekam auch nicht mit, wie eine ältere Frau vor Schreck beinahe ihre Tasche fallen ließ, rasch die Straßenseite wechselte und ihn von dort aus mit offenem Mund anstarrte. Bertram schrie so lange, bis er wieder atmen konnte.

Als ein Bus hielt, stieg er ein und setzte sich auf einen der hinteren Plätze. Sein Atem ging noch immer stoßweise, während er in einen Strudel aus Trauer, Wut und Enttäuschung geriet, der ihn unaufhaltsam in die Tiefe zog. Ohne auf die übrigen Fahrgäste zu achten, schmetterte er seine Faust in den Sitz. Einmal, zweimal, doch die ersehnte Erleichterung blieb aus. Er konnte noch immer nicht fassen, wie dumm er gewesen war, darauf zu hoffen, dass Frida seine Gefühle eines Tages erwidern würde, wenn er ihr Zeit ließ und sie nicht bedrängte. Während Lorenz und sie ihr mieses Spiel mit ihm trieben, hatte er sich mit stiller Bewunderung aus der Ferne zufriedengegeben und abgewartet. Immer darauf hoffend, ihr seine Liebe eines Tages doch noch zu gestehen.

Jetzt war es zu spät.

Zu spät! Die Worte hallten in seinen Gedanken wider. Bertram schüttelte den Kopf, als könnte er sie dadurch vertreiben. Doch der Schmerz fraß sich immer tiefer in seine Seele und steigerte sich zunehmend, als er die Wahrheit klar vor Augen zu sehen glaubte.

Frida und Lorenz hatten ihm ihre Freundschaft die ganze Zeit über nur vorgeheuchelt und ihn für ihre Zwecke ausgenutzt. Warum sonst hatten sie ihm verschwiegen, was zwischen ihnen lief? Einzig allein seine Kontakte und Fähigkeiten, sie zu schützen, und seine Bereitschaft, sich für sie einzusetzen, waren für sie relevant. Zum Dank hatten sie ihn belogen und betrogen. Die bittere Erkenntnis durchbohrte sein Herz wie ein Messer.

Doch damit war jetzt ein für alle Mal Schluss. Er würde die Augen nicht länger vor der Wirklichkeit verschließen und sich zum Narren halten lassen. Die Wege der drei Unzertrennlichen, wie sie auf der Schule geheißen hatten, führten ab sofort weit auseinander. Stattdessen sollten seine angeblich besten Freunde am eigenen Leib erfahren, welche Konsequenzen es nach sich zog, wenn man ihn feige hinterging. Frida und Lorenz hatten mit ihm gespielt. Nun, das konnte er auch.

»Wollen wir doch mal sehen, wie stark eure Liebe wirklich ist«, murmelte Bertram vor sich hin und spürte plötzlich, wie eine neue Empfindung von ihm Besitz ergriff. Es war ein Gefühl von Macht und es fühlte sich gut an. In diesem Moment wusste er, dass er nicht länger der kleine Junge war, der sich herumstoßen ließ. Weder von seinem Vater noch von Frida und Lorenz. Sein Leben lag in Scherben und jemand musste dafür bezahlen.

An der Haltestelle in Spandau stieg Bertram aus und schlug den Weg zur Nonnendammallee ein, dem Standort der Siemenswerke. Er hatte es nicht eilig und überlegte sich stattdessen eine wirkungsvolle Strategie. Die Hände tief in den Hosentaschen vergraben, ging er durch die Straßen, als plötzlich ein dunkler Mercedes scharf bremste und neben ihm hielt.

»Willst du etwa zu mir?«, meldete sich eine vertraute Stimme. Sein Vater saß hinterm Steuer, öffnete das Fenster und musterte ihn reserviert. Der überraschte und zugleich abweisende Unterton war nicht zu überhören.

»Ich muss etwas mit dir bereden«, antwortete er knapp.

»Tut mir leid, dieser Wunsch ist einseitig. Du wolltest es so.« Sein Vater wandte sich ab. Doch bevor er seinen Fuß auf das Gaspedal drücken konnte, legte Bertram seine Handfläche auf die Scheibe.

»Es ist wichtig! Sonst wäre ich nicht hier.«

Einen Moment herrschte Stille. Vater und er wechselten einen stummen Blick. Bertram schluckte hart. Der spöttische Ausdruck in den Augen seines Vaters war für ihn kaum zu ertragen. Der Mistkerl ahnte, dass er seine Hilfe benötigte, und ließ ihn zappeln. Er genoss es, ihm eine weitere bittere Wunde seines Stolzes zuzufügen.

»Steig ein!« Nach einem kurzen Zögern öffnete Friedrichs die Beifahrertür. »Du machst mich neugierig. Ehrlich gesagt wundert es mich, dass du dich überhaupt dazu herablässt, zu mir zu kommen.«

Bertram sparte sich eine Antwort und kletterte in den Wagen. Schweigend legten sie den Rest der kurzen Fahrt zurück. Erst im Büro brach sein Vater die Stille zwischen ihnen.

»Was verschafft mir die Ehre?« Er zündete sich eine Zigarette an und stieß kleine Rauchwolken aus. »Du hast mich hier noch nie besucht.«

»Du kannst dir sicher denken, dass meine Sehnsucht nach dir nicht allzu groß war«, entgegnete Bertram und setzte sich auf den Stuhl ihm gegenüber. »Aber es gibt immer ein erstes Mal.«

»Im Klartext, du brauchst meine Hilfe.« Sein Vater, der den Platz hinter seinem Schreibtisch eingenommen hatte, schaute demonstrativ zur Uhr. »Hast du vergessen, dass wir quitt sind?«

»Gut, dass du mich daran erinnerst. Ich wusste, dass es ein Fehler ist, dich um Hilfe zu bitten«, stieß Bertram mit vor Aufregung zitternder Stimme hervor und erhob sich. Das Gespräch erzielte nicht das Resultat, welches er sich gewünscht und erwartet hatte. »Ich hätte nicht herkommen sollen.«

»Warte!«, rief sein Vater streng. »Nun rede schon, raus mit der Sprache. Meine Zeit ist knapp bemessen. In einer halben Stunde werde ich zu einer wichtigen Besprechung erwartet. Du hättest dich vorher anmelden sollen.«

»Tut mir leid, mir war nicht klar, dass ein Termin bei deiner Sekretärin nötig ist, um den eigenen Vater zu sehen. Es wird nicht wieder vorkommen.«

»Hör auf mit dem Unsinn und benimm dich nicht kindischer, als du bist.« Er warf ihm einen missbilligenden Blick zu. »Sag mir lieber, was los ist und woher der plötzliche Sinneswandel kommt. Geht es immer noch darum, dass du den

Juden am Institut halten willst? Ich habe getan, was möglich war. Es liegt nicht in meiner Hand, falls Löwenthal ...«

»Ja, ich will ihn halten«, fiel Bertram ihm ins Wort. »Aber ich möchte, dass er die Assistenzstelle verliert.«

»So plötzlich?«, fragte sein Vater und musterte ihn erstaunt. »Wart ihr nicht immer ein Herz und eine Seele?«

»Ich glaube nicht, dass dich das etwas angeht.« In Bertrams Stimme lag Verärgerung. »Du hast bekommen, was du wolltest. Ich werde mit keinem über das, was du mir und Mutter angetan hast, reden. Sorg du dafür, dass Lorenz aus dem Institut fliegt.«

»Moment, so einfach, wie du dir das vorstellst, ist das nicht.« Sein Vater schüttelte den Kopf. »Es ist kein halbes Jahr her, als ich deinetwegen ein gutes Wort für Löwenthal eingelegt habe, was mir gewiss nicht leichtfiel. Was glaubst du, welchen Eindruck es macht, wenn ich meine Meinung innerhalb weniger Monate ändere? Außerdem scheint Lise Meitner sehr von ihm angetan zu sein und bedauerlicherweise besitzt ihr Urteil Aussagekraft. Sie gilt als angesehene Wissenschaftlerin mit einem hervorragenden Instinkt für besondere Begabungen. Zumindest verkörpert sie dieses Bild noch in der Öffentlichkeit.«

»Noch?«, wiederholte Bertram und horchte auf.

»Du hast richtig gehört, es beginnt zu bröckeln«, klärte sein Vater ihn auf. »Meitner ist Jüdin. Als österreichische Staatsbürgerin unterliegt sie jedoch nicht den deutschen Rassengesetzen. Trotz allem werden die Stimmen gegen sie zunehmend lauter. Im Grunde genommen verdankt sie es nur der Fürsprache Plancks, dass man sie weiterhin am Institut beschäftigt. Dieser Narr glaubt offenbar, ihre Herkunft ungeschehen machen zu können, indem er ihre Arbeit übermäßig hervorhebt. Dabei ist die Meitner immer noch nichts weiter als eine minderwertige Jüdin. Ich gehe stark davon aus, dass es nicht mehr allzu lange dauern wird, bis man sie ersetzt.« Friedrichs holte tief Luft und blickte Bertram nachdenklich an, ehe er fortfuhr. »Aber zurück zu Löwenthal, du hältst ihn also für ungeeignet?«

»Nein, das tue ich nicht. Ich zweifle nicht an seinen Fähigkeiten, und seine Leistungen sind nicht zu beanstanden«, wehrte Bertram schnell ab, als er feststellte, dass sein Vater misstrauisch wurde. Zugleich wuchs aber auch dessen Interesse, sodass Bertram zufrieden in sich hineingrinste und darauf verzichtete, weiterhin Druck auszuüben. Er hatte die Saat gestreut, das genügte. Alles Weitere würde er ihm überlassen.

»Hm.« Sein Vater zupfte nachdenklich an seinem Schnauzbart. »Lass mich nachdenken! Weiß er, dass du hier bist?«

»Nein.«

»Dann muss es mit diesem Mädchen zu tun haben«, schlussfolgerte sein Vater und rollte die Augen. »Himmelherrgott noch mal, Bertram, ich habe dich immer gewarnt. Mir war von Anfang an klar, dass die kleine Jüdin eines Tages zwischen euch stehen wird.«

»Blödsinn«, fuhr Bertram ihn an, konnte jedoch nicht verhindern, dass sein Gesicht zu glühen begann. Er wandte den Blick ab, um zu verbergen, wie sehr das Gesagte ihn aus dem Gleichgewicht gebracht hatte.

»Ich weiß, was ich sehe«, blieb sein Vater unterdessen hartnäckig. »Du bist eifersüchtig auf ihn, und fest steht, dass du damit unmöglich einen kühlen Kopf bewahren kannst. Ich kenne dich. Du hast schon früher zu unüberlegten Handlungen geneigt, und das bereitet mir Sorgen. Andererseits wurde es höchste Zeit, dass du zur Vernunft kommst und den Tatsachen ins Auge siehst. Das ganze Gerede von ewiger Freundschaft mag ja ganz schön sein. Aber Juden kann man nun mal nicht trauen. Sie sind unsere größten Widersacher.«

»Meinst du, das hätte ich inzwischen nicht begriffen? Spar dir deine Vorwürfe!«

»Gut. Ich werde mich darum kümmern. Du hast dir den richtigen Moment ausgesucht. Die Besprechung, zu der ich gleich fahre, findet praktischerweise im Institut statt. Es dürfte also nicht allzu schwer sein, deine Rache in die richtigen Wege zu leiten. Das ist es doch, was du willst, oder? Du willst dich rächen.«

»Du irrst dich, ich will keine Rache«, widersprach Bertram vehement und lehnte sich in seinem Stuhl zurück. Ohne es zu wollen, kamen schlagartig Erinnerungen aus seiner Kindheit in ihm hoch. Die Explosion der Scheune, die gemeinsamen Abenteuer nach der Schule und die unzähligen Male, in denen er vor den Schlägen seines Vaters geflohen war und im Haus der Löwenthals Schutz und Geborgenheit gesucht hatte.

Plötzlich regten sich Zweifel in ihm, die ihn in seiner Entscheidung schwanken ließen. Noch konnte er verhindern, dass Lorenz alles verlor, was ihm lieb und teuer war, und damit ihre Freundschaft retten. Es würde nicht einfach werden, aber das war es nie. Allerdings hieß das auch, dass er dann die Liebesbeziehung zwischen Frida und Lorenz akzeptieren musste.

Schon der Gedanke schnürte ihm die Kehle zu und brachte ihm gleichzeitig die Klarheit, dass er die sentimentalen Empfindungen abschütteln musste. Er konnte und wollte nicht dabei zuschauen, wie die beiden glücklich waren. Deshalb musste er sich hier und jetzt gegen Lorenz entscheiden und endlich damit beginnen, zu seinem Vorteil zu handeln. Ihre einstige Freundschaft hatte mit dem Betrug an ihm jegliche Gültigkeit verloren.

»Was willst du dann?«, riss ihn die Stimme seines Vaters aus den Gedanken. »Sag es mir, Bertram! Ich will es hören.«

»Ich will die Assistenzstelle im Institut übernehmen«, teilte er seinem Vater mit, ohne auch nur mit der Wimper zu zucken. »Wäre ich nicht gewesen, hätte Lorenz dieses Angebot nie annehmen können. Ich will Gerechtigkeit.«

»Gerechtigkeit? Also gut, nenn es, wie du willst«, erwiderte sein Vater unbeeindruckt. »Es ändert nichts daran, dass du auf Rache aus bist. Wenn du es auch nicht wahrhaben willst, sind wir wohl doch aus einem ähnlichen Holz geschnitzt. Vielleicht mehr, als dir lieb ist.«

»Ich bin noch nicht fertig«, ging Bertram nicht darauf ein. »Ich möchte auch, dass Lorenz im Institut beschäftigt bleibt. Allerdings als mein stiller Handlanger und nur, damit ich seine Leistungen und Ergebnisse für mich beanspruchen kann. Kriegst du das hin?«

»Ich denke schon, zumal mir der Plan gefällt. Er könnte deine Karriere retten, der du nicht gerade viel Aufmerksamkeit geschenkt hast. Du hast dich kaum im Institut blicken lassen. Aber gut, ich werde sehen, was ich tun kann. Allerdings erwarte ich ein Entgegenkommen von deiner Seite. Wenn ich diesen Plan umsetze, musst du in die Partei eintreten. Ich nehme an, dessen bist du dir bewusst.«

»Verstehe. Das ist der Haken, nicht wahr?«

»Kein Haken, ich nenne es eine großartige Gelegenheit, deine Loyalität zu beweisen. Es gibt halt nur einen Führer, der es mit Deutschland gut meint. Und das ist Hitler. Außerdem stehen dir als Parteigenosse viele Türen offen, die anderen verschlossen bleiben. Das ist meine Bedingung. Vergiss nicht, dass auch ich mich weit aus dem Fenster lehne.«

Bertram blieb ihm die Antwort darauf schuldig. Er war viel zu verwirrt, um eine so tiefgreifende Entscheidung zu treffen, und er wusste, dass er seiner spontanen Eingebung, die Forderung seines Vaters abzulehnen, nicht ohne Weiteres nachgeben durfte.

Schweigend erhob er sich und ging zur Tür. Er hielt die Klinke bereits in der Hand, als sein Vater einen ungewohnten Versuch unternahm, Bertram zu trösten.

»Nimm es nicht so tragisch und vergiss das jüdische Luder«, sagte er mit einem wohlwollenden Lächeln. »Du wirst darüber hinwegkommen, mein Junge. Andere Mütter haben auch hübsche Töchter. Irgendwann findest du schon die Richtige.«

»Spar es dir, Vater! Mitgefühl steht dir nicht.« Bertram warf ihm einen letzten abschätzigen Blick zu und öffnete die Tür. »Zwischen uns wird sich nichts ändern. Ich hasse dich nach wie vor«, trat er nach und verließ das Büro.

* * *

Bertram fuhr mit der nächsten S-Bahn, die in seiner Nähe hielt, zurück nach Berlin-Mitte. Doch anstatt den Weg zum Studentenwohnheim zu nehmen, lief er stundenlang durch die Straßen des Regierungsviertels. Er hatte die Hände in den Taschen vergraben und den Kragen seines Mantels hochgeschlagen. Sein Atem ging schnell, sodass er auf der Brücke, die über die Spree führte, innehielt und nach Luft schnappte, bevor er langsam ein- und ausatmete.

Er hatte kein Ziel, noch nicht. Obwohl das Geländer der Brücke feuchtkalt war, lehnte er sich über die Brüstung und starrte verloren zu der dunklen Flusslandschaft hinab, als könnte er in den Tiefen des Wassers Antworten finden. Aber alles, was sich in seinem Inneren meldete, waren ein schlechtes Gewissen und Schuldgefühle. Wenn er an seinem Plan festhielt, würde es zwischen Frida, Lorenz und ihm nie wieder sein, wie es früher gewesen war. Dann würden sie auf unterschiedlichen Seiten stehen, von wo aus es kein Zurück mehr gab.

Bertram ließ den Atem durch seinen Körper strömen, während die Stimme in seinem Kopf keine Ruhe gab. Noch konnte er umkehren. So tun, als würde es ihm nichts ausmachen, dass Frida Lorenz liebte, und sie im Notfall trösten, wenn es mit dem Schwächling doch nicht so rosig lief wie gedacht. Aber was, wenn das Gegenteil eintraf? Sie glücklich wurden und irgendwann sogar heirateten? Konnte er das ertragen?

Reglos stand er über die Brüstung gebeugt. Wie viel Zeit über seinem Grübeln verging, hätte er im Nachhinein nicht sagen können. Erst als seine Glieder zu schmerzen begannen, richtete er sich auf und lief weiter, bis er vor dem Reichstagsgebäude stand, dessen Kuppel nach dem Brandanschlag eingestürzt war. Kahle nackte Streben ragten nach oben in den dunklen Himmel, und während Bertram auf das Gerippe schaute, fand er die Antwort auf seine Frage. Ähnlich den traurigen Überresten der Kuppel war die Freundschaft zwischen ihnen unwiederbringlich zerstört, nichts war mehr davon übrig.

Er schreckte auf, als sich ihm ein Zug von Uniformierten der SA näherte. Sie marschierten in Reih und Glied an ihm vorüber und sangen laut ihre Lieder. Bertram verspürte fast ein wenig Neid, als er dem Gesang lauschte und den Marsch der Sturmabteilung beobachtete. Die Männer wirkten entschlossen und stark, und das nicht ohne Grund. Inzwischen wusste jeder, dass die Nazis immer siegten. Er hingegen fühlte sich wieder einmal als Verlierer. Das Leben meinte es nie gut mit ihm. Nie!

Als der Zug an ihm vorübergezogen und die Melodie verstummt war, kam mit einem Mal Leben in ihn. Es gab nun kein Abwägen mehr. Der bleierne Druck wich von ihm, als er seine Schritte beschleunigte und nach einem kurzen Fußmarsch das neu gegründete Reichsministerium für Volksaufklärung und Propaganda erreichte. Nach Hitlers Amtsantritt hatte das Ministerium unter Josef Goebbels das alte Palais Prinz Leopold an der Nordseite des Platzes bezogen, das zuvor von der Presseabteilung der Reichsregierung genutzt worden war.

Bereit für das, was ihn im Gebäude erwarten würde, straffte Bertram seine Schultern, sprang leichtfüßig die ausgetretenen Steinstufen zum Hauptquartier der Partei hinauf und schloss die Tür mit einem Fußtritt hinter sich. Nachdem er einem

Mitarbeiter im Eingangsbereich sein Anliegen geschildert hatte, führte der Mann ihn einen Gang entlang, an dessen Ende er auf eine verschlossene Tür zeigte und verschwand.

Bertram zögerte nicht lange und klopfte laut an, bevor er eintrat. Auf ein Zeichen des Diensthabenden im Raum nahm er vor dessen Schreibtisch Platz und wartete, bis der Mann die vor ihm aufgeschlagene Akte schloss und den Kopf hob.

»Was kann ich für Sie tun?«, erkundigte er sich gelangweilt und unterdrückte ein offenes Gähnen, indem er die offene Handfläche auf den Mund legte. »Falls Sie wegen eines der Gefangenen hier sind, muss ich Sie enttäuschen. Die Verhöre dauern an und ...«

»Das bin ich nicht. Vielleicht sollten Sie mich erst anhören, bevor Sie Schlüsse ziehen«, fiel Bertram ihm schroff ins Wort. Als er den erstaunten Blick seines Gegenübers bemerkte, bereute er es sofort. Zu seiner Erleichterung schien der Kerl jedoch unerfahren zu sein und wirkte nun eher verunsichert als verärgert. Dennoch konnte es nicht schaden, seine Wut in den Griff zu bekommen. »Entschuldigen Sie«, bat er dieses Mal leiser und räusperte sich. »Mein Name ist Bertram Friedrichs. Ich bin hier, um der NSDAP beizutreten.«

»Gratuliere, das ist eine kluge Entscheidung.« Der Diensthabende nahm ein Lineal zur Hand und schlug mit einem gut gezielten Hieb eine Fliege tot, ehe er den Blick wieder auf Bertram richtete. Auf seinem Gesicht erschien ein nachsichtiges Lächeln, während er sprach. »Leider sind Sie bei mir an der falschen Adresse. Sie müssen zur Gauleitung in die Hedemannstraße unweit vom Anhalter Bahnhof. Wenn Sie möchten, können wir allerdings schon die Papiere zusammenstellen, die Sie dann mitnehmen.«

Es dauerte nur eine Viertelstunde, bis Bertram einige nichtssagende Fragen beantwortet und einen Haufen Dokumente unterschrieben hatte. Zufrieden verließ er das Büro und hielt im Flur einen Augenblick inne, während er sich seine nächsten Schritte überlegte. Was gar nicht so einfach war bei der Hektik um ihn herum. Neugierig nahm er sich die Zeit, das Ganze eine Weile zu beobachten. Im Minutentakt wurden Gefangene hereingebracht und in den hinteren Teil des Gebäudes gestoßen. Lediglich ein unbedeutendes Schild wies darauf hin, dass dieser Weg zu einer Abteilung der Geheimen Staatspolizei führte.

Niemand hielt ihn auf, als er zwei Wachhabenden folgte und an der Treppe stehen blieb, die vermutlich in die Kellerräume führte. Bertram hörte, wie eine Metalltür laut ins Schloss fiel. Wenig später drangen qualvolle Schreie an seine Ohren, die ihm noch vor ein paar Stunden einen Schauer über den Rücken gejagt hätten.

Doch hier und jetzt berührten sie ihn nicht. Bei den Menschen, die gefoltert wurden, handelte es sich vermutlich um Kommunisten, Verräter und Juden. Er hegte keinerlei Mitgefühl mehr für diese hinterhältige Brut. Seine bis dato besten Freunde hatten gerade erst bewiesen, wie viel von der jüdischen Falschheit in ihnen steckte, von der Adolf Hitler seit Monaten sprach. Im Gegenteil, in dem Augenblick, in dem ein weiterer Schrei an seine Ohren drang und Bertram sich abwendete, wünschte er sich, Lorenz wäre einer von ihnen.

KAPITEL 9

November 1933

Frida war die Einzige unter den Schwesternschülerinnen, die sich an diesem Tag nicht von der ausgelassenen Stimmung mitreißen ließ. Der Grund für die gute Laune der Mädchen war der unerwartete Ausfall der letzten beiden Anatomiestunden. Doktor Bühring hatte die Schülerinnen aus dem Unterricht entlassen, nachdem er zu einem Gespräch mit dem Rektor gebeten worden war. Einen Stoß Bücher unter den Arm geklemmt, kämpfte er sich durch das Gedränge aus dem Raum.

Kaum war Bühring aus dem Blickfeld der Mädchen verschwunden, fanden sie sich lachend zu Gruppen zusammen und *überlegten*, wie sie die freie Zeit zum Vergnügen nutzen konnten. Niemand fragte Frida, ob sie dabei sein wollte. Verloren blieb sie in dem sich leerenden Klassenraum zurück und unterdrückte mühsam die aufsteigenden Tränen.

Sie verstand das abweisende Verhalten ihrer Mitschülerinnen nicht, die noch vor wenigen Wochen mit ihr befreundet gewesen waren und ihre hervorragenden Noten neidlos bewundert hatten. Inzwischen schlugen ihr Misstrauen und gelegentlich sogar Hass entgegen, obgleich sie bei all den Differenzen und

Streitigkeiten nachgab. Trotzdem behandelte man sie wie eine Aussätzige.

»Wir passen nicht mehr in ihr Bild«, hatte Rosa Stern ihr vor einer Woche beim Abschied gesagt. »Hitler hat eine genaue Vorstellung davon, wie ein echter Deutscher zu sein hat. Für die Nazis sind wir Juden alle verlogen und heimtückisch. Kein Wunder, dass wir wie Verbrecher behandelt werden. Es fühlt sich schrecklich an, ich halte es hier nicht länger aus.«

Damit war eine der letzten Schülerinnen mit jüdischer Konfession gegangen. Seitdem fragte sich Frida, wer Hitler das Recht gab, über ihre Religion zu urteilen und einen solchen Hass gegen das jüdische Volk zu schüren. Selbst die Lehrkräfte vermittelten ihr plötzlich das Gefühl, sie müsste dankbar sein, überhaupt noch am Unterricht teilnehmen zu dürfen. Jedes Mal, wenn Doktor Bühring an ihr vorüberging, brummte er in seinen Bart, dass es höchste Zeit sei, die Klassen systematisch judenrein zu machen. Dabei war er es, der immer wieder aufs Neue betonte, dass die Welt allein durch Wissen weitergelange und nur diejenigen unter ihnen, die frühzeitig lernten, sich dieses Wissen aneignen konnten. Warum besaß diese These für sie plötzlich keine Gültigkeit mehr?

Betrübt nahm sie ihre Tasche, verließ den Raum und betrat den langen Flur, als sich ein Mann an ihr vorbeidrängte. Seine Art zu gehen und dabei den Rücken zu einem Hohlkreuz zu formen, erschien ihr seltsam vertraut, sodass sie kurz innehielt. Tatsächlich blieb auch er stehen und warf einen hämischen Blick zurück. Ihr Herz pochte wild, als sie erkannte, dass sie ihr erster Eindruck nicht getrogen hatte. Der Mann, der sie so unverhohlen musterte, war Ludger Friedrichs.

Unwillkürlich senkte Frida den Kopf. Schon bei früheren Begegnungen hatte Bertrams Vater ihr Furcht eingeflößt und auch heute schauderte es sie in seiner Nähe, sodass sie erleichtert aufatmete, als er seinen Weg fortsetzte und gleich darauf eine Tür hinter ihm zufiel. Frida hingegen blieb reglos stehen und fragte sich, was Friedrichs ausgerechnet an ihrer Schule zu suchen hatte. Doch bevor sie der Frage und dem unangenehmen Gefühl in ihrem Bauch nachgehen konnte, trat der Rektor aus dem Sekretariat am Ende des Flurs und winkte sie herbei.

Er war ein bereits bejahrter Herr. Der graue Bart und das mit grauen Strähnen durchzogene, aber noch dichte Haupthaar ließen vermuten, dass er seine besten Jahre bereits überschritten hatte. Dennoch zeigte seine hohe gewölbte Stirn eine eiserne Willenskraft, die vor keinem Hindernis zurückschreckte. Seine Kleidung, die schlicht und einfach wirkte, war von einer gediegenen Eleganz geprägt. Am meisten ließ jedoch seine imponierende Haltung durchblicken, dass er sich seiner machtvollen Position in jeder Sekunde bewusst war.

»Haben Sie einen Moment für mich, Fräulein Lewinski?«, rief er, während er Frida von oben herab musterte. Sein Blick und der Tonfall seiner Stimme ließen keinen Zweifel daran, dass es sich eher um eine Aufforderung als um eine Frage handelte.

»Selbstverständlich, Herr Direktor«, erwiderte sie, obwohl sie am liebsten davongelaufen wäre. Ähnlich wie Bertrams Vater war er ihr im höchsten Maße unsympathisch. Trotz aller Mühe, die sie sich gab, konnte sie ihre Abneigung gegen diesen Mann, der die Schwesternschule mehr beherrschte als leitete, nicht ganz verbergen.

»Kommen Sie!«, forderte er streng und ging ihr voran ins Sekretariat, in dem er seinen massigen Körper hinter den Schreibtisch wuchtete. Wortlos rückte er einen darauf stehenden Bilderrahmen millimeterweise zur Seite. Das Foto zeigte seine Familie. Eine große Frau mit streng nach hinten gebundenem Haar und den Rektor, dessen Hände stolz auf den Schultern seiner beiden blonden Söhne ruhten, die in der Uniform der Hitlerjugend vor ihm standen.

»Setzen Sie sich!«, forderte er sie mit einer herablassenden Handbewegung auf. Frida nahm auf dem Stuhl ihm gegenüber Platz und wartete gespannt auf das, was kommen würde. Sie bemühte sich um Haltung und versuchte, ihre Furcht vor dem anstehenden Gespräch nicht zu zeigen. Sie brachte kein Wort heraus. Doch ihr Schweigen schien genau das zu sein, was er von ihr erwartete. Nach einem kurzen Zögern warf der Schuldirektor einen flüchtigen Blick auf den Briefbogen, der vor ihm auf dem Tisch lag. Dann räusperte er sich umständlich und fuhr sich mit den Fingern durch sein Haar, ehe er sie mit einem vielsagenden Blick anschaute, in dem eine gewisse Befriedigung lag.

»Reden wir nicht lange um den heißen Brei herum«, begann er. »Der Staat verlangt von uns Lehrkräften, dass wir ausschließlich Schüler unterrichten, die dem katholischen oder protestantischen Glauben angehören. Man fürchtet zu Recht, dass sich eine andere Konfession negativ auf Sitte und Moral auswirken könnte.«

»Habe ich irgendetwas getan, was gegen diese Moral verstößt?«

»Ich kann Ihnen darauf keine Antwort geben. Sie können selbst am besten beurteilen, ob Sie in dieser Hinsicht ein reines Gewissen haben. Aber sei es drum, ich bin bestrebt, diese Schule von jeglichem jüdischen Einfluss auf Schüler und Lehrer zu befreien. Deshalb muss ich Ihnen mitteilen, dass Sie von heute an vom Unterricht ausgeschlossen sind.«

»Mit anderen Worten, Sie verweisen mich der Schule?«, fasste Frida zusammen. Ihre Stimme zitterte. »Sie hindern mich daran, meine Ausbildung zur Krankenschwester zu beenden?«

Ein kurzes Schweigen trat ein, während der Rektor sie unverwandt ansah und zu grübeln schien. Unterdessen bemühte sich Frida, ihm nicht zu zeigen, wie sehr seine Worte sie getroffen hatten. Es fiel ihr schwer, sie musste all ihre Kraft zusammennehmen, um die Fassung zu bewahren.

»So ist es, nennen wir das Ding ruhig beim Namen«, bestätigte der Rektor nach einer Weile ungerührt und stieß einen Seufzer aus. »In naher Zukunft wird es in den deutschen Krankenhäusern weder Anstellungen für jüdische noch halbjüdische Krankenschwestern geben. Sie würden nur Ihre Zeit verschwenden, unter diesen Umständen die notwendigen Prüfungen abzulegen. Falls es Sie tröstet, Sie dürfen vorerst weiterhin im Krankenhaus als Helferin arbeiten.«

»Ich verstehe.« Frida erhob sich und stieß heftig den Stuhl zurück. Sekundenlang sah sie ihn direkt an und erkannte beim Anblick seines zufriedenen Gesichtsausdrucks, wie er innerlich triumphierte. Ihr fiel es dagegen zunehmend schwerer, ihre Gefühle unter Kontrolle zu halten. Die Verbitterung über die beschämende Rolle, zu der sie der Schuldirektor erniedrigt hatte, beherrschte sie fast noch mehr als die Verzweiflung über das Fehlschlagen ihrer beruflichen Hoffnungen. Dennoch nahm sie all ihren Mut zusammen und straffte ihren Körper.

»Darf ich Ihnen eine Frage stellen, Herr Direktor?«
»Bitte sehr.«
»Welche Rolle spielt Ludger Friedrichs bei alledem?«
»Friedrichs? Von wem reden Sie?« Er tat erstaunt und lehnte sich in seinem Sessel zurück. Dabei vermied er es, ihr in die Augen zu schauen.

»Wir sind uns begegnet, als er die Schule verließ«, blieb Frida hartnäckig und erntete einen ungeduldigen Blick. »Was hat er mit meinem Rauswurf zu tun?«

»Lassen wir die Angelegenheit ruhen«, fuhr der Rektor sie scharf an. »Ich kann nichts mehr für Sie tun und habe weder die Absicht noch das Verlangen, dieses Gespräch fortzuführen. Ich danke Ihnen, dass Sie mir Ihre Zeit gewidmet haben, Fräulein Lewinski.«

Er nickte ihr zu, als Zeichen, dass sie entlassen sei. Mit unsicheren Schritten ging Frida zur Tür und verließ das Sekretariat. Niemand begegnete ihr, als sie den Korridor entlangeilte und tränenüberströmt aus dem Schulgebäude hetzte.

* * *

Ihre Tasche fest an sich gepresst, lief Frida mit vorgeneigtem Kopf durch die Straßen. Ihr Ziel war die Studentenkneipe, in der sie sich regelmäßig mit ihren Freunden verabredete. Sie hoffte, dort auf Bertram zu treffen, um ihn fragen zu können, was sein Vater mit ihrem Rauswurf an der Schule zu tun hatte. Es konnte kein Zufall sein, dass er ausgerechnet an diesem Tag dort aufgetaucht war. Vielleicht konnte Bertram ihr eine Erklärung dafür geben und möglicherweise sogar dabei helfen, alles rückgängig zu machen. Bei dem Gedanken schöpfte sie einen winzigen Hauch Hoffnung und beschleunigte ihren Schritt.

Das Gespräch mit dem Rektor ließ sie dennoch nicht los, sodass sie kaum wahrnahm, wie eine Horde junger Männer sie überholte. Schnellen Schrittes marschierten sie an Frida vorbei, ohne Notiz von ihr zu nehmen. Sie trugen die braunen Hemden, die man nun immer häufiger sah, dazu glänzende Lederstiefel. Es war jedoch nicht ihre Aufmachung, die ihr Interesse erregte. Frida hatte sich längst an den Anblick der grässlichen Uniformen gewöhnt. Vielmehr ließen sie die Worte der Männer aufhorchen, die sich weder darum bemühten, leise zu reden, noch, ihre abscheuliche Absicht zu verbergen.

»Wenn wir hier fertig sind, wird sich das Pack dahin verkriechen, wo es hingehört. Vielleicht sollten wir die Kneipe gleich in Brand stecken«, tönte einer von ihnen selbstgefällig. Dabei blickte er sich um und schaute, ob die Straße frei war, bevor er sie überquerte. So gelang es Frida, einen Blick in sein

Gesicht zu werfen. Die wilde Entschlossenheit darin erschreckte sie zutiefst, sodass sie in sicherer Entfernung stehen blieb. Beunruhigt beobachtete sie die Gruppe von der gegenüberliegenden Straßenseite. Es verging eine Weile, in der sich die Männer offenbar absprachen. Dann stürmten sie in die Kneipe, in der sich die jüdischen Studenten trafen, und zerrten gewaltsam Gäste ins Freie.

Obgleich Frida an ihrem Standort keine Gefahr drohte, zog sie sich hastig zurück und suchte Schutz hinter einer Litfaßsäule. Unterdessen zerschmetterten die Nazis Fenster und Türen der Kneipe. Glas splitterte, Weinflaschen, Mobiliar und Biergläser krachten mit Getöse auf die Straße und zerbarsten. Wenige Sekunden später war der spitze Schrei eines Mannes zu hören.

Frida beobachtete, wie der jüdische Besitzer der Kneipe völlig verwirrt nach draußen geeilt kam und die Uniformierten anflehte, die Zerstörung seines Lokals zu beenden. Erste Schaulustige blieben am Straßenrand stehen. Geschäftsmänner in Mänteln und Hüten, mit Einkaufstaschen bepackte Hausfrauen, sogar Kinder gafften teilweise schockiert, teilweise reglos oder auch nur neugierig auf den Platz vor dem Gasthaus. Niemand machte Anstalten einzugreifen.

Endlich fuhr ein Polizeiwagen vor und Frida fiel ein Stein vom Herzen. Trotz ihrer Angst überquerte sie schnellen Schrittes die Straße und wies einen der Beamten aufgeregt darauf hin, dass die Nazis den Laden ohne ersichtlichen Grund gestürmt hatten und für ihre Zerstörungswut zur Rechenschaft gezogen werden mussten.

»Machen Sie sich nicht lächerlich«, wies ein stämmiger Polizist, der den Einsatz leitete, sie in die Schranken und winkte gleichgültig ab. »Das sind nur ein paar Männer, die zum Wohle für Volk und Vaterland für Ordnung sorgen.«

»Aber sehen Sie denn nicht …?«

»Ich sehe das, was ich sehen will, verstanden? Im Moment ist das ein Haufen dreckiger Juden, die sich in diesem Gasthaus zusammenrotten und Häme gegen die Regierung verbreiten. So etwas muss unterbunden werden, egal wie«, herrschte er sie erbost an.

Von seinem Gebrüll aufgeschreckt, teilte sich die Menge und wich erschrocken zurück. Frida hingegen blieb wie versteinert stehen und hielt den Blick ungläubig auf ihn gerichtet. Seine Bemerkung traf sie wie ein Schlag ins Gesicht.

»Was glotzt du so?«, schrie der Polizist sie an, der nun jeglichen Respekt vermissen ließ. »Verschwinde endlich, oder ich lasse dich verhaften. Mit Saras wie dir machen wir kurzen Prozess.«

Frida erstarrte. Das Blut schoss in ihre Wangen, weil sie diese Demütigung im Beisein der Gaffer schweigend hinnehmen musste. Noch weniger konnte sie fassen, dass die Ordnungshüter nicht eingriffen und die sinnlose Zerstörung stoppten. Als sie bemerkte, wie der Kneipenbesitzer panisch vor den Schlägen der Braunhemden zu fliehen versuchte und einer der Nazis hinter dem alten bärtigen Mann herlief, eilte sie ihnen nach, ohne zu wissen, was sie damit bezweckte.

Wie in Trance entfernte sie sich von dem Gasthaus und betrat eine Seitengasse, die wie ausgestorben vor ihr lag. Mühsam die aufkeimende Panik unterdrückend, mahnte sie sich, einen klaren Kopf zu bewahren, was sich in Anbetracht der bedrohlichen Lage als schwierig erwies. Sie verdrängte den Gedanken, wie viele solcher Schläger in diesem Moment wohl durch die Straßen Berlins hetzten, während sie um die nächste Straßenecke bog. Als sie einen schwachen Schrei hörte, erschauderte sie, bemühte sich aber zugleich, ihre Angst zu bekämpfen, die sie nun vollständig zu beherrschen drohte.

»Hören Sie auf!«, schrie sie entsetzt, als sie die beiden Männer in der menschenleeren Gasse eingeholt hatte und beobachtete, wie der Uniformierte auf den wehrlosen Kneipenbesitzer einschlug und keinerlei Rücksicht auf dessen Alter nahm. Leise schluchzend kauerte das Opfer mit eingezogenem Kopf auf dem kalten Boden, hielt beide Knie umschlungen und zitterte am ganzen Körper.

Frida konnte den traurigen Anblick keine Sekunde länger ertragen, eilte zu ihm und half dem sichtbar geschockten Mann auf. Kaum stand er auf den Beinen, nutzte er die Gelegenheit und suchte das Weite.

»Schämen Sie sich nicht, einen alten Mann zu schlagen?«, fuhr sie den Schläger wütend an. Noch während sie sprach, klatschte ihre rechte Hand auf seine Wange, woraufhin er Frida für Sekunden perplex anstarrte und keinen Ton herausbrachte. Doch die Verblüffung hielt nicht lange an. Breitbeinig baute er sich vor ihr auf und grinste. Erst jetzt erkannte Frida, in welch ausweglose Situation sie sich begeben hatte, und wich erschrocken zurück.

»Vielleicht hast du recht und ich sollte mich lieber um junge Frauen kümmern«, hörte sie ihn anzüglich sagen.

Obgleich er mit seinem schwammigen Gesicht und der platten Nase auf den ersten Blick etwas einfältig wirkte, spürte Frida die Gefahr, die von ihm ausging. In seinen Augen lag ein grausames Funkeln, das ihre Angst steigerte. Während ihr das Herz bis zum Hals schlug, blickte sie sich um und suchte fieberhaft nach einem Fluchtweg. Sie kannte die Straße, in der sie sich befanden, mit all ihren Gassen, sodass sie sich der Hoffnung hingab, fliehen zu können. Es musste ihr nur gelingen, den widerlichen Kerl zu überrumpeln.

Doch es war zu spät. Der Kerl packte sie grob an den Oberarmen und hielt sie wie in einem Schraubstock gefangen. Er schien sich ihrer Gefangennahme vollkommen sicher zu sein und an einen Fluchtversuch von Frida nicht zu denken.

Entsetzt bemerkte Frida, dass er ihr so nahe kam, dass sie seinen Atem auf ihren Wangen spürte, als er sich zu ihr hinabbeugte und seine fleischigen Lippen gewaltsam auf ihren Mund drückte. Angewidert riss sie ihren Kopf zur Seite.

»Komm schon, zier dich nicht so, Mädchen«, forderte er, während sie verzweifelt versuchte, sich aus der Umklammerung zu befreien. »Ich wette darauf, dass du nicht so unschuldig bist, wie du tust.«

»Du Schwein, lass mich los!«, schrie sie ihn an und spuckte ihm ins Gesicht. Ihr Widerstand schien ihn erst recht anzustacheln. Ein gieriges Funkeln erschien in seinen Augen, als sich seine Hände um ihre Gesäßhälften spannten. Mit einem heiseren Keuchen drängte er sie brutal gegen eine Hauswand und erstickte ihre angstvollen Hilferufe, indem er seine Hand auf ihren Mund presste, sodass sie kaum Luft bekam. Fridas Kehle schnürte sich zu, als sie das Mauerwerk im Rücken spürte.

»Du hältst still und machst, was ich will, verstanden?«, fauchte er sie an und drückte seine Hand fester auf ihre Lippen. »Wir werden nur ein wenig Spaß haben. Wenn du dich wehrst oder wieder schreist, wird es nur wehtun. Es ist sowieso zwecklos. Bei dem Spektakel, den die Kameraden veranstalten, kann dich niemand hören.«

Frida schluckte. Sie hatte Angst, nackte Angst vor dem, was kam. Vor seiner Kraft, der sie nicht gewachsen war, und der drohenden Gewalt, die ihm in die Augen geschrieben stand. In dem Moment, in dem er ihren Mantel öffnete, ihre Bluse aufriss und mit verlangendem Blick auf ihre Brüste starrte, die sich unter dem dünnen Leinenhemd abzeichneten, fühlte sie sich wie gelähmt. In einem letzten verzweifelten Versuch, ihn zur Vernunft zu bringen, bedeckte sie ihre Brust mit beiden Händen und begann zu betteln.

»Bitte nicht«, flehte sie vergebens.

Der Kerl stieß ein wildes Knurren aus, verschloss ihr den Mund mit einem gierigen Kuss und nestelte dabei an seinem Gürtel. Jegliche Hemmschwelle schien in diesem Moment gebrochen.

Als Frida in einer Mischung aus Ekel und Angst erkannte, dass dieser Mann beabsichtigte, sie auf offener Straße zu vergewaltigen, bündelte sie ihre letzten Kräfte und wehrte sich nun mit Händen und Füßen. Gleichzeitig drehte sie ihr Gesicht von ihm weg und schrie, so laut sie konnte, um Hilfe. Doch schon nach kurzer Zeit bemerkte sie, wie ihre Kräfte nachließen und ihre Willensfähigkeit erlahmte. Ihre Stimme wurde zunehmend leiser und erstickte schließlich in Tränen, als ihr Peiniger ihren Rock nach oben zog. Mit letzter Anstrengung hob Frida die Hand und zerkratzte ihm die rechte Wange. Daraufhin drückte er ihre Kehle so fest zusammen, dass ihr schwarz vor Augen wurde und ihr fast die Sinne schwanden.

Nur einen Augenblick später wurde der Kerl von ihr weggerissen, sodass es Frida gelang, wieder frei zu atmen. Ihre Augen öffneten sich weit, als sie einen jungen, kräftigen Mann bemerkte, der wie aus dem Nichts aufgetaucht war. Er packte ihren Angreifer von hinten, der wütend um sich schlug, und zerrte ihn von ihr weg. Ein Schlag in dessen Bauch streckte ihn nieder. Im nächsten Augenblick lag ihr Peiniger, von einem zweiten Hieb getroffen, auf dem Pflaster.

»Hast du das bei der SA gelernt, du feiger Hund? Eine wehrlose Frau zu überfallen?«, schrie der Fremde, der offenbar noch Anstand im Leib besaß, ihn an und rammte ihm hintereinander beide Fäuste in den Magen. Seine Augen blitzten vor unbändigem Zorn, als er sie erneut hob.

»Hören Sie auf! Ich kann diese Gewalt nicht länger ertragen.« Frida zitterte am ganzen Körper. Ihr war speiübel. Noch immer spürte sie den Angstschweiß auf ihrer Stirn. Inzwischen waren Schaulustige aufgetaucht, die das Spektakel beobachteten.

Einer von ihnen war Bertram, der sofort auf Frida zueilte. »Bring mich hier weg«, flehte sie ihn an und wischte sich die Tränen von den Wangen. »Bitte bring mich hier weg!«

Bertram zögerte erkennbar und warf einen drohenden Blick auf den Kerl, der sich inzwischen stöhnend auf dem Boden wälzte. Es war ihm deutlich anzusehen, dass er ihn am liebsten verprügelt hätte. Erst als dessen Kameraden laut brüllend um die Ecke und direkt auf sie zugelaufen kamen, siegte offenbar die Vernunft. Nach einem kräftigen Fußtritt in den Unterleib von Fridas Peiniger nahm er ihre Hand und zog sie mit sich. Die Männer setzten ihnen nach, fanden sich aber im Labyrinth der Gassen wohl nicht zurecht und gaben auf. Bertram und Frida rannten hingegen weiter, bis sie eine ruhige Seitenstraße in der Nähe ihres Wohnheims erreicht hatten. Als sie sicher waren, nicht mehr verfolgt zu werden, blieben sie stehen und rangen nach Luft.

»Das war verdammt knapp«, fuhr er sie unerwartet an. »Was hattest du dort zu suchen? Wäre dieser mutige Mann nicht zufällig aufgetaucht, hätte der Kerl dich möglicherweise ...«

»Sei still! Sprich es bitte nicht aus!« Obwohl Frida wusste, dass Bertrams Vorwürfe berechtigt waren, wollte sie das Erlebte so schnell wie möglich vergessen. »Ich war bei der Kneipe, um dich und Lorenz zu treffen. Was soll ich deiner Meinung nach sonst tun? Mich von nun an in meinem Zimmer verstecken, weil diese Männer glauben, sich alles herausnehmen zu dürfen, und nicht einmal davor zurückschrecken, über junge Frauen herzufallen?«

»Unsinn«, widersprach Bertram und lächelte sie versöhnlich an. »Ich möchte nur nicht, dass du ohne Begleitung unterwegs bist. Die Anfeindungen gegen euch häufen sich und ...«

»Anfeindungen? Nennst du das eben eine Anfeindung?«, fiel Frida ihm aufgebracht ins Wort. »Die Nazis nehmen uns sämtliche Existenzgrundlagen. Sie wollen, dass wir – wohin auch immer – verschwinden. Ich bin heute von der Schule geflogen, Bertram. Das war es mit meinen Plänen.«

»Das tut mir leid.« Er trat näher an sie heran und nahm ihre kalten Hände in seine, um ihr Trost zu schenken. Frida bemerkte, wie angespannt er mit einem Mal wirkte.

»Was willst du, Bertram?«, fragte sie misstrauisch.

»Ich … Du weißt, wie sehr ich dich mag, Frida.«

»Hör auf damit!«, entgegnete sie verwirrt. »Lass das dumme Gerede! Wie oft soll ich dir noch sagen, dass wir nur Freunde sind, nicht mehr?«

»Vielleicht waren wir das früher, aber inzwischen sind wir erwachsen.« Bertram zog sie an sich. Seine Lippen näherten sich ihrem Mund.

Frida stieß ihn in letzter Sekunde von sich fort. »Was soll das?«, fuhr sie ihn hart an. »Bist du verrückt geworden?«

»Ich wollte dich nur küssen«, rechtfertigte er sich. »Schließlich habe ich dir gerade auch einen Gefallen getan und dich vor einer Verhaftung bewahrt. Wenn die Kerle dich geschnappt hätten, säßest du jetzt wahrscheinlich im Verhörraum der Gestapo. Du könntest dich ruhig erkenntlich zeigen. Bei Lorenz tust du es schließlich auch.«

»Was willst du damit sagen, Bertram?«

»Ich will sagen, dass ich dich liebe«, brach es aus ihm heraus. Seine Wangen glühten, als er schwer atmend auf seine Schuhspitzen starrte.

»Bist du von allen guten Geistern verlassen?« Frida erschrak. Seine Leidenschaft hatte etwas Wildes, fast Besessenes. Dabei hatte sie geglaubt, er wäre über sie hinweg, nachdem sie ihm ihre Gefühle für Lorenz gestanden hatte. Das Gegenteil schien der Fall zu sein.

»Keinesfalls«, erwiderte er hart. »Ich habe dich immer geliebt, Frida. Glaubst du, ich kann meine Gefühle einfach so verdrängen?« Bertram zuckte mit den Schultern. Er schien noch etwas hinzufügen zu wollen, schwieg dann aber und rieb über die Narbe auf der Stirn.

»Ich hoffe wirklich, dass es dir gelingt«, brachte Frida erschöpft hervor und starrte ihn mit großen Augen an. »Falls nicht, wäre es besser, wir würden uns in Zukunft aus dem Weg gehen. Unsere Freundschaft fortzuführen, wäre unter diesen Umständen unmöglich.«

»Du weißt genau, dass es mir nicht nur um unsere Freundschaft ging«, widersprach Bertram. »Ich habe dir gerade eine Liebeserklärung gemacht und ...«

»Hör auf! Ich will es nicht hören«, wehrte Frida ab.

»Das wirst du müssen. Ich liebe dich. Trotzdem habe ich dich nie bedrängt.«

»Das wollte ich dir auch geraten haben. Ich mag dich, das weißt du. Aber du bist nicht der Richtige für mich.« Frida wandte sich ab, um zu gehen.

Doch Bertram hielt sie am Arm zurück. »Vergiss nicht, dass ich der einzige Mensch bin, der dich beschützen kann«, stellte er drohend klar. »Es ist mir ernst, Frida.«

»Mir auch.« Sie schüttelte den Kopf und bemühte sich, Haltung zu bewahren. »Du weißt, dass ich mich für Lorenz entschieden habe.«

»Weil ich dir offenbar nicht gut genug bin. Gib es ruhig zu.«

»In wen ich mich verliebe oder nicht, musst du schon mir überlassen«, entgegnete sie kühl und stand für einen Moment wie erstarrt, ehe sie unwillig den Kopf schüttelte. »Außerdem hast du dir den denkbar schlechtesten Moment für dein Geständnis ausgesucht. Ich bin gerade fast vergewaltigt worden, falls du es vergessen hast.«

»Es geht aber nicht nur um dich«, antwortete Bertram unbeeindruckt und lachte mit einem Mal hart auf, obgleich er anscheinend innerlich vor Wut schäumte. »Glaubst du wirklich, der Rauswurf von deiner Schule kam zufällig? Dass ich tatenlos hinnehme, von euch belogen worden zu sein, und dabei zuschaue, wie ihr euer Liebesglück genießt? Während ich dafür Sorge trage, dass euch weiterhin alle Türen offenstehen? Du weißt, wem es Lorenz zu verdanken hat, dass er am Institut bleiben durfte. Ich war es, Frida, kein anderer. Deshalb liegt es auch in meiner Macht, das, was ich für ihn aufgebaut habe, wieder einzureißen.«

»Wovon redest du?«, presste Frida verwirrt über seinen heftigen Gefühlsausbruch hervor. Seit dem Tag, an dem Bertram im Park aufgetaucht war und sie und Lorenz beim Küssen überrascht hatte, war nichts Nennenswertes vorgefallen. Er hatte kein weiteres Wort darüber verloren. Zwischen ihnen schien sich nichts geändert zu haben. Umso überraschender kam sein Geständnis.

»Ich spreche davon, dass Lorenz immer ein Feigling war«, beantwortete Bertram ihre Frage in eisigem Ton. »Ich verstehe es nicht. Warum, Frida? Wieso er und nicht ich?«

»Weil sich die Liebe nicht befehlen lässt und ich dir nicht mehr vertraue«, erwiderte sie leise und berührte unwillkürlich die Lücke zwischen ihren Fingern. »Du hast mich damals im Stich gelassen. Ich kann das nicht vergessen.«

»Lorenz würde das niemals tun, nicht wahr? Du glaubst wirklich, dass er dich beschützen kann? Sei vorsichtig, Frida«, mahnte er leise. Als sie den Arm hob, um sich über die Stirn zu fahren, erfasste er ihn mit seiner Rechten und hielt ihn fest umklammert. Seine Augen ruhten mit glühendem Blick auf ihrem Gesicht. »Auf lange Sicht gewinnt immer der Stärkere.«

»Dann wirst du leider verlieren. Lorenz ist der Stärkere von euch beiden. Er hat mich nie im Stich gelassen, wenn es darauf ankam.«

»Wer garantiert dir, dass es so bleibt?«

»Ich weiß es«, sagte sie fest.

»Und ich werde dir den Gegenbeweis erbringen«, versprach Bertram und lächelte matt. Er ließ ihren Arm los, drehte sich um und ging.

Kapitel 10

Am darauffolgenden Tag wurde Lorenz ins Büro des Direktors für Chemie bestellt. Die unerwartete Einladung machte ihn nervös, doch er ließ sich nichts anmerken, als er das Laboratorium betrat, in dem Lise Meitner ihn bereits erwartete.

Nach einer kurzen Begrüßung breitete die Physikerin mehrere Pläne aus Papier auf dem Arbeitstisch aus und beschwerte deren Enden mit Gewichten. Aufmerksam studierte Lorenz die kaum überschaubare Anzahl verschiedener Formeln, Symbole und aufgezeichneter Atommodelle. Doch sosehr er sich auch bemühte, erschlossen sich ihm die Signaturen auch nicht auf den zweiten Blick.

»Ich finde keinen Anhaltspunkt, um die Formeln zu entschlüsseln«, bedauerte er und warf seiner Tutorin einen fragenden Blick zu.

»Schauen Sie genau hin, Herr Löwenthal!«, forderte sie ihn auf. »Fermi konnte beim Bestrahlen des Urans beobachten, dass der Atomkern unter Aussendung von Beta-Strahlen zerfällt und ein sogenanntes schweres Element entsteht. Ich beabsichtige, seine These durch eigene Versuche zu bestätigen, und Sie werden mir dabei assistieren.«

»Aber hat nicht Ida Noddack Zweifel an Fermis Interpretation geäußert und dafür plädiert, vorerst alle anderen existierenden chemischen Elemente auszuschließen?«, hakte Lorenz etwas skeptisch nach. »Die Chemikerin behauptet, dass es denkbar sei, die Atomkerne bei der Beschießung schwerer Elemente mit Neutronen in mehrere Bruchstücke zu spalten.«

»Was genau wollen Sie damit zum Ausdruck bringen?« Lise Meitner zog die Augenbrauen nach oben und musterte ihn. »Dass Sie die rein spekulative Meinung einer einzelnen Person stark genug beeindruckt, um sämtliche wissenschaftlichen Erkenntnisse über Bord zu werfen? Und das, obgleich sie keinerlei Experimente mittels chemisch-analytischer Techniken zur Verifizierung ihrer Annahme durchgeführt hat? Entscheidend ist doch vielmehr, dass führende Theoretiker diesen Zerfall für unmöglich halten. Nehmen Sie zum Beispiel Niels Bohr. Er widerspricht dem mit Nachdruck.«

Während Lorenz noch immer skeptisch auf die Unterlagen blickte, machte Lise Meitner eine Pause. Aus dem Augenwinkel sah er, wie sie den Kopf schüttelte.

Dann fuhr sie in strengem Ton fort. »Bleiben wir bei der Realität, Herr Löwenthal. Es gilt als feststehendes Gesetz, dass beim Beschießen von Atomen nur solche Elemente entstehen, die sich im Gewicht nur wenig vom Ausgangselement unterscheiden. Dass sich der Atomkern in der Mitte spalten könnte, halten Wissenschaftler auf der ganzen Welt für unmöglich. Es ist dementsprechend aussichtslos anzunehmen, die gewaltigen Energien, die beim Auseinanderplatzen eines Atomkerns auftreten müssten, jemals freisetzen zu können.«

»Sie haben natürlich recht. Um Noddacks beobachtete Folgen der Hypothese auszuloten, bedarf es des Vergleichs einer oft sehr großen Zahl wissenschaftlicher Analysen«, stimmte Lorenz ihr verlegen zu und errötete. Ob es an der Aufregung lag, da es seiner Tutorin wieder einmal gelungen war, ihn für ihre Experimente zu begeistern, oder an der versteckten Zurechtweisung, hätte er nicht sagen können. Er spürte nur, wie sehr er dafür brannte, an ihren Gedankengängen und Visionen teilhaben zu dürfen. »Ich bin Ihnen sehr dankbar, Ihnen bei Ihren Versuchen assistieren zu dürfen«, fügte er in ehrfürchtigem Ton hinzu.

»Nichts anderes habe ich von Ihnen erwartet, Sie sind ein guter Schüler. Doch nun genug der Lobhudelei. Fermi hat erkannt, dass sich diese Teilchen zum Beschuss von Atomkernen eignen, da sie als elektrisch neutral nicht abgelenkt werden. Er geht davon aus, dadurch schwere Elemente erzeugen zu können. Deshalb werden wir jetzt systematisch damit beginnen, Atomkerne mit Neutronen zu beschießen. Mit etwas Glück gelingt es uns, bei dem Beschuss des Urans die radioaktiven Zerfallsprodukte zu identifizieren«, klärte Meitner ihn auf und schlüpfte in ihren Laborkittel. Als sie bemerkte, wie Lorenz noch immer zögerte, hielt sie inne und schaute ihn ungeduldig an.

»Werten Sie meine Worte nicht als Kritik, Herr Löwenthal«, sagte sie. »Das Gegenteil trifft zu. Ich benötige bei meiner Arbeit keinen Assistenten, der meinen Ansichten blind vertraut, ohne eigene Gedankengänge zu entwickeln. Mir ist durchaus bewusst, dass das Weltbild der Naturwissenschaften tiefgreifenden Veränderungen unterliegt. Einer Tatsache sollten Sie sich dennoch nicht verschließen: Ein Atomkern kann unmöglich gespalten werden. Es wäre in etwa so, als würde man einen Kieselstein auf einen Felsbrocken werfen und darauf hoffen, dass dieser dadurch in mehrere Teile auseinanderfällt. Verbessern Sie mich gern, falls Sie eine Möglichkeit sehen, ein solches Experiment zum Erfolg zu führen.«

»Ich sehe keine.« Beeindruckt von ihren Ausführungen schüttelte Lorenz den Kopf. Während die Physikerin sich daraufhin über ihre Unterlagen beugte, begann er, sich um die radioaktiven Präparate zu kümmern. Auf Meitners Anordnung hin hängte er sie in kleinen Säckchen vor dem Fenster auf, um so die Kontamination mit Stoffen aus den Laborräumen zu verhindern. Wenn man den Gerüchten im Labor glauben konnte, war diese angewandte Methode auf ihre Kindheit zurückzuführen. Angeblich sollte sie auf diese Weise mit anderen Kindern regelmäßig Perlmuttknöpfe und Muscheln ausgetauscht haben. Zweifellos handelte es sich um eine ungewöhnliche, jedoch äußerst wirksame Praktik einer ebenso ungewöhnlichen Wissenschaftlerin.

Die darauffolgenden Stunden vergingen wie im Flug, sodass Lorenz das anstehende Gespräch mit Otto Hahn vorerst vergaß. Aufs Äußerste konzentriert assistierte er bei Meitners Versuchen, verglich mit ihr gemeinsam die unterschiedlichsten Messungen und saugte jedes Wort auf, welches sie über die Auswertung der Ergebnisse verlauten ließ. Erst zum Mittag holte ihn die Welt außerhalb des Labors wieder ein. Erschrocken blickte Lorenz zur Uhr und stellte fest, dass er die Zeit völlig aus den Augen verloren hatte. Jetzt blieben ihm für den Weg zum Büro des Direktors nur noch wenige Minuten.

»Was ist los mit Ihnen, Herr Löwenthal?«, erkundigte sich seine Tutorin, während sie mit gerunzelter Stirn beobachtete, wie Lorenz sich hektisch aus dem Kittel schälte. »Sie wollen gehen, obwohl unsere Arbeit noch nicht beendet ist?«

»Von Wollen kann keine Rede sein«, entschuldigte er sich. »Ich wurde zum Direktor ins Büro bestellt und habe den Termin vor lauter Arbeit völlig vergessen. Wie es aussieht, werde ich wohl zu spät kommen. Ich befürchte, es wird Herrn Hahn nicht gefallen.«

»Sei es drum, es gibt weitaus wichtigere Dinge als Ottos Befindlichkeiten.« Lise Meitner, die es wie kaum jemand anderes beherrschte, in jeder noch so angespannten Situation ruhig und überlegt zu bleiben, winkte unbeeindruckt ab. »Worum genau soll es denn bei diesem Gespräch gehen? Haben Sie sich etwas zuschulden kommen lassen?«

»Offen gesagt weiß ich es nicht«, gestand Lorenz, während er sich die Hände wusch. »Ich kann mich weder an einen Fehler noch an eine Sicherheitsverletzung erinnern.«

»Dann gibt es keinen Grund, nervös zu sein«, versuchte sie ihn zu beruhigen. Mit einem zuversichtlichen Lächeln wandte sie sich ab und richtete ihre Aufmerksamkeit wieder auf ihre Arbeit.

Lorenz befürchtete das Gegenteil und ging zur Tür. Angespannt schritt er durch das Labyrinth von endlosen Gängen, während er sich fragte, was ihn erwarten würde. Dabei nickte er den Mitarbeitern des Instituts zu, die ihm begegneten und ihn notgedrungen grüßten. Sogleich machte sich Unbehagen in ihm breit. Mit jedem weiteren Tag, der im Institut verging, spürte Lorenz ihre Distanziertheit, wenn nicht sogar Abneigung mehr. Es war ihm längst zu Ohren gekommen, dass sie hinter seinem Rücken über ihn tuschelten und die Frage im Raum stand, wie es ihm gelungen war, die Assistenzstelle bei Lise Meitner zu behalten. Wo doch sogar Fritz Haber, langjähriger Direktor des KWI, aus Protest gegen die nationalsozialistische Entlassungspolitik sein Rücktrittsgesuch eingereicht hatte. Keiner der Mitarbeiter ahnte, dass es Bertrams Verdienst war, der sich nur selten im Institut blicken ließ, obgleich sein Vater auch ihm die Türen geöffnet hatte.

Lorenz schob den Gedanken beiseite und hielt sekundenlang den Atem an. Im Moment gab es nur eine Tür, die er öffnen musste. Entschlossen klopfte er an, betrat das Büro des Direktors und wollte gerade etwas zu seiner Entschuldigung für sein Zuspätkommen sagen. Als er jedoch erkannte, wer das anberaumte Gespräch mit ihm führen würde, blieben ihm die Worte im Hals stecken. Hinter Hahns Schreibtisch saß kein Geringerer als Ludger Friedrichs, der ihn mit der unerschütterlichen Ruhe eines Mannes betrachtete, der sich seiner überlegenen Macht bewusst war.

»Setz dich!«, forderte er streng, als Lorenz keine Anstalten machte, sich zu rühren. Mit einer ungeduldigen Handbewegung wies er zum Stuhl und musterte ihn prüfend. »Wir haben etwas zu besprechen.«

»Worum geht es?«, erkundigte er sich und schluckte verunsichert.

»Sagen wir so, es haben sich ein paar Dinge geändert. Da du aber ein intelligenter junger Mann bist, wenngleich leider Jude, wirst du verstehen, dass ich gewisse Bedingungen daran knüpfte, deinen Rauswurf verhindert zu haben.«

»Warum ist der Direktor bei diesem Gespräch nicht anwesend?«

»Weil er Wichtigeres zu tun hat, als sich um deine Zukunft zu scheren. Keine Sorge, ich spreche auch in Hahns Namen, sonst säße ich nicht auf seinem Stuhl.« Friedrichs, aus dessen Worten eine maßlose Überheblichkeit klang, schlug eine dünne Aktenmappe auf und runzelte die Stirn. »Hier steht, dass Lise Meitner deine Assistenz inzwischen für unentbehrlich hält, was ihre wissenschaftliche Arbeit betrifft. Offen gesagt halte ich das für reichlich übertrieben. Du hast nicht einmal dein Studium beendet.«

»Doch nur, weil man mir gewaltsam den Zutritt zur Universität verwehrt«, rief Lorenz erbost, bereute aber sofort, laut geworden zu sein, als Bertrams Vater seine Augen zusammenkniff und ihn mit einem eisigen Blick fixierte.

»Ich könnte das jederzeit ändern.« Friedrichs zuckte unbeeindruckt mit den Schultern. »Wir kennen uns nun schon recht lange, Löwenthal. Ich weiß um deine Fähigkeiten, die mein Sohn leider vermissen lässt. Du hast zugegebenermaßen ein enormes Potenzial und könntest es weit bringen. Deshalb bin ich bereit, dir den Fortgang deines Studiums zu ermöglichen.«

»Warum sollten Sie das tun?«, fragte Lorenz misstrauisch und erinnerte sich an Bertrams Worte, dass dessen Vater nichts ohne Grund tat. Tatsächlich bestätigte Friedrichs diese Aussage im nächsten Moment mit einem Grinsen im Gesicht.

»Die Sache hat natürlich einen Haken. Aber das konntest du dir sicher denken. Alle wirklich guten Angebote haben einen winzigen Haken.«

»Was wollen Sie?«, fragte Lorenz. Friedrichs Selbstbewusstsein beunruhigte ihn, denn er schien sich vollkommen sicher zu sein, ihn in der Hand zu haben.

»Ich verlange von dir, dass du dich auch weiterhin mit vollem Eifer in die Arbeit im Laboratorium kniest. Doch ab sofort wirst du sämtliche von dir erworbenen Erkenntnisse mit Bertram teilen, sofern es sie gibt. Er übernimmt die Assistenzstelle bei der Meitner, zumindest nach außen hin, während du zu seinem unsichtbaren Schatten wirst.«

»Sein Schatten? Was soll das heißen?«, fragte Lorenz verwirrt.

»Ist das so schwer zu verstehen? Bertram wird die Lorbeeren deiner Arbeit ernten, hier im Institut und auch in der Universität, während du dich stillschweigend im Hintergrund hältst. Nur unter dieser Voraussetzung darfst du bleiben und kannst dein Studium beenden.«

»Das kann nicht Ihr Ernst sein.« Lorenz lachte auf. »Wenn ich darauf eingehen würde, wäre es, als würde ich mein Leben verkaufen.«

»Vielleicht wirst du das wirklich eines Tags tun müssen«, erwiderte Friedrichs ungerührt. »Mein Angebot steht. Du solltest es besser nicht vorschnell ablehnen.«

»Weiß der Direktor davon?«

»Hahn ist nicht mit den Einzelheiten meines Angebotes vertraut, befürwortet meinen Plan im Ganzen jedoch. Es ist auch kein Geheimnis, dass ich von der wissenschaftlichen

Leitung der Siemenswerke zurücktreten und in Kürze ein Forschungsprojekt der Regierung am KWI leiten werde. Das Kuratorium klärt gerade noch einige finanzielle und personelle Fragen. Dann steht der Absicht, das Institut wieder in eine Stätte der Forschung über chemische Waffen zu verwandeln, wie es im Krieg der Fall gewesen ist, nichts mehr im Wege. Also, was ist jetzt? Gehst du auf den Handel ein? Dann können wir den Kontrakt unverzüglich abschließen.«

»Angenommen, ich würde es tun. Wie sollte ich das meiner Tutorin erklären?«

»Das ist deine Sache. Nimmst du das Angebot an? Ja oder nein?«

»Danke, ich verzichte«, spie ihm Lorenz entgegen und sprang auf. »Wie Sie sagten, ich bin Jude. Ich glaube kaum, für die Regierung von Interesse zu sein.«

»Warte!«, hielt Friedrichs ihn zurück, der offenbar mit einer solchen Reaktion gerechnet hatte. Er schien Lorenz' Absage offenbar nur als vorübergehenden Rückschlag zu betrachten. Seine Gesichtszüge wirkten völlig entspannt, als Lorenz sich zu ihm umdrehte. »Das war noch nicht alles. Setz dich wieder! Du könntest es sonst bereuen.«

»Was wollen Sie noch? Soll ich eine Bombe bauen, mit der Sie das Judentum auslöschen können?«

»Ein verlockender Gedanke«, erwiderte Friedrichs ungerührt. »Aber gerade geht es um deine kleine Freundin. Also setz dich verdammt noch mal zurück auf deinen Arsch!«

»Frida?« Lorenz folgte seiner Aufforderung auch deshalb, da seine Knie weich wurden. »Was hat sie damit zu tun?«

»Fräulein Lewinski wurde aus der Schwesternschule geworfen und dasselbe droht ihr nun im Wohnheim. Das bedeutet, sie könnte nach Perleberg zu ihrem Vater zurückkehren, der sich seit dem Tod seiner Frau um Kopf und Verstand säuft. Was nicht heißt, dass sie dort keine Übergriffe zu befürchten hätte.

Wie ich erfuhr, ist sie erst gestern knapp einer Vergewaltigung entgangen.«

»Sie lügen!« Lorenz riss entsetzt die Augen auf. »Kein Wort davon ist wahr.«

»Frag sie, wenn du mir nicht glaubst.« Friedrichs klang schadenfroh. Ehe Lorenz antworten konnte, zog er eine Uhr aus der Westentasche und warf einen ungeduldigen Blick aufs Ziffernblatt. »Machen wir es kurz. Wenn du auf mein Angebot eingehst, bin ich im Gegenzug bereit, sie in Sicherheit zu bringen. Meine Frau leidet seit Kurzem unter einer Sache mit dem Herzen und ich halte mich die meiste Zeit über in Berlin auf. Frida könnte ihr zur Hand gehen und in meinem Haus wohnen, wo ihr niemand ein Haar krümmen würde.«

»Das behaupten ausgerechnet Sie?«

»Lass den Sarkasmus, ich werde mich nicht an ihr vergreifen.« Friedrichs runzelte die Stirn. Sein Blick war streng und düster. »Die Bedingungen kennst du nun, denk darüber nach. Aber lass dir nicht zu viel Zeit damit. Meine Geduld hat Grenzen. Ich bin in drei Tagen wieder hier. Dann erwarte ich eine Antwort.«

Lorenz erwiderte nichts, sondern blickte Bertrams Vater eine Weile schweigend an. Dann erhob er sich und ging langsamen Schrittes zur Tür. Auf halbem Weg hielt er inne und wandte den Kopf zu Friedrichs zurück. »Ich kann Ihnen auf dieses perfide Angebot nicht mit zwei Worten antworten«, erklärte er mit mühsam erzwungener Fassung. Seine Stimme schwankte verunsichert und verriet den Sturm verwirrender Gedanken und Empfindungen, der in ihm tobte. »Es ist ...«

»... großzügig, in Anbetracht der Situation«, fiel Friedrichs ihm ins Wort und vollendete den Satz auf spöttische Weise. »Du kennst die unnachgiebige Haltung des Kultusministeriums in der Frage der nichtarischen Angestellten.«

»Ja, ich kenne sie.« Mit einem letzten starren Blick sah er Friedrichs in die Augen, dann eilte Lorenz hinaus. Obwohl es erst Mittag war, kehrte er nicht zu Lise Meitner ins Laboratorium zurück. Stattdessen hetzte er fluchtartig zur Treppe.

* * *

Erdrückt von Friedrichs' Forderungen verließ Lorenz das Gebäude, ging zur Haltestelle und wartete auf den Bus. Er fühlte sich niedergeschlagen und brauchte Zeit, um seine Gedanken zu ordnen. Nicht nur das Gespräch mit Bertrams Vater setzte ihm schwer zu, sondern auch der Übergriff auf Frida. Sie war fast vergewaltigt worden, sofern Friedrichs die Wahrheit sagte. Seitdem Lorenz davon erfahren hatte, hing er der beängstigenden Vorstellung nach, dass so etwas jederzeit wieder passieren konnte und es dann möglicherweise nicht nur bei der Absicht blieb. Der Gedanke schnürte ihm die Kehle zu und drängte ihn zu einer Entscheidung.

Als der Bus kam, stieg er ein und suchte sich einen Fensterplatz. Während er durch Berlins Straßen fuhr, in denen auch heute wieder Nazis marschierten, grübelte er über sein Leben nach, bis sich sein Blick versonnen auf ein Paar richtete, das auf dem Gehsteig stand. Die junge Frau, die etwa in seinem Alter sein musste, lag im Arm ihres Freundes und hob lachend ihr Kinn zu ihm empor. Ohne sich um die missbilligenden Blicke der übrigen Passanten zu scheren, versanken die beiden in einem leidenschaftlichen Kuss.

Lorenz konnte den Blick kaum abwenden und sehnte sich augenblicklich nach Frida. Es zeigte ihm, wie sehr er sie liebte. Für einen Moment spielte er sogar mit dem Gedanken, alles hinzuwerfen. Sein Studium endgültig aufzugeben, das Land zu verlassen und sich mit ihr irgendwo eine sichere Zukunft aufzubauen.

Doch schon im nächsten Augenblick verwarf er diese Überlegungen. So stark seine Gefühle für Frida auch waren, er konnte unmöglich alles aufgeben, was bisher sein Leben bestimmt hatte. Wenn er sich für die Liebe entschied und Deutschland den Rücken kehrte, würde er alles verlieren, wofür er in den letzten Jahren hart gekämpft hatte. Auch den Respekt Lise Meitners, auf den er so stolz war. Was blieb dann von ihm übrig?

Lorenz stöhnte leise, als er sich eingestand, dass er sich innerlich längst entschieden hatte. Dennoch plagten ihn Gewissensbisse, als er nahe des Schwesternwohnheims aus dem Bus stieg und vorwärtseilte. Aufgeregt und nervös zugleich ging er ein paar Häuserblocks weit bis zum Alexanderplatz, auf dem sich eine Gruppe demonstrierender Nationalsozialisten bereit machte, um eine Kundgebung Görings zu begleiten. Hunderte von Menschen drängten sich bis zu den Absperrungen vor und rempelten einander rücksichtslos an, um sich einen Weg in die Zuschauermenge zu bahnen.

Als Göring auftauchte und seine Ansprache durch ein Megafon verstärkt begann und die Menschen um ihn herum in Jubel ausbrachen, wandte Lorenz sich ab. Er schlug den entgegengesetzten Weg ein, der ihn von der Menge und den Polizeikräften wegführte. Eilig bog er in eine Nebenstraße ein und atmete auf, als der Lärm hinter ihm verebbte. Nach fünf Minuten Fußmarsch erreichte er das Wohnheim im alten Stadtzentrum Berlins.

Es war ein großes, elegantes Haus, das ursprünglich den Mitarbeitern der Amtsgebäude in dessen unmittelbarer Nähe als Unterkunft gedient hatte. Inzwischen verlor es zunehmend an Bedeutung. Die Menschen, die hier lebten, waren arm und die Straßen klein. Die Nazis hielten das Gebiet für unwürdig für den Ruhm des Reichs. Seitdem Hitler Reichskanzler war, verlegten mehr und mehr Staatsbeamte ihren Sitz ins neue

Zentrum, wie auch die Mieter des prächtigen Gebäudes, das nun als Schwesterninternat genutzt wurde.

Unschlüssig blieb Lorenz einen Moment stehen. Der Haupteingang war verschlossen, sodass er ratlos zu den Fenstern nach oben blickte und überlegte, ob er versuchen sollte, Frida auf sich aufmerksam zu machen, indem er kleine Steine an die Scheibe warf. Zögerlich hob er einen Kiesel auf und streckte seinen Arm aus. In dem Augenblick öffnete sich die Tür und eine junge Frau trat heraus. Sie war blond, hübsch und nur unwesentlich älter als Frida.

»Suchst du jemanden?«, erkundigte sie sich in einer Mischung aus Neugier und Belustigung und deutete auf den Stein in seiner Hand. Dabei musterte sie Lorenz ausgiebig von Kopf bis Fuß, während ihm die Röte in die Wangen schoss. Offenbar gefiel ihr, was sie sah. Ein strahlendes Lächeln breitete sich in ihrem Gesicht aus, wobei ihre weißen Zähne zum Vorschein kamen.

»Frida. Ich suche Frida Lewinski«, sagte Lorenz. »Wärst du so nett, sie herauszubitten?«

»Was willst du von der grauen Maus?« Die junge Frau kicherte kokett, während sie, ihre schmale Hüfte wiegend, näher zu ihm herankam. Ihre Stimme hatte etwas unangenehm Besitzergreifendes, als sie sich vorstellte. »Ich bin Marga, und du?«

»Lorenz.« Die unerwartete Frage überraschte ihn. »Wieso?«

»Du gefällst mir«, verriet sie mit einem bemerkenswerten Selbstbewusstsein, wie es ihm nur selten bei jungen Frauen begegnet war. »Warum vergisst du Frida nicht einfach und begleitest mich in die Stadt? Ich denke, wir könnten eine Menge Spaß miteinander haben.«

»Das klingt wirklich verlockend!«, erwiderte Lorenz, bemüht, sie nicht zu verärgern. Gleichzeitig schüttelte er entschieden den Kopf. »Aber ich muss dringend mit Frida reden. Es ist wirklich wichtig.«

»Schade, du hast keine Ahnung, was dir entgeht.« Sichtlich enttäuscht drehte sie sich um und kehrte ins Gebäude zurück. Durch die geöffnete Tür konnte Lorenz bis nach draußen hören, wie sie nach Frida rief. Gleich darauf kam sie zurück, nickte ihm kühl zu und ging wortlos an ihm vorbei.

Eine Minute später erschien Frida. Sie sah blass aus und wirkte erschöpft. Ihr braunes, gelocktes Haar trug sie offen, sodass es weich auf ihre Schultern fiel und den Wunsch in Lorenz weckte, es zu berühren. Er wollte Frida in seine Arme schließen, ihr zartes Gesicht umfassen und ihre vollen Lippen küssen. Mit jeder Treppenstufe, die sie näher kam, steigerte sich sein Verlangen.

»Lorenz«, begrüßte sie ihn. »Was machst du hier?«

Er räusperte sich, riss sich zusammen und zwang sich, vernünftig zu bleiben. »Ich wollte erfahren, wie es dir geht. Bertrams Vater hat mir von dem Übergriff erzählt. Stimmt es, dass der Kerl dich …« Er brach ab. Hilflos mit den Schultern zuckend nahm er ihre Hand.

»Ja, es ist wahr. Ein mutiger Passant kam dazu und hat das Schlimmste verhindert.« Frida zögerte und senkte den Kopf. »Hat Friedrichs dir auch gesagt, dass ich aus der Schule geworfen wurde?«

»Das hat er. Es tut mir so leid, Frida. Beides!«

»Dann hat er dir hoffentlich auch verraten, dass er dafür verantwortlich ist.«

»Was? Nein.« Lorenz schüttelte verstört den Kopf. »Wie kannst du so sicher sein?«

»Ganz einfach, ich bin ihm in der Schule begegnet.« Frida schaute ihn bedrückt an. »Aber das ist noch nicht alles. Die Vorsteherin hat mir eben mitgeteilt, dass ich mein Zimmer im Wohnheim räumen muss. Ich habe also schon bald kein Dach mehr überm Kopf und, ehrlich gesagt, keine Ahnung, wie es weitergehen soll. Du weißt, dass ich nach dem Tod meiner Mutter nicht nach Hause zurückkehren kann. Mein Vater hat inzwischen alles, was wir besessen haben, für seine Sauferei verpfändet.«

Lorenz schwieg, während er sich still fragte, was noch alles kommen würde. Ein Schock jagte den nächsten, sodass es schwierig war, das Ganze zu verarbeiten. Schließlich zwang Frida ihn zum Handeln.

»Was soll ich denn jetzt machen?«, fragte sie verzweifelt.

Sie begann zu weinen und konnte sich wohl nur mit Mühe zusammenreißen. Ihr trauriger Anblick reichte aus, seinen Vorsatz über den Haufen zu werfen. Tröstend nahm Lorenz sie in den Arm. Doch als sie zu ihm aufschaute, befürchtete er, dass sich in seinen Augen seine widersprüchlichen Gefühle widerspiegelten. Frida durfte nicht erfahren, was für ihn auf dem Spiel stand, wenn er sich zu ihr bekannte. Dass es ihn seine Zukunft am Institut kosten würde, wenn sie zusammenblieben. Ihr Blick war die reinste Qual für ihn. Zum Glück schien sie sein Unbehagen nicht zu bemerken.

»Vielleicht sollte ich Berlin ganz verlassen und nach Perleberg zurückkehren«, fuhr sie nachdenklich fort und beruhigte sich ein wenig. »Ich könnte bei deinem Vater in der Praxis arbeiten und ihm zur Hand gehen. Was meinst du?«

»Dafür ist es zu spät. Meine Eltern haben Deutschland inzwischen verlassen.«

»Sie haben die Ausreise also tatsächlich gewagt?« Auf Fridas hübschem Gesicht erschien ein nachdenklicher Ausdruck. »Wenn das so ist, könnten wir deiner Familie doch nachreisen und dem ganzen Terror entfliehen«, schlug sie vor und griff damit den Gedanken auf, dem Lorenz im Bus nachgehangen hatte. »Wir könnten neu anfangen und uns irgendwo, wo es niemanden stört, dass wir jüdischen Glaubens sind, eine gemeinsame Zukunft aufbauen. Ich will meine zukünftigen Kinder nicht in einem solchen Land aufwachsen sehen, und du solltest das auch nicht wollen.«

»So einfach, wie du dir das vorstellst, ist es nicht.« Lorenz lächelte freudlos, als er bemerkte, wie Hoffnung in ihr aufkeimte, und wich ihrem Blick aus.

»Was ist los?« Frida musterte ihn misstrauisch. »Willst du keine Zukunft mit mir?«

»Im Gegenteil, ich könnte mir kaum etwas Schöneres vorstellen«, erwiderte er und wusste zugleich, dass er nicht bereit war, den Preis dafür zu zahlen. »Aber ich kann Deutschland nicht verlassen. Du verlangst Unmögliches.«

»Unmögliches?«, fragte Frida verwirrt, ehe ihre Stimme brach. Sie hielt inne, bevor sie den Satz flüsternd beendete. »Ich möchte doch nur in Frieden leben.«

»Das möchte ich auch«, beteuerte Lorenz mit bewegter Stimme und hoffte so sehr, dass sie ihm glaubte. »Aber noch mehr fühle ich mich dazu berufen, an Frau Meitners Seite zu arbeiten. Ich kann sie unmöglich im Stich lassen und meine hart erarbeitete Existenz am Institut aufgeben. Die Wissenschaft bedeutet mir alles. Wenn ich sie verliere, verliere ich mich. Bitte versteh mich! Ich ...«

»Zum Teufel mit deinem Institut«, fiel Frida ihm ins Wort, während sie sich mit dem Ärmel die Tränen wegwischte. »Merkst du denn nicht, dass du im Begriff bist, einen Fehler zu begehen? Du hast dir offenbar nicht klargemacht, was es heißt, deine Freiheit für die Wissenschaft zu opfern.«

»Du irrst dich, ich bin mir dessen bewusst«, widersprach Lorenz erschöpft. »Für mich bedeutet Freiheit, mich in den Dienst einer großen Sache zu stellen. Und die Wissenschaft ist eine große Sache.«

»Wenn das so ist, will ich dich nicht länger bedrängen.« Fridas Stimme klang belegt, als sie ihn mit tränenverschleiertem Blick ansah und erkannte, dass er sich innerlich längst entschieden hatte. »Schade, dass es so endet. Dabei könnte alles gut sein, wenn du nicht der Physik verfallen wärest, sondern Arzt wie dein Vater. Dann könnten wir Deutschland verlassen und ich wäre mit dir an meiner Seite der glücklichste Mensch auf der Welt geworden.«

»Es tut mir leid.« Einen Moment lang kämpfte Lorenz gegen den brennenden Wunsch an, sie an sich zu reißen und zu küssen. Aber er bezwang sich. Er hatte genug Fehler gemacht. Diesen letzten wollte er sich sparen. »Ich liebe dich trotzdem. Daran hat sich nichts geändert.«

»Aber die Wissenschaft liebst du mehr«, stellte sie leise fest und straffte ihren Körper. »Deshalb lass uns den Abschied nicht länger hinauszögern. Leb wohl, Lorenz.«

Ein bedrückendes Schweigen folgte. Lorenz fühlte sich erbärmlich, klein und beschämt. Frida hatte es nicht verdient, verletzt zu werden, und zeigte wahrlich Größe. Obwohl er sie in ihrer schwierigen Lage enttäuschte, machte sie es ihm leicht. Nach einem letzten traurigen Blick drehte sie sich schweigend um. Lorenz schaute ihr unglücklich nach und spürte, dass er sie in diesem Moment mehr als je zuvor liebte. Möglicherweise lag es daran, dass er im Begriff stand, sie zu verlieren.

»Warte!«, rief er ihr nach. »Hör dir erst an, was ich dir sagen will! Es gibt vielleicht noch eine andere Möglichkeit. Friedrichs hat mir ein Angebot gemacht.«

»Was für ein Angebot?« Ruckartig blieb sie stehen und schaute ihn voller Misstrauen an. »Er hat mein Leben doch schon ruiniert. Was will er noch?«

»Dir Schutz bieten. Er hat mir versprochen ...«

»Hör auf, Lorenz!«, fiel sie ihm ins Wort und verdrehte die Augen. »Glaubst du eigentlich selbst, was du da sagst?

Friedrichs' Versprechen sind nichts wert. Das müsstest du doch am besten wissen.«

»In diesem Fall vertraue ich ihm. Seine Frau ist krank, sie benötigt Hilfe, und du kennst dich in medizinischen Dingen aus. Du könntest bei Bertrams Mutter im Haus wohnen und müsstest keinerlei Übergriffe mehr befürchten. Außerdem würden wir uns an den Wochenenden sehen können.«

»Das wäre wirklich schön«, bestätigte sie bedrückt. Doch Lorenz bemerkte, dass sie mit ihren Gedanken längst woanders war. Die Worte zogen an ihr vorüber. Sie hörte zu, als ginge es sie nichts mehr an, und er verstand sie nur zu gut. Ausgerechnet Ludger Friedrichs bot ihr Hilfe an, nachdem er dafür gesorgt hatte, dass sie die Schule verlassen musste, und nie einen Hehl daraus gemacht hatte, wie wenig er sie mochte.

»Nimm das Angebot an«, bat er dennoch eindringlich. »Kehr nach Perleberg zurück.«

»Nicht, bevor du mir erklärt hast, woraus ich nicht schlau werde«, antwortete Frida und musterte ihn mit ihren warmen braunen Augen. »Welches Interesse sollte Bertrams Vater daran haben, mich zu schützen? Was steckt dahinter?«

»Ich kann dir nicht mehr dazu sagen. Vertrau mir einfach, bitte!« Lorenz wich ihrem Blick aus. Er konnte ihr nicht in die Augen schauen. Nervös trat er einen Schritt zurück und presste die Lippen fest aufeinander.

»Es geht um dich, nicht wahr?«, schlussfolgerte sie mit stockendem Atem.

Lorenz zuckte zusammen. Er hatte nicht damit gerechnet, dass sie so schnell eins und eins zusammenzählte. Überraschung spiegelte sich auf seinen Zügen.

»Womit erpresst er dich?«, blieb Frida unterdessen hartnäckig. »Sag mir die Wahrheit!«

»Friedrichs will, dass Bertram meine Assistenzstelle im Institut übernimmt. Ich soll ihm dazu verhelfen, sich einen

Namen zu machen, indem ich ihm meine Erkenntnisse überlasse. Sollten Lise Meitner und ich tatsächlich eines Tages einen Durchbruch in der Atomphysik schaffen, wird er es sein, der die Lorbeeren des Assistenten einheimst. Mein Name wird in keiner Weise erwähnt werden.«

»Und du bist bereit, diesem Kuhhandel zuzustimmen?«, rief Frida ungläubig. »Hast du dich nicht gefragt, wer wirklich hinter diesem Angebot steckt?«

»Von wem sprichst du?«

Sie antwortete nicht sogleich. Stattdessen schaute sie ihn mit einem Blick an, der ihm Angst einjagte.

»Um Himmels willen, rede, Frida!«

»Ich befürchte, Bertram könnte dahinterstecken. Er hat mir gestern seine Liebe gestanden.«

»Was sagst du da?« Lorenz fiel die Kinnlade herunter. »Aber ...«

»Du hast richtig gehört. Bertram hat mir sein Herz geöffnet und ich habe ihn zurückgewiesen. Er muss sich erbärmlich gefühlt haben. Ich habe seinen Stolz verletzt. Du kennst ihn, er neigt wie sein Vater zum Jähzorn. Ich wäre nicht überrascht, wenn das Ganze in seiner Eifersucht begründet läge.«

»Du glaubst, er könnte seinen Vater dazu gebracht haben, mich unter Druck zu setzen?«, fragte Lorenz, als er begriff, worauf sie hinauswollte. »Nein, das würde er nicht tun. Wie kannst du so von ihm denken? Er verabscheut seinen Vater und würde doch niemals mit ihm unter einer Decke stecken.«

»Dein Urteilsvermögen war nie besonders gut, was Bertram betrifft.« Fridas Stimme bekam einen verächtlichen Beiklang. »Frag ihn doch, Lorenz! Ich wette, er streitet es nicht einmal ab. Ich kann dir nur raten, mit Friedrichs keine Geschäfte zu machen.«

»Also gut, ich werde Bertram zur Rede stellen. Aber selbst wenn du recht behieltest, mir bleibt keine Wahl. Ich mache das doch nicht, um seinem Vater einen Gefallen zu tun. Nur unter dieser Voraussetzung darf ich überhaupt weiterhin am Institut arbeiten.« Lorenz sog scharf den Atem ein. »Und es geht um dich. Ich kann den Gedanken nicht ertragen, dass dir etwas zustoßen könnte. Der Übergriff gestern hat deutlich gemacht, in welcher Gefahr du schwebst.«

»Du hast recht und ich bin es leid, angefeindet und ausgegrenzt zu werden. Ich habe lange genug den unverhohlenen Hass über mich ergehen lassen. Aber es macht keinen Sinn mehr, die andere Seite hat gesiegt. Der Nationalsozialismus bedroht jegliche Demokratie. Ich muss mich schützen, Lorenz. Aus diesem Grund werde ich Deutschland verlassen. Vielleicht kann ich dann auch meinen Traum verwirklichen und Ärztin werden.«

»Was wird dann aus uns, Frida?« Lorenz nahm ihre Hände und spürte, dass ihre Finger eiskalt waren. Er selbst war schockiert und hatte Schwierigkeiten, ihre Worte zu verdauen. »Würdest du nicht auch Sehnsucht haben, wenn du fort wärest?«

»Sehnsucht nach was?«, fragte sie hart und machte keinen Hehl aus ihrer Verbitterung. »Nach diesem Land, das nicht mehr meines ist? Ich denke nicht.«

»Ich rede nicht davon, sondern von uns. Ist es dir egal, wenn wir getrennt wären? Ich …« Lorenz wollte noch etwas hinzufügen, schwieg dann aber. Er fand einfach nicht die Kraft und fühlte sich wie zerschlagen.

»Hör auf! Warum tust du das?« Fridas Stimme zitterte vor Unsicherheit. »Wieso lässt du mich nicht einfach gehen und redest mir stattdessen Schuldgefühle ein?«

»Weil ich dich liebe. Bitte, nimm Friedrichs Angebot an«, brachte Lorenz mit Anstrengung heraus und schaute sie mit einem Blick voller Zuneigung an, bevor er sie an sich zog. Frida hob ihr Gesicht und für einen kurzen Moment glaubte er, sie würde ihn wegstoßen. Doch dann strich sie ihm sanft über die Wange.

»Wenn ich darauf einginge«, sagte sie leise, »versprichst du mir dann, dass ich es niemals bereuen werde, Deutschland nicht verlassen zu haben?«

»Ich schwöre es.«

»Gut, ich vertraue dir und ich will nicht der Grund sein, dass du deine Karriere aufgibst. Ich werde darüber nachdenken.«

Sie wandte sich von ihm ab und ging zur Treppe, um ins Schwesternwohnheim zurückzukehren. Doch Lorenz hielt sie am Arm zurück.

»Warte, Frida ... bitte«, stammelte er. »Darf ich dich zum Abschied küssen?«

Er sah, wie sie zögerte. Dann beugte sie sich zu ihm. Ihre Lippen berührten sanft seinen Mund. Lorenz' Herz begann augenblicklich schneller zu schlagen. Umso enttäuschter war er, als der Augenblick viel zu schnell vorüber war und Frida sich von ihm löste. Ohne ein Wort rannte sie die Treppe nach oben.

Lorenz wartete, bis sie hinter der Tür verschwunden war. Dann machte er sich, den Kopf voller Gedanken, auf den Weg nach Hause.

* * *

Erschöpft warf sich Lorenz in seinem Zimmer halb angekleidet aufs Bett und starrte die Decke an. Das Gespräch mit Frida steckte ihm noch in den Knochen. Seine Nerven waren angespannt, aber die Gedanken vollkommen klar.

Er zweifelte keine Sekunde daran, dass Bertrams Vater seine Pläne zügig umsetzen würde, sobald er auf dessen Angebot einging. Dann würde er seine Assistenzstelle verlieren und allein von Friedrichs' Wohlwollen abhängig sein. Der einzige Trost würde sein, dass Frida dann in Sicherheit wäre und er weiterhin am Institut arbeiten durfte. So oder so, er musste einen Preis dafür bezahlen. Wie hoch dieser Preis am Ende sein würde, hing von ihm ab.

Müde schloss Lorenz die Augen. Er hörte nicht, wie sich Stunden später die Tür öffnete und Bertram eintrat. Als er plötzlich neben ihm stand und ihn an der Schulter fasste, fuhr er erschrocken hoch und saß kerzengerade in seinem Bett.

»Meine Güte«, schrie er auf und atmete schwer. »Musst du dich so anschleichen?«

»Ich habe angeklopft. Was ist los?«, fragte Bertram und ließ sich auf die Bettkante fallen. »Wieso liegst du im Bett, statt im Institut zu sein? Bist du krank?«

»Nein, ich bin nicht krank.« Lorenz setzte sich auf und lehnte sich an das Bettgestell. Er zögerte, beschloss dann aber, ihm die ganze Wahrheit zu sagen. »Ich werde meine Assistenzstelle im Institut verlieren.«

»Wer sagt das?« Bertram betrachtete ihn mit starrer Miene. »Jetzt rede endlich und lass dir nicht jedes Wort aus der Nase ziehen.«

»Dein Vater«, presste Lorenz hervor und fasste Friedrichs' Angebot mit wenigen Worten zusammen. »Hast du davon gewusst?«

»Tja, du wirst früher oder später darauf eingehen müssen«, wich Bertram der Frage aus und zuckte unbeeindruckt mit den Schultern. »Ich fürchte, er wird Mittel und Wege finden, die dich am Ende überzeugen werden. In diesem Punkt traue ich meinem Vater eine Hartnäckigkeit zu, der du nicht viel entgegensetzen kannst. Wenn es nicht ganz und gar unmöglich sein wird.«

»Das beantwortet meine Frage nicht.«

»Also gut, nein, ich wusste nichts davon.« Bertram runzelte die Stirn. »Aber ich kenne ihn. Sein Angebot wird nicht allzu lange so großzügig ausfallen.«

»Großzügig?« Lorenz, der sich über Bertrams Bemerkung ärgerte, sah ihn argwöhnisch von der Seite an und wurde lauter. »Unverschämt trifft es wohl eher. Ehrlich gesagt verstehe ich nicht, dass du die fragwürdigen Methoden deines Vaters plötzlich als selbstverständlich hinnimmst.«

»Das tue ich nicht. Ich sehe bloß keinen Sinn darin, ihn herauszufordern. Sieh es doch mal von der anderen Seite. Zumindest scheint er anzuerkennen, um wie viel besser du bist als ich. Außerdem hast du mir auch früher schon geholfen. Wenn du dadurch am Institut bleiben darfst, warum nicht?«

»Weil ich das Gefühl habe, einen Pakt mit dem Teufel zu schließen«, stieß Lorenz leise hervor und bemerkte erstaunt, wie sich auf Bertrams Gesicht ein zufriedenes Grinsen breitmachte, als er verbittert fortfuhr: »Wenn ich darauf eingehe, mache ich dich zu dem, was ich mir seit Jahren für mich erträume.«

»Das ist doch lachhaft, Lorenz. Wir wissen beide, dass ich niemals besser sein werde als du«, widersprach Bertram. »Außerdem hast du am Ende immer bekommen, was du wolltest, oder etwa nicht?«

»Was meinst du damit?« Lorenz war die Doppeldeutigkeit nicht entgangen. Mit einem Mal glaubte er, eine merkwürdige Entschlossenheit und sogar Wut im Gesicht seines Freundes zu erkennen. Beides beunruhigte ihn. Er wusste nicht, ob es wirklich nur noch um seine Stelle im Institut ging.

»Ich spreche von Frida.« Bertram erhob sich und ging zum Fenster. Vorher warf er Lorenz einen spöttischen Blick zu und runzelte die Stirn. »Du wirst die Beziehung mit ihr beenden müssen. Tut mir leid, dass ich das so offen sage.«

»Auf keinen Fall.« Lorenz schüttelte den Kopf, während er sich fragte, wie Bertram sich so sicher sein konnte. Schlagartig erinnerte er sich an das, was Frida ihm erzählt hatte. Bertram hatte ihr ein Liebesgeständnis gemacht. »Wie kommst du überhaupt darauf?«, hakte er nach. »Kann es sein, dass du ebenfalls Gefühle für sie hast?«

»Gefühle?« Bertram lachte auf. »Wer hat dir denn den Unsinn erzählt?«

»Frida. Sie ist wütend auf dich. Du hast ihr ein Liebesgeständnis gemacht.«

»Blödsinn! Was ich gesagt habe, war rein freundschaftlich gemeint. Sie hat das in den völlig falschen Hals bekommen. Kein Wunder, Frida war nach dem Übergriff verständlicherweise verwirrt. Wahrscheinlich war es dumm von mir, sie trösten zu wollen. Sie ist beinahe vergewaltigt worden. Ich war heilfroh, dass ich noch rechtzeitig dazugekommen bin.«

»Mag sein, aber musstest du deshalb gleich von Liebe sprechen?«

»Gott, Lorenz, das war doch nur so dahingesprochen. Hast du noch nie etwas gesagt, was du nicht so gemeint hast?« Bertram verzog das Gesicht. »Sei es drum. Du solltest dir jetzt lieber Gedanken darüber machen, wie du dich entscheidest. Mein Vater wird nicht nachgeben.«

»Du wusstest also wirklich nichts von dem Angebot?«

»Natürlich nicht. Ich bin der Familienversager, schon vergessen? Warum sollte mein Vater ausgerechnet mich ins Vertrauen ziehen? Hör zu, nimm das Angebot an, auch wenn es dir nicht gefällt. So kannst du zumindest weiterhin am Institut bleiben. Keine Sorge, ich werde dir deinen Platz bei Lise Meitner schon nicht streitig machen.«

»Ich weiß, dass du das niemals tun würdest. Wir sind Freunde«, beteuerte Lorenz halbherzig und spürte, dass sich trotz der aufmunternden Worte die gewohnte Vertrautheit zwischen ihnen in Luft aufgelöst hatte. »Das sind wir doch immer noch, oder?«

»Klar sind wir das.« Bertram drehte sich mit ernster Miene zu ihm um. Einen Moment lang schauten sie sich schweigend in die Augen. Dann kehrte das Lächeln im Gesicht des Freundes zurück. »Keiner von uns sollte das vergessen.«

KAPITEL 11

März 1938

Fröstelnd hob Lorenz die Schultern, als er sich im Morgengrauen auf den Weg zum Institut machte, in dem er nun seit fast fünf Jahren gemeinsam mit Lise Meitner, Bertram und Fritz Straßmann arbeitete. Er hatte den Kragen seines Mantels hochgeschlagen und die Hände tief in den Taschen vergraben. Es war ungewöhnlich kalt für die Jahreszeit und er hasste es, mit halb erfrorenen Fingern im Labor anzukommen. Zum Glück war der Weg von seiner kleinen Wohnung, die er gleich nach dem Studium bezogen hatte, bis zum KWI nicht weit.

An der nächsten Kreuzung blieb er stehen und schaute sich um. Um diese frühe Stunde waren nur wenige Menschen unterwegs und in keinem der müden Gesichter erkannte er Bertram, der es offenbar wieder einmal nicht für nötig hielt, im Institut zu erscheinen. Wartend trat Lorenz ungeduldig von einem Fuß auf den anderen. Eine Viertelstunde verging, ohne dass sein Freund sich blicken ließ.

Warum sollte er sich auch die Mühe machen, dachte Lorenz verbittert. Bertram konnte ja mit den Erfolgen anderer glänzen. Die Mitarbeiter des wissenschaftlichen Instituts erkannten ihn längst als einen der ihren an, und das, obwohl er seinen mittelmäßigen Studienabschluss nur mit Lorenz' Unterstützung geschafft hatte. Mit der wissenschaftlichen Tätigkeit im Institut verhielt es sich ebenso. Während Lorenz mit Eifer bei der Sache war, beschränkte sich Bertrams Interesse auf seine Ergebnisse, für die er Lob und Anerkennung einheimste, ohne selbst einen Finger zu rühren.

Lorenz selbst führte im Institut ein Schattendasein, wie Friedrichs es vorausgesagt hatte. Nur wenige Menschen wussten, dass er und nicht Bertram einer von Lise Meitners Assistenten war. Sie schwiegen darüber und äußerten nicht offen, was sie von der sonderbaren Konstellation hielten. Offenbar wollte es sich niemand mit Friedrichs verscherzen.

Lediglich Lise Meitner hatte Lorenz gegenüber unter vier Augen beteuert, wie sehr sie die unsägliche Situation bedauerte. Zugleich hatte sie ihm geraten, sie hinzunehmen, um weiterhin mit ihr arbeiten zu dürfen und zumindest ein bescheidenes Gehalt zu beziehen, das Friedrichs ihm zubilligte. Obgleich Lorenz darauf nicht dringend angewiesen war, da sein Vater ihm einen großzügigen Geldbetrag hinterlassen hatte, mit dem er gut über die Runden kam, hatte er sich nach der Universität voller Ehrgeiz in das Studium der Atomphysik gestürzt und war ein Jahr später festes Mitglied ihrer Forschungsgruppe geworden, zu der auch Fritz Straßmann gehörte.

Die Physikerin hatte den analytischen Chemiker nicht grundlos hinzugezogen, wie sie Lorenz eines Nachts während eines Experiments verraten hatte. Ihr zehn Jahre jüngerer Kollege hatte nach Hitlers Machtergreifung eine ihm angebotene Stelle rigoros abgelehnt, da sie die Mitgliedschaft in einer nationalsozialistischen Organisation voraussetzte. Nun stand er auf der Abschussliste des Instituts ganz oben und bezog nur noch ein bescheidenes Gehalt, nachdem man ihn von der wissenschaftlichen Arbeit abgezogen hatte. Inzwischen bestritt er seinen Unterhalt mit Prüfungsvorbereitungen der Studenten. Nur durch Lise Meitners Unterstützung konnte er sich als ihr Assistent etwas hinzuverdienen.

Missmutig überquerte Lorenz die Straße, nachdem er vergebens auf Bertram gewartet hatte. Auch heute benutzte er den Hintereingang des Instituts, wie Ludger Friedrichs es von ihm forderte. Auf dem Weg zum Laboratorium fragte er sich, ob sein Freund es an diesem Tag überhaupt für nötig halten würde zu erscheinen. Lorenz wusste von dessen ausschweifendem Nachtleben, welches sich seit ihrem Auszug aus dem Internat hauptsächlich in schummrigen Kneipen und Bars abspielte. Bertram trank zu viel, pflegte zwielichtige Freundschaften und führte ein Mädchen nach dem anderen aus.

Momentan war er mit Rosa Schuhmann liiert, der unscheinbaren und zugleich überheblichen Tochter eines mit den Nazis sympathisierenden Textilfabrikanten. Ihm gegenüber tat Bertram verliebt, doch Lorenz befürchtete, dass er sich mit seinen oberflächlichen Bekanntschaften nur von seinen Gefühlen abzulenken versuchte, die er immer noch für Frida hegte. Seine Blicke verrieten ihn, sobald er von ihr erzählte, und auch die häufigen Besuche in Perleberg sprachen für sich.

Lorenz betrat das Labor. Sofort fiel ihm die ungewohnte Stille und die dämmrige Beleuchtung in den Räumen auf. An sich war das nicht ungewöhnlich, die meisten Mitarbeiter erschienen erst später. Meitner, Straßmann und er hatten es sich hingegen zur Gewohnheit gemacht, zwei Stunden früher mit der Arbeit zu beginnen. Dann waren sie ungestört und nutzten diese Zeit nicht selten, um sich über die politische Lage auszutauschen, ohne befürchten zu müssen, belauscht zu werden.

Im Moment fehlte jedoch von beiden Naturwissenschaftlern jede Spur, sodass Lorenz sich mit einem ungunten Gefühl auf die Suche nach ihnen machte. Seine Unruhe steigerte sich, als er bemerkte, dass beide Laborkittel unberührt an ihren Haken hingen. Die Physikerin hatte auch keine Nachricht für ihn hinterlassen, die ihre Abwesenheit erklärte. Allmählich machte sich Lorenz ernsthafte Sorgen. Er konnte sich nicht erinnern, dass etwas Ähnliches schon einmal vorgefallen war, und vermutete nun, dass Lise Meitner möglicherweise krank sein könnte. Allerdings erklärte das nicht Straßmanns und Bertrams Abwesenheit.

Beunruhigt legte Lorenz die Stirn in Falten. Er war jetzt nicht mehr nur nervös, sondern befürchtete, dass der Physikerin etwas zugestoßen sein könnte. Schließlich kannte er Lise Meitner inzwischen gut genug, um zu wissen, dass sie ihrem geliebten Labor niemals freiwillig fernbleiben würde. Als sie eine halbe Stunde später immer noch nicht aufgetaucht war, machte er sich auf den Weg zu ihrer Wohnung, um der Ungewissheit ein Ende zu bereiten.

Vor ihrer Tür zögerte er kurz. Eine laute männliche Stimme drang bis zu ihm nach draußen ins Treppenhaus. Entschlossen klopfte er an und wartete. Es dauerte eine Weile, bis sich Schritte näherten. Er hörte, wie die Kette gelöst und aufgeschlossen wurde. Dann öffnete sich die Tür und Lise Meitner, die sonst stets Wert auf ein gepflegtes Äußeres und elegante Kleidung legte, stand in einem verblichenen Morgenmantel und Hausschuhen vor ihm. Sie sah erschöpft aus, wirkte aber nicht überrascht, ihn zu sehen.

»Guten Morgen, Herr Löwenthal«, begrüßte sie ihn mit fahlem Gesicht und bat ihn mit einer müden Handbewegung in den Korridor.

Verwirrt von ihrem ungewohnt zerbrechlich wirkenden Auftreten folgte Lorenz ihr in die Küche, wo er feststellte, dass die männliche Stimme aus dem Radio drang.

»Ich muss mich bei Ihnen entschuldigen, verzeihen Sie meinen zwanglosen Aufzug«, bat die Physikerin mit einem aufgesetzten Lächeln. »Möchten Sie auch einen Tee?«

»Danke.« Lorenz nickte. »Ich hoffe, ich störe nicht. Es ist nur so, dass ich im Labor auf Sie gewartet und mir Sorgen gemacht habe, als Sie nicht aufgetaucht sind.«

»Das ist sehr fürsorglich von Ihnen.« Sie füllte den Teekessel mit Wasser und setzte ihn auf den Herd, bevor sie sich wieder zu ihm drehte. »Ich hätte Ihnen eine Nachricht zukommen lassen müssen. Aber ich war zu durcheinander, tut mir leid.«

»Was ist passiert?«, erkundigte sich Lorenz und versuchte vergebens, in ihrer besorgten Miene zu lesen. Immer wieder blickte sie in Richtung des Radios, aus dem die leiser gedrehte Stimme des Nachrichtensprechers drang. Wie jeden Tag verkündete er weitere Hiobsbotschaften über das Deutsche Reich, durchsetzt mit hämischen Meldungen über die jüdische Bevölkerung.

Angespannt beobachtete er, wie die Physikerin das Radio ausschaltete, den Tee aufbrühte und ihm eine Tasse reichte, bevor sie auf einen Stuhl sank. Auf dem Tisch standen Kekse, sogar eine Kerze brannte, sodass es unter anderen Umständen ein gemütliches Frühstück unter Kollegen hätte sein können, wenn die Stimmung nicht so bedrückt gewesen wäre. Lise Meitners Gesicht war ernst, als sie endlich zu einer Erklärung ansetzte und ihren Bericht wie gewohnt auf das Wesentliche beschränkte.

»Bundeskanzler Schuschnigg hat seinen Rücktritt verkündet, der ihm von den Nazis aufgezwungen wurde. Zugleich hat er angeordnet, den einmarschierenden deutschen Truppen keinen militärischen Widerstand zu leisten und jegliche Kampfmaßnahmen zu unterlassen, um sinnloses Blutvergießen zu vermeiden.«

»Was bedeutet das genau?« Lorenz überforderten diese politischen Ereignisse völlig. Er trank einen Schluck Tee, setzte die Tasse ab und schaute sie an.

»Es bedeutet, dass ein Nationalsozialist das Amt des Kanzlers übernimmt.«

»Befürchten Sie einen Anschluss Österreichs an Deutschland?«

»Alles andere würde mich stark wundern. Nachdem Schuschnigg vergeblich versucht hat, Unterstützung von den Westmächten zu erhalten, und Hitler mit dem Einmarsch deutscher Truppen drohte, blieb ihm keine Wahl. Trotz seines Einlenkens steht nun die Wehrmacht schwer bewaffnet vor der Tür meines Heimatlandes, und ich vermute, das Volk wird sie jubelnd empfangen. Die Menschen glauben Hitlers Parolen, die Arbeit, Brot und wirtschaftlichen Wohlstand versprechen. Seine Propaganda ist exakt auf die Nöte und Bedürfnisse der Massen ausgerichtet.«

Für einen Moment herrschte betretenes Schweigen, während Lise Meitner den Kopf schüttelte, als versuchte sie, aus einem bösen Traum zu erwachen. Niemals zuvor hatte Lorenz sie so erschüttert erlebt, weshalb er darauf verzichtete, sie an die Arbeit im Labor zu erinnern. Ihm fehlten schlicht die Worte, als er sich des vollen Ausmaßes des politischen Geschehens bewusst wurde. Noch mehr erschrak er aber, als er Tränen in den Augen der sonst so gefassten Wissenschaftlerin bemerkte, von der er stets angenommen hatte, dass nichts sie aus der Bahn werfen konnte.

»Erinnern Sie sich noch an den Tag vor drei Jahren, an dem Max mich für einen gemeinsamen Nobelpreis vorschlug?«, wandte sie sich an Lorenz. »Damit wollte er mich vor Repressalien der Nazis schützen. Ich hielt seine Anstrengungen für völlig überzogen. Schließlich gehörte ich zu den anerkannten Wissenschaftlern, mit denen Deutschland gern in der Welt prahlte.« Sie machte eine Pause, in der sie durch Lorenz hindurchsah, ehe sie mit brüchiger Stimme fortfuhr: »Damals ahnte ich tatsächlich nicht, dass es eines Tages gefährlich für mich werden würde. Ich ging davon aus, Deutschland jederzeit verlassen zu können. Ich habe mich geirrt. Mit dem Anschluss Österreichs an das Deutsche Reich verliert mein Pass seine Gültigkeit. Von nun an unterliege auch ich den Rassengesetzen und kann nicht mehr auf legalem Weg ausreisen.«

»Wollen Sie das denn?«, erkundigte sich Lorenz. Erschrocken stellte er die Tasse so heftig auf den Tisch, dass der Tee überschwappte. »Ihre Arbeit am Institut wird unabhängig von Ihrer Herkunft hoch geschätzt. Die Kollegen respektieren Sie wie keine andere.«

»Sie irren sich, Lorenz.« Zum ersten Mal sprach Lise Meitner ihn mit Vornamen an, was mehr über ihren Gemütszustand aussagte, als ihm lieb war. »Früher war das so, in diesem Punkt stimme ich Ihnen zu. Doch die Zeiten haben sich geändert. Kurt Hess, einer der kompromisslosesten Chemiker des Instituts, hat schon vor Monaten meine Entlassung gefordert und eine offizielle Meldung an das Reichsministerium für Wissenschaft, Erziehung und Volksbildung verfasst, in der er behauptet, ich würde den Ruf des Instituts gefährden. Meine Zeit hier ist abgelaufen, daran gibt es keinen Zweifel mehr.«

* * *

Tags darauf stand Lise Meitner wieder im Laboratorium. Lorenz hatte nicht damit gerechnet und atmete auf, als er feststellte, dass sie sich inzwischen gefasst zu haben schien. Wie gewohnt richtete sich ihr Interesse auf die wissenschaftliche Arbeit. Professor Hahn, Straßmann und sie hatten eine ungewöhnliche Versuchsreihe begonnen, bei der Lorenz assistierte. Ihr Plan sah vor, durch den Beschuss des Urans mit Neutronen Radium zu erzeugen. Während Lise Meitner unermüdlich mit den Messungen beschäftigt war und Lorenz im Hintergrund eifrig Notizen anfertigte, öffnete sich die Tür und Hahn trat ein.

Zunächst nahm niemand außer Lorenz Notiz von ihm. Erst als er keine Anstalten machte, sich der Versuchsreihe zu widmen, und stattdessen mit angespanntem Gesicht auf die Physikerin zutrat, blickte auch sie auf.

»Du trägst keinen Laborkittel. Außerdem bist du spät«, wies sie ihn streng zurecht. Dann wandte sie sich ab und lief den von kaltem Neonlicht beleuchteten Gang entlang, auf den offen stehen Raum zu, in dem Geräte und Präparate aufbewahrt wurden. Bevor sie eintrat, hielt sie mitten in der Bewegung inne und drehte sich zu Hahn um. »Ist irgendwas, Otto?«

»Wir müssen reden«, erwiderte er.

»Aber du siehst doch, dass ich beschäftigt bin. Lass uns ...«

»Jetzt, Lise!« Hahn sog scharf den Atem ein. »Lass uns in mein Büro gehen.«

Lorenz lauschte dem Gespräch und beobachtete angespannt, wie die Physikerin sekundenlang Hahns Gesicht studierte, ohne etwas zu sagen. Er spürte, wie sich sein Magen nervös zusammenzog, als der Institutsleiter ihrem Blick auswich und mehrfach von einem Fuß auf den anderen wechselte. Auf Hahns Stirn bildeten sich kleine Schweißtropfen.

»Kommt nicht infrage.« Lise Meitner schüttelte energisch den Kopf und wedelte belehrend mit dem Finger. »Wenn du mir etwas zu sagen hast, dann sag es hier. Also, was gibt es so Dringendes?«

Lorenz konnte sie inzwischen gut deuten und bemerkte, wie beunruhigt sie trotz ihres üblichen forschen Tons war. Ihre Finger zitterten, während sie sich über den Kopf fuhr und dabei einzelne Haarsträhnen zurückstrich, die sich aus dem Knoten gelöst hatten.

»Es geht um die politischen Ereignisse.« Hahn räusperte sich. »Du weißt ja, was mit Österreich passiert ist. Es ist wirklich eine dumme Situation.«

»Du bezeichnest die Einverleibung Österreichs als dumme Situation?« Die Physikerin sah ihn verständnislos an. »Und welche Schlüsse ziehst du daraus? Klär mich bitte auf, Otto.«

»Ich schlage vor, dass du deine Stelle kündigst und die Wohnung in der Doktorenvilla räumst. Eventuell könntest du inoffiziell weiterarbeiten. Herr Löwenthal macht seit Jahren nichts anderes, Lise. Es ist also möglich, dass wir weiterhin gemeinsam die Versuchsreihe fortführen können. Allerdings rate ich dir, vorerst nicht ans Institut zu kommen.« Hahn blickte etwas verlegen in die kleine Runde. »Das gilt auch für euch und alle anderen jüdischen Angestellten.«

»Du verwehrst uns damit den Zutritt zum Laboratorium. Ist das dein Ernst? Es ist gar nicht lange her, da habt Max und du mich gebeten, nicht wegzugehen«, sagte sie leise.

»Die Zeiten haben sich geändert.«

»Bedauerlicherweise ist das so, ja«, stimmte sie zu. »Aber waren wir uns nicht einig, alles zu tun, damit die wissenschaftliche und menschliche Gemeinschaft unverändert erhalten bleibt? Bisher habe ich das als eine erstaunliche Besonderheit unseres Kreises empfunden.«

»Du weißt selbst, dass nicht mehr jeder so darüber denkt. Die politische Einstellung der Abteilungsmitglieder ist schon lange nicht mehr einhellig. Gewisse Mitarbeiter weigern sich bereits, unter deiner Leitung zu arbeiten. Hinzu kommt der Druck von außen. Die Partei fordert die Entlassung sämtlicher jüdischen Angestellten. Es ist auch für mich nicht einfach.«

»Verstehe.« Lise Meitner musterte ihn mit einem Kopfschütteln. Die menschliche Enttäuschung war aus ihrer Stimme deutlich herauszuhören. »Deshalb lässt du mich jetzt im Stich.«

»Ich lasse dich nicht im Stich, so darfst du das nicht sehen. Ich bin nicht als Leiter des physikalischen Instituts zu dir gekommen, sondern als Freund«, widersprach Hahn und betrachtete sie forschend, als würde er in ihren Gesichtszügen nach einem Zeichen des Verstehens suchen. »Vielleicht gibt es noch eine andere Möglichkeit. Wir könnten ...«

»Nein«, fuhr sie hart dazwischen. »Wie soll eine Zusammenarbeit unter diesen Umständen noch möglich sein? Wenn ich am Institut nicht länger erwünscht bin, sehe ich keinen Grund, weiterhin meine Kraft zu investieren.«

»Was hast du vor?«, erkundigte sich Hahn.

»Keine Sorge, ich verurteile weder dich noch sonst einen Kollegen.« Die Physikerin schenkte ihm ein verhaltenes Lächeln. »Wenn es so sein soll, werde ich meinen Platz räumen und meine Verabschiedung bekannt geben. Vorher bitte ich dich noch um eines. Du weißt, dass mein Pass seine Gültigkeit verloren hat. Eine Intervention des Präsidenten der Kaiser-Wilhelm-Gesellschaft beim Reichsinnenminister könnte mir die Ausreise ermöglichen. Kannst du ihm diese Bitte vortragen? Dein Wort hat inzwischen mehr Gewicht als meines.«

»Bedaure.« Hahn schüttelte resigniert den Kopf und senkte die Stimme. »Mir sind die Hände gebunden. Reichsinnenminister Frick wird nicht darauf eingehen. Er will verhindern, dass namhafte Juden der deutschen Wissenschaft ausreisen, um im Ausland mit ihren Namen, Erfahrungen und Erfolgen gegen Deutschland zu wirken. Ich kann nichts machen, so gern ich dir helfen würde. Mein guter Rat ist alles, was ich dir noch anbieten kann.«

»Und der wäre?«

»Ich habe mit dem Adlon telefoniert. Du kannst dort vorübergehend unterkommen. An deiner Stelle würde ich meine Koffer packen.«

»Ich soll im Hotel wohnen?«

»Es ist nur zu deinem Schutz.«

»Zu meinem Schutz«, wiederholte sie ungläubig, verstummte aber augenblicklich, als sie seine besorgte Miene sah. »Du meinst es wirklich ernst, nicht wahr?«

»Bitterernst, Lise. Es ist offensichtlich, dass dir jemand schaden will.«

»Wer? Sprich es ruhig aus. Ist es etwa Max?«

»Um Himmels willen, nein, natürlich nicht. Max würde niemals gegen dich handeln. Du weißt, dass er absolut loyal und vertrauenswürdig ist.«

»Du hast recht, verzeih mir und sieh es mir nach, dass ich in Anbetracht der Situation ein wenig verwirrt bin. Mir war nicht bewusst, dass ich im Institut Feinde habe. Außer vielleicht ...« Sie stockte kurz und zog die Stirn in Falten. »Ist es dieser Friedrichs?«

Hahn antwortete nicht. Stattdessen breitete er mit einer Geste der Ratlosigkeit die Hände aus, bevor er den Raum ohne ein weiteres Wort verließ und die Tür hinter sich zuzog.

Im Laboratorium wurde es still. So still, dass man eine Stecknadel hätte fallen hören können. Lorenz wagte kaum zu atmen, und auch Straßmann stand wie erstarrt, während Lise Meitners Schultern herabsackten und sie sich müde eine Haarsträhne aus der Stirn strich.

»Tja, das war es dann wohl. Die werten Kollegen zwingen mich, meinen Stuhl zu räumen. Einen besseren Abschied kann man sich kaum wünschen«, stellte sie mit einem müden Lächeln fest.

»Ich weiß nicht, was ich sagen soll.« Lorenz war noch während ihres Gesprächs mit Hahn zurückgewichen und hatte sich an die Wand gelehnt, da er befürchtete, seine Beine könnten ihren Dienst versagen.

»Am besten gar nichts. Sie könnten mir aber beim Umzug helfen. Ich ziehe ins Adlon und erspare mir die Schmach eines Rauswurfs«, teilte ihm die Physikerin leise mit und öffnete ihren

Kittel. In ihren Augen standen Tränen, als sie ihn an den Haken hängte und ein letztes Mal den Blick über die Messgeräte und Arbeitstische schweifen ließ.

Lorenz nickte. Ein Wort herauszubringen, erschien ihm unmöglich. Stattdessen schluckte er schwer. Die erzwungene Kündigung seiner einstigen Mentorin traf ihn beinahe härter als sein eigener Rauswurf. Obgleich er die Hoffnung niemals aufgegeben hatte, eines Tages doch noch ein anerkannter Wissenschaftler werden zu können, befürchtete er schon seit geraumer Zeit, dass dieser Traum unerfüllt bleiben würde. Die Enttäuschung darüber traf ihn deshalb nicht weniger.

Wehmütig erinnerte sich Lorenz an die unzähligen Nächte, die er sich mit dem Studium um die Ohren geschlagen hatte. An die vielen Stunden, in denen er Lise Meitner beeindruckt bei ihrer Arbeit hatte assistieren dürfen, und den mühsamen Kampf, den er mit Bertram geführt hatte, der seinen Gedankengängen und Schlussfolgerungen nur schwer hatte folgen können und sie dennoch hatte verinnerlichen müssen, um der Rolle gerecht zu werden, die sein Vater ihm zugedacht hatte. All das war umsonst gewesen.

Hahn hatte seine Zukunftspläne mit wenigen Worten zunichtegemacht und Friedrichs würde gewiss keinen Finger für ihn rühren, sonst hätte er es längst getan. Offenbar brauchte er ihn nicht mehr, nachdem sich Bertram am Institut etabliert hatte. Damit war ihr Abkommen hinfällig.

»Kommen Sie! Gehen wir.« Die Stimme der Physikerin riss Lorenz aus seiner Starre. Wortlos folgte er ihr nach draußen und hatte Mühe, mit ihr Schritt zu halten, als sie entschlossen zu ihrer Wohnung lief und die Tür aufschloss. Sie verlor keine Zeit und holte einen Koffer vom Schrank. Erst als sie bemerkte, dass Lorenz noch immer reglos im Flur stand, hielt sie einen Moment inne.

»Wollen Sie hier festwachsen?«, fragte sie. »Es ist auch für mich ein Schock, das Institut unter solch erniedrigenden Umständen verlassen zu müssen. Doch es bringt nichts, jetzt in Selbstmitleid zu baden.«

»Es ist so ungerecht«, platzte es aus Lorenz heraus. »Man behandelt uns wie Dreck, nur weil wir Juden sind.«

»So ist es leider. In den Augen der Nationalsozialisten sind wir das«, bestätigte sie. »Ich wünschte, ich könnte etwas anderes behaupten. Aber Sie wissen, dass ich kein Freund davon bin, die Wahrheit zu verdrehen oder zu beschönigen. Fachliche und charakterliche Eigenschaften werden bei der Auswahl der Mitarbeiter wohl nicht mehr berücksichtigt. Stattdessen wird nach ihrer rassenmäßigen Beschaffenheit entschieden.«

»Wir müssen uns dagegen wehren«, unternahm Lorenz einen hilflosen Versuch, ihren Worten die Endgültigkeit zu nehmen. »Es ist einfach nicht fair. Wir haben gute Arbeit geleistet.«

»Daran ist nicht zu rütteln.« Lise Meitner seufzte und blickte ihn wehmütig an. »Ich weiß, dass Sie größere Hingabe zur Forschungsarbeit gezeigt haben als alle anderen. Die Naturwissenschaften liegen Ihnen im Blut, Lorenz. Es kann also nicht so schlecht sein, auch wenn es jüdisches ist. Es sollte Ihnen ein Trost sein zu wissen, dass Sie Ihren Platz nicht aufgrund Ihrer Leistungen räumen müssen. Und jetzt helfen Sie mir dabei, die Bücher und meine Abhandlungen einzupacken. Ich werde nichts davon zurücklassen.«

Es war bereits dunkel, als sie im Adlon eintrafen und ihnen ein Page die Zimmertür öffnete. Keuchend setzte Lorenz den schweren Koffer ab und wischte sich den Schweiß von der Stirn, während Lise Meitner die Vorhänge zurückzog und in den nächtlichen Himmel über Berlin hinaussah.

»Was haben Sie jetzt vor?«, erkundigte sich Lorenz, während er der beängstigenden Vorstellung nachhing, dass all das, was sie in den letzten Jahren gemeinsam erreicht hatten, mit einem Schlag nichts mehr wert sein könnte.

»Vor allem möchte ich in einem Land leben, in dem Gesetze noch Gültigkeit haben und in dem es kein Verbrechen ist, Jüdin zu sein. Hitler und seine Anhänger sind das Gegenteil von allem, was ich wertschätze. Deshalb werde ich mich in den nächsten Tagen mit meinem Freund Niels Bohr in Verbindung setzen«, verriet sie. »Vielleicht gelingt mir mit seiner Unterstützung die Ausreise nach Kopenhagen.«

»Dann war alles umsonst.« Lorenz schluckte trocken.

»War es das wirklich? Wir haben viel erreicht und sind dem Prozess der Atomumwandlung sehr viel näher gekommen als anfangs erwartet. Ich wünschte wirklich, ich könnte unsere Zusammenarbeit fortführen. Glauben Sie mir, es ist nicht leicht für mich, alles, was mein Leben ausgefüllt hat, aufgeben zu müssen. Ich werde die Menschen verlassen müssen, die meine Sprache verstanden haben. Vor allem Max werde ich sehr vermissen.«

»Er ist ein enger Freund, nicht wahr?«

»Das ist er wirklich. Ich habe viel Verständnis und Förderung von diesem warmherzigen Menschen erfahren. Meine Studienzeit bei ihm war ausschlaggebend für meine spätere Entwicklung.« Sie brach ab und wandte sich Lorenz zu. In einer rührenden Geste nahm sie seine Hände und drückte sie sanft. »Ich habe Ähnliches bei Ihnen bewirken wollen. Warum begleiten Sie mich nicht? Mit Ihrer Erfahrung könnten Sie in jedem wissenschaftlichen Institut der Welt eine Anstellung bekommen.«

»Unmöglich.« Lorenz schüttelte den Kopf. »Sosehr mich Ihr Vorschlag auch ehrt, ich kann Deutschland nicht verlassen.«

»Es ist Ihre Entscheidung. Das heißt nicht, dass ich sie verstehe«, erwiderte Lise Meitner bedauernd. »Ich bin davon überzeugt, dass Sie, an der richtigen Stelle eingesetzt, der Menschheit wichtige Dienste leisten könnten. Die Versuchung muss doch groß sein, endlich auch Anerkennung für Ihre Arbeit zu bekommen. In einem anderen Land könnten Sie sich ganz der wissenschaftlichen Forschung widmen und müssten sich durch keine Hintereingänge schleichen. Außerdem bestünde dort keine Gefahr für Ihre Freiheit. Was hält Sie noch in Deutschland?«

»Eine Frau«, antwortete Lorenz leise. Seine Kehle fühlte sich wie zugeschnürt an, sobald er an Frida dachte. Seit dem verhängnisvollen Gespräch vor fünf Jahren war ihre Beziehung nicht mehr dieselbe wie vorher. Was vor allem daran lag, dass sie in Friedrichs' Haus in Perleberg wohnte und dort Bertrams Mutter pflegte, nachdem sich deren Zustand verschlechtert hatte.

Bei jedem seiner Besuche in Perleberg bemühte sich Lorenz, eine Gelegenheit zu finden, mit ihr allein zu sein. Leider schaffte er es nur an den Wochenenden, in die Heimatstadt zu fahren. Dann hielten sich auch Bertram und dessen Vater dort auf und sorgten dafür, dass es nur selten zu einem kurzen Treffen zwischen Frida und ihm kam. Obwohl sie beteuerte, ihn noch immer zu lieben, konnte Lorenz nicht länger leugnen, dass es eine besorgniserregende Distanz zwischen ihnen gab. Außerdem war ihm bei ihrem letzten Treffen aufgefallen, dass der frühere Glanz in ihren braunen Augen beinahe gänzlich verschwunden war. Seitdem plagten ihn noch mehr Schuldgefühle als ohnehin schon. Er hatte ihre aufkeimende Liebe der Wissenschaft geopfert und nun sah alles danach aus, dass es der größte Fehler seines Lebens gewesen sein könnte. Wie könnte Frida ihm da vertrauen und mit ihm in ein neues Leben fliehen? Doch ohne sie zu gehen, fühlte sich vollkommen falsch an. Er musste bleiben, um sie nicht noch einmal zu enttäuschen.

»Sie meinen es ernst mit ihr?«, riss Lise Meitner ihn aus seinen düsteren Gedanken und sah ihn forschend an. »Sie haben mir nie von ihr erzählt.«

»Wir haben auch nie über Herzensangelegenheiten gesprochen.« Lorenz rutschte verlegen auf seinem Stuhl herum und räusperte sich. »Um Ihre Frage zu beantworten: Ja, ich liebe sie. Aber ich glaube, sie denkt inzwischen, dass ich nicht der Richtige für sie bin. Vor fünf Jahren wollte Frida, dass ich mit ihr das Land verlasse.«

»Sie haben sich dagegen entschieden.«

Lorenz nickte, unfähig, ein Wort herauszubringen.

»Ich würde Ihnen gern sagen, dass Ihr Entschluss der richtige war. Aber ich werde mir nicht anmaßen, darüber zu urteilen. Ich hoffe nur, Ihnen ist bewusst, dass Sie bisher durch die Arbeit im Institut geschützt waren. Für die meisten Juden ist die Lage in Deutschland inzwischen weitaus bedrohlicher. Ihnen kann viel mehr passieren, als verhaftet zu werden.«

»Sie befürchten …?«

»Ich befürchte vieles, seitdem dieses Land in einen braunen Sumpf abrutscht. Aber ich werde diese Befürchtungen nicht aussprechen, da ich hoffe, dass sie niemals eintreffen werden. Sollte es aber so sein, wäre mir leichter ums Herz, Sie in Sicherheit zu wissen. Sie sind mir als Mensch sehr wertvoll geworden und haben sich mir gegenüber stets respektvoll, integer und vertrauenswürdig verhalten. Dafür danke ich Ihnen.«

»Ich kann mich glücklich schätzen, dass ich mit Ihnen arbeiten durfte. Ich habe sehr viel von Ihnen gelernt«, erwiderte Lorenz bewegt und sah sie mit unverhohlener Bewunderung an. »Trotzdem kann ich Frida nicht zurücklassen.«

»Sie müssen sich nicht sofort entscheiden, Lorenz.« Lise Meitner legte ihm beschwörend ihre Hand auf die Schulter. »Gehen Sie nach Hause und denken Sie darüber nach. Die Details können später geklärt werden. Reden Sie zuvor mit Frida. Da sie Ihnen offenbar so viel bedeutet, schließe ich sie gern in mein Angebot ein. Es wäre für Sie beide der richtige

Weg, ein Weg in die Freiheit. Dieser Staat hat für Menschen wie uns keine Zukunft.«

»Also gut, ich werde es versuchen und nach Perleberg fahren.«

»Tun Sie das, aber warten Sie damit nicht zu lange.«

»Versprochen.«

»Dann lassen Sie uns das Gespräch für heute beenden. Es war ein langer und bei Gott kein leichter Tag für uns beide.«

»Darf ich Ihnen eine letzte Frage stellen?«

»Sicher, nur zu. Fragen Sie!«

»Sie waren nie verheiratet und haben keine Kinder. Warum?«

»Warum?«, wiederholte Lise Meitner leise und starrte einen Moment lang ins Leere, während sie ihre Hände knetete. Nach einer Weile fuhr sie kaum hörbar fort: »Ich habe mich für die Liebe meines Lebens entschieden. Bis heute habe ich es nie bereut.«

»Also gibt es jemanden, der Ihnen nahesteht?«, fragte Lorenz verblüfft, bereute es aber sofort. »Tut mir leid, das war wohl zu persönlich.«

»Schon gut«, winkte sie mit einem wehmütigen Lächeln ab und schüttelte unwillkürlich den Kopf. »Nein, es gibt keinen Mann an meiner Seite, falls Sie das meinen. Meine persönlichen Beziehungen sind allesamt an der Wissenschaft gescheitert. Sie war immer meine große Liebe. Hätte ich sie aufgegeben, hätte ich meine Seele verloren. Ob es ein Fehler war, wer weiß das schon?«

Lorenz schwieg, während Lise Meitner sich erneut zum Fenster drehte. Dann verließ er das Hotelzimmer und ging mit großen Schritten den Weg zurück, den er mit ihr gekommen war. Vor dem Hotel angelangt, richtete er den Kragen seines Mantels nach oben und schlug gedankenverloren den Weg zu seiner Wohnung ein. Er war entschlossen, gleich am nächsten Tag nach Perleberg zu reisen, um mit Frida zu reden.

* * *

Lorenz verließ seine Wohnung noch vor Sonnenaufgang, um den ersten Zug zu nehmen. Als er an dem Haus vorüberkam, in dem Bertram wohnte, warf er einen Blick nach oben. Wie erwartet, brannte kein Licht hinter dem Fenster. Vermutlich schlief sein Freund noch. Verwunderlich war nur, dass er sich am Abend zuvor nicht bei ihm hatte blicken lassen. Schließlich musste er inzwischen von seinem Rauswurf erfahren haben, und Lorenz hatte mit einer Reaktion gerechnet, auch wenn er ihre Freundschaft längst infrage stellte. Es gab nicht nur ein Anzeichen, dass Bertram ein falsches Spiel spielte und ihm in seiner gekränkten Eitelkeit nie verziehen hatte, dass Frida ihn, Lorenz, liebte.

Nach einem Blick auf die Uhr schob er den Gedanken beiseite und beeilte sich, zum Bahnhof zu gelangen. Um den Weg abzukürzen, überquerte er am Bahnhofsvorplatz den abgesperrten Bereich einer Baustelle und hetzte ins Gebäude. Der Zug stand bereits auf den Gleisen, die unter dichten Rauchschwaden verschwanden. Dazwischen tauchte schemenhaft der Bahnhofsvorsteher auf und drängte die wenigen Reisenden zum Einsteigen, sodass Lorenz keine Zeit verlor und auf das Trittbrett sprang. Er fand ein leeres Abteil und setzte sich ans Fenster. Müde schloss er die Augen, um während der Fahrt ein wenig zu schlafen. Er ahnte, dass er für das Gespräch mit Frida seine ganze Kraft benötigen würde.

Vier Stunden später stieg er mit klopfendem Herzen an der Haltestelle seiner Heimatstadt aus. Um seine Aufregung unter Kontrolle zu bringen, atmete er tief durch, während er mit einer Hand den Kragen seines Mantels geschlossen hielt und das Bahnhofsgebäude verließ. Zwei Straßen weiter hielt er vor einem Blumenladen inne, betrat ihn nach einem kurzen Zögern und ließ sich einen Strauß Dahlien mit zartgrünem Efeu in Papier einschlagen.

»Sind die Blumen für Frida?«, erkundigte sich die rundliche Besitzerin des Geschäfts, während sie Lorenz neugierig musterte.

»Nein.« Lorenz fühlte sich ertappt und senkte den Blick. Er kannte Hulda Möhring seit vielen Jahren und wusste, dass ihr nichts entging. »Für Bertrams Mutter.«

»Das ist wirklich nett von dir, sie freut sich sicher darüber. Die Arme kommt trotz der langen Zeit einfach nicht auf die Füße. Dabei hat sie das weiß Gott nicht auch noch verdient und ist mit Ludger mehr als genug gestraft. Zum Glück steht ihr Frida zur Seite, die sich rührend um sie kümmert. Sie ist ein gutes Mädchen und so ...«

»Ich muss weiter, Frau Möhring«, unterbrach Lorenz ihren Redefluss mit einem erzwungenen Lächeln. »Es war schön, Sie wiederzusehen.«

»Aber du bist doch gerade erst gekommen. Wie geht es eigentlich deinen Eltern? Und was wird aus eurem Haus? Es steht seit Jahren leer.«

»Mein Vater hat vor seiner Abreise einen Nachbarn beauftragt, der nach dem Rechten schaut«, gab Lorenz knapp Auskunft und ging zur Tür. »Meinen Eltern geht es so weit gut, aber sie vermissen ihre Heimat und mich natürlich auch.«

»Mir fehlen sie auch, vor allem dein Vater. Der neue Arzt kann ihm nicht das Wasser reichen«, rief Frau Möhring ihm nach und seufzte. »Doktor Schuchert behandelt zwar mein Rheuma und bemüht sich, aber ...«

Lorenz hatte die Tür bereits hinter sich geschlossen. Mit großen Schritten lief er auf Friedrichs' Haus zu und drückte, ohne noch mehr Zeit zu verlieren, auf den Klingelknopf.

Erwartungsvoll sah er den kommenden Minuten entgegen. Noch einmal prüfte er den Sitz seiner Krawatte und begann die Blumen auszuwickeln. Als sich drinnen Schritte näherten, trat er nervös von einem Fuß auf den anderen. Doch als sich die Tür öffnete, stand nicht Frida, sondern Bertram vor ihm, dessen Erschrecken nicht größer hätte sein können. Nur mit Mühe hielt er seine Gesichtszüge unter Kontrolle.

»Du?«, fragte er und musterte Lorenz misstrauisch. Anstatt ihn hineinzubitten, blieb er im Türrahmen stehen und versperrte ihm den Weg. »Wieso tauchst du plötzlich hier auf? Warum bist du nicht in Berlin?«

»Dasselbe könnte ich dich fragen«, konterte Lorenz und sah über Bertrams abweisende Begrüßung hinweg. »Du hast dich tagelang nicht im Labor blicken lassen.«

»Ich hatte Besseres zu tun. Meine Mutter besuchen zum Beispiel.«

»Ich hatte vielmehr den Eindruck, dass du mir aus dem Weg gegangen bist. Wusstest du, dass Hahn Frau Meitner und mir raten würde, das Institut zu verlassen?« Lorenz sah den Freund forschend an und wartete auf eine Reaktion. Dabei fiel ihm auf, dass er seinem Blick auswich, als hätte er etwas zu verbergen. Sein Verdacht, dass Bertram ihn herterging und mit seinem Vater unter einer Decke steckte, erhärtete sich. Doch noch hoffte er, dass sein Freund auflachen, sein Misstrauen aus dem Weg räumen oder vielleicht sogar wütend sein würde. Stattdessen zuckte Bertram gleichmütig mit den Schultern.

»Ja, das war mir bekannt. Aber eine endgültige Entscheidung ist noch nicht getroffen.«

»Was heißt das?«, erkundigte sich Lorenz hoffnungsvoll.

»Was wohl? Lise Meitner wird ihre Versuchsreihe zu Ende bringen. Ihr Fortgehen könnte dem Ansehen des Instituts schaden. Deshalb setzt du dich jetzt auch besser in den nächsten Zug und kehrst zurück ins Labor.«

»Vorher muss ich mit Frida reden. Willst du mich nicht reinbitten?« Lorenz warf einen Blick über Bertrams Schulter. Doch von seiner Freundin war nichts zu sehen.

»Das geht nicht, sie ist krank. Ich richte ihr deine Grüße aus.«

»Frida ist krank? Warum hast du mir nicht früher Bescheid gesagt? Kann ich etwas für sie tun?«, fragte Lorenz beunruhigt.

»Keine Sorge, darum kümmere ich mich schon«, wehrte Bertram ab und nahm seine gewohnt selbstsichere Pose ein. »Schließlich tue ich es sonst auch.«

»Doch nur, weil du jedes Treffen zwischen mir und Frida verhinderst. Glaubst du, ich merke nicht, wie du sie vor mir abschirmst? Kann ich nicht wenigstens …«

»Nein!«, fiel Bertram ihm harsch ins Wort. »Und spar dir deine haltlosen Unterstellungen. Frida hat sich eine Grippe eingefangen und braucht jetzt Ruhe. Im Moment kannst du ihr sowieso nicht helfen. Geh jetzt!«

»Nur wenn du mir versprichst, mich sofort zu informieren, falls sich ihr Zustand verschlechtert.«

»Von mir aus«, lenkte Bertram ein. »Was wolltest du eigentlich von ihr?«

»Was wohl? Ich möchte sie sehen. Frida ist immer noch meine Freundin und …« Lorenz verstummte, als aus dem Innern des Hauses eine schwache, etwas heisere Stimme drang.

»Bertram! Mit wem sprichst du da?« Lediglich mit einem dünnen Nachthemd bekleidet kam Irma Friedrichs die Treppe hinab. »Ist das etwa Lorenz?«

»Ja, Mutter. Er wollte gerade gehen.«

»Das ist aber schade.« Bertrams Mutter erreichte die Tür und blieb schwer atmend stehen. »Du hast uns lange nicht besucht. Ich freue mich, dass du dich endlich einmal blicken lässt.«

»Tut mir leid«, entschuldigte sich Lorenz und verzichtete darauf zu erwähnen, dass ihr Mann und Bertram ihm jeglichen Zutritt verwehrt hatten. Stattdessen übergab er ihr den Blumenstrauß. »Ich hatte viel zu tun. Wie geht es Ihnen?«

»Gut, ich will mich nicht beklagen«, sagte sie leise und steckte ihre Nase in die Blüten. »Danke für die Blumen. Sie sind sehr hübsch.«

Lorenz nickte nur. Er konnte sein Erschrecken über ihr Aussehen nur schwer verbergen und zwang sich zu einem Lächeln. Bertrams Mutter war bis auf die Knochen abgemagert, sodass es aussah, als würde nur die graue Haut, die sich über ihre verhärmten Züge spannte, das Gesicht zusammenhalten. Die müden Augen wirkten hingegen übernatürlich groß, als sie ihn freundlich ansah.

»Komm doch herein«, forderte sie ihn auf. »Frida wird sich freuen, dich zu sehen.«

»Schluss damit, Frida wird gar nichts«, mischte sich Bertram ein und warf seiner Mutter einen verärgerten Blick zu, sodass sie zusammenzuckte und die spitzen Schultern einzog. »Du gehst jetzt besser zurück ins Bett. Oder willst du dir auch noch eine Lungenentzündung einfangen?«

»Natürlich nicht, mein Junge.« Mit einem gezwungenen Lächeln kehrte sie zur Treppe zurück und schleppte sich Stufe für Stufe nach oben. Lorenz nutzte den Augenblick und näherte sich der Türschwelle. Doch Bertram kam ihm zuvor und baute sich breitbeinig vor ihm auf.

»Gib dir keine Mühe, ich lasse dich nicht rein. Mein Vater ist nur kurz weg, um Zigaretten zu holen. Er kommt sicher gleich zurück. An deiner Stelle würde ich ihm nicht über den Weg laufen. Du hast immer noch eine gültige Vereinbarung mit ihm und tätest gut daran, sie zu erfüllen«, erinnerte er ihn gereizt an Friedrichs' Erpressung. »Ansonsten könnte er seinen Teil der Abmachung vergessen. Ich nehme an, dir ist bewusst, dass es ein Gesetz gibt, das es Juden verbietet, für Deutsche zu arbeiten. Du willst doch nicht, dass die Gestapo hier auftaucht und Frida abholt, oder? Also halte dich gefälligst von ihr fern!«

»Drohst du mir gerade?« Wütend starrte Lorenz ihn an, nicht willens, den Blickkontakt als Erster zu beenden. »Was ist los mit dir? Hast du nicht behauptet, wir wären noch Freunde? Stattdessen habe ich das Gefühl, dass du dich zwischen Frida und mich stellen willst.«

»Bilde dir bloß nicht zu viel ein.« Bertram zog die Augenbrauen zusammen und musterte ihn scharf, während er die Arme vor der Brust verschränkte. »Du bist nicht der Einzige, den Frida geküsst hat. Ich hatte das Vergnügen viel früher als du und habe jede Sekunde genossen.«

»Du lügst! Weil du immer noch in sie verliebt bist. Nichts davon ist wahr.« Lorenz stieß ihn an den Schultern nach hinten, sodass Bertram zurückstolperte und ihn fassungslos ansah. Es war das erste Mal, dass Lorenz ihm gegenüber handgreiflich wurde, und für einen Moment sah es aus, als wollte er sich auf ihn stürzen. Doch er beließ es bei einer wegwerfenden Handbewegung.

»Glaub, was du willst. Und jetzt verschwinde!« Mit einem selbstgefälligen Grinsen schlug Bertram ihm die Tür vor der Nase zu, die mit einem lauten Geräusch ins Schloss fiel.

Lorenz hingegen war unfähig, sich zu rühren. Seine Finger krallten sich um das Geländer der Treppe. Er musste sich an irgendetwas festhalten, bevor ihm der Boden unter den Füßen wegbrach. Bertrams Behauptung, dass Frida ihn geküsst hätte, brachte ihn völlig aus dem Gleichgewicht. Er wusste nichts davon, sie hatte kein Wort darüber verloren. Aber war das nicht Beweis genug, dass der Kuss ihr nichts bedeutet hatte? Wahrscheinlich hatte Bertram sie sogar bedrängt und Frida ihn gar nicht erwidert. Vielleicht hatte sie versucht, ihn abzuwehren und …

Verwirrt wandte sich Lorenz ab und verließ das Grundstück. Grübelnd schlug er den Weg in die entgegengesetzte Richtung ein, aus der er vor wenigen Minuten gekommen war, während er sich wehmütig an die Zeit zurückerinnerte, als Bertram und er in seinem Studentenzimmer gesessen und Pläne gegen dessen Vater geschmiedet hatten. Wann immer er Bedenken gegen dessen Angebot geäußert hatte, war es sein Freund gewesen, der sie mit wenigen Argumenten fortgewischt hatte. Lorenz hatte ihm vertraut und daran geglaubt, dass Friedrichs ihrer Freundschaft nichts anhaben konnte. Doch damit schien es endgültig vorbei zu sein.

Benommen erreichte Lorenz die Kreuzung, von der die Straße zu seinem Elternhaus abbog. An der Ecke standen drei Uniformierte, die sich lautstark unterhielten und rauchten. Während Lorenz die Straße überquerte, vermied er es nach einem ersten Blick, zu ihnen hinzuschauen. Aus den Augenwinkeln registrierte er, wie einer der Kerle ihn dennoch mit finsterer Miene anstarrte. Er war hochgewachsen und kräftig und hatte ein Rattengesicht mit blitzenden blauen Augen und scharf geschnittener Nase. Unter seinem spärlichen Oberlippenbart lugten vorstehende Schneidezähne hervor. Trotz des kleinen Makels entsprach er dem Idealbild eines Germanen und passte exakt in die Bewegung der Nationalsozialisten.

»Schaut mal, Jungs!«, rief er. »Wenn das nicht der Löwenthal ist, fresse ich einen Besen. Der Jude traut sich tatsächlich noch hierher.«

Lorenz erschrak, beschleunigte seine Schritte und stellte erleichtert fest, dass ihm niemand folgte. Er atmete auf, als er die Wittenberger Straße ungehindert erreichte und wenig später vor seinem Elternhaus stand und einen Blick in den verwahrlosten Garten warf. Betrübt schaute er an der beschmutzten Fassade hinauf zu den Fenstern. Die Scheiben waren blind vor Dreck oder zersplittert. Von der Holzverkleidung des Daches blätterte die Farbe ab. Irgendwann würde er sich darum kümmern müssen. Es sei denn, er verließ Deutschland, wie Lise Meitner ihm geraten hatte.

»Es hat sich in den letzten Jahren viel verändert«, hörte er plötzlich, ohne vorher auch nur das geringste Geräusch wahrgenommen zu haben, eine vertraute Stimme hinter seinem Rücken sagen. Als er zu ihr herumfuhr, traute er seinen Augen kaum.

»Frida!« Sein Herz machte einen Satz. Zugleich erfasste ihn eine riesige Erleichterung, sodass er einen tiefen Seufzer von sich gab. »Ich dachte, du seist krank. Woher wusstest du, wo du mich findest?«

»Nun, sagen wir, ich hatte so ein Gefühl. Irma hat mir verraten, dass du in Perleberg bist.«

»Weiß Bertram, dass du hier bist?«

»Nein. Seine Mutter hat einen Schwächeanfall vorgetäuscht, nachdem du fort warst. Bertram hat den Arzt gerufen und ist für eine Weile beschäftigt. Er hat mit Sicherheit keinen Verdacht geschöpft.«

»Bist du davon überzeugt?«, fragte Lorenz zweifelnd.

»Felsenfest.«

»Hoffentlich. Ich will nicht, dass er wütend auf dich ist. Es könnte unangenehme Folgen für dich haben, wenn er sich hintergangen fühlt. Inzwischen traue ich ihm alles zu.«

»Dann hast du ihn endlich durchschaut?« Frida lächelte gequält und trat einen Schritt an ihn heran. »Ist alles in Ordnung?«, fragte sie. »Du wirkst so aufgelöst.«

»Bertram und ich hatten eine Auseinandersetzung.« Lorenz holte tief Luft. »Er hat behauptet, ihr hättet euch geküsst. Ist das wahr?«

»Es stimmt, aber der Kuss ist eine Ewigkeit her. Es passierte an dem Tag, an dem Meisel mir das Medizinstudium verwehrte. Ich war verwirrt, Bertram hat mich getröstet und ich habe mich hinreißen lassen. Der Kuss hatte nichts zu bedeuten und das habe ich ihm damals auch sofort klargemacht.«

»Dann wollte er mich nur herausfordern.« Ein erleichtertes Lächeln schlich sich auf Lorenz' Lippen. »Dabei hat er sich mal unser Freund genannt. Ich habe ihm vertraut, aber sieh nur, was aus ihm geworden ist. Nicht nur, dass er es nicht ertragen kann, dass du ihn nicht liebst, er lässt sich auch zunehmend von seinem Vater beeinflussen.«

»Ich verstehe es ebenso wenig wie du. Nach allem, was er mit ihm durchgemacht hat, müsste er es besser wissen. Aber Menschen ändern sich, Bertram ist das beste Beispiel dafür.«

Lorenz nickte zustimmend. Er war viel zu aufgewühlt, um jetzt weiter über den einstigen Freund nachzudenken. Stattdessen schaute er Frida mit besorgtem Blick an, bevor er nach kurzem Schweigen hinzufügte: »Ich muss mit dir reden. Lass uns ins Haus gehen, dort sind wir ungestört. Natürlich nur, wenn es dir nicht unangenehm ist, mit mir ...«

»Wenn es mir etwas ausmachen würde, wäre ich nicht hier«, unterbrach ihn Frida mit einem Lächeln und nahm seine Hand. Sie zog ihn mit sich, während er den Haustürschlüssel aus der Manteltasche zog. Hastig öffnete er die Tür und ließ ihr den Vortritt, bevor er sie hinter sich schloss. Abgestandene Luft schlug ihnen entgegen, als sie zögernd den Flur betraten und nach oben gingen. Die Treppe war schmal und steil, sodass ihre Körper sich berührten.

Als Lorenz die Tür zu seinem Zimmer öffnete, waren die Vorhänge, die seine Eltern vor ihrer Ausreise geschlossen hatten, immer noch zugezogen. Er selbst hatte sich bei den seltenen Besuchen zu Hause nicht die Mühe gemacht, die oberen Fenster zu öffnen. Doch nun schob er den schweren Stoff beiseite, um Licht hereinzulassen. Dann betrachtete er Frida, die ihren Mantel abgelegt hatte und mitten im Raum stand.

Sein Blick glitt über ihr Gesicht, ihre tiefbraunen Augen, ihre schmale Gestalt, bis zu den langen Beinen, die sich unter ihrem Rock abzeichneten. Sie war noch schöner geworden und reifer, aber nicht fremd. Als er ihre Hand nahm, schien es fast wie früher zu sein, sodass er nicht länger widerstehen konnte und seine Lippen auf ihren Mund presste. Es war ein sanfter Kuss, der viel zu rasch vorbeiging, als Frida sich von ihm löste.

»Du wolltest reden«, erinnerte sie ihn kühl und wich einen Schritt zurück.

»Stimmt, das wollte ich.« Lorenz nickte und berichtete ihr in der nächsten halben Stunde, was sich in Berlin zugetragen hatte. Er ließ nichts von dem aus, was ihn beunruhigte, und sprach auch von Lise Meitners Warnungen. Bis er ihr am Ende seinen Plan offenbarte, mit ihr gemeinsam auszureisen. Obgleich er anfangs geglaubt hatte, es würde ihm schwerfallen, ihr davon zu erzählen, fühlte er sich nun erleichtert. Frida hatte stumm zugehört und ihn kein einziges Mal unterbrochen. Erst als er sie fragend ansah, fand sie Worte.

»Woher soll ich wissen, dass du es dieses Mal wirklich ernst meinst und diese Entscheidung nicht morgen schon bereust?«, fragte Frida. Sie legte ihren Kopf in den Nacken und suchte seinen Blick. »Was ist heute anders als vor fünf Jahren, Lorenz? Schon damals war klar, worauf wir zusteuern. Wer sagt mir, dass ich dir vertrauen kann?«

Lorenz schluckte. Ihre Worte trafen ihn schmerzhaft, aber noch mehr setzte ihm der verletzliche Ton in ihrer Stimme zu. Sekundenlang hatte er Mühe, überhaupt zu atmen. Er war mit der Hoffnung gekommen, dass Frida ihn verstehen würde und ihre Gefühle für ihn immer noch dieselben waren. Vielleicht sogar noch stärker durch die Sehnsucht aufgrund ihrer Trennung, und für einen Moment hatte es tatsächlich so ausgesehen. Sie hatte zugelassen, dass er sie küsste.

Er wusste aber auch, dass ihre Zweifel berechtigt waren, und hatte keine Ahnung, wie er sie aus dem Weg räumen könnte. Welche Sicherheit könnte er ihr schon geben? Wie ihr Vertrauen in ihn zurückgewinnen? Es schmerzte ihn beinahe körperlich, sie so vor sich zu sehen und die Distanz, die sie ausstrahlte, zu spüren. Zugleich begehrte er sie in diesem Moment mehr als alles andere auf der Welt. Die tiefen Empfindungen, die ihn regelrecht überschwemmten, machten es ihm schwer, die richtigen Worte zu finden, die seine Glaubwürdigkeit untermauerten.

»Es war ein Fehler, dass ich nicht auf dich gehört habe«, beteuerte er. »Du ahnst nicht, wie oft ich die damalige Entscheidung bereut habe und wie sehr du mir fehlst. Aber ich kann es nicht ungeschehen machen und noch ist es nicht zu spät. Mit Lise Meitners Hilfe können wir nach Stockholm fliehen oder zu meinen Eltern nach Holland. Mein Vater hat mich in seinen Briefen schon mehrfach aufgefordert, zu ihnen zu kommen.«

»Warum jetzt, Lorenz?« In einer hilflosen Geste hob Frida die Hände, die Handflächen nach oben gerichtet, und schüttelte unmerklich den Kopf. Der Klang ihrer brüchigen Stimme ließ ihn zusammenzucken.

»Weil ich erkannt habe, wie sehr ich dich liebe. Ich möchte mit dir zusammen sein. Die Frage ist, ob du bereit bist, mir zu verzeihen.«

Frida zögerte. Unbewusst strich sie mit dem Daumen über die Narbe zwischen den mittleren Fingern. Ein untrügliches Zeichen ihrer Nervosität. Als Lorenz sanft ihr Kinn hob und in ihre Augen blickte, spiegelten sie das wider, was sie empfand. Er las ihre Liebe darin, Sehnsucht, aber auch Unsicherheit und Angst.

»Sag doch was«, bat er. Während sein Herz schmerzhaft in seiner Brust hämmerte, wartete er mit angehaltenem Atem auf ihre Antwort. Als Frida ihm ein zaghaftes Lächeln schenkte, war es jedoch nicht von der Art, die Lorenz sich erhofft hatte.

»Es ist nicht deine Liebe, an der ich zweifle«, sagte sie leise. »Sondern der Gedanke, dass du es meinetwegen tun würdest und nicht glücklich werden würdest. Wenn du ehrlich zu dir bist, ist dein Platz im Labor, Lorenz. Es würde Monate, wenn nicht sogar Jahre dauern, bis du dir in einem anderen Land aufgebaut hast, was du hier zurücklassen würdest. Ich kann dir das nicht nehmen. Du würdest deine wahre Bestimmung in den Hintergrund drängen.«

»Du hast recht«, gab Lorenz zu und ergriff ihre Hände. »Ich leugne nicht, dass es schwer werden wird. Die wissenschaftliche Forschung bedeutet mir sehr viel. Ich habe immer gehofft, eines Tages in die Riege der erfolgreichen Physiker aufsteigen zu können. Aber jetzt habe ich erkannt, wie viel wichtiger es ist, glücklich zu sein. Ich kann nicht aufhören, dich zu lieben, Frida. Lass uns die verlorene Zeit einholen. Komm mit mir nach Berlin und hör dir bitte an, was Lise Meitner geplant hat.«

»Es wäre zum jetzigen Zeitpunkt viel zu gefährlich.« Ihre Stimme klang leise und verhalten, sodass Lorenz Mühe hatte, ihren Worten zu folgen. »Wenn wir gemeinsam gingen, würde Bertram Verdacht schöpfen. Ich könnte …«

»Heißt das, du wärest unter anderen Umständen dazu bereit?«, fiel Lorenz ihr ins Wort und hatte das Gefühl, als würde sein Herzschlag aussetzen, während die Anspannung fast bis ins Unerträgliche stieg. »Du verzeihst mir?«

»Wenn du es wirklich ernst meinst.« Frida nickte bedächtig. »Ja, dann würde ich mit dir überall hingehen. An meinen Gefühlen hat sich nichts geändert. Ich liebe dich.«

Lorenz starrte sie für einen Moment ungläubig an. Frida liebte ihn noch! Obwohl er sie durch die damals verpasste Flucht in Friedrichs' Haus gebracht hatte und sie sich in den letzten Jahren kaum gesehen hatten, stand sie zu ihm und war bereit, mit ihm zu gehen.

»Noch einmal werde ich dich nicht enttäuschen«, schwor er aufgewühlt und hauchte einen Kuss auf ihren Handrücken, wobei ihn leichter Schwindel erfasste. Die scheinbar harmlose Berührung schien Stromstöße durch seinen Körper zu senden und löste eine Welle von Empfindungen in ihm aus: Verlangen, Glücksgefühle und ein Sehnen, das in dieser Sekunde überhandnahm.

Ungestüm zog er Frida an sich. Als sie es geschehen ließ, strich er zärtlich über ihren Hals und hielt am Brustansatz inne, den er noch nie berührt hatte. Sein Herz klopfte, als wollte es zerspringen, während er ihre Bluse öffnete und seine Finger zu ihren Brüsten glitten. Fridas Körper durchfuhr ein Schauer, als er sie drückte, sodass er sie erschrocken losließ.

»Bin ich zu weit gegangen?«, keuchte er beschämt. Es war ihm peinlich, dass er keinerlei Erfahrung mit Frauen besaß und mit seinen dreiundzwanzig Jahren noch unschuldig war. In Berlin war er auf Bertrams Drängen ein paarmal mit Mädchen ausgegangen, die sich ihm bereitwillig hingegeben hätten. Doch immer war Fridas Gesicht vor seinem inneren Auge aufgetaucht, sodass es nie so weit gekommen war, dass er eines der Mädchen nackt gesehen hatte. Er wollte, dass Frida die erste Frau in seinem Leben war. Umso eingeschüchterter fühlte er sich in diesem Augenblick, als sie ihn so seltsam anschaute. Ohne den Blick von ihm zu nehmen, streifte sie ihren Rock ab. Lorenz merkte, wie ihm die Röte in die Wangen schoss, sah die Aufforderung in ihren Augen und drückte sie sanft aufs Bett. Er hörte ihren keuchenden Atem, als er seine Hose nach unten zog und sich auf sie legte.

»Ist es das erste Mal für dich?«, fragte er atemlos.

»Ja. Was ist mit dir?«

»Für mich auch. Ich bin vorsichtig, versprochen.« Sanft strich er ihr übers Haar. »Und du bist sicher …«

»Ganz sicher«, flüsterte sie und bedachte ihn mit einem Blick, der alles sagte, sodass Lorenz sich seiner Leidenschaft und dem Sturm der Gefühle hingab.

Kapitel 12

Perleberg, November 1938

Bertram hockte am Tisch und hielt ein Exemplar des *Völkischen Beobachters* in der Hand. Angespannt gab er die Schlagzeilen mit eigenen Worten wieder, sodass Frida, die gerade das Abendessen vorbereitete, sichtlich beunruhigt aufhorchte.

»Ein siebzehnjähriger Pole hat in Paris einen deutschen Botschaftssekretär niedergeschossen und soll sich danach der Polizei gestellt haben. Das Opfer wurde ins Spital gebracht und kämpft dort offenbar um sein Leben.«

»Wie furchtbar«, erwiderte Frida, während sie sich die Hände wusch. »Gibt es denn überhaupt keine guten Nachrichten mehr?«

»Der Attentäter ist offenbar ein Jude«, fuhr Bertram fort und runzelte nachdenklich die Stirn, als er bemerkte, dass Frida mit ihren Gedanken ganz woanders zu sein schien. »Göring spricht von einer feigen, verabscheuungswürdigen Tat, die das deutsche Volk nicht tatenlos hinnehmen dürfe. Hier steht, dass es der Beginn einer neuen deutschen Haltung in der Judenfrage sei.«

»Worauf du wetten kannst.« Ludger Friedrichs betrat die Küche, noch bevor Frida etwas entgegnen konnte. Er trug einen schwarzen Mantel über seiner Uniform und glänzende Stiefel, die er anbehielt, obwohl sie kleine schmutzige Pfützen auf den Bodendielen hinterließen. Den Mantel warf er achtlos über die Lehne des Stuhls.

»Was meinst du damit?«, fragte Bertram.

»In Berlin überschlagen sich gerade die aktuellen Meldungen.« Sein Vater setzte sich an den Tisch und streckte die Beine weit aus. »Das deutsche Volk ist mehr als nur empört. Und ich sag euch was: Dieses Attentat geht nicht auf das Konto eines Einzelnen. Es zeigt einmal mehr, zu welch abscheulichen Taten dieses Pack fähig ist.«

»In der Zeitung steht, es handle sich um einen Einzeltäter.«

»Dummes Zeug«, erklärte sein Vater und winkte ab. »So ein Attentat kann nur von langer Hand geplant sein. Aber dieses Mal werden sie damit nicht durchkommen. Sie werden dafür bezahlen. Reichsminister Göring hat betont, dass es unsere höchste Pflicht sei, diese Freveltat zu sühnen und die Ordnung zum Wohle von Volk und Vaterland wiederherzustellen. Recht hat er. Es kann nicht angehen, dass jeder dahergelaufene Jude unsere Diplomaten über den Haufen schießt. Wir müssen die Menschen schützen, die der Partei ihre Stimme gegeben haben und auf den Führer vertrauen.«

»Und wer schützt das jüdische Volk vor der Willkür der Nazis?«, platzte es völlig unerwartet aus Frida heraus.

Bertram schaute sie verblüfft an. Er konnte sich nicht erinnern, dass sie es jemals gewagt hatte, das Wort gegen seinen Vater zu erheben.

Verlegen wischte sie ihre Hände an der Schürze trocken, bevor sie nun leiser hinzufügte: »Das alles ist doch nur ein Vorwand, um noch mehr Hass und Verbitterung in der Bevölkerung hervorzurufen.«

»Diesen Hass haben sich die Juden selbst zuzuschreiben.«
Sein Vater durchbohrte sie strafend mit den Augen. »Eine Saat, die so gesät wird, kann nur Rache hervorbringen. Deshalb wird das deutsche Volk auch keine Gnade kennen. Du kannst von Glück reden, dass du hier wohnen darfst. Noch! Das kann sich jederzeit ändern. Ich rate dir, nimm dir nicht zu viel heraus.«

Bertram sah, wie Frida zusammenzuckte und blass wurde. Unwillkürlich schüttelte er den Kopf. Nach fünf Jahren wusste sie immer noch nicht, wie sie sich seinem Vater gegenüber verhalten sollte. Ihre Angst vor ihm wirkte mittlerweile albern. Er hatte ihr bis heute kein Haar gekrümmt und schenkte ihr kaum Aufmerksamkeit. Für ihn war sie nur Mittel zum Zweck. Auch jetzt schaute er gleichmütig über sie hinweg und wendete sich schlecht gelaunt an Bertram.

»Ich habe erfahren, dass du dich seit über einer Woche nicht im Institut hast blicken lassen. Stattdessen treibst du dich in Bars und Kneipen herum und wechselst deine Freundinnen wie andere Leute ihre Unterhosen. Die Mitarbeiter reden bereits über dich.«

»Und wenn schon, wieso musst du wieder damit anfangen? Ich kann deine Vorwürfe nicht mehr hören«, beschwerte sich Bertram, obgleich er wusste, dass sein Einwand auch heute auf taube Ohren stoßen würde. »Ich lasse mir mein Leben nicht von deinen Ansprüchen bestimmen.«

»Das solltest du aber, davon leben wir nämlich«, fuhr sein Vater ihn mit ausgestrecktem Zeigefinger an. »So geht es jedenfalls nicht weiter. Ich werde nicht tatenlos zuschauen, wie du mich zum Gespött der Angestellten machst. Offenbar bist du dir nicht einmal bewusst darüber, was du damit anrichten könntest. Du zerstörst meinen Ruf.«

»Du wusstest von Anfang an, worauf du dich mit mir einlässt.« Auch Bertram wurde nun laut. »Wie oft soll ich es noch sagen, dass ich nicht zum Naturwissenschaftler geboren bin? Egal, was ich anstelle, ich kann es dir sowieso niemals recht machen, verdammt noch mal.«

»Hör auf, in meinem Haus zu fluchen! Ich verbiete es dir.«

»Ist das dein Ernst? Ausgerechnet du willst mir Moral predigen?« Bertram lachte zynisch. »In diesem Haus sind schon ganz andere Dinge geschehen. Fluchen ist das Harmloseste davon. Soll ich dich daran erinnern ...«

»Schluss damit!« Sein Vater schlug mit der flachen Hand auf die Tischplatte. »Glaubst du wirklich, dass uns gegenseitige Schuldzuweisungen weiterbringen? Was geschehen ist, ist geschehen. Ich habe dich seitdem nicht nur einmal aus dem Dreck gezogen. Also reiß dich zusammen! Es wird Zeit, dass du begreifst, worum es wirklich geht.« Sein Vater erhob sich, nahm sich ein Bier und ging zur Tür. »Komm mit in mein Büro! Wir müssen etwas besprechen. Und zwar unter vier Augen!«

Ohne ein zustimmendes Wort von ihm abzuwarten, marschierte er in den kleinen Raum am Ende des Flurs, den er als Arbeitszimmer nutzte. Bertram folgte ihm mit gemischten Gefühlen und fragte sich, was er noch verbrochen haben könnte. Ton und Haltung seines Vaters sprachen Bände, sodass sich bei ihm ein schlechtes Gewissen meldete, von dem er nicht einmal wusste, woher es kam. Doch lange brauchte er nicht auf eine Erklärung zu warten.

»Löwenthal ist heute in Perleberg aufgetaucht«, teilte sein Vater ihm mit, kaum dass er in dem breiten Lehnstuhl hinter seinem mit Büchern bedeckten Schreibtisch saß. »Was hatte er hier zu suchen?«

»Er wollte Frida sehen, ich habe ihn natürlich abgewiesen.«

»Ist das alles?«, hakte sein Vater sichtbar gereizt nach.

»Sie hat Lorenz nicht zu Gesicht bekommen. Dafür habe ich gesorgt.«

»Du hast ihn abgewiesen, weil du eifersüchtig bist? Gütiger Himmel, Bertram, du hast offenbar immer noch Gefühle für sie.«

»Blödsinn, ich weiß nicht, wovon du sprichst.«

»Streit es nicht ab!« Sein Vater machte keinen Hehl aus seiner Verärgerung. »Glaubst du, ich habe keine Augen im Kopf? Du liebst sie. Deshalb bist du auch blind, was diese kleine Schlampe betrifft. Sie und der Jude mögen sich immer noch. Das weißt du doch, oder?«

»Selbst wenn, Lorenz ist in Berlin und Frida hier. Sie haben sich seit Monaten nicht gesehen.«

»Ist das so?« Die Frage klang lauernd. »Dann bist du dir deiner Sache wohl sehr sicher, wie?«

»Ja, das bin ich.«

»Also gut, dann will ich deutlicher werden. Ich habe die beiden beim Abschied beobachtet, als ich an Löwenthals Elternhaus vorbeikam. Ich nehme an, du willst nicht wissen, was sie darin getrieben haben. Also erspare ich dir Einzelheiten.«

»Unmöglich, das kann nicht sein. Du lügst.« Bertram schnappte nach Luft. Er hasste das Zittern in seiner Stimme, konnte es aber nicht verhindern.

»Keineswegs. Aber wenn du mir nicht glaubst, können wir Frida gern zu uns bitten, damit du sie selbst fragen kannst. Oder hast du Angst vor der Wahrheit? Sie wird nie zu dir gehören, Bertram, niemals. Und es ist gut, dass es so ist.«

Bertram schluckte trocken und starrte zu Boden. Der Puls in seinen Schläfen hämmerte so stark, dass er kaum einen klaren Gedanken fassen konnte. Zugleich kam er sich wie ein Trottel vor. Wenn es stimmte, was sein Vater behauptete, ließ das nur einen Schluss zu. Seine Mutter steckte mit Frida unter einer Decke und hatte den kleinen Schwächeanfall womöglich nur vorgetäuscht, damit sie sich unbemerkt aus dem Haus schleichen konnte.

»Ich rate dir allerdings davon ab«, fuhr sein Vater nach einem Moment betretenen Schweigens fort. »Lass sie weiterhin in dem Glauben, dass du ihr Freund bist.«

»Dafür könnte es bereits zu spät sein. Lorenz und ich haben uns zerstritten. Er zweifelt längst an unserer Freundschaft. Wer sollte mich also daran hindern, Frida zur Rede zu stellen?«

»Bist du wirklich so dumm, nicht zu begreifen, dass du sie und den Juden damit nur warnen würdest? Was glaubst du, warum Löwenthal plötzlich hier aufgetaucht ist? Die beiden haben gemeinsame Pläne geschmiedet, das ist doch wohl klar. Möglicherweise hat Meitner sogar angeboten, sie bei der Ausreise aus Deutschland zu unterstützen. Mich würde es nicht wundern. Aber das darf unter keinen Umständen geschehen, hast du verstanden?«

Bertram antwortete nicht. Reglos starrte er auf seine Hände.

»Hast du mich verstanden?«, wiederholte sein Vater dieses Mal schärfer. »Ich will auf keinen Fall, dass du sie warnst.«

»Warum? Welches Interesse hast ausgerechnet du daran, ihn zu halten?«

»Das kann ich dir verraten. Aber vorher schwörst du mir absolute Geheimhaltung.«

»Sei nicht albern. Du …«

»Schwör es!«, fuhr ihm sein Vater über den Mund.

»Also gut, ich schwöre. Erzählst du mir jetzt, was das ganze Theater soll?«

»Es ist kein Theater. Ich brauche Löwenthal für ein Projekt. Die deutsche Regierung strebt ab sofort eine intensive militärische Forschung an, die der Aufrüstung des Reichs dienen soll. Bedauerlicherweise konnte ich bisher trotz aller Anstrengungen keine brauchbaren Erfolge vorweisen. Die Forschungen über Kernsprengstoff und die Herstellung einer Uranbombe stehen noch ganz am Anfang. Deshalb brauche ich Physiker, die sich hervorragend damit auskennen. Ich gebe es nur ungern zu, aber Löwenthal könnte einer davon sein.«

»Habe ich das richtig verstanden? Du willst eine Uranbombe entwickeln? Heißt das etwa, Deutschland plant, einen Krieg anzuzetteln?«

»Keine Sorge, so weit ist es noch nicht. Aber das Militär muss für den Ernstfall vorbereitet sein. Das bedeutet auch, dass wir den Amerikanern und Russen dann einen Schritt voraus wären. Eine solche Bombe könnte die Weltherrschaft bedeuten.«

»Und damit wirst ausgerechnet du beauftragt?«, fragte Bertram spöttisch.

»Traust du mir ein solches Projekt etwa nicht zu? Immerhin war ich jahrelang Forschungsleiter der Siemenswerke«, erwiderte sein Vater hörbar gekränkt. »Aber ich bin tatsächlich nicht der Einzige, der eine dieser Forschungsgruppen leitet. Umso wichtiger ist es, dass ich Erfolge vorweisen kann. Leider kommen meine Leute nicht weiter. Wenn ich nicht bald Ergebnisse liefere, die verdeutlichen, dass meine Abteilung auf dem richtigen Weg ist, droht mir die Entlassung.«

»Dann würdest du am Ende mit leeren Händen dastehen.«

»So sieht es aus. Und hier kommt Löwenthal ins Spiel, dessen Fähigkeiten, richtig eingesetzt, für mich von Vorteil sein könnten. Er hat sich in den letzten Jahren enormes Wissen über die Atomphysik angeeignet. Wie du weißt, hat er sogar die Versuchsreihe begleitet, mit der Hahn durch den Beschuss von Uran Radium erzeugen will. Ich bin sicher, dass er nicht nur an entscheidenden Gesprächen teilgenommen hat, sondern auch wichtige Aufzeichnungen über die kernphysikalische Forschung besitzt. Verstehst du jetzt, weshalb ich ihn brauche? Vielleicht mehr denn je.«

»Aber Hahn hat ihm und Meitner angeraten, das Institut zu verlassen.«

»Das ist mir bekannt. Planck ist außer sich vor Wut. Keine Sorge, ich werde Wege und Mittel finden. Löwenthal wird in meiner Forschungsgruppe arbeiten, genau wie du. In den letzten Jahren hat unser Versteckspiel hervorragend funktioniert und so muss es bleiben. Kein Mensch darf erfahren, dass er und nicht du an der Entwicklung beteiligt ist.«

»Damit würdest du ein unkalkulierbar hohes Risiko eingehen«, gab Bertram zu bedenken. »Wenn herauskommt, dass du einen Juden beschäftigst, könnte dich das Kopf und Kragen kosten.«

»Glaubst du, dass ich mir dessen nicht bewusst bin? Ich habe mir diese Entscheidung gewiss nicht leicht gemacht. Im Gegenteil, es hat mich einige schlaflose Nächte gekostet. Aber wer mit dem Rücken an der Wand steht, hat nun mal keine Wahl. Du bist der Einzige, den ich ins Vertrauen ziehe. Die Sache muss unbedingt geheim bleiben.«

»Und wie willst du Lorenz überzeugen? Wir wissen beide, dass er damit nicht einverstanden sein wird.« Bertram zuckte mit den Schultern. »Er wird nicht nur nicht damit einverstanden sein, sondern dagegen«, konkretisierte er seine Aussage. »Ich kenne ihn. Lorenz wird sich niemals freiwillig für solche Zwecke einspannen lassen.«

»Überlass das getrost mir. Wichtig ist, dass du meinen Plan nicht verdirbst, weil du dich deiner kindischen Eifersucht hingibst. Also beruhige dich und schalte deinen Verstand ein!«

Bertram nickte widerstrebend. Bei dem Gedanken, dass Frida für immer aus seinem Leben verschwinden könnte, kamen die alten Gefühle in ihm hoch, obwohl er angenommen hatte, endlich darüber hinweg zu sein. Doch tief in sich drin liebte er Frida noch immer. Ebenso stark hasste er sie in diesem Moment und fühlte sich von ihr verraten. Er konnte nicht fassen, wie eiskalt sie ihn hintergangen hatte. Wenn er sich vorstellte, dass sie Lorenz möglicherweise das gegeben hatte, nach dem er sich seit Jahren sehnte, drehte sich ihm der Magen um.

»Was erwartest du von mir?«, fragte er schließlich. »Dass ich die Hände in den Schoß lege und zuschaue, wie die beiden glücklich sind?«

»Unsinn! Davon kann keine Rede sein«, widersprach sein Vater. »Ich will, dass du Frida im Auge behältst. Sobald sie das Haus mit einem Koffer verlässt, informierst du die Gestapo. Dann behauptest du, dass sie die Rassengesetze missachtet. Ich schreibe dir eine Adresse auf, an die du dich wenden kannst. Der Mann heißt Max Fiedler und arbeitet verdeckt. Er wird wissen, was zu tun ist.«

»Ich soll Frida denunzieren? Weißt du, was du da von mir verlangst?« Bertram wurde leicht übel. Er schüttelte den Kopf und sah seinen Vater nicht an, als er weitersprach. »Nach einer solchen Anschuldigung würde man sie sofort verhaften und vielleicht sogar in eines dieser neu errichteten Lager überstellen. Das kann ich nicht. Du weißt, dass sie sich immer anständig verhalten hat.«

»Und ob du das kannst.« Der Tonfall seines Vaters war schneidend. »Wach auf und begreife endlich, was für dich auf dem Spiel steht! Sie ist Halbjüdin, du dummer Junge. Glaubst du etwa immer noch, mit ihr zusammen sein zu können? Wenn es so wäre, müsste ich dich gleich mit ins Lager schicken. Willst du das?«

Eine unangenehme Stille trat ein. Bertram fühlte sich zunehmend unwohler, atmete tief durch und verkniff sich jeglichen Kommentar, der seinen Vater nur noch mehr reizen würde.

»Schau mich an und antwortete mir!«, forderte der jedoch streng. Noch während er sprach, drang lautes Gebell aus dem Garten zu ihnen herein und bewahrte Bertram vor der unbedachten Äußerung, die ihm bereits auf der Zunge lag.

»Was ist denn da draußen los? Kann man denn nirgendwo seine Ruhe haben?« Sein Vater war aufgesprungen und riss trotz der Kälte das Fenster auf. »Sieh zu, dass du Land gewinnst, du verdammter Drecksköter!«, schrie er wütend und wedelte wild mit den Armen, um den streunenden Hund davonzujagen. Bertram hörte ein leises Knurren. Ein lautes Kläffen folgte.

»Na warte, du Mistvieh, jetzt lernst du mich kennen«, brüllte sein Vater und schlug das Fenster zu. Entschlossen öffnete er den Waffenschrank, nahm das Schrotgewehr heraus, das seinem Großvater gehört hatte, und legte Munition ein.

»Mitkommen!«, rief er Bertram zu und stürmte im Laufschritt aus dem Haus. Kaum hatte er die Tür geöffnet, sprang der Hund angriffslustig auf ihn zu. Ein drohendes Knurren entrang sich seiner Kehle, als sich die Hand seines Vaters blitzschnell in das Fell grub und den Kopf in den Nacken riss. Strampelnd versuchte der Hund, sich aus dem eisernen Griff seines Bändigers zu befreien. Doch bevor seine Zähne nach der Hand schnappen konnten, ließ sein Vater ihn fallen und versetzte ihm einen wütenden Tritt, sodass das Tier mit einem lang gezogenen Heulen zurückwich. Zitternd blieb es mit ausgestreckten Vorderbeinen gedemütigt stehen. Jetzt war nur noch ein leises Winseln zu hören.

»Knall den Köter ab!«, forderte sein Vater und reichte Bertram das Gewehr.

»Was? Aber …«

»Tu, was ich dir sage, und erschieß ihn! Jetzt mach schon! Zeig, dass du ein Mann bist!«

Bertram gehorchte. Er schwitzte, als er den Lauf hob, mit zitternden Fingern den Schlagbolzen der Waffe nach hinten zog und die Augen schloss. Die Munition schoss über den Hund hinweg, der jaulend die Flucht ergriff. Er wimmerte und hinkte jämmerlich auf dem rechten Hinterbein, wo ihn der Stiefeltritt getroffen hatte.

»Verdammter Idiot!« Sein Vater riss ihm die Flinte aus den Händen und legte an. Beim ersten Krachen des Gewehrfeuers brach der Hund zusammen und blieb reglos liegen. Aus mehreren Wunden des bebenden Körpers schoss Blut und tränkte das struppige Fell.

»Du hast ihn erschossen!«, presste Bertram mit trockener Kehle hervor. »Wir hätten ihn wegjagen können. Warum hast du das getan?«

»Nicht reinrassig«, gab sein Vater gleichmütig zur Antwort und ließ die Schrotflinte sinken. Dann packte er Bertram hart bei den Schultern und zwang ihn, ihm in die Augen zu schauen. »Der Köter war wie das Mädchen, komm damit klar! Wer nicht reinrassig ist, für den gibt es kein Davonkommen. Ich hoffe, du hast deine Lektion gelernt.«

Bertram antwortete nicht. Stattdessen stand er einen Augenblick regungslos da, während er versuchte, seine Gefühle unter Kontrolle zu bekommen. Dann stürmte er an dem im Todeskampf winselnden Tier vorbei aus dem Garten und rannte davon.

»Komm sofort zurück!«, schrie sein Vater ihm mit sich überschlagender Stimme nach. »Gottverdammt noch mal! Wir sind noch nicht fertig.«

Bertram reagierte nicht, sondern lief unbeirrt weiter. Mit geballten Fäusten eilte er durch die Straßen, die befremdeten Blicke derer nicht beachtend, die bei seinem Anblick innehielten und ihn erschrocken anstarrten. Unter dem Hupen eines Autos und dem Quietschen von Bremsen hetzte er über die Kreuzung und bog in eine Seitenstraße ab, bis er vor dem Haus der Löwenthals stand und feststellte, dass die Tür verschlossen war.

Fluchend trat er dagegen und hämmerte mit den Fäusten auf das Holz ein, bevor er schwer atmend die Arme sinken ließ und unschlüssig stehen blieb. Sein Blick fiel auf einen Pflasterstein.

Ohne zu zögern, nahm er ihn zur Hand und schlug die Scheibe eines der unteren Fenster ein. Da das Haus der Löwenthals an der Straße lag, hielt er sekundenlang den Atem an und lauschte angestrengt, ob sich jemand näherte. Doch außer dem lauten Klopfen seines Herzens war kein Geräusch zu hören.

Als es auch weiterhin still blieb, schob Bertram vorsichtig seine Hand durch die Glassplitter, suchte den Griff und öffnete das Fenster, sodass er hindurchklettern konnte. In seinen Ohren rauschte es, als er sich im Dunkeln durch die Räume tastete, bis er schließlich die Treppe hinaufging und die Tür zu Lorenz' einstigem Zimmer öffnete. Dämmriges Licht brach sich an Decke und Wänden. Um besser sehen zu können, ging er zum Fenster und zog die halb geöffneten Vorhänge ganz zurück. Dann schaute er sich um.

Es war Jahre her, als er diesen Raum das letzte Mal betreten hatte. Doch in dem Zimmer hatte sich nicht viel verändert. Da stand noch dasselbe Bett, ein Tisch und der alte Stuhl mit dem verblichenen Überzug. Die Wände waren mit Zeitungsausschnitten über bekannte Physiker und Chemiker gespickt. Auch das war wie früher. Der einzige Unterschied zu damals war die dicke Staubschicht auf den wenigen Möbeln. Der Raum wirkte verlassen, sodass Bertram an der Behauptung seines Vaters zu zweifeln begann, der Frida offenbar zu Unrecht verdächtigt hatte. Er wollte sich schon abwenden, da entdeckte er es.

Das Bett war zerwühlt und die Decke achtlos beiseitegeschoben. Ein Kissen fehlte, es lag auf dem Boden. Niemand hatte sich die Mühe gemacht, es aufzuheben. Als Bertram näher ging, glaubte er, die Abdrücke zweier Körper auf dem Laken zu erkennen, war sich aber nicht sicher. Mit zusammengepressten Lippen beugte er sich darüber und roch an dem Stoff. Der schwache Geruch von Fridas Seife kroch in seine Nase. Als er sich aufrichtete, bemerkte er zwischen Matratze und Bettgestell einen kleinen funkelnden Gegenstand und hatte mit einem Mal das Gefühl, den Boden unter den Füßen zu verlieren. Er griff danach, hielt ihn hoch und sog scharf den Atem ein, als er Fridas Ohrring erkannte, den sie im Rausch der Leidenschaft verloren haben musste.

Sein Vater hatte nicht gelogen!

Bertram spürte, wie ihm Schweißtropfen über die Stirn liefen. Schwindel erfasste ihn, sodass er sich auf die Bettkante fallen ließ. Vor seinen Augen erschienen Bilder, die er verdrängen wollte. Als es ihm nicht gelang, sprang er auf, verließ überstürzt den Raum und hastete die Treppe hinab. Sein Mund fühlte sich trocken an und die Kehle wie zugeschnürt. In der Küche des Hauses nahm er ein Glas aus dem Schrank, ließ erst eine Weile das Wasser aus dem Hahn laufen, bis es klar wurde, und füllte es. Erschöpft hockte er sich damit auf die Stufen der Treppe und starrte vor sich hin.

Wie lange er so saß, wusste er nicht. Im Flur war es düster und bitterkalt geworden. Bertram fühlte nichts davon. Niedergeschlagen überdachte er seine klägliche Lage. Nun konnte er sich nichts mehr vormachen. Sein Traum, Fridas Herz eines Tages doch noch zu erobern, war geplatzt. Er hatte sie endgültig an Lorenz verloren. Dieser Gedanke radierte alle anderen aus, nur der an den Verrat blieb. Wobei ein kleiner Rest Vernunft ihm kurz einflüsterte, dass zu einem Verrat gehörte, vorher etwas anderes vereinbart zu haben. Er hätte Frida schon vor vielen Jahren seine Liebe erneut gestehen müssen, noch bevor sie und Lorenz ein Paar wurden, damit es wirklich ein Betrug an ihm wäre. Auch das hatte er verbockt wie fast alles in seinem Leben.

Irgendwann hörte er sich nähernde Schritte. Mit schmerzendem Nacken richtete Bertram sich auf und fuhr sich mit den Händen übers Gesicht, als könnte ihm das einen klaren Gedanken verschaffen, während sich die Tür mit einem leisen

Knarren öffnete. Auf der Schwelle stand sein Vater und schaute mit verschränkten Armen auf ihn herab.

»Wusste ich es doch, dass ich dich hier finde. Steh auf, Junge! Du wirst dich erkälten«, hörte er dessen ungewohnt besorgte Stimme. »Komm, wir gehen nach Hause.«

Bertram nickte stumm, rührte sich aber nicht vom Fleck. Daraufhin packte sein Vater ihn an den Armen und zog ihn mit sanfter Gewalt hoch.

»Hör zu«, redete er streng auf ihn ein. »Du musst deine Gefühle in den Griff bekommen! Frida ist es nicht wert, dass du ihr auch nur eine einzige Träne nachweinst. Alles, was diese Juden verdient haben, ist Verachtung. Hast du das verstanden?«, sprach sein Vater gnadenlos aus und besiegte den letzten Rest Vernunft, der eben noch in ihm gewesen war. Seine Stimme wurde eindringlicher, er ließ Bertram nicht eine Sekunde lang aus den Augen. »Glaubst du etwa immer noch, ihnen wegen einer lächerlichen Kindheitsfreundschaft etwas schuldig zu sein? Obgleich sie dich gnadenlos belogen haben?«

»Nein!« Bertram schüttelte den Kopf und erhob sich. Die Erinnerung an die Vergangenheit rief in seiner Seele einen Sturm wach, der ihn schon früher durchtobt hatte und trotz der Jahre noch immer nicht beschwichtigt war. Er straffte seinen Körper, während seine Hand immer noch das Glas umklammerte. Inzwischen war er wie sein Vater davon überzeugt, dass in diesem Haus Pläne geschmiedet worden waren, die er durchkreuzen musste. »Ich hasse sie«, fügte er leise hinzu und drückte das Glas so fest zwischen seinen Fingern, dass es zerbrach.

Kapitel 13

Berlin, November 1938

Vor dem Hotel Adlon, Berlins erster Adresse für all jene, die Rang und Namen besaßen, fuhren schwarze Limousinen vor. Das grelle Licht der Scheinwerfer spiegelte sich auf dem regennassen Asphalt und tauchte den Pariser Platz in gespenstische Helligkeit, während livrierte Pagen mit schneeweißen Handschuhen und goldenen Kordeln am Jackett aus dem Hotel geeilt kamen und die Gäste, unter Regenschirmen geschützt, durch eine gläserne Drehtür ins Innere des klassizistischen Hotelkomplexes führten.

Lorenz stand einige Meter entfernt und atmete auf, als er erkannte, dass es sich überwiegend um eine Abendgesellschaft handelte. Die Damen trugen lange Kleider und mondäne Hüte, die Herren Fracks. Nur wenige Gäste traten in Uniform auf. Die NS-Prominenz bevorzugte andere Hotels als das Adlon, das in ihren Kreisen wegen seiner internationalen Ausrichtung verpönt war, und würde den fünfzehnten Jahrestag des Hitlerputsches vermutlich im Bristol feiern.

Geduldig wartete Lorenz, bis vor dem Eingang Ruhe einkehrte. Erst dann wagte er sich hinein und hielt auch heute für einen Moment ehrfurchtsvoll inne. Der üppige Raum war mit Kunstgegenständen, schweren, kostbaren Stoffen, Marmor und Perserteppichen geschmückt. Die Mosaike glitzerten, das Blattgold schimmerte und das feine Parkett glänzte hochpoliert. Dem Hotel fehlte es ebenso wenig an Prunk wie den illustren Gästen, die in teuren Kleidern und mit Schmuck beladen zum Ballsaal strebten.

In der Halle hielten sich nur wenige Gäste auf. Da und dort hatte sich ein älterer Herr oder eine Dame, die den Trubel nicht mitmachen wollten, in einen Sessel zurückgezogen,. Wenig später wechselte ein vom Tanz erhitztes junges Paar herüber, um sich etwas abzukühlen. Keiner von ihnen schenkte Lorenz Aufmerksamkeit, als er auf direktem Weg die Personaltreppe ansteuerte, die er auch bei Lise Meitners Einzug benutzt hatte. Als er im dritten Stock auf den Flur trat, kam ihm ein Mann entgegen, der stirnrunzelnd zurückwich, als er ihn erkannte.

»Löwenthal«, begrüßte er ihn. »Sie wollen zu Lise?«

»Guten Abend, Herr Hahn.« Lorenz nickte und bemerkte, wie sein Gegenüber kurz zögerte, als würde er seine Worte genau abwägen.

»Leider haben Sie einen äußerst ungünstigen Zeitpunkt gewählt. Lise wird nicht erfreut sein, Sie hier zu sehen. Ich rate Ihnen, den Besuch zu verschieben und nach Hause zu gehen. Heute Nacht unterwegs zu sein, könnte gefährlich werden.«

»Gefährlich? Für mich?« Als Hahn nur mit den Schultern zuckte, öffnete Lorenz den Mund, um ihn zu fragen, was er ihm damit sagen wollte. Doch sein Gegenüber hob eine Hand und gebot ihm zu schweigen.

»Nehmen Sie meinem Rat an«, antwortete er ausweichend und eilte ohne ein weiteres Wort zur Treppe. Gleich darauf war er verschwunden.

Lorenz blieb verwirrt zurück und trat einem plötzlichen Instinkt folgend zu einem der Fenster. Der Anblick, der sich ihm bot, beunruhigte ihn. Noch vor wenigen Minuten war der Platz vor dem Hotel wie leer gefegt gewesen. Die wenigen Menschen hatten sich vor dem Regen schützend in Cafés und Kneipen zurückgezogen. Nun strömten von einem Moment auf den anderen aus allen Richtungen unzählige Uniformierte und zivile Bevölkerung herbei. Innerhalb kürzester Zeit sammelte sich vor dem Brandenburger Tor eine Menschenmenge, die er von seiner Position aus kaum überblicken konnte, und immer noch drängten von hinten Dutzende nach. Die Leute gestikulierten aufgeregt mit den Armen. Nicht wenige hielten Fackeln, Hacken und Beile in den Händen, während aus den Seitenstraßen Mannschaftswagen der Sturmabteilung anrollten. Kaum kamen sie zum Stehen, sprangen knüppelschwingend behelmte Männer von den Ladeflächen. Ein Fanfarenstoß drang bis zum Fenster nach oben, bevor ein Mann in schwarzem Ledermantel auf eine Art Tribüne stieg und ans Rednerpult trat.

Lorenz verstand kein Wort von dem, was er über die Köpfe der Menschen hinwegrief. Nicht einmal Wortfetzen drangen durch das dicke Fensterglas zu ihm herein. Dennoch spürte er in diesem Moment die Gefahr, vor der Hahn ihn gewarnt hatte. Seine Anspannung wuchs, augenblicklich schlug sein Herz schneller. Nicht lange überlegend, eilte er zu Meitners Suite am Ende des Flurs. Sie öffnete nach dem ersten Anklopfen.

»Treten Sie ein, Herr Löwenthal.« Die Physikerin wich zur Seite und ließ ihn an sich vorbei. Nachdem sie einen spähenden Blick in beide Richtungen des Korridors geworfen hatte, schloss sie die Tür rasch hinter ihm und lehnte sich atemlos dagegen.

»Sie hätten nicht herkommen dürfen«, sagte sie und klang besorgt.

»Was ist los, Frau Meitner? Was geht da draußen vor?«

»Sie wissen es also noch nicht?«

»Nein. Ich bin erst vor zwei Tagen aus Perleberg zurückgekehrt und habe meine Wohnung seitdem nicht verlassen. Was sollte ich wissen?«

»In Paris wurde ein deutscher Diplomat von einem jüdischen Polen angeschossen und ringt derzeit um sein Leben. Beten Sie, dass er es schafft. Sollte das Opfer seinen schweren Verletzungen erliegen, ist es Mord. Dann werden die Nazis den Botschaftssekretär zum Märtyrer machen und zugleich als Alibi für Vergeltungsmaßnahmen nutzen.« Lise Meitner schüttelte bedrückt den Kopf und sank in einen der Sessel. »Ich habe ein ungutes Gefühl. Auf den Straßen braut sich gerade etwas Dunkles zusammen und ich befürchte, es könnte nicht nur Berlin betreffen.«

»Aber es bleibt doch dabei, dass wir diesem Wahnsinn entfliehen und das Land verlassen?«, erkundigte sich Lorenz alarmiert.

»Haben Sie mit Ihrer Freundin gesprochen?«

»Ja, das habe ich. Frida ist bereit. Wie weit sind Ihre Pläne vorangeschritten?«

»Sie sind hinfällig, zumindest was die Einladung zu einem wissenschaftlichen Kongress betrifft, die ich für unsere Ausreise zu nutzen gedachte. Nach dem schrecklichen Attentat werden die Kontrollen jüdischer Ausreisender noch strenger werden. Außerdem vermute ich, dass die Gestapo die Briefe meiner Freunde abfängt. Deshalb habe ich mit Otto nach einem Weg gesucht, unsere Flucht auf andere Art zu beschleunigen.«

»Wie?«, fragte Lorenz nur.

»Derzeit besteht unsere beste Chance darin, über die niederländische Grenze zu fliehen und von dort aus weiter nach Schweden zu gelangen. Ich habe mit Ottos Unterstützung alles in die Wege geleitet. Ein Freund wird uns Samstagnacht über eine kleine Grenzstation bringen. Wir gehen nur mit leichtem Handgepäck, haben Sie das verstanden?«

»Samstag? Dann würden uns gerade mal drei Tage für die Vorbereitungen bleiben.«

»Dessen bin ich mir bewusst. Ich wünschte auch, uns stünde mehr Zeit zur Verfügung. Aber wie es aussieht, ist es der einzige Weg, der uns momentan bleibt. Sorgen Sie dafür, dass Frida rechtzeitig hier ist. Ich kümmere mich um alles Weitere. Und jetzt gehen Sie, bevor der Terror da draußen richtig losgeht. Verstecken Sie sich heute Nacht in Ihrer Wohnung und verriegeln Sie die Tür. Ich traue diesem braunen Gesindel alles zu.«

»Aber dieser Diplomat lebt doch noch.«

»Noch, Sie sagen es. Hoffen wir, dass es so bleibt! Schafft er es nicht, wird kein Jude in diesem Land mehr sicher sein.« Sie reichte ihm die Hand. »Passen Sie auf sich auf!«

»Danke«, antwortete Lorenz bewegt. »Ich werde ewig in Ihrer Schuld stehen. Ohne Sie würden Frida und ich ...«

»Ich tue es auch für mich«, unterbrach ihn die Physikerin. Zum ersten Mal an diesem Abend zeigte sich ein zaghaftes Lächeln in ihrem Gesicht. »Ich habe die letzten Jahre nicht so viel Zeit und Herzblut in Sie investiert, um dann einen meiner fähigsten Assistenten zu verlieren. Und jetzt gehen Sie! Viel Glück. Ich fürchte, Sie werden es brauchen.«

Lorenz nickte niedergeschlagen. Er hielt die Klinke bereits in der Hand, als Lise Meitner ihn erneut beim Namen rief.

»Lorenz?«

»Ja.« Er machte eine halbe Wendung und schaute sie an.

»Gleichgültig, was heute Nacht geschieht, geben Sie die Hoffnung nicht auf. Denken Sie daran, dass wir der Freiheit so nah sind wie noch nie.«

* * *

Wie es aussah, würde er das Glück brauchen, dachte Lorenz, nachdem er das Hotel verlassen hatte. Aus allen Richtungen waren Sirenen, Geschrei und Pfiffe zu hören, als er sich zügig vom Potsdamer Platz entfernte und auf Nebenstraßen auswich. Doch auch hier bot sich ihm ein Bild der Zerstörung. Eingeschlagene Schaufenster, zerschmetterte Türen und brennende Häuser säumten seinen Weg. Beißender Rauch lag in der Luft und brannte in seinen Augen, während immer mehr Menschen, darunter auch Bürgergarden und Studenten, schreiend die Straße einnahmen und unter den Vorübereilenden einstimmige Rufe laut wurden:

»Judenpack verrecke! Rache für den Botschaftssekretär! Deutschland erwache!«

Lorenz spürte, wie sich Panik in ihm breitmachte. Seine Gedanken arbeiteten auf Hochtouren und ließen am Ende nur einen Schluss zu. Die gewalttätigen Exzesse und Ausschreitungen bestätigten Lise Meitners schlimmste Befürchtungen. Es gab keinen Zweifel mehr daran, dass der angeschossene Diplomat seinen Verletzungen inzwischen erlegen war.

Mühsam versuchte er, die Fassung zu wahren, um nicht aufzufallen, während er von dem Strom der Leute mitgerissen wurde. Scharen von aufgebrachten Menschen rannten direkt vor ihm durch die Straße und verfolgten gerade eine völlig verängstigte Frau mit einem Mädchen an der Hand. In die Enge getrieben, stolperte sie und riss die Kleine mit sich zu Boden.

Selbst auf die Entfernung hin konnte Lorenz erkennen, dass sie an der Stirn blutete. Doch ungeachtet ihrer Verletzung stürzte ein Mann auf sie zu und schwang drohend seinen Knüppel über den Köpfen seiner Opfer. Das Mädchen schrie gellend auf, als es an den Händen getroffen wurde, die es schützend über sein Gesicht gelegt hatte. Im nächsten Moment packten die Männer die Kleine und stießen Mutter und Tochter rücksichtslos auf die Ladefläche eines bereitstehenden Lastwagens.

Lorenz konnte nichts für sie tun. Mit zugeschnürter Kehle drückte er sich in den Eingang eines Ladens und wartete, bis der Wagen abfuhr, auf dem dicht gedrängt ganze Familien saßen. Die Kinder trugen zum Teil Nachtwäsche und zitterten vor Kälte. Er konnte den Anblick kaum ertragen und eilte weiter, unfähig zu begreifen, was vor seinen Augen geschah.

Doch schon wenige Sekunden später musste er feststellen, dass der Schrecken kein Ende nahm. Benommen beobachtete er, wie der aufgebrachte Mob, mit Fackeln und Äxten bewaffnet, Feuer legte und alles zerschlug, was nicht in Flammen stand. Dabei lachte und grölte die Meute und rief immer wieder nach Rache und Vergeltung. Ein lauter, bedrohlicher Chor schwoll an, schwebte über die Köpfe hinweg und schien sämtliche anderen Geräusche verstummen zu lassen. Lediglich die Schreie der Gepeinigten drangen noch durch und fuhren Lorenz durch Mark und Bein.

Er atmete auf, als er endlich unbehelligt seine kleine Wohnung im zweiten Stock eines schäbigen Mietshauses erreichte und keuchend die Tür hinter sich schloss. Obwohl er sich vor Angst kaum bewegen konnte, stellte er sich hinter den eiligst zugezogenen Vorhang ans Fenster und starrte durch einen winzigen Spalt hinaus.

Der siebzigjährige Ignatz Braunstein, dem das Juweliergeschäft auf der gegenüberliegenden Straßenseite gehörte, verließ eilig das Haus und drängte sich mit gesenktem Kopf, hochgeschlagenem Mantelkragen und Koffer in der Hand durch die Menge. Er wollte gerade die Straße überqueren, als ihn ein kräftiger Kerl am Arm packte. Mit einem teuflischen Grinsen im Gesicht riss er dem alten Mann den Koffer aus der Hand und öffnete ihn. Nachdem er einen Blick hingeworfen hatte, gab er einem Kameraden ein Zeichen, der dem hilflosen Opfer mit Farbe einen Judenstern auf den Rücken pinselte.

Der Juwelier senkte gedemütigt den Kopf. Im nächsten Moment traf ihn ein Schlag vor die Schläfe, sodass er taumelnd zu Boden ging. Unterdessen stopften sich die Männer die Hosentaschen mit dem Inhalt des Koffers voll.

Lorenz schnürte es die Kehle zu. Er wandte sich ab, sank erschüttert aufs Bett und starrte vor sich hin, während er angespannt den Geräuschen von draußen lauschte. Schreie, das Bellen von Hunden, das Krachen von Holz und das Splittern von Glas. Vereinzelte Schüsse zwischen dem Stakkato feuernder Maschinengewehre. Irgendwo in der Ferne läuteten unaufhörlich Glocken. Jegliche Ordnung und Menschlichkeit schienen in dieser Nacht verloren gegangen zu sein.

Lorenz blieb nichts weiter übrig, als abzuwarten und zu hoffen, dass sich der aufgebrachte Mob bald zurückziehen würde. Immer häufiger schaute er zur Uhr. Jede Minute kam ihm wie eine Stunde vor und je erbarmungsloser die Zeit fortschritt, umso erschöpfter fühlte er sich. Die Nacht schien kein Ende zu nehmen und die Geräusche taten ihr Übriges.

Ängstlich horchte er nach Schritten. Als sie tatsächlich auf der Treppe stampften, verkrampfte sich sein Körper. Rasch blies er die Kerze aus, hielt den Atem an und verhielt sich still. Noch schienen die Männer die Wohnung unter ihm zu durchsuchen. Stimmen und das Geräusch von fallendem Porzellan hallten an seine Ohren. Er hörte wütendes Gebrüll und Flüche, bevor etwas Schweres zu Boden polterte. Ein durchdringender Schrei ertönte.

Dann wurde es für einen kurzen Moment still, während Lorenz zu Atem kam und hoffte, dass es endlich vorbei war. Erleichtert lehnte er sich gegen die Wand und vergrub das Gesicht in den Händen. Doch gleich darauf stampften schwere Stiefelsohlen die Treppe hinauf und stoppten vor seiner Tür.

Durch den Lichtspalt darunter konnte er den Schatten sehen, den die Stiefel warfen. Ein dumpfes Hämmern an das Holz folgte. Lorenz, kreidebleich, konnte ein Schaudern nicht unterdrücken.

»Aufmachen!«, rief eine markante Stimme. »Sofort aufmachen!«

Als er keine Anstalten machte, den Befehl zu befolgen, wurde an der Tür gerüttelt und dagegengetreten. Scharniere und Schloss gaben schon nach kurzer Zeit nach. Das Türblatt krachte gegen den Rahmen.

Obgleich ihn blankes Entsetzen zu lähmen drohte, bemühte Lorenz sich mit aller Kraft, seine Atmung unter Kontrolle zu bekommen. Er wusste, dass er jetzt auf keinen Fall ängstlich oder nervös wirken durfte. Stattdessen zog er seinen Ausweis des Instituts aus der Tasche und hoffte, dass die Tatsache, dass er für die deutsche Forschung arbeitete, ihn vor einer Verhaftung bewahrte. Er musste sich jetzt nur zusammenreißen.

»Papiere!«, schrie ihn der Kerl, der in die Wohnung gestürmt kam, über das Rauschen des Blutes in seinen Ohren hinweg an. Er war nicht sonderlich groß, aber breit gebaut. Das kurze blonde Haar verfärbte sich an den Schläfen bereits silbrig.

»Was wollen Sie?« Lorenz blickte auf und tat selbstsicherer, als er in Wirklichkeit war. Dabei krallte er seine Finger so fest in die Handflächen, dass es wehtat, und fragte: »Was geht hier vor sich?«

»Eine Säuberung im Rahmen der Vergeltungsmaßnahmen für den Botschafter.« Der Kerl kam so dicht an ihn heran, dass Lorenz seinen Atem spüren konnte, der nach Bier roch. »Wie ist Ihr Name?«

»Löwenthal.« Lorenz reichte ihm mit zitternder Hand den Ausweis, während die Angst seine Kehle zuschnürte und kaum noch Luft hindurchließ. »Ich arbeite für die Reichsforschung.«

»Jetzt nicht mehr«, stellte sein Gegenüber spöttisch fest und schleuderte den Ausweis zu Boden, ohne ihn angeschaut zu haben. »Sie sind verhaftet. Mitkommen!«

»Aber ich …«

»Schnauze!«, fuhr ihn der Kerl an und hob die Faust, um sie ihm ins Gesicht zu schlagen. Hastig duckte Lorenz sich weg und hob schützend beide Hände über seinen Kopf. Im nächsten Moment drang eine scharfe Stimme an sein Ohr.

»Genug jetzt!« Urplötzlich stand Bertram im Zimmer und starrte den Uniformierten wütend an. »Offenbar haben Sie es etwas übereifrig versäumt, die Papiere zu prüfen. Löwenthal arbeitet für die Regierung, suchen Sie sich ein anderes Opfer!«

»Was bilden Sie sich ein, mich herumzukommandieren? Wer sind Sie überhaupt?«

»Bertram Friedrichs. Mein Vater ist nicht nur eine Parteigröße und mit Herrn Göring persönlich befreundet, er leitet auch eine wichtige Forschungsabteilung. Löwenthal ist Teil davon. Und wer sind Sie?«

»Obersturmführer Scholze. Dieser Mann ist Jude! Da ist es scheißegal, für wen er arbeitet.« Offensichtlich war er nicht bereit, klein beizugeben, und schüttelte den Kopf. Lediglich seine Gesichtsfarbe wurde um eine Nuance blasser, als Bertram sich ihm entgegenstellte.

»Na gut, belassen wir es dabei«, stimmte er, die Ruhe selbst, zu und warf einen Blick auf seine Armbanduhr. »Verhaften Sie ihn! Allerdings werden Sie dem Reichsforschungsrat dann wohl erklären müssen, weshalb Löwenthal nicht ans wissenschaftliche Institut zurückkehrt. Ab jetzt läuft Ihre Zeit. Ich wette, in spätestens vier Stunden werden Sie sich dafür verantworten müssen.«

»Aber Juden …«

»Sind Mittel zum Zweck. Und jetzt verschwinden Sie, bevor ich offiziell Beschwerde über Sie einreiche!«, fuhr Bertram ihn wütend an und betonte jedes Wort mit Nachdruck.

Der Obersturmführer zögerte und blieb noch eine halbe Minute lang stehen, zu verblüfft, um sich zu rühren. Während zwei der Uniformierten die Wohnung wortlos verließen, blieb er vor Lorenz stehen und kniff die Augen zusammen.

»Juden sind Geschwüre im deutschen Volk«, zischte er verächtlich. »Irgendwann kriegen wir dich, verlass dich drauf.« Zähneknirschend folgte er den anderen, nachdem er Lorenz einen letzten hasserfüllten Blick zugeworfen hatte. Für Sekunden war das sich entfernende Stampfen der Stiefel im Treppenhaus zu hören, bevor das Geräusch abriss und Stille einsetzte.

Während Lorenz sich auch jetzt noch wie erstarrt an die Wand drückte, schlug Bertram halb lachend und halb schnaubend die Tür zu. Als wäre nichts gewesen, zog er eine Zigarette aus der Brusttasche, zündete sie an und musterte ihn selbstgefällig. »Wie es aussieht, habe ich dir wieder einmal in letzter Sekunde den Arsch gerettet«, stellte er zwischen zwei Zügen fest. »Das war verdammt knapp.«

»Dessen bin ich mir bewusst, danke«, keuchte Lorenz und ließ sich auf die Bettkante sinken. »Wenn du nicht aufgetaucht wärest ...«

»Schon gut. Wozu sind Freunde da?«

»Freunde? Willst du etwa behaupten, unser Schwur besäße noch Gültigkeit für dich?«

»Wenn es brenzlig wird, schon. Zweifelst du etwa daran?«

»Wundert dich das? Du hast mir nicht nur einen Grund geliefert, an deiner Aufrichtigkeit zu zweifeln.«

»Wäre es dir lieber gewesen, ich hätte dich ins offene Messer laufen lassen, als du unerwartet vor unserer Tür standest? Mein Gott, Lorenz, denkst du auch einmal nach, wenn es nicht um deine Atome und Elemente geht? Mein Vater wäre sofort misstrauisch geworden, wenn er dich bei uns überrascht hätte. Begreifst du das nicht?«

»Du hättest mir nichts von dem Kuss erzählen müssen.«

»Wirfst du mir jetzt vor, dass ich ehrlich zu dir war?« Bertram brach in sein gewohnt verächtliches Lachen aus. »Du glaubst, dass ich eifersüchtig auf dich bin? Worauf, Lorenz? Auf deine Herkunft? Deinen Geist? Weil du immer der Bessere warst und ich der Versager? Daran habe ich mich längst gewöhnt. Außerdem bin ich mit Rosa zusammen. Ich mag sie.«

Lorenz nickte stumm und wenig überzeugt. Er glaubte ihm kein Wort. Als Bertram seinen skeptischen Gesichtsausdruck bemerkte, schüttelte er verdrossen den Kopf.

»Offenbar hast du vergessen, was ich in der Vergangenheit schon alles für euch getan habe. Ich sage es nur ungern, aber ich war es, der Frida geschützt hat. Wer hat ihr denn einen sicheren Unterschlupf gewährt? Das war ich, und soll ich dir sagen, warum? Weil ihr die einzigen Freunde gewesen seid, die ich je hatte. Ich habe dir vertraut, weißt du das?«

»Ich bin auch jetzt noch dein Freund«, log Lorenz, bereit, auf das falsche Spiel einzugehen.

»Sicher?« Bertram ließ sich auf einen Stuhl nieder und streckte die Beine von sich. »Hast du wirklich angenommen, dass ich so dumm bin, um nicht zu merken, dass ihr mich hintergeht? Ich weiß, was ihr vorhabt. Was für eine Art Freunde wollt ihr sein, wenn ihr hinter meinem Rücken eure gemeinsame Flucht plant?«

»Wie kommst du darauf, dass wir fliehen wollen?« Trotz seines Erschreckens reckte Lorenz ihm sein Kinn entgegen, während sich seine Gedanken überschlugen. Nur Frida, Lise Meitner und Hahn wussten Bescheid. Keiner von ihnen hätte ihren Plan ausgeplaudert. Als er jedoch Bertrams vielsagendes Grinsen bemerkte, wusste er, dass er zumindest so tun müsste, als vertraute er seinem ehemaligen Freund noch. »Wie hast du es herausgefunden?«

»Mein Vater hat euch in Perleberg gesehen. Von dem Zeitpunkt an war ihm klar, dass ihr das Land gemeinsam verlassen wollt. Er ist euch längst auf den Fersen und das ist deine Schuld. Dabei hätte ich euch vor ihm warnen können. Weshalb hast du mir das alles vorenthalten und so wenig Vertrauen zu mir gehabt?«

»Lass es mich erklären«, bat Lorenz, um Zeit zu gewinnen. Er musste Bertram irgendwie davon überzeugen, dass er nicht an seiner Freundschaft zweifelte, und an sein Gewissen appellieren. Denn eines stand fest: Bertram spielte zwar ein falsches Spiel, aber seine Gefühle für Frida waren echt. Er konnte sie in seinen Augen lesen und würde sie für sich nutzen. »Frida wusste nichts von den Plänen«, beteuerte er. »Sie war völlig ahnungslos. Das musst du mir glauben. Bitte, Bertram! Lass nicht zu, dass dein Vater sie in die Sache mitreinzieht.«

»Ich befürchte, dafür ist es zu spät.« Bertram zog spöttisch die Augenbrauen nach oben. »Ich habe dir wirklich mehr Grips zugetraut. Du müsstest meinen Vater inzwischen kennen. Frida ist sein Druckmittel gegen dich. Geht das nicht in deinen Kopf?«

»Was willst du damit sagen?«

»Dass er dich in der Hand hat.« Bertram saß mit den Ellenbogen auf die Knie gestützt und starrte auf den Boden zwischen seinen Füßen. Die Zigarette war längst bis zum Filter heruntergebrannt. Er schien es nicht zu bemerken und hob den Kopf. Mit undurchdringlicher Miene blickte er Lorenz direkt in die Augen. »Er steht unter Druck und braucht dich für ein Forschungsprojekt. Entweder hilfst du ihm oder Frida wird dafür bezahlen.«

»Das kann er nicht tun!«, flüsterte Lorenz erschüttert und wusste gleichzeitig, dass Friedrichs keine Skrupel kannte, wenn er ein Ziel verfolgte. Die Realität traf ihn so heftig, dass es körperlich wehtat. Um seine Verzweiflung nicht zeigen zu müssen, senkte er den Kopf.

»Irrtum, er kann es«, bestätigte Bertram mit einem Anflug von Verärgerung und erhob sich. »Wenn du mich fragst, war ihm noch nie etwas ernster.«

»Das lasse ich nicht zu. Er muss Frida in Ruhe lassen.«

»Wer sollte ihn daran hindern? Du? Sobald ihr den Versuch unternehmt, auch nur in die Nähe der Grenze zu kommen, wird mein Vater es als Flucht betrachten. Wenn ihr keine Reichsfluchtsteuer bezahlt, begeht ihr ein Verbrechen, und er weiß das. Mein Vater braucht nur mit dem Finger zu schnippen und du bist erledigt.«

Lorenz lief es eiskalt über den Rücken, während er mit den unterschiedlichsten Gefühlen kämpfte. Wut, Verzweiflung und die Sorge um Frida, die ihm fast den Atem raubte. »Was sollen wir jetzt machen?«, fragte er benommen.

»Du musst mich in eure Pläne einweihen«, kam es wie aus der Pistole geschossen. »Nur dann kann ich euch helfen.«

Lorenz nickte. Seine Gedanken überschlugen sich, während er Bertram stumm musterte. Die lauernde Wachsamkeit in dessen Augen bestätigten seinen Verdacht. Obwohl sein einstiger Freund den Eindruck erwecken wollte, ihm helfen zu wollen, erkannte er die Absicht dahinter. Sein Plan schien, ihn auszuspionieren und ihre Flucht zu vereiteln. Er stand längst nicht mehr auf ihrer Seite, wie Lorenz es unterschwellig schon vermutet und gespürt hatte.

Entschlossen, sein Spiel mitzuspielen, offenbarte er ihm, wie die Flucht angeblich vonstattengehen sollte. Bertram hörte schweigend zu und unterbrach ihn kein einziges Mal, sondern gab vor, nachzudenken und nach einer Lösung zu suchen.

»Also gut, ich schlage Folgendes vor«, sagte er, als Lorenz geendet hatte. »Du bleibst hier in der Wohnung und rührst dich nicht von der Stelle. Auch nicht, um Lise Meitner im Adlon aufzusuchen, hast du verstanden? Ich werde Frida am Sonntag vom Bahnhof abholen und sie zu dir bringen. Entweder du hältst dich daran oder sie ...«

»Ich bin einverstanden«, stimmte Lorenz zu. Ihm blieb nichts weiter übrig, als gute Miene zum bösen Spiel zu machen. Dennoch kamen ihm die Worte nur schwer über die Lippen. »Danke, dass du uns hilfst.«

Bertram erhob sich und ging zur Tür. Bevor er sie öffnete, blickte er noch einmal zurück. Einen Moment herrschte lastende Stille, sodass Lorenz das Gefühl bekam, etwas Falsches gesagt zu haben. Bertrams Stimme klang rau, als er schließlich sagte: »Ich habe immer zu dir gehalten.«

»Bertram, ich ...«, versuchte Lorenz, sich halbherzig zu verteidigen, um den Schein zu wahren. Doch sein Freund hob abwehrend seine Hand.

»Schließ hinter mir ab! Ich sorge dafür, dass du vor weiteren Kontrollen verschont bleibst.«

Die Tür fiel ins Schloss. Lorenz trat wieder ans Fenster und starrte hinaus, ohne einen klaren Gedanken fassen zu können. Horden von Juden flohen durch die Straßen, verfolgt von Soldaten und aufgebrachten Bürgern, die mit Brecheisen bewaffnet waren. Polizeieinheiten schlugen mit ihren Gewehrkolben Haustüren und Fenster ein und trieben verstörte Männer, Frauen und Kinder aus den Häusern. Zusätzlich warfen sie Handgranaten in die Keller, wo viele Verfolgte vergeblich Schutz suchten. Weinen, gellende Schreie und grausames Gelächter hallte durch die Straßen.

Die Bilder, die sich ihm boten, erschütterten Lorenz bis ins Mark. Der Asphalt war kaum noch zu erkennen. Überall lagen Scherben, zertrümmerter Hausrat und Waren der jüdischen Geschäfte. Benommen beobachtete er, wie sich die Lastwagen füllten. Kinder, Männer und Frauen saßen ängstlich auf den offenen Ladeflächen und hielten sich an den Händen, während Stoßtrupps die Häuser stürmten und immer mehr Menschen heraustrieben. Wer nicht schnell genug lief, wurde erschossen oder zu Boden geprügelt. Kranke und Alte, aber auch Kinder lagen am Boden und waren den schweren Stiefeln der Uniformierten ausgesetzt.

Der Anblick war für ihn unerträglich. Umso mehr, da er sich nun fragte, wie es Frida gerade erging. Erschöpft wandte er sich ab und legte sich bekleidet aufs Bett. Erst im Morgengrauen wurde es draußen ruhiger. Lorenz fand dennoch keinen Schlaf. Stattdessen betete er, dass diese schreckliche Nacht endlich vorüberging und er sich zwei Tage später in den Zug setzen konnte, um Frida nach Berlin zu holen, während Bertram nichts ahnend einen anderen Tag dafür geplant hatte. Dafür, dass ihnen die Flucht gelang und sie das Land verlassen konnten, um endlich frei zu sein.

Kapitel 14

Perleberg, November 1938

Wach lag Frida im Morgengrauen auf ihrem Bett und lauschte, bis sie vom Garten her einen leisen Pfiff hörte. Es war Lorenz, der am Abend zuvor unerwartet aufgetaucht war und sie in Windeseile über Meitners Pläne aufgeklärt hatte, als sie auf dem Weg von der Apotheke, in der sie Irmas Medikamente besorgt hatte, zu Friedrichs' Haus gewesen war. Ihnen war nicht viel Zeit geblieben, weder für lange Erklärungen noch für entsprechende Vorbereitungen. Bertram war ihnen auf der Spur, sie mussten handeln, und zwar schnell, bevor er dahinterkam, dass Lorenz ihn belogen hatte, was den Zeitpunkt der Flucht betraf.

Einen Moment lang führte Frida sich die volle Tragweite dessen vor Augen, was sie zu tun im Begriff war. Ihr Plan war gefährlich und konnte sie das Leben kosten. Diese Erkenntnis zuzulassen, war nicht einfach und machte ihr Angst. Wenn sie und Lorenz ihr Vorhaben in die Tat umsetzten, gab es kein Zurück mehr.

Frida atmete tief durch. Sie war entschlossen, wie nur jemand sein konnte, der zu den äußersten Konsequenzen bereit war. Dabei schlug ihr Herz bis zum Hals, als sie leise aufstand, in die dunkle Kleidung schlüpfte, die sie schon am Abend zurechtgelegt hatte, und ihr Zimmer verließ. Nun, da ihre Flucht unmittelbar bevorstand, sehnte sie sich mehr denn je danach, Deutschland endlich den Rücken zu kehren und mit Lorenz ein neues Leben anzufangen.

Im Haus war es still. Bertrams Eltern schliefen noch. Sie konnte Friedrichs' gleichmäßig lautes Schnarchen bis ins Treppenhaus hören. Aus dem Zimmer nebenan drang ein heiseres Husten seiner Frau an ihr Ohr. Es erinnerte Frida daran, wie krank Bertrams Mutter war und wie sehr sie auf ihre Unterstützung angewiesen war. Ihr Zustand hatte sich in den letzten Wochen rapide verschlechtert und Frida plagten Schuldgefühle bei dem Gedanken, Irma im Stich lassen zu müssen.

Für einen Moment dachte sie sogar darüber nach, Bertrams Mutter zu wecken, um sich von ihr zu verabschieden, verwarf den Gedanken aber sofort. Das Risiko war zu hoch. Wenn Irma sich durch ein unbedachtes Wort gegenüber Friedrichs verriet, würde ihr Plan kläglich scheitern, noch bevor sie ihn in die Tat umsetzen konnte. Außerdem blieb ihr keine Zeit mehr.

Frida spürte, wie sich jeder Muskel ihres Körpers anspannte, als sie mit angehaltenem Atem die Treppe hinabschlich, wobei sie sorgsam darauf achtete, die Stufen zu umgehen, die für gewöhnlich laut knarrten. Vorsichtig stieg sie darüber hinweg, um möglichst wenig Lärm zu verursachen. Im unteren Flur schnappte sie ihren Mantel, nahm ihre Tasche. Die Haustür war verschlossen, aber der Schlüssel steckte, und die beiden Riegel ließen sich ohne große Mühe zurückschieben. Leise zog Frida die Tür hinter sich zu und verharrte eine Weile horchend auf der Stelle. Als es still blieb, schlich sie zur Straße. Lorenz, der die Nacht in seinem Elternhaus verbracht hatte, wartete wie verabredet hinter einem Mauervorsprung versteckt auf sie.

»Komm!«, sagte er und nahm ihren Arm. »Wir müssen uns beeilen.«

Sie sprachen kaum ein Wort, bis sie den Bahnhof erreichten, der um diese Uhrzeit verlassen vor ihnen lag. Dennoch blickte Frida sich immer wieder ängstlich um und stieß erleichtert den Atem aus, als der Zug einfuhr. Im Schutz der dicken Qualmwolken, die die Lokomotive ausstieß, half Lorenz ihr beim Einsteigen und führte sie durch den Gang. Erst nachdem sie ein Abteil gefunden hatten, in dem sie ungestört waren, nahm er sie sanft in seine Arme.

»Du siehst müde aus«, stellte er besorgt fest.

»Kein Wunder, ich habe die Nacht kein Auge zugetan.« Frida nickte zustimmend, löste sich von ihm und nahm auf der lederbezogenen Bank Platz. Auf ihrer Stirn machten sich Sorgenfalten breit. »Bist du sicher, dass Bertram mit seinem Vater unter einer Decke steckt? Ich kann mir nicht vorstellen, dass er so weit gehen würde, uns zu verraten. Schließlich muss ihm klar sein, was uns drohen könnte.«

»Ganz sicher. Er hat mich nur vor der Verhaftung bewahrt, um unsere Pläne zu erfahren. Ich kenne ihn und weiß, wann er etwas ausheckt.«

»Und Frau Meitner ist auf alles vorbereitet?«, fragte Frida teils aus Interesse, teils, um ihre Nervosität zu verbergen. Lorenz hatte ihr bisher nur wenig über die Physikerin erzählt. Doch wenn er es tat, schwärmte er regelrecht von ihr.

»Das ist sie. Wir können ihr hundertprozentig vertrauen«, erwiderte er auch jetzt. »Ohne sie würden wir es niemals schaffen, aus Deutschland zu fliehen. Wir besäßen auch keine falschen Papiere. Sie hat sich um alles gekümmert, mach dir keine Sorgen!«

Frida nickte. Sie war nicht ganz so überzeugt wie Lorenz. Die letzten beiden Tage hatten deutlich gezeigt, wie bedrohlich die Lage im Land inzwischen für sie geworden war, und das nicht nur vonseiten der Sturmtruppen oder der Gestapo. Ludger Friedrichs und Bertram stellten eine viel größere Gefahr für sie dar, die sie nicht unterschätzen durften.

»Friedrichs hat von irgendeinem Projekt gesprochen«, verriet sie ihm flüsternd, obwohl sie allein im Abteil waren. »Er will, dass du für ihn arbeitest.«

»Bertram hat ein paar vage Andeutungen gemacht. Hast du bei dem Gespräch verstanden, worum genau es geht?«

»Nein. Sein Vater hat ihn mit in sein Arbeitszimmer genommen. Aber ich habe ihn selten so angespannt erlebt. Er scheint unter Druck zu stehen. Wir müssen uns vor ihm in Acht nehmen. Dieser Mann ist zu allem fähig.«

»Er kann uns nichts mehr anhaben. Vor uns liegen nur noch ein Tag und eine Nacht, Frida!« Lorenz drückte ihre Hand. »So lange werden wir uns verstecken. Dann haben wir es geschafft, egal, welche Projekte Friedrichs leitet. Im Moment macht mir Bertram viel mehr Sorgen. Ich musste ihm vortäuschen, dass ich ihm vertraue. Er weiß, dass wir fliehen wollen, und er liebt dich immer noch. Diese Mischung macht ihn unberechenbar.«

»Bist du sicher, dass er dir die Pläne abgekauft hat?«

»Ganz sicher. Er geht davon aus, dass du Sonntag nach Berlin kommst, nicht heute. Wir sind ihm also einen Schritt voraus. Dennoch müssen wir vorsichtig und auf alles vorbereitet sein. Noch können hundert Dinge schiefgehen. Bei der Ankunft am Bahnhof werden wir uns sofort trennen. Falls es trotzdem Ärger gibt, vergiss nicht, dass wir uns nicht kennen. Lise Meitner wartet beim Reichstag auf dich und wird dich zu sich ins Adlon mitnehmen.«

»Und wie soll ich sie erkennen?«

»Ich habe ihr ein Foto von dir gezeigt. Sie wird dich finden, keine Sorge.«

»Was ist mit dir? Warum kommst du nicht mit?«

»Weil Bertram dann misstrauisch werden würde. Er hat verlangt, dass ich meine Wohnung nicht verlasse. Deshalb kehre ich zurück und spiele sein Spiel mit.«

»Woher weißt du, dass er deine Abwesenheit nicht längst bemerkt hat? Du warst Stunden unterwegs.«

»Ich weiß es nicht, Frida.« Lorenz seufzte. »Allerdings vermute ich, dass Bertram gerade seine eigenen Pläne schmiedet und damit erst einmal beschäftigt ist. So oder so musste ich das Risiko eingehen, um unsere Flucht zu ermöglichen.«

»Ich wünschte, es wäre schon vorbei. Ich habe Angst«, flüsterte Frida und blickte ihn ernst an.

»Ich auch«, sagte er. »Versuch dennoch, ein wenig zu schlafen, wenn du kannst. Wir werden unsere Kräfte in den kommenden Tagen brauchen.«

Lorenz schloss die Augen. Schon bald hörte Frida ihn leise und gleichmäßig atmen. Sie lehnte sich zurück, schaute aus dem Fenster und versuchte, ihre Ängste in Schach zu halten, bis auch sie in einen leichten, traumlosen Schlaf fiel. Als sie Stunden später durch die laute Stimme des Bahnhofsvorstehers erwachte, ruhte Lorenz' Blick auf ihr. Frida blinzelte und richtete sich auf.

»Wir sind angekommen«, sagte er. Wie um seine Worte zu bestätigen, verlangsamte der Zug seine Fahrt, bis er zischend und schnaufend zum Stehen kam.

Frida hatte Mühe, den Schlaf abzuschütteln, erhob sich jedoch, um ihren Koffer aus dem Gepäckfach zu nehmen. Doch Lorenz hielt sie zurück und nahm sie kurz in den Arm.

»Wir schaffen das«, versprach er und drückte sie an sich, bevor sie den Zug verließen und auf dem Bahnsteig kurz innehielten, um sich zu verabschieden. »Ich liebe dich«, flüsterte Frida ihm bedrückt zu.

»Ich liebe dich auch, mehr als alles andere auf der Welt«, beteuerte Lorenz. »Morgen Abend lassen wir Deutschland,

Bertram und den ganzen Terror hinter uns. Dann beginnen wir ein neues Leben. Wir sind der Freiheit ganz nah, Frida«, versprach er und versuchte offensichtlich, so zuversichtlich zu klingen, wie er nur konnte. »Vergiss das nicht und jetzt geh. Pass auf dich auf!«

Frida nickte und tauchte Sekunden später in der Menge der Reisenden unter. Von Unruhe erfüllt machte sie sich auf den Weg. Sie war gerade dabei, den Bahnhof zu verlassen, als sie das unheimliche Gefühl hatte, beobachtet zu werden. Unwillkürlich beschleunigte sie ihre Schritte. Auf der Treppe stolperte sie und fiel auf die Knie. Sie achtete nicht darauf. Stattdessen rappelte sie sich auf, umklammerte ihren Koffer und erreichte schließlich den Ausgang. Erst dort schaute sie sich ängstlich um. Es war niemand zu sehen, der ihr verdächtig erschien. Umso mehr erschrak sie, als sich plötzlich eine Hand auf ihre Schulter legte.

»Ich habe gesehen, wie Sie gestürzt sind. Benötigen Sie Hilfe?«, fragte ein junger Mann mit Schnauzbart freundlich. Er steckte in Arbeitskleidung, wie sie die Männer aus den Fabriken trugen. Bei jeder Bewegung rutschte ihm das streng gescheitelte Haar in die Stirn.

»Nicht nötig«, wehrte Frida ab und bemühte sich, ihre Furcht zu überspielen, indem sie lächelte. »Es ist nichts passiert. Ich dachte nur …« Sie brach ab, als sie die teure Uhr am Handgelenk des Fremden bemerkte, die ihn verriet. Kein einfacher Arbeiter konnte sich so eine Uhr leisten. Alarmiert musterte sie seine gepflegten Hände. Dieser Mann stand trotz seiner Tarnung garantiert an keiner Maschine oder Drehbank. Dies ließ nur einen Schluss zu: Sie wurde beschattet.

»Ist wirklich alles in Ordnung mit Ihnen?«, vergewisserte er sich und musterte sie scharf.

Frida nickte geistesabwesend und wenig überzeugend, wie sie befürchtete. In ihrem Kopf überschlugen sich die Gedanken.

»Es geht mir gut. Ich muss jetzt auch weiter.« Ihr Puls schlug unkontrolliert schnell, als in diesem Moment ein Bus um die Ecke gefahren kam und wenige Meter vor ihr hielt. Hastig stieg sie ein, nahm auf der hinteren Bank Platz und begutachtete ihre Knie.

»Sind Sie verletzt?« Der junge Mann, der ihr gefolgt war, verzog die Mundwinkel. Es sollte wohl ein Lächeln sein, das seine Augen nicht erreichte.

»Halb so wild, es ist nur ein Kratzer«, gab sie knapp zurück und lächelte schwach, obgleich ihr das Herz bis zum Hals schlug. Sie wollte sich auf keinen Wortwechsel mit ihm einlassen und drehte sich demonstrativ weg, während sie angespannt wartete, bis der Bus an der nächsten Haltestelle hielt. »Ich muss hier umsteigen«, teilte sie ihm mit und hetzte davon.

Draußen angekommen, atmete sie auf und beobachtete, wie er ihr vom Fenster aus zuwinkte. Frida hielt inne, bis der Bus seine Fahrt fortsetzte und das Gesicht des Fremden schließlich aus ihrem Blickfeld verschwand. Sie selbst ging zu Fuß weiter und achtete darauf, nicht zu zügig zu gehen, um nicht unnötig Aufmerksamkeit zu erregen. Schließlich erreichte sie den Platz vor dem zerstörten Reichstagsgebäude, der voller Menschen war. Zeitungsverkäufer schrien ihre Blätter aus, die nach den Vergeltungsmaßnahmen der Nazis reißenden Absatz fanden. Frida erkannte das Gesicht des schnauzbärtigen Führers auf der Titelseite. Sein Konterfei hing auch an den Hauswänden und Litfaßsäulen in Form riesiger Plakate. Adolf Hitler war ständig und überall präsent.

»Die aktuellste Ausgabe des *Stürmers*«, rief ein Junge in Lederhosen und knielangen Strümpfen und wedelte mit einer Zeitung in der Hand durch die Luft. »Die deutsche Regierung plädiert für ein judenreines Deutschland! Erfahren Sie alles über Hitlers Pläne.«

Einen Augenblick überlegte Frida, ob sie sich auch ein Blatt kaufen sollte, um sich dahinter zu verstecken, sah jedoch davon ab und hielt Ausschau nach der Physikerin. Doch in keinem der Gesichter glaubte sie Lise Meitner zu erkennen, von der sie bisher nur wenige Zeitungsartikel gesehen hatte. Beunruhigt blickte sie alle paar Minuten auf ihre Armbanduhr, während sie hoffte, dass die Wissenschaftlerin mit einem der nächsten Busse kommen würde, die in unmittelbarer Nähe hielten. Inzwischen war der verabredete Termin schon seit zehn Minuten vorbei.

Je mehr Zeit verstrich, umso verzweifelter bemühte sich Frida, den in ihr aufkeimenden Gedanken zu verdrängen, dass etwas passiert sein konnte, was Lise Meitner daran hinderte, am Treffpunkt zu erscheinen. Stattdessen ließ sie ihren Blick erneut über die Passanten und Spaziergänger gleiten und stutzte, als ihr plötzlich ein älterer Herr mit ergrautem Haarkranz auffiel, der keine fünf Meter von ihr entfernt lässig an einer Laterne lehnte. Er trug einen schwarzen Mantel und schwere Stiefel und gab vor, im trüben Morgenlicht in der Zeitung zu lesen, die er in den Händen hielt. Selbst auf die Entfernung hin erkannte sie, dass er das Blatt falsch herum aufgeschlagen hatte, während er sie über den Rand hinweg mit einem düsteren Lächeln beobachtete.

Augenblicklich spürte Frida eine Enge im Hals, wie von einer Schlinge zugezogen. Die bloße Nähe des Fremden bereitete ihr ein Gefühl des Unbehagens und machte ihr Angst. Sie atmete auf, als er seinen durchdringenden Blick endlich von ihr löste. Obwohl ihr Herz vor Angst gegen ihre Brust hämmerte, versuchte sie sich zu beruhigen.

Schnell wandte sie sich ab und schlug den Weg Richtung Adlon ein. Aus dem Augenwinkel heraus bemerkte sie, dass er keine Anstalten machte, ihr zu folgen. Dennoch blieb ein ungutes Gefühl in ihr zurück. Obwohl sie sich immer wieder einredete, dass er sich möglicherweise nur zufällig in ihrer Nähe aufhielt, konnte sie nicht verhindern, dass ihr Bauchgefühl sie warnte.

Beunruhigt fiel ihr Blick in den Park, in dem sich nur wenige Spaziergänger tummelten. Fridas Beine zitterten, als sie den Pfad entlanglief, der sie auf kürzestem Weg zum Potsdamer Platz führen würde. Sie ignorierte es und konzentrierte sich auf das Klacken ihrer Schuhe, bis sie plötzlich schnelle Schritte hinter sich hörte. Als sie sich umschaute, sah sie einen kräftigen Mann, dessen Gesicht unter einem tief sitzenden Hut verborgen war. Ihre Beine begannen zu zittern, als sie feststellte, dass er viel zu schnell näher kam und seine rechte Hand in die Tasche seines Mantels fuhr.

Mit allen Sinnen spürte Frida die drohende Gefahr, hielt wie gelähmt inne und nahm eine hastige Bewegung wahr, als sie auf gleicher Höhe waren. Verzweifelt warf sie sich herum und rannte los. Im nächsten Moment spürte sie einen heftigen Schlag auf den Kopf. Sie schrie auf und taumelte benommen zurück. Als sie ihre Finger auf die schmerzende Stelle presste, fühlte sie eine warme Flüssigkeit an ihren Fingern.

»Wer sind Sie?«, keuchte Frida, während ihr schwindlig wurde und sie auf die Knie sackte. Sie bekam keine Antwort. Stattdessen legten sich kalte Hände wie Schraubzwingen um ihren Hals und drückten erbarmungslos zu. Der Schmerz trieb ihr die Tränen in die Augen. Sie hatte das Gefühl, dass ihr Peiniger ihr den letzten Atem aus der Lunge quetschte. Als sie versuchte, sich aus dem Würgegriff zu befreien, drückte er umso fester zu. Vor ihren Augen flimmerte es.

»Bitte!«, röchelte sie. Die Worte endeten in einem Gurgeln, während das Rauschen ihres Blutes in den Ohren immer lauter wurde. Wie durch einen Nebel glaubte sie plötzlich eine vertraute Stimme zu hören. Dann schwanden ihr die Sinne.

* * *

Bertram schaute zur Uhr, bevor er schlecht gelaunt zum Institut fuhr. Die Gedanken an die geplante Flucht ließen ihn einfach nicht zur Ruhe kommen, obwohl er alles dafür getan hatte, sie zu durchkreuzen. Ein Restrisiko blieb. Er traute Lorenz nicht über den Weg und konnte nur hoffen, dass er ihm die Worte über ihre Freundschaft abgekauft hatte. Dennoch beschlich ihn ein ungutes Gefühl, als er in Dahlem aus der Bahn stieg, zügig auf den Gebäudekomplex des wissenschaftlichen Instituts zuging und wenig später das Büro seines Vaters betrat, wo dessen Sekretärin ihn bereits erwartete.

»Gut, dass Sie endlich da sind, Herr Friedrichs«, empfing sie ihn sichtbar erleichtert, während ihr Gesichtsausdruck eine Mischung aus Sorge und Neugier zeigte. »Ihr Vater hat schon mehrfach nach Ihnen gefragt. Er klang ziemlich angespannt.«

»Guten Morgen, Eleonore. Hat er auch erwähnt, worum es geht?«, flüsterte Bertram, als er feststellte, dass die Tür zum Arbeitszimmer nur angelehnt war und sein Vater anscheinend Besuch hatte. Aufgebrachte Stimmen drangen zu ihnen nach draußen.

»Das weiß ich leider nicht«, antwortete die Sekretärin, deren Züge einnehmend freundlich und gutmütig waren, obgleich man sah, dass sie nie eine Schönheit gewesen war. »Aber Sie hören es ja selbst«, fügte sie mit einer Kopfbewegung Richtung Büro hinzu. Dann machte sie kehrt und ließ ihn allein im Vorzimmer zurück. Da Bertram nicht sicher war, ob er das Gespräch stören oder besser warten sollte, setzte er sich an ihren Schreibtisch und blätterte gelangweilt durch die Unterlagen, ohne ihnen besondere Aufmerksamkeit zu schenken. Stattdessen lauschte er mit halbem Ohr dem Streit, bei dem es zunehmend lauter zuging.

»Was heißt das, Löwenthal ist verschwunden? Er kann sich doch nicht einfach in Luft aufgelöst haben«, brüllte sein Vater. Als Bertram sich zurücklehnte und einen vorsichtigen Blick wagte, bemerkte er, wie dessen Wut ihm das Blut ins Gesicht trieb. »Ausgerechnet jetzt«, tobte er. »Finden Sie ihn!«

»Ich habe überall nach ihm gesucht. Er ist nicht im Labor erschienen und hält sich weder im Adlon auf, noch ist er in seiner Wohnung zu finden. Der Jude ist wie vom Erdboden verschluckt«, rechtfertigte sich eine verunsicherte Stimme, während Bertram seinen Mantel aufknöpfte, die Füße von sich streckte und nicht vorhatte, dem Handlanger seines Vaters aus der Klemme zu helfen. Horst Schultheiß gehörte zum Sicherheitspersonal des Instituts und war ein Speichellecker, wie er im Buche stand.

»Dann suchen Sie gefälligst weiter, anstatt hier Wurzeln zu schlagen!«, herrschte sein Vater ihn an. »Es ist mir scheißegal, wo. Hauptsache, Sie finden ihn und bringen ihn her, verstanden? Wenn der verfluchte Jude nicht spätestens bis heute Mittag in meinem Büro auftaucht, wird das Konsequenzen für Sie haben.«

Bertram hörte, wie ein Stuhl zurückgeschoben wurde und stampfende Schritte ertönten. Durch den offenen Türspalt sah er, wie sein Vater zum Telefonhörer griff, während er Schultheiß mit der freien Hand ein Zeichen gab, dass er gehen konnte, ehe er in den Hörer bellte: »Verbinden Sie mich auf der Stelle mit dem Amt in Perleberg!«

Während sein Vater missmutig wartete, bis die Leitung stand, machte sein Besucher eine Kehrtwendung und stürmte aus dem Büro an Bertram vorbei, ohne ihm einen Blick zu schenken. Doch schon nach wenigen Schritten blieb er unschlüssig stehen. Offenbar hatte er nicht den blassesten Schimmer, wo er noch nach Lorenz suchen sollte. Die Türklinke in der Hand haltend, zermarterte er sich sichtbar den Kopf, ohne zu einem Ergebnis zu gelangen, und bemerkte Bertram nicht, der ihn amüsiert beobachtete.

»Horst, warte!«, riss er ihn aus seinen Überlegungen. Als sich Schultheiß zu ihm umdrehte, bemerkte Bertram den feinen Schweißfilm auf dessen Stirn. »Ich regle das. Du kannst die Suche nach Löwenthal beenden.«

»Was soll das heißen?« Sein Vater kam aus dem Büro gestürzt. »Seit wann gibst du hier die Befehle? Abgesehen davon, dass du über eine Stunde zu spät bist.«

»Beruhige dich«, blieb Bertram gelassen. »Ich weiß, was Lorenz vorhat.«

»Ach ja?« Sein Vater wedelte mit der Hand in Richtung Schultheiß, als wollte er eine lästige Fliege verscheuchen. Er wartete, bis sich die Tür geschlossen hatte. Erst dann wandte er sich wieder ihm zu. »Dann weißt du hoffentlich auch, dass der Jude nicht der Einzige ist, der offenbar untergetaucht ist. Frida ist verschwunden. Ich habe gerade mit Fiedler telefoniert, den ich zu unserem Haus geschickt habe.«

»Wovon redest du? Frida kommt erst am Sonntag nach Berlin. Sie will …« Bertram brach mitten im Satz ab und erstarrte. Auf seiner Stirn bildeten sich kleine Schweißtropfen, denn in dieser Sekunde erkannte er, dass Lorenz ihn hintergangen hatte. Obwohl er behauptet hatte, ihm zu vertrauen, hatte er ihn dreist belogen, was Fridas Ankunft betraf, und wahrscheinlich gehofft, längst im Ausland zu sein, bis er dahinterkam. Zum Glück hatte er vorgesorgt.

»Was weißt du? Mach den Mund auf!«, riss sein Vater ihn aus den Gedanken. »Was plant der verdammte Jude?«

»Frida und er wollen aus Deutschland fliehen. Lorenz hat sich mir anvertraut. Allerdings hat er es offenbar nur getan, um mich in Sicherheit zu wiegen. Der Dreckskerl hat mich wohl durchschaut und mir deshalb ein falsches Datum genannt.«

»Das wird ja immer besser.« Sein Vater schüttelte verwirrt den Kopf. »Lass mich nachdenken. Frida muss sich heute Morgen aus dem Haus geschlichen haben, bevor ich nach

Berlin fuhr. Die Züge auf dieser Verbindung fahren nur zweimal am Tag. Die Ratte hat vermutlich den Frühzug genommen, der in genau achtundzwanzig Minuten im Hauptbahnhof eintreffen wird. Fang sie dort ab, Bertram! Beeil dich! Es ist auch in deinem Interesse, Löwenthals Flucht zu vereiteln. Bring mir den Juden!«

»Das werde ich, darauf kannst du Gift nehmen. Ich werde dem Scheißkerl den Hals umdrehen.« Ohne Zeit zu verlieren, verließ Bertram das Institut, machte sich zu Fuß auf den Weg, da der Verkehr auch heute in weiten Teilen der Stadt zum Erliegen gekommen war. Aber auch auf den Gehwegen gab es für ihn kaum ein Durchkommen. Wie in der Nacht zuvor trieben sich Horden der SA und der Hitlerjugend herum und setzten fort, was sie begonnen hatten, während Bertram die Zeit davonlief.

Im Nachhinein beglückwünschte er sich für sein Misstrauen. Obwohl er nicht ernsthaft davon ausgegangen war, dass Lorenz ihm dreist ins Gesicht gelogen haben könnte, hatte er zwei undurchsichtige Männer angeheuert, die den Bahnhof beobachteten, und ihnen eine der seltenen Aufnahmen überlassen, auf der sie – Frida, Lorenz und er – zu dritt zu sehen waren. Er ging davon aus, dass die beiden Männer, die er dafür großzügig bezahlte, ihre Arbeit machen würden. Trotzdem wollte er sich aber auf keinen Fall entgehen lassen, wie Lorenz reagierte, der vermutlich schon am Tag zuvor nach Perleberg gefahren war, um Frida dort abzuholen. Ansonsten hätte Schultheiß ihn in der Wohnung angetroffen.

Mit großen Schritten hetzte Bertram durch die Straßen und bekam nur am Rande mit, wie es unter seinen Schuhen knirschte. Berlin war über Nacht zu einem Scherbenmeer geworden, und noch immer wütete die aufgebrachte Meute. Aus den Augenwinkeln bemerkte er, wie Zivilisten in die jüdischen Geschäfte drängten und mitnahmen, was ihnen in die Hände fiel. Eine verhärmt aussehende Frau mittleren Alters streifte sich auf offener Straße einen Pelz über und posierte vor ihrem Begleiter darin. Offenbar war es ihr gleichgültig, dass an dem Mantel das Blut der ehemaligen Besitzerin klebte.

Bertram setzte seinen Weg über das holprige Kopfsteinpflaster fort. Vor ihm lagen noch zwei Straßenzüge, dann hatte er sein Ziel erreicht. Sein Atem ging stoßweise, als er sich dem Haupteingang näherte und einen Blick auf die mächtige Bahnhofsuhr an der Fassade warf. Zehn Uhr dreizehn. Er hatte es gerade noch rechtzeitig geschafft.

Während er sich dem Gleis näherte, fragte sich Bertram, wie sich das Wiedersehen mit Frida anfühlen würde, nachdem er nun wusste, dass sie mit Lorenz fliehen wollte, ohne sich ein einziges Mal zu fragen, wie es ihm dabei ging. Allein die Vorstellung daran schmerzte wie ein Stachel, der sich immer tiefer ins Fleisch grub. Dabei wusste er, dass es dumm war, überhaupt noch einen Gedanken an sie zu verschwenden.

Laut fluchend trat er im Gehen mit voller Wucht gegen einen Abfallkorb. Dabei ignorierte er die Blicke vorbeieilender Reisender, die ihn streng anschauten und den Kopf schüttelten. Erst als Bertram einen einzelnen Polizisten in der Menge bemerkte, der in seine Richtung starrte, riss er sich zusammen und rief sich in Erinnerung, dass Frida seine Liebe nicht verdient hatte. Mit ihrer geplanten Flucht zeigte sie schließlich einmal mehr, dass sie fähig war, ihn mir nichts, dir nichts aus ihrem Leben zu streichen, und er tat gut daran, dass Gleiche mit ihr zu tun.

Gefasst starrte er zur Uhr. Der Minutenzeiger bewegte sich Strich für Strich vorwärts. Die Einfahrt des Zuges war bereits angekündigt. Der Bahnhofsvorsteher forderte die Reisenden auf, vom Gleis zurückzutreten, während in der Ferne ein erstes Schnaufen der Lokomotive zu hören war.

»Ankunft Berlin Hauptbahnhof«, rief der Angestellte mit monotoner Stimme, als der Zug mit quietschenden Bremsen zum Stehen kam und sich die Türen öffneten. Er hielt die Kelle in der rechten Hand, mit der er später das Signal zur Weiterfahrt geben würde, und lief den überfüllten Bahnsteig ab. Dabei schob er die Leute auseinander, die sich ungeduldig zu den Einstiegen drängten, während die Ankömmlinge gleichzeitig auszusteigen versuchten. Es kam zu dem üblichen Drängeln. »Herrschaften, bitte!«, rief der Bahnhofsvorsteher streng. »Seien Sie doch vernünftig! Treten Sie zurück!«

Bertram reckte sich und schaute sich um, fest entschlossen, sobald er Frida bemerkte, einem der anwesenden Polizisten die Sachlage zu erklären und ihre Verhaftung zu erwirken. Doch nicht nur der Rauch der Lokomotive erschwerte ihm nun die Sicht. Er kam nur verlangsamt zwischen den Reisenden voran, die hektisch ein- und ausstiegen. Es hagelte Proteste, als er sich rücksichtslos durchdrängte und seinen Weg bahnte. Erst in der Bahnhofshalle blieb er stehen und schaute resigniert den Leuten hinterher, als er plötzlich eine junge Frau bemerkte, die ihren Hut zurechtrückte, den Koffer aufnahm und zur Treppe ging.

Bevor sie aus seinem Blickfeld verschwinden konnte, stürmte Bertram ihr nach. Nachdem er sie endlich erreichte, stellte er jedoch fest, dass es sich um eine Verwechslung handelte. Die junge Frau sah Frida ähnlich, mehr aber auch nicht. Hektisch rannte er laut fluchend zurück zum Bahnsteig. Die Türen des Zuges schlossen sich gerade für die Weiterfahrt. Die paar Reisenden, die noch an den Gleisen standen, waren rasch verschwunden. Ratlos hielt Bertram inne, während er sich fragte, was er jetzt tun sollte, und die Wut darüber, Frida verpasst zu haben, ihm fast den Atem nahm.

* * *

Suchend schaute sich Bertram auf dem Bahnhofsvorplatz um und stellte fest, dass Frida ihm tatsächlich entwischt war und auch von Lorenz jede Spur fehlte. Zu allem Übel hatte es auch noch zu regnen begonnen. Die Menschen um ihn herum flüchteten in die umliegenden Geschäfte und Wohnhäuser, um sich unterzustellen. Innerhalb kürzester Zeit war der Platz wie leer gefegt, sodass er seine Suche endgültig aufgeben musste.

Schützend zog Bertram den Kopf ein und trottete missmutig die Treppenstufen hinab. Er hatte es nicht eilig, zum Institut zurückzukehren, wo er seinem Vater Bericht erstatten und zugeben musste, schuld an dem Fiasko zu sein. Ziellos lief er durch die Straßen und brütete vor sich hin, als er eine junge Frau bemerkte, die sich zum Reichstag bewegte. Sie hielt einen Koffer in der Hand und schaute sich immer wieder ängstlich um. Sein Herz pochte schlagartig schneller, als er einen kurzen Blick in ihr Gesicht erhaschen konnte.

Es handelte sich tatsächlich um Frida. Bertram musste sich zurückhalten, vor Freude nicht laut zu jubeln. Stattdessen folgte er ihr unauffällig und grinste nur voller Genugtuung. Vor dem Reichstagsgebäude blieb sie stehen und blickte in regelmäßigen Abständen sichtbar nervös zur Uhr. Sie wartete auf jemanden, Lorenz vielleicht. Ihre Gesichtszüge verrieten Anspannung und Angst, als sie plötzlich einen seiner Männer bemerkte.

Bertram fluchte leise. Der Idiot hielt die Zeitung verkehrt herum. Frida ahnte etwas. Er sah, wie sie mit dem Daumen über die Lücke zwischen ihren Fingern strich. Diese einfache Geste, die augenblicklich alte Schuldgefühle in ihm weckte, versetzte ihm einen Stich. Es kostete ihn einige Überwindung, dem Impuls zu widerstehen, die Sache abzublasen und Frida ihrer Wege gehen zu lassen. Mit hängenden Armen hielt Bertram reglos inne und erinnerte sich daran, wie er sie damals im Stich gelassen hatte. Dabei ließ er sie keine Sekunde aus den Augen, als könnte er sich ihr Antlitz auf diese Art unauslöschlich einprägen.

Frida bemerkte ihn nicht, als sie den Weg zum Park einschlug und offenbar zum Adlon unterwegs war. Bertram hörte ihre Absätze klacken, als sie ihr Tempo plötzlich beschleunigte. Dann überschlugen sich die Ereignisse. Während er ihr mit einem Abstand von etwa hundert Metern folgte, war sein zweiter Mann schneller. Aus der Ferne beobachtete Bertram, wie er ihr einen Schlag versetzte, seine Hände um ihren Hals legte und sie zu würgen begann. Frida hatte keine Chance und sank zu Boden.

»Es reicht! Niemand hat gesagt, dass du sie umbringen sollst, du Idiot. Verschwinde!«, fuhr Bertram ihn an, nachdem er zu ihnen gerannt war. Keuchend beugte er sich über sie.

»Frida? Kannst du mich hören?«

Benommen schlug sie die Augen auf und wollte ihm antworten. Doch es gelang ihr nicht. Sie konnte kaum atmen. Ihre Blicke sprachen hingegen umso mehr. Voller Abscheu starrte sie auf die Armbinde mit dem Hakenkreuz am Ärmel seines Mantels. Ein verzweifeltes Husten entrann ihrer Kehle. Es dauerte eine Weile, bis sie endlich reden konnte.

»Wie lange gehörst du schon zu ihnen?«

»Seit dem Kuss im Park«, gab Bertram schonungslos ehrlich zu, als er feststellte, dass es ihr halbwegs gut ging. »Du musst wirklich blind vor Liebe gewesen sein, wenn du es nicht bemerkt hast.«

»Du hast diesen Schritt aus Eifersucht gemacht? Warum hast du das getan, Bertram? Ich habe dir nie Hoffnungen gemacht. Für mich warst du immer ein Freund.«

»Sei still!«, fuhr er sie mit halb erstickter Stimme an und hob wütend die Faust, um sie zum Schweigen zu bringen. Das Letzte, was er hören wollte, war das Gerede von Freundschaft. Als er ihr entsetztes Gesicht sah, ließ er den Arm wieder sinken und starrte sie verbittert an. »Hättest du auch nur ein einziges Mal Rücksicht auf meine Gefühle genommen, wäre es nie so weit gekommen. Aber du musstest ja unbedingt mit Lorenz ins Bett kriechen.«

Sichtbar erschrocken über die Heftigkeit seiner Reaktion schwieg Frida. Sie rang um Fassung, während er sich erhob und vor ihr aufbaute.

»Dank deiner Hilfe haben wir ihn jetzt in der Hand. Du hast uns unfreiwillig einen riesigen Gefallen getan. Ohne dich wird Lorenz Deutschland niemals verlassen. Das war es dann wohl mit eurer Flucht in die Freiheit. Glaub mir, davon seid ihr weiter entfernt als je zuvor.«

»Ihr wollt Lorenz erpressen und mich dabei als Druckmittel einsetzen?«, fragte Frida voller Verachtung. »Schämst du dich gar nicht?«

»Von Erpressen kann keine Rede sein«, widersprach Bertram unbeeindruckt und verengte seine blauen Augen zu schmalen Schlitzen. »Wir werden ihm lediglich aufzeigen, was mit dir passiert, falls er nicht mit uns zusammenarbeitet. Du kennst meinen Vater. Er war noch nie zimperlich, wenn es darum ging, unlautere Mittel einzusetzen. Er kann bei der Sache nur gewinnen. Lass uns ehrlich sein. Wir wissen beide, dass manchmal Opfer nötig sind, um ein Ziel zu erreichen. Ich für meinen Teil bin bereit, Lorenz zu opfern.«

»Bertram, bitte«, flehte Frida mit angstvollen Augen, während ihr Tränen über die Wangen liefen. »Du bist nicht wie dein Vater. Das kannst du nicht tun!«

»Irrtum, ich kann es. Ihr habt es nicht anders verdient.«

»Und was ist mit unserer Freundschaft?«, fragte sie erschüttert.

»Darauf kann ich verzichten. Ich wollte deine Liebe, Frida.« Bertram nahm ihre Hand. Sie ließ es geschehen und wehrte sich nicht. Augenblicklich holte ihn die Erinnerung an ihren leidenschaftlichen Kuss ein. Obwohl er Jahre her war und er seitdem anderen Frauen nähergekommen war, drohte diese Erinnerung ihn zu überwältigen. Fridas Wärme, ihr sanftes Lächeln und das Funkeln in ihren wunderbaren Augen ließen sein Herz auch jetzt noch höherschlagen. »Ich habe dich immer geliebt«, presste er hervor.

Frida senkte den Kopf und machte einen Versuch, ihre Finger zu lösen. Er ließ es nicht zu.

»Schau mir in die Augen!«, forderte er und umfasste ihre Schultern. Fast schon mit einem verlegenen Gefühl sah er sie lächelnd an und öffnete sein Herz. »Wenn du mir jetzt schwörst, meine Gefühle zu erwidern, sorge ich dafür, dass Lorenz und dir kein Haar gekrümmt wird. Dann wäre ich sogar bereit, es mit meinem Vater aufzunehmen.«

»Ich …« Frida rang vergeblich nach Worten. Hilflos zitternd sank ihr Kopf an seine Brust. Sanft hob Bertram ihn zu sich empor. Ihre Schönheit raubte ihm auch jetzt den Atem.

»Wie lautet deine Antwort?«, fragte er gepresst und widerstand dem Verlangen, sie zu küssen. »Glaubst du, mich eines Tages lieben zu können?«

»Nein, nicht so«, flüsterte sie. »Ich liebe Lorenz und das wird immer so sein.«

Bertram nickte. Er fühlte sich nach ihrer Zurückweisung erbärmlich, ein Zustand, den er hasste. In seinem Inneren breitete sich das Gefühl schrecklicher Leere aus, als er sich mit versteinerter Miene erhob und auf sie herabblickte.

»Also gut, du hast entschieden«, stellte er in eisigem Ton fest und starrte sie regungslos an. »Dann musst du auch mit den Konsequenzen leben.«

»Warte!«, bat Frida flehentlich und versuchte, ihn aufzuhalten. Ihr Griff war schwach wie der einer Haltsuchenden. In ihrem Blick lag Angst. »Du machst einen furchtbaren Fehler.«

Tatsächlich hielt Bertram für einen Moment inne. Noch einmal beugte er sich zu ihr herunter und küsste ihre Stirn. Ein entschlossenes Lächeln umspielte seine Lippen, als er sprach: »Mein einziger Fehler war, dir zu vertrauen.«

»Meine Freundschaft zu dir war immer ehrlich. Ich wollte ...«

»Hör auf damit! Ich will nichts mehr hören. Das alles ist bedeutungslos«, fiel Bertram ihr kalt ins Wort. Dann drehte er ihre Arme auf den Rücken. »Steh auf! Du bist verhaftet, Frida!«

KAPITEL 15

Oranienburg, November 1938

Mit quietschenden Reifen hielt ein dunkles Auto am Straßenrand. Noch während der Fahrt wurde die Beifahrertür aufgerissen. Frida sah, wie ein kräftiger Kerl mit Segelohren vom Trittbrett sprang. Er packte sie am Kragen und zerrte sie mit sich. Sekunden später fand sie sich im Wageninneren wieder. Während sich einer der Männer hinters Lenkrad setzte und das Fahrzeug auf ein ihr unbekanntes Ziel zubrauste, bewachte sie der andere, der neben ihr auf der Rückbank saß, mit Argusaugen.

Frida zitterte am ganzen Körper, als sie das lüsterne Funkeln in seinem Blick bemerkte, und befürchtete, dass er jede Sekunde über sie herfallen würde. Zu ihrer Erleichterung hielt er sich zurück und starrte sie nur feindselig an, nachdem er ihr die Uhr vom Handgelenk gerissen und sie in seiner Tasche hatte verschwinden lassen.

Nach einer kurzen Fahrt hielt der Wagen und Frida betrat durch einen Hintereingang zum ersten Mal das Kaiser-Wilhelm-Institut. Während sie durch hässliche graue Flure stolperte, fragte sie sich ängstlich, was Bertram damit bezweckte.

Stumm ließ sie sich führen, bis sie zu einem Büro mit zwei großen Fenstern kamen. Dort wartete Friedrichs auf sie und grinste ihr von seinem Stuhl aus hämisch entgegen.

»Heil Hitler, Frida«, begrüßte er sie.

Sie schwieg und ignorierte seinen Zynismus. Er hingegen fuhr unbeeindruckt fort.

»Dachtest du wirklich, ich bekomme nicht mit, wie du dich aus dem Haus schleichst?« Er lachte aus vollem Hals. »Hältst du mich für so blöd?«

Frida antwortete auch dieses Mal nicht. Die harten Züge um seinen Mund schüchterten sie ein. Sie benötigte Zeit, um sich zu sammeln und ihre Gedanken zu ordnen. Dass Bertram sie zu seinem Vater ins Institut und nicht direkt zur Gestapo-Zentrale hatte bringen lassen, erleichterte sie halbwegs, weckte aber auch ihr Misstrauen. Ängstlich fragte sie sich, was Friedrichs von ihr wollte.

»Setz dich!«, forderte er sie auf und deutete auf einen Stuhl.

»Danke, ich stehe lieber«, lehnte Frida ab. Sie hatte die rechte Hand auf den Tisch gelegt, als ob sie dieser Stütze bedürfte, um sich aufrecht zu halten.

»Ich sagte, setz dich!«, herrschte Friedrichs sie an, sodass sie erschrocken zusammenzuckte und verunsichert Platz nahm. Er sah sie mit einem durchbohrenden Blick an, unter dem Frida eine Gänsehaut bekam. Unwillkürlich verschränkte sie die Arme vor der Brust, als könnte sie sich so schützen. Eine Sekunde später legte sie die schweißnassen Hände auf die Oberschenkel.

»Du tust besser von Anfang an, was ich dir sage, verstanden?« Friedrichs Stimme klang drohend leise. Dann beugte er sich über seine Unterlagen und machte in aller Seelenruhe einige Notizen.

Um sich zu beruhigen, schaute Frida *über ihn hinweg zur* Wand hinter ihm. Ein gerahmtes Foto zeigte Bertrams Vater händeschüttelnd mit Hermann Göring inmitten weiterer

Angestellter vor dem Institut stehend. Friedrichs hatte eine staatsmännische Miene aufgesetzt und genoss sichtbar die Aufmerksamkeit seiner Mitarbeiter. Daneben hing ein Porträt von Adolf Hitler und erinnerte sie daran, mit wem sie es zu tun hatte. Nach außen hin gab Friedrichs sich gern als bürokratischer Biedermann, doch in Wahrheit war er überzeugter Nationalsozialist.

Es dauerte eine Weile, bis er die Akte zuklappte und sich aus seiner vorgebeugten Position im Sessel aufrichtete. »Kaffee?«, fragte er ungezwungen freundlich.

Zu freundlich für Fridas Geschmack, denn sie wusste, dass er nur seine Taktik änderte. »Was wollen Sie von mir?«, fragte sie leise.

»Reden. Du bist hier, damit wir uns über eure geplante Flucht unterhalten können«, erklärte er jedes Wort langsam betonend.

»Ich besuche Lorenz in Berlin, das ist alles.«

»Das ist absurd, und wäre die Lage nicht so ernst, würde ich mich vortrefflich amüsieren. Aber wir beide kennen die Wahrheit. Also mach dich nicht lächerlich und pass auf, was du sagst. Du könntest dich mit deinen Lügen um Kopf und Kragen reden.«

»Wovon reden Sie?«

»Nun, ich will ehrlich zu dir sein. Die Gesetze verlangen, dass du zur Verantwortung gezogen wirst. Ich bin verpflichtet, die Gestapo zu informieren.«

Frida schluckte und spürte Hitze in sich aufsteigen. Für einen Moment stockte ihr der Atem. Mühsam unterdrückte sie den Impuls, ihn erschrocken anzustarren. Stattdessen schlug sie die Augen nieder und schwieg.

»Ich bin wirklich enttäuscht von dir«, fuhr Friedrichs fort und schüttelte theatralisch den Kopf, bevor er sich im Stuhl zurücklehnte und die Arme vor der Brust verschränkte.

»Immerhin habe ich dich in meinem Haus aufgenommen. Doch anstatt dankbar zu sein, *lässt du* meine Frau im Stich. Irma liegt gerade mutterseelenallein und krank in ihrem Bett und niemand kümmert sich um sie. Aber wahrscheinlich ist das in deinen Kreisen so üblich.«

»Es ... es tut mir leid ... um Irma«, stammelte Frida kleinlaut, während ihr das Blut in den Kopf schoss. Obwohl sie versuchte, gelassen zu bleiben, konnte sie ihre Angst nicht verbergen. »Ich wollte mit ihr reden, aber ...«

»Aber eure Flucht besaß Vorrang, nicht wahr? Und das, obgleich sie von Anfang an zum Scheitern verurteilt war. War es das wirklich wert?«

Frida erwiderte seinen Blick und bemühte sich, stark zu wirken. Dabei lief es ihr eiskalt den Rücken hinunter. Bertrams Vater versuchte, ein Schuldeingeständnis aus ihr herauszupressen, mit dem er Lorenz unter Druck setzen konnte. Sie wollte sich nicht einmal vorstellen, zu welchen Methoden er greifen würde, wenn sie es nicht lieferte.

»Du schweigst.« Auf Friedrichs Gesicht machte sich ein triumphierendes Grinsen breit. »Nun, dann werde ich wohl zu härteren Mitteln greifen müssen. Ohne Erlaubnis aus dem Land zu fliehen, gilt als Verbrechen. Die Gestapo wird dich in ein Konzentrationslager überführen. Wer einmal dort ist, kehrt nie wieder zurück. Du würdest Lorenz niemals wiedersehen.«

»Was wollen Sie?«

»Ich will wissen, wo Löwenthal steckt. Wo wolltet ihr euch treffen? In seiner Wohnung? Bei Lise Meitner im Adlon? Mach endlich den Mund auf!«

»Ich weiß es nicht. Seitdem er in Perleberg war und Ihrer Frau die Blumen brachte, habe ich ihn nicht zu Gesicht bekommen. Ich kann Ihnen nicht helfen.«

»Du lügst«, schrie Friedrichs und ballte die Fäuste. Für Sekunden sah es danach aus, als wollte er sich auf sie stürzen.

Im letzten Moment hielt er sich zurück und atmete tief durch.
»Also gut, wie du willst. Dann bleibst du so lange mein Gast, bis es dir einfällt. Du wirst reden, das verspreche ich dir. Du kannst es jetzt tun oder später, wenn du dir der Konsequenzen bewusst bist. Es ist deine Entscheidung.«

Ein unangenehmes Schweigen trat ein. Dann griff er zum Telefon und sprach mit seiner Sekretärin. Minuten später tauchten die beiden Kerle auf, die sie zum Institut gebracht hatten. Abwartend blieben sie an der Tür stehen, während Friedrichs, der offenbar noch nicht fertig mit ihr war, langsam auf Frida zukam und einen halben Meter vor ihr stehen blieb.

»Du wirst ab jetzt ausreichend Zeit zum Nachdenken haben«, erklärte er triumphierend und beugte sich nach vorn. »Ich hoffe für dich, dass meine stichhaltigen Argumente dich doch noch überzeugen und du erkennst, welchen Vorteil es für dich haben könnte, ein Geständnis abzulegen. Solltest du weiterhin schweigen, wirst du nie wieder einen Atemzug in Freiheit tun. Haben wir uns verstanden?«

Frida zitterte am ganzen Körper und wich seinem Blick aus. Sie war den Tränen nah, wollte aber nicht, dass er sie weinen sah. Doch Friedrichs packte sie grob am Kinn und hob ihr Gesicht fest mit Daumen und Zeigefinger, sodass sie nicht wegschauen konnte. Mit Schaudern spürte sie den Druck seiner Finger, sein Atem roch nach Zigarettenrauch, als er ihr Gesicht ganz nah an seines heranzog und seine Lippen an ihr Ohr legte.

»Du wirst im Konzentrationslager verrecken«, flüsterte er ihr zu. »Und wenn ich mit Löwenthal fertig bin, kann er dir dort Gesellschaft leisten. Wie gefällt dir das?«

Ein Blick in Friedrichs Augen genügte, um zu erkennen, wie ernst ihm diese Drohung war. Frida erkannte einen noch nie zuvor gesehenen Hass darin, der sie zutiefst erschreckte. Zugleich bereitete es ihm sichtliches Vergnügen, sie einzuschüchtern.

»Hast du noch etwas zu sagen?«, fragte er diabolisch grinsend.

Frida schüttelte den Kopf. Im selben Moment ließ er ihr Kinn los und trat gegen einen der Stühle, der mit einem dumpfen Geräusch nach hinten umfiel.

»Schafft sie mir aus den Augen!«, befahl er den Männern mit einer wegwerfenden Handbewegung, die Frida grob vom Stuhl rissen und aus dem Büro zerrten.

* * *

Frida hätte nicht sagen können, wie spät es war, als der Lastwagen, auf den man sie nach stundenlangen Verhören gezwungen hatte, vor dem alten Jüdischen Krankenhaus in Wedding stoppte. Unsanft wurde sie herausgezerrt und zum Eingang gestoßen.

»Durchsucht sie, und zwar zackig. Die Judenhure hat uns schon genug Zeit gekostet!«, forderte der Kerl, der ihren Arm gepackt hielt. Ein anderer nahm ihr mit einem fiesen Grinsen den Pass ab. An seinem Ledermantel und Hut erkannte Frida, dass es sich um einen Hauptscharführer der Gestapo handelte. Drohend hielt er einen Schlagstock in der Hand. Noch bevor sie begriff, was das für sie bedeutete, bekam sie einen Stoß und stolperte zur Treppe. Die Stufen führten zu einem fensterlosen Kellerraum hinab, in dem sich einst die Laborräume des Krankenhauses befunden haben mussten, wie ein Emaille-Schild an der Wand verriet.

Verwundert dachte sie kurz darüber nach, wie es sein konnte, dass in den Kellerräumen eines laufenden Klinikbetriebs jüdische Gefangene untergebracht wurden. Doch die Fragen in ihrem Kopf vergingen ihr, als einer der Kerle sie an den Haaren zerrte und sie unter lauten Beschimpfungen mit einer solchen

Wucht hineinstieß, dass sie gegen die Wand prallte. Dann schloss sich die Tür.

Frida blieb in völliger Finsternis zurück, kauerte sich mit angezogenen Beinen auf den gefliesten Boden. Es war kalt. Schon nach kurzer Zeit klapperten ihre Zähne aufeinander, obwohl sich ihr Gesicht heiß anfühlte und Schweiß von ihrer Stirn rann. Schmerzhaft zog sich ihr Magen zusammen. Sie hatte Hunger, doch noch mehr quälte sie die Angst. Angst, dass Friedrichs seine Drohung wahr machte und sie in ein Lager bringen ließ. Leise schluchzend bedeckte sie ihr Gesicht mit beiden Händen und ergab sich ihrer Verzweiflung.

»Lass das Gejammere«, hörte sie plötzlich eine verärgerte weibliche Stimme seitlich von ihr. »Oder willst du, dass sie hereinkommen und dich verprügeln?«

Frida verstummte eingeschüchtert und schüttelte den Kopf, obgleich die Frau es in der Dunkelheit nicht sehen konnte. Nur schemenhaft waren die Umrisse der anderen Gefangenen zu erkennen, die sich verängstigt zusammenkauerten. Erst jetzt bemerkte Frida, dass der Raum hoffnungslos überfüllt war. Mindestens fünfzig vor Dreck starrende Frauen hockten sichtbar erschöpft auf dem kalten Boden.

»Wer seid ihr?«, fragte Frida leise.

»Du sollst still sein«, fuhr die Frau sie erneut barsch an. »Halt endlich den Mund!«

»Lass sie in Ruhe, Edith!«, mischte sich eine freundliche Stimme ein. »Wir waren doch genauso verzweifelt wie sie, als wir ankamen. Sie kann am wenigsten dafür, dass wir hier eingesperrt sind.«

Langsam gewöhnten sich Fridas Augen an die Dunkelheit. Eine junge Frau kam auf sie zu, die ihre Nachbarin zur Seite schob und sich zu ihr setzte. Tröstend nahm die Fremde ihre Hand und drückte sie sanft.

»Wie heißt du?«

»Frida.«

»Ich bin Ruth. Mach dir nichts aus dem Gezeter. Edith hat nur Angst, das ist alles.«

»Seit wann seid ihr hier?«

»Sie haben uns in der Nacht nach dem Tod des Botschafters verhaftet. Unsere Männer wurden von uns getrennt. Hier in der Lagerhalle sind nur Frauen und Kinder untergebracht.«

»Kinder?«, fragte Frida entsetzt.

»Nicht einmal wenige, die Nazis machen da keinen Unterschied. Jude ist Jude, egal wie alt. Und jetzt versuch, ein bisschen zu schlafen. Ich befürchte, uns steht das Schlimmste noch bevor.«

Ruth kehrte zurück auf ihren Platz. Stunden vergingen, in denen Frida kein Auge zumachte. Es musste bereits Abend sein, als sich das Tor quietschend öffnete und zwei Männer mit einem Kübel eintraten. Wortlos schöpften sie dünnen Haferbrei in Näpfe, die ihnen die Frauen gierig aus den Händen rissen. Frida verzichtete darauf und nahm lediglich einen Becher Gerstenkaffee. Sie hatte ihn nicht einmal zur Hälfte ausgetrunken, als sich die Tür wieder schloss.

* * *

»Raus hier! Macht schon, oder ich hetze die Hunde auf euch, verfluchtes Judenpack«, brüllte eine Stimme und weckte die Frauen unsanft.

Frida hatte die ganze Nacht über nicht zur Ruhe gefunden. Mit schmerzenden Gliedern und hundemüde erhob sie sich und leistete keinen Widerstand, als die bewaffneten Männer sie und die anderen Frauen aus dem Krankenhaus trieben und auf Lastwagen drängten. Als sie stolperte, krachte ohne eine Vorwarnung der Karabiner des Bewachers in ihre Rippen. Frida krümmte sich vor Schmerzen, biss sich aber auf die Lippen, um nicht laut zu schreien, und schaffte es irgendwie auf die Ladefläche, auf der es so eng war, dass die kleineren Kinder in der Menge zu ersticken drohten. Sie jammerten, weinten und ließen sich nur schwer beruhigen.

Die Fahrt dauerte über eine Stunde, in der Frida sich frierend und ängstlich an die Frauen neben sich drückte, um wenigstens einen Hauch Wärme zu spüren. Anfangs hoffte sie noch, dass man sie zum Gericht fahren würde, um dort auf einen Prozess zu warten. Doch schon bald hatten sie Berlin hinter sich gelassen und ihre Zuversicht wich quälender Angst vor dem Ungewissen, die sie mit den anderen Frauen teilte. Trotz des Sprechverbots begannen sie sich leise zu unterhalten. Andere weinten oder starrten stumm vor sich hin, während sich die Kinder schutzsuchend an sie pressten.

Als der Wagen plötzlich mit einem Ruck hielt, schrien die Kleinsten erschrocken auf. Sofort legten sich die Hände der Mütter über ihre Münder. Viel Zeit, um ihre Kinder zu trösten, blieb ihnen jedoch nicht.

»Runter vom Wagen! Schneller! Schneller!«

Frida stieg von der Ladefläche und sah sich augenblicklich den boshaften Blicken mehrerer uniformierter Frauen ausgesetzt, die mit Reitgerten auf die erschöpften Gefangenen einpeitschten und sie durch ein Tor trieben. Auf dem Schotterplatz dahinter zwang man sie, sich in Reihen aufzustellen. Der Willkür ihrer Schläge ausgesetzt, brachen die ersten weinend zusammen.

»Ich bitte Sie, Mitleid zu haben. Besitzen Sie denn keine Seele?«, flehte Ruth, die zitternd aus der Reihe hervortrat, als eine der SS-Frauen sich auf ein laut weinendes Kind stürzte. Sie drängte sich zwischen die beiden, ohne sich Gedanken über die Konsequenzen zu machen. Unbeholfen legte sie ihre Hand auf den Ärmel einer Aufseherin. Deren zornrotes Gesicht verspannte sich augenblicklich. Angeekelt zog sie den Arm zurück.

»Du wagst es, mich anzufassen?«, schrie sie außer sich und hob die Reitgerte.

Einen Moment lang herrschte angespanntes Schweigen. Alle Blicke waren auf die Aufseherin gerichtet, als sie dem Mann neben sich das Gewehr aus der Hand nahm und den Lauf auf Ruths Kopf richtete.

»Schma Israel«, murmelte die Gefangene und senkte den Kopf.

»Was hast du gesagt? Wiederhole es!«, ermunterte ihre Peinigerin die Gefangene, deren Gesicht aschfahl wurde. Jeder ahnte, dass sie ihr Todesurteil fällen würde, wenn sie es wagte. Unter den spöttischen Augen ihrer Bewacherin kehrte sie schwankend zurück in die Reihe.

»Raus aus der Reihe! Stell dich ans Tor, du jüdisches Dreckstück!«, forderte die Aufseherin, deren Stimme scharf wie eine Messerklinge klang. »Los! Beweg dich!«

Frida bemerkte die Tränen in Ruths Augen, als sie zitternd vor Angst in die Richtung ging, die ihr angezeigt wurde. Keine der Frauen drehte sich um, als ein Schuss fiel. Stattdessen befolgten sie die Befehle und rannten zu einem Gebäude, in dem sie bereits erwartet wurden. Man zwang sie zur Abgabe ihrer Kleidung und der persönlichen Gegenstände, die sie bei sich trugen. Dann wurden sie nacheinander nackt auf einen harten Stuhl gedrückt.

Ängstlich und frierend ließ Frida es über sich ergehen, dass man ihr die Haare schor. Mit unbewegter Miene schaute sie zu, wie es zu Boden fiel, während sie ein Gefühl von Gleichgültigkeit überkam. Sie hatte ihre Freiheit und Lorenz verloren. Ihr Haar würde sie am wenigsten vermissen. Außerdem blieb ihr keine Zeit, länger darüber nachzudenken. Kaum war der letzte Kopf kahl rasiert, wurden sie in einen gefliesten Raum getrieben. Während sich die Frauen zitternd aneinanderklammerten, schloss sich die Tür. Dann erlosch das Licht. Für Sekunden blieb es still. Keine der Gefangenen wusste, was sie erwartete. Doch die meisten rechneten wohl mit dem Tod.

Befreit kreischten sie auf, als die ersten Tropfen einer stinkenden Flüssigkeit auf ihre Körper prasselten und die Tür sich nach dem Duschen öffnete. Wortlos bekamen sie ein Bündel mit Einheitskleidung in die Arme gedrückt, auf deren Jacken gelbe Winkel angebracht waren. Hastig schlüpfte Frida in die Sachen, während sie der ebenso nüchternen wie gelangweilten Stimme der Aufseherin lauschte, die ihnen die Regeln erklärte und sie anschließend ins Frauenlager brachte, auf dessen Hof sie zum Appell antreten mussten.

Stunde um Stunde verstrich. Niemand erlaubte ihnen, sich vom Platz zu entfernen. Allmählich verließen Frida die Kräfte. Sie stand kurz davor, ohnmächtig zu werden, und schloss die Augen. Erst das verzweifelte Kreischen der Frauen riss sie aus ihrer Lethargie. Entsetzt beobachtete sie, wie die Aufseherinnen die Kinder aus den Reihen rissen, die sich verzweifelt an ihre Mütter klammerten. Doch gegen die rohe Gewalt der Aufseherinnen hatten sie keine Chance. Hilflos weinend und verzweifelt schreiend mussten sie mitansehen, wie die Kinder fortgeschafft wurden und aus ihrem Blickfeld verschwanden.

Wieder vergingen endlose Stunden. Dichter Nebel zog über dem Lager auf und kroch unter ihre dünne Kleidung. Fridas Zähne schlugen unkontrolliert aufeinander, sie hatte jegliches Zeitgefühl verloren, als sie den Schotterplatz mit halb erfrorenen Füßen in den Holzpantinen endlich verlassen durften und in Blocks eingeteilt wurden. Am Ende ihrer Kräfte lauschte sie wie durch einen Nebel den Anweisungen der Aufseherin.

Die Liste der Anweisungen war lang, während die schreckliche Angst, Hunger und Durst ihren Tribut forderten. Lautlos brachen zunehmend mehr Frauen zusammen und blieben auf dem kalten Schotter liegen, ohne dass es eine der anderen wagte, ihnen zu Hilfe zu eilen.

Frida war kaum noch fähig, einen klaren Gedanken zu formen. Starr blickte sie über die Köpfe hinweg zum meterhohen Stacheldraht, während sie ein Gefühl der Hoffnungslosigkeit befiel, das ihr jegliche Zuversicht raubte. Wie in Trance folgte sie den anderen Frauen in eine Baracke, die nur aus Brettergestellen bestand, zwischen denen ein schmaler Gang war. Erschöpft ließ sie sich auf einen der Schlafplätze fallen, zog die Wolldecke bis zum Kinn und erschrak, als sich plötzlich eine Hand in ihre legte und fest ihre Finger umschloss.

»Du musst stark sein, Mädchen«, hörte sie Ediths kompromisslose Stimme leise flüsternd neben sich. »Versuch an etwas Schönes zu denken. Da draußen gibt es doch bestimmt einen Menschen, den du liebst, oder nicht?«

»Ja. Es gibt ihn.« Frida nickte. Allein der Gedanke an Lorenz trieb ihr die Tränen in die Augen. »Wir wollten zusammen aus Deutschland fliehen.«

»Dann bist du es ihm schuldig zu überleben, hörst du?«

»Überleben? In dieser Hölle? Wie denn?«

»Stimmt! Das ist die Hölle. Diese Teufel haben uns ins Arbeitslager Sachsenhausen gebracht. Aber weißt du was? Noch bestimmen wir, ob wir uns von ihnen brechen lassen. Wir stehen das hier durch. Hast du verstanden? Du musst nur daran glauben.«

»Ich glaube an nichts mehr.« Frida löste ihre Hand. Völlig übermüdet und am Ende ihrer Kräfte schloss sie die Augen und schlief irgendwann vor Erschöpfung ein, nur um wenig später in Albträumen zu versinken.

KAPITEL 16

Im Institut, November 1938

Lorenz war heilfroh, Frida bei Lise Meitner in Sicherheit zu wissen, als er am gleichen Tag den Weg zu seiner Wohnung einschlug. Es war ein beruhigendes Gefühl, das ihn für einen Moment die klamme Kälte, die von seinen Gliedern Besitz ergriffen hatte, vergessen ließ. Jetzt mussten sie nur noch einen Tag und eine Nacht unbeschadet überstehen, dann konnten sie Deutschland endlich hinter sich lassen und gerade noch rechtzeitig dem Terror, den Hitler und seine Anhänger mit den brutalen Vergeltungsmaßnahmen nach dem Tod des Botschafters in Gang gesetzt hatten, entfliehen.

Nur noch eine einzige Nacht!

Lorenz fürchtete schon jetzt, dass er vor Aufregung kein Auge zutun würde.

Er schreckte auf, als ihn die laute Stimme eines Mannes aus dem Strom seiner Gedanken riss. Zwei Straßenzüge von seinem Viertel entfernt stand ein Dutzend Uniformierter mit Maschinengewehren bewaffnet vor einer aus Holzlatten errichteten Absperrung, die die gesamte Fahrbahnbreite einnahm und den Weg blockierte. Mit grimmigen Mienen stoppten sie die Fahrzeuge. Jedes Auto und jeder Passant wurden kontrolliert.

Angespannt beobachtete Lorenz, wie ein Pferdewagen hochbeladen mit Bierfässern anrollte. Der Fahrer, dessen Gesicht unter einem Hut versteckt war, versuchte erfolglos die Sperre zu umgehen. Ein stämmiger Uniformierter griff in die Zügel und riss die Pferde zur Seite, sodass das Fuhrwerk mitsamt der Ladung zum Stehen kam, die dabei gefährlich ins Wanken geriet. Laut schimpfend reichte er dem Posten seine Papiere und wartete, bis er nach ausgiebiger Prüfung die Absperrung passieren durfte, vor der sich längst eine Schlange von Menschen gebildet hatte, die über die Kreuzung wollten. Bevor sie durchgewunken wurden, inspizierten die Wachen deren Ausweise. Taschen und Koffer mussten geöffnet werden und wurden durchsucht, während sich zunehmend mehr Schaulustige einfanden.

Beunruhigt blieb Lorenz stehen. Auf seiner Stirn bildeten sich Schweißperlen, als er sah, wie eine junge Frau, die vor Furcht kreischend bestritt, jüdischer Herkunft zu sein, unsanft zu einem Lastwagen gebracht wurde. Obwohl er einen gefälschten Pass in der Tasche trug und glaubte, damit sicher zu sein, schaute er sich nach einem Fluchtweg um. Suchend blickte er die Häuserfront entlang. Trotz der eisigen Kälte hatten sich etliche Fenster geöffnet, aus denen Anwohner neugierig auf die Straße hinabblickten, um zu erfahren, was vor sich ging. Es schien unmöglich, unbemerkt in eines der Gebäude zu gelangen, wo er sich verstecken und abwarten konnte, bis die Nazis weitergezogen waren. Die Bewohner würden misstrauisch werden und vermutlich Alarm schlagen.

Nach einem kurzen Zögern entschloss sich Lorenz für einen Umweg durch die Nebengassen. Er schlug einen Bogen und zog sich in der Hoffnung, nicht entdeckt zu werden, auf die andere Straßenseite zurück. Mit gesenktem Kopf beschleunigte er seine Schritte und hatte die Nebenstraße fast erreicht, als er hechelnde Atemzüge hinter sich hörte.

»Hey, Sie da, stehen bleiben!«, hörte er eine strenge Stimme.

Obgleich die Männer ihn in wenigen Sekunden eingeholt haben würden, lief Lorenz unbeirrt weiter. Er spürte, wie es ihm den Schweiß aus den Poren trieb. Sein Hemd klebte mittlerweile am Rücken. Wenn sie ihn erwischten, würden sie ihn verhaften. Doch mit jedem Schritt kam er seinem Fluchtweg näher.

»Halt! Das ist ein Befehl!« Seine Verfolger verkürzten den Abstand. Sein Vorsprung schrumpfte auf ein paar wenige Meter.

»Zum letzten Mal, stehen bleiben, oder ich schieße!«

Lorenz hatte die kleine Gasse beinahe erreicht. Drei Schritte nur, dann wäre er aus den Augen der Männer verschwunden. Doch dann fiel ein Schuss. Die Kugel schlug neben seinen Füßen ein. Panisch warf er einen schnellen Blick über die Schulter und erstarrte. Der Gewehrlauf war direkt auf seinen Kopf gerichtet. Sich ergebend hob er beide Hände und rührte sich nicht mehr.

»Umdrehen!«, schrie einer der Männer. Er schwitzte heftig, sein glänzendes Gesicht war vor Wut rot angelaufen, während die Augen aus den Höhlen zu treten schienen.

Lorenz gehorchte und hielt den Atem an, als der Ältere wild mit der Waffe fuchtelte und geradewegs auf ihn zusteuerte.

»Was fällt Ihnen ein, vor uns wegzulaufen?«, fuhr er ihn an. Der Mann war kräftig gebaut und überragte Lorenz um einen Kopf. »Damit haben Sie sich dringend verdächtig gemacht.«

»Ich ... ich bin in Panik geraten«, verteidigte sich Lorenz, bemüht um einen überraschten Gesichtsausdruck, aber ohne Bestürzung zu verraten. »Sie haben mich mit Ihrem Gebrüll zu Tode erschreckt.«

»In Panik geraten?« Sein Gegenüber musterte ihn verächtlich. »Das heißt, Sie haben etwas zu verbergen.«

»Nein, natürlich nicht«, antwortete Lorenz und zwang sich, seine Angst nicht zu zeigen. Zugleich wusste er, dass er in Schwierigkeiten steckte. »Bitte erlauben Sie mir zu erklären …«
»Sparen Sie sich Ihre Ausreden. Ob Sie die Wahrheit sagen, wird sich gleich herausstellen.«
»Aber ich …«
»Ihr Name?«
»Konrad Schmeling.«
»Ich will Ihren Ausweis sehen!«
Seine feuchten Hände zitterten leicht, als Lorenz die Papiere aus der Jackentasche zog und sie seinem Gegenüber aushändigte, der einen kurzen Blick darauf warf.
»Schmeling?«, erkundigte er sich. »Wie der Boxweltmeister?«
»Das ist korrekt«, bestätigte Lorenz. »Darf ich nun endlich gehen? Ich habe es wirklich eilig, meine Herren. Die Uniform gibt Ihnen nicht das Recht, mich grundlos festzuhalten.«
»Sie gehen erst, wenn ich es erlaube. Ich könnte schwören, dass Sie Jude sind.« Der Uniformierte schien gar nicht daran zu denken, ihm die Papiere zurückzugeben. Stattdessen blickte er ihm misstrauisch ins Gesicht und verglich es ausgiebig mit dem Foto im Ausweis. Stirnrunzelnd reichte er die Dokumente an seinen Kameraden weiter und äußerte seine Zweifel an der Übereinstimmung. »Es könnte eine Fälschung sein.«
»Lass mal sehen!« Der junge Mann schaute sich nun ebenfalls die Papiere an und kratzte sich nachdenklich am Kopf. Dann nickte er bedächtig. Ehe Lorenz es verhindern konnte, wurde er von zwei sehnigen Armen festgehalten. »Der Dreckskerl versucht, uns reinzulegen. Wir nehmen ihn in Schutzhaft. Los! Rauf auf den Wagen! Vorwärts!«
»Aber ich versichere Ihnen, dass ich die Wahrheit sage.« Hilflos blickte Lorenz sich um. Obgleich dieser Auftritt in einer wenig belebten Gasse stattgefunden hatte, waren doch, durch den lauten Wortwechsel aufmerksam geworden, einige

Schaulustige hinzugeeilt. Gelassen schauten sie dabei zu, wie er trotz seines Protestes und der Beteuerungen gewaltsam abgeführt wurde. Seine Rettung kam von einer Seite, von der er es am wenigsten erwartet hatte. In dem Augenblick, in welchem die Männer ihn zu einem Wagen stießen, sahen sie sich plötzlich einem Mann gegenüber, der ihnen sofort Halt gebot und sie aufforderte, ihm den Grund für die Verhaftung zu nennen.

»Stopp!«, hörte Lorenz eine allzu vertraute Stimme. Wie aus dem Nichts stand Bertram mit einem herablassenden Lächeln vor dem Sturmbannführer und zückte seinen Parteiausweis. »Was wird das hier? Lassen Sie den Mann los!«

»Warum sollten wir?«, trat ihm der Sturmbannführer unbeeindruckt gegenüber. Der zweite Nazi stand hinter ihm. »Die Papiere sind gefälscht. Der Kerl hat Dreck am Stecken, davon bin ich überzeugt. Es ist unsere Pflicht, dies anzuzeigen und ihn zur Untersuchung der Sache ins Polizeipräsidium zu bringen.«

Lorenz hielt die Luft an.

»Machen Sie sich nicht lächerlich, Mann!«, fuhr Bertram ihn an und hob die Hand, um jedem Protest zuvorzukommen. »Ich würde eher behaupten, dass Sie etwas zu übereifrig sind und wahllos unbescholtene Bürger belästigen. Wie heißen Sie?«

»Hermann Trautwein. Ich bin Sturmbannführer der SA.«

»Nun, ich bezweifle, dass Sie für diese Aktion einen Orden bekommen. In der Tat bin ich sogar ziemlich sicher, dass Ihnen unangenehme Konsequenzen drohen werden.«

»Wir machen bloß unsere Arbeit. Der Befehl lautet, Juden zu verhaften, und dieser Ausweis sieht keineswegs echt aus. Wir müssen ihn überprüfen. Also verschwinden Sie und behindern Sie uns nicht länger in der Ausübung unserer Pflicht.«

»Tun Sie, was Sie nicht lassen können.« Die Adern an Bertrams Schläfen schwollen vor Zorn an. In jedem seiner Worte lag eine deutlich hörbare Drohung. »In der Zwischenzeit werde ich mich über Sie beschweren und Ihre Vorgesetzten davon unterrichten, wie leichtfertig Sie Anschuldigungen erheben. Sie dürfen froh sein, wenn Ihnen nur ein Tritt in den Arsch blüht. Aber das werden Sie schon noch herausfinden.«

»Heißt das, Sie können bezeugen, dass er kein Jude ist und die Papiere nicht gefälscht sind?«, fragte der Sturmbannführer nun hörbar verunsichert.

Lorenz starrte Bertram an. Er konnte unmöglich den Namen im Ausweis kennen. Hoffentlich verriet er sich nicht.

»Dieser Herr und ich arbeiten seit Jahren im Auftrag der Regierung am wissenschaftlichen Institut«, machte Bertram seiner vorgetäuschten Empörung Luft und legte seine rechte Hand auf Lorenz' Schulter. »Ihn zu verhaften, entbehrt jeder rechtlichen Grundlage«, log er dreist und grinste, als er feststellte, dass seine Redegewandtheit wieder einmal überzeugte.

»Nichts für ungut, dann liegt hier offenbar ein Missverständnis vor«, beeilte sich der Sturmbannführer zu versichern und wand sich wie ein Aal, als hinter seinem Rücken erste Lacher unter den Passanten laut wurden. Sein Gesicht war knallrot gefärbt, als er Lorenz die Papiere zurückgab und nach einem würdigen Abgang suchte. Widerwillig nickte er Bertram zu und schlug unmerklich die Hacken zusammen. Dann verschwanden die Männer in Windeseile.

Gleichzeitig mit ihnen verließ auch der größte Teil der umstehenden Gaffer den Schauplatz. Nur einige junge Burschen, die unter allen Umständen ihre Neugier befriedigen wollten, blieben zurück und begannen zu diskutieren. Bertram schenkte den halblauten, wenig schmeichelhaften Bemerkungen, die sie fallen ließen, keine Beachtung und wandte sich stattdessen an Lorenz.

»Herrgott noch mal, wie oft soll ich dir noch deinen verdammten Arsch retten? Du hast einfach kein Gefühl für Gefahr und kannst von Glück reden, dass ich rechtzeitig aufgetaucht bin«, zischte Bertram ihm leise zu. Der Sarkasmus war von ihm abgefallen, nun klang seine Stimme wütend. »Habe ich dir nicht ausdrücklich gesagt, dass du in der Wohnung bleiben sollst? Was zum Teufel hast du hier draußen zu suchen?«

Lorenz wusste nicht, was er darauf erwidern sollte, und zuckte mit den Schultern. Sein Kopf war noch zu sehr damit beschäftigt zu begreifen, dass er gerade einer Verhaftung entgangen war. Zugleich hing er der beängstigenden Vorstellung nach, dass Bertram ihn schon länger beobachtet haben könnte. Allein der Gedanke, dass er ihn mit Frida am Bahnhof gesehen haben könnte, ließ ihn erschaudern. Doch er war klug genug, sich das nicht anmerken zu lassen, und schwieg.

»Komm jetzt!« Bertram streifte den Ärmel des Mantels zurück und warf einen Blick auf seine Armbanduhr. »Wir gehen.«

»Gehen? Wohin?«, fragte Lorenz misstrauisch, blieb wie angewurzelt stehen und schaute befremdet zu ihm auf.

»Mein Vater erwartet uns.« Bertram setzte sich wie selbstverständlich in Bewegung. »Na los, wir haben nicht den ganzen Tag Zeit.«

»Tut mir leid, ich bin spät dran. Bitte entschuldige mich«, lehnte Lorenz ab.

»Ich glaube, du hast da etwas missverstanden«, stellte Bertram in einer Mischung aus Belustigung und Feindseligkeit klar. »Das war keine Bitte. Also beweg deinen Hintern und hör auf, mir auf die Nerven zu fallen.«

Völlig unerwartet verpasste Bertram ihm einen kräftigen Stoß, sodass es Lorenz nur mit Mühe gelang, sich auf den Füßen zu halten. Taumelnd ging er auf Abstand und rührte sich nicht von der Stelle, während er Bertram ungläubig anstarrte. Es gab nur wenige Momente, in denen er sich vor ihm gefürchtet hatte. Doch jetzt packte ihn die Angst. »Verdammt, was ist denn in dich gefahren?«, keuchte er und wischte sich mit der

Hand über die Stirn, als gelte es, eine lästige Vorstellung zu vertreiben. »Du bist nicht zufällig aufgetaucht, nicht wahr?«

»Sieh an, du kapierst es endlich. Die Wahrheit ist, dass ich mich von dir nicht verarschen lasse und euer Plan, aus Deutschland zu fliehen, nach hinten losgegangen ist und bereits ein erstes Opfer gefordert hat.«

»Ein Opfer?« Lorenz erstarrte. »Von wem sprichst du?«

»Liegt das nicht auf der Hand?«

»Frida?«, keuchte er und wankte. »Wo ist sie? Was habt ihr mit ihr gemacht?«

»Was wohl? Sie hatte vor, das Land mit gefälschten Ausweispapieren zu verlassen, ohne die erforderliche Reichsfluchtsteuer zu zahlen. Ich musste sie daran hindern, das verstehst du doch? Glaub nicht, dass es mir leichtgefallen ist, sie der Gestapo zu übergeben. Ich liebe Frida und hätte alles getan, um sie zu schützen. Leider hat sie sich für den Falschen entschieden.«

»Du Dreckskerl! Ich lasse nicht zu, dass sie ...«

»Halt die Klappe!«, fiel ihm Bertram ins Wort. »Immerhin bist du es, der sie nun retten darf. Jetzt hängt alles von dir ab. Ihre Freiheit. Ihr Leben. Du bist der Einzige, der noch etwas für Frida tun kann.«

»Du hast alles geplant? Von Anfang an?«

»So ziemlich, ja.« Bertram zuckte gleichmütig mit den Schultern. »Allerdings gebe ich zu, dass es etwas gedauert hat, bis ich euer hinterhältiges Spiel durchschaut habe. Mein Vater war es, der mir den entscheidenden Hinweis gegeben hat.«

»Du hast dich wegen deiner kindischen Eifersucht mit ihm eingelassen, obwohl du ihn wie keinen anderen hasst?« Lorenz lief es eiskalt über den Rücken, während er mit den unterschiedlichsten Gefühlen kämpfte: Verwirrung, grenzenlose Enttäuschung, Wut und sogar Ekel vor dem einst besten Freund. »Warum bist du nicht zu mir gekommen? Du hast mir nie gesagt, was du für Frida empfindest, und es stattdessen geleugnet. Ich hatte doch keine Ahnung von eurem Kuss.«

»Was hätte es geändert? Du hättest mir sowieso nicht geglaubt«, erwiderte Bertram schwer atmend. »Es war von Anfang an dein Plan, sie *für dich zu gewinnen. Gib es wenigstens zu.*«

»Das ist nicht wahr. Wenn du damals deinen Mund aufgemacht hättest, wäre es nie so weit gekommen. Ich hätte niemals unsere Freundschaft aufs Spiel gesetzt.«

»Du lügst. Ich habe mit eigenen Augen gesehen, wie verrückt du nach ihr bist. Weißt du, was für ein Gefühl es ist, von den besten Freunden hintergangen zu werden? Obwohl ich immer gehofft habe, dass Frida meine Liebe eines Tages erwidert.«

»Und das rechtfertigt, dass du dich mit deinem Vater gegen uns verbündest? Bist du so tief gesunken?«

»Wenn ich es wäre, wer trüge die Schuld daran?«

»Du allein, Bertram. Du hast dich in deiner Eifersucht verrannt und schreckst nicht einmal davor zurück, Frida zu opfern. Wenn du sie wirklich lieben würdest, wie du behauptest, wärest du dazu niemals fähig.«

»Meine Liebe zu ihr war immer ehrlich. Du hast sie vergiftet.«

»Du bist doch verrückt. Wie soll ich etwas vergiften, was es nie gegeben hat? Was für ein erbärmlicher Freund bist du?«

»Erzähl du mir nichts von Freundschaft«, herrschte Bertram ihn an. »Du hast doch keine Ahnung, wie es ist, zurückgewiesen zu werden. Es war schon schwer genug, dass ich zu Hause ständig verprügelt wurde, weil du immer der Bessere warst. Erst in der Schule, dann beim Studium und später am Institut. Nichts, was ich getan habe, war jemals gut genug. Trotzdem habe ich zu dir gehalten, du warst wie ein Bruder für mich! Warum zum

Teufel musstest du mir Frida nehmen? Mit ihr hätte ich zum ersten Mal in meinem Leben glücklich sein können.«

»Ich habe dir Frida nicht weggenommen. Du kannst mir nicht die Schuld dafür geben, dass sie mich liebt und nicht dich. Liebe lässt sich nicht erzwingen.« Lorenz wich einen Schritt zurück, als sein einstiger Freund ihm so nahe kam, dass er seinen Atem auf seinen Wangen spüren konnte. »Bitte, lass es mich erklären. Wir mussten ...«

»Ihr musstet gar nichts.« Bertram hob die Faust und schlug sie ihm ins Gesicht.

Mit blutender Nase taumelte Lorenz zurück, machte aber keinen Versuch, sich zu verteidigen, während ihn weitere Schläge trafen.

Mit verbissener Miene presste Bertram ihm den Unterarm an die Kehle und drückte ihn an die Wand. »Du willst etwas erklären? Dann sieh mich an und erklär mir, warum du mir Lügengeschichten aufgetischt hast! Erklär mir, warum du mich benutzt hast! Na los, erklär es mir!«

Schweigend standen sie sich gegenüber, Auge in Auge. Lorenz hatte nur noch Verachtung für seinen ehemaligen Freund übrig, was Bertram ihm wohl ansah, denn er löste seinen Arm von Lorenz' Hals.

»Du bist ein Jude und damit ein Niemand«, spie er ihm entgegen. Eine seiner blonden Locken fiel ihm ins Gesicht und verdeckte die Narbe. »Ich habe dich und Frida in all der Zeit beschützt«, schrie er lauter und klopfte sich dabei mit der Hand auf die Brust. »Was hast du ihr erzählt, um sie für dich zu gewinnen? Hast du ihr eingeredet, dass ich ein Versager sei? Dass ich es nicht wert bin, geliebt zu werden?«

»Ich musste Frida nichts einreden. Sie vertraut dir nicht«, erwiderte Lorenz leise. »Und sie hatte recht. Du bist wie dein Vater.«

Bertram stürzte sich blindwütig auf ihn, schleuderte ihn gegen die Wand und versetzte ihm einen kräftigen Hieb in den Magen. Erst dann schien er zur Besinnung zu kommen. Mit ausdrucksloser Miene starrte er ihn an.

»Spürst du den Schmerz?«, fragte er leise und lachte freudlos. »So fühlt es sich an, wenn man verraten wird.«

»Ich war immer dein Freund«, presste Lorenz zusammengekrümmt heraus.

»Vielleicht warst du das wirklich«, gab Bertram zu und räusperte sich. »Vor langer Zeit. Und jetzt beweg deinen Arsch!«

* * *

Nach einem kurzen Fußmarsch erreichten sie den glänzenden Mercedes, der Bertrams Vater gehörte. Der Wagen brachte sie auf kürzestem Weg zum Institut. Angst beherrschte Lorenz. Seine Beine versagten ihm fast den Dienst, als er nach der kurzen Fahrt ausstieg. Die Vorstellung, dass Frida etwas zugestoßen sein könnte, schmerzte mehr als die Prellung in seinem Gesicht, die Bertrams Faust hinterlassen hatte.

»Beweg dich, mach schon!« Bertram stieß ihn vor sich her.

Ohne die Augen vom Boden zu heben, betrat Lorenz das Gebäude und stolperte durch den langen Flur zu Friedrichs Büro hin. Seine Brust bebte, als Bertram die Hand auf die Klinke legte. Lorenz hatte weder eine Ahnung, was auf ihn zukam, noch fühlte er sich dem Gespräch mit Friedrichs gewachsen, solange er nicht wusste, dass Frida unversehrt war. Jede sich endlos dehnende Minute der Ungewissheit fühlte sich unerträglich an. Noch nie hatte er sich so machtlos gefühlt.

»Warum hast du mich hierhergebracht? Was will dein Vater von mir?«, fragte er vor der verschlossenen Tür und rieb sich verzweifelt über die schweißige Stirn, in der Hoffnung, dass das alles nur ein schrecklicher Albtraum war. »Wo ist Frida?«

»Keine Sorge, du wirst es gleich erfahren.«

Bevor Lorenz nachhaken konnte, öffnete Bertram die Tür und hob die offene Handfläche. Die Geste deutete ins Innere des Büros und war unmissverständlich. Lorenz blieb keine andere Wahl, als den Raum zu betreten, der voller Tabakrauch war. Zögernd blieb er auf der Schwelle stehen.

Friedrichs saß lässig zurückgelehnt hinter seinem Schreibtisch und paffte mit sich und der Welt zufrieden vor sich hin, als er Lorenz mit prüfendem Blick maß.

»Die Entscheidung, meiner Einladung zu folgen, war vernünftig«, begrüßte er ihn und rückte ein Stück vom Tisch ab, um ihn besser ins Auge fassen zu können. »Du bist ein kluger Bursche. Es überrascht mich nicht, dass du den Ernst der Lage erkennst.«

»Wir wissen beide, dass ich nicht freiwillig hier bin«, stellte Lorenz klar. Er wich Friedrichs' Blick aus und schaute stur auf die Tischkante hinunter. »Bertram hat mich dazu genötigt.«

»Tja, was soll ich dazu sagen? So fühlt sich eine Niederlage an. Hast du ernsthaft geglaubt, es mit uns aufnehmen zu können?«

»Ich bin nicht davon ausgegangen, dass das nötig sei.«

»Dann bist du noch naiver, als ich dachte.«

»Wo ist Frida?«

»Ist das alles, was dich interessiert?«

»Wo ist sie?«, wiederholte Lorenz mit Nachdruck.

Friedrichs schenkte ihm ein schiefes Grinsen, bevor er umständlich seine Zigarette ausdrückte. Als Lorenz erneut zum Reden ansetzte, kam er ihm zuvor.

»Glaub mir, ich kann deine Besorgnis gut verstehen. Der Gedanke, dass deiner Freundin etwas zugestoßen sein könnte, muss sich für dich unerträglich anfühlen, und, um ehrlich zu sein, ist deine Sorge berechtigt. Die Geheime Staatspolizei hat den Ruf, nicht gerade zimperlich mit ihren jüdischen

Gefangenen umzugehen, und Landesverrätern geht es besonders schlecht. Ich hoffe wirklich, dass Fridas hübsches Gesicht keine bleibenden Schäden zurückbehält.«

»Die Gestapo?«, flüsterte Lorenz und stöhnte innerlich auf.

»Was hast du erwartet? Ihr wolltet fliehen. Zum Glück hat die Polizei noch rechtzeitig sehr genaue Informationen erhalten. Jeder Plan hat eben seine Schwachstellen. In eurem Fall warst du diese Schwachstelle. Du hast geglaubt, Bertram in Sicherheit zu wiegen, und hast mich bei euren Plänen völlig außer Acht gelassen. Dabei habe ich dir und dem Mädchen nie getraut. Nachdem Frida sich aus meinem Haus geschlichen hat, war es zusammen mit Bertrams Informationen nicht schwer, euch zu durchschauen. Nun, es ist, wie es ist, und wir sollten versuchen, das Beste aus Fridas Lage zu machen. Also setz dich, wenn du etwas für sie tun willst!«

»Was wollen Sie von mir?« Lorenz drehte in einer hilflosen Geste beide Handflächen nach oben und ließ sie sogleich wieder fallen. Sein Kopf fühlte sich an, als würde er jeden Moment zerspringen.

»Meine erste Forderung habe ich dir mitgeteilt. Ich wiederhole sie nicht. Setz dich endlich hin!«, erwiderte Friedrichs kühl. »Ich möchte mit dir reden und es gibt also keinen Grund, feindselig zu reagieren. Es steht dir frei, jederzeit zu gehen.« Sein Ton schlug um, begleitet von einem schiefen Lächeln. »Allerdings tätest du deiner kleinen Freundin keinen Gefallen damit. Es hängt einzig und allein von dir ab, was mit ihr geschieht.«

Widerwillig nahm Lorenz auf dem Stuhl neben Bertram Platz. Der sanfte Ton in Friedrichs' Stimme machte ihm mehr Angst, als es dessen gewohnter Zynismus vermocht hätte.

»Also gut. Du weißt, wie es läuft. Dieses Gespräch bleibt unter uns. Alles, was ich dir sage, ist strengstens geheim. Falls du in Erwägung ziehst, dich nicht an die Vereinbarung zu halten, erinnere dich daran, dass ich nicht dafür bekannt bin, nachsichtig zu sein.«

»Ich habe verstanden.«

»Sehr gut, dann sind wir uns in diesem Punkt schon einig.« Friedrichs öffnete eine braune Mappe, die mit dem Stempel des Reichsadlers versehen war, der seine Flügel ausbreitete. Er zog ein Schriftstück heraus und schob es über den Tisch. »Unterschreib das! Die Erklärung könnte nicht nur dein, sondern auch Fridas Leben retten.«

»Was ist das?«

»Lies es durch, dann weißt du es.«

Seine Finger zitterten leicht, als Lorenz das Papier zur Hand nahm. Schon nach wenigen Zeilen riss er schockiert die Augen auf.

»Ich soll mich an der Entwicklung einer Bombe beteiligen?«

»Ich sagte ja, du bist ein kluger Bursche. Wie ich hörte, habt ihr enorme Fortschritte bei der letzten Versuchsreihe gemacht und steht kurz vor dem entscheidenden Durchbruch. Alles deutet darauf hin, dass Hahn dem Rätsel der Kernspaltung endlich auf der Spur ist. Sollte er es tatsächlich lösen, wären das sensationelle Erkenntnisse, die sich in der Weltgemeinschaft der Physiker in Windeseile ausbreiten würden. Damit stünde einer militärischen Anwendung, wie der Entwicklung von Kernsprengstoffen, nichts mehr im Wege.«

Friedrichs schien vollkommen den Verstand verloren zu haben. Ein skrupelloser Mistkerl, so wie er ihn über all die Jahre kennengelernt hatte. Es kostete Lorenz unsagbar viel Überwindung, ihm nicht ins Gesicht zu spucken. Doch er musste sich beherrschen, wenn er Frida aus den Fängen der Gestapo retten wollte. Angestrengt holte er tief Luft.

»Nun, was sagst du zu meinem Angebot?«, hakte Friedrichs nach, als Lorenz schwieg.

»Noch ist völlig unklar, ob bei diesem Prozess Neutronen freigesetzt würden. Ich kann Ihnen versichern, dass der Gedanke an die Entwicklung von Kernwaffen fern jeder Realität liegt. Es würde mindestens fünf, wenn nicht gar fünfzig Jahre dauern, um eine Uranmaschine oder Bombe zu entwickeln.« Lorenz schüttelte den Kopf. »Wir wissen nicht einmal, ob wir in der Lage wären, einen Uranreaktor zu bauen.«

»Gesetzt den Fall, es wäre möglich, läge darin nicht nur eine Gefahr von ungeheurer Tragweite, sondern zugleich eine nie da gewesene Machtposition«, stellte Friedrichs unbeeindruckt fest. »Das Land, dem die Durchführung gelingt, wird einen gewaltigen technischen Vorsprung haben. Mehr noch, es gäbe ihm eine nicht einzuholende Überlegenheit.«

»Nur in der Theorie«, widersprach Lorenz. »Die Praxis ist davon weit entfernt.«

»Du irrst dich. Die Amerikaner und die Russen setzen alles daran, die erste Atombombe zu bauen. Geheime Informationen besagen, dass beide Länder große Mengen Pechblende aufgekauft haben. Es ist das Erz, aus …«

»… dem man Uranoxid gewinnt. Ich weiß.«

»Gut, dann weißt du auch, dass ein ausreichender Uranvorrat entscheidend sein wird. Hitler und der Reichsforschungsrat befürchten zu Recht, dass Deutschland in eine nukleare Wüste verwandelt werden könnte, wenn wir nicht in der Position sind, mit einem Gegenschlag zu drohen. Um es kurz zu machen, wir benötigen eine taktische Superwaffe, die eine Wirkung hat, die sich im Augenblick niemand vorstellen kann.«

»Es wäre purer Wahnsinn. Niemand könnte im Vorfeld das Zerstörungspotenzial und dessen Auswirkungen einschätzen. Eine solche Waffe zu testen, wäre ein Experiment von unvorstellbarem Ausmaß«, stieß Lorenz hervor und spürte, wie ihm das Blut aus dem Gesicht wich, als er zu ahnen begann, welche Absicht Hitler wirklich verfolgte. Er glaubte nicht daran, dass es dem Führer nur darum ging, seine Gegner einzuschüchtern. Die deutsche Wehrmacht war erst im Oktober in das Sudetenland eingedrungen, das nun von Wehrmachtssoldaten besetzt wurde. Der Einmarsch wurde als großer Erfolg dargestellt und schien erst der Anfang einer gewaltigen Gebietserweiterung des Deutschen Reichs zu sein.

»Hören Sie!«, fuhr Lorenz eindringlich fort. Allein bei der Vorstellung eines weiteren Krieges stellten sich seine Nackenhaare auf. »Die Explosion einer solchen Bombe wäre äußerst riskant. Sie könnte die Atmosphäre entzünden und sämtliches Leben auf der Erde auslöschen. Es wäre ein Verbrechen an der Menschheit.«

»Kein so schweres Verbrechen, wie Jude zu sein. Also verschone mich mit Gefühlsduseleien«, winkte Friedrichs spöttisch ab. Dann krempelte er seine Hemdsärmel nach oben und lockerte seine Krawatte. In den Achselhöhlen hatten sich Schweißflecke gebildet, die deutlich zu sehen waren, als er eine Akte in die Höhe hob. »Hier sind die Entlassungspapiere für Frida Lewinski. Ich habe sie unterzeichnet. Wenn du unsere Vereinbarung unterschrieben hast, sorge ich dafür, dass sie freikommt.«

Lorenz zögerte. Fridas Leben hatte oberste Priorität und dennoch löste der Gedanke, dass Hitler tatsächlich eine solche Bombe durch seine Mitarbeit in die Hand bekäme, blankes Entsetzen in ihm aus. Die Vorstellung, was eine solche Waffe in den Händen der Nazis anrichten konnte, ließ ihn unmerklich den Kopf schütteln. »Was geschieht, wenn ich mich weigere?«

»Dann werde ich auf der Stelle einen kurzen Anruf tätigen. Im Moment befindet sich Frida noch im Übergangslager in der Schulstraße. Doch das wird nicht lange so bleiben. Ihr Name könnte auf einer Deportationsliste landen.«

»Nein, das dürfen Sie nicht tun! Frida hat nichts verbrochen.«

»Wer auf der Verliererseite steht, zahlt immer. Das weißt du doch!« Friedrichs lächelte zum ersten Mal ohne jeden Spott. »Es liegt an dir, welchen Preis sie bezahlt.«

»Wer garantiert mir, dass die Gestapo Frida gehen lässt?«

»Niemand. Du wirst dich mit meinem Wort begnügen müssen. Sobald du zugestimmt hast, sorge ich dafür, dass sie freikommt.«

Lorenz überlegte einen kurzen Moment und fuhr sich nervös über die schweißige Stirn. Wieder einmal staunte er über Friedrichs Macht. Offenbar konnte er jemanden ohne Weiteres verhaften lassen und ihn genauso gut mit einem einzigen Anruf wieder befreien. In seinem Kopf wirbelten die verschiedenartigsten Gedanken wirr durcheinander, während er nervös auf dem Stuhl hin- und herrückte und seinen nächsten Schritt überdachte. Doch die Angst um Fridas Leben drängte alles andere in den Hintergrund.

»Was genau erwarten Sie? Was muss ich tun?«

»Im Moment nur das, was du bisher auch getan hast«, erklärte Friedrichs in gönnerhaftem Ton. »Insgesamt arbeiten über hundert Wissenschaftler am Uranprojekt. Ich leite eine Gruppe von vielen, die jedoch einen entscheidenden Vorteil besitzt. Kaum jemand ist so nah an Hahn dran wie wir. Er ist der weltbeste Radiochemiker und der Einzige, dem ich derzeit zutraue, den Durchbruch zu schaffen. Deshalb wirst du ihm weiterhin inoffiziell assistieren. Für den Anfang reicht es aus, mich über jegliche Forschungsfortschritte in Kenntnis zu setzen. Du wirst deine Berichte nur an mich persönlich übergeben, und zwar ohne dass Hahn oder ein anderer Mitarbeiter davon erfährt. Sobald es brauchbare Ergebnisse gibt, will ich sofort darüber informiert werden, gleichgültig um welche Uhrzeit. Hast du verstanden?«

Lorenz musste mit aller Kraft kämpfen, bis er endlich dieses eine Wort über die Lippen brachte: »Ja.« Er schluckte trocken. »Ich habe verstanden.«

»Gut, ich wusste, dass ich mich auf dich verlassen kann.«

»Eine Frage noch.« Lorenz hob den Kopf. »Warum ausgerechnet ich? Wieso haben Sie keinen der etablierten Physiker gewählt?«

»Weil ich dein Potenzial erkenne. Du bringst die notwendigen Voraussetzungen mit und hast dein Studium überdurchschnittlich gut abgeschlossen. Eine frische Herangehensweise ist oft mehr wert als festgefahrene Ansichten. Außerdem befürchte ich, dass unsere Wissenschaftler verhalten auf die militärische Anwendung ihrer Forschung reagieren könnten, allen voran Otto Hahn.«

»Das ist alles?«, hakte Lorenz skeptisch nach. »Wie ich Sie kenne, hätten Sie sicher etwas gefunden, mit dem Sie sogar ihn unter Druck setzen könnten. Warum also ich?«

»Liegt das nicht auf der Hand?« Friedrichs zuckte gleichmütig mit den Schultern. »Ich habe sämtliche Mitarbeiter der Abteilung überprüft und gründlicher unter die Lupe genommen, als du dir vorstellen kannst. Mit dem Ergebnis, dass jeder Einzelne von ihnen unter einem gewissen Druck fähig wäre, die Forschungsergebnisse zu verraten. Allein schon deshalb, um sich zu profilieren. Dir hingegen würde nicht einmal jemand zuhören.«

»Weil ich inoffiziell am Institut arbeite?«

»Weil du Jude bist. Und jetzt unterschreib!«

»Ich brauche noch etwas Zeit.«

»Und ich denke, dass Frida jemanden braucht, der zügig Entscheidungen trifft«, erwiderte Friedrichs spöttisch. »Jetzt wäre der richtige Zeitpunkt dafür. Oder habe ich mich geirrt und deine Liebe zu ihr ist gar nicht so groß, wie ich dachte?«

Lorenz nahm den Stift. Es schien der einzige Weg, Frida zu retten. Er musste Friedrichs' Wort vertrauen, er selbst konnte nichts dafür unternehmen, dass sie freikam. Mit zitternden Fingern setzte er seine Unterschrift unter das Dokument, während er versuchte, die schrecklichen Bilder aus seinem Kopf zu verbannen, die sich ihm aufdrängten. Der Gedanke, was man Frida womöglich angetan haben könnte, machte ihn wahnsinnig vor Angst. Seine Handflächen hinterließen eine Schweißspur auf der Tischplatte, als er Friedrichs das unterzeichnete Papier zuschob.

»Du wirst diese Entscheidung nicht bereuen.« Friedrichs erhob sich und gab Lorenz damit zu verstehen, dass er die Unterhaltung für beendet ansah. »Bertram wird dafür sorgen, dass deine Freundin unverzüglich aus der Haft entlassen wird. Ich ziehe meine Beschuldigungen zurück, womit die geplante Flucht vom Tisch wäre. Wie du siehst, halte ich mein Wort«, sagte er und deutete mit dem Kopf zur Tür.

Nachdem Lorenz die Tür hinter sich geschlossen hatte, lehnte er sich dagegen, atmete tief durch und dachte an Frida, die nun freigelassen wurde. Nur wenige jüdische Gefangene hatten so viel Glück. Die Hoffnung, sie unversehrt wiederzusehen, kehrte zurück. Und doch nahm sie ihm nicht das Gefühl, sich an Friedrichs verkauft zu haben.

Kapitel 17

Konzentrationslager Sachsenhausen, November 1938

Bertram hatte in der Nacht, die quälend langsam verging, kein Auge zugetan. An Schlaf war nicht zu denken gewesen, nachdem er Frida am Abend zuvor vergeblich im alten Jüdischen Krankenhaus in Wedding gesucht hatte. Aus unerklärlichen Gründen war sie trotz des Anrufes seines Vaters, der seine Anschuldigungen wie angekündigt zurückgezogen hatte, nicht von der Transportliste gestrichen worden und befand sich nun allem Anschein nach im Arbeitslager Sachsenhausen, nahe der Kleinstadt Oranienburg nördlich von Berlin.

Inzwischen ging er davon aus, dass man Frida verhört, geschlagen und möglicherweise sogar gefoltert hatte. Seitdem plagte ihn sein Gewissen und er bereute, dass er so weit gegangen war. Immerhin war er es gewesen, der ihre Verhaftung befohlen und Himmel und Hölle in Bewegung gesetzt hatte, Lorenz und sie zu trennen.

Doch nun dachte er an die Schuld, die er auf sich geladen hatte. Auch wenn er in jüngster Zeit zu recht zweifelhaften Methoden gegriffen hatte, die denen seines Vaters ähnlicher waren, als er sich eingestehen wollte, ging seine Eifersucht nicht so weit, dass er einen unschuldigen Menschen auf dem Gewissen haben mochte. Er konnte Frida nicht im Stich lassen und mitansehen, dass ihr etwas zustieß. Ganz gleich, wie sehr ihn ihre Zurückweisungen verletzt hatten, er musste sie beschützen. Denn er liebte sie ja.

In Gedanken ging Bertram noch einmal die Worte durch, die er sich auf der Fahrt zurechtgelegt hatte, und betete, dass sie Eindruck schinden würden. Dann betrat er das Büro des Lagerkommandanten, der ihn bereits erwartete.

»Heil Hitler. Ich bin SS-Hauptsturmführer Höß. Bitte, kommen Sie näher, Herr Friedrichs«, begrüßte er Bertram mit knabenhafter Stimme und reichte ihm die Hand. Der Kerl war schlank, hatte blondes, nach hinten gekämmtes Haar und ein Milchgesicht. Auf ihn machte er den Eindruck eines biederen Beamten.

»Heil Hitler, Herr Hauptsturmführer. Ich muss mich entschuldigen, dass ich Sie mit meinem Besuch überfalle. Aber die Angelegenheit duldet leider keinen Aufschub.« Bertram nahm unaufgefordert Platz und ließ seinen Blick flüchtig durch den Raum schweifen, der fast vollständig von dem wuchtigen Schreibtisch beherrscht wurde, auf dem sich Stapel von Akten und Papieren türmten. An der Wand dahinter prangte ein überdimensionales Hitlerporträt.

»Nach Ihrem Anruf habe ich sämtliche Unterlagen durchforstet«, teilte der Kommandant ihm beflissen mit. »Sie haben recht, es könnte sein, dass den Kollegen in Berlin ein Fehler unterlaufen ist.«

»Ein Fehler?«, fragte Bertram hart, um von Beginn an seine Überlegenheit zu demonstrieren. »Sollte sich Frida Lewinski tatsächlich hier im Lager befinden, ist das mehr als ein Fehler. Sie wurde von jeglichem Verdacht freigesprochen. Es liegt kein Haftbefehl vor. Sie hätten das überprüfen müssen.«

»Ich danke Ihnen für die ausführliche Belehrung. Aber Schuldzuweisungen bringen uns jetzt nicht weiter«, erwiderte der Mann frostig und warf ihm einen eisigen Blick zu. »Es ist nicht unsere Aufgabe, den Grund der Inhaftierung zu prüfen. Dafür war, wenn ich mich recht erinnere, Ihr Vater zuständig.«

»Sei es drum.« Bertram rückte seinen Stuhl und räusperte sich bedeutungsvoll, während es ihn innerlich trotz seiner Anspannung fast schon amüsierte, wie rasch sich sein Gegenüber einschüchtern ließ. Trotzdem durfte er nicht leichtsinnig werden und lenkte großmütig ein. »Wir sind alle nur Menschen und machen Fehler. Letztendlich ziehen wir am gleichen Strang. Holen Sie die Gefangene her und wir vergessen das Ganze.«

»Wie stellen Sie sich das vor?« Der Kommandant schüttelte den Kopf. »Fragen Sie in ein paar Tagen noch einmal nach. Wir sind hier inzwischen heillos überlastet. Unter diesen Umständen ist es kaum möglich, eine einzelne Gefangene auf die Schnelle ausfindig zu machen. Außerdem muss ich mich an die Vorschriften halten und das Ganze überprüfen. Doch ich verspreche Ihnen, mich der Sache persönlich anzunehmen.«

»Ich glaube, ich muss da etwas klarstellen, Herr Höß. Das war keine Bitte!«, fuhr Bertram ihn scharf an. »Wenn Sie die Gefangene nicht sofort freilassen, machen Sie einen politischen Zwischenfall daraus und riskieren, dass ein wissenschaftlich-militärisches Projekt in Schieflage gerät. Die entsprechenden Stellen sind bereits informiert.«

»Wissenschaftlich-militärisch?«, wiederholte Höß mit lauerndem Blick und ließ ihn nicht aus den Augen. »Jetzt interessiert mich Ihr Anliegen aber doch. Geht es hier überhaupt noch um die Verfolgung jüdischer Krimineller oder um andere Interessen des Reichs?«

»Jeder von uns hat seine Aufgabe zu erfüllen und das mit vollem Einsatz. Mein Einsatz verlangt, die Gefangene im

Interesse einer besonderen Angelegenheit nach Berlin zu überführen. Das Ganze unterliegt strengster Geheimhaltung. Aber ich kann Ihnen verraten, dass viel auf dem Spiel steht.«

»Für wen?«

»Für Deutschland. Warum glauben Sie, hätte ich den Weg sonst auf mich genommen? Sehe ich so aus, als wolle ich irgendwelchen Dreckjuden helfen?«

»Also gut.« Der Kommandant lehnte sich in seinem Stuhl zurück und drückte auf eine Taste am Telefon. »Sorgen Sie dafür, dass die Gefangene Frida Lewinski in fünf Minuten in meinem Büro steht. Es ist mir scheißegal, wie Sie das anstellen!«, brüllte er in den Hörer und wartete die Antwort am anderen Ende der Leitung ab, bevor er auflegte und sich nervös über sein Kinn strich. »Tut mir leid«, wandte er sich Bertram zu. »Es wird Zeit kosten.«

»Zeit? Ich nahm an, Sachsenhausen sei eines der am besten organisierten Konzentrationslager. Zumindest erzählt man sich in Berlin, dass es effizient geführt würde.«

»Das entspricht durchaus den Tatsachen«, erklärte Höß stolz. »Wenn Sie wollen, führe ich Sie gern über das Gelände. Dann können Sie sich selbst einen Eindruck verschaffen, und möglicherweise finden meine Leute die Gefangene in der Zwischenzeit.«

»Ich nehme Ihr Angebot an.« Bertram erhob sich und folgte dem Kommandanten nach draußen. Das Lager war in abgesonderte Bereiche unterteilt. Vom Haupttor aus hatte man einen vollständigen Überblick. Er bemerkte den hohen Stacheldrahtzaun und die Mündungen der Maschinengewehre auf den Wachtürmen.

»Für die Juden haben wir ein abgetrenntes Lager innerhalb des Schutzhaftlagers errichtet«, erklärte der Kommandant und zeigte auf einen Schotterplatz, auf dem Gefangene in dünnem Drillich standen und zur Arbeit eingeteilt wurden. »Kommen

Sie! Vielleicht finde ich den Namen der Frau auf der Liste des Empfangskomitees.«

Höß ging ihm voraus in ein Gebäude, in dem sich früher offenbar eine Ziegelfabrik befunden hatte. Nun war es mit leeren Koffern, Bergen von Kleidungsstücken und einem riesigen Haufen gefüllt, der aussah wie Stroh. Erst als er näher herankam, erkannte Bertram, dass es sich um Haare handelte. Ihm wurde übel.

»Alles in Ordnung mit Ihnen?«, fragte der Kommandant und musterte ihn. »Ist wohl doch nicht nach Ihrem Geschmack? Tja, Sie in Berlin sitzen in Ihren sauberen Büros, während wir hier die Drecksarbeit verrichten.«

»Es geht mir gut, kein Grund zur Sorge. Ich habe bloß noch nicht gefrühstückt.«

»Dann kehren wir wohl besser zur Lagerverwaltung zurück«, schlug Höß spöttisch vor, ließ es sich aber nicht nehmen, Bertram auf dem Weg die Arrestzellen zu zeigen, in denen die Häftlinge durch entsprechende Behandlung zu Geständnissen gezwungen wurden. In prahlerischem Ton erläuterte er jede Einzelheit des Lagers. Bertram konnte seine Stimme kaum noch ertragen und atmete auf, als sie endlich im Büro des Hauptsturmführers ankamen. Dort griff der Lagerkommandant erneut zum Telefon und grinste zufrieden, als er den Hörer zurück auf die Gabel drückte.

»Sie haben Glück. Die Gefangene wird gleich hier sein.«

Tatsächlich öffnete sich Minuten später die Tür. Ein junger Mann in Uniform schlug die Hacken zusammen.

»Heil Hitler. Ich bringe den Häftling Frida Lewinski, Herr Kommandant«, rief er und trat zur Seite. Eine Frau trat ein, kahlköpfig, in viel zu weitem Drillich. Es war Frida.

Bertram war entsetzt, als er ihr kurz geschorenes Haar und die dunklen Schatten um ihre geröteten Augen sah, und musste sich zwingen, sie nicht anzustarren. Wäre er vorgewarnt gewesen, hätte er sich darauf eingestellt. Doch so konnte er sein Erschrecken über ihren schlimmen Zustand kaum verbergen, für den er verantwortlich war. Er hatte das angerichtet – er allein. Schuldgefühl löste die Eifersucht und den Hass ab. Wenigstens lebte sie noch.

»Nehmen Sie Platz!« Der Kommandant räusperte sich. Er öffnete eine Schublade des Schreibtischs und zog ein Formular heraus, das er Frida über den Tisch schob. »Unterschreiben Sie!« Er hielt ihr einen Federhalter hin. »Vorher möchte ich Sie darauf hinweisen, dass Sie sich mit Ihrer Unterschrift verpflichten, mit niemandem über Ihre Haftzeit zu reden.«

»Was bedeutet das?«, fragte sie verwirrt und schaute zu Bertram.

»Es bedeutet, dass du frei bist, Frida.«

»Frei?« Sie schluckte. Offenbar konnte sie nicht daran glauben. Ihre Finger zitterten, als sie ihren Namen unter das Schriftstück setzte. Der Kommandant nahm es entgegen und nickte.

»Sie können gehen«, sagte er und stand auf. Doch Frida rührte sich nicht. Ungläubig und wie versteinert blieb sie sitzen.

»Komm!«, forderte Bertram sie auf und zog sie hoch. Für Sekunden waren sich ihre Gesichter sehr nahe. Frida sah ihn nachdenklich an, und Bertram spürte, dass sie ihn in ihren Bann zog. Ihre Anziehungskraft auf ihn hatte trotz der geschorenen Haare nicht nachgelassen.

Gemeinsam verließen sie das Büro des Kommandanten. Draußen angekommen, blieb Frida am Tor stehen und warf einen Blick zurück. Die Häftlinge standen in Reih und Glied auf dem Appellplatz und sangen.

»Lass uns gehen«, mahnte Bertram mit rauer Stimme und ergriff ihre Hand. Doch sie entzog sie ihm.

»Warum bist du hier?«, fragte sie leise. »Weshalb tust du das?«

»Weil ich dich bitte, mir zu verzeihen.« Seine Worte hatten etwas unangenehm Besitzergreifendes, er hörte es selbst, dabei hatte er nie etwas ehrlicher gemeint als in diesem Moment. Er zögerte einen Sekundenbruchteil, ehe er mit den Schultern zuckte. »Ich habe mich in meiner Eifersucht verrannt, das weiß ich jetzt. Bitte sag mir, dass du mich verstehst!«

Frida drehte ihm ihr Gesicht zu und wischte sich die Tränen von den Wangen. »Ich kann nicht, Bertram«, flüsterte sie.

Bertram schluckte und starrte stur geradeaus, als er zum Wagen ging. Frida folgte ihm und stieg ein. Das Lied der Häftlinge endete.

KAPITEL 18

Berlin, Dezember 1938

Als Lorenz erwachte, war es noch dämmrig. Sein Blick wanderte zum Fenster, wo ein matter Lichtstrahl am Horizont den nächsten Tag ankündigte. Der Geruch von frisch aufgebrühtem Kaffee kroch ihm in die Nase.

»Guten Morgen«, sagte Frida und lächelte. Sie hielt zwei Tassen in der Hand, aus denen es dampfte. Lorenz nahm ihr eine davon ab und trank einen Schluck. Der Kaffee war heiß und aromatisch und weckte seine Lebensgeister.

»Hast du gut geschlafen?«, fragte sie, bevor sie zu ihm unter die warme Decke kroch, sich mehrere Kissen in den Rücken stopfte und sich mit aufgerichtetem Oberkörper an das Bettgestell lehnte.

»Das habe ich«, erwiderte Lorenz, der sich noch immer an ihr kurzes Haar gewöhnen musste. Obgleich es ihr gut zu Gesicht stand, erinnerte es ihn bei jedem Blick an den Moment, in dem er sie verloren glaubte. »Wie spät ist es?«

»Kurz vor sechs.«

»Dann bleibt mir noch eine Stunde, bis ich ins Institut muss.« Lorenz nahm ihr die Tasse ab und stellte sie auf den

Nachttisch. Dann zog er sie an sich und hielt sie einen Augenblick fest. Frida legte ihren Kopf auf seine Brust und schmiegte sich an ihn. Als sich ihre Hand unter den Bund seiner Schlafanzughose schob und tiefer wanderte, hielt er sie fest.

»Was ist los?«, fragte sie und lehnte sich enttäuscht zurück.

»Nichts, gar nichts«, wich er aus und streichelte ihren Arm. »Ich bin in Gedanken bereits im Labor. Es tut mir leid.«

»Du vermisst Lise Meitner, nicht wahr?«

»Ja.« Trauer überkam ihn kurz bei dem Gedanken an sie. »Gleichzeitig bin ich froh, dass sie Deutschland verlassen konnte. Sie ist eine brillante Wissenschaftlerin und hat nun die Möglichkeit, in Stockholm ihre Arbeit fortzusetzen. Hahn steht weiterhin in Kontakt mit ihr.«

»Was ist mit Bertram? Kommt ihr miteinander aus?«

»Notgedrungen. Was er getan hat, ist unentschuldbar.«

»Hauptsache, er hat endlich begriffen, dass ich nicht die Richtige für ihn bin. Immerhin hat er mich gebeten, ihm zu verzeihen. Bedeutet das nicht, dass er seine Fehler einsieht und sich damit abgefunden hat, dass ich dich liebe und immer lieben werde?«

»Ich fürchte, dass er seine Einsicht nur vortäuscht. Ich kenne ihn besser als jeder andere. Er steht immer noch auf der Seite seines Vaters.« Lorenz runzelte die Stirn. »Er hasst uns, Frida. Wir erinnern ihn ständig daran, wie schändlich er sich verhalten hat. Vermutlich ist auch gekränkter Stolz im Spiel. Und jetzt lass uns das Thema wechseln. Ich will nicht länger über Bertram reden.«

Lorenz neigte den Kopf zu ihr. Als er die Aufforderung in ihrem Lächeln sah, legte er die Lippen auf ihren Mund und küsste sie. Dieses Mal schob er Fridas Hände nicht fort, sondern reagierte voller Leidenschaft auf ihre Berührungen und spürte, wie ihn die Lust übermannte. Er genoss den Sex mit ihr, der anfangs noch neu und zurückhaltend gewesen war. Inzwischen hatten sie jeden Zentimeter ihrer Körper erkundet und wussten, wie sie dem anderen ein intensives Lustgefühl verschaffen konnten. Auch heute steigerte Frida es, bis Lorenz glaubte, es kaum noch aushalten zu können. Er keuchte, als er sich später erschöpft neben sie fallen ließ, und fühlte sich trotz Friedrichs Erpressung und der angespannten Lage so glücklich wie noch nie in seinem Leben.

»Kann ich dich etwas fragen?«, sagte er, als er wieder zu Atem gekommen war.

»Ja.«

»Wenn du überzeugt wärst, dass du an etwas Bösem mitwirkst, würdest du es trotzdem tun, um den Menschen zu schützen, den du liebst?«

»Ich weiß es nicht.« Frida legte ihren Kopf an seine Schulter. »Du sprichst von Bertrams Vater, er ist das Böse, nicht wahr? Ich kann mir vorstellen, wie schwer es dir fällt, für ihn zu arbeiten. So etwas nennt man wohl ein zweischneidiges Schwert.«

»Das ist es von beiden Seiten«, stimmte Lorenz bedrückt zu. »Die Nazis verabscheuen die Juden und stellen sie als minderwertig dar, wollen in der Wissenschaft aber gleichzeitig nicht auf sie verzichten.«

»Was für ein Projekt ist es, das dir solche Gewissensbisse bereitet?«

»Im Moment führen wir noch Versuchsreihen durch«, wich Lorenz aus, denn seine Unruhe steigerte sich zunehmend, je länger er Frida verschwieg, was Friedrichs wirklich von ihm forderte. Seitdem Bertram sie aus dem Konzentrationslager gerettet hatte, spielte er den Sorglosen, um sie nicht zu beunruhigen. »Seit wann interessierst du dich dafür? Du hast doch sonst nichts für die Forschung übrig.«

»Aber jetzt habe ich das Gefühl, du verschweigst mir etwas. Du weißt, dass du mir nichts vormachen kannst. Worum geht es, Lorenz?«

»Um Physik. Wir versuchen immer noch, das Atom zu entschlüsseln«, wand er sich um eine ehrliche Antwort herum. Frida durfte um keinen Preis der Welt erfahren, worauf er sich eingelassen hatte. Es wäre ein Risiko, nicht nur für sein eigenes Leben, sondern vor allem für ihres. Allein bei der Vorstellung, dass Bertrams Vater sie noch einmal verhaften und einsperren lassen könnte, zog sich alles in ihm zusammen. Schließlich bekam er Nacht für Nacht mit, wie sie von schrecklichen Albträumen heimgesucht wurde. Sie würde daran zerbrechen, wenn man sie noch einmal in ein Konzentrationslager deportierte.

Er schwieg aber auch, weil er ahnte, dass Frida ihn verabscheuen würde, wenn sie erfuhr, dass er an der Entwicklung von Kernwaffen für die Nazis beteiligt war. Von seinen eigenen Schuldgefühlen, die ihn schon lange nicht mehr ruhig schlafen ließen, ganz abgesehen.

Deshalb unterdrückte er auch heute den Wunsch, sie einzuweihen, schob die quälenden Gedanken von sich und redete sich ein, dass die Zeit für ihn arbeiten würde. Noch hatten Hahn und Straßmann keinen Durchbruch erzielt. Vom Bau einer Atombombe waren sie weit entfernt und später konnte man immer noch weitersehen. Einstweilen würde er auf diese Weise Fridas Freiheit erkaufen, und die war seine Schuldgefühle wert.

Lorenz trank seinen Kaffee in kleinen Schlucken aus. Dann stand er auf und kleidete sich an, als er plötzlich die Bremsen eines Autos hörte. Beunruhigt trat er ans Fenster und zog den Vorhang gerade so weit zurück, dass er hinausschauen konnte. Am Straßenrand hielt ein schwarzer Wagen, ein Mann stieg aus und kam direkt auf das Haus zu. Sekunden später klingelte es an der Wohnungstür.

»Ich gehe«, sagte Lorenz zu Frida, als er ihr Erschrecken bemerkte, und eilte zur Tür, um zu öffnen. Im Treppenhaus stand ein drahtiger Mann mit dichten grauen Augenbrauen und scharfer Nase. Er trug einen Mantel mit Schal um den Hals, einen tief ins Gesicht gezogenen Hut und Lederhandschuhe, die handgenäht aussahen.

»Lorenz Löwenthal?«, fragte er kurz angebunden und musterte ihn.

»Ja.«

»Ich soll Sie abholen. Bitte folgen Sie mir!«

»Ich folge Ihnen keinen Schritt, wenn Sie mir nicht sagen, wohin ich gehen soll und warum.« Lorenz blickte ihn kühl an. Auf seiner Stirn machte sich ein feiner Schweißfilm breit. »Was wollen Sie? Werde ich verhaftet?«

»Ich bin Ihr Fahrer«, antwortete der Mann und hielt ihm einen Ausweis unter die Nase. Sein Gesichtsausdruck wurde eine Spur freundlicher, als er erkannte, dass er so nicht weiterkam. Dennoch ließ er die Wichtigkeit erahnen. »Friedrichs will Sie sehen. Sofort!«

»Worum geht es?« Lorenz wischte sich das Gesicht mit einem Taschentuch ab. Ein leichtes Zucken um seine Mundwinkel verriet seine Nervosität, als er Frida einen Blick zuwarf, die im Morgenmantel hinter ihm auftauchte. Sie sah verängstigt aus.

»Ich nehme an, das wird er Ihnen selbst erklären«, entgegnete der Fahrer. »Meine Anweisung lautet, Sie abzuholen, und zwar so schnell wie möglich und notfalls mit Nachdruck. Kommen Sie, ich bringe Sie zu ihm. Falls es Sie beruhigt, wir fahren zum Institut.«

Das tat es tatsächlich. Lorenz atmete tief durch und nickte. Im Institut fühlte er sich sicher.

»Ich bin bereit«, sagte er. Er zog sich seinen Mantel über und wickelte sich den Schal um den Hals. Nachdem er die Schuhe angezogen hatte, nahm er seine Tasche und winkte Frida zu, bevor er sich mit dem Fahrer auf den Weg machte.

* * *

Als Lorenz die Höhle des Löwen betrat, nahm die Anspannung weiter zu. Zu Friedrichs zitiert zu werden, konnte nichts Gutes bedeuten. Der Mann hatte ihn in der Hand und zog die Fäden ganz nach Belieben.

Nach einer unterkühlten Begrüßung schob Bertrams Vater ihm wortlos eine Mappe über den Schreibtisch zu. »Setz dich und lies!«, forderte er, während seine grauen Augen ihn aus engen Augenschlitzen beobachteten.

»Was ist das?«, fragte Lorenz. Dass der Mann, der sonst stets eine abgeklärte Besonnenheit ausstrahlte, nervös wirkte, beunruhigte ihn zusätzlich.

»Die Forschungsarbeit einer konkurrierenden Pariser Arbeitsgruppe. Diese Gruppe hat eine Arbeit veröffentlicht, in der sie berichtet, dass beim Beschuss des Urans ein Element entsteht, das leichter ist als Uran, ein Zufallsprodukt namens Lanthan.«

»Was sagt Hahn dazu?«

»Er behauptet, dass diese Forscher verrückt seien. Er und Straßmann interpretieren das Ergebnis des Experiments so, dass Uran zu Radium zerfällt.« Friedrichs legte den Kopf schief und musterte ihn. »Ich will deine Meinung dazu erfahren.«

»Ich kann mich diesen Aussagen nur anschließen. Alles andere ist mit dem Aufbau des Atomkerns nicht erklärbar. Allerdings würde ich Hahns Sichtweise gern von ihm persönlich hören wollen.«

»Daraus wird leider nichts. Er ist bereits auf dem Weg nach Kopenhagen, um sich mit Frisch, Bohr und vermutlich auch Meitner auszutauschen. Sobald er nach Berlin zurückgekehrt ist, wird er die Versuchsreihe fortsetzen. Dann möchte ich, dass du ihm keine Sekunde von der Seite weichst. Hast du verstanden? Ich will von jedem noch so kleinen Schritt erfahren.«

»Sie könnten diese Informationen jederzeit von ihm direkt bekommen.«

»Wie sagt man so schön? Vorsicht ist die Mutter der Porzellankiste. Ich traue ihm nicht über den Weg. Hahn ist politisch unzuverlässig. Er hat sogar Meitners Flucht gedeckt, indem er behauptete, sie müsse dringende Familienangelegenheiten in Wien erledigen. Er könnte uns wieder hintergehen, wir dürfen es nicht ausschließen. Finde heraus, ob er eine Bedrohung für mein Projekt darstellen könnte!«

»Eine Bedrohung? Sie wissen so gut wie ich, dass Hahn niemals gegen die Interessen des Instituts handeln würde. Man kann ihm hundertprozentig vertrauen.«

»Das zu beurteilen überlass mir.« Friedrichs beugte sich vor und stützte sich mit den Ellenbogen auf den Schreibtisch. »Ich will, dass du seine Arbeit umgehend überprüfst, und habe dafür gesorgt, dass du Zugang zu sämtlichen seiner Protokolle und Forschungsunterlagen hast, solange er weg ist. Ich muss wissen, ob er etwas vor uns verbirgt!«

»Ich soll in Hahns Aufzeichnungen stöbern? Damit würde ich nicht nur meine Kompetenzen überschreiten, es wäre auch ein ungeheurer Vertrauensbruch«, stellte Lorenz ungläubig fest. Das Gespräch nahm zunehmend eine Wendung, die ihm nicht behagte. Deshalb setzte er nun alles daran, Friedrichs vom Gegenteil zu überzeugen. »Otto Hahn ist absolut integer. Ich kann Ihnen versichern, dass er niemals …«

»Tu, was ich verlange!« Friedrichs hob die Hand und schnitt ihm das Wort ab. »Es ist nur ein Verdacht. Sollte er sich nicht bestätigen, umso besser.«

»Aber ich bin Physiker, kein Spitzel.«

»Was du bist und was nicht, bestimme ich«, herrschte Friedrichs ihn ungeduldig an. »Hast du das immer noch nicht kapiert? Muss ich wirklich erst dafür sorgen, dass Frida wieder verhaftet wird und ihr beim nächsten Mal nicht nur die Haare abgeschnitten werden?«, drohte er, während er ihn scharf beobachtete.

»Das wird nicht nötig sein. Ich habe auch so verstanden.« Lorenz schluckte. Alles in ihm krampfte sich zusammen, sodass er das Gefühl hatte, sich gleich übergeben zu müssen. Nichtsdestoweniger traf er seine Entscheidung. »Sie bekommen die Informationen.«

»Dann wäre das ja geklärt.« Friedrichs schaute demonstrativ auf seine Uhr. »Du kannst gehen. Fang am besten gleich an. Ich muss noch ein paar Anrufe erledigen.«

Wortlos verließ Lorenz das Büro, hetzte durch das Labyrinth aus Fluren, Korridoren und Gängen und nahm bei der Treppe mehrere Stufen auf einmal. Erst im Laborraum blieb er stehen und atmete tief durch. Mittlerweile rann ihm der Schweiß in Bächen über den Rücken. Erst als Straßmann auf ihn zukam und ihn besorgt anschaute, riss er sich mühsam zusammen.

»Alles in Ordnung mit Ihnen?«, fragte er und legte ihm seine Hand auf die Schulter.

Lorenz nickte und presste die Lippen zu einer schmalen Linie zusammen. Obwohl er nicht über seine ausweglose Lage sprechen durfte, verspürte er mit einem Mal einen unbändigen Drang, sich jemandem anzuvertrauen, um ein wenig von der Last in seinem Inneren loszuwerden, die mit jedem Atemzug stärker wurde. Doch sobald er den Gedanken zu Ende geführt hatte, meldeten sich Zweifel. Das Risiko war zu groß und Friedrichs' Drohung zwang ihn zum Schweigen.

»Mir ist nur etwas schwindlig«, log er. »Ich hätte frühstücken sollen.«

»Da hilft bestimmt eine Tasse Kaffee, der den Kreislauf in Schwung bringt. Doch dafür muss ich ins Büro einer der Sekretärinnen. Es kann einen Moment dauern, aber ich bemühe mich«, versprach Straßmann und verschwand.

Lorenz nutzte die Zeit und ging zu Hahns Schreibtisch. Seine Finger zitterten, als er den Schlüssel ins Schloss steckte, den Friedrichs ihm gegeben hatte. Angespannt überflog er die

Unterlagen und suchte nach Aufzeichnungen, die Friedrichs' Verdacht bestätigten. Gewissensbisse und Schamgefühl überwältigten ihn, als er sich daran erinnerte, wie stark sich Otto Hahn in der Vergangenheit für ihn eingesetzt hatte. Lorenz selbst wäre damals, als er die Assistenzstelle bei Lise Meitner angenommen hatte, niemals auf die Idee gekommen, eines Tages solche Dinge tun zu müssen. Mühsam kämpfte er gegen sein schlechtes Gewissen an, als er die Unterlagen zurücklegte, und redete sich ein, dass er es aus der Not heraus tat. Er konnte Frida um keinen Preis der Welt ein weiteres Mal der Gefahr aussetzen, in die Hände der Gestapo zu fallen.

»Hier, trinken Sie! Danach geht es Ihnen bestimmt gleich besser«, versuchte Straßmann, der mit einem dampfenden Becher zu ihm zurückgekehrt war, ihn aufzumuntern.

»Danke.« Lorenz trank einen Schluck, bevor er den Kollegen fragend ansah. »Was machen Sie eigentlich so früh hier? Wie ich hörte, ist Hahn in Kopenhagen.«

»So ist es, er berät sich mit Lise. Sollten sich die Ergebnisse der letzten Experimente bestätigen, stehen wir möglicherweise kurz vor dem größten wissenschaftlichen Durchbruch der vergangenen Jahrzehnte. Bis es so weit ist, kriegen mich keine zehn Pferde aus diesem Labor!«

»Moment! Verstehe ich Sie richtig?« Lorenz klammerte sich an das Glas. »Sie wollen mir sagen, dass es Ihnen gelungen ist, den Atomkern zu spalten? Und das nicht nur in der Theorie, sondern in der Praxis?«

»Gelungen wäre zu viel gesagt.« Straßmann schüttelte den Kopf. »Ich habe dem vermeintlichen Radium eine größere Menge Barium zugesetzt. Es ist ein bewährtes Verfahren, mit dem sich die kleinen Mengen des radioaktiven Radiums isolieren lassen. Doch aus irgendeinem Grund gelingt es mir nicht, einen Teil des Bariums abzutrennen. Wir müssen die Ursache für dieses Ergebnis finden. Dann könnten wir es tatsächlich geschafft haben.«

»Damit wäre die Versuchsreihe beendet. Was passiert danach?«

»Darüber können wir im Augenblick nur spekulieren«, antwortete Straßmann. »Ich fürchte, die Wehrmacht wird schon bald militärisch gegen Polen losschlagen. Seit Wochen wird von den Nazis wirkungsvoll Propaganda betrieben. Die Presse berichtet, dass deutschstämmige Polen misshandelt würden. Hinter diesen Schauermärchen steckt eine Absicht. Sie stacheln den Hass in der deutschen Bevölkerung nicht ohne Grund an.«

»Sie befürchten, dass diese Aggressionen zum Krieg führen könnten?«

»Ja, davon gehe ich aus. Wenn Sie mich fragen, hat Hitler den Nichtangriffspakt mit Stalin nur geschlossen, damit er ihm nicht in die Quere kommt. Am Ende werden sie Polen zwischen sich aufteilen, bis der Führer neue Pläne verfolgt. Unsere Forschungsergebnisse könnten eine nicht zu unterschätzende Rolle bei seinen Feldzügen spielen. Dennoch können wir sie nicht totschweigen.«

Lorenz ertappte sich dabei, wie er die Luft anhielt, während Straßmann eine bedeutungsvolle Pause machte und durch ihn hindurchschaute.

»Im schlimmsten Fall bauen die Nazis eine Bombe!«, fuhr er leise fort. »Mit der Kernspaltung wären sie diesem Ziel einige Meilenschritte näher gekommen und die Auswirkungen könnten bis in alle Ewigkeit nachhallen.«

* * *

Obgleich Lorenz der Erfolg der Versuchsreihe aus wissenschaftlicher Sicht stolz machte, fürchtete er sich vor den Konsequenzen, sodass ihn die Sorge, was Friedrichs mit den

Informationen anfangen würde, rastlos durch die Flure des Instituts trieb. Erst nachdem er sich etwas beruhigt und seine Gedanken gesammelt hatte, fühlte er sich in der Lage, dessen Büro aufzusuchen, um ihn über die von Straßmann enthüllte Sachlage zu informieren. Er tat sich schwer damit, doch er hatte keine Wahl und Bertrams Vater würde früher oder später sowieso dahinterkommen.

Die Tür zum Büro war nur angelehnt, als Lorenz darauf zuging. Er blieb stehen, als er Stimmen hörte, und hielt es für ratsam, sich nicht bemerkbar zu machen, als er in einer Stimme Bertrams erkannte. Wenn er auch nicht jedes Wort verstand, so erfuhr er doch, dass Friedrichs etwas im Schilde führte und sein Sohn ihn dabei unterstützte.

»Er ist an Hahn adressiert und ich dürfte ihn gar nicht in den Händen halten«, hörte er ihn sagen. »Im Grunde genommen habe ich es dem Zufall zu verdanken, dass die Post auf meinem Schreibtisch gelandet ist. Der Inhalt offenbart Details, die wir wohl beide nicht erwartet haben.«

Lorenz wollte bereits nach der Klinke greifen, hielt aber inne, als ihm der Sinn dieser Worte klar wurde. Sein Puls beschleunigte sich, als er vorsichtig durch den Spalt spähte und sah, dass Bertram nachdenklich einen geöffneten Brief in den Händen hielt.

»Vielleicht könntest du mich aufklären«, erwiderte Friedrichs ungeduldig.

»In diesem Schreiben bestätigt die Meitner, dass die Kernspaltung keine Spekulation mehr ist. Sie gratuliert Hahn sogar zu dem Ergebnis und vermutet, dass er die Versuchsreihen schon bald abschließen kann.«

»Warum schreibt sie? Ich nahm an, dass er bei ihr auf dem Sofa hockt.«

»Sein spontaner Besuch könnte sich mit dem Brief überschnitten haben. Aber das ist auch nicht von Belang. Hahn wird auf eine schnelle Publikation drängen, sobald bestätigt ist, dass bei der Kernspaltung eine zusätzliche Neutronenproduktion auftritt.«

»Dann müssen wir jetzt nur noch herausfinden, inwieweit wir die freigesetzte Energie kontrolliert nutzen können. Es ist enorm wichtig, dass ich den Stein ins Rollen bringe, sonst verliere ich meine Stelle. Dann bist auch du raus, Junge.«

»Tatsächlich? Ich nahm an, du säßest fest im Sattel.«

»Darüber scheiden sich die Geister. Die einen sehen einen fähigen Wissenschaftler in mir, andere nennen mich einen Wichtigtuer, der sich in den Dienst windiger Projekte gestellt hat. Was mit den neuesten Forschungsergebnissen widerlegt wäre. Umso wichtiger ist es, dass nichts nach außen dringt, bis ich mich beim Reichswirtschaftsminister für die Beschlagnahmung aller Uranvorräte eingesetzt habe. Sämtliche Ausfuhr muss sofort gestoppt werden.«

Für einen Moment herrschte Stille. Lorenz hielt den Atem an, da er befürchtete, die Männer im Büro könnten ihn hören. Doch seine Sorge stellte sich als unbegründet heraus, als Friedrichs fortfuhr.

»Uns bleibt nicht viel Zeit, bis die Führung von diesem einzigartigen Erfolg erfährt. Deshalb wirst du endlich deinen Platz im Labor einnehmen und dafür sorgen, dass dein Name in Hahns Publikationen auftaucht.«

»Warum? Ich lege keinen Wert darauf.«

»Weil du wie immer nicht nachdenkst«, herrschte Friedrichs Bertram an. »Kannst du dir wirklich nicht vorstellen, was passiert, wenn herauskommt, dass ein Jude entscheidend zu dem Erfolg beigetragen hat? Es wäre nicht nur ein Skandal, ich müsste mich auch dafür verantworten. Das Gesetz ist eindeutig. Juden arbeiten nicht für Deutsche, schon gar nicht sind sie an heiklen Forschungsprojekten beteiligt. Wenn Löwenthal auch nur in diesem Zusammenhang erwähnt wird, haben wir ein Problem.«

»Wie willst du das verhindern? Die Mitarbeiter wissen Bescheid.«

»Eine Handvoll, um genau zu sein. Keine Sorge, ich habe sie im Griff und Hahn wird auch schweigen. Schließlich hat er Löwenthal im Institut geduldet, obwohl er dessen jüdischen Hintergrund kannte, und sich mitschuldig gemacht. Ich sage es noch einmal, Bertram. Niemand darf erfahren, dass Löwenthal an der Versuchsreihe mitgewirkt hat. Es wäre eine Katastrophe.« Friedrichs machte eine Pause. Seine Stimme klang noch eine Spur härter, als er hinzufügte: »Wir müssen ihn loswerden.«

»Loswerden?« Bertrams Stimme klang ungläubig. »Du willst ihn aus dem Weg räumen, obwohl du ihm die Freiheit versprochen hast? Warst du nicht immer derjenige, der behauptet hat, dass dein Wort etwas gilt?«

Lorenz schlug sich die Hand vor den Mund. Er spürte, wie ihm übel wurde, und lehnte sich an die Wand, bevor die Beine unter ihm nachgaben. Mit angehaltenem Atem wartete er auf Friedrichs' Antwort, die prompt kam.

»Die Zeiten ändern sich. Was ist ein Versprechen gegenüber einem Juden wert? Wir brauchen ihn nicht mehr, und die Wahrheit ist, dass ich nie vorhatte, ihm die Freiheit zu schenken. Von Anfang an war Löwenthal nur Mittel zum Zweck. Außerdem geht es jetzt um meine Karriere, die ich mir gewiss nicht zerstören lasse. Ich sage es noch einmal, Bertram. Wenn falsche Stellen herausfinden, dass ich einen Juden in der Gruppe hatte, würde das nicht nur meinen Erfolg schmälern, sondern mich auch in Bedrängnis bringen.«

»Deine Sorge ist unbegründet. Lorenz war immer ein Feigling und ist es auch jetzt noch. Du kennst ihn, er wird nicht reden und Fridas Freiheit riskieren.«

»Darauf werde ich mich nicht verlassen. Ich verwette meinen Arsch, dass er jedes Versprechen brechen würde, wenn er einen Vorteil daraus ziehen könnte. Er ist Jude, ein solches Handeln wäre typisch für dieses Pack. Wir können uns keine Fehler leisten, Bertram.«

»Willst du damit andeuten …?«

»Wir werden diese Spur beseitigen und du wirst dich darum kümmern. Sieh zu, dass Löwenthals Name auf der Liste des nächsten Transports steht, und schaff uns das Problem vom Hals! Ich verlasse mich auf dich.«

»Unmöglich, Vater. Das kannst du nicht von mir verlangen, gleichgültig, was zwischen Lorenz und mir vorgefallen ist. Ich kann ihn nicht in den sicheren Tod schicken. Ich bin nicht wie du.«

»Und ob du das bist, du willst es nur nicht wahrhaben«, erwiderte Friedrichs spöttisch. »Also gut, dann lässt du mir keine Wahl. Dann muss ich Frida gegen dich einsetzen, wie ich es bei Löwenthal getan habe. Es ging dir doch immer nur um sie, nicht wahr?«

»Wovon redest du?«

»Ich werde die kleine Jüdin zurück ins Lager bringen lassen. Es sei denn, du kommst zur Vernunft. Entscheide dich, Bertram! Er oder sie?«

»Also gut«, stimmte Bertram zu. »Bringen wir die Sache zu Ende.«

Erneut trat Stille ein, dann hörte Lorenz Gläser klirren und wagte trotz seiner Angst einen letzten vorsichtigen Blick. Friedrichs hatte den Schrank geöffnet und holte eine Flasche Schnaps heraus.

»Lass uns anstoßen«, schlug er seinem Sohn lächelnd vor und füllte die Gläser. Er trat zu Bertram und klopfte ihm endlich anerkennend auf die Schulter. »Ich wusste immer, dass du aus demselben Holz wie ich geschnitzt bist.«

»Das bin ich nicht«, widersprach Bertram. Lorenz sah, wie er sich sichtbar aufgewühlt erhob und zur Tür ging. Noch wenige Schritte und er würde ihn entdecken. Panisch suchte er nach einem Versteck. Doch die Treppe war zu weit entfernt. Außerdem würde man seine Schritte hören.

»Warte!«, rief Friedrichs in diesem Moment. »Mach die Tür zu und setz dich hin. Wir sind noch nicht fertig.«

Lorenz hatte genug gehört. Nachdem die Tür ins Schloss gefallen war, stand er noch einen Augenblick wie betäubt da und spürte eine erbarmungslose Leere in seinem Inneren, als ihm bewusst wurde, in welcher Lage er sich befand. Ein unkontrolliertes Zittern überfiel ihn. Um sich zu beruhigen, krallte er seine Finger in die Unterarme, bis es ein wenig nachließ. Dann kam Bewegung in ihn. All seine Kraft mobilisierend, hetzte er überstürzt aus dem Institut, während sich seine Gedanken überschlugen und Friedrichs' Worte wie ein immer wiederkehrendes Echo in seinem Kopf hallten.

Draußen umfing ihn klirrende Kälte. Doch sie war nichts gegen jene in seinem Inneren, als ihm das Ausmaß der Gefahr, in der Frida und er schwebten, klar wurde. Mit einem Mal hatte er das Gefühl, keine Luft mehr zu bekommen. Verzweifelt versuchte Lorenz, ruhig und gleichmäßig zu atmen. Doch sein Herz schlug viel zu schnell, als er sich fluchtartig auf den Weg zu seiner Wohnung machte. Eine Weile behielt er das scharfe Tempo bei und kämpfte gegen die aufsteigende Übelkeit an. Erst als sein Hals zu brennen begann, klammerte er sich an den nächsten Baum und übergab sich.

Nachdem er sich erleichtert hatte, wischte er sich den Mund ab und setzte seinen Weg fort. Als er seine Straße endlich erreichte, klebte ihm das Hemd auf dem Rücken. Mit zitternder Hand schloss er die Haustür auf, machte sich nicht einmal die Mühe, sie wieder zuzusperren, und klomm in rasender Hast die

Stufen zu seiner Wohnung hinauf, wo er für einen Moment unfähig war, seine Gedanken zu ordnen.

Frida stand in der winzigen Küche und spülte in einer Schüssel Teller und Tassen. Als sie seine Schritte hörte, drehte sie ihm den Kopf zu. Ein Lächeln lag auf ihren Lippen, das einen kurzen Augenblick später erstarb, als sie Lorenz sah. Offenbar genügte ein Blick in sein Gesicht, um zu erkennen, dass er keine guten Neuigkeiten brachte.

»Lorenz! Was ist passiert?«, flüsterte sie und zog unwillkürlich den Morgenmantel über ihrer Brust zusammen, als müsste sie sich schützen. Dabei starrte sie ihn ängstlich an.

»Bertram wird dafür sorgen, dass die Gestapo mich auf die nächste Transportliste setzt. Sein Vater will, dass ich ins Konzentrationslager überführt werde«, brachte Lorenz mühsam hervor. Er bemerkte, wie sie bei seinen Worten erschrocken zusammenzuckte, doch er konnte darauf keine Rücksicht nehmen, auch wenn er sie viel lieber geschont hätte. Es stand zu viel auf dem Spiel. Frida musste den Ernst der Lage begreifen.

Totenstille folgte seinen Worten, während die ersten Tränen über Fridas Wangen liefen. Ihr bleiches Gesicht zeigte einen ungläubigen Ausdruck, bevor sie den Kopf senkte und ihn auf den Boden richtete.

»Nein, das ... das kann ... nicht sein«, stammelte sie und fuhr sich mit der Hand über die Stirn. »Das würde Bertram uns nicht antun. Er hat mich aus dem Lager befreit. Er hat sicher nichts damit zu tun.«

»Du täuschst dich, Frida. Friedrichs hat ihn vor die Wahl gestellt. Entweder räumt er mich aus dem Weg oder er sorgt dafür, dass du zurück ins Lager überführt wirst. Bertram hat sich für dich entschieden«, sagte Lorenz. Bitterkeit erfüllte seine Brust und mischte sich in die aufgeregten Schläge seines Herzens, als er ihr mit knappen Worten von dem belauschten Gespräch berichtete.

»Bist du dir ganz sicher?«, fragte Frida verstört, nachdem er geendet hatte und schwieg. »Hat Bertram das wirklich gesagt?«

»Mit aller Deutlichkeit. Er wird mich auf die Liste setzen lassen, wie sein Vater es von ihm fordert. Deshalb müssen wir fliehen, bevor er uns die Gestapo auf den Hals hetzt.«

»Aber wohin?«, fragte sie erschrocken. »Wo sollen wir denn hin, Lorenz? Wir brauchen mehr Zeit.«

»Die haben wir nicht. Hier in der Wohnung wird die Gestapo zuerst nach mir suchen. Pack ein paar Sachen zusammen, wir nehmen nur das Nötigste mit. Ich werde unterdessen zum Künstlerviertel laufen und versuchen, Lise Meitners Kontaktmann ausfindig zu machen. Es handelt sich um einen jüdischen Rechtsanwalt aus Basel, der für Geld Juden aus dem Deutschen Reich in die Schweiz bringt.«

»Wie viel Geld?«

»10 000 Reichsmark. Ein Teil geht für die Bestechung der Grenzposten drauf.«

»Woher sollen wir so viel Geld nehmen?« Fridas Augen weiteten sich. »Ich besitze nicht einmal tausend.«

»Keine Sorge«, beruhigte Lorenz sie. »Lise Meitner hat diese Summe bereits für unsere geplante Flucht gezahlt, die durch Friedrichs gescheitert ist. Der Anwalt ist uns also etwas schuldig und dieses Mal wird uns die Flucht gelingen. Sie werden uns nicht kriegen, hörst du, Frida? Wir werden einen Weg in die Freiheit finden.«

»Also gut, ich werde packen.«

»Nimm nur das Nötigste. Unsere Papiere, etwas Wäsche, bloß nicht zu viel. Schweres Gepäck würde nur hinderlich sein.«

Frida nickte zustimmend. Mit Tränen in den Augen schmiegte sie sich an ihn, sodass Lorenz die Wärme ihres Körpers spürte. Eine Weile hielt er sie eng umschlungen.

»Kann ich sonst gar nichts tun?«, fragte sie.

»Doch, du kannst während meiner Abwesenheit darauf achten, dass Bertram keine Gelegenheit findet, uns auszuspionieren. Wir müssen jetzt noch vorsichtiger sein. Öffne keinem die Tür und warte hier auf mich«, flüsterte er in ihr Haar, bevor er sich mit sanftem Druck von ihr löste und die Wohnung verließ.

* * *

Als der Morgen graute, hatte Frida ihren Kopf auf seine Brust gebettet und schlief. Lorenz hingegen hatte kein Auge zugemacht. Angespannt auf jegliche Geräusche lauschend, kreisten seine Gedanken unentwegt um ihre Flucht, nachdem er den jüdischen Rechtsanwalt am Abend tatsächlich ausfindig gemacht hatte. Nach seiner Rückkehr in die Wohnung hatte er Frida kein Wort davon erzählt, dass ihr Fluchthelfer nun die doppelte Summe verlangte. Er wollte nicht, dass sie sich noch mehr Sorgen machte. Außerdem waren der Anwalt und er sich einig geworden, nachdem Lorenz ihm in aller Eile sein Elternhaus angeboten und sämtliche erforderlichen Dokumente unterzeichnet hatte. Der Preis war hoch gewesen, doch das war ihre Freiheit wert.

Im Dämmerlicht des hereinscheinenden Mondes betrachtete Lorenz Frida, die noch immer friedlich an seiner Brust schlummerte. Er spürte ihr Gewicht kaum, sondern lediglich ihren Atem auf seiner nackten Haut. Sanft strich er ihr übers Haar. Noch immer konnte er kaum fassen, welches Glück er hatte, dass sie bereit war, mit ihm das Land zu verlassen. Er würde alles daransetzen, dass Frida diese Entscheidung niemals bereute.

In Gedanken versunken seufzte Lorenz laut auf, wodurch er sie unbeabsichtigt weckte. Als Frida schlaftrunken die Augen öffnete, lächelte er sie an und strich flüchtig über ihre Wange. Ihre Blicke versanken in den Augen des anderen und brachten alles zum Ausdruck: Zuneigung, Sehnsucht und einen unterschwelligen Schmerz.

»Ich habe schreckliche Angst«, flüsterte sie und strich mit der Hand an seinem Hals entlang, bis sie auf seiner Brust ruhte. »Wir könnten beide sterben. Jede Flucht wird mit dem Tod oder Arbeitslager bestraft. Die Gestapo kennt keine Gnade.«

»Denk nicht daran«, bat Lorenz. Er wusste, wie recht sie hatte. Obwohl sie auch dieses Mal der Freiheit nah waren, konnte noch vieles schiefgehen. Die Gefahr war groß. Sollte ihr Plan scheitern, würden sie heute zum letzten Mal die Nähe des anderen spüren.

Trotz oder gerade aufgrund ihrer ausweglosen Situation wurde er plötzlich von Lust übermannt und schob seine Hand unter ihr Nachthemd. Vielleicht, so hoffte er, konnte die Leidenschaft ihn die Angst für einen kurzen Moment vergessen lassen. Der Gedanke, dass es das letzte Mal sein könnte, ließ sämtliche anderen verblassen.

Sanft schob er ihr Nachthemd nach oben und begann sie zu streicheln. Als er spürte, dass auch sie voller Hingabe reagierte, steigerte sich sein Verlangen ins Unerträgliche. Er beugte sich über sie, fordernder und drängender. Der Strudel der Lust riss ihn und Frida mit sich, als sie sich hemmungslos liebten. Wie eine Welle schlug der Gipfel ihrer Leidenschaft über ihnen zusammen, jede Furcht und jeden Zweifel hinwegspülend. Schwer atmend hielten sie einander fest, bis sie aus schwindelnder Höhe in die Realität stürzten.

»Es wird Zeit, wir müssen gehen«, sagte Lorenz, als er wieder zu Atem kam. Nun war sein Kopf wieder voll beunruhigender Gedanken. »Es ist noch nicht vorbei, Frida. Wir müssen so schnell wie möglich hier weg. Bertram könnte jederzeit mit der Gestapo auftauchen.«

»Ist gut.« Ein letztes Mal vergrub Frida ihren Kopf an seine Schulter. »Ich liebe dich«, hauchte sie ihm zu. Dann standen sie auf und zogen sich schweigend warme und dunkle Kleidung an. Nach wenigen Minuten waren sie bereit und verließen die Wohnung. Arm in Arm schlugen sie den Weg zum Künstlerviertel ein und schritten trotz kräftiger Windböen zügig voran, während der Morgen graute und sich der eisige Nachtnebel aufzulösen begann. Die Straßen waren wie leer gefegt, sodass sie unbehelligt das Viertel erreichten. Lorenz führte Frida durch einen Hinterhof zu einem Gebäude, in dem der jüdische Rechtsanwalt sie erwartete.

»Bist du bereit?«, fragte er leise und lächelte gequält.

»Ja«, antwortete sie. Es klang niedergeschlagen.

Lorenz öffnete die Tür. Im Raum dahinter waren die Konturen eines Mannes zu erkennen, der mit dem Rücken zu ihnen am Fenster stand und hinaussah. Erst als Lorenz sich räusperte, drehte er sich aufreizend langsam zu ihnen um.

Frida stieß einen spitzen Schrei aus und begann am ganzen Körper zu zittern, während Lorenz der Atem stockte. Vor ihnen stand Bertram in der Uniform der SS.

»Ich habe euch erwartet«, begrüßte er sie mit kalter Stimme. »Wir sollten reden.«

»Zwischen uns gibt es nichts mehr zu reden«, stieß Lorenz aus, als er sich aus der ersten Erstarrung gelöst hatte. »Ich habe das Gespräch zwischen dir und deinem Vater belauscht und weiß, was du vorhast.«

»Ist das so?« Bertram grinste. »Du warst schon immer ein schlauer Bursche, viel schlauer als ich. Doch dieses Mal hast du mich unterschätzt. Hast du ernsthaft geglaubt, ich würde zusehen, wie ihr euch einfach so aus dem Staub macht?«

»Du kannst uns nicht aufhalten«, erwiderte Lorenz verunsichert.

»Aber ich kann euch verraten, dass der Rechtsanwalt, der euch über die Grenze helfen soll, schon seit Meitners Flucht für uns arbeitet. Es war ein Leichtes, ihn davon zu überzeugen, seine Freiheit gegen die eure einzutauschen. Jeder ist sich selbst der Nächste. Warum sollte es ausgerechnet bei einem Juden anders sein?«

»Warum tust du das? Was willst du?«, schrie Frida ihn plötzlich an. »Wieso liegt dir so viel daran, uns der Gestapo zu übergeben? Wir waren mal Freunde.«

»Ja, das waren wir. Und vielleicht möchte ich dich gar nicht verhaften lassen. Es muss nie so weit kommen, das weißt du.« Bertram trat mit einem gezwungenen Lächeln auf sie zu und hob die Hand. Seine Finger strichen über ihre Wangen, während es Lorenz eiskalt durchfuhr und ihm ein beunruhigender Verdacht kam.

»Worauf willst du hinaus?«, presste er heraus. »Mach den Mund auf!«

»Liegt das nicht auf der Hand? Ich liebe Frida, daran hat sich nichts geändert«, erwiderte Bertram ungerührt. »Ich könnte sie an einen sicheren Ort bringen, wo ihr niemand auch nur ein Haar krümmt. Die Entscheidung liegt ganz bei ihr. Freiheit oder Lager, du oder ich! Du kannst nicht behaupten, dass das nicht fair wäre.«

»Du bist ja völlig verrückt.« Fridas Hand klatschte auf Bertrams Wange, ehe er begriff, wie ihm geschah. Sie trat einen Schritt zurück und wirkte über sich selbst erschrocken. »Niemals! Hörst du! Ich werde dich niemals lieben. Ich hasse dich!«

Bevor Bertram die schmerzliche Zurückweisung verdauen konnte, schnappte sie Lorenz' Hand und zog ihn mit sich aus dem Haus. Im Hinterhof blieben sie keuchend stehen. Aus der Ferne war Motorengeräusch zu hören, das langsam stärker wurde. Als Lorenz einen Blick auf die Straße wagte, blendete ihn das grelle Licht von Scheinwerfern.

»Sie werden gleich hier sein«, warnte er. »Komm! Da lang!« Lorenz rannte zu einem Kohlebunker. Da der Weg über die

Straße versperrt war, blieb ihnen nichts anderes übrig, als aufs Dach zu fliehen. Er verlor den Koffer aus der Hand, als er nach oben kletterte und die Dachkante des Nebengebäudes erreichte. Schwer atmend schwang er sich daran hoch und rollte sich auf das Dach. Als er einen Blick nach unten wagte, sah er eine dunkle Gestalt.

»Bleib stehen, Lorenz!«, rief Bertram.

»Du hast behauptet, dass du Frida liebst. Dann beweise es!«, rief er zurück, um Zeit zu gewinnen. »Lass uns gehen! Wir könnten wieder Freunde sein.«

»Freunde?« Bertram lachte höhnisch auf. »Spar dir dein scheinheiliges Gerede. Alles, was du sagst, ist erstunken und erlogen.«

»Wenn du das so siehst, kann ich es nicht ändern. Wir werden es auch ohne dich schaffen.« Lorenz schnaubte verächtlich, ehe er mit den Achseln zuckend hinzufügte: »Es ist schließlich nicht das erste Mal, dass du sie im Stich lässt.«

Angespannt warf er einen Blick über die Dächer, die aneinander anschlossen. Eine glitzernde Reifschicht bedeckte sie. Der Weg würde rutschig und gefährlich werden. Zugleich war es der einzige. Trotz der Kälte legte er sich flach auf das Dach und streckte die Hände nach Frida aus, um sie zu sich hochzuziehen.

»Willst du das wirklich tun, Frida?«, rief Bertram mit eisiger Stimme von unten zu ihnen rauf, als Lorenz gerade ihre Fingerspitzen berührte. »Willst du dein Leben einem Menschen anvertrauen, der dich belügt? So einen Kerl findest du an jeder Ecke.«

»Lorenz ist nicht wie du«, keuchte Frida, während sie ihren Arm nach oben streckte und dabei versuchte, ihr Gleichgewicht zu halten. »Er hat mich nie belogen.«

»Dann hat er dir sicher auch erzählt, dass er nur an der Versuchsreihe im Institut mitgearbeitet hat, um die

Voraussetzungen zu schaffen, eine Atombombe für das Deutsche Reich zu entwickeln?«

»Ich glaube dir kein Wort. Du würdest alles behaupten, um einen Keil zwischen uns zu treiben.«

»Frag ihn! Worauf wartest du?« Bertram lachte leise. »Es wäre nicht die erste Bombe, die er baut, wie wir alle wissen. Es gibt nur einen winzig kleinen Unterschied zu damals. Dieses Mal wird nicht nur eine verrottete Scheune in die Luft fliegen. Dieses Mal werden Menschen sterben, unzählige Menschen, und dein ach so moralisch handelnder Lorenz trägt dafür die Verantwortung. Um seinen Arsch zu retten, nimmt er den Tod vieler Unschuldiger billigend in Kauf.«

Frida zögerte. Sekundenlang herrschte angespannte Stille, nur unterbrochen von dem Geräusch quietschender Bremsen. Inzwischen kamen die ersten Lastwagen in den Hinterhof gerast. Türen wurden aufgerissen, Hundegebell hallte durch die Morgendämmerung.

»Hat's dir die Sprache verschlagen?«, bohrte Bertram nach. »Oder willst du die Wahrheit nicht erfahren, weil du Angst hast, dass dein geliebter Lorenz ein verlogener Bastard ist?«

»Ist es wahr?«, fragte Frida kaum hörbar und schaute zu Lorenz nach oben. »Sag mir, dass er lügt! Bitte!«

»Ich habe es für uns getan.« Lorenz Herz krampfte sich schmerzhaft zusammen, als er die Tränen in ihren Augen sah. »Friedrichs hat mich erpresst. Ich konnte nicht anders handeln. Ich hatte keine Wahl.«

»Man hat immer die Wahl, Lorenz.« Frida schüttelte den Kopf. »Du hast mein Leben erkauft und damit das anderer aufs Spiel gesetzt. Glaubst du wirklich, ich hätte das gewollt? Wenn das so ist, dann kennst du mich nicht.«

»Es gibt keine Bombe«, rechtfertigte sich Lorenz und flehte. »Gib mir deine Hand, Frida! Bitte! Wir können immer noch fliehen. Die Freiheit ist so ...«

Er verstummte und riss entsetzt die Augen auf, als er sah, wie sie den Halt verlor und die Kante losließ, an der sie sich festklammerte. Langsam und unaufhaltsam rutschte sie in die Tiefe. Mit jeder Sekunde kam sie Bertram näher, der die Arme ausbreitete, um ihren Sturz abzufangen. Dann prallte sie mit einem dumpfen Geräusch unten auf.

Kapitel 19

Frida landete direkt vor seinen Füßen. Mühsam rappelte sie sich vom Boden auf und blickte sich verzweifelt nach einem Fluchtweg um. Der Weg zur Straße war versperrt. Wenn sie den Versuch wagte, würde sie der Gestapo direkt in die Arme laufen. Gerade wollte Bertram sie warnen, als er sich nähernde Schritte hörte.

»Schnell, lauf weg und versuch, über den Zaun zu klettern. Wenn du dich beeilst, kannst du es noch schaffen, bevor sie hier sind«, flüsterte er Frida zu und schob sie nach hinten, um sie aus dem Blickfeld der SS-Männer zu bringen.

»Warum tust du das?«, keuchte sie überrascht auf.

»Warum?« Bertram zuckte mit den Schultern und versuchte ein Lächeln. »Weil ich dich nie wieder im Stich lasse. Es ist noch nicht zu Ende, Frida.«

»Wovon zum Teufel sprichst du?«

»Liegt das nicht auf der Hand? Wenn die Gestapo Lorenz verhaftet hat, bist du bei mir in Sicherheit. Dann werde ich dir beweisen, wie stark meine Gefühle sind. Glaub mir, ich habe versucht, dich loszulassen, aber ich kann nicht. Gib mir Zeit, dir zu zeigen, wie sehr ich dich liebe. Liebe kann wachsen, meinst du nicht?«

»Du bist tatsächlich verrückt«, stellte sie irritiert fest. Ihre Stimme klang, als hätte sie plötzlich eine lang gesuchte Erklärung gefunden. »Ich werde Lorenz immer lieben, kapierst du das nicht? Solange er lebt!«, presste sie über ihre blassen Lippen. Als sie ihn anstarrte, lag in ihren Augen eine Mischung aus Wut und Verachtung, die ihm einen Schauer über den Rücken jagte.

»Das lässt sich ändern«, spie Bertram ihr entgegen, als ihn ein Sturm von Empfindungen von einem kurzen Moment der Hoffnung in den Zustand tiefster Verzweiflung riss. »Verschwinde endlich, sonst sorge ich dafür, dass du mit ihm im Lager landest.«

Frida zögerte. Dann drehte sie sich um und rannte, ohne sich ein weiteres Mal umzudrehen, zu einer halb verfallenen Garage am Ende des Hinterhofs. Als die Uniformierten im Laufschritt nahten, befand sie sich bereits am Zaun.

Bertram blickte ihr erleichtert hinterher. Als er sicher war, dass sie entkommen war und nicht mehr in unmittelbarer Gefahr schwebte, hob er seine Hand und zeigte nach oben.

»Der Jude ist auf dem Dach und will fliehen«, rief er den Männern zu, die den Hinterhof erreicht hatten. Er fluchte laut, als er sah, wie Lorenz sich für einen Sprung bereit machte, förmlich auf das gegenüberliegende Dach flog und hart aufprallte. Mit einem Schrei taumelte er zurück und kämpfte um Halt.

»Nicht, wenn es nach uns geht«, antwortete einer der Kerle unterdessen grinsend und legte sein Gewehr an. Schon sirrte das erste Geschoss durch die Luft.

Bertram beobachtete, wie Lorenz zur Seite hechtete, um der Kugel auszuweichen. Doch trotz aller Bemühungen konnte er nicht so schnell reagieren wie der Schütze, der ihn ins Visier genommen hatte. Als eine Salve von Schüssen rechts und links neben ihm einschlug und ihn eine Kugel an der Schulter streifte, verlor er den Halt und stürzte vom Dach. Stöhnend versuchte er, sich hochzurappeln. Aber sofort fielen die Männer über ihn her. Sie traten ihm in die Seite, den Rücken, in den Bauch und schlugen mit geballten Fäusten auf ihn ein.

Lorenz schrie vor Schmerz und versuchte, die Schläge abzuwehren. Doch die Männer prügelten weiter auf ihn ein, ein Hieb nach dem anderen folgte. Überall war Blut, seine Haut unter den Schlägen aufgeplatzt und das rechte Auge völlig zugeschwollen, als sie endlich von ihm abließen.

»Wir sollten den Schweinehund besser gleich umlegen«, schlug der Sturmbannführer vor, der das Kommando hatte, und zog eine Pistole. »Dann können wir uns den Bericht sparen.«

»Warten Sie!«, hielt Bertram ihn im letzten Moment zurück. Er fasste den Arm des Mannes, als dieser gerade schießen wollte, und drückte ihn mitsamt der Pistole nach unten. »Ich bin noch nicht fertig mit ihm.«

»Mir scheint, dass es hier um eine persönliche Sache geht.« Sein Gegenüber musterte ihn misstrauisch. »Sie haben offenbar ein Interesse daran, dass der Dreckjude von der Bildfläche verschwindet.«

Bertram zuckte kurz zusammen, fing sich jedoch schnell. Es ärgerte ihn, so leicht zu durchschauen zu sein. Angespannt suchte er nach den richtigen Worten, bevor er sich straffte. »Sie haben recht, es ist etwas Persönliches. Aber wenn Sie ihn verhaften wollen, nur zu!«

»Einen Dreck werde ich tun.« Der Kerl lachte laut auf und reichte Bertram seinen Schlagstock. »Mitkommen, wir gehen eine rauchen, bevor wir die Reste des Juden einsammeln«, wandte er sich seinen Männern zu, bevor er ihm verschwörerisch zuzwinkerte. »Er gehört Ihnen.«

Bertram zögerte, nachdem die Horde verschwunden war. Seine Hand krampfte sich um den Schlagstock, bis seine Finger schmerzten. Mit ausdrucksloser Miene blickte er auf Lorenz hinab, der röchelnd vor ihm auf dem Boden lag. Seine Nase schien gebrochen, das Gesicht war blutüberströmt. Dennoch sah er die Blässe im Gesicht seines Freundes, während er sich fragte, ob er zu dem fähig war, was sein Kopf ihm vorgaukelte. Er kannte Lorenz seit Kindertagen und so gut wie niemand sonst. Er hatte sein halbes Leben an der Seite seines besten Freundes verbracht. Es war alles so klar und einfach gewesen, bis sie sich beide in Frida verliebt hatten.

»Bertram, bitte, hilf mir! Ich schaffe es nicht allein«, keuchte Lorenz in dem Augenblick und schlug sein linkes Auge auf. Als er zu ihm hochschaute, krümmte sich Bertrams Magen zusammen.

»Es tut mir leid, ich wollte nie …«, presste er hervor und brach ab, als er den Anblick kaum ertragen, den Blick aber auch nicht abwenden konnte. Sein eigener Schock, seine Wut und die Fassungslosigkeit machten es ihm unmöglich, dem Freund Trost zu spenden. »Warum musstest du es so weit kommen lassen, Lorenz? Du hättest mir Frida nicht wegnehmen dürfen. Nicht sie! Sie gehört zu mir, verdammt!«

»Du hast sie gehört«, brachte Lorenz leise über seine aufgeplatzten Lippen, während er den Kopf schüttelte und mühsam versuchte, seinen Oberkörper aufzurichten. Er hustete, aus seinem Mundwinkel floss ein dünnes Rinnsal Blut, als er sprach. »Du kannst ihre Liebe nicht erzwingen. Sie wird mich immer lieben. Solange ich lebe.«

»Solange du lebst, richtig!« Bertram rang nach Luft. Im nächsten Moment schlug er blind vor Wut auf Lorenz ein. Wie im Rausch platzierte er Schlag für Schlag auf dessen Körper, während ihm selbst Tränen über die Wangen liefen. Erst als sich sein Opfer nicht mehr rührte, ließ er von ihm ab. Es war still geworden im Hinterhof. Bertram betrachtete entsetzt seine Hände und die Kleidung, als er zur Besinnung kam. Sie waren fast sauber. Das Hemd von Lorenz dagegen blutdurchtränkt.

»Gut gemacht.« Er spürte, wie ihm jemand auf die Schulter klopfte. »Wir nehmen ihn mit. Der Jude wird noch lange an Sie denken. Sie haben ihn ordentlich verprügelt.«

Bertram nickte stumm und starrte vor sich hin. Er war sich nicht sicher, ob er Lorenz tatsächlich nur verprügelt hatte. Es war wie ein Rausch über ihn gekommen, als er wehrlos vor ihm gelegen hatte. Da war der Schlagstock in seiner Hand gewesen und der Wunsch, dass Frida ihm gehören sollte. An mehr konnte er sich kaum erinnern.

»Wenn er überhaupt noch mal aufsteht«, mutmaßte der Sturmbannführer und lachte. Der Rest der Männer stimmte mit ein. Nur Bertram blieb stumm.

»Was ist los mit dir?«, fragte jemand neben ihm. Ein dünner Kerl mit pickligem Gesicht starrte ihn fragend an. »Hast du Schiss, ihn umgebracht zu haben? Er ist bloß ein Jude und Zeugen gibt es keine. Du hast dem Führer einen Gefallen getan. Und jetzt komm!«

Wieder nickte Bertram, blieb aber auch für den Rest der Fahrt schweigsam und ließ sich wenig später in der Innenstadt absetzen. Wie von Furien gehetzt lief er durch die Straßen, bis er irgendwann vor dem Haus stand, in dem Lorenz wohnte. Erschöpft ließ er sich an einer kleinen Mauer gegenüber niedersinken und starrte zum Fenster hinauf. Es brannte kein Licht.

Bertram glaubte dennoch, seinen einstigen Freund zu sehen, wie er ihm zulachte, ihm die Hand reichte und sich über ihn lustig machte. Wie früher, als sie noch unzertrennlich gewesen waren. Trotz der Prügel, die er zu Hause einstecken musste, war diese Kindheit so unbeschwert gewesen. Lorenz und er hatten an ihre Freundschaft geglaubt. Keiner von ihnen hatte geahnt, dass sie sich eines Tages als Feinde gegenüberstehen könnten.

Ein Gefühl der Reue kroch langsam in ihm hoch und ergriff von ihm Besitz. In diesem Moment wünschte sich Bertram nichts mehr, als die Uhr zurückdrehen zu dürfen, während sich die Schuldgefühle wie eine hungrige Bestie auf ihn stürzten und ihn eine Welle von Selbstmitleid und Scham überrollte. Leider war das unmöglich. Vor nicht einmal einer Stunde hatte er das Schicksal seines Freundes besiegelt. Lorenz würde am nächsten Morgen auf einen Transport gehen, ohne dass es zu einer Untersuchung kam.

Als Bertram sich der Tragweite seines Verrats bewusst wurde, fragte er sich verzweifelt, wie er Frida jemals wieder unter die Augen treten sollte. Noch immer sehnte er sich danach, mit ihr zusammen zu sein, sie zu lieben und das schmerzliche Verlangen in seinem Inneren zu stillen. Zugleich ahnte er, dass sie ihm niemals verzeihen würde. Er hatte das Vertrauen seiner Freunde endgültig zerstört und sein Versprechen gebrochen.

Aber vielleicht konnte er einen Teil davon an Frida gutmachen, schöpfte er neue Hoffnung, während er sich allmählich beruhigte und sein Verstand aufklarte. Der Gedanke, sie zu retten, beflügelte ihn. Er würde Frida ein paar Tage Zeit lassen und dann nach ihr suchen, um seine Hilfe anzubieten. Außer ihrem Vater, der ein Trinker war, hatte sie niemanden, der ihr beistehen konnte. Ihr blieb unter diesen Umständen kaum etwas anderes übrig, als sie anzunehmen.

Bertram erhob sich erschöpft und machte sich auf den Weg zu seiner Wohnung. Im Moment war Ruhe das Einzige, wonach er sich sehnte. Er wollte sich in seinem Bett zwischen warmen Decken einrollen, die Augen schließen, um die schrecklichen Bilder, die ihn verfolgten, aus seinen Gedanken zu verbannen.

KAPITEL 20

Konzentrationslager Sachsenhausen, Dezember 1938

Früh am Morgen wurden die Gefangenen mit Knüppeln und Peitschen geweckt und aus der Lagerhalle getrieben, in der sie die Nacht verbracht hatten. Draußen wimmelte es bereits von verängstigten Menschen, die verzweifelt darauf warteten, die Lastwagen besteigen zu können, um den SS-Männern zu entkommen, die immer wieder wahllos Gefangene aus der Menge zerrten, sie schlugen und sie ihrer wenigen Habseligkeiten beraubten.

»Schneller, schneller«, brüllten die uniformierten Männer. Laut schreiend rissen sie Frauen von ihren Ehemännern und Kinder von ihren Müttern, ohne deren verzweifelnden Protesten Gehör zu schenken oder gar Mitgefühl zu zeigen. Um Lorenz herum herrschte blanke Panik, während die Gefangenen vor Angst fast verrückt wurden. Das Geschrei wurde lauter, als eine Kolonne vorfuhr.

Benommen ließ Lorenz sich durch die Menge treiben und ertrug die höhnischen Beschimpfungen der Schaulustigen, die sich am Straßenrand eingefunden hatten. Als ein Stein seine rechte Schulter traf, durchfuhr ihn ein stechender Schmerz.

Ein anderer verfehlte nur knapp seinen Kopf. Lorenz schaute kaum zu dem kleinen Jungen auf, der die Steine geworfen hatte. Sein ganzer Körper bestand aus Schmerz, auf einen mehr oder weniger kam es nicht mehr an.

»Lorenz!«, hörte er plötzlich eine leise Stimme. Ruckartig hob er den Kopf.

»Frida«, keuchte er, als er sah, wie sie sich aus den Reihen der Zivilisten löste und sich zu ihm durchdrängte. Er bemerkte ihre geröteten Augen und die hellen Spuren auf ihren Wangen, die von Tränen herrührten. Wie betäubt stand er vor ihr und starrte sie ungläubig an. Nicht einmal im Traum hatte er erwartet, sie wiederzusehen. Zugleich kroch die Angst in ihm hoch, dass ihr etwas zustoßen könnte, als er keine zwei Meter hinter ihr Bertram bemerkte, der reglos auf der Straße stehend zurückgeblieben war.

»Du musst gehen«, flehte er Frida an, obgleich er sich nichts sehnlichster wünschte, als sie in seine Arme zu schließen. »Bitte, geh!«

»Ich kann nicht, ich bleibe bei dir.«

»Das darfst du nicht«, fuhr Lorenz sie hilflos an. Er hob seine Finger an ihre Wange und strich sanft über ihre Haut. Einen Moment lang verharrten beide reglos, bevor er seine Hand zurückzog. »Du musst sofort verschwinden! Geh!«

»Du solltest auf ihn hören.« Plötzlich stand Bertram neben ihr. Seine Miene war wie versteinert, als er sich verbittert zu ihr drehte. »Du würdest sogar mit ihm in den Tod gehen, nicht wahr?«, fragte er.

»So weit muss es nicht kommen. Lass es nicht zu, Bertram!«, flehte Frida ihn verzweifelt an. »Hilf uns! Bitte! Hilf uns dieses eine Mal!«

Bertram schwieg. Doch Lorenz sah das Flackern seiner Augen und erkannte, dass sein einstiger Freund Frida immer noch liebte, auch jetzt, obwohl sie seine Gefühle nicht erwiderte.

Zugleich war Bertram von Eifersucht getrieben, die längst in Hass umgeschlagen war. Das bemerkte anscheinend auch Frida, denn als sie den kalten Ausdruck in Bertrams Augen wahrnahm, wich sie erschrocken zurück und ließ kraftlos die Arme sinken.

»Was bist du nur für ein Mensch?«, fragte sie kaum hörbar.

»Es ist deine Schuld, Frida.« Bertrams Unterlippe begann zu zittern. »Du hast es herausgefordert. Ich habe dich gewarnt.«

»Nein, du allein bist dafür verantwortlich«, erwiderte sie mit eisiger Stimme und schüttelte den Kopf. »Aber dein blinder Hass wird dich nicht glücklich machen. Genauso wenig wie deine unsinnige Rache *für etwas, das es nie gab*. Du bist völlig verblendet durch deine Eifersucht. Eines Tages wirst du teuer dafür bezahlen müssen.«

»Was ist, wenn ich bereue?«, presste Bertram über die Lippen. Fridas Worte schienen ihn schwer getroffen zu haben. Bettelnd streckte er ihr seine *Hände entgegen. Dann brach es aus ihm heraus:* »Es tut mir leid, was geschehen ist. Ich habe Fehler gemacht. Aber ich würde niemals zulassen, dass dir etwas geschieht. Komm mit mir Frida, weg von hier. Ich kann dir helfen, aus Deutschland zu fliehen.«

Sekundenlang herrschte Schweigen. Lorenz sah, dass Fridas Augen verdächtig schimmerten. Sie schluckte, bevor sie sprach.

»Ich würde niemals mit dir gehen. Nicht einmal, wenn du der letzte Mensch auf dieser Welt wärest. Ich kann nicht fassen, dass du jemals unser Freund warst«, sagte sie leise, wandte sich nach einem verächtlichen Blick ab und nahm Lorenz' Hand.

»Warte!«, rief Bertram. Er lief ihnen nach und packte Frida bei den Schultern. »Verdammt, was du vorhast, ist Wahnsinn. Willst du wirklich freiwillig mit ihm gehen? Lorenz wäre niemals in der Lage, dich zu beschützen. Ich hingegen könnte es. Du weißt doch genau, was dich im Arbeitslager erwartet.«

»Nichts ist schlimmer, als in deiner Nähe zu sein.« Frida stieß ihn mit voller Wucht von sich. »Dein Vater und du, ihr habt wirklich viel gemeinsam. Ich wünschte nur, ich hätte es früher erkannt. Hast du wirklich geglaubt, mich für dich gewinnen zu können, nachdem du Lorenz halb totgeschlagen hast?«

»Wir haben uns geprügelt, nicht mehr.«

»Hör auf zu lügen!«, fuhr sie ihn an. »Du hast auf einen wehrlosen Freund eingeschlagen, der bereits am Boden lag. Du hast den Schlagstock genommen und so lange auf ihn eingedroschen, bis er keinen Mucks mehr von sich gab. Ich habe dich gesehen, als du ...« Ihre Stimme brach, während ihr Blick auf einen SS-Mann fiel, der einer Frau brutal die goldenen Ohrringe abriss und blutende Löcher hinterließ.

»Auf die Wagen! Schneller! Was ist hier los?« Der Uniformierte kam zu ihnen und stellte sich neben Bertram. Seine Blicke wechselten von ihm zu Frida und Lorenz. »Kennen Sie die Juden?«

Die Antwort blieb aus. Lorenz bemerkte das Zögern in Bertrams Miene und verfluchte ihn stumm. Er hatte die Aufmerksamkeit des SS-Mannes unnötig auf sie gelenkt. Wäre er nur ein wenig später aufgetaucht, hätte er Frida vielleicht noch überzeugen können zu fliehen. Aufgewühlt beobachtete er seinen ehemaligen Freund, der sich rasch wieder gefangen hatte.

»Wie kommen Sie darauf?«, antwortete Bertram dem SS-Mann mit einem verächtlichen Grunzen. »Woher sollte ich das Judenpack kennen?«

Bevor Lorenz richtig begriff, dass es Bertram war, der so abfällig über sie sprach, stieß ihm der Uniformierte ohne Vorwarnung den Karabiner in die Rippen. Er krümmte sich vor Schmerz, stolperte vorwärts und erschrak, als Fridas Hand mit Gewalt aus seiner gerissen wurde. Lorenz wollte ihr nacheilen, verlor sie in der Menge aber aus den Augen.

Verzweifelt drängte er sich nach hinten durch. Doch schon schlossen sich die Reihen und versperrten ihm den Weg. Panisch suchte er Fridas Gesicht. Dabei begegnete sein Blick Bertrams

Augen, die sich längst zu verächtlichen Schlitzen zusammengezogen hatten. Nach all den Zurückweisungen, die er von Frida erfahren hatte, genoss er es anscheinend, nun derjenige zu sein, der seine Macht ausspielen konnte.

Resigniert wandte Lorenz sich ab und kletterte auf die offene Ladefläche des Lastwagens. Sein Blick blieb an einer jungen Frau hängen, die ein kleines Kind auf dem Arm trug. Ängstlich klammerte es sich an die Mutter und schaute ihn mit großen Augen an. Unwillkürlich erinnerte sich Lorenz daran, wie Frida und er sich vorgestellt hatten, eines Tages eine Familie zu gründen und Kinder zu haben. All seine Zukunftsträume, alles, was er liebte, schienen mit einem Mal so weit weg zu sein. Seine Erfolge, die wissenschaftliche Arbeit und Frida. Wenn nicht ein Wunder geschah, würde er sie nie wiedersehen. Schon der Gedanke rief Reue in ihm wach. Er hätte mit ihr fliehen sollen, als noch Zeit dafür war. Aber er war ein Feigling gewesen, wie Bertram immer behauptet hatte.

»Es sind zu viele für den Wagen. Trennt sie!«, riss ihn eine Stimme aus den düsteren Gedanken. Der Befehl wurde sofort befolgt. Obwohl sich die Frauen schreiend an ihre Kinder klammerten, wurden diese grob weggerissen und von der offenen Ladefläche gestoßen, auf die sie gerade erst geklettert waren. Hilflos mussten die verzweifelten Mütter mitansehen, wie die Kinder gezwungen wurden, sich auf den Boden zu knien. Zwei Uniformierte richteten ihre Waffen auf sie.

In diesem Moment fuhr der Lastwagen los. Lorenz hielt den Kopf gesenkt, als sie an Bertram vorüberfuhren. Er wollte die Genugtuung in seinem Gesicht nicht sehen. Es brachte auch nichts, ihn nochmals anzuflehen, ihnen zu helfen. Sie waren schon lange keine Freunde mehr, die fest zusammenhielten und sich aufeinander verlassen konnten. Am Straßenrand stand ein zu allem entschlossener Mann in der Uniform der SS. Ein Nazi, der ihn abgrundtief hasste.

In diesem Moment erkannte Lorenz, was er immer geahnt und die letzten Jahre nur ausgeblendet hatte, weil er darauf vertraut hatte, dass Bertram und dessen Vater ihr Versprechen halten würden. Welch fataler Trugschluss. Nun blieb ihm nur noch, sich der Realität zu stellen. Er hatte sich auf Friedrichs' Spiel eingelassen, zu hoch gepokert und am Ende verloren.

* * *

Die Fahrt dauerte über eine Stunde, vielleicht auch länger. Inzwischen hatte Lorenz jegliches Zeitgefühl verloren. Als der Wagen plötzlich mit einem Ruck hielt, verstummten die leisen Gespräche und das Weinen.

»Absteigen! Durch das Tor! Los! Schneller!« Die Befehle prasselten wie Regentropfen auf die Gefangenen nieder. Ängstlich rannten sie durch das Tor, hinter dem sich ihnen eine völlig andere Welt offenbarte, die von meterhohem Stacheldraht umgeben war.

»Zu fünft in einer Reihe aufstellen! Hände runter!«, rief einer der SS-Männer in feldgrauer Uniform, dessen glänzende Stiefel einen absurden Kontrast zu der trostlosen Umgebung bildeten. Mit regloser Miene schritt er die Reihen ab und zählte die Gefangenen. Dann ging er zum Fahrer des Lastwagens und sprach mit ihm. Er reichte ihm eine Liste, die er nun kontrollierte.

Das gab Lorenz Zeit, sich nach den anderen Gefangenen umzusehen. Doch so angestrengt er auch suchte, Frida war nirgendwo zu entdecken. Stattdessen hörte er plötzlich leisen Gesang, der zunehmend lauter wurde. Aus einem Fabrikgebäude schleppte sich eine erschöpfte Arbeiterkolonne zum halbkreisförmigen Appellplatz. Die Häftlinge schwenkten die Arme im Takt der Schritte. Sie wurden von Aufsehern begleitet, die ihnen keine Pause gönnten, laute Kommandos schrien und

Hunde an der Leine führten. Die meisten Häftlinge hielten die Köpfe gesenkt. Dennoch bemerkte Lorenz, dass alle gleich aussahen in ihrem zerlumpten gestreiften Drillich. Als er den leeren Blick eines alten Mannes auffing, fuhr ihm ein Schauer über den Rücken. In diesem Moment wusste er, dass es kein Zurück gab und er ab jetzt einer von ihnen sein würde.

»Hör auf zu glotzen! Lauf!«

Lorenz erschrak, als der SS-Mann ihn mit dem Karabiner in den Rücken stieß. Ausgerechnet an die Stelle, an der Bertrams Schlagstock seine Spuren hinterlassen hatte. Ein heftiger Schmerz fuhr durch seinen Körper. Doch schon ein Blick in das Gesicht seines Gegenübers genügte, um zu erkennen, dass er auf kein Mitgefühl zu hoffen brauchte. Im Gegenteil, der Mann schien nur darauf zu warten, dass Lorenz ihm einen Grund gab, erneut zuschlagen zu können.

Stumm folgte er den anderen Häftlingen zu einer Schreibstube, in der sie registriert wurden. Kurz danach öffnete sich eine Tür, durch die er gestoßen wurde. Im nächsten Raum erwartete ihn ein mit der Peitsche schwingender Aufseher.

»Schnell! Ausziehen!«, herrschte er Lorenz an.

Lorenz zögerte zunächst. Als er jedoch den unnachgiebigen Blick des Aufsehers bemerkte, legte er hastig seine Kleidung ab. Nicht schnell genug. Während er sein Hemd über den Kopf zog, traf ihn die Peitsche am Rücken.

»Schneller, Dreckjude! Wir haben nicht ewig Zeit.«

Bevor Lorenz realisierte, was geschah, wurde er auf einen Schemel gedrückt. Geübte Finger eines zweiten Mannes fuhren durch sein Haar, das Sekunden später zu Boden fiel. Wehmütig tastete er kurz darauf über seinen kahl geschorenen Kopf. Aber auch dafür blieb keine Zeit.

»Raus! Zu den anderen!«

Er wurde durch die Tür zu den Mithäftlingen geschoben. Splitternackt und bibbernd vor Kälte und Angst wartete er mit anderen Männern, die die gleiche Tortur hinter sich hatten, auf das, was folgen würde. Ein hochgewachsener Mann mit Adlernase und scharfen Augen betrat den Raum. Er trug eine schwarze Uniform mit einem offenen weißen Kittel darüber und Lederhandschuhe. An seiner Mütze prangte das Abzeichen der SS-Totenkopfverbände.

»Antreten zur Aufnahmeuntersuchung!«, befahl er fast gelangweilt und zog eine Reitgerte aus dem Schaft seines rechten Stiefels, die er in der Hand wippen ließ. Teilnahmslos schaute er über die entblößten Körper, bis sein prüfender Blick an Lorenz hängen blieb.

»Mach deinen Mund auf!«, befahl er und leuchtete in seinen Rachen, bevor er mit der Reitgerte sein Kinn hob, sodass Lorenz gezwungen war, ihn anzuschauen.

»Name!«

»Löwenthal.«

»Warum bist du hier?«, fragte er.

Lorenz antwortete nicht. Er hatte keine Ahnung, was der Mann hören wollte, ahnte jedoch, dass jede Antwort falsch sein würde. So oder so würde er die Konsequenzen tragen müssen. Also schwieg er.

»Ich habe dich was gefragt«, brüllte der Arzt ihn an, während eine dicke Ader auf seiner Stirn hervortrat. Ein blitzschneller Faustschlag traf Lorenz in den Magen, sodass er röchelnd zusammensackte. »Antworte gefälligst!«

»Bitte«, flehte er leise, als ihn der Schmerz übermannte.

»Los! Komm hoch!« Der Arzt versetzte ihm einen Tritt, bevor er ihn im Nacken packte und nach oben zog. »Du sollst aufstehen, verdammter Jude! Und jetzt sagst du mir, warum du hier bist!«

»Ich bin Physiker und habe an der Versuchsreihe zur Kernspaltung teilgenommen«, teilte Lorenz dem Arzt zu seiner eigenen Verwunderung in aller Ruhe mit. »Nach diesem Erfolg wollte mich der Forschungsleiter loswerden. Es schmälert den Ruhm, wenn ein Jude an der Entwicklung einer Atombombe beteiligt ist.«

»Eine Atombombe?« Der Arzt starrte ihn sekundenlang ungläubig an. Dann lachte er schallend auf. »Für wie blöd hältst du mich eigentlich? Willst du mich verarschen?«

»Das würde ich nicht wagen.«

»Also gut, schauen wir doch mal, wie schnell ich deine Lügen entlarve.« Im Blick des Arztes lag ein gefährliches Lauern. »Welches Institut?«

»Kaiser-Wilhelm-Institut, Salem.«

»Der Name des Leiters?«

»Otto Hahn. Derzeit hält er sich in Norwegen auf.«

»Glauben Sie oder wissen Sie?«

»Ich weiß es.« Lorenz schluckte. Sein Mund fühlte sich an wie ausgedörrt.

»Und Sie sind mit Hahn so gut befreundet, dass er Ihnen seine Reisepläne offenbart?«

»Wir gehörten einer Forschungsgruppe an. Er vertraut mir.«

»Hm.« Der Arzt ließ endlich von ihm ab und strich sich nachdenklich über sein Kinn. »Du wirst bei den Technikern arbeiten«, sagte er nach einer Weile. »Und jetzt raus hier!«

* * *

In den darauffolgenden Monaten verliefen die Tage für Lorenz nach ebenso strengen wie zermürbenden Regeln immer gleich. Mit einigen Abweichungen, die ihm dank seiner Expertise den Lagertrott etwas erträglicher machten.

Nach dem morgendlichen Appell ging er zur Arbeit und sorgte mit einigen anderen Häftlingen für die Stromversorgung des Lagers und der dazugehörigen Fabrik. Tagtäglich inspizierte er Leitungen und Maschinen und brachte notwendige

Reparaturen mit einer Handvoll jüdischer Mechaniker zu Ende. Mittlerweile bezeichneten nicht einmal mehr die Wachmänner ihn als Juden, sondern spöttisch als Inspektor.

Die Gelegenheit, seine durchaus in Zweifel gezogene Nützlichkeit für das Lager unter Beweis zu stellen, hatte sich schon kurz nach seiner Ankunft ergeben, als das Stromnetz infolge eines Schneesturms zusammengebrochen war. Lorenz hatte darin sofort einen Vorteil für sich erkannt, seine Hilfe angeboten und war tatsächlich zum Kommandanten vorgelassen worden, den er von seinen technischen Kenntnissen überzeugen konnte. Inzwischen durfte er sich sogar frei im Lager bewegen, solange er die Aufseher über jeden seiner Schritte informierte. Für einen Häftling führte er ein privilegiertes Leben. Er erhielt Sonderrationen und wohnte in einer separaten Baracke für Spezialisten. Sogar eine Werkstatt stand ihm zur Verfügung. Nur Frida hatte er in der ganzen Zeit nicht entdecken können, obwohl er immer nach ihr Ausschau hielt. Doch trotz seiner Freiheiten kam er nicht in alle Teile des riesigen Lagers.

An diesem Tag war Lorenz gerade auf dem Weg zur SS-Lagerleitung, um Bericht zu erstatten, als ihn unerwartet der Schäferhund eines Aufsehers ansprang und sich in seinem Bein festbiss, sodass Lorenz schmerzhaft zu spüren bekam, wie sich die Zähne durch den Stoff seiner Hose bohrten und ihm millimetertief in die Haut drangen. Er versuchte, ihn abzuschütteln, doch das wütende Tier gab nicht auf, bis der SS-Mann es am Halsband packte und wegzerrte. Ungerührt besah er sich die Verletzung an Lorenz' Bein. Der Hund hatte einen Hautlappen herausgerissen, doch die Wunde schien nicht tief zu sein.

»Adolf ist auf Juden abgerichtet«, klärte er Lorenz auf und grinste. »Geh zum Krankenbau rüber, Inspektor, und lass die Weiber draufschauen.«

Lorenz verzichtete auf jeglichen Kommentar, um den Aufseher nicht unnötig zu reizen und damit seine Privilegien zu riskieren. Nach einem Kopfnicken setzte er sich in Bewegung und schlurfte in seinen Holzpantinen in die Richtung der vier Baracken an der Südseite. Im Krankensaal empfing ihn eine kräftige Frau mit erschöpftem Gesicht und großen, muskulösen Händen. Sie warf nur einen müden Blick auf die Wunde.

»War es der Hund?«

»Ja, er hat sich festgebissen.«

»Geh in die Baracke nebenan«, forderte sie ihn auf und zeigte auf eine Tür. »Frida kann sich um dich kümmern und das Bein verbinden.«

»Frida?« Lorenz stockte der Atem. Doch noch befürchtete er, sich verhört zu haben, und starrte die Frau ungläubig an. Als sie es bemerkte, schüttelte sie vorwurfsvoll den Kopf und schob ihn zur Tür.

»Jetzt mach schon! Wenn die Bestien da draußen mitbekommen, dass du dich vor der Arbeit drückst, will ich nicht dafür verantwortlich sein.« Der müde Ausdruck in ihrem Gesicht verschwand. Nachdem sie ihn abschätzend von Kopf bis Fuß gemustert hatte, zuckte sie die Schultern, bevor sie sich umdrehte und sich dem nächsten Kranken zuwandte.

»Ich gehe schon«, rief Lorenz ihr zu, während er versuchte, sich zu beruhigen, was ihm nur schwerlich gelang. Seine Knie zitterten, als er die Baracke verließ und die Tür zur anderen öffnete. Mit klopfendem Herzen blickte er sich um. Doch anstatt Frida zu entdecken, sah er in jedem Winkel nur Kranke, die auf einfachen Pritschen und Matratzen in dem hoffnungslos überbelegten Raum lagen und dahinsiechten. Zugleich schlug ihm ein ekelerregender Gestank von eiternden Wunden und verwesenden Körperteilen entgegen. Alte verbrauchte Binden häuften sich bergeweise in den schmalen Gängen. Die Abfalleimer quollen von stinkenden Verbandsfetzen über.

»Wasser! Geben Sie mir Wasser!«, hörte Lorenz eine dünne Stimme, die ihn aus der Starre des furchtbaren Anblicks riss.

»Ich bin gleich da, einen Moment.«

Lorenz zuckte zusammen, als er Fridas vertraute Stimme hörte. Sein Herz schlug ihm bis zum Hals, während er langsam zwischen den stöhnenden Menschen hindurchging und nach ihr suchte, bis ihm bewusst wurde, dass es sich bei der hageren Gestalt, die sich über einen Kranken beugte und ihm einen Becher an die Lippen führte, um sie handelte.

Lorenz schluckte. Seine Kehle fühlte sich wie zugeschnürt an, während sich seine Hände um die zerrissene Hose klammerten. Frida war kaum wiederzuerkennen. Ihre Gesichtsfarbe war grau, die Haut wirkte eingefallen. Unter ihren Augen, die in tiefen Höhlen lagen, bemerkte er dunkle Ringe.

»Kann ich Ihnen helfen?«, hörte er sie fragen, ohne dass sie sich umdrehte.

»Ich habe eine Bisswunde am Bein und benötige einen Verband«, erwiderte Lorenz mit belegter Stimme und ging auf sie zu. Nun trennten sie nur noch wenige Meter.

»Der Hund?«, fragte Frida und arbeitete unbeirrt weiter. Doch Lorenz sah, wie ihre Finger zu zittern begannen, als sie den Becher abstellte. Sie hatte seine Stimme erkannt.

»Ja, der Hund.« Lorenz stand wie angewurzelt. Dabei wollte er sie in den Arm nehmen, sie so fest an sich drücken, wie es ihre verhärmte Gestalt zuließ, und ihr sagen, dass er sie liebte und alles gut werde. Aber die Worte klebten ihm am Gaumen fest, als Frida sich aus der Hocke erhob und er den Schmerz in ihrem Blick erkannte. Lorenz sah, wie ihre Brust bebte, und hielt es nicht länger aus. Ungestüm zog er sie an sich und nahm sie in die Arme. Frida ließ es, am ganzen Körper zitternd, geschehen.

»Wie geht es dir?«, fragte er und hörte die eigene Angst mitschwingen.

»Mach dir keine Sorgen, ich komme zurecht. Seitdem ich mich um die Kranken kümmern darf, ist es leichter.«

»Du glaubst nicht, wie froh mich das macht. Der Gedanke, dass dir etwas zugestoßen sein könnte und ich nicht in der Lage wäre, es zu verhindern, hat mir fast den Verstand geraubt. Aber jetzt, wo wir zusammen sind, wird alles gut.«

Frida atmete schwer, bevor sie ihn unerwartet von sich schob. Mit Erschrecken bemerkte Lorenz die plötzliche Distanz zwischen ihnen. Er wollte etwas sagen, um die alte Vertrautheit wiederherzustellen, brachte aber kein Wort heraus.

»Es ist besser, du gehst jetzt«, sagte sie. »Wenn einer der Aufseher uns zusammen sieht, kann das unangenehme Folgen für dich haben. Deren Augen sind überall.«

»Erst nachdem du mir gesagt hast, was ich für dich tun kann. Brauchst du mehr zu essen? Eine Decke? Sag es mir, ich kann es besorgen. Wie kann ich dir helfen?«

»Das kann niemand, Lorenz, auch du nicht.« Frida schüttelte traurig den Kopf und rieb unwillkürlich über die Narbe zwischen ihren Fingern. »Es ist zu spät.«

»Was redest du denn da?« Lorenz verstand kein Wort. Auf seiner Stirn sammelten sich Schweißperlen, als Frida noch einige Sekunden zögerte. Sie wirkte unendlich erschöpft. In ihren Augen schwammen Tränen, als sie sprach.

»Jeder Häftling, dessen Arbeitskraft nicht vollwertig verwendet werden kann, stellt eine unnötige Belastung für das Lager dar und gilt als nicht mehr lebenswert.«

»Was meinst du mit nicht vollwertig? Bist du krank?«

»Nein, ich bin nicht kranker als andere hier.« Frida sog die Luft ein und atmete tief aus. »Ich bin schwanger.«

»Du erwartest ein Kind?« Lorenz schüttelte ungläubig den Kopf und glaubte für einen Moment, keine Luft mehr zu bekommen. Einen Atemzug lang stand er wie versteinert, während er versuchte, das Gesagte zu verstehen. Sein Blick wanderte über den weit ausgestellten Kittel, der den Bauch verbarg, über den sanft ihre Finger strichen. Die kleine Geste zerriss ihn innerlich, sodass er nach ihren Händen griff.

»Hab keine Angst«, sprach er ihr Mut zu, obwohl ihm Hunderte von Gedanken gleichzeitig durch den Kopf schossen und die Sorge um Frida ihn fast umbrachte. »Es wird bestimmt nicht einfach werden. Aber wir schaffen es, versprochen. Ich sorge dafür, dass dir nichts geschieht.«

Frida sah ihn unverwandt an, während er sie beunruhigt musterte und das Gefühl nicht loswurde, dass sie ihm noch etwas anderes verschwieg. Doch bevor er nachfragen konnte, zog sie ihn mit sich nach draußen, wo sie ihn wortlos zu einer Baracke neben der Krankenstation führte und die Tür öffnete. Ihre Hand zeigte zu einem Kleiderberg verdreckter Drillichanzüge.

»Was ist damit?«, fragte Lorenz.

»Das sind die letzten Sachen, die die Häftlinge trugen, bevor sie vergast wurden. So viele Kleidungsstücke, Lorenz. So viele Unschuldige.« Sie schüttelte den Kopf, bevor sie ihn mit Tränen in den Augen ansah. »Siehst du jetzt, womit wir es hier zu tun haben? Ich möchte kein Kind an diesem Ort zur Welt bringen müssen.«

* * *

Am nächsten Morgen zog feuchter Nebel über das Lager und tauchte es in dichte Dampfschwaden. Unbarmherzig kroch die feuchte Kälte unter den Drillich der Gefangenen. Dennoch herrschte ungewohnt reger Betrieb. Müde nach einer schlaflosen Nacht und kreisenden Gedanken um Frida und das ungeborene Kind war Lorenz auf dem Weg in die Fabrik und hörte Pfiffe. Jemand schrie einen Befehl über den Platz. Hunde bellten.

»Was ist da los?«, fragte er einen Kapo, der zum jüdischen Lagerkommando gehörte, als Gesang an seine Ohren drang.

Helle, klare Frauenstimmen, die zu lieblich klangen für diesen düsteren Ort.

»Das sind die Selektierten. Heute Nacht kam ein neuer Transport, das Lager ist heillos überfüllt. SS-Untersturmführer Wegner hat mehr als hundert geschwächte Häftlinge für den Desinfektionsraum ausgewählt«, antwortete der Angesprochene mit heiserer Stimme und schlurfte weiter.

Lorenz hingegen blieb reglos stehen und schaute zu der Gruppe, die sich erschöpft vorwärtsbewegte. Er wusste, was sie erwartete. Angeblich sollten sie geduscht und desinfiziert werden. Doch statt Wasser strömte Gas aus den Duschköpfen. Zum Glück ahnten sie nicht, dass sie in den Tod gingen, zumindest nicht die Neuankömmlinge.

Als Lorenz in diesem Moment am Ende des Zugs Kinder entdeckte, die, sich an den Händen haltend, in Reih und Glied hinter einer Aufseherin marschierten, spürte er, wie ihm übel wurde. Er musste würgen und hatte dem Drang nichts entgegenzusetzen. Mit einem röchelnden Geräusch erbrach er sich knapp neben den Stiefeln eines Aufsehers, der neben ihnen stehen geblieben war.

»Du Drecksau!«, herrschte der Mann ihn an und schüttelte angewidert das Bein, bevor er wütend sein Gewehr nach oben riss.

Lorenz achtete nicht darauf. Stattdessen begann er, einem dunklen Gefühl folgend zu laufen, ohne auch nur eine Sekunde daran zu denken, dass er sich der Gefahr aussetzte, eine Kugel in den Rücken gejagt zu bekommen. In seinen Ohren rauschte es laut. Ein eisiger Schwall Luft nahm ihm den Atem, als er, von innerer Unruhe getrieben, über den Appellplatz hetzte. Panisch glitt sein Blick über die Frauen, die vor seinen Augen dem Tod entgegenliefen. Als sich eine von ihnen aus der Gruppe löste, schlug der SS-Untersturmführer mit dem Gewehrkolben auf sie ein. Ungeachtet der Gefahr packte Lorenz seinen Arm.

»Was willst du, Inspektor?«, herrschte Wegner ihn an.

»Frida Lewinski«, stieß Lorenz keuchend hervor. »Ist sie unter diesen Häftlingen?«

»Kann sein.« Er schaute auf sein Klemmbrett mit der Liste. »Tatsächlich. Die Schlampe erwartet ein Kind. Damit ist ihre Zeit abgelaufen. Sobald die Kammer wieder leer ist, kommt sie mit dem nächsten Schub rein.«

»Wie lange wird das dauern?«

»Zwei Stunden, vielleicht eineinhalb. Was geht dich das an?«

Lorenz hatte genug gehört und wusste, dass von Wegner keine Hilfe zu erwarten war. Er musste auf eigene Faust handeln und Frida finden, um sie vor dem Gas zu schützen. Niemals würde er zulassen, dass man sie in den Tod schickte. Er brauchte nur einen Aufschub. Dann konnte er mit dem Kommandanten reden.

»Frida«, rief er, als er sie endlich entdeckte und spürte, wie sich sein Herz zusammenkrampfte. Eingekeilt zwischen anderen Frauen stand sie mit leerem Blick vor der Krankenbaracke. »Hier liegt ein Missverständnis vor«, wandte Lorenz sich an die uniformierte Aufseherin, die die Häftlinge bewachte. »Frida Lewinski gehört nicht zu den Selektierten.«

»Missverständnis?« Sie nahm ihre Liste und verglich Fridas Häftlingsnummer mit denen, die darauf standen. »Was ich mit eigenen Augen sehe, kann schlecht auf einem Missverständnis beruhen.«

»Unter Umständen schon.«

»Bemüh dich nicht, sie ist dabei«, fuhr ihn die Aufseherin mit schneidender Kälte an. »Ich bin mir meiner Sache gewiss.«

»Nein«, flehte Lorenz. »Das kann nicht sein.«

»Was soll das Theater eigentlich? Ihr Name steht auf der Liste. Verschwinde!«

Ungeachtet des Befehls drängte Lorenz sich an ihr vorbei zu Frida hin. Sein Herz raste, als er sie in den Arm nahm. Zitternd lagen sie sich in den Armen, bis die Aufseherin mit verzerrtem Gesicht auf ihn einschlug.

»Hab keine Angst. Ich lasse dich nicht im Stich«, flüsterte er Frida zu, während die Reitgerte auf seinen Rücken peitschte. Sanft drückte er ihr einen Kuss auf den Scheitel, bevor er sich von ihr löste.

Frida sah ihn unter Tränen an. Dann glitt ihr Blick an ihm vorbei zum Desinfektionsgebäude. Die Frauen dort standen nun direkt vor dem geöffneten Tor. Routiniert drängten die Aufseher sie unter spöttischem Gelächter und rohen Späßen ins Gebäude.

Lorenz wusste, dass er keine Zeit mehr verlieren durfte, drehte sich weg und hetzte über den Schotterplatz, bis er die Klinkerfabrik erreicht hatte. Seine Nerven waren zum Zerreißen gespannt, als er unbemerkt zur Treppe ging, die ihn in die Kellerräume führte. Was er am meisten befürchtet hatte, war eingetreten. Fridas Leben stand auf dem Spiel. Er konnte es retten, aber dafür musste er handeln. Jetzt sofort.

Sein Herz klopfte wild, als er vor der zentralen Schaltstelle stand, die das gesamte Lager mit Strom versorgte. Er warf nur einen kurzen Blick auf den Plan. Die Umrisse der Gebäude waren mit roten Linien eingezeichnet, der Rest mit elektronischen Schaltkreisen, Leitungen und Widerständen versehen. Er kannte die Details in- und auswendig. Dennoch zitterten seine Hände, als er näher an den großen hölzernen Transformatorenbau trat und einige Schalter umlegte, bevor er in Windeseile einen Schraubendreher und eine Zange zutage förderte, die Verkleidung entfernte und das Kabel durchkniff, welches das Desinfektionsgebäude und die Fabrik mit Strom versorgte. Ein kurzes Klacken bestätigte ihm, dass die Schneiden der Zange es durchtrennt hatten.

Angespannt hielt Lorenz den Atem an und lauschte nach oben. Tatsächlich verstummten die Maschinengeräusche. Im Keller erlosch das Licht. Minuten später näherten sich Stimmen, begleitet von harten Stiefelschritten.

»Die Kabel sind alt. Es ist sicher nur ein Kurzschluss. Verdammte Technik, muss das ausgerechnet jetzt passieren?«

Im nächsten Moment blendete ihn das grelle Licht einer Taschenlampe. Lorenz blinzelte und hob eine Hand, um seine Augen abzuschirmen, bis ihm siedend heiß einfiel, dass er die Zange noch immer in der Hand hielt. Er ließ sie fallen. Scheppernd krachte sie auf den Boden.

»Was ist hier los?«, schrie ihn SS-Untersturmführer Wegner an und packte ihn finster dreinblickend am Arm. »Mach den Mund auf, Inspektor! Warum ist die Stromversorgung unterbrochen? Du musst …« Wegner verstummte jäh, als der Lichtkegel der Taschenlampe zuerst auf die Zange und gleich darauf auf das durchtrennte Kabel fiel.

Lorenz hörte, wie der Untersturmführer scharf die Luft einzog. Schon Sekunden später packte er ihn mit eisernem Griff und zerrte ihn unter wüsten Beschimpfungen zur Treppe, hinaus auf den Hof bis zum Verwaltungsgebäude, in dem sich das Büro des Kommandanten befand.

Er war die am meisten gefürchtete Person im Lager. Zusammen mit einer Gruppe narzisstischer Aufseher verbreitete SS-Oberführer Helwig Angst und Schrecken unter den Häftlingen und hatte nicht nur einmal unter Beweis gestellt, wie sehr es ihn befriedigte, ihnen Schaden und Schmerzen zuzufügen. Erst vor wenigen Tagen hatte er fünf Juden auf dem Appellplatz hinrichten lassen, die es gewagt hatten, ihm in die Augen zu schauen. Es verging kein Tag, an dem er die Gefangenen nicht spüren ließ, dass es nur eine Frage der Zeit war, bis sie alle liquidiert werden würden.

»Haben Sie etwa gehört, dass ich Sie hereingerufen habe?«, fuhr er den Untersturmführer sogleich scharf an, als Wegner die Tür geöffnet hatte. Helwig saß hinter dem Schreibtisch zurückgelehnt in seinem Stuhl und blickte ihm verärgert entgegen. »Was ist da draußen los, Wegner?«

»Heil Hitler, Herr Kommandant.« Wegner schlug die Hacken zusammen und reckte seinen rechten Arm nach oben. »Die Stromversorgung ist unterbrochen und der Jude ist schuld daran. Der Hundesohn hat absichtlich das Kabel durchtrennt.«

»Löwenthal!« Der Kommandant musterte ihn und zog die Augenbrauen zusammen. »Ist das wahr? Bist du dafür verantwortlich?«

»Es stimmt«, gestand Lorenz, dem der Schweiß von der Stirn rann. »Aber ich …«

»Wir reden später darüber«, unterbrach ihn der Kommandant. »Du kommst genau zur rechten Zeit. Ich wollte eben nach dir rufen lassen. Sie können wegtreten, Wegner«, befahl er dem Untersturmführer, der seine Verblüffung nicht verbergen konnte.

»Und wer repariert jetzt die Stromleitung? Ich habe den Duschraum voll mit Juden und die Gasversorgung funktioniert nur …«

»Raus!«

»Herr Kommandant, ich …« Wütend darüber, in Gegenwart eines Häftlings gemaßregelt zu werden, ballte der Untersturmführer die Fäuste. »Erlauben Sie mir …«

»Verschwinden Sie! Sofort! Das ist ein Befehl. Heil Hitler, Wegner.«

»Heil Hitler!« Mit einem hasserfüllten Blick auf Lorenz verließ der Untersturmführer das Büro. Der Kommandant wartete, bis sich die Tür hinter ihm geschlossen hatte. Seine Miene war undurchdringlich, als er sich erhob und eine Tür zum Nebenraum öffnete. Durch den Spalt konnte Lorenz eine Person erkennen, die ihm halb den Rücken zugewandt am Tisch saß.

»Wenn man nach dem Teufel ruft, kommt er. Löwenthal ist hier«, hörte er Helwig sagen, der Lorenz die Tür offen hielt. In seiner Stimme schwang versteckter Hohn, als er ihm mit einem Grinsen im Gesicht mitteilte: »Rein mit dir, Inspektor! Du hast hohen Besuch.«

* * *

Noch bevor Lorenz dazu kam, darüber nachzudenken, wer dieser Besuch sein könnte, forderte der Kommandant ihn mit einer ungeduldigen Geste auf, das Nebenzimmer zu betreten. Lorenz folgte dem Befehl mit gemischten Gefühlen. Zum einen traute er Helwig nicht über den Weg, zum anderen lief ihm die Zeit davon. Beunruhigt fragte er sich, wie lange es wohl dauern würde, bis Wegner dafür gesorgt hatte, dass die Stromversorgung wieder funktionierte. Dann stand Fridas Leben erneut auf dem Spiel.

»Unter dem Teufel stelle ich mir etwas anderes vor«, begrüßte ihn der Fremde mit knabenhafter Stimme und riss ihn aus den Gedanken. Er ließ seinen Blick von Lorenz' kahl geschorenem Kopf über den zerschlissenen Drillich bis hin zu den unbequemen Holzpantinen wandern.

Er selbst war groß gewachsen, kräftig und hatte blondes, nach links gescheiteltes Haar. Obwohl er mit seinen hellen Augen, die er hinter einer Nickelbrille verbarg, auf den ersten Blick freundlich wirkte, spürte Lorenz intuitiv, wie gefährlich dieser Mann war.

»Mein Name ist Hans Kammler«, stellte er sich vor. »Sie fragen sich bestimmt, warum ich den Weg von Berlin auf mich genommen habe, um ausgerechnet mit Ihnen zu sprechen. Ich werde es Ihnen erklären und dann unter Umständen dafür Sorge tragen, dass Sie das Lager verlassen dürfen. Setzen Sie sich, Herr Löwenthal!«

Der respektvolle Tonfall überraschte Lorenz, konnte aber nicht sein Misstrauen zerstreuen. Im Gegenteil, seine innere Unruhe steigerte sich von Sekunde zu Sekunde. Warum sollte dieser Mann ihm helfen wollen? Er nahm Platz, während sein Blick flüchtig durch den nüchtern gehaltenen Raum flog, der von Regalen eingeschlossen war, in denen sich Akten und Papiere stapelten.

»Kommen wir zur Sache.« Kammler hatte sich erhoben und stand nun mit verschränkten Armen vor dem Tisch. Dabei ließ er ihn nicht aus den Augen. »Ich möchte mit Ihnen über Otto Hahn reden.«

»Otto Hahn?«, wiederholte Lorenz überrascht Silbe um Silbe.

»Sie haben richtig gehört. Ich spreche von dem Physiker.« Kammler räusperte sich bedeutungsvoll. »In welcher Beziehung stehen Sie zu ihm?«

»In keiner Beziehung.« Lorenz schnappte nach Luft. »Ich war während des Studiums Lise Meitners Praktikant und habe ihr und Herrn Hahn assistiert.«

»Das ist alles?«, bohrte Kammler nach.

»Ja.« Lorenz nickte. Auf keinen Fall wollte er Otto Hahn schaden und ihn in eine missliche Lage bringen. Da Friedrichs dafür gesorgt hatte, wusste nur ihre kleine Arbeitsgruppe davon, dass er unter Bertrams Deckmantel an dem Forschungsprojekt gearbeitet hatte, das die Atomspaltung nachgewiesen hatte. Sein Name tauchte nirgendwo auf.

»Sie lügen. Ich weiß, dass Sie und Meitner eine gemeinsame Flucht geplant hatten, die schiefgegangen ist. Sie haben ihr in den letzten Jahren bei der Versuchsreihe um die Kernspaltung inoffiziell assistiert und einen nicht unerheblichen Beitrag dazu geleistet. Glauben Sie wirklich, wir wüssten nicht, dass Friedrichs seinen Sohn lediglich vorgeschoben hat, um die Lorbeeren einzuheimsen? Ich nehme an, deshalb wollte er Sie auch loswerden. Habe ich recht? Sie waren ihm ein Dorn im Auge, nachdem die Versuchsreihe erfolgreich abgeschlossen wurde.«

»Es ist wahr«, gab Lorenz zu. Kammler wusste offenbar gut Bescheid, es war zwecklos, seine Beteiligung an der Versuchsreihe zu leugnen. »Friedrichs hat mich erpresst und reingelegt. Was wollen Sie?«

»Das, was Sie für ihn getan haben. Sie sollen für mich arbeiten. Ich komme geradewegs von einer Expertensitzung in Berlin, bei der die Einrichtung eines Uranprojekts zur Erforschung der Kernenergiegewinnung beschlossen wurde.«

»Aus welchen Gründen?«

»Nun, die politische Situation ist so angespannt wie noch nie seit dem Weltkrieg. Wir bereiten uns auf einen neuen vor, Löwenthal. Deshalb besteht ein verstärktes Interesse an der Entwicklung einer Uranbombe. Aber dafür benötigen wir Kernenergie. Das Heereswaffenamt stuft das Projekt als äußerst dringlich ein. Die Institute werden mit Hochdruck daran arbeiten, die Frage nach der technischen Realisierbarkeit der Energiegewinnung durch die Kernspaltung und deren Möglichkeiten zu einer militärischen Nutzung zu beantworten. Ich hingegen wurde mit dem Bau des Reaktors beauftragt. Des ersten Reaktors, in dem eine selbsterhaltende Kettenreaktion durchgeführt werden soll. Und dafür benötige ich die besten Physiker und Chemiker des Reichs. Sie sind einer davon, wenn man Hahn Glauben schenken kann. Er sieht großes Potenzial in Ihnen und die Auswahl ist leider begrenzt. Deshalb werden Sie mich unterstützen.«

»Woher nehmen Sie die Sicherheit, dass ich zustimme?«, fragte Lorenz und bemerkte augenblicklich, wie Kammler das Gesicht verzog, als wollte er lächeln.

»Weil ich Sie genau unter die Lupe genommen habe.« Er beugte sich zu Lorenz vor, ohne ihn aus den Augen zu lassen. »Weil Sie hinter meterhohem Stacheldraht eingesperrt sind. Weil Sie hier verrecken werden und weil ich der Einzige bin, der Ihnen die Freiheit garantieren kann. Genügt das? Mir scheint, Sie haben momentan nicht viele Alternativen.«

»Das höre ich nicht zum ersten Mal. Bisher wurden all diese Versprechen gebrochen.« Lorenz zwang sich, besonnen zu bleiben und seine Aufregung zu verbergen, obgleich die verschiedenartigsten Gedanken in seinem Kopf wirr durcheinanderwirbelten, bis am Ende einer hervortrat. Hier und jetzt bot sich ihm unerwartet die Möglichkeit einer Rettung, sofern er Kammler trauen konnte. Er lehnte sich zurück und verschränkte die Arme vor der Brust, ehe er hinzufügte: »Sie werden mir einen Beweis liefern müssen, wie weit ich Ihnen vertrauen kann.«

»Ich glaube, Sie missverstehen da etwas.« Kammler verschärfte den Ton. »*Ich* stelle die Forderungen. Sie können jeden Augenblick und wann ich es will, erschossen werden, und keine Sau wird es interessieren, weil Sie nur ein Jude sind. Es liegt also in unserem beidseitigen Interesse, zu einer Einigung zu kommen. Außerdem biete ich Ihnen die Möglichkeit, das zu tun, was Ihnen früher so viel bedeutet hat. Sie könnten an Ihre ursprünglichen Forschungsthemen anknüpfen.«

»Angenommen, ich würde zustimmen, dann hätte ich Bedingungen«, setzte Lorenz alles auf eine Karte. Er stützte die Arme auf die Tischkante und starrte Kammler an, ohne seine Furcht zu zeigen und obwohl er wusste, dass er gerade zu weit ging. »Es liegt an Ihnen.«

»Für einen Juden in Ihrer ausweglosen Lage sind Sie ziemlich dreist. Sie sind nicht in der Position, Forderungen zu stellen. Ist Ihnen bewusst, dass Sie gerade Ihr Leben riskieren?«

»Daran bin ich gewöhnt.«

Kammler lachte. Er hielt Lorenz eine offene Schachtel mit Zigaretten hin und zog sie schulterzuckend zurück, als er ablehnte. »Also gut, wir haben keine Zeit zu verlieren. Was wollen Sie? Wie kann ich Ihnen beweisen, dass ich zu meinem Wort stehe?«

»Frida Lewinski wird das Lager mit mir gemeinsam verlassen. Sie werden ihr die Ausreise nach Kopenhagen ermöglichen und dafür sorgen, dass sie sicher aus Deutschland rauskommt, ohne von der Gestapo aufgehalten zu werden.«

»Frida Lewinski«, wiederholte Kammler und grinste spöttisch. In sein Gesicht trat mit einem Mal ein Ausdruck lauernder Spannung, den er vergeblich hinter einem gleichmütigen Lächeln zu verbergen suchte. »Diese Frau scheint Ihnen viel zu bedeuten.«

»Sie sollten sich schnell entscheiden«, wich Lorenz aus. Sein Herz schlug bis zum Hals. »In weniger als einer Stunde wird Wegner sie vergasen. Sollte sie sterben, stehe ich Ihnen nicht zur Verfügung.«

Kammler zögerte und musterte ihn zweifelnd. Vielleicht wollte er ihn auch nur hinhalten. Für ihn schien das Ganze ein Spiel zu sein, bei dem Lorenz ein hohes Risiko eingegangen war, und das wollte er offenbar unbedingt auskosten. Es dauerte eine Weile, bis er endlich zustimmend nickte.

»Ich sorge dafür, dass diese Frau freikommt. Dafür gehören Sie ab jetzt mir. Wenn es uns gelingt, das Projekt zum Erfolg zu führen, schwöre ich Ihnen, dass ich Ihnen die Freiheit schenke. Aber erst dann.«

»Einverstanden.«

»Gratuliere, Löwenthal. Ein Jude, der für Hitler eine Bombe baut, etwas Besseres konnte uns gar nicht passieren.« Kammler lachte, wurde aber sofort wieder ernst. »Es ist die richtige Entscheidung. Ich vermute, Sie waren der Freiheit noch nie so nah wie in diesem Augenblick.«

KAPITEL 21

Berlin-Dahlem, November 1944

Stöhnend fuhr Lorenz hoch und versuchte so, die angsterregenden Bilder zu vertreiben, die für sein Aufschrecken verantwortlich waren. Er hatte wieder von Frida geträumt. Denselben düsteren, ständig wiederkehrenden Albtraum, in dem sie sich zum Desinfektionsgebäude schleppte und ihm mit Tränen in den Augen zuwinkte, bis der Moment kam, in dem die Tür hinter ihr verriegelt wurde und er erwachte.

Benommen wischte er sich die Schweißperlen von der Stirn und ließ sich zurück ins Kissen fallen. Doch an Schlaf war nicht zu denken. Mit offenen Augen lag er da und wagte nicht, die Augen zu schließen. Er wusste, dass die Bilder dann wiederkehren würden, und er fürchtete sich davor, obwohl Frida Deutschland längst verlassen hatte und er wenige Wochen nach ihrer Ankunft in Kopenhagen einen Brief von ihr erhalten hatte, in dem sie ihm versicherte, auf dem Weg zu Lise Meitner zu sein.

Einerseits fühlte er sich erleichtert darüber, dass ihr die Ausreise gelungen war, ohne dass sie und das ungeborene Kind einen Schaden davongetragen hatten, andererseits vermisste er sie in jeder Minute. Bis heute wusste Lorenz weder, ob er Vater eines Mädchens oder Jungen geworden war, noch ob es ihr und dem Kind in Kopenhagen gut ging. Dass Deutschland mitten im Krieg steckte, machte es nicht einfacher, da kaum noch Post aus dem Ausland durchgestellt wurde. Zumindest behauptete das Kammler, der sich von Zeit zu Zeit im Versuchslabor blicken ließ.

Erschöpft stand er auf und kleidete sich an. Der Morgen graute, als er sein Zimmer verließ und zum Institut eilte. Bereits im Flur, der zu den Laborräumen führte, hörte er das schrille Klingeln des Telefons. Er beschleunigte seine Schritte und nahm keuchend den Hörer ab.

»Löwenthal«, meldete er sich.

»Hier spricht Kammler. Dachte ich es mir doch, dass Sie nicht schlafen können.« Er stieß ein kleines, spöttisches Lachen aus, wurde aber sofort wieder ernst. »Ich will Sie sprechen, sofort! Kommen Sie rüber ins Harnack-Haus, ich warte auf Sie.«

Kammler legte auf, bevor Lorenz den Grund für dieses nächtliche Gespräch erfuhr. Sein Herz schlug augenblicklich schneller. Der Kopf der deutschen Spezialwaffen-Entwicklung befahl ihn sicher nicht ohne Grund zu sich, schon gar nicht mitten in der Nacht. Es sei denn, er wollte die frühen Stunden nutzen, um ihn unbeobachtet loszuwerden. Denn bis auf Berechnungen, die am Ende nichts wert gewesen waren, da sie nur das Scheitern der verschiedenen, untereinander konkurrierenden Forschungsgruppen darlegten, hatte er keinen nennenswerten Beitrag zur Konstruktion eines Reaktors geleistet, der Voraussetzung zum Bau einer Atombombe war.

Seit zwei Jahren war Lorenz nun schon mit der mathematischen Auswertung sämtlicher Versuchsergebnisse betraut, die für den Bau eines Reaktors von Nutzen sein konnten. Angesichts des Umfangs und der Komplexität der Aufgaben war es den Forschungsgruppen unmöglich, die Berechnungen ohne theoretische Physiker, an denen es nach der Vertreibung zahlreicher Mitarbeiter mangelte, zu bewältigen. Deshalb liefen auf seinem Schreibtisch sämtliche Fäden zusammen, ohne dass die Verantwortlichen sich der vollen Tragweite dessen bewusst waren, dass sie ihm durch ihre internen Streitigkeiten einen vollständigen Einblick in die Forschung der brillanten Wissenschaftler gaben.

Während Lorenz aus dem Labor eilte und die Treppe hinaufging, fragte er sich beunruhigt, ob seine Zeit abgelaufen war. In jeder Minute, die er nicht im Institut verbrachte, verfolgte er den Krieg in Europa mit größtem Interesse und ahnte längst, dass die Zukunft Deutschlands an dem Uranprojekt zu hängen schien. Obgleich Göhring vor dem Volk euphorische Reden vom Endsieg hielt, schienen nicht wenige seiner Anhänger das Vertrauen in die deutsche Führung verloren zu haben. Hinter vorgehaltener Hand sprachen inzwischen auch die Mitarbeiter im Institut immer öfter davon, dass die Alliierten aufgrund ihres höheren Wirtschaftspotenzials den Krieg früher oder später für sich entscheiden könnten. Lorenz war sich nicht sicher, ob er den vorsichtig ausgesprochenen Gerüchten glauben konnte. Aber die Hast, mit der die Forschung nach Kernwaffen betrieben wurde, wies zusätzlich darauf hin, dass Deutschland den tödlichen Wettlauf mit den Alliierten längst verloren hatte und den Krieg mit konventionellen Mitteln nicht gewinnen konnte. Umso drängender wurden die Forderungen, die Wehrmacht mit nuklearen Waffen ausrüsten zu können, um dem Feind etwas entgegenzusetzen. Der Ruf nach einer Uranbombe erschallte nun lauter als je zuvor. Aber keiner der Forschungsgruppen, die aus brillanten Wissenschaftlern bestand, war bisher der Durchbruch gelungen.

Kalte Luft schlug ihm entgegen, als Lorenz sich auf den Weg zum Harnack-Haus machte, das als Akademisches Klubhaus erbaut worden war. Dort trafen sich Forscher, Künstler und Politiker und tauschten sich in entspannter Atmosphäre über ihre Arbeit aus. Albert Einstein, Max Planck und einige andere wissenschaftliche Größen hatten dort Vorträge gehalten. Außerdem bot es Übernachtungsmöglichkeiten für zahlreiche Wissenschaftler aus dem Ausland, die seit Kriegsbeginn jedoch immer weniger wurden.

Nach wenigen Minuten zu Fuß erreichte er das Gebäude, aus dem in diesem Moment zwei Männer in Ledermänteln und Hüten traten. Auf dem Gesicht des Älteren der beiden machte sich ein Grinsen breit, als er Lorenz einen Blick zuwarf, bevor er und sein Begleiter wortlos an ihm vorübergingen und in eine Limousine stiegen, die vor dem Haus stand. Er hörte, wie der Motor ansprang und der Fahrer aufs Gaspedal trat. Keine zwei Minuten später war der Wagen verschwunden.

Lorenz schluckte. Das Auftauchen der Männer bestätigte seinen Verdacht, dass Kammler ihn aus dem Weg räumen wollte. Warum sonst trieb sich die Gestapo zu der frühen Stunde auf dem Gelände des Instituts herum? Dennoch konnte er dem Gespräch nicht ausweichen. Wenn er jetzt versuchte zu fliehen, würde die Gestapo ihn innerhalb kürzester Zeit aufgreifen.

Angespannt betrat er das Haus und blieb unschlüssig im düsteren Korridor stehen. Unter dem Türblatt zum Büro von Walther Gerlach, dem Bevollmächtigten für Kernphysik, schimmerte Licht. Mit weichen Knien bewegte Lorenz sich darauf zu. Seine Finger schwitzten, als er die Klinke herunterdrückte.

»Kommen Sie rein, **Löwenthal**, und schließen Sie die Tür!« Kammler saß in Gerlachs Sessel und winkte ihn mit der freien Hand zu sich. »Wir müssen uns über das Uranprojekt unterhalten.«

Lorenz gehorchte und atmete auf. Seine Befürchtungen schienen sich nicht zu bestätigen. Kammler wirkte nervös, verhielt sich ihm gegenüber jedoch keineswegs feindselig oder anders als sonst. Erst jetzt fiel ihm auf, dass es im Büro nach Schnaps und Angstschweiß roch. Auf dem Schreibtisch standen eine halb geleerte Flasche Korn und Gläser. Die Lage musste prekär sein, wenn der SS-General es nötig hatte, seine Furcht zu ertränken. Tatsächlich bestätigten dessen Worte Lorenz' Eindruck.

»Speer hat mich gestern Abend am Telefon zur Sau gemacht«, teilte er ihm mit, ohne Lorenz Platz anzubieten. »Die Forschungsprojekte verschlingen zu hohe Fördermittel und bislang haben wir keinen nennenswerten Erfolg erzielt und nur bescheidene Versuchsanordnungen vorzuweisen. Was ist mit Heisenbergs Versuchsansätzen?«

»Er ist fest davon überzeugt, das beste Verfahren entwickelt zu haben, und sträubt sich gegen sämtliche konkurrierenden Ideen. Allerdings haben die Tests keinen Erfolg gezeigt.«

»Weil er einfach zu unschlüssig ist, das war schon früher so. Mal hatte er sich dagegen ausgesprochen, Juden aus dem Hochschulbetrieb und der Wissenschaft zu verbannen, dann hatte er wieder dafür plädiert. Während andere Wissenschaftler zu schnellen Entschlüssen und konkreten Schritten neigen, fordert Heisenberg ein langsames, systematisches Vorgehen. Ich traue ihm nicht und werde das Gefühl nicht los, dass er Zeit schindet, weil er Skrupel hat, eine Bombe zu bauen.«

»Hätte er dann auf der Konferenz betont, dass es durch die Umwandlung im Reaktor möglich sei, Plutonium zu gewinnen, was zu einer ungeheuren Menge starken Sprengstoffs führen würde?«

»Heisenberg hat nur wiedergegeben, was bereits bekannt ist. Diese Erkenntnisse zu verschweigen, hätte zu Verdächtigungen geführt. Er ist nicht blöd, ich nehme an, es war Teil seiner Strategie.« Kammler winkte verärgert ab und redete sich zunehmend in Rage.

Lorenz bemerkte, wie er sich wiederholt nervös über die Stirn strich, auf der kleine Schweißperlen glänzten, bevor er mit gedämpfter, zorniger Stimme fortfuhr.

»Nichtsdestoweniger hält Speer ihn für den entscheidenden Mann des Uranvereins. Und das, obwohl Heisenberg den Bau einer kriegsentscheidenden Nuklearwaffe für unmöglich betrachtet, und bedauerlicherweise scheint er damit recht zu haben. Bevor kein Reaktor läuft, brauchen wir uns nicht über eine Atombombe zu unterhalten.«

»Die Situation ist ...«

»Erzählen Sie mir nichts über die Situation«, fuhr Kammler ihm über den Mund. »Was ist mit der Gruppe in Stadtilm? Konnte Diebner nicht einen weitaus vielversprechenderen experimentellen Ansatz vorweisen als Heisenberg? Sind Sie die Berechnungen noch einmal durchgegangen?«

»Die Messungen zeigen keine Neutronenvermehrung.« Lorenz schüttelte den Kopf, während er sich bemühte, einen souveränen Eindruck zu machen. Sein Umgang mit Kammler glich einem Drahtseilakt. Er traute ihm nicht, verhielt sich aber unterwürfig genug, dass er dessen Sympathie, die seinem Können galt, keine Sekunde aufs Spiel setzte. »Wir brauchen mehr Zeit.«

»Die wir nicht haben, Sie Trottel. Der Rückschlag an der Ostfront und der Krieg mit den Amerikanern ändert die strategische Lage grundlegend. Speer spricht sogar schon von einer Katastrophe und drängt auf die Reorganisation der Kriegswirtschaft. Himmler stimmt ihm zu und droht mit nachhaltigen Konsequenzen für die Rüstungsforschung. Wenn wir nicht bald verwertbare Ergebnisse vorweisen können, die einen militärischen Nutzen versprechen, werden die Projekte eingestellt. Dann sind auch Sie am Arsch, Löwenthal. Also sehen Sie zu, dass Sie in den Berichten etwas finden, was uns voranbringt.«

»Ich gehe sämtliche Unterlagen noch einmal durch.« Lorenz drehte sich zur Tür um. Seine Hand lag bereits auf der Klinke, als Kammler ihn zurückhielt.

»Warten Sie, nicht so schnell. Setzen Sie sich!« Der General musterte Lorenz eindringlich, als er angespannt Platz nahm und sich unter dessen durchbohrendem Blick zunehmend unbehaglicher fühlte. »Ich habe Sie damals nicht ohne Grund aus dem Lager geholt, und obwohl die Ergebnisse des Projekts ernüchternd sind, hat sich Hahns Eindruck von Ihnen bestätigt. Sogar Heisenberg zeigt sich von Ihrer außergewöhnlichen mathematischen Begabung zutiefst beeindruckt und vergleicht Sie mit Mathematikgenies wie Euler und Jacobi.«

»Das ist zu viel der Ehre«, wehrte Lorenz verlegen ab und gab sich Mühe, einen erstaunten Ausruf zu unterdrücken. Anerkennung war das Letzte, mit dem er gerechnet hatte. »Ich …«

»Halten Sie den Mund und hören Sie mir zu. Ihre Fähigkeiten sind unumstritten. Deshalb werde ich ein letztes Mal auf Sie setzen, auch wenn Sie sich in den letzten zwei Jahren nicht gerade mit Ruhm bekleckert haben«, unterbrach ihn Kammler und öffnete seinen Aktenkoffer, aus dem er einen Umschlag nahm. »Diese Unterlagen sind streng vertraulich und unterliegen höchster Geheimhaltung. Die Gestapo hat vergangene Nacht einen russischen Spion in Belgien festgenommen. Wie es aussieht, hat er Forschungsgruppen in Amerika ausspioniert und scheint dabei Enrico Fermi sehr nahe gekommen zu sein. Ansonsten hätte er nicht solche brisanten Informationen bei sich gehabt, auf die Stalin offenbar nur wartet.«

»Was heißt das genau?«, fragte Lorenz und wagte kaum zu atmen.

»Es bedeutet, dass uns die Amerikaner tatsächlich voraus sind. Schlimmer noch, sie haben uns längst überholt und ihren ersten Uranreaktor schon vor zwei Jahren getestet. Leider sind die Abschriften unvollständig. Ich hoffe trotzdem, dass sie uns weiterbringen.«

Kammler reichte Lorenz die Unterlagen. Wortlos nahm er sie entgegen. Ihm war bekannt, dass Fermi Italien schon vor Jahren verlassen hatte. Der jüdische Wissenschaftler war mit Ehefrau und Kindern nach Amerika geflüchtet, als er erkannt hatte, wie gefährlich es auch für ihn unter Mussolini werden konnte. Wenn es stimmte, was Kammler sagte, und die Unterlagen seine Handschrift trugen, arbeitete Fermi nun am Uranprojekt der Amerikaner. Dann war es nicht verwunderlich, dass sie Deutschland und Russland abgehängt hatten. Fermi war brillant und hatte hinreichend bewiesen, dass ein Genie in ihm steckte. Nicht umsonst war ihm der Nobelpreis für Physik verliehen worden.

»Gibt es keine Kopie davon?«, erkundigte sich Lorenz überrascht, als er handschriftliche Notizen auf der Abschrift entdeckte, die möglicherweise von Fermi persönlich stammten.

»Bisher nicht. Die Idioten von der Gestapo wussten anscheinend nicht, worauf sie da gestoßen sind, und haben die Unterlagen sofort an mich weitergeleitet, als sie erkannten, dass sie mit der Uranforschung in Zusammenhang stehen. Ich habe sie gerade eben erhalten und will, dass Sie einen Blick darauf werfen, bevor ich Speer informiere. Also gehen Sie sorgsam damit um!«

Lorenz nickte. Er konnte nicht fassen, dass sein Gegenüber ausgerechnet ihm dieses hochexplosive Material überließ. Es zeigte einmal mehr, unter welchem Druck Kammler stand. Möglicherweise lag es auch daran, dass er zu tief ins Glas geschaut hatte. Seine Augen schimmerten glasig und sein Atem ging schwer. Er sah erschöpft und angetrunken aus.

»Das ist Ihre letzte Chance, Löwenthal«, warnte er ihn. »Also sehen Sie zu, dass Sie endlich etwas finden. Es würde mich nicht wundern, wenn wir der Lösung bereits viel näher wären, wenn nicht jeder verfluchte Forschungsleiter so von sich überzeugt wäre. Diese Konkurrenz untereinander hat zu einem heillosen Chaos mit unzähligen Puzzleteilen geführt, und wenn jemand imstande ist, sie zusammenzufügen, dann Sie. Es könnte gut sein, dass diese Unterlagen der Schlüssel dafür sind, und Sie scheinen der Einzige in diesem gottverdammten Institut zu sein, der von der eigenen Forschung nicht so verblendet ist, dass er vor allen anderen Ansätzen die Augen verschließt. Ich erwarte Ergebnisse und will keine Ausflüchte mehr hören. Deutschland muss diesen Krieg gewinnen, komme, was wolle.«

»Nicht jeder teilt diese Meinung.« Kaum hatte Lorenz das ausgesprochen, erschrak er über seine eigenen Worte, die über seine Lippen gekommen waren, bevor er sie zurückhalten konnte. Doch für Reue war es zu spät. Kammler hatte die Augen weit aufgerissen und starrte ihn mit zusammengekniffenen Augen an.

»Sie bewegen sich auf dünnem Eis, Löwenthal«, zischte er und warf ihm einen feindseligen Blick zu, bevor er zu seinem Glas griff und einen Schnaps die Kehle hinabspülte. »Zum Glück wird kein Jude über den Kriegsverlauf entscheiden. Und jetzt verschwinden Sie, gehen Sie mir aus den Augen und machen Sie Ihre Arbeit.«

* * *

Konzentriert starrte Lorenz auf die Unterlagen auf seinem Schreibtisch und wischte sich die Schweißperlen von der Stirn. Seit zwei Stunden wälzte er die Dokumente, verglich die unterschiedlichen Ergebnisse, stellte sie einander gegenüber und suchte nach einer Lösung, während ihm nur noch wenig Zeit zur Verfügung stand. Kammler tauchte im Halbstundentakt auf und machte Druck.

Ein nervöses Kribbeln erfasste seinen Körper, nachdem er noch einmal die Arbeiten der internen Forschungsleiter mit den unvollständigen Informationen der Abschrift von Fermis Projekt gegenüberstellte. Das Ergebnis war eindeutig. Sowohl Heisenberg als auch Diebner waren von der Konstruktion eines Reaktors nur unweit entfernt und jeder von ihnen hatte exakte Berechnungen vorzuweisen, die unweigerlich zum Erfolg geführt hätten, wenn sie nicht einen entscheidenden Fehler gemacht hätten. Sie hatten sich nicht untereinander ausgetauscht und stattdessen eigenwillig ihre Forschungsarbeiten zurückgehalten. Dabei konnte man das Potenzial nur erkennen, wenn man beide Projekte einander direkt gegenüberstellte und miteinander verknüpfte. Zusammen mit den Unterlagen, die die Gestapo bei dem russischen Spion gefunden hatte, ergab plötzlich alles einen Sinn.

Aufgeregt prüfte Lorenz noch einmal sämtliche Informationen, während er sich Notizen machte und nichts um sich herum wahrnahm. Seine Finger zitterten, als er den fertigen Bericht zur Hand nahm, der den Durchbruch bedeutete. Das Ergebnis war sowohl bahnbrechend wie erschreckend. Wenn es den Technikern gelang, den Reaktor innerhalb kürzester Zeit fertigzustellen, stand dem Bau einer Uranbombe nichts mehr im Weg. Erschöpft stützte Lorenz den Kopf in die Hände, als er hinter sich Schritte hörte. Er drehte sich um und sah, wie Kammler auf ihn zukam.

»Wie läuft es?«, fragte er. »Sind Sie weitergekommen?«

»Ja, das bin ich.« Lorenz nahm einen Schluck Wasser. Seine Kehle fühlte sich trocken an. »Sie hatten recht. Die Forschungsgruppen standen sich wohl selbst im Weg. Ich denke, ich habe die Lösung gefunden.«

»Wirklich?«, rief Kammler enthusiastisch und starrte ihn entgeistert an. »Das heißt, wir können endlich mit dem Bau des Reaktors beginnen?«

Lorenz nickte. »Sieht ganz danach aus.«

»Das ist ja fantastisch. Gut gemacht, Löwenthal. Ich wusste, dass ich mich auf Sie verlassen kann. Ich werde sofort Speer anrufen. Machen Sie mir derweil einen zusammenfassenden Bericht fertig. Ich gehe davon aus, dass Speer in Kürze hier auftauchen wird, um sich persönlich zu überzeugen.« Kammler ging zur Tür. Doch schon nach wenigen Schritten stoppte er und wandte sich zu Lorenz um. »Ihr Erfolg scheint nicht gerade Jubel in Ihnen auszulösen. Ich warne Sie, Löwenthal. Versuchen Sie bloß nicht, mich zu hintergehen. Es wäre jammerschade, wenn die kleine Jüdin doch noch in der Gaskammer enden würde. Wie hieß sie noch mal? Lewinski, nicht wahr?«

Lorenz nickte. Für den Bruchteil einer Sekunde flackerte Panik in seinen Augen auf. Doch er fing sich rasch und verbarg sein Erschrecken.

»Frida hat Deutschland verlassen«, sagte er stockend. »Es war Ihr Teil der Abmachung.«

»Ich erinnere mich.« Kammler verzog spöttisch das Gesicht. »Glauben Sie wirklich, ich würde mich auf eine Abmachung mit einem Juden einlassen?«

»Worauf wollen Sie hinaus?« Lorenz riss die Augen auf und schnappte nach Luft. Er brauchte einen Augenblick, bis er begriff. »Heißt das …?«

»Dass die Judenschlampe immer noch dort ist, wo sie hingehört«, fuhr ihm Kammler über den Mund. »Soweit ich informiert bin, hat sie sogar einen Jungen im Lager zur Welt gebracht. Bisher habe ich beide vor der Gaskammer verschont. Aber das muss nicht so bleiben. Deshalb rate ich Ihnen dringend, keine Dummheiten zu machen. Haben wir uns verstanden?«

»Sie Schwein! Wenn Frida und meinem Sohn etwas zustößt …«, presste Lorenz hervor und vergaß jegliche Gefahr. Was hatte er noch zu verlieren? Kammler hatte ihn von Anfang an belogen und zeigte erst jetzt, wo er sich des Erfolgs sicher war, welche Absicht er wirklich verfolgt hatte. Der Dreckskerl war sogar so weit gegangen, Frida zu einem Brief zu nötigen, der ihm die erfolgreiche Ausreise vorgaukeln sollte.

»Was dann?« In Kammlers Gesicht machte sich Triumph breit. In der Vergangenheit hatte er Lorenz stets respektvoll angeredet, damit war es nun vorbei. »Offenbar hast du vergessen, dass ich dich in der Hand habe, und du kannst nichts dagegen tun. Du hast diese Situation doch selbst heraufbeschworen, als du dem Handel zugestimmt hast. Und jetzt verschwende meine Zeit nicht länger und kümmere dich um den Bericht, verfluchter Jude!«

* * *

Ein Junge! Endlich wusste er wenigstens das Geschlecht seines Kindes. Er hatte einen Sohn ... Reglos stand Lorenz am winzigen Fenster des Laborraums und lauschte dem wiederkehrenden Dröhnen der Maschinen am Himmel, das deutlich zeigte, dass die Alliierten sich längst die Luftherrschaft über Deutschland erkämpft hatten. Ihre Bombenangriffe auf Städte, Straßen und Schienen behinderten nicht erst seit heute die deutsche Rüstungswirtschaft. Beinahe täglich bekamen die Wissenschaftler in den Berliner Instituten die Angriffe zu spüren. Auch in diesem Moment heulten die Sirenen. Doch Lorenz verzichtete darauf, in den Luftschutzkeller zu flüchten. Stattdessen arbeiteten seine Gedanken fieberhaft.

Das deutsche Uranprojekt stand kurz vor dem Durchbruch, sofern er dafür sorgte, dass Kammler seinen Bericht in die Hände bekam. Er hatte die Situation tatsächlich selbst herbeigeführt, in diesem Punkt gab er ihm recht. Allerdings hatte er in dem festen Glauben gehandelt, dass Frida und sein Sohn in Sicherheit waren. Ein Trugschluss, wie sich gerade herausgestellt hatte. Er war von Anfang an nur der Spielball in den Händen des gewissenlosen SS-Generals gewesen. Kammler hatte nie vorgehabt, seinen Teil der Abmachung einzuhalten.

Lorenz' Gedanken wanderten zu Frida und seinem Sohn, den er nie zu Gesicht bekommen würde. Der Junge war in dem grausamen Lager geboren worden und kannte nichts außer dieser Hölle. In seinem Inneren wusste er, dass er weder den Jungen noch Frida beschützen konnte, es nie getan hatte. Die Wahrheit war, dass der SS-General nicht nur sie, sondern auch ihn umbringen lassen würde, sobald er für das Projekt nutzlos geworden war. Es war ein Fehler gewesen, sich mit ihm einzulassen. Aber auch Kammler hatte einen entscheidenden Fehler begangen.

Lorenz atmete tief durch, als er sich plötzlich an die Worte Lise Meitners erinnerte: Ich bin davon überzeugt, dass Sie, an der richtigen Stelle eingesetzt, der Menschheit wichtige Dienste leisten könnten, hatte sie ihm gegenüber im Adlon versichert.

Sein Herz begann zu rasen, als er erkannte, was er zu tun hatte. Doch noch zögerte er und rieb sich mit beiden Zeigefingern über die Schläfen. Der Schmerz in seinem Kopf, hervorgerufen durch qualvolle Gedanken, wurde heftiger. Wenn er jetzt seinem Gewissen folgte, unterschrieb er nicht nur sein, sondern auch Fridas Todesurteil. Dann trug er die Verantwortung für ihren Tod und den seines Sohnes. Allein die Vorstellung löste pure Verzweiflung in ihm aus. Gleichzeitig stand das Leben unzähliger Menschen auf dem Spiel. War es richtig, Tausende Mütter, Väter und Kinder zu opfern, um das Leben zweier Einzelner zu retten, weil er sie liebte? Ein Schicksal gegen das andere in die Waagschale zu werfen?

Hin- und hergerissen blickte Lorenz zur Uhr, während seine Anspannung ins Unerträgliche wuchs. Ihm blieb nicht viel Zeit, Speer war vermutlich schon auf dem Weg ins Institut. Außerdem konnten die anderen Mitarbeiter jederzeit auftauchen. Er musste sich beeilen. Doch die Angst um Frida lähmte ihn. Reglos saß er auf seinem Stuhl und starrte vor sich hin. Kammlers Drohung lag wie ein Fluch über ihm.

Seine Finger zitterten, als Lorenz endlich die Papiere zur Hand nahm. Er spürte, wie ihn ein Gefühl innerer Leere überkam, als er das Feuerzeug aufschnappen ließ und die Dokumente anzündete. Langsam loderten kleine Flammen auf, fraßen sich durch das Papier und vernichteten nicht nur seine Arbeit mehrerer Stunden, sondern auch die Unterlagen des russischen Spions mit Fermis Entwurf des Reaktors. Während Lorenz reglos dabei zuschaute, war ihm bewusst, dass auch die Forschungen der deutschen Wissenschaftler früher oder später zum Erfolg führen würden. Doch vielleicht würde es dann zu spät sein und die Alliierten hätten Deutschland bis dahin besiegt. Er schindete Zeit, das war alles, was im Rahmen seiner Möglichkeiten lag.

Tief in Gedanken versunken, hörte Lorenz nicht, wie sich die Tür öffnete, und erschrak umso mehr, als Kammler plötzlich hinter ihm stand, gefolgt von zwei jungen Männern in der makellosen Uniform der SS. Sein Herz schlug bis zum Hals, als er sah, wie der General für Sekunden erstarrte, bevor er sich schnaubend über die feuerfeste Schale beugte, von der nur noch Rauch aufstieg. Lediglich wenige Papierfetzen waren übrig geblieben.

»Ich hoffe für dich, dass es nicht das ist, wonach es aussieht«, hörte Lorenz dessen mühsam beherrschte Stimme. Keuchend zog Kammler einen verkohlten Schnipsel aus der Feuerschale. Binnen weniger Sekunden färbte sich sein Gesicht rot. Er schnappte nach Luft und konnte außer sich vor Wut kaum sprechen. »Du hast ... der Durchbruch ... Dreckjude!«, brachte er stockend hervor und stützte sich schwer atmend auf die Lehne des Stuhls. Es dauerte eine Weile, bis er sich halbwegs gefasst hatte. »Du hast die Unterlagen zerstört, weil du den Bau des Reaktors verhindern willst, nicht wahr?«

»Ja«, antwortete Lorenz mit zittriger Stimme. »Bedauerlicherweise haben Sie es versäumt, eine Kopie davon anzufertigen.«

»Das war ein verdammter Fehler, Löwenthal, ein großer Fehler«, schrie Kammler. Seine Stimme kippte bei der letzten Silbe. Mühsam versuchte er sich zu beruhigen und atmete tief durch, ehe er fortfuhr: »Also gut, ich kenne dich und gehe davon aus, dass du die Lösung, nach der wir suchen, in deinem verfluchten Kopf hast. Deshalb wirst du dich jetzt hinsetzen und einen Bericht schreiben. Hast du verstanden? Wenn du es nicht tust, bist du tot und die Jüdin wandert mitsamt dem Balg in die Gaskammer. Willst du wirklich die Verantwortung für ihren Tod übernehmen? Noch kannst du sie retten.«

»Ich glaube Ihnen kein Wort.« Lorenz schüttelte den Kopf, obwohl er am ganzen Körper zitterte. »Von mir werden Sie keinerlei Informationen bekommen.«

Kammler öffnete den Mund, um etwas zu erwidern, brachte aber nur ein heiseres Krächzen zustande. Dass Lorenz es wagte, sich ihm offen entgegenzustellen, hatte ihm die Sprache verschlagen. Ohne Vorwarnung schlug er zu.

Lorenz bekam seine harte Faust mit voller Wucht ans Kinn. Sein Kopf flog hoch und schnellte zurück. Um das Gleichgewicht nicht zu verlieren, wich er ein paar schnelle Schritte zurück. Doch Kammler folgte ihm und stieß ihn blind vor Wut zu Boden. Dann trat er so lange auf ihn ein, bis Lorenz glaubte, das Bewusstsein zu verlieren. Wie durch einen Nebel hörte er die eisige Stimme des SS-Generals.

»Nehmt den Dreckskerl fest«, forderte er die Männer auf. »Und sorgt dafür, dass er den Mund aufmacht. Brecht ihm jeden einzelnen Knochen, wenn es sein muss.«

KAPITEL 22

Berlin, Dezember 1944

Bertram saß konzentriert über einem entschlüsselten Text aus der Funküberwachung und schrieb mit wachsendem Erstaunen Silbe für Silbe unter die Codezeichen, bis er endlich auf den Namen stieß, der einen deutschen Hauptscharführer als Spion entlarvte, der offenbar geheime Botschaften an die Engländer verschickte.

Zufrieden lehnte er sich in seinem Stuhl zurück und musste sich zurückhalten, um nicht laut zu jubeln. Einen solchen Erfolg hatte er bisher noch nie gelandet und er wusste schon jetzt, dass dies seinen Betrug am Institut aus der Vergangenheit wettmachen würde. Eifrig machte er sich daran, den Bericht zu verfassen, und legte einen Durchschlag in die Schublade des Schreibtisches.

Es war kaum zu glauben, wie sehr er seine Tätigkeit inzwischen mochte, die nicht das Geringste mit der Forschungsarbeit am Institut gemeinsam hatte. Inzwischen arbeitete er seit drei Jahren für den deutschen Nachrichtendienst und hatte längst eine Leidenschaft dafür entwickelt. Es faszinierte ihn, die Reihen der Nationalsozialisten nach verdeckten Spionen und

Verrätern zu durchforsten. Außerdem rettete ihm die Stelle, die sein Vater ihm beschafft hatte, seinen Hintern.

Nachdem Hahn, um seinen eigenen Kopf aus der Schlinge zu ziehen, vor dem eigens dafür eingerichteten Gremium zugegeben hatte, dass nicht Bertram, sondern ein Jude ihm bei der Versuchsreihe der Kernspaltung assistiert hatte, war es ziemlich eng für ihn geworden. Das Reichserziehungsministerium hatte Bertrams Versetzung an die Front gefordert. Die Debatte darüber, was mit ihm geschehen sollte, war tagelang geführt worden, ohne dass sie zu einem Ergebnis geführt hatte.

Sein Vater hatte die Vorwürfe jedoch nicht einfach hingenommen und das wissenschaftliche Gremium stattdessen darauf hingewiesen, dass erst sein geschickter Schachzug, Lorenz in das Projekt einzubinden, zum Erfolg der Kernspaltung beigetragen hatte. Am Ende hatten seine Argumente ausgereicht, sich selbst eine Schreibtischarbeit im Institut zu sichern und Bertram vor dem Einsatz an der Front zu bewahren.

»Friedrichs«, meldete sich Bertram, als das Telefon auf seinem Schreibtisch klingelte.

»Hier ebenfalls, komm sofort zu mir!«

»Tut mir leid, ich habe zu tun, du …«

»Sofort!« Der Anruf brach ab. Sein Vater hatte aufgelegt.

Bertram erhob sich fluchend und verließ sein Büro. Er musste nur über die Straße gehen, um zu seinem Vater zu gelangen, der mittlerweile den Rang eines Hauptsturmführers der SS innehatte. Noch hatte er nicht die geringste Ahnung, welche Aufgabe ihn dieses Mal erwartete. Vermutlich herrschte wie immer höchste Geheimhaltung, er hatte sich längst daran gewöhnt.

Sein Vater lächelte, als Bertram sein Büro betrat. Obwohl er als Leiter der Forschungsgruppe abgesetzt worden war und seine Karriere am Institut damit ein jähes Ende gefunden hatte, gab er sich selbstgefällig wie eh und je. Zufrieden lehnte er sich zurück und wies auf einen hochgewachsenen Mann im Ledermantel, der mit verschränkten Armen am Fenster stand und sich langsam zu ihm umdrehte.

»Das ist Hans Kammler, General der Waffen-SS«, stellte sein Vater ihn vor, obgleich Bertram ihn längst erkannt hatte. »Er will mit dir über Löwenthal reden.«

»Lorenz?«, fragte Bertram erstaunt. »Was ist mit ihm?«

»Er hat an einem geheimen Kernprojekt gearbeitet. Ziel war die Entwicklung neuer Waffen.«

»Welcher Waffen?«

»U-Boote, Düsenjäger, ferngesteuerte Bomben ... Die Liste ist lang und das größte Problem ist dabei der Zeitmangel. Deshalb durfte es bei der Entwicklung keine unerwünschten Verzögerungen mehr geben. Ich benötigte jeden Physiker, der herausragende Kenntnisse auf physikalischem Gebiet besitzt. Löwenthal war dafür hervorragend geeignet. Dachte ich zumindest, inzwischen habe ich ihn verhaften lassen. Der verfluchte Hund hat vor meinen Augen Forschungsergebnisse vernichtet, die den entscheidenden Durchbruch für den Bau des Reaktors hätten herbeiführen können. Ich hätte dem Dreckjuden niemals vertrauen dürfen. Aber hinterher ist man immer schlauer.«

»Ach du Scheiße«, entfuhr es Bertram. Er konnte weder glauben, dass Lorenz es gewagt hatte, sich gegen Kammler zu stellen, und erst recht nicht, dass er so unvorsichtig war, sich dabei auch noch erwischen zu lassen. »Was sollte er damit bezweckt haben?«

»Liegt das nicht auf der Hand? Löwenthal beabsichtigte mit diesem Verrat, dem Feind in die Hände zu spielen. Was ihm leider auch gelungen ist. Die Zeit läuft uns davon.« Kammler schaute Bertram mit seinen durchdringenden blauen Augen an. »Das hat man davon, wenn man sich mit solchem Gesindel einlässt. Wenn wir nicht bald einen Reaktor bauen, sieht es mit einem Endsieg düster aus. Das muss mit allen verfügbaren Mitteln verhindert werden.«

»Von welchen Mitteln sprechen wir hier?«

»Die Gestapo hat Löwenthal gefoltert, um ihn zum Reden zu bringen. Sie haben dem Dreckskerl jeden einzelnen Knochen gebrochen, aber er schweigt.«

»Er wurde gefoltert?«, presste Bertram schockiert hervor und zuckte unwillkürlich zusammen.

»Was denn sonst?«, mischte sich sein Vater ein, als er es bemerkte. »Wie es aussieht, existiert die Lösung der Probleme derzeit nur im Kopf des Juden. Wir müssen dafür sorgen, dass Löwenthal den Mund aufmacht. Du weißt, dass es dafür nur ein Mittel gibt.«

»Frida.« Bertram spürte, wie ihm mulmig zumute wurde. Seine Knie zitterten, als er sich seinem Vater gegenübersetzte, während Kammler stehen blieb und ihn misstrauisch musterte. In diesem Moment ahnte er, dass er kurz vor seiner Bewährungsprobe stand, und hatte nicht den blassesten Schimmer, was er tun sollte. Alles hing jetzt davon ab, was er sagte. »Ich bin fertig mit ihr, wie mit allen Juden.«

»Gut zu wissen.« Kammler grinste. »Dann werden Sie Löwenthal davon überzeugen, dass es nicht ratsam ist, sich gegen uns zu stellen. Machen Sie ihm mit aller Deutlichkeit klar, was passiert, wenn er nicht mit uns kooperiert.«

»Warum ich?« Bertram sah ihn an und ballte die Faust hinter seinem Rücken.

»Sie haben noch etwas gutzumachen und Sie kennen den Juden am besten.« Kammler machte eine kurze Pause und zuckte die Schultern. »Außerdem sollten so wenig Leute wie möglich davon erfahren. Dieses Gespräch bleibt unter uns, verstanden?«

»Sie wollen, dass er mir vertraut. Ich soll ihm Freundschaft vorheucheln?«, fragte Bertram. Er hatte längst bemerkt, wie nervös Kammler war. Dass er so vehement auf Geheimhaltung des Gesprächs bestand, konnte ein Indiz dafür sein, dass er einen schwerwiegenden Fehler begangen hatte, den Bertram nun offenbar ausbügeln sollte.

»So könnte man es zusammenfassen. Sollte das nicht ausreichen, greifen wir zu härteren Mitteln. Deshalb fahren Sie noch heute nach Sachsenhausen und besorgen sich stichhaltige Argumente!«

»Argumente?«, wiederholte Bertram.

»Sie haben richtig gehört. Schießen Sie Fotos davon, wie diese Frau gefoltert wird. Von mir aus nehmen Sie auch das Kind. Ich erwarte von Ihnen, dass Sie den Auftrag ausführen und sich keine Nachlässigkeit zuschulden kommen lassen. Sie können jetzt gehen.«

Bertram erhob sich. Ihm war speiübel, als er das Büro verließ. Im Flur blieb er stehen und atmete tief durch. Der Gedanke, dabei zuschauen zu müssen, wie Frida und der Junge misshandelt wurden, erfüllte ihn mit Abscheu und Grauen. Auch wenn er in den letzten Jahren keinen Finger gerührt hatte, um ihnen auf irgendeine Art zu helfen, würde er es nicht über sich bringen, der Folter tatenlos zuzusehen. Einen Menschen zu erpressen oder ihm die Faust ins Gesicht zu schlagen, war etwas völlig anderes, als den Misshandlungen eines Kindes zuzusehen. Schließlich wusste er, wie es sich anfühlte. Dabei waren die Schläge seines Vaters in seiner Kindheit vermutlich harmlos gegen das, was Fridas Sohn blühte.

Angst kroch in ihm hoch. Dabei hatte er geglaubt, die Vergangenheit hinter sich gelassen zu haben. Keuchend ballte Bertram die Fäuste, während er verzweifelt versuchte, seine Gefühle unter Kontrolle zu bekommen. Doch die Angst blieb. Zugleich war ihm bewusst, dass er kaum eine Wahl hatte. Er musste Kammler die Fotos liefern, wenn er nicht selbst in sein Visier rücken wollte.

»Alles in Ordnung?« Bertram schreckte auf, als sein Vater plötzlich neben ihm stand und ihn argwöhnisch musterte. »Was ist los mit dir?«

»Wusstest du, dass Frida noch im Lager ist? Ich nahm an, dass sie frei sei und Deutschland verlassen habe.«

»Klar wusste ich das. Was denkst du denn? Kammler hat damals nur behauptet, sie ausreisen zu lassen, um Löwenthal für das Uranprojekt zu gewinnen. Er hat ihm die Freiheit doch bloß versprochen, damit er so schnell wie möglich sein Ziel erreicht, was ihm offenbar gelungen ist.«

»Was wird aus Frida?«

»Sie bleibt im Lager, wird aber vorerst verschont, womöglich sogar das Judenbalg. Kammler braucht sie als Druckmittel. Ich dachte, das hättest du begriffen. Was juckt es dich eigentlich?« Sein Vater musterte ihn misstrauisch und blickte wütend drein, als er bemerkte, wie Bertram schwer atmete. »Macht dir ihr Schicksal etwa immer noch zu schaffen?«

»Nein, ich ... ich bin nur überrascht«, stammelte Bertram.

»Du hast doch hoffentlich kein Problem damit, den Auftrag auszuführen? Ich warne dich, Junge. Wenn du nicht tust, was Kammler verlangt, wird er kurzen Prozess mit dir machen und dich an die Front versetzen. Dann wirst du zum Kanonenfutter für den Feind. Willst du das?«

»Natürlich nicht.« Bertram zwang sich zu lächeln und nickte ihm verabschiedend zu, bevor er zur Treppe ging. In seinem Kopf überschlugen sich die Gedanken. Am Ende wusste er nur, dass er auf keinen Fall zulassen würde, dass Frida gefoltert wurde. Deshalb musste er so schnell wie möglich mit Lorenz reden und ihm so viel Angst einjagen, dass er zur Vernunft kam. In seinem Büro angelangt, griff er zum Telefon und befahl dem Mann am anderen Ende der Leitung, ihm Bildmaterial über Sachsenhausen zu besorgen. »Ich will vor allem Fotos von Kindern haben«, forderte er. »Und beeilen Sie sich.«

* * *

Eine Stunde später saß Bertram im Verhörraum der Gestapo und beobachtete nervös, wie die Tür aufging. Zwei Männer schleppten Lorenz in den Raum, der nach tagelanger Folter kaum wiederzuerkennen war. Seine Augen, früher so ruhig und wissend anmutend, waren stumpf geworden. Das qualverzerrte Gesicht schimmerte bleich, die Haut an den Wangen war aufgerissen. Ein Arm schien gebrochen zu sein, die Finger waren zerquetscht. Am Hals sah Bertram Würgemale und Schnitte.

Bertram konnte seine Bestürzung kaum verbergen. Sein breiter Brustkorb hob und senkte sich rasch, als er eine plötzliche Enge im Hals spürte. Schwer atmend besann er sich auf seinen Auftrag. Doch er schaffte es nicht, dem einstigen Freund in die Augen zu blicken. Stattdessen nickte er den Männern stumm zu, die Lorenz auf den freien Stuhl drückten und den Raum verließen.

»Du hast die Konstruktionspläne für den Uranreaktor vernichtet«, begann Bertram zögerlich. »Wenn du jemals eine dumme Idee hattest, dann war es diese. Was verdammt noch mal hat dich dazu bewogen? Dir muss doch klar gewesen sein, dass Kammler kurzen Prozess mit dir macht. Es wird dich das Leben kosten. Es sei denn, du redest.«

»Gib dir keine Mühe«, antwortete Lorenz und presste die Lippen aufeinander. »Von mir wirst du nichts erfahren.«

»Du willst also unter allen Umständen draufgehen?«, fragte Bertram und bemerkte die Anspannung in seiner Stimme. »Hast du denn gar keine Angst?«

»Wenn ich sie hätte, würden die Nazis in Kürze einen Reaktor bauen.«

»Du übertreibst wie üblich. Selbst mit den Plänen würde es noch Wochen dauern.« Bertram verzog das Gesicht. Er ahnte, dass er so nicht weiterkam, und griff zu härteren Mitteln. »Ich möchte dich etwas fragen. Wenn du wüsstest, dass Frida gefoltert würde, würdest du dann wieder für Kammler arbeiten?«

»Es würde nichts ändern. Er würde sie trotzdem nicht verschonen. Jedes Wort eines Nazis ist wertlos. Das weißt du genauso gut wie ich. Frida und ich werden sterben. Das Einzige, was ich jetzt noch tun kann, ist, die Welt vor einer Atombombe zu schützen.«

»Wie heroisch«, entfuhr es Bertram spöttisch. »Sei nicht albern, die Bombe wird auch ohne dich gebaut. Du kannst es nicht verhindern.«

»Ich habe meine Entscheidung getroffen.«

»Also gut.« Bertram nahm einen tiefen Atemzug und zog die Fotos aus der Tasche. Wortlos schob er sie über den Tisch und hörte, wie Lorenz aufstöhnte. Wie von ihm beabsichtigt, vermutete er hinter dem blutigen Stück Fleisch, das einst ein Kindergesicht gewesen war, seinen Sohn. Ein Ausdruck von Entsetzen erschien auf dem geschundenen Gesicht. Lorenz zitterte am ganzen Körper und begann zu würgen.

»Was ist?«, fragte Bertram. »Hast du deine Meinung geändert? Der Kleine ist völlig auf sich allein gestellt. Glaubst du, irgendjemanden juckt es noch, ob er ein Kind umbringt? Für die Aufseher im Lager sind alle Juden gleich und Kammlers Befehle eindeutig. Es liegt an dir, den Jungen zu retten. Dein Sohn kann das Lager verlassen, wenn du kooperierst.«

Lorenz beobachtete ihn misstrauisch und antwortete nicht. In einem kläglichen Versuch bemühte er sich offensichtlich, sein Erschrecken beim Anblick der Bilder zu verbergen, und senkte den Kopf.

»Schau mich an!«, forderte Bertram. Er fuhr sich mit der Hand über die verschwitzte Stirn, als würde es ihm helfen, klar zu denken. »Hast du wirklich geglaubt, Kammler würde dich damit durchkommen lassen? Dass er das Kind und Frida verschont? Er hat dich in der Hand, Lorenz. Es sei denn, du gehst auf sein Angebot ein. Sag mir einfach, wie die Kettenreaktion ablaufen kann und welche Menge Uran benötigt wird.«

»Spar es dir, Bertram. Von mir erfährst du kein Wort.«

»An deiner Stelle würde ich mir das sehr genau überlegen. Offenbar hast du keine Ahnung, was wirklich in den Lagern vorgeht. Vergasen ist der harmloseste Tod, glaub mir. Es gibt Ärzte, die medizinische Versuche an den Kindern vornehmen, ohne sie vorher zu betäuben. Baracken, in denen weibliche Häftlinge als Huren gehalten werden, und ...«

»Hör auf!« Aus Lorenz' Gesicht wich sämtliche Farbe. Entsetzt presste er seine Handflächen auf die Ohren, um nicht länger zuhören zu müssen. »Ich bin bereit zu reden, wenn du mir schwörst, dass sie den Jungen dann in Ruhe lassen.«

Bertram nickte. Schweigend hörte er Lorenz zu, der damit begann, ihm die Lösung des Problems zu erklären, an dem Diebner und Heisenberg bisher gescheitert waren. Es vergingen über drei Stunden, bis er sämtliche Details kannte.

»Was wird jetzt aus mir?«, fragte Lorenz leise, nachdem er geendet hatte.

»Du kehrst nach Sachsenhausen zurück.« Bertram erhob sich und öffnete die Tür, bevor er ein letztes Mal auf Lorenz hinabblickte. Aus irgendeinem Grund verspürte er plötzlich Mitleid mit ihm. Der Grund dafür war nicht nur die Erinnerung an die tiefe Freundschaft, die sie einst verbunden hatte, sondern auch der Gedanke daran, ob es nicht ein sinnloses Opfer war, ihn dem sicheren Tod auszuliefern. Der Krieg war so gut wie verloren. Dennoch hielt die Führung daran fest, die endgültige Lösung des Judenproblems herbeizuführen. Lorenz würde sterben, daran gab es keinen Zweifel. Genauso wenig wie er etwas für ihn tun konnte. »Vielleicht triffst du dort auf deinen Sohn«, fügte er schwer atmend hinzu. »Viel Glück bei der Suche.«

»Warte! Wir hatten eine Abmachung«, rief Lorenz ihm nach. »Du hast versprochen, dass mein Sohn freikommt.«

»Und du hast noch immer nichts dazugelernt, Lorenz. Wie naiv bist du eigentlich? In den Naturwissenschaften und im Labor kann dir so schnell keiner etwas vormachen. Was deine Menschenkenntnis betrifft, versagst du hingegen jämmerlich. Eine Abmachung mit einem Juden zählt nichts. Ich habe dir gesagt, dass dein Sohn lebt. Es liegt an dir, dafür zu sorgen, dass es so bleibt.«

Ohne Lorenz noch eines Blickes zu würdigen, verließ Bertram den Raum und gab den Männern, die vor der Tür standen, ein Zeichen. Für einen Moment blieb er unschlüssig stehen und dachte kurz darüber nach, wie es so weit hatte kommen können. Als er hörte, wie Lorenz verzweifelt seinen Namen rief, drehte er sich um.

»Du wirst dafür bezahlen«, röchelte Lorenz, als sich ihre Blicke trafen.

Bertram glaubte, Verachtung in dessen Gesicht zu erkennen. Aber im selben Augenblick, in dem sie auftauchte, krachte die Faust des Uniformierten in Lorenz' Gesicht. Er sackte zusammen und blieb reglos auf dem Boden liegen.

KAPITEL 23

Ohrdruf, Februar 1945

Bertram trug einen Koffer bei sich, als er einen Blick über den Truppenübungsplatz warf, der nach außen hin als Nachrichtenzentrale getarnt war. Unbemerkt hatte die SS schon vor Jahren damit begonnen, ihn für spezielle Waffentests vorzubereiten. Forschungseinrichtungen und Industrieunternehmen waren nach Ohrdruf verlagert worden, obwohl das Gebiet eigentlich nicht sonderlich geeignet schien. In fünfhundert Metern Entfernung begann nach Süden hin ein großes geschlossenes Waldgebiet. Richtung Westen stieg das Gelände an, sodass den Einwohnern von Ohrdruf die Sicht versperrt blieb.

Ähnlich verhielt es sich mit dem Plateau im Norden, welches einen natürlichen Sichtschutz bildete. Das Problem war jedoch, dass das Gelände nur für die Erprobung einer Waffe mit begrenztem Wirkungskreis geeignet war. Allerdings konnte man sich darüber später Gedanken machen. Zuerst einmal musste der Reaktor seinen Test bestehen.

Kaum zu glauben, dass sich in diesen unscheinbaren, parallel verlaufenden Stollen die Zukunft des Deutschen Reichs entscheiden soll, dachte Bertram, als er einen Rundgang durch das Labyrinth von Gängen in der ringförmigen technischen Versuchsanlage machte, bevor er nach draußen ging und einen Blick *über den* Truppenübungsplatz im Jonastal warf, an dessen nördlichstem Rand sich eine kleine Gruppe von SS-Offizieren und Zivilisten versammelt hatte. Reichsminister Himmler war einer von ihnen. Außerdem Speer, Kammler und Gerlach. Extrem angespannt ging Bertram auf die Männer zu.

»Sollte der Test erneut fehlschlagen, können Sie die Forschungsleitung niederlegen, Kammler«, hörte er den Rüstungsminister sagen, der vor zwei Stunden auf dem Gelände eingetroffen war. »Dann können Sie vergessen, jemals wieder ein Kommando zu bekommen.«

»Keine Sorge, das wird es nicht.« Kammler entfernte sich mit versteinerter Miene und trat sichtbar nervös zu Bertram, der abseits stand. »Sie haben Speer gehört«, raunte er ihm zu. »Es darf nichts schiefgehen. Sonst bin nicht nur ich geliefert.«

»Es ist ein Test, es könnte …«

»Ich will keine Ausflüchte hören. Himmler ist nicht hier, um einem Fehlversuch zuzuschauen, haben Sie das immer noch nicht verstanden? Er will endlich Ergebnisse sehen, nachdem wir den gesamten Vorrat an Polonium und hochleistungsfähigsten Neutronenquellen eingefordert haben«, fuhr er Bertram an und klopfte nervös den Tabak aus seiner erkalteten Pfeife. »Wie weit sind Sie? Wann können wir starten?«

»Der Reaktor steht, aber …«

»Es gibt kein Aber, verstanden? Muss ich Sie daran erinnern, dass wir mit dem Bau des Reaktors und der Entwicklung einer Atombombe die Kriegslage doch noch für uns entscheiden könnten? Die Hoffnung des gesamten Deutschen Reichs liegt auf dieser Waffe.«

»Noch wissen wir nicht um die unmittelbare und langfristige Zerstörungskraft, die der Meiler entfesseln könnte. Wir brauchen mehr Zeit.«

»Die wir nicht haben, Sie Idiot. Die Russen stehen vor unserer Tür und über uns fliegen die verdammten Engländer und Amerikaner. Wenn es uns nicht gelingt, diese Bombe zu entwickeln, werden wir den Krieg verlieren. Also bewegen Sie endlich Ihren verfluchten Arsch und bereiten Sie die letzten Schritte vor! Wir starten den Test in fünf Minuten. Es versteht sich von selbst, dass mit niemandem darüber gesprochen werden darf. Keiner der Techniker erfährt mehr als nötig, verstanden?«

»Natürlich.« Kurz überkam ihn Panik. Doch Bertram fing sich rasch, verbarg sein Erschrecken und kehrte in den eiskalten Stollen zurück, in dessen Zentrum der Reaktor gelagert wurde und von dem kaum jemand wusste, dass eine Handvoll Physiker ihn innerhalb weniger Wochen erbaut hatten.

Er verzichtete auf den Schutzanzug und warf sich stattdessen seinen Laborkittel über. Das Uran gab eine tödliche Strahlung ab, doch das Grafit absorbierte sie. Ein letztes Mal studierte Bertram seine umfassende Checkliste. Ein Assistent beleuchtete sie mit einer Taschenlampe und reichte ihm die benötigten Werkzeuge. Seine Hand zitterte, als er den Zünder aus dem Koffer nahm und anschloss. Schweigend schraubte er die rückwärtige Deckplatte wieder an.

»Das hätten wir«, sagte er und stieß den Atem aus. »Vor uns steht der erste deutsche Uranreaktor. Der Testlauf kann beginnen.«

Extrem angespannt starrte er auf den Meiler, der, richtig eingesetzt, eine ganze Stadt in die Luft jagen konnte. Heute Nacht sollte zum ersten Mal die selbsterhaltende Kettenreaktion durchgeführt werden, und er hatte Angst davor. Denn das nächtliche Dunkel im Stollen entsprach dem Wissensstand der Erbauer des Meilers. Keiner von ihnen, die den Reaktor erdacht, genehmigt, gebaut hatten und abwerfen ließen, wusste um die unmittelbare und langfristige Zerstörungskraft, die er entfesseln würde. Und keiner von ihnen konnte mit Sicherheit sagen, ob Lorenz' Berechnungen stimmten.

Bertram spürte, wie er zu schwitzen begann. Beunruhigt strich er sich über die Stirn, wobei seine Finger einen schmutzigen Streifen auf der Haut hinterließen. Sein ursprünglich weißer Laborkittel war inzwischen mit schwarzem Grafitstaub beschmutzt, wie auch die Uniformen der SS-Männer, die wie er nervös zu dem riesigen Ungetüm aus schwarzen Ziegeln blickten, in die sie mehrere Löcher gebohrt hatten, die mit Uranoxid gefüllt waren und die Neutronen abstrahlen sollten.

Er hörte, wie die Geigerzähler bedrohlich ausschlugen und ein paar der Anwesenden ängstlich zurückwichen. In unmittelbarer Nähe des Reaktors hielten sich inzwischen nur noch Häftlinge auf, die Kammler aus Buchenwald angefordert hatte. Sie waren seit Wochen einer tödlichen Strahlung ausgesetzt und sie würden es sein, die die Kontrollstäbe herauszogen, um die Kernreaktion in Gang zu setzen. Im Moment sorgten die dreieinhalb Meter langen Stäbe aus Grafit dafür, dass im Inneren des Reaktors alles ruhig blieb.

»Wird es klappen?«, raunte Kammler ihm mit versteinerter Miene zu.

»Jawohl«, bestätigte Bertram überzeugter, als er in Wirklichkeit war.

»Das hoffe ich, auch für Sie, Friedrichs. Wenn etwas schiefgeht, werden Köpfe rollen. Ihrer ist einer davon.« Mit einer entschlossenen Handbewegung wies Kammler die Häftlinge an, die Kontrollstäbe zu entfernen. Seine Finger zitterten leicht, ein Zeichen, wie nervös er war.

Bertram teilte dessen Anspannung. Diese Vorgehensweise war viel zu gefährlich und barg das Risiko, nicht nur die Anwesenden, sondern die Bevölkerung in sämtlichen umliegenden Ortschaften umzubringen. Sein Herz schlug bis zum Hals, als die Männer die Stäbe mit bloßen Händen aus dem Reaktor zogen und keine Katastrophe geschah. Beunruhigt schaute er zum Selbstmordkommando, um sich zu vergewissern, dass ein befürchtetes Inferno auch in den folgenden Minuten ausbleiben würde. Dabei handelte es sich um drei Häftlinge, die auf einer hölzernen Plattform über dem Reaktor standen und den Behälter mit Kadmiumsulfatlösung für den Ernstfall bereithielten. Ohne Zweifel würden sie die ersten Todeskandidaten sein, wenn sich die Neutronenerzeugung schneller beschleunigte als erwartet.

Während Bertram die Messgeräte keine Sekunde aus den Augen ließ, zog einer der Häftlinge den letzten Stab um einen weiteren halben Meter heraus und montierte drei graue Steckverbindungen von dem Reaktor ab, die er durch rote ersetzte. Damit war der letzte Stromkreislauf geschlossen. Der Reaktor war scharf.

»Wir sind bereit«, presste er hervor. »Setzen Sie Ihre Schutzbrillen auf.«

»Erledigt.« Kammler ließ seinen Blick über die Anwesenden gleiten, ehe er ihm zunickte. »Sie sind jetzt dran.«

Bertram übernahm die Kontrolle und entfernte eigenhändig ganz langsam und vorsichtig den letzten Stab. Er hatte den Vorgang in Gedanken tausendfach durchgespielt, sodass er ihm vollkommen vertraut war. Doch das beängstigende Knacken, welches die Stille durchbrach, gehörte nicht dazu. Erschöpft und erregt zugleich wartete er darauf, dass die Geschwindigkeitszunahme abflachte, wie es in der Theorie vorgesehen war. Stattdessen wurde das Knacken zunehmend lauter.

»Was ist das für ein Geräusch?«, fragte Kammler, der blass geworden war, mit gepresster Stimme. »Sagen Sie mir auf der Stelle, dass es normal ist, Friedrichs!«

»Das kann ich nicht.« Bertram schluckte, als er bemerkte, wie in diesem Augenblick alle Messschreiber gleichzeitig zu blinken begannen. In seinem Gesicht machte sich blankes

Entsetzen breit. Die Ursache für das Außer-Kontrolle-Geraten der Messinstrumente konnte nur im Strahlenwert liegen, der offenbar über dem Maximum der Zähler lag.

»Was zum Teufel geschieht hier?«, schrie Kammler ihn an, während Himmler und einige andere Anwesenden sich auf den Rückzug begaben und aus dem Stollen eilten.

»Die Kettenreaktion hat eingesetzt, aber völlig unkontrolliert. Etwas ist schiefgegangen«, erklärte Bertram tonlos und schüttelte den Kopf. »Wir müssen die Stäbe sofort wieder einsetzen, bevor uns alles um die Ohren fliegt.« Er gab den Häftlingen ein Zeichen. Doch Kammler hielt ihn zurück.

»Ausgeschlossen, wir warten noch.«

»Hören Sie«, widersprach Bertram hastig. »Hier bahnt sich gerade eine Katastrophe an, und wenn Sie nicht dafür verantwortlich sein ...«

»Die Kettenreaktion ist doch genau das, was wir wollten«, unterbrach ihn Kammler und schnappte hörbar nach Luft. »Wir wussten von vornherein, worauf wir uns einlassen.«

»Nicht so, es sei denn, Sie wollen draufgehen. Ich meine es ernst. Das Ergebnis ist eindeutig. Der Test ist in jeder Hinsicht fehlgeschlagen.«

Endlich befahl Kammler, die Stäbe in den Reaktor zurückzuschieben. Die Geräusche der Messinstrumente wurden leiser und verebbten schließlich ganz. Mit zitternden Fingern schaltete Bertram sie nacheinander ab.

Für einen Moment herrschte Schweigen. Kammlers Brust bebte, als er laut keuchend durch den Stollen hetzte. Bertram folgte ihm. Als sie draußen ankamen, erwartete Speer sie bereits.

»Himmler ist bereits zurück auf dem Weg nach Berlin. Das war's«, sagte er in eisigem Ton. »Der Reaktor war unser Hoffnungsschimmer und die letzte Chance auf einen gewaltigen Überraschungsschlag. Bereiten Sie die Räumung des

Geländes vor. Alle militärischen Anlagen, die sich der Feind in absehbarer Zeit zunutze machen kann, sind zu zerstören.«

»Aber wir könnten es noch mal versuchen«, beschwor Kammler ihn.

»Vergessen Sie's! Uns fehlt nicht nur das Material für einen weiteren Test, sondern vor allem die Zeit. Sie wissen so gut wie ich, dass die sowjetischen Truppen mit ihrer Großoffensive die letzten von uns besetzten Gebiete im Osten erobert und die Reichsgrenze überschritten haben. Ostpreußen ist abgeschnitten, Warschau eingenommen, während Sie hier meine Zeit verschwendet haben.«

Albert Speer ließ Kammler stehen und eilte zu dem Wagen, der für ihn bereitstand. Kaum war der Motor gestartet, stürmte Kammler auf Bertram zu.

»Haben Sie das gehört, Friedrichs?«, schrie er außer sich. »Während unsere tapferen Männer an der Front verbissen um ihr Leben kämpfen, haben wir es hier offenbar mit Verrätern zu tun.«

»Worauf wollen Sie hinaus?«, fragte Bertram erschüttert und spürte, wie ihm unter Kammlers eisigem Blick der Schweiß ausbrach. »Das Ganze war ein technisches Problem.«

»Eben! Jemand ist für die Katastrophe verantwortlich. Ich habe mich darauf verlassen, dass Sie Löwenthal genügend unter Druck gesetzt haben. Aber ich habe mich wohl geirrt. Der verfluchte Jude hat uns an der Nase herumgeführt.« Kammler brach ab und holte tief Luft, ehe er sich von ihm abwandte und mit brüchiger Stimme weitersprach. »Jetzt geht es nur noch ums eigene Überleben. Sie haben versagt, Friedrichs. Ich erwarte Sie in Berlin. Melden Sie sich im Hauptquartier! Sie gehen an die Front und verteidigen das Vaterland!«

KAPITEL 24

Konzentrationslager Sachsenhausen, April 1945

Wie gehetzt lief Bertram vom Bahnhof in Perleberg durch die Straßen nach Hause, nachdem er sich einige Wochen in Berlin versteckt hatte. Überall sah er junge Männer, die an die Front zogen, obwohl der Krieg längst verloren war. Es wimmelte von Munitionswagen, Pferden und Soldaten, viele davon halbe Kinder, denen die Angst förmlich ins Gesicht geschrieben stand. Von der Begeisterung, die einst ihre Väter und älteren Brüder gezeigt hatten, war nicht viel übrig geblieben.

Beinahe täglich trafen neue deutsche Truppen ein, die sich auf dem Rückzug befanden und sich ins Innere des Landes zurückzogen. Die letzten Reserven der Wehrmacht sammelten sich nun in Berlin, um die Hauptstadt in einen Belagerungszustand zu versetzen. Bertram wusste, dass die deutsche Führung sich auf einen Vernichtungskampf einstellte. Noch immer sprach Göring vom Endsieg und es gab genügend Menschen, die seine Ansicht nicht nur teilten, sondern ihm bedingungslos vertrauten. Er hingegen war jeglicher Illusion beraubt und schüttelte nur müde den Kopf, wenn davon gesprochen wurde, dass nach dem deutschen Sieg ein goldenes Zeitalter anbrechen würde.

Erschöpft kam er zu Hause an und betrat das Haus. Kaum hatte er die Tür hinter sich geschlossen, kam ihm im Flur seine Mutter entgegengeschlurft, die sich kaum auf den Beinen halten konnte und ihm kraftlos in die Arme fiel.

»Gott sei Dank, Junge«, schluchzte sie und drückte Bertram mit Tränen in den Augen an sich. »Ich habe schon befürchtet, du kehrst nicht zurück.«

Inzwischen war auch sein Vater zu ihnen geeilt. Mit unbewegter Miene musterte er Bertram, bevor er seiner Frau einen Wink gab, die, an diese Behandlung gewöhnt, unverzüglich zurück ins Schlafzimmer schlurfte. Dann zog er ihn mit sich in die Küche.

»Und jetzt erzähl, was dich dazu bewogen hat, zu desertieren und nach Wochen hierherzukommen. Kammler spuckt in Berlin Gift und Galle. Du wärst besser geblieben, wo du warst. Er schiebt dir die Schuld am fehlgeschlagenen Test zu. Wenn er dich zu fassen bekommt, wird er dich vors Kriegsgericht stellen.«

»Deshalb bin ich aus Berlin geflüchtet. Ich gehe nicht an die Front.«

»Und ich muss diesen Entschluss billigen?«, fragte sein Vater scharf. »Hier wird die Gestapo zuerst nach dir suchen. Du bringst uns alle in Gefahr.«

»Ich bleibe nicht lange und bin nur gekommen, um mich von Mutter zu verabschieden. Außerdem stehen die amerikanischen Truppen kaum ein paar Stunden von hier entfernt.«

»Was hast du vor?«

»Ich glaube nicht, dass du das erfahren willst.«

»Rede!«

»Also gut, ich will versuchen, Lorenz, Frida und ihren Sohn aus dem Lager zu retten.« Bertram zuckte in hilfloser Geste die

Schultern, ehe er leiser hinzufügte: »Ich hoffe, dass sie mir eines Tages verzeihen können, was ich ihnen angetan habe.«

»Bist du von allen guten Geistern verlassen? Damit riskierst du dein Leben.« Sein Vater konnte seine Bestürzung nicht verbergen. »Wenn sie dich dabei erwischen, werden sie dich erschießen.«

»Das Risiko gehe ich ein. Kammler wird dasselbe tun, wenn ich ihm in die Hände falle. Ich habe nichts mehr zu verlieren. Das einzig Wertvolle, was ich je besaß, war die Freundschaft mit Lorenz und Frida. Leider habe ich das erst jetzt erkannt. Leb wohl, Vater.«

»Warte!« Sein Vater schien nachzudenken, während er sich über den Bart strich. Auf seinem Gesicht machte sich ein listiges Grinsen breit. »Dein Plan ist vielleicht gar nicht so übel. Ich kenne den Feind und weiß, was die Wehrmacht den verfluchten Russen angetan hat. Sie werden garantiert Rache nehmen und sich nicht darum scheren, dass auch wir nur Befehle befolgt haben.«

»Du gehst also endlich auch davon aus, dass wir den Krieg verlieren?«, fragte Bertram überrascht. »Ausgerechnet du? Bisher warst du doch so sehr von dem Sieg unserer Wehrmacht überzeugt. Und nun fürchtest du dich?«

»Ich war noch nie überzeugt«, behauptete sein Vater, obgleich sie beide wussten, dass es sich um eine Lüge handelte. »Es ist das Unglück Deutschlands, dass unsere Führer stets mit hochtrabenden Phrasen und vollmundigen Parolen glauben, alles erreichen zu können. Dasselbe, was uns im vergangenen Krieg passiert ist, wird wieder geschehen. Die Würfel sind gefallen und im Grunde ist es einerlei, ob wir in Zukunft unter russischer, deutscher oder amerikanischer Führung leben. Wichtig ist nur, dass wir unser Schäfchen ins Trockene bringen. Deshalb ...«

Ein lautes Klopfen am Fenster ließ seinen Vater verstummen. Mit gerunzelter Stirn öffnete er den Laden. Im Garten vor dem Haus stand ihr Nachbar, dessen verstörter Blick und bleiche Wangen sofort verrieten, dass etwas passiert sein musste.

»Rettet euch«, rief er ihnen zu. »Spätestens heute Nacht werden die Russen hier sein. Sie knüpfen jeden Mann auf, der im Verdacht steht, dem Führer zu dienen. Und einen, der Widerstand leistet, hängen sie dreimal so hoch. Flieht! Morgen kann es schon zu spät sein.«

»Da haben wir's.« Sein Vater sog scharf den Atem ein. »Ich wusste, dass sie uns nicht ungeschoren davonkommen lassen. Hast du einen Wagen?«

»Woher sollte ich den nehmen?« Bertram schüttelte den Kopf. »Ich wollte dich um deinen bitten.«

»Gut, dann werde ich der Fahrer sein.«

»Du?«

»Weshalb nicht? Die Juden könnten uns bei den Feinden in ein besseres Licht rücken. Ich werde dir helfen, Löwenthal rauszuholen.«

»Darf ich dich daran erinnern, wie sehr du Lorenz hasst?« Bertram lachte trotz der widrigen Umstände spöttisch auf, verstummte aber sogleich, als er bemerkte, dass sein Vater es ernst meinte. Offenbar gefiel er sich so sehr in dem Gedanken, der Retter der einstigen Freunde seines Sohns zu sein, dass er sich nicht die Zeit nahm, über seine Niedertracht und deren Folgen nachzudenken.

»Die Zeiten haben sich geändert«, erklärte er stattdessen unbeeindruckt. »Der Zweck heiligt die Mittel und man weiß nie, wie es kommt. Mach schon! Wir haben keine Zeit zu verlieren. Wir fahren nach Sachsenhausen.«

»Damit begibst auch du dich in Gefahr«, mahnte Bertram.

»Was will das heißen?« Sein Vater zuckte mit den Achseln. »Unser Leben liegt in Gottes Hand und nicht jede Kugel trifft. Los jetzt!«

Bertram folgte ihm nach draußen. Schweigend saß er während der Fahrt neben ihm und versuchte zu ergründen, was sein Vater im Schilde führte. Ging es ihm wirklich nur darum, dass seine früheren Freunde ein gutes Wort für ihn einlegten, falls es darauf ankam? Er musste doch wissen, dass gerade er nichts von Lorenz zu erwarten hatte.

»Sag mir die Wahrheit«, presste er schließlich hervor. »Welche Absicht verfolgst du?«

»Du glaubst also, dass es einen besonderen Grund gibt, der mich veranlasst, meine Menschenpflicht zu tun?«

»Sei nicht albern.« Bertram schüttelte den Kopf. »Du weißt nicht einmal, wie man das Wort buchstabiert. Also hör auf, mich zum Narren zu halten.«

»Dann begnüg dich damit, dass ich unseren Arsch retten will und wie immer die heißen Kastanien aus dem Feuer hole. Die Kacke ist ganz schön am Dampfen, mein Junge.«

Das Gespräch stockte. Während Bertram versuchte, seine Unruhe vor den bevorstehenden Ereignissen durch ein paar Bemerkungen über die Gegend zu verdrängen, blieb sein Vater einsilbig und schien keine Lust auf eine Unterhaltung zu haben. Als sie das Lager erreichten, stoppte er den Wagen vor dem Tor.

»Los geht's«, verkündete er und stieg aus. »Am besten ist es, wenn wir uns aufteilen. Such du nach Frida und dem Jungen. Ich kümmere mich um Löwenthal.«

»Also gut«, stimmte Bertram zu und warf ihm einen forschenden Blick zu. »Ich kann dir doch vertrauen?«

»Selbstverständlich kannst du das«, versprach sein Vater mit fester Stimme. Mit seinen grauen Augen musterte er ihn eindringlich, hörte aber nicht auf zu grinsen. »Ich werde den Juden finden, verlass dich drauf.«

* * *

Lorenz verließ die Baracke und schloss die Tür hinter sich. Sein Blick schweifte über den Appellplatz, auf dem Hunderte Häftlinge ausharrten. Seit dem Morgen wurde das Lager geräumt und Transporte zusammengestellt. Als er beobachtete, wie die Aufseher die Häftlinge zusammentrieben oder einfach erschossen, lief es ihm eiskalt den Rücken hinunter. Dann aber rief er sich zur Besonnenheit.

Es war genau die Eskalation eingetreten, die er im Vorfeld befürchtet hatte. Seit Tagen machten Gerüchte unter den Gefangenen die Runde, der Krieg sei verloren und ihre Befreiung stehe kurz bevor. Lorenz betete, dass sie der Wahrheit entsprachen. Gleichzeitig machte ihm der blinde Aktionismus der Aufseher Angst, die alles daransetzten, ihre Spuren zu beseitigen. Es schloss den Tod unzähliger Häftlinge mit ein und zwang ihn zum Handeln, auch wenn er damit sein Leben aufs Spiel setzte.

Angespannt *öffnete* er ein Tor im Stacheldrahtzaun und schlug den Weg zum Frauenlager ein. Ihm war in jeder Sekunde bewusst, dass keiner der Aufseher auch nur eine Sekunde zögern *würde*, ihm eine Kugel in den Rücken zu jagen, wenn er ihn dabei ertappte. Doch der Gedanke an seinen Sohn verlieh ihm die Kraft, sich den Baracken der weiblichen Häftlinge zu nähern.

Obgleich er nun schon seit vier Monaten zurück im Lager war, hatte er Frida nicht wiedergesehen. Die meiste Zeit hatte er im Bunker verbracht, in dem die Wachmänner ihn bei jeder sich bietenden Gelegenheit gequält hatten, und das würden sie wieder tun, sobald er in ihre Fänge geriet. Doch um sich machte Lorenz sich keine Sorgen. Vielmehr brachte ihn die Angst um Frida und den Jungen, von dem er nicht einmal wusste, wie er aussah, fast um.

»Was hast du vor?«, hörte er in diesem Moment die leise Stimme eines Mithäftlings. »Willst du dich nicht verstecken?«

»Nein.« Lorenz *zögerte einen Moment, dann zuckte* er mit den Schultern. »Ich muss die Mutter meines Sohnes finden.«

»Was ist mit dem Jungen? Ist er etwa auch hier im Lager?«

Lorenz nickte. Der Gedanke an sein Kind trieb ihm Tränen in die Augen. Der Junge war nun bald sechs Jahre alt und er kannte nicht einmal dessen Namen und niemand konnte sagen, ob er ihn jemals zu Gesicht bekommen würde. Doch selbst das schien ihm in diesem Augenblick bedeutungslos. Er hoffte, dass er lebte. Nur das zählte.

»Ich konnte die beiden bisher nirgends finden«, sagte er. »Sie müssen doch irgendwo sein. Hast du schon einmal den Namen Frida Lewinski gehört? Kennst du sie?«

»Es sind zu viele. Die einen kommen und andere gehen. Wir sind nur Nummern, ich habe es aufgegeben, mir Namen einzuprägen.« Der Mithäftling schüttelte den Kopf. Dann zeigte er zu einem Zug Menschen, der sich auf dem Appellplatz formierte, bewacht von der SS. »Wenn sie noch leben, befinden sie sich vermutlich unter diesen armen Kreaturen. Die Nazis beseitigen ihre Spuren und fangen mit den Kindern und Frauen an. Du kannst ihnen nicht mehr helfen. Es wäre viel zu riskant. Wenn du es versuchst, käme es einem Selbstmord gleich.«

»Mir bleibt keine Wahl. Ich muss es tun.«

»Es ist zu spät, glaub mir.«

Lorenz hörte ihm nicht mehr zu. Starr richtete sich sein Blick auf die Häftlinge, die sich ängstlich aneinanderklammerten. Ein Dutzend Aufseherinnen benutzte Peitschen, um die Frauen und Kinder zum Desinfektionsgebäude zu treiben. Als er sah, wie brutal sie dabei vorgingen, rannte er los. Keuchend kam er einige Meter entfernt hinter einer Baracke zum Stehen und beobachtete, wie eine Aufseherin in grauer Uniform mit ausdruckslosem Gesicht die Häftlinge abzählte. Sie schlug mit einer Reitgerte auf die Gefangenen ein, die sich sträubten, das Gebäude zu betreten und brach deren Widerstand mit roher Gewalt. Blutüberströmt und sichtbar verzweifelt folgten sie den anderen in die Hölle.

Lorenz hielt die Augen gesenkt, um den Anblick, der ihn in unzähligen Albträumen verfolgt hatte, nicht länger ertragen zu müssen. Mit angehaltenem Atem *hörte er*, wie sich die Türen schlossen. Jetzt drang nur noch gedämpftes Schreien und Weinen nach draußen. Verzweifelte Rufe der Frauen hallten an sein Ohr und auch das herzzerreißende Jammern der Kinder, welches von Sekunde zu Sekunde leiser wurde, bis es schließlich ganz verstummte. Die Aufseherinnen, die mit gleichgültigen Mienen vor dem Gebäude gewartet hatten, kehrten zum Tor zurück.

Lorenz verlor keine Zeit. Kaum waren sie aus seinem Blickfeld verschwunden, rannte er zu der Tür, die in die Gaskammern führte. Er wusste, dass er schnell handeln musste. Wenn er zögerte, würde er es nicht *über sich bringen*, zwischen all den Toten nach Frida und seinem Sohn zu suchen. Dann würde er nie Gewissheit erlangen, was aus ihnen geworden war.

Langsam öffnete er die Tür. Sofort strömte ihm der strenge Geruch von Gas entgegen, sodass er entsetzt zurückwich und aus ein paar Schritten Entfernung zum Eingang des Desinfektionsgebäudes blickte. Was ihn erwartete, war noch viel grauenhafter, als er sich in den schrecklichsten Träumen vorgestellt hatte. Die Leichen, die sich nahe dem Ausgang befanden, waren beim Öffnen der Tür wie Schaufensterpuppen auf den Boden gesackt. Andere standen aufrecht, wie erstarrt. Ihre offenen Münder zeugten von den vorangegangenen Schreien.

Lorenz spürte, wie sich sein Magen schmerzhaft zusammenkrampfte. Erschüttert beugte er sich nach vorn und würgte. Seine Kehle brannte wie Feuer. Er hatte das Gefühl, ersticken zu müssen, und vielleicht wäre das ja die Erlösung. Doch schon im nächsten Moment wurde er an den Schultern gepackt und nach hinten gezogen. Ludger Friedrichs stand über ihn gebeugt und sah ihn mit kaltem Blick an.

»Dich habe ich gesucht. Ich wusste doch, dass ich dich finde. Mitkommen!«, befahl er und riss ihn hoch. Grob zerrte er ihn hinter sich her.

Lorenz blieb keine Zeit, um darüber nachzudenken, was Bertrams Vater mit ihm vorhatte. Erst als er ihn in einen Kellerraum stieß, glaubte er zu ahnen, was ihm bevorstand. Der Bunker diente als Folterraum. Die dicken Wände ließen keinen Schrei nach außen dringen.

»Rein da!« Friedrichs drückte Lorenz auf einen wackligen Stuhl. Er selbst lehnte sich an die Wand und verschränkte die Arme. Es vergingen Minuten, in denen er ihn anstarrte, ohne auch nur ein Wort zu verlieren. Sein Schweigen machte Lorenz nervös, aber vermutlich lag das in seiner Absicht.

»Deine Suche in der Gaskammer war unnötig. Dein Sohn lebt«, sagte er endlich.

Lorenz antwortete nicht. Solange er nicht wusste, was Bertrams Vater im Schilde führte und ob er die Wahrheit sprach, war es besser, zu schweigen und auch seine Freude darüber zu verbergen, dass sein Kind nicht zu den Toten in der Gaskammer gehörte. Stumm senkte er den Kopf, während sich die Gedanken in seinem Kopf überschlugen.

»Schau mich an!«, forderte Friedrichs. »Hast du wirklich gedacht, ich würde tatenlos hinnehmen, dass du Bertram Lügen aufgetischt hast? Du magst vielleicht ein außergewöhnlicher Physiker sein, Löwenthal. Aber Kammler ist auch nicht blöd. Er weiß, dass du dahintersteckst. Du hast Mist gebaut und jemand muss dafür bezahlen.«

»Was wollen Sie?«

»Vor allem ehrliche Antworten auf meine Fragen.«

»Und wenn ich sie verweigere?«

»Dann würde ich mich zu einem Schritt genötigt sehen, den ich dir und mir gern ersparen möchte.«

»Was sollen diese Drohungen bezwecken?«, fragte Lorenz.

»Ich nehme an, der Reaktortest ist fehlgeschlagen. Ich kann nichts mehr für Kammler tun.«

»Wer behauptet, dass es um ihn geht? Es juckt mich einen feuchten Dreck, was aus Kammler wird.« Friedrichs schaute ihn spöttisch an. »Hier und jetzt geht es nur noch um uns. Ich weiß, dass du in der Lage bist, eine Uranbombe zu bauen. Du hast die Unterlagen vernichtet und Bertram an der Nase herumgeführt. Der Plan ist in deinem Kopf, nicht wahr?« Friedrichs zog eine Packung Zigaretten aus der Hosentasche, nahm eine heraus und zündete sie mit einem Streichholz an. Dann nahm er einen tiefen Zug. »Frida und der Junge dürfen das Lager verlassen, wenn ich es erlaube. Aber dafür will ich die Konstruktionspläne und ich will erfahren, was die kontrollierte Kettenreaktion verhindert hat.«

»Warum noch immer die Bombe?«

»Nun, ich muss den Russen oder Amerikanern etwas anbieten, wenn ich ihnen in die Hände falle. Der Feind von gestern ist der Freund von morgen. Die Pläne könnten meine Lebensversicherung sein, wie ich die Lebensversicherung für deinen Jungen sein könnte.«

Lorenz schluckte. In diesem Augenblick erkannte er endlich die Absicht Friedrichs', der noch viel abgebrühter war, als er vermutet hatte.

»Fang an zu reden«, verlangte dieser.

»Ich konnte aus Heisenbergs und Diebners Ansätzen ohne große Schwierigkeiten entnehmen, wie groß die Urankugel sein muss, um die Kettenreaktion mit schnellen Neutronen ablaufen zu lassen. Es braucht nur ...«

»Schnauze, verarsch mich nicht!«, herrschte Friedrichs ihn an. »Ich will von dir hören, was nicht in den Papieren steht – und beeil dich! Ich habe nicht ewig Zeit und du auch nicht. In jeder Sekunde, die du vertrödelst, könnte einer der Männer deinen Jungen schnappen und ihn zur Gaskammer bringen.«

»Was hätten Sie dadurch gewonnen?«

»Nichts, aber ich hätte dir gezeigt, dass ich meinen Worten Taten folgen lasse. Willst du nun reden oder nicht? Es liegt einzig und allein an dir, was aus dem Jungen wird und ob du freikommst.«

Lorenz glaubte ihm kein Wort. Friedrichs spielte mit ihm und ließ ihn glauben, dass seine Kooperation ihm die Freiheit geben würde. Doch in seinen kalten Augen stand das Wissen um die Wahrheit. Dennoch begann Lorenz, da er so schnell wie möglich hier wieder rausmusste, *sämtliche wichtige*n Details der Reaktorkonstruktion darzulegen. Es verging über eine Stunde, bis Bertrams Vater seine Notizen beendete.

»Wer hätte gedacht, dass ein Jude eines Tages meinen Arsch rettet?«, sagte er und klappte das Buch zufrieden zu. »Leider kann ich dir denselben Gefallen nicht tun. Es stimmt, die Russen und die Amis stehen vor der Tür, das lässt sich nun mal nicht verleugnen. Allerdings wird die Wehrmacht es ihnen so schwer wie nur möglich machen. Es kann noch Wochen dauern, bis sie uns besiegt haben. Bis dahin bin ich Hauptsturmführer der SS und halte dem Führer und Vaterland die Treue.«

»Warum sind Sie dann an den Plänen des Reaktors interessiert?«

»Wie gesagt, nur für den Notfall. Deshalb kann ich auch keinen Mitwisser zurücklassen. Ich frage mich ernsthaft, wie man mit deinen geistigen Fähigkeiten ein zweites Mal auf mich hereinfallen kann.«

Für einen kurzen Moment war Lorenz wie gelähmt. Friedrichs hatte ihn erneut getäuscht und ihn seinem Ziel, Frida und den Jungen zu retten, kein Stück näher gebracht. Es war nicht einmal sicher, ob er ihn nicht belogen hatte und sie wirklich noch am Leben waren. Alles, was er wusste, war, dass er nichts mehr zu verlieren hatte.

»Das bin ich nicht«, sagte er leise und spürte das Hämmern des Blutes hinter seinen Schläfen. »Ich habe Ihnen nie getraut. Glauben Sie wirklich, ich würde Ihnen die Verantwortung *für* eine Atombombe in die Hände legen?«

»Was soll das heißen?« Friedrichs' Gesicht verzerrte sich vor Wut. Ein Muskel unter seinem rechten Auge zuckte, einmal, zweimal und dann in einem unkontrollierbaren Rhythmus. Innerhalb von Sekunden brach seine triumphierende Gelassenheit in sich zusammen. »Wir hatten eine Abmachung, du hinterhältiger Jude.«

»Einen Pakt mit einem Nazi? Sie werden von mir nie erfahren, weshalb der Test schiefging. Im Gegenteil, ich hoffe, die Russen stellen Sie vors Kriegsgericht und lassen Sie für Ihre Verbrechen bluten.«

»Du machst einen Fehler, einen tödlichen Fehler.« Ungläubig richteten sich Friedrichs' Augen auf Lorenz.

»Nein, den Fehler haben Sie gemacht.« Starr stand er vor ihm und erwiderte den Blick von Bertrams Vater. Er sah den Hass in dessen Gesicht und spürte, dass er bereit war, ihn umzubringen. Aber im selben Augenblick, in dem die Erkenntnis kam, traf ihn auch schon die Faust mit voller Wucht in den Magen. Lorenz sackte zusammen und blieb reglos auf dem kalten Boden liegen, während Bertrams Vater auf einmal anfing, wie verrückt zu lachen, schrill und laut.

»Hör mir gut zu, du Dreckjude«, zischte er. »Wenn sich die Tür beim nächsten Mal öffnet, wirst du reden oder eine Kugel in deinen verdammten Kopf bekommen. Du bist so gut wie tot, Löwenthal. Aber vorher knall ich die Judenschlampe und den kleinen Bastard ab«, schrie er und stürmte schnaubend aus dem Bunker. Dann setzte Stille ein.

Lorenz zweifelte nicht, dass Friedrichs seine Drohung wahrmachen würde. Mühsam rappelte er sich auf und versuchte, die Tür zu öffnen, doch sie war verschlossen. Seine Augen brannten, als Schweißtropfen hineinliefen, und ließen ihn die Umgebung nur verschwommen wahrnehmen. Er blinzelte und wischte sie fort. Verzweifelt atmete er tief ein, um sich zu beruhigen, und stemmte sich mit all seiner Kraft gegen die Tür. Aber sie gab keinen Millimeter nach. Er brauchte einen Moment, bis ihm klar wurde, was das bedeutete. Es war wie damals im Keller: Er saß in der Falle.

Eine Welle der Angst durchströmte ihn und je mehr er versuchte, sich gegen die Furcht zu wehren, desto heftiger wurde sie. Als er sich vorstellte, dass Friedrichs jederzeit zurückkehren konnte, um ihn zu erschießen, *überfiel ihn blanke Panik. Wenn es ihm nicht gelang, sich zu befreien, würde er* Frida und seinen Sohn nicht retten können.

»Hilfe!«, rief Lorenz aus Leibeskräften, als er sich der ausweglosen Lage bewusst wurde.

Er schrie, bis er nur noch ein heiseres Krächzen zustande brachte. Dann unternahm er mit letzter Kraft einen weiteren verzweifelten Versuch, die Tür zu öffnen, während ihm Tränen übers Gesicht liefen. Als sie seinen Anstrengungen auch dieses Mal widerstand, gab er auf und sank erschöpft zu Boden. Eine lähmende Müdigkeit umfing ihn. Er hatte keine Kraft mehr, sich seinem Schicksal zu widersetzen, und schloss die Augen, bereit, dem Unausweichlichen entgegenzutreten.

* * *

Stunden vergingen, in denen er immer wieder vor Erschöpfung einnickte und in unregelmäßigen Abständen wach wurde, wenn sich sein Magen vor Hunger schmerzhaft zusammenkrampfte. Es schien eine Ewigkeit her, seit er zum letzten Mal etwas gegessen hatte. Noch quälender war der Durst, der ihn fast um den Verstand brachte. Seine Zunge war trocken und geschwollen, die Lippen aufgeplatzt.

Es war mitten in der Nacht, als er plötzlich Schreie und Schüsse hörte. Eine Granate detonierte. Dieses Mal klang der Einschlag sehr nah. Sein Herz begann zu rasen, während sich von draußen schnelle Schritte näherten. Sie gehörten zu Friedrichs, der sich mit einem Fremden unterhielt, dessen Stimme Lorenz nicht zuordnen konnte.

»Hat er inzwischen geredet?«

»Nachdem du ihm fast die Gedärme aus dem Leib geprügelt hast? Keinen Mucks.«

»Heißt das, er ist tot?«

»Keine Ahnung, woher soll ich das wissen?«

Die Schritte näherten sich der Tür. Lorenz hörte, wie der Riegel zurückgeschoben wurde. Obwohl sein Herz bis zum Hals klopfte, zwang er sich, ruhig zu bleiben und die Situation zu kontrollieren. In der Zelle herrschte keine vollkommene Dunkelheit, wovon er anfangs ausgegangen war. Das matte Licht des Mondes schien durch ein winziges vergittertes Fenster und erhellte den Bunker zur Hälfte. Mit letzter Kraft kroch Lorenz auf allen vieren in den Schatten der Zelle. Die Schmerzen in seinem Rücken brachten ihn dabei fast um. Noch schlimmer war die Kälte, die ihn unkontrolliert zittern ließ. Mit angehaltenem Atem starrte er zur Tür, die sich mit einem Quietschen öffnete.

Eine Taschenlampe warf ihren unsteten Lichtkegel gegen die Wand, über den Boden und verharrte auf Lorenz' zusammengekrümmter Gestalt. Er schluckte. Er durfte sich jetzt nicht regen und musste stattdessen mit dem Schatten verschmelzen. Jede noch so winzige unbedachte Bewegung, jedes noch so kleine Geräusch konnte Bertrams Vater signalisieren, dass er noch lebte.

Lorenz hörte, wie Friedrichs an ihn herantrat. Die Spitze dessen Stiefels bohrte sich in seinen Rücken. Ausgerechnet an der Stelle, an der die Eisenstange ihn getroffen hatte. Ein jäher Schmerz durchflutete seinen Körper. Er presste die Lippen fest aufeinander, atmete nicht, rührte sich nicht.

Überleben! Ich muss überleben, war alles, was er als Gedanken zuließ. Zugleich wusste er, dass er diese starre Position nicht lange ertragen würde. Jeder einzelne Muskel schmerzte höllisch und drängte ihn, seine versteinerte Haltung zu lockern. Gerade als er glaubte, es nicht länger aushalten zu können, drang Lärm von draußen herein.

»Was war das?«, fragte Friedrichs beunruhigt, als aus der Ferne erneut Schüsse und Granatenexplosionen zu hören waren. Gleich darauf heulten die Lagersirenen nur wenige Meter vom Bunker entfernt auf.

Zu Lorenz' Erleichterung übertönten sie seine hastigen Atemzüge und lenkten Bertrams Vater und den zweiten Mann von ihm ab. Aus den Augenwinkeln bemerkte er, wie sein Peiniger sich aufrichtete und sich von ihm wegdrehte.

»Vollalarm! Der Feind rückt näher«, antwortete die andere Stimme nervös. »Hör zu, es hat keinen Sinn mehr, das Lager zu bewachen und darauf zu warten, dass die Russen oder Amerikaner uns am nächsten Baum aufknüpfen. Mir reicht es, ich verschwinde und du solltest dasselbe tun. Lass den Juden einfach hier liegen. Du siehst doch, dass der Hundesohn verreckt ist. Falls nicht, krepiert er in den nächsten Tagen.«

Friedrichs schwieg. Lorenz hörte seinen Atem und konnte nur vermuten, dass er sich über ihn gebeugt hatte und nach einem Lebenszeichen suchte. Der Gestank von Schweiß und Tabak kroch in seine Nase und verursachte, dass ihm übel wurde. Wieder hielt er die Luft an, während Angst, eisige Kälte und die Feuchtigkeit des Bodens bis zu seinen Knochen drang, sodass er ein Zittern nur schwer unterdrücken konnte.

»Was ist? Kapierst du immer noch nicht, dass es jetzt ernst wird? Die roten Teufel schließen den Ring um Oranienburg und die Schüsse kommen immer näher«, vernahm Lorenz die ungeduldige Stimme des zweiten Mannes. »Wir haben keine Zeit mehr. Sie werden das Lager einnehmen, und was das für uns bedeutet, kannst du dir denken. Jeder Mann mit nur halbwegs klarem Verstand wirft die Uniform weg und taucht unter.«

»Wovor hast du Schiss? Keiner wird erfahren, was im Lager vor sich ging. Die meisten Häftlinge sind tot oder auf Transporten«, gab Friedrichs höhnisch zurück. »Der Kommandant hat den Befehl erteilt, die Baracken abzufackeln und sämtliche Beweise zu verbrennen. Es wird keine Zeugen geben.«

»Ich geh trotzdem lieber auf Nummer sicher. Alles ist besser, als den Russen in die Hände zu fallen. Was machst du hier überhaupt? Weshalb verschwendest du deine Zeit mit dem Gefangenen?«

»Weshalb? Weil ich immer noch deutschnational gesinnt bin. Und weil ich jeden einzelnen dieser Juden hasse«, stieß Friedrichs hervor und seufzte. »Aber wahrscheinlich hast du recht. Los! Verschwinden wir.«

Lorenz wollte gerade erleichtert aufatmen, als er bemerkte, wie Bertrams Vater noch zögernd in seine Richtung blickte. Dann trat er ein letztes Mal mit voller Wucht in Lorenz' Seite, ehe er einen Schritt zurückwich und leise lachte. »In Ordnung. Überlassen wir den Dreckskerl den Ratten.«

Die Männer entfernten sich. Lorenz hörte die stählerne Tür ins Schloss fallen. Laut keuchend rang er gierig nach Atem und rappelte sich mit letzter Kraft auf. Obwohl ihm übel war, taumelte er auf die Tür zu, schaffte es aber nicht, sie zu erreichen. Er verlor den Halt, stürzte auf die Knie und stützte sich mit den Händen ab. Dabei spürte er, wie sein Magen rebellierte, und würgte trocken.

Es dauerte eine Weile, bis er sich halbwegs gefangen hatte. Noch immer fühlte er sich wie gelähmt, als ihn plötzlich frischer Schmerz durchströmte und ein widerliches Fiepen an sein Ohr drang. Irgendetwas machte sich an seinem Bein zu schaffen, vermutlich eine Ratte. Angewidert trat und schlug Lorenz nach dem Tier, das sich in seinem Knöchel festgebissen hatte. Mit einer blitzschnellen Bewegung floh die Ratte vor seinen Füßen und verschwand in einem Loch in der Wand. Doch schon wenig später näherten sich ihm weitere Nager und fielen über ihn her, während er sich kreischend auf dem Boden wälzte. Der Schmerz, den ihre spitzen Zähne in seinen Wunden auslösten, ließ ihn gequält aufstöhnen. Er schnappte nach Luft, als er erkannte, dass es zwecklos war, sich gegen die Biester zu wehren, und stellte sich der Wahrheit. Friedrichs hatte recht gehabt, die Ratten würden ihm den Rest geben und ihn bei lebendigem Leib verspeisen.

Irgendwann bekam Lorenz kaum noch mit, wie sie zubissen. Eine erschreckende Gleichgültigkeit erfasste ihn. Er wusste, dass seine Lage in den nächsten Stunden und Tagen unerträglich werden würde. Dann verlor er das Bewusstsein.

* * *

Der Wind wehte kalt über das Lager und peitschte über den Appellplatz, auf dem die dort zusammengetriebenen Häftlinge vor Angst und Kälte zitterten. Durch die in zerrissenen Flocken über den am Himmel treibenden Wolken blickte von Zeit zu Zeit ein zaghafter Sonnenstrahl und erhellte einen Augenblick die kalte und triste Umgebung.

Vor dem Casinogebäude, das den SS-Offizieren und Lageraufsehern an geselligen Abenden eine beliebte Abwechslung geboten hatte, stand Bertram und blickte sich panisch um, während er sich fragte, wie er Frida und den Jungen im Gedränge um den Appellplatz finden sollte, auf dem es von SS-Männern wimmelte.

Er spürte, wie ihm trotz der Kälte der Schweiß ausbrach. Fahrig fuhr er sich über die Stirn und wischte ihn weg, während sich seine Gedanken überschlugen. Er hätte schon viel früher verhindern müssen, dass Frida einer solchen Gefahr ausgesetzt war. Das Lager wurde aufgelöst, Hunderte Gefangene beseitigt, um Spuren zu verwischen. Oberstes Ziel war dabei, die Häftlinge nicht in die Hände der Alliierten fallen zu lassen. Wer für die Todesmärsche und Eisenbahntransporte zu schwach war, wurde selektiert und für die Gaskammer vorbereitet. Wenn Frida und das Kind kein Versteck gefunden hatten und in die Fänge der Aufseher gerieten, bedeutete das ihren sicheren Tod.

Angespannt beobachtete Bertram, wie vor dem Tor ein Transport zusammengestellt wurde. Schwach, wie sie waren, schleppten sich die Gefangenen aufeinander gestützt vorwärts. Ein Elendszug halb verhungerter, erschöpfter Männer und Frauen, die verzweifelt versuchten, sich auf den Beinen zu halten. Schon nach wenigen Metern brachen die ersten zusammen und blieben reglos auf dem kalten Boden liegen. Häftlinge, die nicht mehr Schritt halten konnten, wurden am Wegrand erschossen.

Bertram wandte sich ab und eilte über die Lagerstraße, die von einem Ende zum anderen führte. Die Sorge um Frida nahm immer mehr Besitz von seinem Körper. Er spürte, wie er kaum Luft bekam. Sein Herz klopfte wild, als er keuchend einen Fuß vor den anderen setzte, bis eine Hand auf seinem Arm ihn bremste.

»Warum rennst du wie ein Verrückter durchs Lager? Bist du übergeschnappt?«, fragte sein Vater. »Was ist los?«

»Du weißt, dass ich Frida finden muss.« Bertram wollte sich aus dem Griff befreien. Doch sein Vater hielt ihn fest gepackt und beugte sich zu ihm. Das Gesicht drückte Ärger aus.

»Siehst du nicht, was hier los ist? Vergiss die Juden und überleg dir gut, was du tust. Die Sache wird langsam ernst. Ich habe den Kommandanten gefragt, ob es wahr ist, dass Himmler den Befehl gegeben hat, das Lager kampflos an die Russen zu übergeben. Er hat die Achseln gezuckt und ist mir ausgewichen.«

»Wovon redest du?«

»Er weiß mehr, als er sagen will, und ein Aufseher hat mir erzählt, dass einige Vertreter der Führung hier waren. Es wurden wohl hitzige Gespräche geführt und die Herren Offiziere waren danach ziemlich niedergeschlagen. Glaub mir, Bertram, ich täusche mich nicht. Der Führer lässt uns im Stich, nachdem wir ihm über ein Jahrzehnt die Treue gehalten und uns mit den Juden herumgeschlagen haben. Jeder von uns muss jetzt daran denken, wie er seinen Arsch retten kann.«

»Darin warst du ja schon immer gut«, stellte Bertram verbittert fest. »Was ist mit Lorenz? Hast du ihn gefunden?«

»Ja.«

»Wo ist er? Wie geht es ihm?«

»Der Jude ist tot. Ich habe getan, was ich für richtig hielt.«

»Du hast ihn umgebracht?«

»Für was hältst du mich? Für einen Mörder?« Sein Vater spuckte aus. »Ich habe Löwenthal nicht angerührt. Und jetzt komm. Die Suche nach Frida ist zwecklos.«

»Das glaube ich erst, wenn es eine Bestätigung gibt. So lange werde ich weiter nach ihr suchen.«

»Das sagst du doch nur, weil du von der Jüdin verblendet bist«, fuhr er ihn an. »Werde endlich vernünftig. Du könntest dabei dein Leben verlieren. Wenn einer der Aufseher mitbekommt, dass du sie aus dem Lager bringen willst, werden sie dich erschießen oder dich als Kanonenfutter an die Front versetzen, wie Kammler verlangt hat. Willst du, ein mittelmäßiger Wissenschaftler, der sich so lange vor einem Einsatz bei der Wehrmacht gedrückt hat, dem Feind gegenübertreten?«

»Wenn es der einzige Weg ist, um Frida zu retten.« Bertram gab sich Mühe, entschlossen zu klingen, aber es gelang ihm nicht. Genauso wenig, wie er seine Atmung unter Kontrolle hatte, deren Keuchen seine Brust zum Beben brachte. »Die Russen können uns schließlich nicht alle erschießen.«

»Du bist noch dümmer, als ich annahm. Deine Gefühle rauben dir den letzten Funken Verstand. Begreifst du immer noch nicht, dass du nichts mehr für die Juden tun kannst? Schau dich doch um. Woher willst du wissen, ob sie nicht in einer der Gruben liegen? Oder in der Gaskammer? Du ...«

Sein Vater verstummte und kehrte ihm den Rücken zu, als in diesem Moment die Bombengeschwader zurückkehrten. Ihr heulendes Dröhnen ließ die Fensterscheiben der Offiziersgebäude klirren. Für Sekunden wurde das Rauschen der Motoren schwächer, um nach einer kurzen Ruhe erneut zum schaurigen Geheul anzuwachsen, das in Bertrams Ohren schmerzte.

Während sein Vater Schutz suchte, stand er wie gelähmt auf der Lagerstraße und hoffte, dass die Gefahr wie in den Tagen zuvor vorüberziehen würde. Tatsächlich verebbte der Lärm der Viermotorigen im Osten, wo der Himmel über den Wäldern zu brennen schien. Der Wind trug den Geruch von Rauch mit sich, während sich eine unheilschwangere Stille über das Lager legte. Sie hielt nicht lange an. Bereits wenig später herrschte erneute Hektik. Aufseher rannten wild durch die Gegend, die Hunde hetzten leinenlos über den Platz. Häftlinge schrien und suchten Schutz vor den abgefeuerten Kugeln.

Entsetzt beobachtete Bertram, wie zwei Baracken in Brand gesteckt wurden. SS-Leute hatten sich mit Maschinengewehren davor positioniert und schossen ohne Vorwarnung, sobald ein Häftling aus dem Feuer floh. Es vergingen endlose Minuten, in denen nur das Prasseln des Feuers zu hören war, bis plötzlich eine brennende Gestalt aus der Baracke schlurfte. Dürre Arme reckten sich nach oben zum Himmel. Einziges Indiz dafür, dass es sich bei der menschlichen Fackel um einen Häftling handelte. Bertram konnte den Anblick kaum ertragen und wartete angespannt auf die befreienden Schüsse, die nun folgen mussten. Doch die Männer, die das Feuer gelegt hatten, schauten unbeeindruckt zu, wie die Gestalt vor ihren Augen verbrannte. Erst als die Schreie verstummten und nur noch das Knistern der Flammen zu hören war, drehten sie sich weg und steuerten ihr nächstes Ziel an.

Erschüttert beugte Bertram seinen Oberkörper nach vorn und rang nach Atem. Als er den Kopf wieder hob, schwindelte ihm. Erschöpft rieb er sich über die Stirn und ließ seinen Blick erneut über das Lager schweifen. Doch in der Menge kahl geschorener Häupter und ausgemergelter Körper in zerschlissenem Drillich war es fast unmöglich, ein einzelnes Gesicht zu erkennen. Stattdessen fielen ihm Aufseher ins Auge, die hintereinander Reihen von Häftlingen erschossen. Ihre Leichen blieben am Boden liegen. Einer der Männer übergoss sie mit Benzin und zündete sie an.

Bertram wandte den Blick ab und versuchte den furchtbaren Gedanken zu verdrängen, dass Frida eine der Leichen sein konnte. Erschüttert stolperte er weiter und hob erst den Kopf, als der stinkende Rauch nachließ. Als er in dem Augenblick eine Frau sah, die mit einem Jungen an der Hand vom Appellplatz zum Krankenbau hetzte, wohl um dort Schutz zu suchen, rannte er ihnen nach und riss die Tür der Baracke auf. Ihm schwindelte, als er Frida entdeckte, die mit dem Kind im Arm in der Ecke kauerte. Auf diese unerwartete Begegnung nicht vorbereitet, schreckte sie zurück und riss ungläubig die Augen auf. Auch Bertram war bestürzt, verlor aber nicht die Fassung.

»Ihr müsst hier raus«, mahnte er leise und trat auf sie zu. »Sie räumen das Lager und schicken die Häftlinge auf Transporte oder töten sie.«

»Verschwinde! Lass uns in Frieden!«, rief Frida und presste den Jungen noch fester an sich, als müsste sie ihn vor ihm beschützen. Ihr Blick wirkte leer. Von ihrer einstigen Schönheit sah Bertram nur noch Spuren und wenig von ihrem früheren Kampfgeist. Starr und verbissen war der Ausdruck ihres Gesichts, dessen Anblick sein Herz all die Jahre hatte höherschlagen lassen.

»Sprich nicht so laut«, warnte er sie, obwohl ihm die Abscheu in ihrer Stimme nicht entgangen war. »Glaubst du, ich weiß nicht, welch schwere Schuld ich auf mich geladen habe? Aber jetzt bin ich hier, um euch zu helfen.«

»Was ist mit Lorenz?«, fragte Frida leise, während sie ihren Blick starr geradeaus richtete.

»Ich weiß es nicht«, log er und zuckte mit den Schultern.

Frida schwieg. Sie hatte die Augen weit aufgerissen, voller Angst. Reglos stand sie da und rührte sich nicht, als er dem Jungen mit einem wehmütigen Lächeln über den Kopf strich.

»Wer bist du?«, fragte der Kleine zaghaft und klammerte sich an den Arm seiner Mutter.

»Ich bin Bertram, und du?«

»Lorenz.«

»Lorenz?«, wiederholte Bertram überrascht und spürte, wie sich seine Kehle zuschnürte. Der Junge trug den gleichen Namen wie sein einstiger Freund und sah ihm zum Verwechseln ähnlich.

»Du hast richtig gehört. Ich habe ihn nach seinem Vater benannt, weil ich nicht wusste, ob ...« Frida brach ab und schluchzte auf. Es gelang ihr nicht, den Satz zu Ende zu führen.

»Überlebt?«

»Ich wollte, dass etwas von ihm bleibt.«

Bertram nickte. Seine Knie wurden weich. Er wusste nicht, was er erwidern sollte, und brachte keinen Ton heraus. Erneut übermannten ihn heftige Schuldgefühle, als ihm in dieser Sekunde bewusst wurde, dass unter anderem auch er die Verantwortung dafür trug, dass dieser Junge ohne seinen Vater aufwachsen musste, und das nur, weil er sich sein Leben lang abgewiesen gefühlt hatte. Niemand, außer seiner Mutter, hatte ihm je echte Zuneigung geschenkt. Weder sein cholerischer Vater noch Frida, die ihren Kuss als Fehler bezeichnet und seine Liebe zurückgewiesen hatte.

Doch all diese Demütigungen rechtfertigten nicht die schrecklichen Taten, die er in blinder Eifersucht begangen hatte. Jetzt, in diesem Augenblick, in dem Lorenz' Sohn ihm in die Augen schaute, wurde er sich der Tragweite seines nicht wiedergutzumachenden Tuns bewusst. Es dauerte eine Weile, bis er Worte fand.

»Ich kannte deinen Vater gut«, sagte er bewegt zu dem Jungen. »Als ich ein wenig älter war als du, dachte ich immer, er sei ein Feigling.«

»War er es?«

»Nein.« Bertram schüttelte bewegt den Kopf. »Dein Vater war kein Feigling. Ich habe mich geirrt. Es hat sich herausgestellt, dass er die Welt möglicherweise vor einer riesigen Katastrophe bewahrt hat. Dein Vater ist ein Held, Junge. Und jetzt kommt mit mir!«

Frida, die seinen Worten stumm zugehört hatte, rührte sich nicht. Als Bertram sie sanft nach oben zog, begann sie am ganzen Körper zu zittern.

»Warum tust du das?«, fragte sie misstrauisch, während er den Schmerz in ihren Augen sah. »Warum hilfst du uns, nachdem du uns erst verraten hast?«

»Weil wir einmal beste Freunde waren, Frida.«

»Es ist lange her. Wir sind keine Freunde mehr.«

»Du irrst dich, der Schwur galt für immer, auch wenn ich mich lange Zeit davon gelöst habe. Aber ich schwöre dir, dass ich von heute an daran festhalte«, beteuerte Bertram. Seine Worte wurden vom Heulen der Sirenen des Lagers übertönt, die hastig auf und ab jaulten. »Lasst uns verschwinden, bevor die Aufseher das Lager endgültig aufgeben und alles dem Erdboden gleichmachen. Wenn du es nicht für mich tust, dann für den Jungen.«

Bertram fasste ihren Arm und riss sie mit sich zur Tür. Stolpernd hasteten sie aus der Baracke, während draußen das Wutgebrüll der Aufseher anschwoll. Als zwei Uniformierte in Richtung des Krankenbaus stürmten, zog er Mutter und Kind hinter die Baracke. Keuchend warfen sie sich auf den Boden, ehe Schüsse durch das Innere des Krankenbaus peitschten. Sie blieben liegen, bis die Aufseher weiterhetzten. Erst dann erhob sich Bertram und half Frida auf die Beine. Fassungslos starrte sie ihn an. Auf ihren feuchten Wangen klebte Schmutz, den er behutsam wegwischte.

»Wohin gehen wir?«, fragte der Junge im nächsten Augenblick und griff zögerlich nach Bertrams Hand.

»Habe ich dir das etwa nicht verraten?« Bertram beugte sich zu ihm. In seine Augen traten Tränen, als er bemerkte, wie Lorenz' Sohn ihn voller Vertrauen anschaute.

»Nein. Das hast du nicht.« Der Junge schüttelte den Kopf und schaute ihn erwartungsvoll an.

»Dann tue ich es jetzt.« Bertram *lächelte*, während ihm gleichzeitig Tränen übers Gesicht liefen. »Wir gehen in die Freiheit, Lorenz. Du bist ihr ganz nah.«

Kapitel 25

Konzentrationslager Sachsenhausen, 22. April 1945

Lorenz wusste nicht, wie lange er auf dem kalten Boden lag, während ihn wirre Träume heimsuchten. Immer wieder glitt er in eine befreiende Ohnmacht. Der Morgen graute, als er das Bewusstsein zurückerlangte und sich ihm ein erschütternder Anblick bot. Die Ratten hatten sich inzwischen verzogen. Doch Arme und Beine waren von Bissen übersät, die wie Feuer brannten. Aus unzähligen Wunden sickerte Blut, während ein verzweifeltes Wimmern des Schmerzes das Dunkel des Bunkers erfüllte. Verzögert erkannte er, dass es aus seinem Mund kam.

Resigniert lehnte er sich an die Wand. Durch die Mauern gedämpft, drangen Schreie, Gewehrsalven und Angriffsgebrüll zu ihm in den Bunker. Lorenz achtete nicht länger darauf. Er hatte aufgegeben und mit seinem Leben abgeschlossen. Jede Minute, die verstrich, glich einer Ewigkeit, die ihn dem Tod näher brachte. Fast gleichgültig horchte er auf die gedämpften Geräusche außerhalb seiner Zelle.

Er hörte das Scharren der Ratten hinter dem Mauerwerk. Stimmen, die zu weit entfernt waren, als dass er sie zuordnen konnte. Unterbrochen von einem leisen Grollen wie bei einem schweren Gewitter, welches sich in krachenden Detonationen entlud. Sekunden später spürte er ein Beben unter seinem Körper. Durch die Erschütterung rieselte Staub von der Decke des Bunkers, während die Sirenen auf dem Fabrikgelände unaufhörlich heulten.

Mit letzter Kraft rappelte Lorenz sich auf und warf einen Blick durch das winzige vergitterte Fenster zum Himmel. Obwohl die Sonne gerade erst aufging, erspähte er die dunklen Punkte am Horizont, die zunehmend mehr wurden.

Tiefflieger! Sie kamen! Deshalb der Lärm im Lager. Die Kämpfe mussten in unmittelbarer Nähe stattfinden. Nicht mehr lange und die Alliierten würden das Lager angreifen, sofern die Nazis die Kampfflieger unter Beschuss nahmen und Widerstand leisteten. Das bedeutete, dass der Bunker jederzeit getroffen werden konnte.

Die Vorstellung, bei lebendigem Leibe begraben zu werden, ließ Lorenz erschaudern. Mit einem kümmerlichen Rest Überlebenswillen rüttelte er an dem Gestänge des Fensters und schrie um Hilfe, während er spürte, wie der Bunker unter dröhnendem Motorenlärm erzitterte.

Irgendwann drehten die Bomber ab. Das Dröhnen der Motoren verstummte, die gewohnte Stille setzte ein. Lorenz, der fühlte, wie seine Kraft mehr und mehr schwand, zog sich in den äußersten Winkel der Zelle zurück und verfiel in völlige Starre. Mit geschlossenen Augen lag er auf dem kalten Boden ausgestreckt, eingehüllt in Dunkelheit und Stille. Im Geist sah er Frida, wie sie sich lächelnd über ihn beugte und ihre Lippen seine berührten. In seine Augen traten Tränen. Natürlich war sie nicht bei ihm. Frida und sein Sohn waren tot, erstickt in der Gaskammer, vor der er sie nicht hatte retten können.

Wie durch einen Nebel hörte Lorenz irgendwann Schritte, die sich dem Bunker näherten. Er ahnte, was sie bedeuteten. Friedrichs kehrte zurück, um zu beenden, was er angekündigt hatte, und ihm blieb nur die Möglichkeit, sich ein weiteres Mal tot zu stellen. Seine Nerven waren zum Zerreißen gespannt, als sich die Tür des Bunkers öffnete und der Lichtstrahl einer Taschenlampe das Innere der Zelle erhellte. Laute Stimmen, die sich etwas Unverständliches zuriefen, drangen an sein Ohr. Verwirrt erkannte Lorenz, dass sie in einer anderen Sprache redeten, bevor einer der Männer in gebrochenes Deutsch wechselte.

»Kaputt. Er tot!«

Durch die geschlossenen Augenlider, die Lorenz nun vorsichtig hob, schaute er entsetzt in die Gewehrmündung einer Kalaschnikow, die auf seinen Körper wies. Zwei bärtige Männer in weißen Schneemänteln über grünen Uniformen mit rotem Stern an den Feldmützen starrten ihn schockiert an. Lorenz wollte etwas sagen, doch seine ausgedörrte Kehle schmerzte. Mehr als ein heiseres Röcheln brachte er nicht über die Lippen.

»Still!« Der Größere der beiden legte seinen Zeigefinger auf die Lippen und ließ den Gewehrlauf sinken. Seine Hand griff nach Lorenz' Oberkörper, der erschrocken zurückwich. Tagelang hatte jede menschliche Berührung Schmerz bedeutet, sodass er der einfachen Geste gegenüber misstrauisch war und mit Schlägen rechnete.

»Alles gut!«, versuchte der Uniformierte ihn zu beruhigen und zeigte lächelnd auf den Stern an seinem Revers. Dann zog er seine Feldflasche aus dem Gürtel, öffnete sie und goss Wasser in den Deckel, den er Lorenz behutsam reichte. »Ich bin Oberst Andrej Michailowitsch. Wir sind Befreier aus Russland. Trink!«

Lorenz nickte schwach. Sein Durst verdrängte jeglichen Gedanken. Er ließ zu, dass der Soldat seine Hand hinter seinen Kopf legte und ihm half, den Deckel an die Lippen zu führen. Obgleich das Wasser schal und nach Metall schmeckte, trank Lorenz gierig, verschluckte sich und hustete. Der russische Oberst schenkte nach.

»Danke.« Lorenz musterte Michailowitsch, der kaum älter als er war und die deutsche Sprache offenbar gut beherrschte. Sein Gesicht war scharf geschnitten und drückte Intelligenz und Willenskraft aus. Er hatte blondes Haar, das unter der Kappe hervorlugte, einen Bart und blaue Augen. Um sie herum machten sich kleine Lachfalten breit, als er bemerkte, wie das Wasser aus Lorenz' Mundwinkel lief, weil er viel zu schnell trank. Gleich darauf wurde seine Miene jedoch ernst.

»Der Krieg ist vorbei«, sagte er.

»Vorbei.« Lorenz reichte ihm den Deckel der Feldflasche zurück. Aus seinen Augen liefen Tränen. Er dachte an Frida und seinen Sohn. »Die Nazis haben ...« Er brachte den Satz nicht zu Ende und schluckte, ehe er tief Luft holte und dem Russen die Hand reichte. »Ich bin ...

»Jude?«

»Ja.« Lorenz nickte bewegt. »Mein Name ist Lorenz. Lorenz Löwenthal.«

Der Oberst nahm eine Liste zur Hand und studierte sie. Über sein bärtiges Gesicht schlich ein Lächeln, das Lorenz nicht zu deuten wusste. Mit einer Kopfbewegung wies er zur Tür. Sekundenlang herrschte tiefes Schweigen.

»Gehen Sie, mein Freund«, sagte der Russe, dessen Stimme für einen Moment bebte. »Da draußen wartet ein Kind auf Sie. Die Mutter hat sich trotz aller Bemühungen geweigert, das Lager zu verlassen, und jeden einzelnen meiner Kameraden nach dem Namen Löwenthal gefragt. Sie wollte nicht glauben, dass Sie tot sind. Ich glaube, sie heißt Frida.«

»Frida«, wiederholte Lorenz leise keuchend und starrte Michailowitsch ungläubig an. Sein Herz begann unkontrolliert zu rasen, während er versuchte, den Würgereiz zu unterdrücken, der ihm Tränen in die Augen trieb. Er spürte, wie das Licht der Taschenlampe vor seinen Augen verschwamm und die Stimme des Russen plötzlich verzerrt in seinen Ohren klang.

Langsam sackte er vornüber. Doch bevor sein Kopf auf den Boden aufschlug, packten ihn zwei starke Arme und zogen ihn auf die Beine.

»Kommen Sie«, hörte er Michailowitsch sagen, der ihn stützte. »Sie sind frei, Herr Löwenthal.«

Nachwort

Ich danke Ihnen, dass Sie sich Zeit genommen haben, dieses Buch zu lesen und damit die Erinnerung an das dunkle Kapitel des Holocaust aufrechtzuerhalten, der niemals in Vergessenheit geraten darf.

Dieser Roman soll kein geschichtlicher Abriss tatsächlich stattgefundener Ereignisse sein, sondern ist vielmehr der Versuch, den Mythos um die angebliche Wunderwaffe des Dritten Reichs aufleben zu lassen.

Gab es eine deutsche Atombombe?

Bis heute lässt sich diese Frage auch durch historisch fundierte Untersuchungen weder beweisen noch widerlegen. Viele brisante Unterlagen wurden vernichtet oder verfälscht. Selbst Führungskräfte der unmittelbar am Uranprojekt beteiligten Personen konnten keine genauen Zeugenaussagen über den damaligen Stand der Forschung nuklearer Waffen tätigen, da jede Forschungsgruppe aufgrund höchster Geheimhaltung jeweils nur über den Aspekt unterrichtet war, der ihr Institut betraf.

Die Kontroverse, die sich um Hitlers Bombe nach Kriegsende entzündet hat und bis heute das Interesse von Wissenschaftlern weckt, bezieht ihre Nahrung daher hauptsächlich aus Verlautbarungen, Spekulationen und Auslegungen der Nachkriegszeit.

Ebenso ist die Vermutung, dass deutsche Wissenschaftler tatsächlich am Bau einer Atombombe beteiligt waren, ungeklärt. Damalige Hauptakteure waren sich jedoch darüber einig, dass Deutschland von der Entwicklung einer Atombombe noch Jahre entfernt und keiner der herausragenden Physiker wirklich bestrebt war, dieses Projekt zu realisieren. Die Hoffnungen der Führung des Dritten Reichs, innerhalb von wenigen Monaten eine solche Waffe zu fertigen und einzusetzen, beruhten daher auf einem Wunschdenken.

Hingegen sind die Orte des Geschehens echt und die physikalischen Komponenten des Romans in Bezug auf die Kernspaltung wissenschaftlich belegt. Am 6. Januar 1939 informierten die Wissenschaftler Otto Hahn und Fritz Straßmann die Fachwelt über die Bestrahlung von Uran mittels Neutronen und die erste erfolgreiche Kernspaltung.

Alle im Roman erwähnten daran beteiligten Physiker und Politiker sind reale Personen. Vor allem Lise Meitner nahm neben Otto Hahn eine herausragende Stelle bei dieser bahnbrechenden Forschung ein. Auch die genannten Geschehnisse um diese Wissenschaftler entsprechen zum größten Teil wahren Begebenheiten. Da es sich jedoch bei diesem Roman um Fiktion handelt, sind der Spannung wegen fiktive Ereignisse wie Gespräche etc. eingewoben, wie auch Lise Meitners Flucht bereits im Juli und nicht im November 1938 geschah.

Einen Assistenten Lorenz Löwenthal hat es hingegen nie gegeben. Die Familien Friedrichs, Lewinski und Löwenthal sind rein fiktiv.

Folge der Autorin auf Amazon

Wenn dir dieses Buch gefallen hat, folge Iris Krumbiegel auf Amazon. Dann erhältst du eine Benachrichtigung, wenn die Autorin ihr nächstes Buch veröffentlicht. Um der Autorin zu folgen, gehe bitte folgendermaßen vor:

Desktop:

1) Suche auf Amazon.de oder in der Amazon App nach dem Namen der Autorin.
2) Klicke auf den Namen der Autorin, um auf die Autorenseite zu gelangen.
3) Klicke auf den »Folgen«-Button.

Smartphone und Tablet:

1) Suche auf Amazon.de oder in der Amazon App nach dem Namen der Autorin.
2) Klicke auf einen Titel der Autorin.
3) Klicke auf den Namen der Autorin, um auf die Autorenseite zu gelangen.
4) Klicke auf den »Folgen«-Button.

Kindle eReader und Kindle App:

Wenn du dieses Buch auf einem Kindle eReader oder in der Kindle App liest, wird dir automatisch angeboten, der Autorin zu folgen, nachdem du die letzte Seite des Buches gelesen hast.